一书一世界。
愿你在这里舒展心怀，
畅快遨游古今未来！

辰东

网络文学
名作典藏丛书

神墓

精修典藏版

05

— 血染青天 —

辰东 ◎作品

作家出版社

《网络文学名作典藏》丛书

总策划

何　弘　张亚丽

主编

肖惊鸿

统筹

袁艺方

主编的话

《网络文学名作典藏》丛书聚焦网络文学，遴选名家名作，工于精修校订，集于精品丛书，力图成为记载中国网络文学成长的历史见证，和致敬中国网络文学发展的一座里程碑。

网络文学名作的实体出版极为重要。这是扩大网络文学影响力、推动网络文学经典化的重要途径，也是展现网络文学成果、引领大众阅读和传播以及拉动文化产业发展的有力手段。

在中国作协的支持下，网络文学中心领导和作家出版社领导担纲总策划，落实主编责任制，确定经过时间验证和社会公认的名家名作，组织精修团队，在作家本人参与下，与责编共同负责精修工作。

回顾网络文学发展历程，这样的一套丛书是前所未有的。精修，意味着与作家的高度共识，意味着对作品的深度把握，完成去粗取精、去伪存真的过程，以实体出版的"固化"形式，朝着网络文学经典化、精品化的目标迈进。精修团队本着为作家负责、为读者负责的态度，重视作品的文学性、思想性，尊重读者的阅读体验，为新时代网络文学高质量发展贡献出集体智慧。

愿更多的读者阅读它、检验它。愿中国网络文学真正成为新时代文学的一座高峰。

肖惊鸿

2021 年 5 月 18 日

《神墓》精修成员

总负责人

肖惊鸿　袁艺方

修订

安迪斯·晨风　安　易　王　烨

校订

田偲堂　王　颖　贾国梁

目录

第一章

为祸四方

大战中的老暴君神识感应无比敏锐，瞬间觉察到辰南他们的动向，一声暴喝立时在空中炸开："想走？没那么容易，今天你们几个都将被永封在十八层地狱！"

一股银色的力量如水波一般，在空中浩浩荡荡，将辰南、痞子龙、小凤凰、龙宝宝包围在了里面。空间在扭曲，景物在模糊，辰南和几头神兽感觉进入了一片未知的空间，这里似乎和外界切断了联系。不过，若隐若现间，他们还是能够看到外界的激战，仿佛还能够听到阵阵天雷之响。只是，他们如身陷泥沼一般，每一下动作都极其费力。

"该死的！这是画地为牢，老混蛋将我们困在了空中。"痞子龙又惊又怒，忍不住骂道。"哦，光明大神棍在上，这老暴龙实在太强大了。居然把我们几人全部困在这里。"小龙也在竭尽全力地挣扎。小凤凰方才吸收了太多的能量，在这种紧张的状况下居然打起了瞌睡，一副即将要进入梦乡般的样子。

辰南看得又气又笑，尝试着打开了内天地，费力地将小凤凰丢了进去。龙宝宝和痞子龙也快速挣扎着，离开有如泥沼般的空间，飞进辰南的内天地。只是，当他们全都进入内天地时，辰南发觉根本无法控制这内天地移开这片"泥沼地带"，这片空间竟然如铁板一块，他的内天地根本无法移动分毫。

"我说过，要将你们打入十八层地狱，永世封印，现在任谁也逃不掉，任谁也跑不了！"坤德那苍老霸气的话语在这片扭曲模糊的空间内响起。紫金神龙大骂："老混蛋，龙大爷一百个不服，一千个不服，我就是不惧你这个老小子，不要以为你吓唬得了我。"

外界的战斗还在继续，三头黄金神龙已经变身为一个三头六臂的金发美男子，六条手臂中分别拿着刀、叉、剑、戟、棍、索六样兵器，舞动出道道神光，快速旋动，围绕着坤德横劈竖砸。这些可不是一般的兵刃，乃是三头黄金神龙这数千年来通过各种方法搜集的神兵宝刃，经过它的祭炼，可谓无坚不摧。神兵宝刃破开一道道空间大裂缝，直搅得高空之上能量风暴肆虐。

一旁的六头神魔猿更加疯狂，这个神魔后代的身躯在刹那间暴涨到数十丈高，庞大的体格顶天立地，一声吼啸震破长空。这样一个通体黑毛森森的大怪物，着实吓煞不少观战者，这无疑是一个疯狂的大妖魔。它带起阵阵黑色妖云向下方的一片山脉落去，而后生生拔起小半座石峰，向着高空之上的上古神龙冲撞去，声势无比骇人，当真有毁天灭地之势。万千道黑色罡芒，自它周身上下透发而出，将空间撕裂出一道道缝隙。

斗神扎里斯也已经杀红了眼，现在他不敢随便以身化剑，因为方才以本体为剑进行攻击时被老龙坤德伤得不轻。此刻，他将精金神剑取了出来，这是炼化了数千年的绝世神兵，与他思感息息相连，乃是他的第二生命。神剑无匹，扎里斯轻轻一抖手，激射出的剑芒就足有三十丈，引得天罚之雷隆隆而响，不断劈落而下，围绕着坤德不断炸开。

围观者看得又是沉醉，又是骇然，这等惊世大战近千年来少见。自从上次玄界大战结束后，这等层次的极限高手或陨落，或闭关不出，已经成了传说。今日，六头神魔猿、三头黄金神龙会同一个斗神，联袂出世大战上古强者坤德，必将传遍修炼界，这不仅是一场精彩绝伦的大战，而且是一个重大的信号！连老龙坤德都出世了，这说明修炼界在不久的将来必然要迎来一场大风暴，这是大乱的征兆！

三大西土高手狂猛地攻击着，都陷入疯狂之境。坤德是修炼界的一座难以仰望到峰顶的大山，如果有人能够伤得了它，足以笑傲天下了。现在他们三者有机会和暴君一战，无论成败如何，都将对他们产生重大的影响，他们是这数千年来唯一一拨敢挑战坤德的生灵。

"吼……"坤德仰天大吼，不断躲避天罚，同时引导天罚之力，改变天雷方向为己用。它并不轻松，毕竟这是它的一个化身，本体并没有亲临现场。在一声沉闷的咆哮声过后，上古老暴君的银色身体光芒万丈，爆发出一片刺目的强光，让所有人都不敢直视，连无可匹敌的天罚之雷都暂时难以伤到它，雷光遇到刺目的强光后渐渐消散。

坤德在璀璨的光芒中渐渐化成一个三十岁左右的中年男子，高足有两米，显得分外雄伟英挺。银色的长发披散在胸前背后，双眼银芒灿灿，睥睨八方。这是一个充满邪异魅力的中年男子，不动如山，不怒自威，这是绝代强者所具备的卓然气质。老暴君也并不是完全化为人形，那双迥异的龙角依然还在，弯弯曲曲，分叉开来，犹如数十把锋利的短剑。此外，他的身后还拖着一根两米多长的龙尾，显然在化成人形、保证绝对速度的前提下，他还令自己处于最佳搏斗状态。

"砰！"坤德银色长尾如闪电一般，在空中留下一道残影，狠狠地将三头黄金神龙奇拉昂斯抽飞了。这个时候，数十丈高的六头神魔猿，正抱着小半座石山从天而降，向着他砸来。坤德眼中神光闪烁，冲天而起，一双雪亮的龙角光华闪烁，"轰"的一声猛烈地撞上石山。高空之上剧烈的能量波动撼动八方，房屋大小的碎石块到处迸溅，那小半座石山被坤德轻松撞碎，而后他幻化出一只巨大的手掌，一把抓住六头神魔猿的脚踝，如抡动稻草人一般，将数十丈高的神魔猿甩飞。

下方的一座山峰，生生被神魔猿砸塌了，六头神魔猿好半天才狂啸着冲天而起。与此同时，坤德已经和斗神扎里斯战在一起，一双银芒闪烁的手掌，和斗神的神剑不断相击，铿锵之音不绝于耳，最后扎里斯被坤德一拳轰在剑体之上震飞，在空中留下一串血花。"轰隆隆"，天雷不断击下，却都从坤德周围绕过，并没有一道劈中他，他仿佛陷入寂灭之境，已经容身于虚空中，此刻所有人都已感觉不到他的强大气息，只能看到他那神威凛然的身影。

被抽飞的三头黄金神龙口角溢血，自远空飞了回来，它吃惊地望着坤德，惊道："这……该死的，他刚才动用了超七阶的力量将我们创伤，居然又在一瞬间封印自我，融入虚空，这太可怕了！"斗神扎里斯擦了一把嘴角的鲜血，也无比震惊地道："最为可怕的是，他真的创出自己的玄界法则，影响了自己外围的大天地法则，保护他不受天罚！"

天地间有些传说中的高手，能够将自己的玄界化成一小方新天地，免受外界天地法则限制，不受天罚影响。修炼到极致境界时，甚至能够用本体的玄界，影响外围的大天地，在最近的范围内用玄界法则，暂时取代大天地法则。

六头神魔猿虽然疯狂，但现在也不敢再冲向前去了，它化成三丈大小，道："不能就这样算了，眼看一个玄界即将入我手，怎么能够让这老龙破坏掉呢！"

上古神龙坤德睥睨八方，右手一挥，带动着被禁锢在那片扭曲空间中的辰南他们快速向着拜旦圣城飞去。在此过程中，一股莫名的力量，生生将辰南、紫金神龙他们抽离出了辰南的内天地，他们被老暴君禁锢在空中，随着他一起来到中心光明神殿正上空。众多观战者尾随老龙在远处小心观望着。

"光明教皇出来搭话。"老龙的话语有着让人不敢拂逆的气势。一道身影冲出了光明神殿，来到了虚空，正是光明教会的老教皇，他深深施了一礼，道："见过伟大的龙族奇迹坤德大人。"

老龙话语威严，道："七千年前，我曾经帮助过光明教会的教皇，将一个大魔王封印进十八层地狱。如今魔王必定已化成枯骨，现在我想将这几人封进那一层地狱。"紫金神龙变色，龙宝宝也瞪圆一双可爱的大眼，辰南则在不断尝试冲开禁锢的空间。

教皇一阵为难，看了看辰南等人，道："他们算不得十恶不赦的妖魔吧，把他们关进去，这惩罚未免太重了。""哼哼哼，如此封印已经算是便宜他们了！如果你为难，我亲自动手吧。"坤德双手结印，银色法印不断变幻。

教皇道："坤德前辈，现在十八层地狱不是镇魔石在镇压，已经换成一截圣骨，不能随意开启各层地狱了。"老龙道："无妨，这一切我都了解。现在的十八层地狱只能进不能出。将他们封印进去是完全没有问题的。"

"你个变态老混蛋真的想封印我啊？！"紫金神龙开始大骂。银龙佳丝丽苦苦求情道："父亲不要啊！"老暴君不言不语，双手神印不断，一道道法印在空中集结而成，一个黑洞洞的通道出现在辰南他们身前。

"坤德，我与你往日无仇，近日无怨，你为何要封印我们？"辰南怒喝道，"难道仅仅因为紫金神龙？它即便得罪过你，也不至于如此吧！"

"哼！"坤德仅仅冷冷一声，双手还在结神印。黝黑的洞口更加清晰，如远古巨兽的巨口一般阴森森。"老混蛋我和你没完！该死的老蜥蜴，你不想要你那面破盾了吗，敢封印我，我砸碎它！"紫金神龙现在真是心虚了。"父亲大人，快快住手，请对他们换一种惩罚吧。"银龙佳丝丽大急，不断哀求。"第十二层地狱给我开！"坤德大喝着，隐约间阵阵沉闷的咆哮之音自地下传来。黝黑森然的黑洞快速扩大。

高空之上，不远处三头黄金神龙奇拉昂斯、六头神魔猿，还有斗神扎里斯，快速对望一眼，同时喝道："动手！"三道身影，如三颗流星一般，向着老暴龙攻去，刹那碎裂空间无数。"哈哈，就知道你们不死心，还要搅闹一场。"坤德大笑着，道，"这圣骨镇压的十八层地狱果真和以前不大一样了，现在正好借你们的力量一用，省却我许多力气。"老龙双手在结着奇怪的法印，那自三个方向滚滚浩荡而来的澎湃力量，竟然被他引导着冲进了那黑洞洞的通道内。与此同时，他双手一挥，辰南他们已经被送入森然的洞口。

"该死的老混蛋，我现在发誓，要送你一个便宜外孙！佳丝丽你等我，不许嫁给别人，我会回来娶你的。混蛋老蜥蜴，你给我等着，准备抱外孙吧！"坤德神威盖世，展示了震慑当代的绝世功力，显现出暴君应有的威势。但现在痞子龙的几句话顿时让他暴跳如雷，鼻子孔内向外喷白烟，他快气炸肺了。只是，在他的法印光芒闪烁间，黝黑森然的洞口在空中渐渐闭合了，紫金神龙与辰南他们一起被封印进了十八层地狱。

"不！怎么会是这样……"银龙佳丝丽惶恐地叫着，此刻泪珠成双成对地自她眼中滚落。在这一刻，她早已化成人形，清丽的容颜无比憔悴，整个人仿佛失去灵魂一般。好长时间后，她抬起头来，泪眼婆娑地望着她的父亲，颤声道："父亲，你是在和我开玩笑吗？我和他刚刚见面，你就将他打入了十八层地狱，为什么？！"

"女儿……"老龙没有解释，自空中缓缓降落，来到佳丝丽的身旁。"不，你为什么这样？！"佳丝丽尖叫着，用力捶打着坤德的胸膛。

"他不适合你！"老暴君的话语很冷冽坚决。"我自己的事情不用你管，你管得太多了，我恨你！"银龙佳丝丽泪如泉涌，疯狂地挣扎着，想要远离坤德。

就在这时，高空之上，六头神魔猿、三头黄金神龙奇拉昂斯、斗神扎里斯也是怒火汹涌，眼看着一个玄界就要到手了，但却被坤德从中搅黄，让他们的希望彻底成空。在这一刻，他们恨得直欲仰天长嚎。他们是绝对识货的，亲自去东土走上一遭后早已确定杜家玄界必然已经被祭炼万年之久，这对修炼者来说简直就是瑰宝！

"坤德你欺人太甚！"六头神魔猿最为暴躁，刹那间化成百丈巨猿，顶天立地。它周身上下黑森森的皮毛在刹那间变成血红色，六头神魔猿彻底狂暴了。这是妖族特有的绝学"野性回归"，在刹那力量倍增数倍，神志处于癫狂状态，介于兽和妖之间。天罚的力量再次出现了，高空之上乌云翻滚，天地间一片昏暗，天雷一道接着一道劈落而下。"嗷吼——"魔猿啸月，高达百丈的六头神魔猿真的要拼命了，即便被天雷劈死也要拉上坤德。三头黄金神龙和斗神扎里斯急忙打开自己的内天地，帮助六头神魔猿承接天雷之威，不然魔猿支撑不了多长时间，保准会被劈死。

坤德口中念动一串咒语，银光一闪，佳丝丽瞬间就被传送到千丈开外的安全地带。"小猴子，你要知道，我杀死你们易如反掌！我只是不愿造杀孽而已，如果你们不知进退，就不要怪我不客气了！"坤德冷冷望着空中的几位。三头黄金神龙奇拉昂斯和斗神扎里斯还好说，他们看到老暴君动了真怒，脊背顿时冒起了一股凉气，早已打了退堂鼓。但是"野性回归"的六头神魔猿已经狂暴了。巨大的血掌狠狠地向着老龙扇去，天雷也跟着奔涌而下。

老龙此刻虽然是人身，但所打出的掌力依然狂霸无比。他不再留情，一只巨大的光掌在他身前化形而成，狠狠地和六头神魔猿的巨掌印在一起。一声巨响后，六头神魔猿惨叫一声，庞大的身躯竟然被震飞了。与此同时，天雷狂劈而下，六头神魔猿惨叫一声，被劈得冒起了白烟。

"止住，冷静！"三头黄金神龙奇拉昂斯与斗神扎里斯，一边竭尽全力地帮助神魔猿抵挡天雷，一边朝它大喝，不让它贸然行动。他们之所以救助神魔猿，并不是友情有多么好，而是若神魔猿被老龙劈死，它背后的势力在找老龙报仇时也必会迁怒他们。

老暴君似乎是有所顾忌，似乎是宽宏大量不愿和他们计较，他逆天而上将剩下的那些天雷全部引导到其他方向，虚空轰响。这等于救了神魔猿一命，不然它定然会死在天雷之下。"哼，看在你们修炼到这般境地，实属不易的情况下，我饶你们性命。不过，你们如果再不知进退，别怪老龙我心黑手辣，大开杀戒！"说罢，老龙腾空而起，携带着远空中的佳丝丽消失在众人的视线中。没有人怀疑老龙的话，连天界主神都敢干掉的人，怎么会顾忌人间界的高手呢？

六头神魔猿狂吐十几口鲜血后，血色的皮毛又变成黑色，敛去"野性回归"的狂暴状态。"我早晚要报这个仇！"说完，六头神魔猿冲天而起，消失在远空。三头黄金神龙奇拉昂斯和斗神扎里斯，相互复杂地看了一眼，也冲空而起，各自飞走。远处观战的修炼者们也渐渐退走，拜旦圣城上空恢复了宁静。

不久，老暴君出世的消息传遍西土修炼界。几乎所有人都已经知道，坤德大战西土三大绝顶高手的消息，老暴君的盖世神威让整片修炼界为之震撼。尤其是坤德将辰南和紫金神龙他们封印进十八层地狱的消息，更是让人谈论不已。对于辰南，修炼界众人并不陌生，可以说他是最近一年来修炼界风头最劲的人物，以绝对的实力荣登青年一代第一高手的宝座。

任谁也没有想到，潜力无限的辰南竟然被老暴君封印了。消息很快传回了东土，绝大多数人无不惋惜，辰南等于彻底毁了。不同的人对辰南被封事件，有着不同心情。

昆仑玄界内，大妖魔端木狠狠地摔碎了一杯酒盏，彻底失去往日的从容之色，怒道："坤德欺人太甚！"一直赖在妖族圣地不肯离去的小公主，有些不相信地嘀咕道："这怎么可能，这个家伙不是九命猫吗，居然被人封印了……"

杜家玄界传出急声悲愤的吼啸："怎么会是这样？天啊，天亡我杜家啊！坤德你该死啊！"李家玄界，狂女李若兰幽幽叹了一口气，道："可惜了一个对手！"东大陆极北之寒地，东方长明仰天久久无语，最后长叹道："可惜啊！这世间少了你，让我顿时失去了修炼的动力。你我同生于一个时代，又同来一个时代，到头来未能真正巅峰一战，是我最大的遗憾！希望你能够创下一个奇迹，刀碎虚空，杀出十八层地狱！"

情欲道圣地内，南宫吟醉眼蒙眬，举杯对月道："摸摸你的手啊，摸摸你的肘……辰兄，没能够和你一起共享澹台圣地内的美女，真是遗憾，我总有一种感觉，我们是同道中人，可惜可叹，呜呼哀哉。""砰"的一声醉倒在了石桌上。

"混账的辰南，你居然被封印了，我无时无刻不想找你报仇呢！"混天小魔王已经踏上西土，正在寻找遗失的神戟，他心情有些复杂，得知辰南被封，既解恨又遗憾。

此刻，事件中的主角正在西土那暗黑无光的地狱中摸索。老暴君掌握有十八层地狱的开启秘密，运用大法力将辰南他们打入第十二层地狱。辰南从有阳光的世界一下子坠入漆黑无光的黑暗世界，重重摔落在地面。在这邪异的地狱内，即便已经达到六阶境界，但他看不清任何景物，有如盲人，当真异常无比。

阴暗潮湿的第十二层地狱内，透发着森森煞气。辰南摸索着站直身体，发现自己和紫金神龙、龙宝宝它们失去了联系，感应不到它们的气息。辰南虽然无法看清任何景物，但慢慢适应了这种黑暗的环境。他感觉非常奇怪，这第十二层地狱似乎无比广阔，好像没有尽头一般。

他当初曾经探过第一层地狱，那里不过是光明教会的书库，总面积并不大。后来他也进入了第二层地狱，那里关押着一些亡灵、尸煞等暗黑生物，也不是很开阔。按照他的猜想，十八层地狱不过是十八个地牢而已，并没有多么大的面积。

现在，被封印在第十二层地狱后，他推翻心中原本的想法。因为他渐渐觉察出，这里广阔无边，仿佛是一片暗黑大平原。他感应不到紫金神龙它们，可能和它们距离实在太过遥远。辰南不敢大声呼喊龙宝宝它们，因为在被封印前，他听到了坤德和教皇的对话，在这第十二层地狱内似乎封印着一个魔王。

按照坤德的说法，魔王被封印七千年了，应该已经化成枯骨。但是那毕竟是猜测，天知道那个魔王是否真的死去，如果他还活着，对于辰南他们来说，可能是一场难以想象的灾难！好在第十二层地狱无边无际，他没有感应到魔王的气息，他相信如果够小心，魔王即便活着也应该还没有发现他。

辰南略作思索后，定了一个方向，而后摸索着，在这片暗黑地狱中深一脚浅一脚地前进着，同时强大的神识慢慢扩散开去，仔细感应着这片空间内的一切。他相信龙宝宝它们也一定在顾忌着那不知生死的魔王，所以没有大声传声。现在他们应该尽快合在一起，共同来对付那未知的魔王。

凄冷的暗黑世界，死一般地沉寂。辰南已经摸索着前进了两个时辰，但依然无法探究到这一方的尽头。他深吸了一口气，小心地控制着体内的力量，腾空而起，而后按照原先的路线坐标，回到原点，开始朝着另一个相反的方向前进，他相信龙宝宝它们离他不会太过遥远。在这一点光线也没有的地下暗黑世界摸索，让人极容易心情烦躁，辰南大约走出去几十里，忽然一种特殊的声音传入他的耳际。

"咯嘣咯嘣"，仿佛骨裂的声响，又像咀嚼的声音。辰南顿时毛骨悚然，这样阴森的世界，居然传出如此煞音，让他立刻联想到可能未死的魔王。他极力控制着自己体内那汹涌澎湃的力量波动，让它们均匀地散布在体表，但却难以波动出分毫，同时精神波动被压制到最低点。他双手捏刀诀，一步一步向前逼去。"咯嘣咯嘣"怪异的声响越来越清晰，目标就在前方三十丈处。

辰南突然感觉脚下一绊，不过对于他这种修为的人来说，不可能栽倒。这时，他已经感觉到脚下竟然真的是枯骨，随着一步步前进，他发觉这片地带横七竖八地散落着无数的骸骨。现在他已经肯定那怪异的声响绝对是骸骨碎裂的声音。不会真的是有魔物在啃嚼死骨吧？想到这里，辰南心中冒起一阵凉气。辰南很奇怪，已经逼近那发声处不足十丈距离了，而那里的魔物竟然还没有发觉他，难道说不是那个魔王？不然，以魔王的修为来说，即便身体受损，但精神感应也不至于这样差劲吧。难道这里，不光封印了一个魔王，还有其他怪物？

在大陆上较为文明的人类世界，罪犯被关进囚牢，往往会发生争斗，新来者必定要被狠狠欺压一番。而这里同样是牢笼，但关押的却是魔王，辰南已经做好了战斗准备，来到这里肯定免不了冲突，绝不会像人类囚牢那样被欺压一番了事，这里必然要经历生死的搏斗。

他右手中刀芒瞬间激射出去十几丈，狠狠朝着前方劈去，璀璨的刀芒瞬间照亮黑暗的空间。辰南终于看清了眼前的景象，附近的景物如他猜想那般，坑坑洼洼的阴暗地面上横七竖八地散落着一大片雪白的骸骨。一个如同干尸般的怪物正在撕咬着半截大腿骨，刺耳的声音正是从他那里发出。

这绝对是一个不死生物，他浑身上下皮包骨一般，如果没有那一层干皱皱的皮，他就是一个骷髅，深陷的眼窝中闪现着两点微不可见的灵魂之火。他惊愕地抬起头来，有些不相信地看着眼前的不速之客，如干草般焦黄的头发根根倒立起来，如同见了鬼一般，喉咙里"咕噜咕噜"响个不停。那是骨块摩擦的声响，如果他的人类器官完整，此刻恐怕早已尖叫出声了。

炽烈的刀芒狠狠地将这个皮包骨的骷髅怪自腰部斜斩，强大的刀气能量更是粉碎了他全身上下几乎所有骨骼，只有眼窝中有灵魂之火闪现的骷髅头保存下来，在地上滚出去不远。太不禁打了，辰南有种一拳击空的感觉，打死他也不相信这就是那个魔王。他收敛刀芒，在黑暗中凭着感觉，大步向前走去，凭着敏锐的感觉，他一脚踩上那个骷髅头。身为六阶，早已经能够凭借精神波动来进行思感传应。辰南冷冷的话语在骷髅头骨中响起："说，你是什么怪物？这第十二层地狱都有些什么古怪？给我详详细细地介绍一遍。"

骷髅头内微弱到几不可见的两点微光不断波动，显示着这个骷髅头多么惊恐，仿佛他是一个大活人，而辰南倒像一个活鬼一般。辰南恶声恶气地道："再不说的话，我直接劈开你的头颅，让你烟消云散！"瞬间，辰南收到了骷髅的精神波动，清晰地听到他的心声："不要，我说，我是托斯特大魔王手下的首席大将，名为古思。"骷髅头说出了自己的身份。

辰南托着下巴，道："托斯特大魔王？他是被谁封印在这里的？"古思道："是万恶的银龙坤德。""果然如此！"辰南蹲下身来，直接用双手将骷髅头捧起，道："既然你是那个大魔王手下的第一大将，修为怎么会如此差呢？""呜呜……"骷髅头哭了起来，精神波动中充满了怨恨与悲伤，悲泣道，"我已经被封印了不知道多久的岁月，恐怕有五千年了吧，不对，也许有一万年，或者更为长远的时间。即便是天界的主神，在一个暗淡无光，根本没有天地元气的地狱里封印这么久，也会实力衰退到连普通人都不如，能够活下来已经算得上奇迹！"

听到这里，辰南长长出了一口气，即便大魔王托斯特还活着又如何？他被封印了这么久，必然修为大降，再也没有什么可担心的了。他道："你这样也还算活着？我怎么看你更像一个不死生物呢？""呜呜……"骷髅头哭得更伤心了，看起来宛如多愁善感的少女一般，他的情绪波动极其剧烈，过了好长时间才稳定下来，道，"我确实已经成为一个不死生物。不然在没有食物、水和任何天地元气的地方，我怎么能够活上数千年呢。我只能将自己转化成不死生物，残喘度日。"

辰南觉得眼前的骷髅头还真有些意思，居然有如此强烈的求生欲望，如果是一般生灵恐怕早就自杀让自己烟消云散了，这样的苦可不是一般人能够忍受的。他问道："那个托斯特怎么样了？他的修为衰退到了何等地步？"辰南还比较关心那个魔王。"死了，彻底地烟消云散了！"骷髅头有些惋惜地道。"你都活下来了，他怎么可能死呢？"辰南有些不相信。

正在这时，远方突然传来一股若有若无的能量波动，辰南感觉到了紫金神龙的气息。他想也不想，抓起骷髅头骨，腾空而起，身化一道闪电，涌出强大的能量波动，快速向着前方冲去。飞出去能有十几里后，犹如打铁般的声音自远处传来。

"乒、乓、当……"辰南清晰地捕捉到强烈的能量流波动，同时紫金神龙的怒吼声也传入耳际。"嗷呜，你个老僵尸，再吃龙大爷一百八十棍！我打打打……"招牌式吼啸，看来紫金神龙遇到了不小的麻烦，不然不会如此折腾。

辰南再次提升速度，飞出去七八里后，终于清晰捕捉到紫金神龙的影迹。老痞子已经化成龙首人身状，浑身上下绽放着紫色光华，手中拎着紫金双节棍，正在和一个浑身长满了白毛的僵尸激战。打铁的声响，正是紫金双节棍劈砸在白毛僵尸身上所发出的声响。

"哇，辰小子你终于来了，快过来放点所谓的太古'神血'，斩了他，快累死我了，这个家伙刀枪不入，怎么也打不死，可恶透顶啊！"紫金神龙大口喘着气。辰南什么话也没说，丢下骷髅头，左手捏剑诀，右手捏刀诀，"哧哧"两声，两把实质化的剑罡、刀芒分别从左右手激射而出，同时两手食指各激射出一道血线，染红剑罡、刀芒。

他持着刀、剑快速冲去，唰唰两声斩下。"噗、噗"就像快刀斩萝卜一般，真是太干脆了，刀芒劈飞白毛僵尸的半个头颅，剑芒斩去白毛僵尸的半截身子。地上骷髅头的眼窝中的灵魂之火都快跳出来了，他实在太吃惊了。没有谁比他更清楚眼前的僵尸有多么抗击打，战力也许不行，但那金刚不坏的筋骨，如果没有七阶的力量恐怕根本难以毁去。

紫金神龙大口喘着气，咒骂道："这该死的白毛尸，战斗技巧就像白痴，但就是打不死他，气死龙大爷了……"

就在这时，大地突然轻颤，紧接着开始剧烈抖动，仿佛有千军万马在奔腾，各种各样的吼啸之音自远处传来。在这死寂之地，突然有这么大的动静，传来声声令人头皮发麻的啸音，实在无比邪异！地上的骷髅头传出剧烈的精神波动，提醒辰南道："快带我一起走，这是第十二层地狱真正的统治者，也是西土曾经真正的主宰者。"

辰南脸色一变，已经感觉到似乎有大批的人马正在快速向这里杀来。他抓起骷髅头腾空而起，招呼紫金神龙道："泥鳅，我们先避一避。"这一次他们敛去了外放的光华，在无尽虚空中快速飞行，免得被后面的生灵捕捉到影迹。论起飞行速度，紫金神龙比辰南快，朝前冲去，这一人一龙飞出去能有十几里，后面的声音才渐渐听不到了。

就在这时，突然"砰"的一声大响，在前面飞行的紫金神龙嗷嗷痛叫咒骂了起来。"这是什么鬼地方，以龙大爷的修为，即便是再黑暗的地方也能够看清才对。这该死的鬼地方令我和盲人没什么两样，疼死龙大爷了，嗷呜！"辰南小心翼翼地摸索了过去，而后狂笑起来。

前方居然是一处悬崖峭壁，紫金神龙飞得正欢的时候，一下子撞在绝壁上，顿时撞了个蒙头转向，外加乌眼青。可以想象，这第十二层地狱有多么的广阔，居然连山崖绝壁都存在，简直就是一个地下小世界啊。估计着后面那些未知底细的追兵不会找到这里，辰南和痞子龙飞上绝壁，而后开始审问骷髅头。

"刚才仿佛有千军万马一般，到底怎么回事？"辰南问道。骷髅头眼中那微弱的光芒一阵闪烁，情绪波动似乎非常剧烈，道："我告诉你这里的一切，你能够帮助我们报仇吗？"辰南道："你不会让我去找坤德拼命吧？被封印在这里，这辈子都可能出不去了，还谈什么报仇啊！"骷髅头道："不是，我要你帮我杀死这里的统治者。"辰南道："哦？想让我给你报仇，先给我说说这里的具体情况。"

原来，当年被老暴君打入第十二层地狱的那个魔王托斯特，乃是西方魔龙一脉的族长，本身具有强大到难以想象的实力，但遇上龙族的奇迹老暴君也只有饮恨收场的份。

托斯特恶名远播，最后的处置办法便是将他封入第十二层地狱，同时被封印进来的还有几头魔龙以及他招揽的一批手下。即便再强大的存在，被封印在一个没有天地元气的地方，最后的结果也只能是等死。魔王托斯特不想被封印至死，联合所有生灵共同轰击封印力量最为薄弱的地方，结果遭遇到神圣封印最为强烈的反噬，几头魔龙和托斯特当场死亡。

骷髅头古思和托斯特的那批手下不是破封印的主力，侥幸逃得一死，不过也全部重伤垂危，在最后关头，活下来的二十几个将自己转化成不死生物。只是，他们原先的修为几乎彻底毁去，成为不死生物后已经没有多少实力了。可怕的事情还在后面，二十几个不死生物在埋葬自己同伴时，竟然从地下挖出一具具骸骨。

他们怎么也没有想到，在暗黑无光、死寂沉沉的第十二层地狱下，会埋藏着无数的骸骨。这震惊了这批被封印者，最后他们不停地挖掘地层，发觉整片地狱之下，差不多每隔几米地方就能够挖出一具尸骨。这简直让他们难以想象，十八层地狱的确切记载来自光明教会，传说十八层地狱是一处大凶之地，封印着无数凶神恶煞。但是从被挖掘出来的骸骨看，这分明都是普通人类的骨骼，不可能是修炼者的尸骨，他们想不明白怎么会有这样的结果。

想不明白，古思等二十几个不死生物便也没有多想。只是当他们把魔王托斯特还有几头魔龙安葬之后，可怕的事情发生了。仅仅过去不到三日，埋葬魔王与几头魔龙的坟墓突然开始剧烈晃动起来，而后忽然炸开。几个白毛僵尸和几个红毛尸煞冲出坟墓。古思他们还以为魔王灵魂不朽，也将自己转化成不死生物了。可是，在灵魂之火的照耀下，他们看清那根本不是托斯特和魔龙。大惊失色的他们急忙冲上去，一边和尸煞争斗，一边掘开坟墓。他们发现魔王和几头魔龙的尸体竟然在莫名其妙地向外渗透着血水，这些血水正在慢慢向地下渗去。

古思他们感觉事情有些邪异，开始快速掘土，想要看看地下到底有什么邪物，竟然能够吸纳尸体内凝固的血液。用古思他们后来无比后悔的话说："我们挖出了罪恶，打开了邪恶的大门。"他们在向下挖的过程中，不断有白毛僵尸和红毛尸煞被惊动，自地下深处蹿出。

当他们挖下十丈时，一个看起来古朴沧桑的石棺出现在他们眼前，石棺上满是血水，正在不断向里渗透。很显然，魔王与几头魔龙的血水是被石棺吸纳而来的，白毛僵尸和红毛尸煞自地下冲出，也应该与这石棺有关。古思等不死生物震惊了，这里竟然有一副石棺，这简直不可想象！看着那极其粗糙的石棺椁，他们有一种不好的预感。这里竟然有着这么多的骸骨，却只有一个石棺，极有可能所有死去的人都是石棺中那个人的殉葬品！

石棺表面看着虽然沧桑古朴，但隐约间他们却已经感觉到里面透发出阵阵邪恶的波动，有一股邪恶的气息在慢慢飘散开来。古思他们在安葬魔王与几头魔龙时是有选择地下葬，认为这里是最好的地点，安知前人不是这样想的？他们终于明白，邪异的石棺绝非寻常之物，他们不想触碰，快速将它埋葬了，而后将魔王与几头魔龙的尸体带离那里。

只是一切都有些晚了，他们还没跑出去百丈远，邪异的染血石棺便冲出，而后一股邪恶而强大的力量透发而出，攫住魔王与魔龙的尸体，将他们体内的血液在一瞬间吸出，收进石棺里。

在那一刻，一声凄厉的长号响彻第十二层地狱，石棺崩裂，一个浑身上下透发着血光的男子立于虚空中，睥睨八方，长啸不断。男子披头散发，血红色的长发无比妖异，赤裸的上半身布满魔纹，下半身不是双腿，而是一条巨蛇的尾巴，足有两三丈长。最为奇特的是他那布满魔纹的额头正中央，居然多生出一只竖眼，他居然有着三只眼睛。

古思等人顿时傻眼，在西土大陆最为古老的传说中，蒙昧时代人类最大部落的图腾神明便是这个样子，那是西土神话传说中法力通天最为强大的神祇之一，是早于现今天界神灵的存在。西土有各种各样的妖族、魔兽，但从来没有一个是这样子，当年西土人类最大部落的图腾是世间唯一的，从来没有"复制品"。但是，眼前的景象彻底让古思他们发蒙，他们居然看到了和传说中图腾神祇一模一样的人！他们虽然不相信，但心中却已经有了一种不好的感觉，眼前的男子似乎和曾经的西土图腾神祇有着莫大关联。

眼前的男子是如此邪异，如果将他和西土曾经的图腾联系到一起，让古思等人难以接受。接下来发生的事情，让古思更难以接受，那如西土图腾般的血发男子，眼中血光一闪，一股莫大的吸力将和他一同为魔王托斯特效力的弟弟、妹妹，还有另外十几个不死生物席卷了过去。空中血雾弥漫，惨叫连连，十几个已经转化为不死生物的强者瞬间被吸成肉干，而后身体化为粉末，当他们的灵魂飘荡出来时，又被那邪异的血发男子当场吸收。

古思看得目眦欲裂，虽然转化成了不死生物，但感情还在，看着至亲至近的人如此惨死，连灵魂都彻底消散，他无法忍受，大吼一声便扑了上去。只是，空中的那人修为比他强太多了，他转化成不死生物时，以前的修为等同于废了，并没有剩下多少力量。而且从那血发男子的种种表现来看，即便是古思全盛时期也肯定不是对手。

那是一场噩梦，至亲至近的人惨死，让古思差点崩溃。然而让他最不能接受的是，最后他竟然得知，那三眼蛇身的血发男子，居然真的是当年的西土图腾，名为瑞德拉奥的神祇！瑞德拉奥吸收完十几个不死生物的灵魂之火，发觉并没有壮大多少力量，便将古思等人统统禁锢在空中。他的双眼射出两道血芒，庞大的精神力将他们彻底覆盖了，古思等人的思感全部被他所感知，古思他们的记忆对于瑞德拉奥来说就像百科全书一般，全部被他"读"去。

当西土图腾瑞德拉奥了解自那遥远的过去到现在，所发生的一系列人类发展进程后，仰天发出怒吼，整个广阔无边的第十二层地狱都为之震颤。他愤怒地吼啸着："我才是西土真正的主宰者！我才是西土真正的神祇！我被他们几个陷害了，我被世人遗忘了，我要拿回我失去的一切！"越想越是愤懑，西土图腾瑞德拉奥直欲抓狂，最后在整个第十二层地狱不断冲撞，长啸之音不仅在整座十八层地狱震荡，令十八层地狱万魔长啸，巨大的啸音还传上了地表，惊得光明教会所有人心惊胆战。

古思等人当时虽然已经转化为不死生物，但还是被气浪直接震晕了。他们不知道的是，西土图腾瑞德拉奥"觉醒"后，也惊动了那个时期的光明教会，他们如临大敌。

不是没有大恶魔在下方吼啸过，但却没有人如此剧烈冲撞地狱，实力强大的凶神恶煞都选择保存力量，等待机会破开封印，没有生灵会这样浪费力量。而且，从这种力量程度来看，那绝对是超级恐怖的存在，是在光明教会中根本查不到一点底细的被封印者。

当时，上古神龙坤德驻留在光明教会，还没有离去，凭着他的敏锐的灵觉真真切切捕捉到了西土图腾瑞德拉奥的话语。下方的人居然声称是西土真正的主宰者，老龙顿时大吃一惊，而且他已经听出第十二层地狱的那个声音，绝非是被他封印的魔龙一族的人。他对光明教会了解甚深，知道光明教会第十二层地狱是一片极其邪异的玄界空间，但里面根本没有封印任何人，他和当时的光明教皇谈了好久，来了解情况。至于老龙到底和教皇谈了一些什么，外人根本无从得知。不过近七千年来，光明教会的人都知道，老龙异常关注第十二层地狱。

当然这些都不是被封印了七千年的古思所了解的。七千年来，支撑古思活下去的信念就是等待强大的凶魔被封印进来，亲眼见证西土图腾瑞德拉奥被杀死。但是他知道这可能只是一个梦。瑞德拉奥毕竟是西土在蒙昧时代就出现的神祇，还早于如今天界的神灵。

不过古思相信，瑞德拉奥即便过去再强大，现在也肯定不是最厉害的了。因为他的实力早已受损，而且不知道被谁封印了。一直在石棺中沉睡，他浪费了太过悠久的岁月，在这期间已经有众多的神灵崛起。只要瑞德拉奥不是无敌的，那么总有人能够杀死他。眼看着当初一起被封印进第十二层地狱的人死的死，自杀的自杀，最后只剩下古思自己，他本已经绝望了，没想到碰到辰南，真的被他等到再次被封印进来的人。

"我的龙妈啊，简直太不可思议了！这真是超级大鳄啊！"紫金神龙自古思那里了解这一切后，不停感叹着。辰南也被惊得感慨万千，一个超级久远的神祇居然在第十二层地狱内，那可是西土当年的图腾啊，一个真真切切存在的活图腾，这简直有些让人不可想象！"你说让我帮你报仇，就是要我去杀死这个西土图腾？"辰南对着骷髅头古思发出剧烈的精神波动，道，"开什么玩笑！那样的生灵是我能对付的吗？"

古思道："你不杀死他，他便会杀死你。他现在在沉睡，醒来之后发现你们，必然要来吸收你们的灵魂力量，毕竟你们的修为很强大，对他来说是上好补品。他现在还没有觉醒过来，是动手的最好时机。为了你们自己能够活下去，你们也要动手！"

辰南一阵头疼，按照从骷髅头古思那里所了解的信息来看，这个西土图腾真的异常强大，只能期盼，因为这里没有天地元气，他已经渐渐衰弱了。这时紫金神龙突然低吼道："古思你还有事情瞒着我们，哼哼哼，要不是我精通搜魂术这门法术，保准被你害死。"

"怎么回事？"辰南惊道。紫金神龙道："我从古思的脑海中得知，即便没有天地元气，那个西土图腾的修为也没有下降，而且还在稳步增长中。"听到这个消息，辰南差点将古思的头颅直接拍碎，没有比这再坏的消息了，眼下的西土图腾绝不是他们所能够对付的。他强行忍住怒火道："你想报仇的迫切心情我了解，但是你不能这样隐瞒我们，不能够真正了解敌人的力量，我们只能白白去送死。"骷髅头古思羞愧地哭泣起来，传出阵阵悲伤的精神波动。

"好了，不要哭了。"辰南道，"野蛮对抗，肯定是去送死，现在我们来谋划一下，看看能不能用计将他折腾死。""该死的坤德老混蛋，居然把我们封印到这样一个变态的地方，这个老蜥蜴实在太混账了！"紫金神龙大骂着。辰南自语道："我倒是觉得这头老龙的态度值得玩味，当时如果他只在一旁观战，我们死定了。后来，他出手也没有直接将我们击杀，反而将我们封印到了这里。这个家伙不会有什么深意吧？"紫金神龙骂道："呸，这老混蛋有什么深意啊，还不是怕他女儿跟他急眼，在不能杀死我的情况下，就尽情地报复我，我发誓脱困后，定然让这个老混蛋连胡子都气白了！"

辰南走来走去，暗暗思考着西土图腾的事情，自言自语道："人类蒙昧时代最大部落的图腾，自称被人陷害的西土主宰者。这个家伙该不会是'中途退场'，或者说是被淘汰的布局者吧？只是，他怎么被封印在第十二层地狱了呢？按照他这个级数来说即便被封印，恐怕也要直接打入最底层的地狱啊！对了，似乎他一直沉睡在地下，并不是被人封印在这里的，这就奇怪了，他的沉睡之地怎么成了第十二层地狱呢？"辰南心中充满了疑问。

不过就在这时，远处的暗黑地带突然传来阵阵能量波动，隐约间有龙吟凤鸣之声传来。"嗷呜，是小豆丁和小不点它们两个，肯定和那些打不死的僵尸遇上了，我们赶紧去支援吧。"紫金神龙当先飞去。辰南抓起骷髅头，也腾空而起。

飞出去十几里，可以看见远空中，一只七彩凤凰翱翔于空中，周围是漫天的大火，一群生有蝠翼的僵尸正在高空中惶恐逃窜，发着刺耳的尖啸声，在无情的神火覆盖下，许多生翼僵尸或被燃成灰烬，或被烧得坠落而下。在另一旁，龙宝宝没有显现出本体，依然只有一尺长，快如闪电一般在空中飞行，它的口中也同样喷吐着黄金神火，许多魔物被烧落下空中。

紫金神龙大是惭愧，叹道："我还真是糊涂啊，这些老尸不过是由于年代大多久远，积累了无尽的煞气，才致使他们的身体成为金刚不坏之躯。但他们毕竟不是赶尸派祭炼过的僵尸，他们有着致命的缺陷，因为他们是纯粹的不死生物，最怕神圣的法术！简简单单，来个先天神火，就足以干掉他们了。想想方才那样费力，真是丢龙啊！"听到紫金神龙的话语，辰南不禁暗暗咂舌，这里的僵尸年限之久远，真可谓让人目瞪口呆，如果被赶尸派得到去祭炼，简直可以横扫整个修炼界！这可都是洪荒奇尸啊！

"哎呀，你们终于来了，快来帮帮我，我害怕……"小凤凰怯生生地喊着，但是空中被神火点燃、坠落而下的僵尸却更多了。借助小凤凰的神火可以清晰地看清附近的景象，只见空中能有近百头生有蝠翼的白毛僵尸与红毛尸煞，而地面则有近千头没有蝠翼的僵尸与尸煞，更有数不清的白骨大军，白茫茫一大片，这是一个庞大的死亡军团。

紫金神龙一个神龙大摆尾就冲向地面，口中紫金神火狂吐不断，所过之处白骨崩碎，尸煞逃窜，僵尸乱跳。痞子龙一个迂回俯冲，顿时将地面那些不死生物杀了个鬼仰马翻，彻底出了一口恶气。"嗷呜，龙大爷又来了……"三十丈的紫金龙躯冒着紫金神火，冲进白毛僵尸与红毛尸煞中，简直如虎入羊群一般。原本具有金刚不坏之躯的古尸，仿佛冰雪遇上太阳一般，冒起缕缕轻烟，渐渐烟消云散。

不过就在这时，一股强大到极点的精神波动突然从远方浩荡而来，一个冰冷森寒的声音在辰南与几头神兽心中响起："哼哼哼，真是不错的祭品啊！我要好好享受一番！"

眨眼间声音便到了眼前，空中血光冲天，正如骷髅头古思所描绘的那样，西土图腾果真是人首、蛇身，生具三眼，浑身魔纹缭绕，邪异无比。瑞德拉奥一下子就瞄上辰南，快速向他抽出一尾，空间顿时出现一道大裂缝。辰南大骇，急忙躲向一旁。不过，瑞德拉奥乃是传说中的西土图腾，岂是易与之辈，长硕的蛇尾在刹那间突然暴涨，而后如闪电一般缠向辰南的腰际。

无论辰南怎样躲避，那蛇尾都如鬼影附体一般，仿佛能够控制时空，仅仅一瞬间就绕在了辰南的腰间。顿时他感觉五脏六腑如同沸腾了一般，腔腹中的所有器官仿佛都已经碎裂了。瑞德拉奥双眼中射出两道血芒，浑身上下的魔纹也透发出妖异的光芒，整个人看起来邪异无比，一点也没有传说中的神祇样子，现在他就像一个饥饿的苍狼遇到肥嫩的绵羊一般贪婪。"你将化为我灵力的一部分，我会记住你的！"西土图腾瑞德拉奥的声音很冰冷，他用力勒紧长尾，尾端血光闪耀，直欲将辰南在瞬间斩杀。

只是就在这时，辰南的腰间发出淡淡的光芒，金黑两色光华如同水波一般在他腰际扩散而出，生生抵制住瑞德拉奥的绝杀。西土图腾犹如被蝎子蜇了一下，快速松开长尾，他盯着辰南的腰际，有些惊怒，最后又邪异地笑了起来道："有意思，难道是有人设局让你这棋子来试探我？""我并不明白你在说什么！"辰南深深吸了一口气，腰腹间的疼痛才慢慢消失，方才他已经感觉到了死亡的气息，险些真的被勒断为两截。

　　"哼，毁子杀将！今天我倒要看看能有什么后招等着我呢！"西土图腾瑞德拉奥眼中血芒一闪，两道血色神剑凝形而成，快速激射向辰南。就在这时，辰南感觉左右手一阵发热，左手漆黑如墨，右手金光璀璨，他感觉双手仿佛蕴含着无穷的力量，抬手向着两道血色神剑抓去。"铿锵铿锵——咯嘣咯嘣——"金属交击的声响与金属折断的声响几乎同时响起。西土图腾两道眼芒所化出的血色神剑，竟然被辰南的双手抓住后生生扭断了。

　　空中血芒一闪，西土图腾瑞德拉奥竟然划开空间，直接自原地消失，而后突兀地出现在辰南的身前，双手狠狠地向着他的心脏掏去。直接穿越空间，这样的速度实在太快了，辰南完全是凭着战斗本能，挥动双拳砸出，跟瑞德拉奥的双爪狠狠撞在了一起。金属铿锵声中，拳爪相击处的空间直接被轰碎了，辰南被震飞，瑞德拉奥原地未动，冷笑着看着辰南，道："不错，体内那股磅礴的力量果真让我心动啊！"

　　辰南如临大敌，精气神合一，盯着这个西土图腾。他的双手一阵麻木，如果不是有金黑两色力量，他的双手可能彻底废掉了，对方远比他强大。想一想自己复活的经历，他一路战来，整日处在刀光剑影中，原本在凡俗界已经近乎无敌，但一旦迈入玄界领域，新的高手又出现了。

　　他明白，这个世间根本没有所谓的无敌，一个人感到寂寞无敌时，只是在某一领域的感慨而已。从某种意义上来说这个人的层次还是不够，如果能够进入一个新的领域，他会发现这个世界实在太大了！现在辰南进入玄界领域后，他等同于从一个"新人"做起，未知的强大对手让他难以估量，而且他遇到的人往往是一些巅峰人物。

血色残影一闪，瑞德拉奥快速来到辰南的背后，双手向他的脖子扭去，辰南的双眼根本跟不上他的速度，瑞德拉奥的残影还停在他的正前方，但真身却已经快贴上了他的脊背。他脊背冒起一股凉气，战斗本能驱使他快速破开内天地，唰的一声闪进自己的小世界中。

瑞德拉奥双手落空，划进了辰南的内天地，他没有想到对方会以这种方法躲过致命一击。见对方已经祭炼出了自己的内天地，他微微一愣，不过马上又笑了起来，道："不错啊，居然祭炼出了自己的内天地，很好，很强大！嗯，我在这里感觉到了熟悉的气息，你似乎有些不错的家底啊！"辰南快速冲出内天地，他可不想惹火烧身，以对方的修为来说，爆掉他的内天地绝对没有问题，如果那样惨死，他还不如直接自杀。他看了看一金一黑的双掌，攥紧拳头，注视着瑞德拉奥。

"嘿嘿，看你蛮有意思的，我决定好好疏松一下筋骨，最后再取你灵魂之力。"西土图腾唰的一声出现在辰南左侧，一掌切向他的颈项，辰南急忙举拳阻挡。"砰"，拳掌相击，辰南后退。不过，瑞德拉奥速度更快，已经先一步来到了他的身后，甩尾向他抽去。"砰"，辰南被抽飞，不过这时他发现遍布在双掌的金黑双色力量，已经遍布全身，令他半边身子黑亮阴森，另半边身子金光灿灿神圣无比。他目瞪口呆，差点晕过去，这成什么样子了？！要多难看有多难看！能够吞噬神魔的太极神魔图之强大是毋庸置疑的，但它为什么不出现呢？反而分散开来在他体内形成两股保护力量，这令辰南心中满是不解。

"砰！"辰南被一拳击飞。"啪！"一个大力甩抽，辰南再次被轰飞。如果没有金黑两色力量的庇护，辰南恐怕早已粉身碎骨。"你就这么点本事吗？我始终觉得你有一股庞大的潜力，没想到却这么差劲，真是不经打！"西土图腾瑞德拉奥挖苦道。

辰南出言反击道："你这老鬼有什么可拽的？如果我们是同一个时代的人，我能够把你打得连你妈都不认识！你修炼了那么久的岁月，现在即便战胜我又如何，有什么可值得显摆的。你还不是被人算计被封印在这里，欺软怕硬，自以为是的失败者！"这些话似乎抓住了瑞德拉奥的痛点，他愤恨地怒吼道："谁能够封印我？这本来就是我自己的世界，你口中所说的第十二层地狱是我创建的天地，只是在我沉睡的过程中被无耻之人利用了而已。"

辰南遭掌击与蛇尾的甩抽后，尽管有金黑两色力量护佑，但他依然受了不轻的内伤，嘴角已经溢出鲜血。这时，紫金神龙、龙宝宝、小凤凰，解决了大部分僵尸与尸煞，看到辰南连连遭创，它们快速赶来援手。三头神兽尽管在外面可以呼风唤雨，但在西土图腾面前根本不够看，以它们的修为根本难以伤到瑞德拉奥。才交手几下，三头神兽就一一遭创，如果不是瑞德拉奥不想立刻置它们于死地，恐怕它们已经一命呜呼了。

辰南已经没有退路，他明白这个西土图腾尽管被人算计而陷入漫长的沉睡荒废了修炼，但他毕竟是西土蒙昧时代的图腾神祇，多半和玉如意中那个女子是同一时代的人，原始的力量依然足够让人仰视。辰南打开内天地，将定地神树握在手中，他想借用圣器之力，但又不敢将瑞德拉奥放进自己的内天地，所以只能持着神树，站在小世界的出口处，冷声道："你尽管冲着我来吧。"

瑞德拉奥眯着眼睛，看了看化成一米高矮，被攥在辰南手中的碧绿神树，点了点头道："怪不得我感觉到了熟悉的气息呢，很好，很好！"他快速冲了上去，双掌直劈辰南，血色的锋芒炽烈无比。

辰南举定地神树相迎，绿色光芒璀璨无比，刹那间照亮了黑暗的第十二层地狱，不愧为自远古流传至今的圣器，生生挡住瑞德拉奥的双掌，将他架飞出去。"有些意思！"瑞德拉奥被扫飞后，感觉脸面有些挂不住，唰的一声，他破开空间，直接闪现在辰南的内天地中。辰南大惊！龙宝宝、小凤凰、紫金神龙也知道辰南陷入了险境，如果被对方直接在里面轰碎内天地，辰南必然粉身碎骨而亡，三头神兽皆冲了进去。

不过就在这时，奇异的事情发生了，辰南体内金黑两色力量突然如水波一般，快速聚在他的丹田内，而后光华一闪，金黑两色光球冲了出来，太极神魔图再现！与此同时，定地神树自主冲天而起，化作参天神树，抵住西土图腾的去路，而坐落于混沌地带的两座古盾残片所化成的神山，也拔地而起，冲向瑞德拉奥。最让人吃惊的是痞子龙身上的玄武甲化成了神龟，飞天而起，也冲向瑞德拉奥，惊得痞子龙一阵长嚎。

参天的定地神树，两座高大的神山，再加上化成三十丈的庞大玄武神龟，从四个方向将瑞德拉奥包围在了里面，太极神魔图则直接冲进了包围圈，与西土图腾对峙起来。辰南真是无比惊异，怎么也没有想到几件圣器能够自主御敌，很显然它们都有灵性！而太极神魔图就更值得让人深思了，似乎开始时故意示弱，现在沟通了几个帮手，准备将西土图腾彻底封杀！

"流氓会武术，谁也防不住！老龟会飞天，图腾也要蔫！"紫金神龙惊叹连连道，"这混账老龟天天让我驮着它，也从来没见它动弹一下，关键时刻居然拽上天，真是龟不可貌相啊！"龙宝宝小声地嘟囔道："西土的图腾？要抓住炖蛇羹……"辰南顿时无语。就在这时，定地神树、玄武神龟、两座神山突然爆出万丈光芒，一个巨大的光罩快速形成，将西土图腾笼罩。而太极神魔图也围绕着瑞德拉奥开始飞旋，这时西土图腾瑞德拉奥终于露出郑重之色，不再那么随意。

"这似乎像当年仙幻大陆的几件圣器，哦，我想起来了，现在两个大陆连接在了一起……"瑞德拉奥自言自语道。就在这时，太极神魔图旋转得越来越快，而后在它的前方突然出现一个黑洞，黑色的洞口快速向着瑞德拉奥吞噬而去。瑞德拉奥脸色一变，仰天一声长啸，血色红发乱舞，他全身的魔纹绽放出邪异的光芒，额头上的那第三只竖眼射出一道金黄色的光芒。

尽管有定地神树几件圣器护持，但庞大的灵力波动还是通过光罩透发而出，辰南的内天地一阵剧烈颤动。可以想象，如果没有几件圣器禁锢了那片空间，辰南的内天地根本不可能承受这样浩瀚的力量，西土图腾不愧为早于天界神灵出现的神祇！辰南的内天地出口并没有关闭，第十二层地狱内地面上，骷髅头古思吃惊地望着里面发生的情景，精神波动无比剧烈。

"图腾圣眼睁开了，天啊，传说能够毁灭世间万物的图腾圣眼！"辰南感应到了古思的精神波动，诧异地望着瑞德拉奥第三只眼中激射出的金光。那道神光快速射进太极神魔图前的黑洞，如巨魔之口的黑洞遇到金光之后快速消融，而后彻底消失，当然神光也跟着不见了。

瑞德拉奥脸上露出凝重之色，太极神魔图似乎也谨慎起来，再次围绕着瑞德拉奥旋转。辰南则大惊失色，无往不利的太极神魔图竟然失手了，可见西土图腾之强大！

定地神树、玄武神龟以及高大的神山也缓慢地旋转起来，一时间和瑞德拉奥形成了一个微妙的平衡，双方对峙着。只要是争斗，平衡很快就会被打破的。就在刹那间，也不知道是谁先发动起了攻击，太极神魔图和瑞德拉奥的动作快如电光，只见几件圣器笼罩的光团内到处都是残影，根本看不清太极神魔图和西土图腾的确切位置，只知道他们在不断冲撞。

在此过程中瑞德拉奥的图腾之眼不断闪烁，号称能够毁灭世间万物的神光狂轰滥炸。不过每一道金光都被太极神魔图硬接了下来，并没有让一道毁灭之光肆虐而出。尽管如此，辰南的内天地却也已经如同地震了一般，不断狂猛地晃动，远处的混沌地带甚至开始崩坍。这令辰南心惊胆战，西土图腾和太极神魔图的拼斗实在太激烈了，那种毁天灭地的能量如果冲出来一部分，恐怕也会毁掉他的内天地。

"嗷呜，还让不让龙活了，这些变态怎么都被我们遇上了，我敢说这个变态图腾比那天下第一女妖差不了多少。"紫金神龙在提到神秘的玉如意女子时不禁缩了缩脖子，对方给它留下的印象太深刻了。突然间天摇地动，太极神魔图和瑞德拉奥激烈地冲撞着，展开了决战的架势。就在这时，围在外面的定地神树突然爆发出一道无比粗大的绿光，向着里面的西土图腾轰击去。与此同时，两座神山也向前撞去。玄武神龟更是挥动巨爪，狠狠向前砸去。

几件圣器竟然也参与了进去，狂轰西土图腾，尽管它们将轰击的能量隔离在保护光团内，但能量风暴还是会偶尔溢出。刹那间辰南的内天地经历了一场浩劫，原本鲜花芬芳的"大地"刹那间龟裂，转眼间崩碎。整片混沌地带不断崩塌，隆隆之响不绝于耳，整个小世界天翻地覆一般，即将彻底毁灭。

辰南被震得口吐鲜血，痞子龙和小凤凰、龙宝宝也被折腾得或啸或鸣，在能量风暴中它们也同样受创颇重。这是一场巨大的灾难，辰南的小世界几乎被毁，几道巨大的空间裂缝出现在混沌地带，这片内天地即将崩坍。不过最后关头，定地神树光华万丈，将这片小世界内的能量风暴全部吸纳，而后发出绿光点点，涌动进有裂缝的混沌地带，令那些空间大裂缝慢慢闭合，恢复为初始的混沌状态。这个时候，两座神山已经被瑞德拉奥生猛地打入混沌地带的最深处，几乎不可见了。

让人惊异的是一道青碧的石山自混沌地带延伸而出，矗立在现场，将瑞德拉奥的蛇尾压在下面，只余上半身在外。竟然是石化的半截大龙刀的本体！任谁也没有想到最后关头，石化的大龙刀竟然也参与进来，将西土图腾镇压在下面。玄武神龟正挥动着巨大的绿爪，一下一下地轰击着瑞德拉奥的上半身。

太极神魔图颜色暗淡，浮于虚空中，最后竟然停止旋转，一金、一黑两色光球分散了，各自射向辰南的丹田中。辰南躺在地上，浑身骨骼仿佛粉碎了一般，连动一动小手指都有些困难，他以为自己可能就此死去了，不过当内天地被定地神树稳定之后，他终于知道他与死亡擦肩而过。

"嗷呜，龙大爷是永垂不朽的！我到底还是没死啊！嗷呜……"痞子龙喷了一口鲜血，躺在地上长嚎了起来。龙宝宝受创颇重，迷迷糊糊地嘟哝着："我死了吗？我想吃图腾蛇羹……"小凤凰鲜血染羽，已经陷入昏迷之态。

辰南终于能够动了，忍着剧痛坐起，心疼地将说胡话的龙宝宝抱在怀中，擦净它鳞片间渗出的龙血，为它输送少许真元而后放在地上。他又将旁边的小凤凰抱起，将它羽毛上的鲜血蒸干，输入一些真元，才摇摇晃晃地站起。辰南现在五脏皆伤，觉得自己可能废了，一步一摇晃地来到瑞德拉奥的身前。

此刻玄武神龟那足有房屋大小的巨大绿爪，正有一下没一下地轰击着瑞德拉奥，不过老龟似乎也受创了，显得有些力不从心，竟然没有将瑞德拉奥的上半身砸烂。不过也足以说明西土图腾的可怕，当真具有金刚不坏之躯，虽然他已经昏迷，但被老龟这样一个庞然大物不断轰砸，依然无损分毫！

"居然干不死你！"紫金神龙龙首人身，也摇摇晃晃地走了过来，它二话不说，上来就是一记紫金双节棍，狠狠劈在瑞德拉奥的头颅上。

"当"的一声金属颤音，紫金神龙手中双节棍脱手而出，直震得它虎口崩裂，鲜血涌出，痛得它不断甩手，怒骂道："这条变态蛇气死我了！已经昏迷过去了，居然都无法干挺他，丢龙啊！"

辰南的目光很冰冷，他受的伤实在太重了，现在只是被他暂时压了下去而已，这近乎自残！但他没有办法，不尽快处理这西土图腾，等他醒过来，他们几个谁也活不了。他咬了咬牙，不顾严重的伤势，集结起体内潜藏的所有力量，"铿锵"一声死亡魔刀出现在了他的右手中，同时七八把兵器悬浮于他的身边。

一道魔影矗立在辰南的身后，魔影左手中是一件神秘的兵器，是一个身缚锁链的人像，长能有一米，不过人像很模糊，难以看清体貌，但其上面所缚的锁链却很清晰，捆锁得非常结实。这一次，魔影的双眼也睁开了，他同辰南一样冷冰冰地凝视着昏迷不醒的西土图腾。

瑞德拉奥似乎心有所感，竟然从昏迷中惊醒，看清辰南身后的魔影后，他有些吃惊。不过就在这时，辰南手中的死亡魔刀抡到了，在他的颈项与头颅上狂劈，"当当"之声不绝于耳，只是依然无法损伤他。瑞德拉奥并没有因为近距离遭受攻击而惶恐，反倒是对辰南背后的魔影感觉有些惊异，他对着魔影疑惑地问道："你是谁？"他边问边想挣扎起来，只是这时他才发觉，自己竟然被一座青碧的石山镇压，瑞德拉奥惊呼道："居然是东土图腾之一！"

西土图腾看着辰南背后的魔影惊疑不已，再看到镇压他的青龙石山更是有些变色，他额头上的那只竖眼一阵颤动，似乎即将睁开。"泥鳅快闪开！"辰南一手劈飞紫金神龙，而后毫不犹豫地将自己的左手印上西土图腾的整张脸。与此同时，滔天的魔气自辰南左手涌动而出，一股汹涌澎湃的力量瞬间爆发，黑暗笼罩这片天地，魔气吞噬了一切。

"混蛋！"瑞德拉奥大叫着，"快停下来，我们不是敌人，啊……"紧接着他惨叫起来。"天魔左手？！"被劈飞的紫金神龙念叨完这一句，在空中直接昏了过去。无尽的魔气浩荡汹涌，辰南的内天地发出了一声碎裂的声响，他大口喷血昏死了过去。

待到魔气散尽，瑞德拉奥的半边脸已经被劈飞了，他虽然神通广大，但在被镇压的情况下，如此近距离地挨了一记天魔左手而没有化成飞灰，足以惊世了！西土图腾的半边脸已经不见，而额头那只竖眼也早已不知被劈得滚落到哪里。地上印着一个清晰的掌印，打穿了深厚的地层，穿出辰南的内天地，天魔左手将他的小世界击穿了！

瑞德拉奥并没有死去，他醒来之后精神波动无比剧烈，一只独眼愤恨地看着昏迷不醒的辰南，想要直接下杀手，但对上辰南背后的那个魔影后，又有些犹豫了。他气得疯狂地大叫着："这是哪个阴人指使人，把这个小子封印进这层地狱的？不按常理出牌！我要将这个小子直接扔进你们所谓的天界，既然敢乱来，我就给你们乱到底！"辰南和痞子龙，以及龙宝宝、小凤凰都已经昏死，这片内天地中只有西土图腾瑞德拉奥在疯狂地吼啸怒骂，他实在被气疯了，怒骂道："竟敢如此算计我，不要让我知道是谁，不然我和你不死不休！"

好久之后，紫金神龙和龙宝宝、小凤凰才慢慢苏醒。至于辰南，他所受的伤实在太重了，一直处于昏迷状态，这时他身后的魔影已经消失。"好吓人呀！那个家伙的半边脸都没有了，还活着……"小凤凰最是胆小，一副害怕的样子。"哦，光明大神棍在上，我的蛇羹！"龙宝宝也迷迷糊糊地揉了揉一双大眼。紫金神龙还算比较清醒，战战兢兢地挪了过去，抱起辰南就往回跑，样子看起来有些好笑。"嗷呜，吓得我的老心肝'扑通扑通'跳个不停啊！"老痞子擦了把冷汗。

在紫金神龙和龙宝宝共同催动元气的情况下，辰南终于慢慢苏醒，不过当他看到不远处正在咆哮的西土图腾时，又差点昏迷。天魔左手在那么近的距离都没有干掉他，这个世上还有几人能够杀死他啊！"现在怎么办？他现在在你的内天地中，我们即便是跑，他也会如影随形，况且也跑不了，被困在了该死的第十二层地狱。打又打不死他，逃又逃不掉，真是让龙痛苦啊！"

龙宝宝一双金黄色的小拳头紧紧地攥着，看样子也分外紧张，最后它将颈项下的逆鳞摘了下来，郑重地递给紫金神龙，小声嘟囔道："要不、要不你直接自杀算了。"紫金神龙道："你个小豆丁现在还有心情调侃龙大爷。"小凤凰飞上辰南的肩头，小声道："奇怪哦，他并没有急着要来杀我们。"

瑞德拉奥的精神波动始终处于狂暴状态，不停地在这片内天地激荡，过了好久他才稍稍稳定了一些，不过还是时不时就会咒骂上几句。辰南已经感应到自己的内天地被击穿了，这有如他自己被击穿了一般，浑身上下都剧痛无比，如果不是紫金神龙扶着他，恐怕站都站不起来了。

就在这时，瑞德拉奥剧烈的情绪波动终于缓和了一些，他用精神思感在辰南心中传声道："遇到你这丧门星、倒霉鬼，真是一大不幸，你们过来，我倒要看看到底是哪个家伙在算计我。"眼下辰南他们早已没有战力，既然对方想坐下来谈谈，他也没有抗拒的必要。

看着瑞德拉奥少去半张脸的头颅，紫金神龙站在辰南身后嘿嘿偷着乐，虽然他们开始时处处吃瘪，但最后被辰南一掌就全都给挣回来了，这种感觉让老痞子觉得比亲自动手的辰南还要爽。"到底是谁把你们封印进第十二层地狱的？"瑞德拉奥恨得咬牙切齿，但是半个下巴不断抖动，也没有咬上去。

老痞子想也不想，冲口而出："三头黄金神龙奇拉昂斯，斗神扎里斯，六头神魔猿，上古神龙坤德。"龙宝宝眨了眨大眼，接着道："还有东土杜家玄界一帮高手，以及赶尸派玄界一个尸王。"瑞德拉奥拆穿道："居然有这么多人，就凭你们几个，要这么多人出手？不要说谎了！"小龙嘀咕道："好吧，算我多说了，就是前面那几个人。"小东西和痞子龙一个目的，想把一些大敌都卖出去，不过既然被发现破绽了，它也只能冤枉六头神魔猿那三个家伙了。

"坤德？似乎很耳熟。哦，想起来了，古思他们那群人不就是被那个家伙封印进来的吗？该死的，这个家伙的感觉还真敏锐，竟然觉察到了我的存在。不过，我猜想他背后还应该有人，不然凭他还不敢来探究我。"瑞德拉奥的情绪又剧烈波动起来，道，"六头神魔猿那三个家伙是什么来头？"痞子龙"解释"道："当然是狂上天的家伙，其中六头神魔猿的来头最大，它的母亲差不多是现今西土最强的女人，而它的父亲则是天界的一个神魔，来头似乎也不小啊！"

瑞德拉奥不屑地道："天界的人有什么了不起的，当年困害我的最大主谋必然在天界。现在也许他有了某种感应，制造种种巧合，将你们封印进了这里。当然，也许真是种种巧合下，你们无意间被封入了这里。不过，我已经决定送你们进入天界，既然要乱来就给他乱到底。”"关我什么事？"辰南有些不解地望着眼前有如神经质的西土图腾。

瑞德拉奥道："怎么不关你的事，谁碰你谁倒霉，也让所谓的天界的混蛋倒霉一下。""碰我就倒霉？"辰南更加不解。瑞德拉奥道："当然，我方才亲眼见到了你……算了，这不是现在的你所能够了解的层次。反正你是一颗灾星，自己倒霉也就算了，还到处留下祸乱。"辰南不服气地道："饭可以乱吃，话不能乱说，你凭什么这样说我？"瑞德拉奥傲气地道："凭我是西土图腾，历经无数时代，自太古至今最强大的存在之一。"

"还好你说了个'之一'，不然我还以为你天地间第一呢！"辰南讽刺道，"你说要把我们送进天界，请问你自己有办法脱离这第十二层地狱吗？"西土图腾瑞德拉奥怎么会听不出辰南的讽刺，冷声道："你觉得凭我的实力，还无法突破封印离去吗？我之所以不肯离去，是因为我想带走这第十二层地狱，这是我创建的一方天地，我怎么能够容忍它被人当作囚牢呢！"

当年西土图腾实在太大意了，被人施展手脚陷入沉睡，而且是那种最深层次的"睡到海枯石烂"，如果没有意外的话，他可能会一直沉睡不醒。更加倒霉的是，当他醒来时他发现自己所祭炼出的空间，竟然不知道被什么人破坏得七七八八，成为十八层地狱中的一层无比广阔的牢狱，几乎和他彻底切断联系。如果他想破开虚空离去可以说易如反掌，但是他势必要切断与这个空间的最后一丝联系，永远地失去这方天地。

瑞德拉奥绝不可能放弃自己的空间，他必须要夺回属于自己的这方天地，所以七千年来他一直在想尽办法，重新祭炼这方天地。而且经具体探查后，瑞德拉奥发现十八层地狱中的几层地狱也是无比广阔的玄界，他野心勃勃，想在这里吞噬整个十八层地狱，将所有空间纳入他的天地，到那时他的空间将浩瀚无边，敢与天争！这些事情，瑞德拉奥当然不可能全部告诉辰南，但简要地提了一些，就足以让辰南对他的修为再次吃了一惊。

"你要把我们送入天界？"小凤凰小声道。老痞子结结巴巴地道：

"你自己，去过天界吗？我听说你是一个老古董级的存在，但是……"西土图腾冷笑而不屑地道："我当年被万众敬仰的时候，你的祖先可能还在吃奶呢！天界算得了什么，当年天界被我发现时，所谓的神灵还没入住呢，我想把你们送进天界易如反掌。"

"这个不知道活了多久岁月的老古董！"这是辰南和三头神兽很想咒骂出的感慨。

"我能够感觉到我的大仇人在天界，那些混蛋肯定在相互算计。既然他们图谋不轨，那么我就给他们来一个意外，下一步'乱棋'，直接让你们进入天界。"这时西土图腾费了很大的力气才从青龙石山下挣脱出来，而后在辰南他们目瞪口呆的注视中，他失去的半侧脸渐渐长出血肉，慢慢恢复原貌。瑞德拉奥回头看着青龙石山，长叹道："可怜的东土图腾啊，你比我惨多了！"

大龙刀会是东土图腾？辰南和痞子龙他们心中充满疑问，只是还未等到他们开口，瑞德拉奥已经跨出辰南的内天地，而后一股莫名的大力将他们也拉扯了出去。

"我让你们凡胎成圣、白日飞升，这是许多人渴望一辈子都无法实现的愿望。"西土图腾说着，双手不断结印，一股浩瀚的能量波动在整个第十二层地狱激荡，最后这剧烈的能量波动引得其他地狱中被封印的凶神恶煞跟着咆哮起来。

光明教会内大乱，镇魔石飞走，圣骨代替镇压，刚刚稳定下来的十八层地狱为何再次动乱？中心神殿内，光明教皇问道："动乱的根源在第几层地狱？""第十二层地狱！"听到专门监控十八层地狱的神职人员禀报后，刚刚站起来的光明教皇一下子又坐回宝座，口中喃喃着："难道是那……真是一个多事之秋啊！"这个时候，西土图腾已经破开第十二层地狱，外面是一个黑森森的空间通道，是直达光明教会地表的唯一空间隧道。然而就在这时，一股浩瀚的威压自隧道上空澎湃而下。

瑞德拉奥脸色变了又变，道："所谓的'镇压圣物'还真是有些不可思议，不过我不需要惹它，我直接在这里破开天界的空间就可，看它能有什么作为。"西土图腾慢慢睁开额头的第三只竖眼，号称能够毁灭世间万物的毁灭之光电射而出，"轰隆隆……"整个十八层地狱都在剧烈摇动。金色的光芒瞬间照亮了暗黑的空间通道，在这一刻黑暗的空间渐渐破碎，一股奇异的能量波动自那片空间浩荡涌出。

与此同时，光明神殿的地基也一阵剧烈动荡，圣骨处又喷发出一股磅礴的力量，向着地下汹涌澎湃而去，滔天的魔气笼罩在整片光明神殿上空。西土图腾冷笑连连，竖眼中金光更盛，前方击穿的空间不断破碎又闭合。"这是……"辰南无比惊讶。瑞德拉奥道："你以为天界是那么好进的？尤其是像你们这样凡胎飞升，如果不避开天雷，你们进得去吗？天罚之雷即将出现，我正在准备化解，不可能一步就破开天界。"

这时，"圣骨"再次发出的力量轰至，瑞德拉奥抬掌向上轰去，同时竖眼之中射出的毁灭神光更加强盛。"轰！"那所谓的"天界空间"终于被金光轰开了，无尽的天雷劈落而出，西土图腾果然强横得让人心惊。

第三只竖眼射出的毁灭神光，一边对抗天罚之雷，一边将它们引入通往地表的空间地带，正好和澎湃而下的圣骨力量冲撞在一起。一时间，十八层地狱沸腾了，有天罚之雷的霹雳大响，也有西土图腾毁灭神光的狂轰滥炸，还有圣骨那澎湃的无匹力量的波动。整座十八层地狱在震动，万魔在长啸，凶神在嘶吼，所有被封印的凶神恶煞都动乱起来！

对于光明教会来说，如今真是一个多事之秋。镇魔石的离去引发了一系列事件，好在有圣骨重新镇压。而如今一件不可思议的事情发生了，凡是在拜旦圣城的人都已经感应到奇特的天雷之音，这绝不是有人故意引导天罚之雷大战，绝对是有人要武破虚空的征兆。

有人要破碎虚空进入天界，这当然是个大事件，但产生天罚的地点实在太邪异了，竟然是关押凶神恶煞的十八层地狱。这让所有感应到天罚波动的修炼者目瞪口呆，这实在是一件不可思议的事情，但是它的确就这样发生了！

那片虚空终于彻底破碎，一个仙雾氤氲的空间通道出现在第十二层地狱之外，九道大天雷伴随着九十九道小天雷，已经劈落完毕，全部被瑞德拉奥的毁灭神光和圣骨的力量毁去。辰南和三头神兽被瑞德拉奥打入那个光灿灿的通道，几个家伙如做梦一般，这简直有些不可想象！不久前他们还在和西土图腾拼命，才短短半个时辰，生死大敌竟然帮他们破碎空间，要将他们送入修炼者梦寐以求的天界，这当真如梦似幻！瑞德拉奥到底在辰南身上看到了什么呢？为什么执意认为他是祸乱的根源呢？辰南无论怎么想也不明白。

一阵剧烈的精神波动在第十二层地狱内传播，古思慌乱地喊叫着："辰南把我也带入天界吧，伟大的西土图腾让我也进入天界吧……"瑞德拉奥长尾一个甩抽，"砰"的一声，将骷髅头古思抽进天界通道内。通道慢慢关闭，辰南他们的身影渐渐消失，瑞德拉奥也重新封印了第十二层地狱。

辰南他们感觉自己仿佛徜徉在时间长河中，穿越了无尽久远的岁月，最后光芒一闪，他们飞出空间通道。一股灵气迎面扑来，顿时让人全身放松，紧接着，几个家伙皆惊叫着跌入了温暖的泉池中，蒙蒙热气飘散开来，同时缕缕幽香沁人心脾。

这是一座秀丽的矮山，漫山遍野鲜花烂漫，空气中充满了让人迷醉的馨香。自峰顶流淌下来的温泉在半山腰形成数十个连在一起的泉池，像一颗颗珍珠一般点缀在满山遍野的鲜花丛中，实在是一处圣地。

"哦，我与光明大神棍同在，我来到他的老家了吗？这里的灵气实在太浓郁了，让我快迷醉了。"小龙眯着一双大眼，使劲攥着小拳头，在温泉中滚来滚去，一副陶醉的样子。小凤凰也欢快地扑棱着水花，洗掉羽毛上的血迹，一副很享受的样子。骷髅头古思则在温泉边上贪婪地吸着花香，尽管他已经没有了嗅觉，不过重见天日的他感觉幸福得都快晕过去了。

老痞子最为奇特，一双龙眼直勾勾地望着远处的温泉池，口水不自禁地往外流着。辰南顺着他的目光望去，顿时眼神也有点发直。远处，温泉中几个美丽的身影实在太吸引人了，最为关键之处，这些女子的背后都生有洁白的羽翼。人小鬼大的龙宝宝也瞪圆大眼，一眨不眨地望着那些美丽的天使，小声嘀咕道："原来真的来到天界了，真的是圣洁美丽的天使呀!"

渐渐地,气氛活络起来,辰南、痞子龙还有龙宝宝开始热烈地讨论起来,点评着诸多美女天使的身材优缺点。小凤凰好奇地看着眼前的三个家伙,有些迷惑不解,实在看不出那些天使哪里漂亮,怎么比得上它光闪闪的七彩羽毛呢?

不过辰南他们实在有些得意忘形了,品头论足的声音稍微大了一些,立时被远处泡温泉的天使们听到了声音。

"谁?谁在偷窥?"天使们一阵惊叫,纷纷逃出温泉寻找自己的衣衫,顿时一阵慌乱。

"风紧扯乎!"重伤且不便行动的辰南提起骷髅头跳上紫金神龙的背,赶紧向着矮山的另一面飞去。

"偷窥变态狂在那里!快追,不要让他们跑掉!"

"天啊,居然是妖怪,快看是猪头人身,竟然是个猪头妖!"

紫金神龙差点跌下空中去,龙宝宝和小凤凰已经转过峭壁,飞到矮山的另一面,它殿后,堂堂龙首人身的神龙居然被人当成猪头妖,着实让它郁闷无比。好在飞到矮山的另一面后,辰南忍着伤痛打开了内天地,几个家伙都躲藏到里面。这方小世界受创非常严重,几道空间大裂缝虽然被定地神树补合,但依然不坚固,还没有彻底归于混沌。

至于天魔左手轰击出的那个大洞,只是勉强归于混沌而已,稍微用力一下恐怕都会被再次击穿,现在的内天地急需辰南好好祭炼一番。当然,眼下躲避这些女天使足够了,一群衣衫不整的女天使叽叽喳喳地飞了一圈,也没有发现偷窥者的踪迹,最后诅咒了一番飞走了。这便是几个家伙进入天界所遇到的第一件事。

矮山附近的风景异常美丽,实属一处佳地。辰南他们决定在这里养伤,他们的伤势实在不轻,尤其是辰南,几乎都快废了。古思并不想离开辰南他们,他可不想被那些圣洁的天使当作邪恶生物给"净化"掉。在如此秀丽的山景中,唯一有些不协调的就是骷髅头古思,这个家伙用灵魂之火猎杀了一只野兔,用自己的头颅取代了野兔的头颅,可以说滑稽到了极点。最后费尽力气,他终于给自己找到了一个稍微像样的"身体",用骷髅头取代了一只梅花鹿的头颅,总算能够利索行动了。

经过紫金神龙与龙宝宝不停的外出查探，终于明白他们确实进入了西方天界，而他们的所在地竟然是智慧女神雅丝的神域地带。五十里外便是成片的神殿，智慧女神雅丝就居住在那里。这片矮山丘陵地带风景秀丽，又有温度适宜的温泉，智慧女神手下的许多天使都非常喜欢。

辰南的伤势极其严重，大战时他的内天地几度濒临崩碎，他几次险死还生。几天过去了，他的身体还没有任何起色，修为也好像被废了一般，很难提聚起元气。紫金神龙和龙宝宝倒是乐观，劝解他这是一种福分，在这里慢慢养伤，天天看绝色的天使妹妹们，实乃人生和龙生最大的乐趣。

半个月后，龙宝宝带回来一则重要消息。智慧女神推算出下界的圣战天使已经觉醒，而且已经知道她的名字叫纳兰若水。现在智慧主神殿的所有天使都在忙碌，他们在搭建祭台，刻画魔法阵，准备启动神秘莫测的古老召唤法阵，将圣战天使召唤到天界来！

辰南大吃一惊，西方天界前不久不断下派天使，寻找传说中的圣战天使，在东土闹得沸沸扬扬。辰南曾经怀疑过龙舞，也曾经怀疑过梦可儿，还曾经怀疑过狂女李若兰，这些都是东土修炼界极其有名的女子，结果实在出乎意料，圣战天使的转世是在修炼界默默无闻的纳兰若水，恐怕智慧女神看到这个结果也要不禁发愣一下吧。一个修为一般，文文弱弱的美女名医，竟然是以战力震惊天界的圣战天使转世，这个反差实在有点大。

"不行，一定要阻止他们，不能够让他们用古老而神秘的魔法阵将若水召唤上来，我绝不能让若水成为他们的金牌打手！"辰南的话语无比坚定。"嘿嘿！"紫金神龙奸笑起来，道，"你的伤势有办法治疗了，说到底是因为你和内天地联系太过紧密，内天地没有复原，你的伤势也难以有起色。我想只要定地神树吸纳足够的能量，便肯定能够化开混沌，补好里面的空间大裂缝。至于庞大的能量来源嘛，嘿嘿，他们那神秘的召唤法阵不是准备好了吗？嘿嘿……"辰南也笑了起来。

这种神秘而强大的召唤法阵，如果真正发动起来，肯定需要庞大的灵力，不然怎么可能将一个凡间界的强大修炼者强行召唤到天界来呢？到时候想办法将这庞大灵力的一部分灌充到辰南的内天地，定地神树吸收足够的灵力就可以修补辰南的内天地。要知道在这次风波中定地神树已经失去了大量的灵力，已经不似先前那般碧翠神异，急需要庞大的灵力补充，眼下机会终于来了。

第二日龙宝宝又探听到一则消息，东土天界竟然有仙人要下凡，将选取几名潜力巨大的人间高手上天界！辰南沉思了起来，该不会是东土修炼界在寻找转世仙神吧？他想到了年青一代几个熟悉的影子，这样的话以后是否能够见到几个熟人呢？

以辰南为首的这个人兽奇异组合，可以说向来胆大包天，几乎没有什么是他们不敢干的。智慧女神推算出圣战天使觉醒，将要采用神秘的古老召唤阵将她强行召唤到天界，这个方案得到天界诸神的一致支持。在这种情况下，几个胆大包天的家伙将主意打到智慧女神的布置上。

"哦，光明大神棍在上，好宏伟的建筑群啊！"龙宝宝已经恢复得七七八八了，它扑棱着一对金黄色小龙翼，在山间注视着远处的智慧女神殿。那是一片庞大古老的建筑群落，诸多巍峨高耸的巨大神殿连成一道亮丽的风景线，祥云缭绕，显得无比庄严而又神圣。

神殿的周围是一片如童话般美丽的圣景，奇花盛开，瑶草铺地，不仅有许多在凡间难得一见的珍禽异兽，而且还有许多小天使飞来飞去，显得无比祥和欢乐。那些小天使不过一尺多长，背生一对洁白的羽翼，头上顶着灿灿光环，看起来粉雕玉琢，无比可爱。

老痞子咂了咂嘴，为老不尊地道："这些小家伙没什么战斗力，都是女神的仆人而已，负责照看那些花花草草。不过给小豆丁当老婆倒是蛮般配的。"不过这并没能引起小龙的反击，因为它的心神早已经被那透发着阵阵果香的果园吸引住了，一双大眼使劲地眨啊眨，正在用金黄色的小爪子偷偷地擦口水。小凤凰眨动着一双凤目，道："来到天界好多天了才看到智慧女神的神殿，真的好壮观呀，我要是有这么大的一座宫殿就好了。"

辰南也来到现场，尽管身体糟糕透顶，不过有三头神兽的照应，他不担心被那些天使发觉。而且天界是一个讲究地位与实力的地方，这里毕竟是一位主神的神殿所在，寻常人哪里敢来撒野？因此众多天使根本不会有过多的警觉。骷髅头古思被辰南放进内天地，这个家伙身上的死亡气息万一被发觉，恐怕会引来很大的麻烦。

辰南与三头神兽在神殿远处的矮山上观看着附近的地形，以便将来战斗或跑路时能够掌控主权。女神殿所在的这片神域是一个充满传说的神秘之地。有人说这里是一位至神的安息之地，也有人说这里是一位至神的祝福之地。所有人都知道这里的确充满一股让人难以理解的神秘力量。

距离智慧女神殿不足十里处，一片矮山群中有一片开阔的盆地，四面环山，犹如一个聚宝盆。天界的祭神台就位于这里，这是西方神界的一处神圣之地。地面不是松软的土地，而是由无比坚硬的神石堆砌而成。最中央地带便是由神石搭建起来的一座古老祭神台，是天界神灵追悼先圣的祭台。每一代主神接管神位时都要来这里祭拜，据说这里真的是一个通灵之地，有些主神的愿望被实现过。

祭神台的周围，坚硬的神石地面上刻画着数十个无比复杂的神秘古老法阵，这些法阵乃是天界最大型的魔法阵，其中所蕴含的奥义即便是主神们也未必弄得清。当然，每座神秘法阵的用途都有详细记载。尽管不能把法阵研究通透，但只要懂得运用，懂得它的效果就足够了。强行召唤主神级的法阵不算为最为玄奥难懂的阵法，有几人可以研究通透，但是如果想发挥出它的最大威力，还是要在祭神台所在的这片盆地布置。因为这里有着最原始的标准阵法，同时这片神域有着一股神秘的力量，故而能够将法阵的作用提升到极致程度。

既然这片盆地位于智慧女神的神域内，召唤圣战天使进入天界的任务理所当然地落到了该神殿。盆地内各种超大型的古老法阵都是被封存的，这几日智慧女神殿的天使们慢慢将古老的召唤法阵还原，画刻出它的原貌，同时建起召唤祭台。所谓的召唤祭台便是灵力源汇聚的地方，当灵力涌动进那里古老的魔法阵才能正式启动。

辰南他们已经在远处观察半天了，根本无法理解阵法中真义和奥秘。不过紫金神龙对阵法多少还是有些研究的，虽然不能够理解真髓，但对其能量转化部分还是看出一些名堂。但这就足够了！辰南和痦子龙这一次只想做强盗，只要找到能量供应的灵力源泉就够了。

"嗷呜，龙大爷我恢复到巅峰状态指日可待了，哈哈，不光你的内天地需要能量，老龙我也需要啊！等他们开始灌充灵力时，就是我们行动之际。"辰南道："走，我们离开这里，现在还没有必要犯险，灵力源泉还没有被送来。"一人三神兽快速离开，回到有温泉的矮山处休养，每日欣赏天使们，倒也过得逍遥自在。

天界并不缺乏灵力源，每座主神殿中都存有大量超阶魔晶核。在智慧女神殿前来往的天使多了起来，天界各个主神都先后派人前来询问召唤的进展情况。巍峨高大的宫殿上空，白衣天使翩翩飞舞。

智慧主神殿中，一个优美动听但却无比神圣庄严的声音在大殿内回荡着："圣战天使还没有被召唤到天界，你们战神殿的主神就要来抢夺了吗？""不是这样的，我们的主神只是想……"跪在神殿内的白衣天使语音有些颤抖，在智慧女神的无上精神威压下，她感觉到莫大的恐惧。与她一同跪在地上的几个女天使，也不敢再出言，她们本也是为各自的主神争取圣战天使而来的，但看到智慧女神这个态度，她们都不敢再开口。圣战天使号称战力可以媲美主神的战斗者，是天界最强大的一族斗士，是所有主神愿意拉拢的对象。

智慧女神那充满威严的话语再次在神殿内响起，道："既然不是为争取圣战天使而来，那你们就退出去吧，告诉你们各自的主神好好防范，天界有些人是不希望看到诸神殿越来越强大的。""是！"众多天使齐声答道，而后鱼贯而出。

遥远的战神殿，战神巨大的咆哮声令整片神殿群落都在颤动。"圣战天使一族在天使中号称战力第一，有媲美主神的实力，如今终于发现一个战死的圣战天使觉醒，绝不能让她被其他神殿拉拢去，她只属于我们战神殿！"光明神殿，现任光明主神透发着无上威严，道："圣战天使只能是我们光明神殿的斗士……"生命女神的神殿内，一个轻柔的声音道："圣战天使真能上天界吗，很让人怀疑……"对于圣战天使一事，各个神殿皆有着不同的反应，可见圣战天使之强大，引得多方关注。

这一日，古老的召唤法阵终于开始慢慢绽放出光芒，从智慧女神殿中运来的大量神兽晶核被安置在法阵的各个关键部位，召唤阵开始慢慢运转起来，一道道奇异的魔纹慢慢浮现在空中。由于这是能够召唤主神一级强力人物的超大型的法阵，所以真正完全运转起来需要大量的时间。预计两个时辰之后法阵将完全运转，到那时智慧女神将亲临现场念动咒语，召唤圣战天使。可以预想，那必将是一个光荣而神圣的时刻，圣战天使将回归，其他主神即便不亲身现临，恐怕也会派来强力手下关注。

只是任谁也没有想到，胆大包天的一人三神兽组合已经来到现场，他们在远处的矮山上，注视着光芒越来越亮的古老法阵，正在等待最佳时机。"嗷呜，凭着本龙对于阵法的理解，现在召唤阵所透发出的能量已经够大了，现在可以吹响冲锋的号角了。"辰南对痞子龙的阵法造诣还是比较相信的，闻言之后跳上紫金神龙的脊背，大手一挥，道："冲！"

这当真是几个敢捅破天的家伙，或者说不知道天高地厚的家伙，在智慧女神还没有来临之际，他们展开了疯狂的行动。一人三神兽无比兴奋地向着古老的召唤法阵冲去。"嗷呜，太让龙兴奋了！"紫金神龙大呼小叫。"哦呀呀……"龙宝宝也开心地扑棱着一对金色的小龙翼。"冲冲冲……"小凤凰也无比兴奋。

远处，盆地内的小天使们吓坏了。天界一向都是和平宁静的，哪有什么人敢打主神的主意啊，但是远处几个妖怪胆大包天，正在向这里冲来，顿时让那些小天使惊慌失措。智慧女神还没有降临，而召唤魔法阵前的天使都是毫无战力、如同孩童般的小天使，怎么可能抵挡得住几头神兽呢？看着张牙舞爪的几个妖魔，小天使们吓坏了，从来不用守护天使巡察的智慧女神的神域，今天可谓迎来了百年难得一遇的外敌入侵。

"呀呼——"龙宝宝显得无比兴奋，如一道电光一般冲到了近前，一双金黄色的小拳头不断挥动。在"砰砰"声中，将那些发呆、吓傻的小天使都捶晕了。

"好强大的能量波动啊!"辰南跳下紫金神龙的脊背,站在盆地中注视着眼前的古老法阵。此刻,巨型召唤阵光芒越来越盛,地上的一道道画刻的纹理都在绽放着圣洁的光芒,同时在空中映出一道道神秘的魔纹。不过,辰南很快就从这座神秘的魔法阵上转移了视线。远远望去,他还不觉得这个山谷有何奇怪之处,但是真正进来之后,辰南感应到了一股玄秘难测的力量,这多少令他有些不安,这个地方非常古怪。他道:"泥鳅看好了没有,赶紧将灵力源找出来。我觉得这个地方非常古怪,不可久留!"

　　听到辰南的话语后,老痞子打了个冷战,道:"我还以为是我的错觉呢,原来你也有这样的感觉。这个法阵内所有的晶核提供的灵力都汇聚到了法阵中那个简单搭建起来的石台上,这在东方就是所谓的中央无极土,在西方叫法虽然不一样,但作用一样。现在我们直接轰掉那个石台,你打开内天地取而代之。"

　　法阵中那简单搭建起来的"中央无极土"也就是西方所谓的祭台,果然在慢慢汇聚着庞大的灵力,这是整个法阵运转起来的一个关键所在。这只是一个召唤法阵,并非东土那些杀阵,所以破坏起来并没有任何危险。辰南打开残破的内天地,定地神树像是有所感应,快速拔地而起,沉浮于辰南内天地的半空中。现在的内天地除却定地神树外,早已经没有半分绿色,先前的植被早已被破坏得一干二净,入目是漫漫黄沙。即便是定地神树也失去了往日的神光,碧绿的枝叶虽然依然看起来很不凡,但总体来说比以前显得暗淡了许多。

　　痞子龙一个神龙大摆尾,"啪"的一声抽飞召唤阵中的祭台,而站在紫金神龙背上的辰南,适时将内天地的入口处开大,笼罩而下。定地神树一阵剧烈颤动,爆发出一片绚烂的光芒,快速取代祭台的位置。魔法阵中汇聚的灵力如水波一般快速向着内天地涌动而来,定地神树不断旋转,开始疯狂吸纳庞大的灵力。这是一个让辰南心绪无比激动的场面,目睹着定地神树越来越碧翠,这意味着他离复原越来越近。浩浩荡荡的灵力在定地神树如无底洞般的吞噬下,不断向内天地当中涌进。

　　"哦,光明大神棍在上,我喜欢这种被灵力包围的感觉。"小龙无比陶醉地飞进辰南的内天地，在定地神树的周围不断飞来飞去，它开始了自己独特的修炼，吸纳着源源不断的庞大灵力。但凡神兽皆对灵力无比敏感，小凤凰也迫不及待地飞了进去，迷迷糊糊地让灵气洗礼着自己的身体。当然，紫金神龙更不会落后于人，它将辰南放进法阵的正中央，而后也一头冲进内天地，一声长嚎，开始疯狂吸纳灵力。

"轰隆隆……"整片盆地都在颤动，法阵中的强大灵力源源不断地灌充进辰南的内天地，定地神树已经吸收了足够的能量，一道道神光激射而出，不断化开混沌，修补辰南满是创伤的内天地。那一道道空间大裂痕在快速地消融、消失，荡出的波动令这片盆地都颤动起来。内天地受创最为严重的一处是天魔左手轰穿的混沌通道，消耗无尽的灵力后，那恐怖的裂口终于渐渐愈合，化归混沌。定地神树上的光彩又消失了，耗费灵力过巨，它又开始疯狂吸纳不断涌动进来的灵气。

"嗷呜，太强盗了！"紫金神龙大叫起来。定地神树的进一步疯狂掠夺让它只能吸收到少量灵气，根本没有刚才那样来得痛快。不过在这半个时辰中，老痞子已经发生了惊人的变化，最为纯净的灵力不断涌进它的身体，原本三十丈的紫金龙躯现在已经暴涨到五十丈。紫金神龙的精神境界足以达到七阶，它所欠缺的乃为最纯粹的龙元力，只要有纯净的力量帮它补充，它便能够快速转化为龙元，恢复当年的功力。眼下它得到的好处是巨大的，就像一个干涸的水库终于得到一条咆哮的大河冲灌一般，水位正在慢慢上移。

当然，得到好处最大的还是辰南，定地神树的疯狂掠夺远不是老痞子所能够比拟的。在化开混沌，修补完内天地后，定地神树光芒大盛。现下，它所吸纳的无尽的力量都被它纳入树体内，随着汹涌澎湃的灵力不断涌进，它渐渐趋于眼下的饱和状态。而后无尽的灵气经过它的转化，慢慢自枝叶扩散开来，以一种绿色的生命之能的形态在辰南的内天地中游离。漫漫黄沙地竟然渐渐泛起绿意，草色再次出现在辰南的内天地中。与此同时，辰南长长地出了一口气，他那近乎半废的身体终于再次充满力量。

"轰隆隆！"定地神树自半空中降落而下，扎根进土壤中，在越来越明亮的绿色神光中，整株树体拔高到三十丈，一下子高大、繁盛了许多，显得更加神异。神树虽然扎根进了土壤中，但疯狂掠夺灵气之势并没有丝毫改变，惹得紫金神龙怨声载道。

辰南虽然身体有伤，但眼下已经能够运转自己的力量了，他飞进自己的内天地，一种近乎道的本能令他心中一片平静，他非常自然地盘腿坐在定地神树之下。就在这一瞬间，他和内天地合一，刹那陷入空灵之境。在这一刻，辰南仿佛穿越了宇宙洪荒，可谓刹那永恒，在一瞬间经历了亿万年的岁月。这是一种奇异的精神妙境，是他所不能理解的，但却真真切切发生在他的身上。内天地一阵剧烈激荡，此刻定地神树已经彻底垄断了灵力源，三头神兽已经不能吸收分毫，汹涌澎湃的灵气汇聚成一条灵力大河，奔腾咆哮，不断涌动进内天地中，被神树疯狂吸纳掉。

"轰隆隆……"内天地边缘地带的混沌在破碎，整个小世界在变大、扩展。"嗷呜，天杀的，我的七阶梦啊，太强盗了！"紫金神龙一阵干号。"哦，光明大神棍在上，我见证了开天辟地！"龙宝宝眨动着一双大眼，奇异地看着这一切。小凤凰吸收了足够的灵力后，开始犯困，变得迷迷糊糊。

"轰！"一道雷电自定地神树的树冠劈落而下，打在辰南的身上，惊得三头神兽立时叫了起来。不过，他们立刻又瞪圆了眼睛，由惊骇变成惊讶。那是一道绿色的雷电，是蕴含着无尽生命之能的雷电，是定地神树转化而成的最为纯净的本源力量。这并没有给辰南造成丝毫伤害，能量直接劈入他的体内，和他经脉中的力量融在一起。

紫金神龙羡慕得都快流口水了，嚎叫道："内天地和修炼者联为一体，如今内天地被扩展，这个小子明显也得到了莫大的好处，真是让龙羡慕啊！"不过，辰南并不好过，他的身体开始剧烈颤动起来，原本缭绕在体外的黑色魔气尽敛，一道道金光自体内透发而出，早已经逆转的玄功竟然要正转回来！辰南的浑身骨节都在噼噼啪啪地响个不停，而后一股浩瀚如海般的力量自体内透发而出，这股汪洋般的力量直接溢出他的内天地，在整片盆地内汹涌澎湃。"轰！"盆地内最中央的高大祭神台，直接被这股磅礴的力量轰撞碎了。此刻的辰南，已经明显感觉到自己修为大进，但是他却并不好受。玄功强行正转，如同一个正在高速奔跑的烈马，被人生生勒住缰绳一般，难受得令他险些吐血。只是正转回来的玄功蓦然再次改变，辰南的经脉如被刀剐一般，他正在遭受着莫大的苦楚。正转、逆转终究不能一步到位，这是一个拉锯的过程。

逆转的黑色力量被强行停下来后转化为淡淡金色元气，但仅仅片刻，逆转的力量又突然反噬，正反运转的力量在经脉中对冲起来。辰南体内的力量如千重大浪一般在不断咆哮，在金、黑两色力量剧烈冲击下，隐约之间他的体内竟然传出骇人的电闪雷鸣之音，惊得三头神兽目瞪口呆。"轰隆隆！"辰南体内的雷鸣之声越来越大，金色与黑色的光芒透发出体表，一道道闪电不断在他的周围舞动。同时定地神树涌动出生命之能，源源不断地自辰南的头顶冲灌进去。

"偶滴神啊！"迷迷糊糊的小凤凰发出了惊叹。老痞子也露出不可思议的神色，道："什么古怪的心法，居然体内发出雷电之音……"好奇的龙宝宝，晃晃悠悠地围绕着辰南飞来飞去，想要观察出蛛丝马迹。

金色与黑色的力量对冲越来越激烈，虽然金色力量逐渐占据上风，但却似乎远远没有稳定下来的迹象。辰南感觉浑身上下仿佛碎裂了一般，每一寸骨骼与肌肉都在被本源力拉扯着，他知道这是一种莫大的机缘，眼下虽然痛苦，但这却是在脱胎换骨，忍过去就将海阔天空，熬不过去必将跌入无边地狱。

只是，眼下太不合时宜了！这乃是智慧女神的神域，召唤魔法阵已经布好，静等智慧女神降临念动咒语，将圣战天使召上天界。但眼下他们几个胆大包天的家伙将这一切都破坏了，如果不能尽快离开这里，他们必将死无葬身之地！

"噗！"辰南喷出一口鲜血，却睁开眼睛，强行站起。他对三头神兽道："快，我们离开这里，否则必将陷入万劫不复之地。"金黑两色光芒充盈在辰南的体外，明灭不定，而他所透发出的力量也忽强忽弱，一会儿如汪洋大海一般澎湃而出，一会儿又风平浪静无波无澜。三头神兽当然清楚眼前的趋势，闻言之后立刻飞离他的内天地，就连骷髅头古思也在远处的混沌地带大声喊着："快逃走吧，我们简直捅破天了！"

此刻召唤阵内汇集的灵力差不多已经被定地神树强行掠夺完毕，魔法阵渐渐暗淡下去。不过，飞出内天地的辰南并不想就此离去。他冲着三头神兽道："你们三个尽全力，轰击这个古怪的召唤阵，将它毁去！"紫金神龙二话不说，一个神龙大摆尾狠狠地抽在魔法阵中，随着轰隆隆的响声，神石漫天激射，这个传承下来的古老法阵被紫金神龙破坏掉了。

一股神秘的力量波动在这块盆地内浩荡而起，令辰南与三头神兽心神不宁。"快走，这个鬼地方非常邪门！"在说这些话时，辰南将地上那二十几个昏迷不醒的小天使，全部席卷进内天地。杀人灭口，他觉得有些残忍，但现下绝不能留下这些小东西，免得到时候指认他们。一人三神兽快速朝着远方飞去。

"轰……"盆地猛烈地晃动起来，一道道巨大的裂痕出现在盆地的边缘地带，二十四尊巨大的神石雕像缓慢地浮出地表，环绕在盆地的周围，透发出古朴沧桑的气息，像是二十四尊远古卫士一般守护在这里。智慧女神殿的大殿一阵剧烈颤动，向来从容镇定无比的智慧女神发怒了，大殿内传出她愤懑的声音："究竟是谁出现在了祭神台附近，真是胆大包天！"宏伟的战神殿再次传出战神那巨大的咆哮声："该死的，什么人在捣乱？"光明神殿中光明神那平和的声音也显得有些惊讶，他立刻派出天使前去观看。

辰南才飞行出去半里地就感觉有些不妙，目前他的身体正处于洗经荡脉阶段，称得上一次脱胎换骨般的涅槃，眼下实在不宜行动。紫金神龙二话不说将辰南背到身上。不过就在这时，远处三道人影正在快速接近，如风驰电掣一般，在空中留下三道流光。此刻的辰南虽然行动不便，但身体正在发生着奇妙的变化，眼神比往日更加犀利。他看到三个天使正在快速迫近，居然是两个四翼天使和一个六翼天使！

紫金神龙也看到了三个天使，长嚎道："嗷呜，龙大爷虽然修为大进，但是毕竟还没有恢复到七阶之身啊，居然有一个六翼天使，绝对的七阶啊，怎么收拾啊？！"龙宝宝用金黄色的小爪子比画着，道："是从智慧女神的神殿那个方向飞过来的，这个女神肯定感应到召唤阵出事了，还好她没有亲自来。"

"怎么办呀？"面对敌人，小凤凰难得地没有露出惧意。"是啊，怎么办？情况有些棘手！"老痞子问道。辰南已经进入内天地，入口处只余下一道缝隙，附在紫金神龙的背上。"什么怎么办，直接砍掉！"辰南沉声道。"对啊，小子你就这样隐藏着，关键时刻给他们来一下，偷袭是本龙的最爱，现在你来执行吧。"紫金神龙嘿嘿笑了起来。辰南没有应声，他在细心地体味着这次近乎涅槃般的变化。被发现行踪后，几个家伙胆大包天，准备速战速决，解决掉三个天使。

三个天使当真快如闪电一般冲了过来，大声喝喊着："站住，胆大包天的家伙，竟敢在智慧女神的神域中作乱，快快给我停下来，去接受智慧女神的裁罚！"令三个天使诧异的是三头神兽居然真的停了下来，而且杀气腾腾地冲了过来，紫金神龙狂吼着舞动着庞大的龙躯，龙宝宝也显现出本体，挥动着巨大的金色神龙翼，小凤凰也勇敢地搅动起满天的神火俯冲而来。

几个天使有些发呆，他们可不是没见过世面的天使，对于各种神兽知之甚深，但东方的神龙与凤凰即便是在天界，似乎也快销声匿迹了，他们没有想到一下子碰到三只。他们猜疑道："你们是奉东土某些人的命令来破坏的吗？""肯定是东土的人不愿意看到我们的圣战天使回归！"

紫金神龙它们三个家伙，根本不理三个天使的猜疑，上来就下杀手，凶猛地扑击。当然三个家伙只是扑击向两个四翼天使而已，皆躲避过那个六翼天使。三个天使没有想到几头神兽如此猖狂，居然掉头攻击。三个天使躲避过它们的冲击后准备反攻。正在这个时候，三神兽迂回俯冲过来。

"罪人，我代表智慧女神审判你们！"六翼天使率先冲上前去，两个四翼天使紧紧相随。不过就在刹那间，一道无比璀璨的刀气冲天而起，照亮整片天空，一道三十丈长的刀芒横贯长空，汹涌澎湃的力量在空中浩浩荡荡。这一刀之威，直接将六翼天使劈成两段！血雨纷洒，洁白的羽毛漫天飞扬。两个四翼天使顿时吓蒙了，怎么也没有想到近前的虚空突然破碎，一个强大的敌手居然凭空出现，一刀将他们的顶头上司六翼天使腰斩！

"嗷呜，这个混账小子修为大进，到底到什么程度了，居然一刀就砍了一个六翼天使！"

与此同时，辰南彻底冲出内天地，虽然行动不便，但方才他还是竭尽全力劈出一刀。刀芒敛去，他手中显现出一把灿灿长刀，竟然是那昔日的死亡魔刀，不过现在它已经没有了死亡气息，此刻它透发着一股神圣的力量。再次举刀，长刀向天！

"斩！"一声大喝，灿灿长刀狂劈出去，两个四翼天使脸色惨白，六翼天使虽然是大意之下被劈的，但想来他们两个四翼天使就是尽全力恐怕也不一定能够接下这一刀。不过出乎他们的意料，这一刀不过劈出五六丈的刀芒而已，威力大大不如刚才那一刀。

辰南脸色一变，现在他实在不宜动手，恰逢玄功正反逆转的一次激烈变幻，结果这一刀并没有显威。不过，他反应迅速地快速张大内天地的出口，一下子将两个天使遮笼进去。此刻，紫金神龙与龙宝宝它们再次化为迷你状态，辰南伏在紫金神龙的背上道："快走！如果真的惊动了主神级的存在，我们将无所遁形。"

不过，就在这时，远空中已经传来了阵阵喊声，隐约间可以看见远空密密麻麻，似乎一群天使大军在快速逼来。"天啊！"辰南一阵头大，竟然惊动了这么多的天使，他大喝道，"快走，趁他们还看不清我们的样子！"小凤凰直接被辰南抱在怀中，紫金神龙和龙宝宝一声低啸，载着一人、一凤风驰电掣一般飞去。在这世间神龙的速度几乎代表了极致，两头龙全力飞行，即便是有羽翼的天使也望尘莫及。

那密密麻麻的天使大军很快被甩得消失不见，当然并不是说两个家伙甩掉了所有追赶者。六翼天使中的强者不是那么好摆脱的，虽然距离越拉越遥远，但还是可以看到十几个天使在后面紧紧相随。

"嗷呜，太让龙兴奋了，刚上天界不久，我们就弄出如此大的声势，真是让龙回味无穷啊！哈哈，等龙大爷儿孙满堂的时候也有吹嘘的资本了，天界算个屁，老龙我照样单挑一大堆！""少吹牛，快给我飞！"辰南狠狠地在它的头上敲了一记。

龙宝宝小声嘟囔道："哦，光明大神棍在上，我们的逃跑方向不对，有些偏南了，应该往东飞。"辰南会意地笑了起来，道："小滑头说得对，我们一路向东！"紫金神龙如千年老妖出世一般干号起来："嘎嘎，这实在是为东西方添误会啊，如果不小心引起东西方天界大战，我们可能会成为历史名人！"

在后面追赶的天使们看到他们变换方向后反应不一，纷纷猜道："该死的，他们逃往东方天界那个方向去了，不会真是东边来的人吧？""可恶，居然胆大包天，破坏了召唤大阵。智慧女神大发雷霆，如果我们不能捉拿到几个罪人，必将受到惩罚。""卑鄙的东土天界，居然敢如此嚣张！"几个六翼天使不停地咒骂着，眼看着敌人越逃越远，他们暗暗心急不已。

"哈哈，龙大爷一回头天崩地裂水倒流，龙大爷二回头飞沙走石鬼见愁，龙大爷三回头……"紫金神龙兴奋得又嚎唱起来。几个家伙一点也不紧张，似乎根本没有意识到闯了大祸。"不好，南面强大的敌手也出现了。"辰南惊道，而后又赶紧催促紫金神龙向东飞行。龙宝宝道："哦，光明大神棍在上，北面也来了几个天使！"辰南怀中的小凤凰也惊呼道："偶滴神啊，好多人啊，四面八方到处都是天使的影子。"

天界各个神殿的主神都已经得知，召唤阵被人恶意破坏掉了，各个主神碍于身份，不可能离开神殿，但都打发一些天使前来探查情况，顺便帮助智慧女神殿的人缉拿破坏者。除却东方外，其他三个方位都出现了天使的影子。"还好主神没有露面。还好我们逃得够快。"辰南抹了把冷汗。两头神龙极速飞行，恰好脱离在包围圈之外，如果被围起来后果显而易见。

辰南道："不能逃了，等甩掉他们的影子后，我们立刻躲起来！"听到辰南的传音，紫金神龙和龙宝宝开始拼命提速，飞出去数十里后，终于看不到后面的追兵了。两条龙一头扎进下方一片连绵不绝的山脉中，而后辰南又快速打开内天地，一人三神兽立刻冲了进去，直至关闭内天地他们才松了一口气。辰南料想那些追兵中即便有实力强大的人，也不一定能够准确捕捉到他的内天地所在位置，只要不是在那些天使眼前消失的，他们应该很难感应到他的内天地。

上天实在太眷顾辰南他们了，西方天界密密麻麻的天使大军一路向东，刚刚超过辰南他们隐身的群山就看到了东方天际有几条身影。那些人看到大量天使一路东来，皆相顾失色，快速向东逃去。

众天使看到十位东方修者的可疑行径，顿时破口大骂。领头的几个实力强大的六翼天使，气得眼睛都红了，开始只是猜测是东方天界的人而已，现在没有想到真的被证实了，在他们看来这实在是欺人太甚！

可怜的东方天界某位强势人物，他确实想在西方天界召唤圣战天使上界时在西方搞出一些事情，但是事情完全出乎了他的意料。有人比他更加胆大十倍，大摇大摆地利用了智慧女神的召唤阵，而后又无比嚣张地冲了出来。而且更加让东方某位人物郁闷的是，他派出的人遇上了那些盛怒的天使，恰好成为替罪羊。这简直就像事先演练过一般完美，完美得让东土某位强势人物事后了解到一些蛛丝马迹后，掀翻了十二张桌子，郁闷得三天未说话。

天使当中有些角色真的让人慑服，几个六翼天使最先追上一位落后的东方修者，这个东方修者似乎有些背景，前方的几人见他被围，竟然又都再次掉转而回，想要将他救走。刹那间，十位东方修者快速被包围了，愤怒的天使们纷纷出手，在他们看来现在已经无话可说，不如直接动手。而心怀鬼胎的十位东方修者以为此行的目的被人泄露，因此他们也不加解释，纷纷出手对敌。激烈的混战瞬间爆发，高空之上光华闪烁。

东方天界的修者人数虽少，但各个实力高深，放在人间界都是神仙，都是七阶的人物。而西方天界天使大军虽然人数众多，但大多数都是四翼天使而已。一上来就被那如匹练般的飞剑斩落下去十几人，这简直让这些天使愤恨到极点，在六翼天使的带领下狂猛地攻击起来。高空之上血雨纷洒，惨叫之声不绝于耳，不断有天使坠落，当然也有东方天界的修者染血而落。这是一场惨烈的大战，东方天界的某位强势人物派来的十人，注定落得悲惨的结局，因为对方修为不下于他们的六翼天使数量比他们多，加上大量的四翼天使，这简直是在猎杀！

不过在十位东方天界修者的拼命反击下，天使大军也付出了惨痛的代价。高空之上剑气纵横激荡，一道道如长虹般的飞剑不断在四翼天使中杀进杀出，每一道匹练必然会洞穿一位天使的胸膛。困兽死搏！许多没有参加过战斗的天使都被吓傻了，原本飘逸出尘的东方修者现在一个个都如同凶神恶煞一般，肠子流出来了看都不看，直接又塞了回去，而后继续驾驭飞剑狂劈竖斩。一个东方天界的修者四肢都被斩掉了，但硬是破碎元婴，爆体而亡，拉上两个六翼天使陪葬。

此刻，几个罪魁祸首正躲在辰南的内天地中，两个四翼天使已经让辰南动用神山压在下面，二十几个小天使没有丝毫力量，非常柔弱，他们的行动倒是不受限制。这些小家伙已经不再恐慌，此刻正好奇地在辰南的内天地中飞来飞去，更有好奇者围绕着同样生着翅膀的龙宝宝与小凤凰来回飞舞。对于这帮小家伙，辰南不可能起杀心，也不可能将他们放出去。

此刻辰南已经度过了那刮骨般的难熬时刻，现在玄功彻底正向运转，稍微一运转玄功，灿灿金光就会透体而出，整个人多了一股威严神圣的气息。这一次他得到的好处是巨大的，虽然被西土图腾险些废掉，但这一次经历近乎涅槃似的洗礼，使他的修为大幅提升，体内那磅礴的力量真如滔滔大河一般奔腾不息，稍一运力就会透发出如汪洋般的能量波动。

"嗷呜，可怜我的七阶梦又破碎了，原本我以为能够重归七阶领域呢，你这天杀的小子还有那该死的破树，坏了龙大爷的大事情啊，呜呜，上了天界，离大仇人越来越近了，可我的实力……"紫金神龙开始时还如玩笑般说笑，但最后话语真的有些低沉了。对于紫金神龙的大仇人到底是谁，辰南一直没问，但通过种种蛛丝马迹来看，对方必然是一个大有来头的人物。

辰南道："不用郁闷，我的修为精进不少，可以帮你大忙。不过在天界这个高手众多的地方，光凭武力是不行的，想要报仇可以有许多办法，我们有的是时间，一切都可以慢慢来。"是的，到了天界后，辰南有许多事情要去做，他要找到他父亲的踪迹，要探寻万年来的一些隐秘，还要寻找那两个在他生命中留下重要印记的女子的踪迹。

西方天使与东方修者的大战尘埃落定。空中血雾弥漫，片片血羽慢慢飘落，这是令众多天使无比愤懑的惨烈结果，十个东方天界的修者虽然惨死，但也让数十名四翼天使丧生，七名六翼天使毁灭。这个代价未免太大了!

"我们如实地反映给主神，一定要让东方天界的人受到惩罚！是他们挑起纷争的，他们想挑起东西方大战！这件事情绝不能就这样算了，不惜东西方大战！"愤怒的天使们越说情绪越激动，最后所有人都呐喊起来。一个召唤阵引发的重大血案将越演越烈，天界动荡不安起来。

天界在人间界芸芸众生眼中是无比神圣的所在，充满种种神秘的光环，在世人眼中那里是绝对的净土，是无忧无恶的圣境天堂。但是在人世间最顶峰者的眼中，天界并没有那么美好。隐匿在人间、不愿上天界的绝代强者，他们对天界的观感与世人大不相同。这些人有上天界的实力，但当他们在武破虚空时却又选择留在人间界，甚至有人曾经进入天界而后再次回归人间。比如说西土的霸主上古神龙坤德，因为在他眼中天界不过如此，甚至给他一股远不如人间界安全的感觉。

真实的天界的确景色秀美，山川河流草原湖泊比之人间界要美上无数倍，确实符合仙境之称。但是，这样的天堂同样充满杀戮，神魔之间的矛盾一旦激化将引起异常惨烈的大战，修为强到他们那种程度，大战的波及面将无比广阔。

如果是在西方天界，两个主神之间的大战随时有可能会引入第三方。而所谓的正义主神与邪恶魔神大战时，更可能会引发正邪两大阵营大对决。在东方同样如此，各大势力间的仙人对决，波及面同样广大。哪一个势力不是经营万载的大派？如果涉及一方仙尊、神主，那就更加惨烈了。

在世人眼中，天界的神仙身上缭绕着神圣的光环，但天界的现实却是无比惨烈的，争斗、杀戮不仅仅存在人间界，天界亦如是。世人口中的仙人，仙风道骨、飘逸出尘、不沾染俗念，可以称为最大的谎言，无论是神是魔还是仙，都有欲念，都如同凡人一般有着七情六欲。如果真的能够做到无欲无求，那便不是有智慧的生命了，那不过是一尊化石而已！不过，所谓的神魔仙是"神圣"的，是高人一等的，他们要极力在世人眼中塑造自己的光辉形象，让凡俗界来仰视他们。神魔仙间时常会爆发一些战斗，这些都可以称为局部战斗。不过，尽管天界的杀戮之战更为惨烈，但是神魔仙们还是在极力回避着大级别的圣战。

比如，东西方大战！东西方天界不是没有爆发过圣战，每一次都会尸横遍野，死伤无数，这是东西方都不愿发生的惨事。最近一次的东西方大战已经过去五千多年了，数千年来双方都在极力改善关系，避免再次爆发战争。说来，东西方天界现在已经非常融洽了，自由交流，互相进入对方的领域，不再受限制，已经是一派平和的景象。然而一个召唤阵引发的重大血案让缓和多年的东西方天界的关系顿时紧张起来。

这几日来，消息漫天飞，谣言不断。有传言，这次血案不过是一个借口，是东方天界故意如此，他们想大举进攻西方天界。还有传言，西方的魔神想进攻西方各个主神殿，东方死难的十位仙人，不过是魔神计策中的一环而已，他们想拉东方部分势力进来，从而让西方各个主神殿大乱阵脚。

天界风起云涌，谣言满天飞。无数人都相信，不管是谁做的"套"，都不过是一个挑起战斗的引子而已。由"一个召唤阵引发的血案"，人们联想到了过去那个臭名昭著的"一个馒头引发的血案"，想要战争，一个馒头就足够了，又何论一个大型召唤阵呢？许多人都猜想，天界将大乱了！

辰南头大如斗，怎么也没有想到他这个小小的"凡人"，刚从人间界上来，无意间的保命之举竟然惹出如此大的风波。"哦，光明大神棍可以下地狱去了！"龙宝宝眨动着大眼惊叹道，"我们的'小打小闹'，竟然和那'一个馒头引发的血案'相提并论了！天啊，难道我们无意间吹响了天界战争的号角？"

"嗷呜！"紫金神龙一声长嚎道，"龙大爷真是生得伟大，活得光荣啊！抬望眼，仰天长啸，壮怀激烈。漫天神魔仙围绕我转，龙大爷才是真真正正的布局者啊！那些傻神灵被我小小折腾一下就要开战了，如果龙大爷给他们来个大闹天界，还指不定会乱成什么样子呢。嗷呜，哈哈，本龙实在是太高兴了，反正有的是时间，以后一定要搅闹一番，让这些虚伪的神灵露出本来面目！"

辰南几人已经飞出大山，从天界子民的口中了解到十个仙人与天使火拼的消息，替罪羊的出现让他们彻底安全了。

现在几个家伙正在一座城市的酒楼中用餐，不错，这里是一座人类的城市，而非仙人的宫殿，也非主神的神殿。这是出乎辰南与紫金神龙他们意料的事情，他们万万没有想到，所谓的"天界"竟然有普普通通的凡人，而且人口众多。在他们的认知中，天界所有人都实力强大，如果出现三四阶的人，那绝对是一个笑话。今天，他们真的笑了，天界竟然有着大量的凡人，所谓的天使和仙人远远没有他们想象的那么多。

他们从这些凡人口中了解到，上次追杀他们的那些铺天盖地的天使并非仅仅出自智慧女神神殿，而是几个主神殿临时共同派出的人马。"原来天界是这个样子啊，我还以为这里到处都是六七阶的高手呢，还以为智慧女神随便一个口谕就调动了一个庞大的天使军团呢。"得知这一切后，辰南心中一下子轻松了不少。

"冰糖葫芦……羊肉串……"走在大街上，看着熙熙攘攘的人流，听着不绝于耳的叫卖声，特别是看到几个东方人在西方的这座城市里叫卖东土特色食品时，辰南再也忍不住地狂笑起来。

这实在太滑稽了，堂堂西土天界竟然是这个样子，人间界的冰糖葫芦、羊肉串都卖到了这里。给他的感觉就像是在金碧辉煌的雄伟大殿中进行旧货买卖一般，是如此不协调，是如此怪异。紫金神龙也一阵怪笑，道："据说战神殿离这里并不远，真没有想到啊，战神殿附近竟然如此热闹，是不是其他主神也这样喜欢热闹呢？""嘘，小声点，说不定战神正在附近逛街呢。"龙宝宝也笑了起来。对于一人三神兽，城内的人并没有露出奇怪或惊慌的神色，毕竟这里是天界，实力强大的妖怪或魔兽常出没于人类的城市，人们都习以为常了。

出了城之后老痞子道："这里是战神的神域，要不我们去战神殿转悠转悠？""咚！"辰南直接狠狠地敲了它一记，道，"你真把这里当成菜市场了？还想进战神殿去转悠转悠？""现在还不知道我那大仇人在哪，当然要到处转转，既然来到战神的堂口，怎么能够错过呢？"紫金神龙痞痞地道，"我正在想，不如摸清天界的势力划分后，我们也占个山头，弄个神殿，自封为神，招点信徒，抢夺一下天界资源。""哦，我喜欢！"龙宝宝这个小神棍顿时眉飞色舞起来。

就在这时，城内忽然一阵大乱，喧嚣不堪。隐约间可以听清："这是女神给予我们的福泽啊，赞美生命女神！""天啊，这是生命之雨，赞美女神从我们的城市路过！""女神万岁！"……

只见辰南他们身后的那座城市上空，漫天的花瓣在飞舞，一场花雨在纷纷扬扬，虽然相隔着一段距离，但辰南他们已经闻到了沁人心脾的花香。"好香啊！"小凤凰露出一副迷醉的神态，在辰南的肩头摆来摆去，仰望着高空。花雨越来越近，漫天飞舞的花瓣已经飘了过来，馨香迎面而至。

八名有着洁白羽翼的女天使翩翩飞舞，在花雨中开路，每一名天使都具有倾国倾城的绝丽容颜，金色的长发，碧蓝的眸子，如雪的肌肤，随风飘舞的雪白衣衫，当真是具有无与伦比的圣洁之美。在她们的身后，花雨纷飞中，四匹如玉般的独角兽正拉着一辆完全由汉白玉雕琢而成的马车踏空而行。在玉车的后面依然是八名圣洁的女天使，她们轻轻地飘舞着。这一队瑰丽的队伍，就这样从辰南他们头顶飞舞而过。

龙宝宝满眼都是小星星，嘟囔道："这个女神真的好圣洁啊！"小凤凰也好不到哪里去，满脸迷醉，轻声道："我将来也一定会这样的……"辰南像是如梦方醒一般，道："刚才飞过去的是生命女神？""当然！"紫金神龙一副暧昧的样子，道，"小子，想打歪主意啊，不过我劝你还是收收邪念吧！""追！"辰南只说了一个字，而后腾空而起，向着花雨纷飞的玉车追去。

玉马车之后的八名白衣天使，很快发现了快速追来的辰南，顿时喝道："大胆，什么人竟敢鬼鬼祟祟地尾随生命女神殿下？""赞美生命女神！生命女神神光永照世间！"辰南如神棍一般随口赞美而出。四匹独角兽停了下来，白玉车静静地浮于虚空中，前后共十六名白衣天使环绕在玉车周围，漫天的花瓣依然纷纷扬扬，沁人心脾的花香让人陶醉。在下方那片碧翠的青山衬托下，空中生命女神一行更加显得超尘脱俗。

辰南踏空而行，快速来到近前。紫金神龙、小凤凰、龙宝宝也很快追了上来。"东方修者……"一个白衣天使眼中闪现出一道讶异之色，而后冷声道，"血案刚刚过去几天，身在西方天界的东方修者都异常低调，你却敢如此无礼地冲撞主神，你们好大的胆子……"

辰南赞美道："生命女神的光芒与日月同辉，赞美生命女神！请原谅我的鲁莽，首先请容我介绍一下，我叫辰南，之所以追随生命女神的行踪，一是对女神万分敬仰，二是有一件重要的事情想要向女神请教，我想高贵仁慈的主神殿下一定会答应我的。""你找我有什么事情？"一个轻柔的声音自玉车中传出，顿时让人如沐春风，一点也没有想象中的主神威严气息。生命女神已经开口，那些天使都静了下来。

辰南问道："我想请问，尊敬的主神殿下，您是否曾经救过一个名叫雨馨的女子？"玉车中的生命女神还未说话，环绕在独角兽马车外的天使们便纷纷开口了："伟大而仁慈的女神，每年都会救助无数生灵，女神怎么可能会记住所有人的名字呢？""女神洒下仁慈之光时，从不过问救助者的姓名。"

辰南很平静，不过却对生命女神多了一丝敬意，道："那个叫雨馨的女子，是被仁慈的女神在人间界救助的，殿下还记得吗？"天使们脸上显出怒意，而这时玉车中再次传出生命女神的轻柔话语："我愿意救助更多的人，但是我从来没有去过人间界，天界有天界的规定，神灵是不能随便下界的，我想你记错了。"

"啊，怎么会是这样子？"辰南一下子愣住了，这和他在人间界得到的信息完全不符！他喃喃自语道："精灵一族的人明明说过，五千年前生命女神曾经亲手栽下一株生命之树于精灵部落，这一切都不过是为了救助一个女子……""什么？"玉车中的生命女神似乎有些惊讶，道，"你是说五千年前生命女神下界救助过一个名叫雨馨的女子？""是的！"辰南肯定地回答道。

这时候，就是环绕在玉车周围的那些天使都动容了，露出古怪的神色看着辰南。"这有什么不对吗？"辰南疑惑地看着她们。"这位修士，请你随我回神殿一趟好吗？我想详细了解其中的经过。"玉车中的生命女神话语很客气，向辰南邀请道。"非常愿意，赞美仁慈高贵的女神！"入乡随俗，辰南尽管觉得有些拗口，不过也不得不如龙宝宝那般，将一些赞美之词挂在口头。

独角兽继续踏空而行，辰南和三头神兽在后紧紧跟随。龙宝宝眨动着大眼，小声嘀咕道："生命女神在上，我观察了好长时间，怎么还没有看到这漫天的花瓣是怎么出现的，奇怪呀……"在后面飞行的几名天使，看到它这副好奇宝宝的样子，扑哧笑了起来，道："好可爱的小龙啊，具有东方血脉的神龙已经异常罕见了，没想到还能碰到更加罕见的神灵龙。小家伙，这些花瓣乃是女神的生命力所化，它们可不是普通的花瓣。"

紫金神龙一双龙眼顿时瞪圆了，马屁话立刻拍了上去，道："生命女神真是太仁慈善良了，用自己生命力给予世间万物生灵，简直是我辈，不，是神辈之典范啊！不过，如果能够普度给老龙我一些，那就更加伟大了！"

天界异常广阔，比之人间界要大上数倍。不过各个主神殿间距离都不是很遥远，各个神域组成了西方的大神域。飞出去几百里，终于来到生命女神的神殿。这里不似智慧主神殿那般恢宏，神殿建筑群连成一大片，不过其间的植被更多，倒像是生机盎然的各种花草植被将神殿分割成众多部分。少了一分威严，多了一分清新自然。不过正中那略微高大的古老神殿，还是让人感觉到了一丝无比神圣的气息。

此刻生命女神已经坐在这座古老神殿的正中央。辰南和三头神兽已经看清了她的真实容貌。金黄色的长发，海蓝色的眸子，雪白的衣衫，生命女神算不得倾城倾国的绝代佳人，甚至还没有站立在她旁边的一些天使漂亮，但是她的气质是任何一个天使都无法比拟的清新自然，灵气溢于本心，虽非国色天香，但那独一无二的气质，还是让人会在万千女子中一眼看出她与众不同，这是一个集天地灵秀于一身的女子，她是灵、慧、洁的化身，和她的生命女神称号万分相符。在听完辰南的简要叙述后，生命女神一时露出沉思之态。

第一次进入天界主神的神殿，龙宝宝与小凤凰无比好奇，一点也不认生地在神殿中晃晃悠悠飞来飞去，打量着这个在世人眼中至高神圣的所在。辰南已经渐渐平静了下来，既然已经上了天界，应该会有许多机会找到过去的蛛丝马迹，即便在生命女神这里一无所获也没什么。过了好一会儿，生命女神才开口道："我方才所说的是真的，我从来没有去过人间界。至于你说的那个生命女神，我想也许是失踪的上一任主神吧。"

"什么？上一任主神？难道天界的主神更换很频繁吗？"辰南大吃一惊。"不是，只有上一代主神发生意外，才会有新的继承者传承神位！"生命女神道，"五千年前，上一代生命女神突然失踪了，我就是在那个时候继承了神位。""什么，恰好在那个时候失踪了？"辰南吃惊不已。这说明了什么，难道生命女神在人间界遭遇不测？似乎人世间远没有想象中那么简单啊。

这时，生命女神的另一段话，让原本有些吃惊的辰南更加震惊了："雨馨？这个名字有些熟悉，似乎东方天界无情仙子的名字叫雨馨。"辰南腾的一下站了起来，离开了座位。看到他无比失态的样子，生命女神说道："你说的雨馨不可能是她吧？她一直在天界，怎么可能会受伤呢？又有谁伤得了她呢？"辰南感觉自己的血液在沸腾，耳中嗡嗡作响，在这一刻他的心绪剧烈波动，再难保持平静，无比紧张地说道："请告诉我无情仙子的详细情况。"

在东方天界，父母为仙神，倚靠父母的血缘关系在天界出生时就为神灵的，被称为神。由人间界破碎虚空，升入到天界的神灵被称为仙。修炼到一定程度，两者孰弱孰强是不好比较的。无情仙子，便是万年前破碎虚空，进入天界的一个仙子。传说她具有冠绝东方天界的美貌，传说她法力通天，传说她是一方仙尊澹台仙子的亲妹妹，传说……

这是一个谜样的女子，她在天界自划一地，称为无情界，从不允许外人进入无情界半步。初始时不知道有多少仙神不服，但当无数仙神陨落在无情界后，那里成了一处禁地，再也没人敢冒犯。无情仙子非常低调，她只静静地在无情界中修炼，从不参与天界的任何盛会，以至于人们在提到无情仙子时，总是有一种遗忘的感觉，不过一旦醒过神来，又会立刻想到她的无情、美艳与神秘。

"这怎么可能？！"辰南简直有些不敢相信生命女神所说的话，但是他从对方的话语中发觉这一切似乎是真的！"怎么会在天界呢？那人间界的又算怎么回事呢？她为什么号称无情呢？对了……"辰南吃惊地望着生命女神，道，"你说她是澹台仙子的亲妹妹？所谓的澹台仙子难道是澹台璇？"

生命女神道："天界一方至尊澹台仙子当然是指澹台璇。不过她与无情仙子是否为亲姐妹就很难说了，毕竟那些都是传言。""澹台你果然了得啊，竟然真的成了一方至尊！"辰南不无感慨地叹道。

生命女神的确如世间传说那般仁慈善良，辰南并没有在她身上感受到想象中的主神威压。和这个被世人传颂的主神交谈了很长时间，他了解到不少有用的信息。

澹台璇果然如辰南所料那样，惊才绝艳一如往昔，万年前她神秘崛起于人间界，万年后她如璀璨的星辰一般照亮东方天界。绝代的容颜、超凡的手段、通天的修为，让澹台璇无可争议地成为天界一方至尊。澹台璇门下弟子广多，不谈其本身旷古绝今的修为，单其门下那庞大的势力也让天界各方神主为之忌讳。

让辰南深感意外的是，天界的雨馨怎么成了澹台璇的妹妹呢？这里到底有着怎样的隐秘呢？万年前的雨馨是那样纯洁善良，对于人间界的种种凡俗礼节都不甚明了，她的纯真如天山之巅最为晶莹的白雪一般，而现在她怎么会变成无情仙子了呢？划地而居，仙神止步，无情界内陨神灵，性格差异如此之大，让辰南难以相信。

关于辰战的消息，如辰南所料那般，天界无闻，辰南没有从生命女神那里得到一点消息。现在辰南真的不知道他的父母有着怎样的际遇，以辰战当年的大神通，经过万载修炼，理应威震天界才对，难道说他根本就未进入过天界？辰战曾经说过，天界远非想象中那样美好。辰南想起了这些话，不禁摇了摇头，不再去做无用的猜想。

由神墓而生，由神墓而活，这可以说是困扰辰南的最大谜题，他以为进入天界后这个问题会迎刃而解，却再次遇到意外。即便是天界西方主神之一的生命女神，也不知道神墓的来历，这对于天界众神来说也是一重大谜题。神墓由谁而建，为何现于人间界，根本无人知晓。

活着的众神只知道神墓中埋葬的多半都是万年前的天界强者。万年前天界众神陨落，那是一个灰暗的年代，是一个众神哭泣的时代，所有上位者全部陨落。这是一个永远笼罩在众神心间的阴影，没有人知道这一悲惨事件是否会再次发生。

听到这一则消息，辰南一阵无语。现在天界的众神都是万年来成长起来的，按照生命女神所说，似乎只有一些传说中逃过万年前那一大劫难的神灵才有可能知道过去的真相，但要想找到那些只存在于传说中的远古神灵谈何容易！如果说天界诸神一点猜测不到过去的殒神灾难，辰南不相信，不过这等天大的事情众神也只能在心里猜测一番罢了，恐怕即便有人推测出真相也不敢大肆宣扬。辰南的思维有些混乱，想着种种谜题，却厘不清思路。

这时，龙宝宝和小凤凰一点也不认生地一左一右晃晃悠悠飞到生命女神的左右肩头，这让神殿内的几名天使无不秀眉怒立，不过未等她们呵斥，生命女神便摆了摆手，制止了她们。"光明大神棍，哦不，生命女神在我身边，赞美生命女神！"小龙一双大眼眨了眨，小声嘟囔道，"第一次亲密接触！我居然和生命女神如此之近，在世间被人膜拜的主神居然就在我眼前，我与女神同在！"小凤凰也满眼的小星星，点头道："我站在了传说中的主神肩头，偶滴神啊，我很陶醉！"

生命女神微笑起来，左右看了看两个小家伙，而后伸开双手，口中轻轻念道："生命礼赞！"两道圣洁的光辉自她双手透发而出，冲进了龙宝宝和小凤凰的体内。"女神的祝福！"旁边的一个天使惊呼道，满脸羡慕之色。紫金神龙一双龙眼突了起来，快速上前几步道："赞美生命女神，我也要与女神同在！"神殿内的几个天使立刻对痞子龙怒目而视，不过生命女神只是笑了笑，抬手打出一道光辉，也为紫金神龙祭出一道生命礼赞。

"赞美生命女神，请问女神殿下，上一任女神失踪时，神殿中难道没有得到一点线索吗？"辰南发觉不能够得到众神陨落的任何信息，便开始着手问一些比较实际的问题。在去东方之前，他想弄明白凡间雨馨的秘密，他有些不相信东方天界那个雨馨真是万年前的雨馨。"哼，上代女神被雷神陷害了！"一个天使咬牙切齿地出声道。"住嘴！"生命女神脸色骤变，喝道，"没有任何证据的事情不要乱说！"柔弱圣洁的女神此时透发出一股让人慑服的威严气息，几个天使顿时战战兢兢，再不敢随便说话。很容易看出这件事另有蹊跷，上一任生命女神失踪之事并非想象中的那么简单。显然，生命女神神殿内的天使都知道一些线索。

但这毕竟是能够引起两个主神殿间大战的事件，这一任生命女神出于种种考虑，还不愿意事情发展到过激的程度。正在辰南准备告辞时，神殿之外走入一名天使，向生命女神禀报道："仁慈的女神，雷神殿来人，想请眼前几人去雷神殿一趟。"说着她瞟了瞟辰南他们。提到雷神，神殿中的天使们皆露出无比愤恨的神色，即便是生命女神那原本柔和的玉容也变得不太好看。在辰南看来，天界主神间这池水真的很深！

在辰南他们离开时，龙宝宝挥舞着金黄色的小爪子，道："赞美生命女神！女神我们会想念你的……"生命女神哭笑不得，这个小东西还真是一点也不惧怕女神威严，竟然把一个堂堂主神当成邻家姐姐一般，或许她真的太仁慈和蔼了吧。辰南一把将龙宝宝扯到怀里，捂住它的嘴巴，神殿内可有不少狂信徒啊，如果那些天使发飙，他们肯定会不好过。

神殿之外，四名四翼天使在等候，他们洁白的羽翼中夹杂着一些紫金之色的羽毛，这是雷电之力的象征，细小的电弧在那些紫金色的羽毛上闪现。神灵和神灵果然不同，生命女神一副和蔼可亲的样子，一点也没有主神的架子，而眼前几个雷神殿的天使，虽然不过四翼，神情却显得无比倨傲，由此不难想象他们的主神习性。

小凤凰疑惑不解地道："他们四个是在等我们吗，他们怎么都双眼望天呀？"紫金神龙语重心长地道："孩子，他们都得病了。你没看到他们眼睛长到头顶上了吗，不望向天空，还能望向哪里？如果揍得他们眼睛长到屁股下面去，他们会弯下腰来跪在你面前看天的。""哦，原来眼睛长错了地方。"小凤凰也不知道是真不懂还是假不懂，那四个倨傲的天使却早已变了脸色。辰南将龙宝宝放在肩头，目光直视前方，率领三头神兽大步而去，根本没有看四个天使一眼，让四个雷神殿的天使空摆了一副架势。

四名天使骂道："卑微的人类！还有那三头爬虫，你们没有看到雷神殿的四个神使吗？"紫金神龙大怒，回头吼道："闭上你的鸟嘴！敢跟龙大爷吆喝，你不想在天界混了吧？"四名天使差点被气死，以雷神的名义出来传神谕，还没有碰到过这样的人类或妖魔，这让他们惊得目瞪口呆。

一人三神兽腾空而起，向着远方飞去。四名天使被如此无视，气得大怒，皆腾空而起，尾随辰南他们而去。龙宝宝小声道："噢噢，前几天捉到的那两个天使，都快忙不过来了。现在又来了四个天使，一个栽花，一个种草，一个拉车，一个挑水，正好。"此刻，辰南他们已经远离生命女神的神殿，来到一片大山的上空，而四个雷神殿的天使也追了上来。

四名天使道："哪里逃，竟敢违抗雷神神谕，还不快停下。"一人三神兽停了下来，辰南冷笑道："雷神请我们去，这说明我们是他的客人，你们四个算什么？少在我面前狐假虎威，不过是四个传令兵而已。再者，我是东方的修者，根本不信仰你们所谓的雷神，他是你们的主神，但不是我们的。"

辰南打开内天地，对于指着鼻子骂他的四个天使，他没什么好争辩的，直接将四人收拢进内天地，而后用两座神山将他们压在了下面。

被困在辰南的内天地后，四名天使先是大惊失色，而后目瞪口呆，只见两名智慧女神殿的天使正在辛苦地栽花种草，而一群小天使则在飞来飞去帮助规划。辰南将四名天使的审问工作交给紫金神龙，老痞子最适合这种工作。果然不负辰南所托，仅仅片刻间老痞子就问出了重大信息。

紫金神龙气道："混账小子坏了！雷神那个老混蛋已经得知是我们破坏了召唤阵，他已经封锁了去往东土的各个要道。"辰南自语道："我说怎么心神不宁呢，果真最坏的事情发生了。"紫金神龙问道："怎么办，难不成我们要大闹天界？""真是让人头痛啊！"辰南叹道。他怎么也没有想到事情突然败露了，雷神是怎么知道的呢？有人替他们背黑锅了，他们还是被查了出来，这个问题一定要搞清，不然辰南感觉非常不妥。

"说,不然扒了你们的衣服,封了你们的功力!"紫金神龙恶狠狠地叫道。很快四名天使就崩溃了,彻底坦白。原来雷神精通雷电之力,那个时候恰恰路过智慧女神的神域,在辰南他们被西土图腾强行送入天界时,他就有所感应了。当时虚空破碎,天雷道道,他觉察出有人破碎虚空进入了天界。对于能够凭借一己之力破开空间,从人间界进入天界的修炼者,天界的强者们都不会轻视,这样的人绝对潜力巨大,是各方势力愿意拉拢的对象。雷神通过种种蛛丝马迹,调查到辰南他们的行踪,而后又查到他们的气息与损毁召唤阵的强者气息异常接近,因此才传下神谕。

龙宝宝嘟囔道:"原来是想诱捕我们呀!"紫金神龙突然兴奋地叫了起来:"这四个家伙说雷神不在雷神殿中,受战神之邀去战神殿了,不如……""不如怎样?"辰南看着一脸坏笑的紫金神龙,明显感觉到他不怀好意。"嘿嘿,"紫金神龙阴险地笑了起来,道,"刚才这四个家伙都说了,雷神对我们明显不怀好意,发现了我们是被大人物传送进天界的。他将雷神殿内所有高阶天使都派遣了出去,拦截各个去往东土的神域要道,想要秘密将我们缉拿。这可是一个千载难逢的好机会啊!"

旁边的龙宝宝眯缝着大眼,也露出了龙式微笑,奶声奶气地嘀咕道:"真是一个好机会,雷神不是想把我们诱到雷神殿去吗?我们就大摇大摆地过去,抄了他的老窝!""抄雷神的老窝,抄雷神的老窝!"小凤凰也开始跟着凑乱。辰南一阵无语,这三个家伙还真是胆大包天,不过他还真是喜欢!

既然雷神知道了一切,想要秘密对付他们,己方何必还遮遮掩掩呢,直接给予强烈反击才是正途!要闹就闹大吧,还有什么可怕的,反正雷神已经要对他们不利了,逃又逃不走,那就让雷神先倒霉!如果被雷神知道这几个家伙疯狂的想法,非被气得浑身颤抖不可,绝不会在将高阶天使派遣出去后,自己又毫不在意地去赴会。

龙宝宝斗志昂扬道:"哦,光明大神棍在上,我们现在要为崇高的理想去奋斗,请大神棍保佑我们!"辰南现在已经理解了,光明大神棍绝非光明神，倒像是小龙自己。"冲！冲！冲！"小孩子最容易学坏，听说要去洗劫一个主神的神殿，小凤凰已经兴奋地叫个不停了。痞子龙也道："嗷呜，冲啊！抄雷神的老窝去！"辰南他们冲出了内天地，按照四个四翼天使所提供的信息，一路向着雷神殿冲去。

天界史上最滑稽的事情发生了，四个刚刚从人间界升入天界的小人物，开始了最为臭名昭著的大洗劫！这被后世称为天界最不可思议事件之一。内天地中被压在神山下的四个天使早已吓白了脸，现在他们只想大声呼喊："太不可思议了！这个世界太疯狂了！主神殿都要被抢了，还让不让神灵活啊！"

一人三神兽飞行如电，片刻间就飞出数百里，很快便来到雷神的神域。雷神的神域当真称得上气势宏伟，一道道闪电"噼噼啪啪"缭绕在神殿上空响个不停。成片成片的神殿高大恢宏，紫金色的神殿透发着一股古老沧桑的气息，同时尽显雷神殿之庄严神圣。"偶滴神啊！好壮观的神殿，我喜欢！"小凤凰兴奋地叫道。当然最为兴奋的还是紫金神龙，老痞子很无耻地叫嚣道："这不是专门为龙大爷建造的神殿吗？紫金皇者之势，舍我其谁？！抄家啊，最好把这片神殿给雷神老匹夫偷走！"

四个强盗的传说由此开始。"轰！"雷神殿最高神殿的大门，直接被紫金神龙用紫金双节大棒子轰开了，老痞子迈着大步当先冲了进去，龙宝宝和小凤凰一左一右跟了进去，辰南殿后。这座大殿内的几名天使顿时傻眼，这是什么人啊？居然敢轰雷神殿，这简直不可想象，真是滑天下之大稽啊！"当！"震天大响，老痞子一棒子轰砸在大殿地面，顿时整座神殿都颤动起来。

龙宝宝扑扇着一对金黄色的龙翼，晃晃悠悠地飞到紫金神龙的头顶，对着大殿内所有目瞪口呆的天使，奶声奶气但却极其郑重地宣布道："我以大德大威宝宝天龙的身份正式通告你们，现在你们被抢劫了，雷神殿被抢劫了，这里所有的财产包括但不限于天使，都是我们的所有物！"这个世界疯了！这是所有天使想喊出来的话，这简直太不可思议了！哪来的小屁孩居然跑到雷神殿胡闹来了，真是不可原谅！

"你们是什么人？竟敢来雷神殿撒野，不管你们是哪个主神的亲信或后代，冒犯雷神殿罪不容赦！"神殿内的天使们大声喝道，不过却没有谁敢动手，经过短暂的大脑短路后，所有人都认为这肯定是某位主神和某位女妖的私生子，少不更事，跑到这里撒野来了，要不然天界谁有这么大的胆子啊！

"不容赦你个大头鬼！"紫金神龙说着，大棒子瞬间就抢了过去。"砰！"离他最近的一个倒霉天使被敲晕了。"你们实在太大胆了！"几名天使气得就要扑上前去。当然几个机灵的天使却在向后退，他们认为主神的私生子即便犯错也不会受到太过的惩罚，但是如果雷神殿的天使打伤几个王子，那倒霉的肯定是天使！最滑稽的事情就这样发生了，胆大包天的四个强盗理直气壮，而雷殿的天使们却畏首畏尾。

首先冲上来的几个天使，被辰南张开内天地收了进去，而后四个大盗开始疯狂洗劫，只要是能看得上眼的东西就往辰南的内天地里送。大殿内的几个天使实在看不下去了，紫金神龙不仅将雷神的宝座扔进了辰南的内天地，还将宝座背后的几座老雷神像敲碎了，将那些神像的头颅当作战利品穿成一串挂在颈项上。

待到天使们看到另一边的情况时他们快疯了。"一二一，一二一……"龙宝宝和小凤凰喊着口号，将雷神殿历来的权力象征"雷神锤"给搬了起来，能有房屋大小的雷神锤紫金闪烁，神光璀璨，一看就知道是天界难得的神物。如此巨大的雷神锤跟龙宝宝和小凤凰根本不成比例。看到两个小家伙夸张地喊着口号，将雷神殿的镇殿之宝扔进了辰南的内天地，几个天使实在受不了，一起冲了上去。不过他们不是围攻龙宝宝和小凤凰，而是冲进了辰南的内天地。

"噢噢，又有栽花种草的了！"龙宝宝起哄似的叫了起来。辰南毫不客气，用两座神山，将进去的天使全部镇压在下面，此刻这座主雷神殿内除了一个被敲晕的天使外，再无一人守护。老痞子在大殿内又敲又砸，龙宝宝和小凤凰则到处寻宝。

"快看，这里有一把宝剑，非常漂亮！"小凤凰叫了起来，她在一个破碎的神像里发现了一把紫金神剑。"嗷呜，似乎是雷神剑，虽然比不上雷神锤，但也是神器，收掉！"在紫金神龙的提示下，小凤凰欢快地把自己的战利品扔进辰南的内天地。

"光明大神棍在上，我找到了一面紫金神鼓！"龙宝宝惊叫道。紫金神龙一双龙眼顿时瞪圆了，叹道："似乎是雷神鼓，这个神殿好东西真是太多了，为了避免有遗漏，我觉得最好还是将这座主神殿彻底搬进内天地。""不错，要玩咱就玩个大的！要闹咱们就闹乱天界！"辰南也跟着三头神兽彻底疯狂了起来，退出雷神主神殿，张开内天地，瞬间便将这座最为高大的神殿笼罩进了内天地。辰南内天地当中，被压在两座神山下的天使们已经傻了，这是哪家欠管教的小王子啊，做强盗到这种程度，就是神灵也受不了啊！

几个家伙抢劫雷神殿内的宝物已经够疯狂了，但现在居然更干脆地将整座雷神殿搬走。所有被镇压的天使都有些不敢相信眼前发生的事情，几个手臂露在神山外的天使一边抽自己的嘴巴，一边双眼无神地自语道："幻觉，这一切都是幻觉！"不过，辰南和紫金神龙接下来的话语让那些口中喊着幻觉的天使一下子晕了过去。"这里有着这么多的神殿，我们刚洗劫了一座，就已经有了这么大的收获，继续抢光所有神殿，带走一切可以带走的东西，一根毛都不给雷神老混蛋留下！"

龙宝宝在一座神殿中有了新的发现，顿时叫喊起来："快来快来，这座神殿中也有好东西，快看有许多水晶球啊，似乎是魔力水晶，能够爆炸产生强绝的威力！"另外三个强盗快速冲去。"嗷呜——"紫金神龙一声长嚎，激动地道，"难道这便是那传说中的魔雷？这些玩意儿据说炸开之后堪比禁咒啊。小心一些，千万不要弄炸了。"四个强盗快速将这座神殿中的一堆魔雷洗劫一空，而后又转移到其他神殿。

"我也找到好东西了！"小凤凰突然兴奋地叫了起来。辰南他们快速跟了进去。"光明大神棍在上，这似乎像是人间界那些魔法师口中传诵的雷神之火。"龙宝宝惊叹道。神殿内是一堆堆晶莹剔透的水晶瓶，所有水晶瓶中都充满了跳动的紫金色火焰。"发财了，哈哈！"紫金神龙狂笑起来，道，"这下我们真的赚大了，我敢说光凭这些东西我都有与雷神一战的能力了，这些可都是传说中的宝贝啊。哈哈，用雷神殿的超级神物对付雷神，实在是太妙了！"

"该死的，你们是什么人，竟敢强闯雷神殿？"成片的雷神殿中有不少天使守护，四个强盗闹出这么大的动静，怎么会不引起人注意呢，十几名四翼天使最先赶到。紫金神龙顺手抄起了一个水晶瓶就想扔过去。辰南急忙拦住它，道："混账，干什么？不知道盗亦有道吗？我们只是取所需要的东西而已，没有必要闹出人命，那样没有一点强盗本色！"

晕倒！赶来的十几个天使鼻子都快气歪了，还盗亦有道，说得一副正气凛然的样子，他们早就看出辰南是带头人了。为首的一名女天使气得浑身颤抖，指着辰南道："你们到底是什么人，今天真是太滑稽了，居然闯进了雷神殿如此嚣张地抢劫，还不快快住手！"

"我们是强盗呀。"小凤凰一本正经地道，"我们在抢劫，把你们身上所有值钱的东西都拿出来。"看到十几名天使对她怒目而视，小凤凰有些害怕了，不过尽管声音越来越低，但还是清晰地说完了这些话。紫金神龙拎着双节大棒子，不怀好意地道："小不点说得对，打劫，把你们身上的魔法杖都扔过来，所有值钱的东西统统留下！"

十几名天使快气疯了，从没有见过这么嚣张的贼，居然跑到雷神殿如此狂妄地打劫来了，如果传出去，必将是天界的一大笑柄。"哦，光明大神棍在上，内天地当中栽花种草的人终于多起来了，这下不缺劳动力了。"龙宝宝感叹着。辰南不想造杀戮，只好张开内天地将这些天使压在了两座神山之下。此刻他的内天地乱哄哄，吵吵嚷嚷，自雷神殿俘虏的天使能有三十几名，全部被压在神山之下。

现在，辰南修为刚刚突破不久，有足够的力量掌控内天地，这些修为不如他的天使，在他的小世界中面对圣器，根本无还手之力。四个强盗快速将所有盛放有雷神之火的水晶瓶收入内天地，而后又进行地毯式搜索，只要看得上眼的东西，全被他们扔进辰南的小世界，这已经不像是在抢劫，更像是在搬家。

雷神殿在天界的势力绝对不弱，但神殿在天界有多个分部，能够镇守一方的上位天使，都在分部神殿驻守。而如今雷神外出，主神殿内具有高战力的天使也被派出，守在通往东方天界的各个要道。现在神殿内留驻的最高等阶的天使不过四翼而已，更多的是两翼天使，多是些战力极其低下的超下位天使，他们不过是普通的神仆而已，根本无力阻挡四位强悍的大盗，或者说是野蛮的土匪。

"冲！冲！冲！"即便胆子最小的小凤凰都狂乱了起来，更不要说另外三个家伙了。龙宝宝也道："光明大神棍在上，为了我们神圣而伟大的事业，我们要继续努力，冲啊！"紫金神龙振奋地道："嗷呜，抢光雷神老混蛋所有的家底，挖地三尺，连没睁眼的小耗子都要带走，一根毛都不给老混蛋留下！"地毯式洗劫又开始了。

到最后，紫金神龙长嚎道："雷神老神棍的家底实在太厚了，法宝和神器就不用说了，光是那些攻击性的超绝武器，就足以让龙兴奋了。我们实在无法一座神殿一座神殿地搜索下去了，不然即便搬上几天也搬不完。我看还不如直接搬神殿，将老神棍的这片神殿全部偷走。""哦，光明大神棍在上，这个主意实在太美妙了！我强烈支持。"小龙一下子举起了四个金黄色的小爪子。小凤凰也拍打着一对七彩神翼支持道："好呀好呀，我也支持，这样以后我们就有漂亮的神殿居住了。"躲在暗处的下位天使们欲哭无泪，从没听说过这么嚣张狂悍的强盗，抢劫了东西不说，居然连房子都要搬走，这真是太变态了！

辰南的内天地打开了，快速笼罩向一座座神殿，惊得那些躲在暗中的天使慌乱逃窜，一座座神殿都被内天地吞没。等到半个时辰之后，原雷神殿所在地光秃秃一片，成片的神殿彻底消失了，原地仅有数百下位天使呆呆发愣。有这样的强盗吗？这绝对是有史以来最强悍的大盗，居然将一个主神的所有神殿都搬走了，彻彻底底地洗劫一空。

"雷神在上！这、这是真的吗？！"天使们终于醒过神来，原本优雅的气质早已不复，所有人都开始破口大骂起来，表达着自己的震惊与恐慌。"雷神在上！这是强盗吗？有敢洗劫主神的强盗吗？我们正在一起做梦！""雷神在上！今天，天界有史以来最为滑稽的事情产生了，一个主神的神殿被洗劫了！天界最不可思议的事情发生在了我们的眼前！天界最大的笑柄不幸在我们神殿中产生了！"

所有天使皆欲哭无泪！也不知是谁先喊了一嗓子，道："快去给那些具有超强战力的高阶天使送信！快去告诉他们不要守卫那该死的东方要道了，四个罪人都已经折腾我们神殿来了！"并不是所有天使都不知道辰南他们的来历，最起码喊话的天使已经知道辰南和三头神兽正是雷神想出手留下的四个目标。"真是该死！快快禀报给雷神，请殿下调动各地雷神殿的所有人员共同剿灭这四个胆大包天的逆贼！"

半个时辰之后，十几位高阶天使来到主雷神殿，同行的还有上百位四翼天使，看到眼前的景象后所有人皆惊得眼前一黑，差点晕过去。所有天使的眼睛都瞪圆了，这简直太不可思议了！有这么强悍的盗贼吗？！这是所有天使想破口大骂的心声。可惜，他们来迟了，辰南他们早在一个时辰之前就离开了这里。

"咔嚓！"一个巨大的雷电从高空中劈落而下，大地四分五裂，一个紫金身影快速自空中降落而下。这是一个高大英挺的中年人，不过此刻他的脸色铁青无比，双目中紫金之火不断涌动而出，他的肺都快气炸了。这就是天界的雷神嘉里德拉，得到消息后他以光电般的速度从战神殿那里飞了回来。眼前的景象让他满头紫发都快燃烧起来，阵阵白烟自他七窍中喷出，雷神快被气爆了。

身为主神，在天界中有几人敢惹他？但现在他却被人抢劫了，而且是如此彻底，一片瓦砾都没有给他剩下，居然将整片的雷神殿都给搬走了。对于他来说，这真是莫大的耻辱啊！恐怕用不了一天，东西方天界所有强者都会知道这件滑稽到不可思议的事情，雷神必将成为天界最大的笑柄！

雷神愤怒地咆哮道："该死的！不计一切代价，将这四个小爬虫给我、找、出、来！"说到最后雷神一字一顿，他脑门上布满了黑线，满头紫发呼的一声燃烧起来。气得他急忙给自己加持了个水系魔法，扑灭头上的火焰。雷神气得狂暴了！十几个高阶天使急忙上前，道："殿下息怒！通往东方的要道都被我们掌控了，我们只是回来一部分人而已，那四个卑微的爬虫绝对无法逃离西方天界。"雷神咬牙切齿道："除此之外，传我神谕，告诉各地所有雷神殿，全部动员起来，将那四个卑微的爬虫捉到我眼前来！"雷神都快被气疯了！

此刻，辰南他们已经深刻觉察到了雷神殿势力之强大。仅仅少半天的时间，他们就遇到了奉命追杀他们的高阶天使。七名高阶天使率领着五十名四翼天使，将辰南他们围困在高空之上。不过四大强盗一点不惊慌，在天使们刚刚有所动作时，一个个水晶球被四个大盗扔了出去。

"不好，快躲，这是魔雷！"天使们一阵大乱，没有想到这四个混账家伙，居然用雷神殿威力巨大无匹的魔雷对付他们。"轰、轰、轰……"高空之上像炸开锅了一般，紫金之雷狂劈滥炸，到处都是雷光，天使们被劈得浑身羽毛焦黑，到处乱窜。有谁见过天使骂娘？天使不仅是西方天界的神灵，他们还是世间纯洁与美丽的象征，总会和容貌绝色、举止优雅联系起来。但辰南和三头神兽今天大开眼界，几十名天使破口骂娘，恶毒的言语能让人间界最为强悍的泼妇甘拜下风。不过这都是气的，所有天使都快被辰南他们气炸肺了。七名高阶天使和五十名四翼天使被辰南他们用魔雷炸得白羽焦黑，面目狰狞，毛发都烧焦了，所有天使都一副人不人鬼不鬼的样子。而最让天使们无法忍受的是，炸伤他们的魔雷都是他们曾经千辛万苦灌注了大量魔力才制成的。结果，四名卑鄙无耻、罪该万死的强盗，将成片的主神殿搬走后，用洗劫来的这些魔雷对他们狂轰滥炸，让所有天使面目皆非。

"我对面的四个该死一万次的无耻爬虫，老娘想吃了你们的肉，老娘想活剐了你们！我……"有谁能相信，以上粗野恶毒的脏言会是出自一个高阶女性天使之口？这位六翼女性天使原本容貌倾城，皮肤如玉，但此刻面目焦黑，头发打卷，一个绝美的天使变成了这副样子，难怪她彻底抓狂，变得近乎一个泼妇一般。

"你们这四个卑微的爬虫太无耻了！有你们这么卑鄙的下流的强盗吗？你们还有没有点人性？那都是我们制成的魔雷！"一个高阶天使越说越气愤，满嘴都是人间各国的国骂，他指着辰南的鼻子骂道，"你们到底是什么来头，怎么敢洗劫一个主神的神殿？说，谁在后面给你们撑腰？到底是谁把你们四个卑微的爬虫，强行从人间传送到了天界，我……"

辰南他们目瞪口呆，相互看了一眼，辰南道："我晕！这是天使吗？传说这些生物是世间美丽与纯洁的象征，现在怎么都成悍妇她妈了？""靠！"老痞子冲着辰南做出了一个鄙视你的动作，道，"兔子急了还咬人呢，何况天使啊？咱洗劫了人家，又用他们亲手制作的魔雷给他们来了个麻辣雷锅，能不急吗？不过，嘿嘿，你们想看到比这更加强猛的悍妇吗？"

小凤凰有些不相信，小声问道："还有比他们更强悍的吗？""当然!"老痞子肯定地回答道,"你们看!"说着,紫金神龙抄起一串魔雷,运用紫金龙力呼的一声扔向了天使那边。"轰、轰、轰……"天空又炸开锅了,到处都是紫金雷电,都是堪比禁咒的魔雷,威力大得难以想象!

"那头四脚蛇,老娘记住你了,我……老娘早晚要抓住你,一口一口把你活吞下去……""四脚蛇你大爷!老子以后跟你没完,不死不休!"高空之上,各式国骂又开始了。老痞子对着小凤凰嘿嘿笑道:"怎么样?更强悍了吧?""偶滴神啊!"小凤凰快晕了。

面对威力奇大的紫金魔雷,天使们根本没有办法。这些都是雷神殿为了将来的主神大战、魔神大战准备的秘密武器,没想到被四个强盗全部洗劫去了,堪比禁咒威力的魔雷,即便是高阶天使也挨不了几个!更何况绝大多数都是四翼天使呢?直到现在这些被气得满口脏话的天使,都有些不敢相信眼前的事实,一个主神殿居然被人连窝端了,这真是天界有史以来最大的笑话!

"轰、轰、轰……"无差别地毯式轰炸又开始了,重伤的四翼天使不断往下坠落,几名想强行突破的高阶天使也伤痕累累,再也不敢过分冒险。就在这时,辰南他们又动用了新式武器,一瓶瓶装有紫金神火的水晶瓶被抛向天使。

"轰!"大爆炸过后,是漫天的紫金神火!天使们的惨叫声不绝于耳,带着紫金火焰坠落下去的天使更多了。"气死老娘了,连我们雷神殿的绝密武器紫金神火都扔过来了,这场战斗还怎么进行啊?!气死老娘了!"当三名高阶天使重伤摇摇欲坠后,剩下的四名高阶天使果断下令撤退,再也不敢进行强攻。几乎每一个天使都被炸得焦黑,根本没有一个天使还能保持洁白的羽翼,所有天使比堕落天使还像堕落天使。天使们背负着伤者快速远退而去,只留下几名伤势较轻的天使监视辰南他们,不过很快就被反冲上来的紫金神龙他们用魔雷和紫金神火炸跑了。

天使们终于消失在了天空尽头,辰南他们也终于狂笑着松了一口气。"我靠,太爽了!"紫金神龙长嚎着,"嗷呜,没想到有一天能够这样炸神灵,炸这帮鸟人!""善哉,善哉!"小凤凰似乎也沾染上了龙宝宝的神棍习性。小龙难得有些发晕，小声嘟囔道："这个世界太疯狂了，天使都学会大妈骂娘了！"

天空终于平静了下来，四周静悄悄的。辰南的内天地当中，四个有史以来最为强悍的大盗正躺在藤椅上惬意地喝着美酒。此刻，辰南的内天地早已大变样。在智慧女神布下的召唤阵中，定地神树疯狂吸纳了无尽的灵力，不仅辰南修为再做突破，内天地更是扩展到一个惊人的境地。在人间界时，修炼者达到四阶以后，修为每精进一层，功力就会有一个质的飞跃，到了天界以后依然适用。

在天界即便进阶为七阶境界，也不会遭受天雷轰击，所以辰南现有些不好确定，这次到底修为是攀升到了七阶初级，抑或是升到了六阶顶峰。但无疑他的修为长进了一大截，内天地有了质的变化，已经扩展到十几平方公里的样子。被洗劫而来的成片的雷神殿大约占据两三平方公里，这片气势恢宏的雷神殿按照原样铺现在辰南的内天地中。自雷神殿俘虏而来的天使大概有四十名，有战力的四翼中阶天使和战力极其低下的双翼天使各占一半左右。所有中阶天使都被辰南用定地神树给打到低阶天使的状态，他们的元气全被神树吸纳了，这些元气被定地神树转化成了河流湖泊与鲜花芳草。

至此，辰南的内天地生机勃勃，加上那成片的神殿，当真如同仙境一般。自召唤阵那里俘虏来的小天使是最好的园丁，现在他们已经成了指挥者，让四十几名没有战力的天使充当劳力，一点一点继续美化着辰南的小世界。存放紫金神雷与紫金神火的神殿，以及存放神器的神殿，皆被辰南下了禁制，除却他与三头神兽之外，所有天使皆无法进入，这是他们能够放心使用这些免费劳力的原因。当然，这些天使之所以如此听话，是因为紫金神龙的胡萝卜加大棒政策，表现好很快就可以离开这里回归他们各自的神殿，表现不好就会被放逐到混沌地带，永远在这里帮辰南开拓内天地。

内天地内，百花斗艳，芳草清新，小河清澈，湖泊澄净，辰南与三头神兽在宝石般碧蓝的小湖边，边饮酒边商讨接下来该怎么办。今日之疯狂，足以令整个天界目瞪口呆，但接下来恐怕他们的噩梦将要开始了，雷神定然会不计一切代价追杀他们。主神亲至，即便他们有魔雷、紫金神火又如何？不可能奈何得了一个主神。

"呵呵，你们害怕了吗？"一阵清脆的笑声自那片雷神殿中响起。虽然那话语清脆悦耳，但却听得辰南他们毛骨悚然，这到底是何方神圣？居然避过了他们的神识，无声无息地隐在辰南的内天地中。

"不会是雷神杀来了吧？"小凤凰害怕了。"雷神是公的！"紫金神龙小声嘀咕道，"这个人非常不简单，神识之强大超乎我们的想象，不然不可能避过我们的灵觉。"一道虚影无声无息地出现在辰南他们面前，淡淡虚影近乎透明，依稀可以看到是一个年轻美貌的女子，不过真实容颜很难辨别。

辰南长身而起，与虚影对面而立，沉声问道："你是谁？"对方答道："生命女神卡缪。"辰南怀疑道："生命女神卡缪？你说谎，我见过生命女神，你们的气息根本不相同。"虚影叹息了一声，道："你说的是珍妮，那是我妹妹，我是上一任生命女神卡缪。""什么？！"一人三神兽同时发出了惊呼。

眼前那淡淡的虚影居然是失踪的上一任生命女神卡缪，这实在让辰南他们感觉无比震惊！卡缪已经失踪五千多年了，现任生命女神所统率的神殿一致怀疑她的失踪与雷神嘉里德拉有着莫大的关系，失踪已久的主神居然又出现了，这绝对是天界一大重要事件！

"很吃惊是吗？呵呵。"卡缪轻声笑了起来，道，"失踪五千年的主神又出现了，呵呵……"卡缪虽然在笑，但语音中却透发着一股苍凉之态，任谁也能够感觉得出她心中的那丝愤怒之情。辰南有些吃惊地问道："这样说来，你果真遭到了雷神的迫害？这一次我们将整片雷神殿收了进来，致使你也跟着进入了我的内天地？"卡缪轻轻叹了一口气，道："我确实遭了雷神嘉里德拉的暗算，不过这道虚影并不是我的本体，只是一段精神虚体而已。"

辰南问道："那你为什么不去找你妹妹，告诉她一切真相，让她帮你报仇呢？"卡缪道："雷神嘉里德拉暗算我的事情，近年来我早已和妹妹沟通过了。"辰南惊道："那你妹妹为什么还不营救你呢？"卡缪笑了，没有回答辰南的问题，反而奇怪地打量着辰南和三头神兽，道：

"真不知道你们哪来的这么大的胆子，居然有胆量去抄雷神殿。"

"有什么不可以，他想收拾我们，逃又逃不掉，只好先让他倒霉。"辰南满不在乎地回答道。卡缪摇头笑了笑，道："呵呵，居然是这个理由，活该雷神倒霉！不过，你真以为凭你们就可以抄得了雷神殿吗？"辰南笑道："事实摆在眼前。"

卡缪道："你错了！雷神毕竟为一个主神，实力之强大不是现在的你所能够揣度的。雷神殿所设禁制极多，凭你们根本无法突破。镇殿之宝雷神锤与雷神神识相连，即便与他相隔万里，他也能够如指挥手臂一般灵活控制。雷神将雷神锤等神器置于雷神殿，便相当于他亲自坐镇神殿一般，试问谁敢强闯雷神殿？"

辰南与三头神兽听得冷汗直流，如果真如卡缪所说那样，他们岂不是死上好几回了，难道说里面有什么隐情不成？卡缪接着道："雷神恰逢被战神邀请，不在神殿内，你们以为这是巧合吗？"辰南震惊道："到底是怎么回事？"卡缪笑了起来，道："你们终于意识到死神曾经多次与你们擦肩而过了？""请讲！"辰南开始虚心请教起来，他总觉得轻易攻破雷神殿有些不现实，没想到里面竟然真的有隐情。

卡缪笑道："我妹妹联合几位主神共同出手，破去了雷神殿所有禁制，更是切断了雷神锤与雷神的联系。但终究没有破开禁制，未能将我从地下囚牢中救出，所以乐得成全你们搞出天界有史以来最为不可思议的抢劫事件，让雷神成为天界最大的笑柄。"紫金神龙得意地道："嗷呜，龙大爷彻底明白了，不光我们在做强盗，几个主神也跟着在做贼，太有意思了，实在太美妙了，我喜欢大家一起做贼的感觉。"小神棍龙宝宝也嘟囔道："贼神在上，我与主神同在！"

辰南问道："难道生命女神和几位主神联手，都无法破开雷神的禁制吗？""我脱困之日不会太久。"卡缪悠悠叹道，"天界远非你们想象的那么简单，主神之间也明争暗斗，不过为避免发生大规模神战，一切都在暗中角斗而已。珍妮他们不想现在和雷神一方的主神联盟开战。"辰南非常认可她所说的话，才进入天界几天的工夫，他已经感觉到了天界各个势力间暗流涌动。"偶滴神啊，天界这么复杂啊！"小凤凰叹道。

卡缪似笑非笑地看着辰南，道："现在可以把你身后的大人物说出来了吧？几个主神都已经知道你是被某位大人物传送进天界的。你看我对你开诚布公说出了一切，你也不应该再对我隐瞒了吧？"辰南心思电转，卡缪以及想助她脱困的主神明显想拉拢他，或者说想拉拢他身后那个所谓的"大人物"，这是他们"优待"他的最主要原因。

"哈哈，天界的主神真是厉害，他老人家具有通天的本领，没想到在破碎空间将我们送入天界时，还是惊动了一些主神，各位主神的实力还真是让人佩服啊！"辰南一副神棍的样子。卡缪有些激动，道："人间界的那位老人家是哪位？难道是传说中的……""对，就是传说中的……"辰南故意一副高深莫测的样子。卡缪恨得咬牙切齿，道："哼，好了，不要吊胃口了，快说出来吧。"

"好吧，可以告诉你，但你万不可将他老人家的消息透露出去。"辰南清了清嗓子，然后指着紫金神龙道，"看到他了吗，这就是那位老人家的玄孙。"紫金神龙心中破口大骂，同时暗中诅咒那个无意间占了他便宜的西土图腾。

卡缪激动地道："难道是传说中的某位上古天龙？真是让人难以置信啊，老人家为什么不愿上天界呢？"辰南张口就来："老头子的修为早已到了通天之境，对于他来说人间界和天界并无二致，但他很怀念人间界某些景物，所以一直待在下界静修。不过，老头子对晚辈要求非常严格，尤其是对他这个不成器的玄孙更加严厉，准备把它丢到天界来磨砺一番。唉，可能让他失望了，老人家这个后代就是一条不成器的虫啊！"紫金神龙听到辰南在那里胡说八道，气得都已经想咬人了，不过为了戏继续演下去，它只能忍气吞声。

卡缪当然不相信辰南的胡言乱语，不过深信他们的背后确实有一个大人物在给他们撑腰，道："放心，你们不会有危险，雷神有其他主神拖着，他没有时间亲自来找你们的麻烦。至于雷神殿派遣出来的天使，我已经观看过你们对付他们的手段，自保绝对不成问题。"

这是什么话呀，辰南比较郁闷，谁愿意被一个主神惦记着啊。两任生命女神以及他们阵营的主神，无疑很看重他背后的"大人物"，这次即便没有雷神殿这件事，估计生命女神她们也会将他牵扯进来。人果然不可貌相啊，初次见生命女神珍妮的时候，辰南还以为她是一个没有丝毫架子的仁慈女神呢，没想到对方早已经准备利用他们了，他不得不感叹天界主神还真是没有一个善茬子啊！天界这池水还真是深啊！

卡缪笑道："如果你们觉得危险，现在可以立刻避入生命女神殿。"辰南心中一阵冷笑，看来天界一切都是虚的，实力才是硬道理！避入生命女神殿？恐怕是想收拢那个"大人物"才是真实目的吧。"好啊，那我们就不客气了，最好尽快进入生命女神殿躲避一段时间。"辰南暗笑，那个"大人物"可是虚无缥缈的存在啊，而生命女神的庇护却是实实在在的，恐怕还不知道是谁利用谁呢！

"我的本体还在雷神殿的囚牢中，精神虚体支撑不了多长时间。"卡缪的影像渐渐暗淡了，即将消失。辰南急忙问道："等一下，我还有一件重要的事情想向你请教呢。五千年前你是否曾经去过人间界，救助过一个名叫雨馨的女子，能否详细告知我当时的一切？"卡缪渐渐暗淡的身躯一颤，道："你为什么要问这件事？"不过，随之她快速稳定了情绪，道："我劝你最好不要探听她的一切，如果你非要知道不可，那么等我出困再说吧。好了，我妹妹就在内天地之外，她会将你们带入生命女神殿。"虚影一闪，卡缪消失了。

"我靠，天界还真是没一个善主啊！"紫金神龙感叹道，"现任生命女神一副柔柔弱弱的样子，没想到在打我们的主意，说不定当时从我们上空恰巧飞过都是特意安排的，天界还真是复杂啊！"辰南深有同感，在他的想象中，卡缪曾经在人间界救过雨馨，一定是一个无比仁慈善良的女神，但现在看来远不是想象那般简单。

在接下来的两日里天界沸腾了，雷神殿被四个刚从人间界跑上来的小人物连窝端了的消息，传遍了天界，成为诸神间最大的笑柄，这无比荒诞滑稽的事情，被称为天界有史以来最不可思议事件之一。四个小人物名动天界，他们谱写出一曲大盗传说之——疯狂！所有神灵都狂笑不止，雷神则欲哭无泪，他不可能跳出来指责几个主神参与了这件事，他只能背负起天界最秀逗主神之称。

此刻，辰南他们避入了生命女神殿，不过似乎并不像是在避难，此时四个家伙正在各个神殿间观探。

小凤凰怯怯地问道："我们已经抢了雷神殿，难道还要洗劫生命女神殿吗？""嘘，小声点！"痞子龙一副做贼心虚的样子。"哦，光明大神棍在上，怎么能够说'抢'和'洗劫'呢？我们所做的事情是神圣而伟大的！你要记住，这是一个无比光荣的事业！"小神棍一副郑重其事的样子。辰南点了点头，道："西方天界这些主神没一个好鸟，我们将生命女神殿席卷一空，跑路到东方天界才是正途，绝不能参与到主神间的斗争中去。寻找雨馨才是第一要事啊！"理所当然的，四个大盗又将生命女神神域的珍稀神树和灵果洗劫一通。

原雷神殿本已被偷盗得秃秃一片，但此地乃是雷神一系重地，雷神以大法力将一个分部神殿强行拘收到了这里，借以镇守该地。站在新神殿的大殿中，雷神气得七窍生烟，现在全天界都是四个大盗的传说，雷神的脸面简直丢尽了。雷神披头散发，面目狰狞，浑身上下紫金神火缭绕，如一个疯子一般在大殿内怒吼："该死的，生命女神我早晚掌控你的法则，只要我了解到生之奥秘，天雷奥义加上永生不灭，这天地间还有谁是我的对手？！"

看着大殿中许多被魔雷与紫金神火炸伤和烧伤的雷系天使，雷神双眼发红，恶狠狠地叫道："把去往东方的天界通道给我守得牢牢的，一定不能让那四个卑微的爬虫跑到东方去。我现在没有时间和精力亲自对付他们，但只要他们还在西方天界，我早晚要捏碎他们，即便得罪人间界那个大人物也在所不惜！"愤恨恼怒的咆哮之音令整片雷神殿都在颤动，所有天使都战战兢兢。

半个月之后，辰南和三头神兽飞行如电，向着东方飞去。紫金神龙道："雷老神棍就会吹牛，天界这么大，他真能够封锁住去往东方天界的路吗？我们随便绕上一大圈不就通过了吗？"可惜，不久之后辰南在一座人类城市中打探来的消息粉碎了紫金神龙的幻想。东方天界和西方天界各自成一界，两者之间由十几条重要的空间通道相连。除非具有大法力，强行破碎空间，不然只能走这十几条通道。

天界不知道要比人间界广阔多少倍，那一座座高耸入云的巨大山峰更是比人间界的最高峰还要巨大。靠近东方要道是连绵无尽的群山，一座座巨大的峰巅是一片银装素裹的世界，白雪皑皑，冰封万物。而山腰以下，青翠无限，生机盎然，茂密的原始森林遮天蔽日，野林中猿啼虎啸。辰南他们贴着半山腰飞行，遇到无数蛮兽奇禽，尽管有许多修炼有成的妖兽不断侵扰他们，但以四个家伙此时的修为，根本不足为惧。

前方一座巍峨的高山矗立在群峰之中，在那座山巅之上便有一个通往东方天界的要道。此刻，已经看到有众多天使守护在那里。雪花纷飞的山巅之上，有一个方圆百丈大小的混沌通道口。只是，雷神已经派了重兵在这里把守，大批的天使如化石一般矗立在峰巅一动不动。已经来到了这里，辰南不可能退缩，雨馨就在通道的另一端，不管有多么困难，他必须要闯过去，一定要彻底了解天界的雨馨是否真是万年前那个雨馨。

几人原本打算躲在辰南的内天地，浑水摸鱼过去，只是这里的高手实在太敏感了，他们刚刚靠近就被觉察到了。潜行失败，辰南当先向前冲去，手中长刀神光闪烁，或许现在该叫圣刀了，已经不再是那把充满了死亡气息的黑色魔刀，现在的长刀金光璀璨，充满了神圣的气息。刀芒如虹，似匹练一般，朝着守在通道入口处的天使劈去。整片白雪世界光华闪烁，刀气纵横激荡，发出阵阵刺耳的啸音，风雪漫天飞舞。

"哼，早已等候你们多时了！"六名高阶天使腾空而起，或发出禁咒魔法，或劈出惊天剑气，朝着辰南围攻而去。而与此同时，另有十名高阶天使冲向了紫金神龙它们。耀眼的光芒笼罩在这片山巅，超大型禁咒魔法在辰南身边不断炸开，汹涌奔腾的火焰，巨大而又恐怖的闪电，在空中到处肆虐。同时，一道道剑气撕裂虚空，巨大无匹的实质化剑芒不断劈斩在辰南的身旁。

辰南纵横于高空之上，在闪电、火焰与剑芒中横劈竖斩，在六名高阶天使的围攻中不断冲击。虽然现在他处于险象环生的境地，但他已经确定自己确实迈入了七阶领域，不然绝对无法和六翼高阶天使抗衡。被同级别的六位高手围攻，辰南无力抵挡，快速后退。六名高阶天使杀气逼人，紧追不舍，誓要斩下辰南的头颅。超大型魔法禁咒与威力无匹的狂霸剑气，不断向辰南轰击而去，整座山巅都在颤动。

辰南将魔雷与紫金神火狂向六位高阶天使砸去，山巅之上闪电与火焰狂劈乱舞，像开水一般沸腾了起来。另一边龙宝宝、紫金神龙、小凤凰扔得更欢，它们根本无力对抗高阶天使，强闯不过便打开了各自背后那巨大的包裹，狂扔魔雷与紫金神火，相当于禁咒威力的雷火在高阶天使间不断轰炸。冰雪早已被炸飞，山巅上到处都是狂虐的魔法能量，如天雷降临了一般，附近所有山峰都在剧烈晃动，有些被强大的魔法能量波及的峰巅，都已经被轰碎了。

天使们被轰得面目焦黑，暂时后退，辰南他们合在了一起。辰南打开了内天地，将雷神剑扔给了紫金神龙，而后又将雷神鼓扔给了龙宝宝，他自己则拎着房屋大小的雷神锤冲了出去。雷神殿重宝出现在敌人手中，所有天使皆愤恨地咬牙切齿，十六名高阶天使率领众多四翼天使，如密密麻麻的黄蜂一般向着辰南他们冲去。

辰南舞动着巨大的雷神锤，狂猛地向前砸去。"咔嚓！"伴随着一声震耳欲聋的狂暴雷鸣，一道长达百丈的巨大的紫金闪电，自雷神锤中劈出，在一瞬间将一个高阶天使劈得全身冒黑烟，刹那间跌落。后面的紫金神龙倒吸了一口凉气，惊道："居然是大天神雷！"遥远的雷神殿中，雷神拍案而起，怒喝道："该死！"

辰南被雷神锤的巨大威力惊得目瞪口呆，一轰之下居然将一位高阶天使劈落而下生死不明。紫金神龙长嚎道："嗷呜，真是好东西啊！雷神锤绝对是天界最负盛名的神宝之一，方才发出的巨大闪电绝对是大天神雷，一击等同于人间高手进入天界时所承受的天雷力量总和。"

有了雷神锤在手，几乎等同于半个雷神了，辰南顿时底气十足，挥舞着神锤向前冲去。不过前方的天使们皆悍不畏死，在十几名高阶天使的带领下，疯狂地向着一人三神兽冲来。雷神锤再次发威，又是一道威力狂暴的大天神雷，一个高阶天使浑身焦黑生死不明坠落而下，同时一大片四翼天使惨叫过后退出了战场。

一个高阶天使疾若闪电，趁辰南挥动神锤之际从侧面偷袭，不过很不幸，他被辰南快速反手一锤砸在身上。当场一阵血雾弥漫，天使粉身碎骨而亡，同时激射的血色雷电将一片四翼天使炸飞。

"靠！"尽管知道雷神锤威力巨大，但紫金真龙它们还是被惊得目瞪口呆，它低头看了看手中的雷神剑，对龙宝宝和小凤凰长嚎道，"小家伙们冲啊！"紫金神龙挥舞着雷神剑冲去，一剑劈出一道巨大的紫色闪电，闪电炸裂开来，顿时轰飞了一队四翼天使。老痞子大喜过望，信心十足，猛力地挥动着雷神剑，对着凶猛冲上来的一个六翼天使劈去。

"轰！"雷神剑爆发出的紫色闪电，和六翼天使发出的超大型禁咒魔法撞击，老痞子直接被一股气浪掀翻，而六翼天使则被轰击得翻腾了出去。"哈哈！"紫金神龙稳定下来后长笑了起来，雷神剑虽然没有雷神锤变态，但也威力巨大无匹，能够让它抗衡得住高阶天使的攻击。

"冲！冲！冲！"龙宝宝和小凤凰抬着雷神鼓兴奋地冲去。"咚、咚、咚……"鼓声由弱到强，最后变成震天大响，附近所有的山峰都跟着剧烈颤动起来，冲向龙宝宝的天使全部被震翻了。一片片的电光像破开乌云的阳光一般，洒向冲上来的天使，紫色的光华中还夹杂着一些彩光，显得绚烂无比，不过光芒虽然好看，但却是杀人之光！冲上来的四翼天使一下子被电翻一片，纷纷坠落而下。

紫金神龙在远处长嚎道："传说中雷神鼓和鼓槌配合在一起，威力还在雷神锤之上，可惜二者缺一，难以发挥出最大的威力。"不过尽管这样，有雷神鼓在手，龙宝宝和小凤凰自保有余，两个小东西无比兴奋，龙宝宝两个小拳头不停地擂打，小凤凰更是干脆跳到雷神鼓上面，不停地跳动。

雷神殿三大镇殿之宝齐出，四翼天使根本无法抗衡，即便是强如六翼天使，也无法与之正面争锋，只能从侧面出手。传说，这三大神器乃是第一代雷神以生命祭炼而成的，三者合一，如果能够发挥出全部威力，即便是主神也要避退。遥远的雷神殿，雷神嘉里德拉再也坐不住了，他狂吼道："该死的，竟然拦不住这四个混蛋！现在我已经和三件神器彻底失去联系，再不出手恐怕就会被他们闯过去了。四个卑微的爬虫实在太可恶了，没想到我雷神英雄一世，竟然栽在这四个爬虫的手里。杀！即便引起主神大战，我也要出手了！"

一声长啸，雷神殿轰然崩坍，雷神紫发乱舞，他冲天而起，向着遥远的东方飞去。雷神虽然不是时空之神，不能够瞬间转换空间，但是其速度绝对不慢，驾驭雷电而行，在长空划过一道紫光，眨眼间就飞出数百里，天际雷声隆隆。不过就在这时，两道神光突然照亮了天地，在空中生生截断雷神的去路。

　　"珍妮，我就知道你会纠缠不放！"雷神咬牙切齿，脸色铁青无比。在他的对面，高空之上，两个绝美的身影当空而立。一人被碧绿色的生命之光所笼罩，浑身上下透发着淡淡出尘的气质，绝丽的容颜如梦似幻，正是生命女神珍妮。另一人浑身上下银光缭绕，其身材修长曼妙，玉容动人心魄，且透发着凛然不容侵犯的神圣气息，金色的长发如阳光般灿烂，整体看来堪称姿容完美，气质绝佳，不愧为天界女神，有着让凡人自惭形秽的容貌与气质。

　　"没想到智慧女神雅丝你也来凑热闹了！前几日破我雷神殿禁制，切断我和雷神锤之间的联系，绝不可能是一个主神能够做到的，雅丝你竟然也要与我为死敌，哼哼哼……"雷神嘉里德拉冷笑连连，整个人透发出一股刺骨阴森的气味，可以看出他极度愤怒。

　　生命女神此刻无任何仁慈之态，满脸怒容地指着雷神斥道："嘉里德拉，我与你无话可说，即便你自己放了我的姐姐，我也不会轻易饶过你！"智慧女神雅丝同样面沉似水，透发着一股威严之态，对雷神斥道："嘉里德拉你胆子太大了！居然擅自囚禁生命女神卡缪，天界法规在你眼中如同废条，魔神一方在旁虎视眈眈，而你却残害己方主神，如果不是避免过多的主神牵连进来而发生大战，你早已成为天界走上灭神台的罪人了！"

　　雷神冷笑："吓我？卡缪与珍妮执迷不悟，如果早点告诉我生之奥义，让我永生不灭，完善天雷大法，漫说魔神，就是这天界又有谁是我的对手？"智慧女神雅丝冷笑："哼，你果然快走火入魔了！居然妄想成为传说中的天地法则执行者，虽然天地法则降罪时以雷轰顶，但绝不会有真正的执行者，你真是痴心妄想！"

　　雷神狂笑道："你们懂什么，代天而行并不是传说，我早晚能够做到！不过现在我没有时间和你们争辩，让开！不然就让我踏着你们的尸首过去吧！"雅丝大怒，道："没想到你冷血疯狂堪比魔神，今天休想从这里过去。"

"咔嚓！"一道巨大的闪电劈向了智慧女神雅丝与生命女神珍妮，同时伴随着雷神疯狂的吼声："你们不过是想让那四个卑微的爬虫，将我的神物带到东方去，从而想削弱我的实力，进一步让我丢尽脸面而已。哼哼哼，你们太小看我了，如今雷神锤于我来说不过是一种象征，但我不能容忍它落在外人手里。"

生命女神背后的虚空破裂了，她张开了堪比玄界大小的内天地，一棵碧翠青绿的神树冲了出来，洒下漫天的绿色神光，快速将所有雷电都吸收了。"嘿，生命常青树？哈哈，好东西，我正想抢来呢！"雷神双目透射紫芒，快速向前冲去。智慧女神身形一震，一双光翼自她背后伸展了开来，银色的光翼犹如白玉雕琢而成，令她显得更加神圣庄严。雅丝口中念动咒语，同时双手抛出数十块雕刻有古老魔纹的晶石，一个异常复杂的法阵快速在空中排列而成。雷神一下子冲了进去，不过他毫不在意，冷笑连连，想要强行破开。

生命女神挥动那棵参天的神树，挥洒下漫天的神光，向着法阵内涌动而去，配合着智慧女神排列晶石。雷神自傲地道："这并不是攻击性法阵，你们两个以为凭此就能够困住我吗？"不过雷神话语刚毕，他就恼怒地皱起了眉头，虚空竟然破碎了，一个黑洞洞的空间大裂缝出现在他的面前，而后生生将他吞噬。"你们这两个贱人居然如此狠毒，想将我传送到迷失的未明空间吗？没门！"雷神仰天大吼，在刹那间天地间爆发出了无数惊雷之响，万千道闪电充满了整片空间，到处都是电光，天地间绚烂无比，白茫茫一片，每一寸空间都在碎裂，一幅末日来临般的景象。

"啊，给我开！"雷神嘉里德拉如同野兽一般狂吼着，而后一道贯通了天地的巨大雷电冲进法阵中，贯冲进雷神的身体，生生崩碎了那个黑洞洞的空间大裂缝，雷神如魔王一般冲了出来。智慧女神雅丝与生命女神珍妮大惊，暗叹雷神不愧为天界主神中战力最强的人之一，其狂霸之态足可以堪比战神。

"我以为你们来了三个主神呢，没想到就你们两个，我没时间陪你们磨蹭，以后有时间我会亲手杀掉你们！"雷神冷森森地说道，而后腾空而起向着东方飞去。"哼，虽然还不是和你拼命之时，但今日也要让你面皮难看！"生命女神冷笑着，挥动空中的神树追了上去。智慧女神一展光翼，紧随其后。

此刻，东方要道，辰南遇到了大麻烦。虚空中百丈方圆大小的混沌通道，透发着灿灿光华。在其下方喊杀震天，高耸入云的巨大山峰已经被生生轰碎了。受到牵连，附近的几座大山也早已崩塌，无数的天使坠落而下，染血焦黑的羽毛在空中到处纷飞。天使太多了，驻守在其他要道的天使已经闻讯，全部赶到这里，令辰南处在无尽的天使军团包围中，天使杀不尽！

辰南手持雷神锤早已杀红了眼，浑身上下鲜血迸溅，此刻雷神锤成了名副其实的绝世凶器，它不仅仅劈出一道道巨大的闪电，让天使不断阵亡，而且已经成为一把近身肉搏的凶器。雷神锤放出的大天神雷，尽管每一击都能够放倒一大片天使，但是还是有许多天使冲到了近前，这个时候雷神锤便成了原始武器。能有房屋大小的神锤，被辰南舞动着，不断砸在天使的血肉之躯上，骨碎肉裂，鲜血飞洒。

辰南浴血搏命！鲜血染红了他的全身。四翼天使即便冲上来，他也无所畏惧，即便近身肉搏也并不可怕，但他绝不会让六翼天使冲到眼前，大天神雷是专为他们准备的！此刻的紫金神龙、小凤凰、龙宝宝皆已受伤不轻，它们被辰南收进内天地，不过内天地的出口却敞开着，就悬在辰南的头顶上空。

紫金神龙与龙宝宝，还有小凤凰，不断向外投放魔雷与紫金神火，协助辰南作战。只是，天使大军悍不畏死。雷声滚滚，神火滔滔，但却不能阻止天使们疯狂地冲杀，焦臭的尸体不断坠落而下，染血的羽毛到处飘洒，但天使们却如同海浪一般，一重接着一重，杀之不绝！天界在人间被称为理想中的梦幻天堂，但真实的天界却比人间还要残酷，这是强者为尊的世界，表面看起来神圣祥和，但那要有绝对的实力才能够享受！

"杀！"如血人一般的辰南纵横于天地间，右手是巨大的雷神锤，左手是带着无尽杀气的圣刀，他拼命地向着空间通道冲击。冲进去就即将会见到雨馨，冲不过去他就永远沉睡在这里，在这生死时刻，杀戮是本能！屠杀是真理！想要活下去，就只有不断杀敌！

血花在迸溅，折射出一股凄然的美，艳丽的血色染红高空，无尽的血雾飘散在山间，东方要道前出现一个活生生的修罗场！崩坍的山峰，染血的天空，无尽的天使尸体，充斥在这方天地内。杀声还未止，雷电之音还未终，天使大军还在围攻辰南，双方是不死不休的局面，除非有一方永远地倒下去，不然战斗绝不会终止！

辰南终于遭到重创，一个六翼高阶天使成功突破雷神锤的防御，手中剑芒直插入辰南左肋，不过遭重创的辰南也在紧要关头一刀劈开了天使的头颅。高阶天使充当前锋，四翼天使狂扑而至，大量的天使抓住这难得的机遇，向辰南疯狂冲杀。危在旦夕，紫金神龙、小凤凰、龙宝宝狂掷魔雷与紫金神火，轰炸开了无数拼命的天使。

就在这时，一声长啸自远方天际响起，一片耀眼的雷光快速自天边冲来。围攻辰南的所有天使均怀着敬畏的神态停住攻击，堵在巨大的通道口，注视着远空。辰南利用这个难得的机会，长长出了一口气，同时赶紧运转玄功疗伤。肺腑疼痛无比，但现在只能硬挺着，他知道最强大的敌人来了，是生是死即将见分晓。

一道紫金雷光与一道绿色神光和一道银色神光纠缠着，向这里冲来，瞬息便杀至眼前。此刻，智慧女神雅丝与生命女神珍妮正和雷神战得难分难解。智慧女神以谋略闻名于天界，不过此刻面对绝对的力量，她也只能动用神力，挥动起自己的智慧神杖。生命女神与雷神间的仇恨无法化解，正催动生命之树化解雷电之威，同时挥动魔法神杖，不断发出神级禁咒魔法。雷神以一敌二，虽然稍稍落于下风，但足以说明他强悍，竟然以一己之力独抗天界两大主神，足以说明他战力之强！

紫金神龙悲观地长叹道："死定了！不用猜也知道这个猛男是雷神老匹夫，完了完了，雷神的窝哪是那么好端的，现在终于被杀上门来了！"小凤凰也眨着大眼道："偶滴神啊，真是猛男呀，生命女神和一个不知名的女神以二敌一，都无法将他战败。"龙宝宝小声嘀咕道："光明大神棍在上！那个笼罩着银色光环的女神，看她的样子怎么和人间界智慧女神的雕像很像呀。"

"噗！"重伤的辰南闻听此话，立刻又喷了一口鲜血。真是屋漏偏逢连夜雨啊，抄了雷神的老窝，盗了生命女神的神树，破坏了智慧女神的召唤阵，得罪的三个主神都追上来了，尽管他们现在正在开打，但最后恐怕都会跟他算账。"嗷呜，小子你要挺住啊，大不了我们转世再战，二十年后还是一条好龙！"虽然到了生死时刻，但紫金神龙依然一副放荡不羁的样子。

生命女神和智慧女神久战雷神而不下，附近的山峰遭到毁灭性的破坏。数千米高的绝峰在主神面前脆弱得犹如纸糊的一般。一个神级禁咒魔法使得一座大山在转瞬间崩塌，化为尘沙，一道惊天雷电就会毁掉一片山脉。主神的力量磅礴不可揣测，世间苍生在他们眼中真如蝼蚁一般弱小。

雅丝和珍妮双战雷神，但却不能将之快速拿下，她们也很无奈。不过两人已经达成共识，为了辰南身后的"大人物"，一定要卖给辰南一个人情。当然，如果在她们竭尽全力的"维护"下，辰南还是死在了雷神的手里，那样效果也不错，最起码会让人间界那个大人物怒上天界，大战雷神。

雷神早已不耐，虽然他战力强绝，但面对两个主神，以他现在的修为，还没有必胜的把握。抄他的老窝，让他颜面尽失的四个爬虫就在眼前，雷神嘉里德拉双眼快喷出火来了。他找准一个机会破碎空间，打碎一座大山，脱离两位女神的攻击范围，驾驭起雷光，凶神恶煞一般向着辰南扑去。

"完了，真的要死在这里了！"辰南暗叹，举着雷神锤准备迎击。不过生命女神和智慧女神不会让辰南这样简单地死于雷神之手，智慧女神口中轻念咒语，空中传来一阵剧烈波动。雷神逼近辰南十丈距离处时，空间破碎了，辰南他们凭空消失，而后出现在远处的一座山峰之上。

"空间魔法！"险死还生的辰南惊道。龙宝宝则小声嘀咕道："为什么不把我们传送进东方要道呢？"雷神扑空，暴跳如雷。智慧女神则轻笑道："当年时空之神的精髓，我不过学到了一点皮毛而已。我不能够保证每次都能施展出，也不能够精确定位传送点。"

果然，当雷神再次扑向辰南他们时，智慧女神的空间魔法"失灵"了，眼看着雷神将要击毙一人三神兽，生命女神快速赶到，不计后果和雷神硬拼了一记。生命神树狠狠地撞在了雷神劈出的巨大闪电之上，肆虐的能量流顿时将旁边的一座大山轰碎了，生命女神脸色一阵发白。一人三神兽虽然觉得有些不对劲，但还没想到两个女神是在做戏，此刻他们只能暗叹雷神太变态了！

　　"现在，卑微的爬虫你们去死吧！"雷声怒吼着。辰南无奈，举起雷神锤相迎，同时紫金神龙挥动雷神剑，龙宝宝和小凤凰则猛敲雷神鼓。这些都是雷神殿的宝物，但现在唯有这些也许能够挽救他们的性命。生命女神和智慧女神不可能眼看着他们遭难，皆冲了过来，不过这一次似乎慢了一些，虽然挡住了雷神绝大部分力量，但还是有一部分雷电轰向了辰南他们。

　　雷神锤、雷神剑、雷神鼓皆难阻挡，不过就在这个时候，紫金神龙、小凤凰和龙宝宝身上爆发出阵阵强光，关键时刻挡住了凶猛的雷光，挽救了它们和辰南的性命。"该死的，居然是生命礼赞！"雷神愤怒地咆哮着，同时恶狠狠地瞪着不远处的珍妮。"赞美生命女神！"三头神兽不约而同念了一句。当初珍妮想利用它们，在生命女神殿给三头神兽同时施加生命礼赞，关键时刻起到保命的作用。

　　雷神狂傲地吼道："卑微的爬虫们，现在我看你们还如何躲避过死劫！"紫金神龙怒道："龙大爷是龙，士可杀不可辱，你满嘴爬虫叫得很过瘾是吧？在我看来你就是一个臭虫！"雷神眼中满是不屑之色，他已经不急着出手了，他已经看出两个女神不会为了这一人三神兽真的和他拼命。雷神冷森森地道："四脚爬虫，我最讨厌的就是你，因为你和东方某个家伙很像，我曾经发过誓，只要见到你这样的东方四脚爬虫，一定杀无赦！"

　　"原来是我们龙族的大仇人！"痞子龙破口大骂道，"有本事到东方找我们龙族的先辈决战，这样没脸没皮地为难我们，果真是臭虫本色！"雷神道："哼，那个四脚爬虫算得了什么，早已让我撕碎了，在我眼里你们这类爬虫，没有丝毫威胁力！"

　　紫金神龙和龙宝宝同时暴怒，不过未容它们扑上前去，远处，一条碧青的山脉突然活了过来，发出一声震荡天地的龙啸，化作一道青光冲了过来。"砰！"青山摇动，雷神瞬间被砸出去千丈距离，口鼻间溢出丝丝血迹。

"什么，这怎么可能？！"雷神嘉里德拉满脸不相信之色，无比惊异地注视着空中的青山。不过他只看到一道青影，沉重的大山已经飞至。"轰！"雷神直接被青山砸进一座山峰中，而后那座山峰爆碎，雷神又被青山碾压进了地里。

"我的神啊！"龙宝宝惊叹出声。"龙族前辈，天啊，太让龙兴奋了！"紫金神龙无比振奋，运足目力观看，只是那座青山移动得太快了，它只看到了一道巨大的青影在不断追逐着雷神轰撞。生命女神珍妮惊疑不定，道："这是怎么回事？不可思议！"智慧女神雅丝思索了很长时间，道："自远古至今，东西方天界曾经爆发过数场大规模的神战，而这里正是东西方天界的交界地带，想必……"说到这里雅丝有些犹豫地道，"有可能是某位东方龙族强者，至强的远古战魂未灭，一直沉睡在这里……"

紫金神龙自得地道："太让龙兴奋了！今天我龙族前辈在此，雷神你个棒槌再狂妄啊？"小神棍也改变了口头语，道："龙皇在上！龙族前辈一定要将雷老神棍揍成臭虫！""偶滴神啊！"小凤凰瞪圆了凤眼，不断惊叹。辰南感觉有些不可思议，他已经听到了智慧女神雅丝的分析，这里居然有龙族前辈高手沉睡，这太让人吃惊了。可以想象，在那遥远的过去，东西方天界大战何其惨烈，竟然有这等人物埋在深山，历经无尽悠久的岁月，但战魂却未灭。而他凭借战魂之力就能够逼战雷神，如果他展现出当年全盛时期的实力，那将是多么可怕的战力啊！

"你到底是谁？"雷神愤怒地咆哮着，他终于稍稍稳住了局势，快速地和青山搏战着。其实，与其说是搏战，不如说是青山无视雷神嘉里德拉的雷电，狂猛地追逐着他野蛮冲撞。雷神又惊又怒，在天界很少有人能够让他如此狼狈，眼前的青山实在太邪异了，虽然无比巨大，但动起来却快如闪电，只在虚空中留下道道巨大的虚影，直到现在他还没有看清青山全貌。

"砰！"雷神又被砸进了地下，气得他七窍生烟，他冲天而起，慌乱间撞断了一座高峰，在乱石飞溅中好不容易拉开了和青山的距离。"你到底是什么人？"雷神大吼着，他非常不甘心，交战之人实力如此强劲，他居然连对方来历都不清楚。

"哼，我是你眼中的一条东土老爬虫，我倒要看看称我族人为爬虫的人有多么厉害！"异常苍老的话语在这片群山间久久回荡着，流露出无尽的沧桑，同时透发出一股摄人心魄的无上威压。强者之魂，深埋万载，一朝得醒，强势犹在！毫无疑问这位龙族强者是以精神波动在传音，可以想象他生前傲视诸神的绝世风姿。

"原来是一个四脚爬虫的鬼魂，今天我要净化你的魂魄，让你彻底灰飞烟灭！"雷神吼啸着，主动向着青山冲去。只是，雷神虽然叫得响亮，但刚到近前就被青山撞飞了。巨大的青色山影像巨人脚踩蚂蚁一般，不断疯狂地将雷神砸进地里。雷神嘉里德拉终于害怕了，他这一生不是没有碰到过强大的对手，但像眼前这个根本无法看透的强敌，他还是第一次遇到，根本无从揣摩对手的实力。

"所有雷神殿的天使全部回返神殿，你们在这里我无法放开手脚。"雷神心虚地大喝着，他不想在自己人面前丢脸，这样被人砸来撞去实在有损颜面。密密麻麻的天使大军快速飞离这片群山，渐渐消失在天际尽头。

辰南和紫金神龙他们立刻冲进混沌通道，不过并没有就此离去，而是望着那道巨大的青影如何轰砸雷神。突然，苍老的话语在辰南他们心间响起："快走吧，这个雷神非常强大，以我现在的状态，根本无法战胜他，只能吓唬吓唬他而已。"辰南和龙宝宝他们面面相觑，发觉这并不是幻觉。

不过就在这时雷神彻底心虚了，面对这个深不可测的老龙魂，他心生惧意，最后长啸一声道："今日之耻，来日必报！"他是一个拿得起放得下的人，看也不看辰南他们一眼，只是狠狠瞪了一眼那道山影，而后竭尽全力摆脱，朝着远空遁去。生命女神和智慧女神相互看了一眼，而后也腾空而起消失在天际尽头。

"你们也走吧！如果不是对方辱我龙族，我不会管你们的死活。你们也不用担心什么，天界和人间界一样，东西方最顶峰的强者不能轻易进入对方的地域。雷神不会轻易越界去杀你们，他即便想要动手也会先来找我。"自始至终，辰南他们也没有看到那座青山的全貌，大战完雷神之后它便隐入了群山之中。任凭辰南他们怎样呼唤，群山内再无任何回应，最后他们朝着群山拜了拜，沿着混沌通道冲向了东方天界。

这条空间通道仿佛没有尽头一般，辰南他们在里面足足飞行了半天的时间才冲到混沌通道的出口处。"大神棍在上，终于出来了！"小龙第一个冲了出去。后面的一人二神兽也同样兴奋无比，终于安全踏上东方天界的土地。

广阔的东土天界如诗如画，氤氲仙气弥漫，山川景色秀美无比，果真是一副仙境的样子。东土天界也有许多凡人居住的城市，不过相对浩瀚无边的东土来说，这些大城市犹如万绿丛中一点红一般，更多的地方是山川大河、洞天福地，人类开发出来的地域不会超整片天界的百分之五，其他地方皆属于未知领域。西方的主神喜欢广建神殿，所有人类城市都有他们的神殿，恨不得所有人都是他们的信徒。而东方修者和西方的神灵明显不同，绝大多数修者不愿入世，他们喜欢将自己的修炼场所，建在风景秀丽的山巅或灵气浓郁的洞府。

一路东行，辰南他们发现，许多如同仙境般的绝巅之上，都有大片的琼楼玉宇，加之飘荡的祥云，当真让人心中向往。龙宝宝小声嘀咕道："大神棍在上！干脆我们也占下一座灵山算了，将雷神殿搬出来，开一个仙门，广收弟子，成为一派教祖，感觉真的不错呀！"说话间，一人三神兽飞过一片茂密的森林平原，飞入了一片连绵不绝的山脉中。

就在这时，一阵剧烈的罡风吹了过来，一只足有三十丈长的巨鸟向着他们扑击而来，巨大的双翼遮住半边天空，将辰南他们笼罩在阴影之中，锋利的巨大铁爪凶狠地向着一人三神兽抓去。"偶滴神啊，好大的鸟啊！"小凤凰惊叹着。"噗！"不良老痞子嘴巴漏风，手脚抽筋，险些坠落下高空。闹得小凤凰莫名其妙，天真无邪地望着痞子龙。

天界遇上这等凶禽并不稀奇，名山大川不仅有人类修炼者，也有许多兽修。辰南直接张开了内天地，从里面抄出一个魔雷，向着巨鸟扔去。"轰！"一片耀眼的雷光闪过之后，高空之上巨羽纷飞，巨鸟身上的羽毛被炸得横七竖八，另有部分根根倒立，鸟嘴中冒着缕缕黑烟。"上仙饶命啊！小妖有眼不识泰山……"巨鸟怪叫着，扑棱着松散的鸟翅，向下坠落而去。

辰南本就没有毙它性命之心，见它能够开口说人语，正好可以询问它一些事情。他立刻打开了内天地，将被雷电劈得麻木的巨鸟收了进去。见辰南有如此大法力，巨鸟更加害怕，在内天地中不断以巨头撞地，求饶道："上仙饶命！"辰南逼问道："你为什么要攻击我们？"巨鸟告饶道："我以为上仙是刚出山的大派子弟呢，他们常来山中寻找灵禽异兽，强行教化驯服，作为他们的使奴。"紫金神龙气道："混账鸟人，龙大爷等人就那么像二世祖吗？我等如此绝世风姿，居然被你当成三脚猫的小屁孩，实在是罪不可赦！"经紫金神龙这样一吓，巨鸟趴在地上不断叩头。

小凤凰天真地跳到巨鸟的头顶之上，好心劝道："它吓你的，不要害怕。"巨鸟哆哆嗦嗦，而后"咚"的一声倒在地上彻底晕了过去。"怎么了？"小凤凰迷惑不解。"被你吓的，再不下来，它就快被你吓死了。"辰南说着，一把将它卷了回来。巨鸟突然遇到自己这一族的皇者，焉有不心惊胆战之理？

辰南道："起来吧，不要装死了。只要你老实回答我的问题，我绝不会伤你性命。""上仙请讲。"在发现这个奇怪的组合中居然有凤凰后，巨鸟更加胆战心惊。辰南问道："你可听说过无情仙子的名号？"巨鸟道："当然听说过，那可是在天界和澹台仙子并称的一代天骄啊！被人称为绝代双仙，天界几乎没有人不知道。"

听到这则消息辰南笑了，天界的人都了解，他还怕找不到那个"雨馨"吗？辰南道："好，既然想让我饶你性命，很简单，只要你把我送到无情仙子的洞府即可。"巨鸟拼命摇头，道："上仙您饶了我吧，难道您是刚从人间界破碎虚空上来的，怎么会连天界的几句名言都不知道呢？'无情仙子最无情'谁不知晓啊？任何人都不敢在她的仙府附近徘徊，否则杀无赦！这万年来也不知道有多少傲气的神灵不服气去硬闯，结果都殒命在那里了！"

辰南皱了皱眉头，暗自叹息这个"雨馨"还真够冷血无情，与万年前那个白衣胜雪，纯洁得如同孩童般的雨馨相去甚远，这两人真的是同一人吗？他道："好了，你不必担心，只要把我们送到无情界外就行，我们自己会登门拜访她。"

巨鸟载着辰南他们一路东飞，虽然没有紫金神龙和龙宝宝神速，但也相当快捷。就这样连续飞行两天，却还没有到达目的地，询问之下才知道不过飞行了三分之一的路程，可想而知天界有多么的广阔。

过了几日，巨鸟载着辰南他们飞入一片如梦似幻般的仙境，这里仙气氤氲，峰青谷翠，飞瀑流泉，仙鹤飞舞，寿猿欢跳，每一座山巅之上，琼楼玉宇皆连成片，当真如诗如画，让人沉醉。小凤凰定定出神道："好漂亮的仙境呀！"巨鸟道："这里便是澹台仙子的仙府。""什么，怎么来到了这里？！"辰南大惊。看着"上仙"如此激动，巨鸟吓了一大跳，道："要去无情仙子的无情界，必然要经过这里。"辰南点了点头。

每当想起澹台璇，辰南心中便有一股失落感。现在对方乃是天界一方仙主，而他才刚刚勉强算得上一个仙人而已。万年前，他们本站在同一起跑线上，然而万年后他们却有了天地之差。辰南想不明白，万年前澹台璇为何要对付他，尽管他已经在昆仑玄界从他父亲留下的精神烙印中得知，他功力倒退似乎与澹台璇无直接关系，但她似乎也在里面起了不光彩的作用。"澹台璇，当年你为何要如此对我呢？"辰南心中有些苦涩，毕竟澹台璇是他喜欢上的第一个女子。

经过十日的飞行，巨鸟终于将辰南他们送到传说中的无情界，被划定无情界的地域足有方圆百里大小。巨鸟来到外围之后，再也不肯前进一步，似乎这片花香鸟语的世界，是一个修罗场一般，让它避之唯恐不及。辰南没有难为它，任它展翅高飞而去，不过巨鸟在空中盘旋了一圈又降落了下来，道："上仙请多加小心啊，天界传言'无情仙子最无情'，这可不是传说啊，这是真实的。""我知道了。"辰南大步向着漫山遍野都是烂漫鲜花的山谷走去。

紫金神龙、龙宝宝还有小凤凰想要跟进，不过却被辰南郑重地阻止了。他不知道谷中那人是不是真的雨馨，这个传说中的无情仙子与他记忆中的雨馨相去甚远，他不想让三头神兽跟着冒险。

花香扑鼻，沁人心脾，这里景色之秀美不差于澹台仙境，穿越山谷，前方是一个光滑如蓝宝石般的湖泊，各种奇花异草点缀在湖泊边上。再往远望，一座青碧翠绿的山峰上，是一片亭台楼阁，仙雾缥缈，只能看到影影绰绰的样子，不过却更加显得神秘而美丽。辰南无暇欣赏路上的美景，他双眼直直地望着那仙雾中的琼楼玉宇，如果雨馨真的在这里，那么毫无疑问就在那片如天宫般的仙殿中。

无情界，无情仙子最无情！这传言是真的吗？辰南心中一阵痛苦，他宁愿舍弃自己的生命也不愿意那个曾经无比善良纯真的女孩变成一个冷血嗜杀之辈。传说有不少生命丧命于此，没有一个人能够活着离开这片无情界，每当想到这些，辰南心中就阵阵刺痛。不过好在他没有发现任何骸骨，还无法证实曾经有无数强者陨落在这里。在这片由山谷、湖泊、丘陵、绝峰天宫构成的特殊地带，一切都显得那样美丽，让人误以为闯入极乐净土一般。

微风轻轻浮动，终于吹散了绝峰之上缥缈仙雾，露出那片琼楼玉宇，同时也让一个清丽脱俗、美到极点的女子显露在绝巅之上。

第二章
心之所向

绝峰之上，白衣飘飘，那绝世姿容还和从前一般出尘，那如娇嫩的花朵一般秀丽的容颜，还如万年前一样清秀绝伦、美绝寰宇。黛眉弯弯，琼鼻挺秀，双唇红润，贝齿如玉，娇俏的嘴角微微上扬，透露着几分天真，透露着几分俏皮。似笑非笑间，比阳光温暖，比海水轻柔，比冰雪纯洁，比鲜花芬芳。她就那样站在绝峰之上，白色衣裙随风飘动，仿佛随时会乘风而去。

泪水无声无息地从辰南脸颊滚落而下，水雾渐渐模糊他的双眼，纵使他心如坚铁，也不禁心潮澎湃，潸然泪下，真的是万年前的那个纯真的雨馨啊！沉睡万载岁月后，他从神墓中复活而出，孤独过、彷徨过、悲凉过，但始终有一道绝美的身影，温润着他那颗孤寂的心灵。今日，终再相见，心中纵有千言万语，到最后也只化成"雨馨"二字。"雨馨……"辰南仰望着绝巅，注视着生离死别，终再相见的恋人。不过，回应给他的并不是熟悉的温柔，在这一刻绝巅之上的女子，双眼中射出两道冷电，如实质化的剑芒一般刺得辰南竟然睁不开眼。

山巅上的雨馨缓缓抬起了右手，五根纤纤细指并拢在一起，在阳光的照射下晶莹如玉雕一般，不过现在却等同于死神的利刃，晶莹的右掌在空中划过一道优美的轨迹，斜斩而下。一道璀璨无比的实质化神剑，自绝峰之山上的雨馨手掌前，一直延伸到辰南的腰腹间，狠狠地劈斩而下。"当！"一声清脆的金属颤音，璀璨的神剑劈斩在玄武甲之上，辰南口吐鲜血横飞出去百丈距离，而后"轰"的一声摔落在了尘埃中。

在这一刻辰南心如死灰，明明感觉到了雨馨的灵魂波动，但是她却向他挥动了神剑，用她傲视天界的剑气，相隔数百丈远重重地劈在了他的身上。如果不是临行前紫金神龙在他的内天地中换下玄武甲要他穿上，恐怕他已经被拦腰斩为两段了。那明明是雨馨，他已经感觉到了熟悉的灵魂波动，为什么？为什么曾经的恋人终于相见，却以神剑相向呢？辰南很想问清楚，但是喉咙中鲜血不断涌动，他连连压下去十几口鲜血，才艰难而又虚弱地开口问道："雨馨，这是为什么？你为什么要杀我？难道万载岁月过去之后，你不认识我了吗？"

"我认识你，但我要杀的就是你！"这冰冷的话语，让辰南心如刀绞，他无法想通这是为什么，难道时间真的改变了一切？往事如烟，往事成风。难道真的如此吗？也许这悠悠万载岁月太过漫长，让许多事情都已经悄然发生改变。辰南怒吼："我不信，你绝不是雨馨！你到底是谁？"

山巅那个清丽脱俗，充满了灵气的女孩，悠悠叹了一口气，道："我不是雨馨是谁？我记得曾经的一切，不过确实没有想到能够再次见到你。"辰南满脸不信任的神色，道："你说我们第一次见面是在哪里？"山巅上的雨馨双目中神光灿灿，此刻流露出一个睥睨天下的强者气势，她冷笑道："放心，我没有失忆，也不是冒牌顶替的，我记得一切。不用你细了，我一次都回答给你吧，我们在人间界的雁荡山相遇……我们的死别是在四年之后，可笑，我竟然替你死去！"雨馨快速说出当年的事情，每一件事情都说得非常简练，丝毫不差。毫无疑问，已经证明了她的身份，她就是当年的雨馨。

看着她那冷漠的眼神，辰南心中剧痛无比，颤声问道："你为什么变成了这个样子？""哼，为什么不能这样呢？理应如此才对！"雨馨的话语越来越决绝。万年后的重逢，雨馨竟然如此地冷漠与绝情，这让辰南肝肠寸断，往昔那个娇憨、天真、纯洁的女孩再也不在了。雨馨双眼射出两道寒光，一阵杀气又弥漫了开来。

原本的恋人变成了最熟悉的陌生人，咫尺天涯，天涯咫尺！曾经的恋人，站在面前，却如陌路、似仇敌。这个结果太残酷了，曾经山盟海誓的恋人，经过万载岁月后，竟然刀锋相向。在这一刻，辰南心伤欲碎，万念俱灰，无法理解雨馨为何会变得这样绝情！辰南绝望地转过身，不再多说，他拖着重伤之躯，艰难地一步一步向回路走去。看着那萧索、悲凉的背影，雨馨轻轻抚胸，道："我居然在心痛，好久没有这种感觉了……"声音虽小，但还是被辰南捕捉到了，他蓦地转过身来，眼睛一眨不眨地盯着绝峰之上，那道熟悉而又陌生的绝美身影。

几滴晶莹的泪珠，正挂在那有几分茫然、有几分天真的绝世仙颜上。"我居然哭了……"雨馨似乎有些不敢相信，她用纤纤玉指抹下一滴泪珠，放在口中，脸上露出一丝残酷的笑容，轻声自语道，"眼泪的滋味，我竟然真的哭了……""雨馨……"辰南忍不住大叫。他感觉到对方心中那股无尽的伤悲，他感觉到那股对他无比思恋的情绪，但是好像有什么东西在阻隔着！

"闯进无情界者杀无赦，今日我破例饶你一命，你居然还不走。"雨馨脸上挂着泪痕，怒喝道，"还不快走！"一道数百丈长的剑光劈至，毫不留情地斩在辰南的身上，即便有玄武甲护体，辰南还是被那股巨大的冲击力，轰飞出去数百丈远。两次重击，令他口吐鲜血不止，好半天也未再站起来。

生死两茫茫，终再相见，却唯有心中泪千行。辰南茫然了，说不出是心痛还是麻木，他不知道为什么会是这样子，刚才他明明感觉到了雨馨的无尽伤悲以及对他的无比思恋之情，但是她最后竟然又毫不留情地劈了他一剑。此刻，雨馨已经满脸泪痕，她有些不相信眼前的事实。她像是自语，又像是对身旁一个无形的人讲话："你还没死吗？居然还活着，鼎炉不灭，我焉能再生！"

"你……"辰南吐了一大口鲜血，这并不是伤势加重而吐血，这是因为急怒攻心。他悲愤地叫道："你果然不是雨馨，你还我雨馨命来，有什么冲着我来，不要伤害她！""哈哈……"雨馨满脸泪水，大笑着自语道，"这段感情如此重要吗？居然唤起了你的生存欲望。我本来想留他一命的，没想到他却将你唤醒了，我现在就杀死他，让你彻底死寂！"她高高举起了右手，灿灿神光中爆射出一道巨大的神剑，正当她要向辰南挥落之际，神剑突然崩碎了，她惨叫一声从绝峰上栽落了下来。

辰南已经明白，方才掌控雨馨身体的不是真正的雨馨，尽管受了异常严重的内伤，但知道这一切后原本绝望的心绪顿时开朗了。他咬紧牙关强行冲天而起，快速向着坠落下来的雨馨迎去，这是雨馨的身体，他就是死也不让她坠地身殒。将雨馨平安接落到怀中，他慢慢落在了地上。竟然有人将雨馨当作鼎炉，居然想让鼎炉灭，从而夺舍再生，这是辰南无法忍受的！

　　就在他想探查一番时，雨馨悠悠醒了过来，那双眼睛是如此纯净，不沾染一丝凡尘气息，眼睛是心灵的窗口，这一次辰南绝不会认错。他大叫了一声："雨馨……"颤抖着抚摸着她的脸颊，轻声道："我不会看错，这一次真的是你，雨馨你到底怎么了……"辰南的双眼很不争气，想到雨馨可能受到的种种苦难，他不禁泪流满面。

　　"辰南，真的是你，我们终于再次相见了，我真的好高兴，呜呜……"雨馨像个无助的孩子一般哭泣了起来。"雨馨你不要伤心，不要害怕。"辰南擦干了脸上的泪水，露出一个笑脸，坚定地道："我绝不会让那个恶魔夺走你的身体！一切有我！"雨馨似乎很虚弱，声音断断续续，道："辰南，我们分开这么久的岁月，没想到还能够见到你，这简直如同梦境一般。我实在太高兴了，我真的很激动，没想到在死去之前，还能够再看到你，虽死，但我心满意足了！"

　　"你干吗要说傻话，你不会死的，我绝不会让你死去！"辰南激动地咳出了一口鲜血。雨馨的眼中有感激、有欣慰，她心满意足地笑着："你抓紧时间听我说，我真的没有时间了……"辰南大吼道："不，我不想听你说这样的话，你不会死！我会想办法除掉那个占据你身体的魔鬼！一万年啊一万年！才刚刚相见，我怎么能眼睁睁地看着你死去，就是我死一百次，也绝不会再让你死一次！"

　　雨馨微笑着流着泪，道："辰南你一定要听我说，我真的没有时间了，如果你现在不让我说话，以后你永远也听不到了，你不想遗憾终身吧？"听闻此话辰南心伤欲碎，他很想哭泣，但他却不能在雨馨面前落泪，现在是他有所担当的时刻，绝不是伤心哭泣的时候，他道："雨馨，你说，我听着！"

　　雨馨道："我在古仙遗地百花谷九死一生，后来辰伯伯再入遗地，他以大法力再一次帮我强行扭转命局，终于使我活了下来。可是，那个时候你已经不在了。那个时候天界的神灵不知道遇到了什么灾难，几乎死亡殆尽。有些侥幸未死的神灵躲到人间界，却发生混战，令人间大乱。辰伯伯带着辰妈妈和我反其道而行，他将我们带上天界。可是，刚刚平静生活一段时间，未死的神灵又回来了一部分。结果天界无比动乱，不知道为何天天有神灵找上我们，辰伯伯为了保护我们，天天在战斗杀戮。我们颠沛流离，这样过了很长一段时间。直到有一日，辰伯伯在天界遇到一个难以想象的强大敌手，他将我藏在了一个安全的洞府，而后带着辰伯母就此一去未返……"

"什么？！"辰南张嘴喷出一口鲜血，雨馨已经没有多少时间了，现在他又听闻这样一个消息，今日对他打击之大，实在让他有些难以承受。

"辰伯伯他们就此再也没有回来，可是天界的动乱始终不停息。想要在天界活下去，必须有足够的实力。这个时候，我在那个洞府中发现一本奇书，名为《太上忘情录》，被称作天界第一奇功。为了活下去，我就按照书上所述，修炼了下去，结果修炼《太上忘情录》后，我的修为确实突飞猛进，而且达到了书中所说的破茧重生境界。谁知，这种重生是慢慢杀死自己！"

辰南惊道："什么！怎么会这样？"

"试问世间谁能够做到太上忘情？所谓的太上忘情不过是杀死原本的'自己'，再重新塑造一个新的'自己'。我不知道深浅，结果一路修行下来，等我觉察到时，新的'自己'已经取得主导，将原本的'自己'杀得归于死寂。新的'自己'自号无情，杀退了动乱时代的所有主动攻击她的强敌。从此，天界便多了一个冷酷的无情仙子，少了一个原本的'自己'——雨馨！"

辰南喃喃道："怎么会是这样子，那个人居然也是你，怪不得我会认错。雨馨，告诉我到底要怎样救你？"雨馨道："没有任何办法。今天如果不是你唤醒了我，我已经等同于死亡。那个人已经不是原本的我，现在请你杀死我！""什么，不！怎么可能呢！"辰南急得直摇头。

雨馨道："新生的我，恨我所恨，恨我所爱，凡是我记忆中出现的东西，只要出现在她所能够感应到的地方，她都会竭尽全力抹去。今天如果不是我被唤醒，和她争夺身体的主导权，她早已毫不留情地杀死你了。我即将被她消灭，现在我掌握着主导权，是杀死她的最好时机。《太上忘情录》是天界第一奇功，虽然威力奇大无匹，但它也有一个致命的弱点，只要肉体死亡，这个人就会彻底死去。"

辰南坚决地否定道："就是我死一万次，也绝不会对你动手！"雨馨道："辰南你还不明白吗？原本的'我'即将消失了，而活着的雨馨已经不是原本的雨馨，她是一个冷酷无情的陌生人，你为什么还下不了手呢？你不杀死她，她便会杀死你！"辰南摇了摇头，坚定地道："即便她杀死我，我也不后悔，如果现在摧毁你的身体，我会后悔一辈子。只要你的身体还在，只要你坚信我们能够在一起，就还有希望。雨馨，我会救你的！"

雨馨有些欣慰，有些凄然地笑了笑，道："我知道你下不了手。好吧，我时间不多了，她随时可能会反噬回来，最后的时间你好好地陪陪我吧。百年后，如果你还能够记得今天，我想我会很感动的……"辰南热泪如泉涌，想起万年前雨馨代他而死，最后弥留时的话语："当你老去的时候，如果还能够想起一个叫雨馨的女孩……"雨馨的要求为什么如此之低，却让人如此心痛啊？！辰南的泪水模糊了双眼，他想仰天悲吼。

最后时刻，雨馨靠在辰南的肩头，喃喃道："辰南你喜欢我吗？"

"喜欢，永远喜欢。"

"好，我永远记在心里了。"

"雨馨你不要乱想，一切会好起来的。"

"我没有乱想，辰南你还记得万年前我们那个很没出息的理想吗？"

辰南哽咽道："记得。在一起生活，开开心心，平平淡淡，每天陪你一起看日出，每天陪你一起看日落。"雨馨高兴地笑道："你记得就好，我永远记在心里了。"辰南强行使自己平静了下来，道："太阳快落山了，我在这里陪你一起看日落。"雨馨笑道："看不到日出，看日落也好，我会永远记在心里的。"

通红的太阳带着血色的尾光慢慢西坠。雨馨静静地靠在辰南肩头，微笑着看着日落。夕阳无限好，只是近黄昏。当最后一抹血色残阳消失时，雨馨猛地推开辰南，一掌划开自己的喉咙，一掌插进自己的胸膛。血花朵朵，染红了雨馨洁白的长裙，格外地刺目。"啊……"辰南像垂死的野兽一般，悲吼起来。

残阳似血，晚风似刀。辰南抱着雨馨的尸体近乎崩溃，那个白衣胜雪天真无邪的女孩，竟然这样死在了他的怀中。洁白的长裙，血花点点，冰冷的尸体，如凋零的花儿，那纯真的玉容，带着一丝逝去的欣慰笑容，她走得很安心。最后时刻，看那夕阳逝去，完成了"一起看日落"的心愿，而后毫不犹豫地杀死自己，让他活下去，死在他的怀中。这足以感天动地，却无比残酷的选择，即便辰南现在死去，也永世难以忘记。

辰南绝望了，如濒临死境的野兽一般号叫着。绝望中，往事一幕幕浮现在他的心间。雁荡山初次相逢时，那个似白衣天使一般纯真无邪的女孩，气鼓鼓地回头质问道："坏人，你为什么跟着我？"相识后，孤儿身世的雨馨甜甜地笑着："我叫雨馨，在一个雨夜，被师父在花丛中捡到。"

被魔王东方啸天重击，代他而死时的话语："从小到大……我只有师父一个亲人……没有父母……没有玩伴……没有朋友，好孤单！自从遇见你……我好快乐，辰伯伯、辰伯母待我如……亲生女儿一般，我好幸福，因为我终于有了一个……家。你……是我最亲……最亲的人，我已经没有了师父，我……不能再失去……你。我宁愿自己……死，也要你好好……活下去……

"这两年……我真的很快乐，是你将我带出了大山，让我认识了……一个全新的世界。我是不是……很傻？经常……闹出笑话，什么……也不懂，是你耐心地帮我讲解，和你在一起的每一天……我都感觉很快乐，其实我真的不想离开你……我只想每天和你一起……看日出，一起……看日落，平平淡淡……生活……"

辰南痛彻心扉，但此刻泪水却已干涸，他整个人已经快疯了。万年前，即便知道雨馨走进百花谷，就意味和他死别，但他心中还是存着一丝希望。万年后，上天给了他一个天大的惊喜，小晨曦、产生灵智的雨馨尸体、精灵圣女凯瑟琳，无不在向他证明着，雨馨似乎还没有死去。

事实如预料那般，雨馨果真没有死，在天界他们重逢了。然而，此刻呢？重逢之后，竟然是死别，永远地分开，而这一次没有给他留下半丝希望！万年前心中还有一个期盼，但是现在呢？现在他只剩下了绝望！辰南的眼神渐渐涣散，他从来没有一刻像现在这样感觉无助与脆弱。在这一刻，他如一个在黑夜中无比恐惧的孩童一般瑟瑟发抖。

纵使在人间西方，面对东土皇族、西方暗黑教会等八位绝世高手围杀，乃是必死的局面，他亦横眉相对，笑傲杀场！纵使永恒的森林吞神噬仙，他亦一往无前，从容步入！纵使西土图腾无敌当世，他也敢冷声相斥，舍身搏命！纵使天界无情，主神为尊，他也敢嬉笑怒骂，大闹雷神殿！然而在这一刻，他是如此恐惧与害怕。他紧紧地抱着雨馨的尸体，仿佛溺水濒死的人抓着救命的稻草一般。辰南茫然了，他的眼神越来越散乱，耳畔不断回响着雨馨弥留时的话语："当你……老去的时候，还能够想起……一个叫雨馨的女孩……"

雨馨这一生，似那天山之巅的雪莲花，冰清玉洁，纯真无瑕，单纯而来，欣慰含笑而去。似一缕轻柔的风，摇落了自己，感动了上苍，飘然而逝。辰南眼神散乱，他感觉天旋地转，而后扑通一声，摔倒在尘埃中。外力能够摧毁一个人的肉体，而心伤能够杀死一个人的灵魂，辰南心中的灵魂之火越来越弱小，已经渐渐归于寂灭。

无情界外，紫金神龙、小凤凰和龙宝宝已经等了两个多时辰还未见辰南走出，它们已经有了非常不好的预感。小龙道："哦，大神棍在上，辰南不会出现意外了吧？""非常有可能。"紫金神龙也有了不妙的预感。"怎么办呢？"小凤凰小声问道。

半刻钟后，三头神兽潜行进无情界，它们没有遇到任何阻挡，没有发生任何危险便来到了那座绝巅之下。在离很远的时候，它们就看到了那倒在血泊中的年轻人，血色触目惊心。"天啊，怎么会是这样？"三头神兽快速冲了过去。

辰南昏迷了七日七夜，他的灵魂之火最终没有熄灭，在紫金神龙看来是一个奇迹。无论是人还是神，最大的敌人其实是自己，当一个人真正心生死意，决定泯灭灵魂之火时，即便是天界主神也救不活他。这七日来，紫金神龙和龙宝宝它们，为了燃起辰南心中的火种，反复在他耳边大吼："雨馨活过来了！""还不快睁开眼睛，雨馨真的复活了！"

那微弱的灵魂之火，终于再次跳动起来。当辰南睁开眼睛时，三头神兽长出了一口气，不过紧接着它们又紧张了起来。因为辰南的双眼空洞洞，面对着紧紧抱在怀中的尸体，他没有半丝生气，如行尸走肉一般。"醒一醒。"三头神兽又开始在他耳畔大喊，"这是天界，不是人间界，这里有的是大法力的人，说不定能够复活雨馨。"只是，辰南没有半丝反应。

如此枯坐了三日，直到龙宝宝趴在他肩头，大喊道："人间界还有一个雨馨，还有一个晨曦，她们还活着……"辰南才如闻暮鼓晨钟一般，茫然醒转过来，他喃喃自语道："人间界还有一个雨馨，还有一个与雨馨有着莫大关联的晨曦，她们还活着……"而后他呼地站了起来，仰天大吼道："真正的雨馨不会死，她永生永世都不会死。人间界的雨馨尸体都能够产生灵智，天界的雨馨为什么不能够活过来呢？"说到这里，虽然辰南无比悲伤，痛得撕心裂肺，但是他彻底醒转了过来。

"人间的雨馨……天界的雨馨……"自语到这里，辰南愣住了，为什么会这样？怎么有两个雨馨？与天界的雨馨匆匆相逢，他还未来得及了解这其中之秘，天界、人间界，到底是怎么回事？他又想到了小晨曦和精灵圣女凯瑟琳，她们也都和雨馨有着莫大的联系。

晨曦的来历，他还不清楚，但是对于精灵圣女凯瑟琳，他在西方时已经知道，那是雨馨留在生命之树中的一颗灵魂种子，如今刚刚长成。当本体遭遇到生死威胁时，可以靠灵魂的种子复生。不过，前提是本体并没有彻底死去！现在天界的雨馨本体死去了！晨曦的来历，辰南现在不想去猜想，他只想弄清楚赶尸派中的雨馨尸体，和天界的无情仙子到底哪一个才是真正的雨馨。凭着和她们的近距离接触，辰南有一种直觉，她们都是实实在在的雨馨真身，绝非像精灵圣女凯瑟琳那般，是分化出的一颗灵魂种子。这是怎么回事？为什么会这样？

辰南心中有些乱，但却无比激动，虽然是迷局，但却并不是死局，当中似乎隐含着某种转机。怀中的尸体早已冰冷，抚摸那带着丝丝欣慰笑容的脸颊，辰南潸然泪下。留在心中的那道绝美身影，即便过去万载岁月也未曾磨灭，历经重重磨难再次见面，却又立刻成了死别。雨馨怕他被"恶魔雨馨"杀死，竟然选择结束自己生命，与"恶魔雨馨"同归于尽。"雨馨你不会死去，我绝不会让你死去，就是上穷碧落下黄泉，我也一定要让你复活过来！"给自己一分幻想，给自己一丝期盼，辰南绝不相信雨馨真的消逝了，他要创造一个奇迹，要让雨馨真正地复活。人只要有希望，便会产生无穷的力量。

辰南打开内天地，抱着雨馨的尸体快速步入。此刻的内天地鸟语花香，殿宇楼台，小桥流水，飞瀑流泉，一副如梦似幻的样子，在总管骷髅头古思的带领下，被俘的天使们将这里开发得如同灵气氤氲的极乐圣境一般。三十丈高的定地神树青碧翠绿，神光万道。除了辰南，即便是龙宝宝它们也无法靠近定地神树半步。辰南抱着雨馨缓缓升腾到定地神树的树冠之上，而后用柔嫩的枝条在树冠中编织成一个软床，轻轻地将雨馨放在上面。他道："愿开天辟地以来就存在的天地灵根，滋润雨馨的尸体万载长存，从现在起我将踏遍天界，找到雨馨复活的禁忌之法，即便需要与众神为敌，也在所不惜！"

退出内天地第一步，辰南便想到了所谓的天界第一奇功《太上忘情录》，想要复活雨馨，必然先要通读这第一奇功，做到心中有所了解。方圆百里都属于无情界，在这片区域内仙人止步，神魔避退，很难让人想象，这如诗如画的仙境，居然是天界赫赫有名的禁地之一，即便是天界中的仙尊、神主也不敢轻易来闯。辰南仰望着眼前的绝峰，心中一阵黯然，雨馨竟然在上面独居万载，为修炼《太上忘情录》最终走上一条绝路。

腾空而起，仙气涌动，辰南缓缓上浮，一动不动地盯着眼前的绝壁，想要看透雨馨在这里留下的点点痕迹。淡淡仙云缭绕，一片琼楼玉宇坐落在山巅，一片青竹点缀其间，一眼山泉汨汨而流，两条飞瀑自绝峰之上向下奔腾而去。轻轻推开楼阁之门，走进重重殿宇，辰南用心去感受着这里的一切，想要体会到雨馨在这里留下的每一丝气息，想要了解这万载来她是如何度过的。

　　各色淡雅的花儿开满了殿宇间的小路旁，小桥流水，亭台楼阁，一幅绝美的园林仙境。穿过重重院落，进入每一间精舍，辰南终于找到雨馨的寝室，屋中简单而洁净，一张温玉玉床、一张紫玉桌、一把碧玉椅，真的是简简单单。修为到了她这般境界，或许一切繁花似锦的装扮都是赘余吧，简洁明了才是至美。辰南的心在颤抖，雨馨就是在这里生活了万载岁月啊！这里充满了她的气息。他要将这一切都保留下来，直到雨馨有一天醒来。

　　紫玉书桌上一本薄薄的书册，透发着无比沧桑的古意，封面之上书画着几个大字：太上忘情录！这本书有着神奇的魔力，单单封面上那些苍劲有力的古字就彻底将辰南的心神吸引进去了，让他不能自拔。前方仿佛有一个暗黑无边的洞穴在慢慢地打开，在一点点吞噬着他，而他明明知道这是一场灾难性的危机，却身不能动，口不能言，眼睁睁地看着那无光的洞口向他吞来。

　　一同跟进来的紫金神龙，明显发觉到他的不对劲，不禁出声问道："嗷呜，小子你怎么了？"龙宝宝则飞上他的肩头，小声嘟囔道："不要伤心了，总有办法让雨馨复活的。"经过龙宝宝的触碰，辰南仿佛被一只圣洁的大手自地狱中拉扯了上来，瞬间破开那暗淡无光的黑幕，光线再次出现在他的眼前，景物渐渐清晰。

　　辰南张嘴吐了一口鲜血，大叫道："魔书，可怕的魔书！你们千万不要看封面上的几个大字。"说罢，辰南急忙转移开自己的视线。铁钩银画的几个大字透发着无尽的魔力，紫金神龙它们不信邪，不听此话还好，一听辰南如此说，皆向魔书望去。很快老痞子就变成了一副失魂落魄的样子，而龙宝宝则大眼迷茫，小凤凰更像失去了魂魄一般。辰南急忙将魔书反转过来，狠狠地摔在了紫玉书桌上。

　　"啪"的一声脆响，终于让三头神兽回过神来了。紫金神龙嚎叫道："嗷呜，龙妈在上！这是本龙看到过的最邪门的书，居然差点将我的魂魄吞噬进去，太可怕了！"龙宝宝也道："大神棍在上，我差点飞进一个恶魔的口中去，真是少见的怪书。"小凤凰也心有余悸地道："好害怕呀，刚才我的四周一片黑暗，我的灵魂仿佛被剥夺到了另一片空间。"

辰南怀着复杂的心情，将魔书再次掉转了过来，不过却不敢轻易盯着封面了，他对着三头神兽道："著书之人有着难以想象的大法力，单以几个字就能够构架出一种危险的意境，这种大神通不是我们所能够揣度的，相当于用精神虚拟了一个如地狱般广阔的天地。"虽然如此，但辰南还是要翻开这本书，如果想救雨馨，唯有了解这门奇功。

开篇序章，就将辰南震住了。如若研析此法，仙人之体为基。居然有这样的要求，不愧为天界第一奇功，这本就是为仙神准备的宝录啊！此书虽然是万年前的古字体，但对于辰南来说并不困难，上面的字体的确很古老，甚至比万年前他所处的那个时代的通用文字都要复杂，不过他还是能够辨认清的，毕竟东方文字一脉相传。

开篇第一章就深深将辰南震撼了，书中所述字字珠玑，对于辰南这个刚刚踏入七阶仙境的人来说，当真是仙言妙语。刚刚看了第一篇，辰南就知道如果不是恶魔雨馨被真正的雨馨所左右，他绝对难以活到现在。开篇不是《太上忘情录》的心法，只是论述修炼者必须掌握的一些杀技，其中竟然收录有逆天七魔刀、困神指、通天动地魔功等心法。这都是辰南家传玄功禁忌篇收录的绝学，而《太上忘情录》中居然也有记载，不难推测后面真正的心法必然高深绝奥。

辰南随手向后翻去，当然他没有细看修炼之法，他只是浏览了一下修炼后所能够达到的境界。才翻开半册他立时动容，虽然还没有看后面的内容，但光从《太上忘情录》前半部分所描绘的三个境界，就足以看出此书之神伟。三个境界，让修炼之路海阔天空，给人以无尽启迪。人境，以修炼者为器，包括初始时的刀气、剑罡、以身化剑、凝为神兵等。地境，包括更广，世间一草一木，天地万物都为"我"兵，大至山川河流，小至蝼蚁尘埃，甚至包括敌人的身体，意念所至，凡有质之物皆遵我令。天境，代天而行，我即天，天即我，我言即法，我行即则，天地法则唯我而定。

虽然这仅仅是前半册的内容，但已经深深将辰南震住了，如果书中所说的境界是真的，当真有鬼神莫测之能，绝对是通天魔书！辰南快速向后翻动着，现在他已经肯定这部书如果流传出去，绝对能够引起天界动乱。他不敢再看后面的内容了，因为他怕自己禁不住诱惑而改修这《太上忘情录》，但这却是一部魔书，练到最后会杀死自己，在不能彻底了解前，他不敢深入诵读。

辰南直接翻到了最后一页，上面只有简简单单的一句话：以天地为弈局……后面还应有一句话，不过竟然被人涂抹去了。最后落款是：天人绝笔。辰南倒吸一口凉气，这部书实在太可怕了！我即天，天即我，我言即法，我行即则，天地法则唯我而定，修行到最后，竟然需要以天地为局，这实在太疯狂了。

创此功法之人名为天人，如果书中所说是真的，那么他的确有以"天人"为名的资本。不过，著书人竟然死去了，这实实在在超乎辰南的意料，他实在感觉惊异莫名。毫无疑问，这是一本魔书，会令无数神灵为之疯狂。如果辰南想将天界搅得大乱，现在只要将这本书抛出去，恐怕数日之内天界就会血流成河。

"可怕啊……"辰南掩书而叹。三头神兽就在辰南的身旁，小龙眨动着大眼道："上面写的是啥咪东东，偶怎么一个字也不认识啊。"紫金神龙打击道："嘁，你压根就一个小文盲。不过说实话，我也有许多字不认识。老龙我也活了好几千年，居然认不全上面的古字。"至于小凤凰就更加迷糊了，她一个字也不认识，她受小龙影响很大，也奶声奶语地问道："上面写了啥咪东东？"辰南无比郑重地道："这是一本魔书，名为《太上忘情录》，乃是天界第一奇功，但想要大成的话，必先要杀死原本的自己，再塑一个新的自我，雨馨就是被新的自己杀死了。"说到这里，辰南语气沉重，心中有些不好受。

紫金神龙震惊地道："噢呜，《太上忘情录》，龙妈在上！居然是这本传说中的邪功，在人间界的时候我就听说过！的确是天界第一奇功，传说只要能修成此功便会成为天界一代至尊。不过也有传言，凡接触此功者，最后莫不惨死或失踪。"辰南一阵黯然，走出了这片殿宇楼台，站在绝巅之上，眺望着无尽的美景，自语道："无情仙子最无情，可是谁又知道，她的内心隐藏着一个哭泣的灵魂呢？今日，就让这无情界消失吧。"

无情仙子自此消失，必然会引来天界各方势力窥探，辰南不想雨馨的居所任他们践踏，最后展开内天地将山巅之上的一小片琼楼玉宇，全部收进内天地。即便是亭台楼阁附近的一片翠竹，也被辰南运用大法力连带着土壤收进内天地中。一切都是按照原来的格局摆在定地神树附近，他希望有朝一日雨馨醒来，能够看到熟悉的一切。

　　辰南深深向后望了最后一眼，终于离开无情界，这里乃是天界一处禁地，如果被人得知无情仙子已经不在，必将会引来众多神灵探寻，他不想为自己惹来麻烦。远空中传来一声长啸，一只三十多丈的巨鸟鼓荡起阵阵狂风，快速俯冲过来，正是将辰南他们送到此地那只兽修。

　　"你还没有离去？"辰南有些惊异地望着它。巨鸟道："上仙居然平安无恙地走出了无情界，这绝对是天界的一个传奇！传说即便是那些神主、仙尊都不愿轻易靠近这里。"巨鸟双目中绽放着狂热的光芒，它道，"上仙请收我为徒吧，哦不，我知道自己远没有那个资格，就请上仙收我为座下仙禽吧，我愿供上仙役使。"

　　辰南叹了一口气，道："我哪里有你想象的那般大神通，我不过是一个刚刚破碎虚空，进入天界的普通仙人而已。无情仙子如果想杀我，就相当于踩死蝼蚁那般简单。我只因和她有着较深的渊源，才能够平安进出。你走吧。"

　　巨鸟依然坚定地道："即便上仙只有普通仙人的实力，我也愿常奉左右，以供驱使。不然，在这动荡的天界，早晚有一天我也会被其他刚出山门的大派弟子抓去，当作奴仆。我看上仙绝非常人，早晚一跃冲天，请上仙收留我吧，就当可怜我，免被他人欺辱。"如果有选择，谁愿意供他人驱使？只是，在这强者为尊的天界，一个没有强绝实力的兽修，如果没有一个靠山，很难生存下去。巨鸟看辰南能够平安进出无情界，料想他必然有着一些过人之处，因此甘愿为奴，以求庇护。

　　辰南略微犹豫了一下，道："好吧，我刚刚进入天界不久，对于天界不甚熟悉，如果你要跟随我，免不了跑腿的命，你愿意吗？""我愿意。"巨鸟载着一人三神兽冲天而起。

　　通过了解，辰南发觉这头巨鸟也是有些不凡之处的。它本是飞鹰血统，但天赋异禀，在长成之后比同类大了数倍，在同类当中堪称无敌。随着年岁渐长，它慢慢懂得纳天地精气，吸日月精华，历经六百余载，它的身体越来越大，而且渐渐开了灵智。后来，又经过二百余年的修炼，终于踏入兽修领域，现在已经有六阶初级的实力。

按照紫金神龙的猜想，这只飞鹰祖上某一代，可能是神鸟大鹏的后裔，不过神鸟血脉一代一代逐渐淡化了，而到了它这里有了一些返祖的迹象。为此，辰南给它起了一个名字叫恨天低，激励它有朝一日能够激活潜在的神鸟血脉，成为一只金翅大鹏鸟。

辰南的第一个弟子，就是这样简简单单收下的。

辰南向恨天低下了第一道指令，寻找天界老古董级的存在，当然不能是魔王、暴君类的人物，而是性格比较和善的老辈人物。恨天低伸展双翼，朝着万里之外的青山湖飞去，据它了解那里住着一只长寿龟，没有人知道那个古董到底有多大年岁了，只知道天界鲜有人比它年龄大。

两日后，恨天低将辰南他们带到了一个巨大的湖泊处，碧蓝的湖水浩瀚万顷，浮光掠影，莲花朵朵，四周是连绵不绝的青山环绕。辰南他们站在一座青山之上，礼貌而又客气地大声呼唤长寿龟，但是任凭他们喊破喉咙也没有得到任何回应。据恨天低讲，它是在一次兽修盛会上，听闻一位元老级的大妖怪谈论奇闻怪事时得知这里隐居着一只长寿龟。

辰南他们环绕着这片巨大的湖泊，呼唤了七日都没有发觉这只传说的老龟。最后，龙宝宝伸出一只金黄色的小爪子，指着湖边的一座青山道："你们看，那座山像不像一座趴着的乌龟啊，那只传说中的老龟该不会被人封印，变成一座青山了吧？""偶滴神啊，那将是多么大的一只龟啊，一座山那么大，太可怕了！"小凤凰惊叹道。紫金神龙也道："真有可能被人封印了，这老龟还真是够倒霉，要不我们过去看看，这么多年过去了，说不定封印松动了呢，没准能够将老乌龟救出来。"

紫金神龙幻化出了自己庞大的本体，仰天长啸了一声，朝着那座矮山扑去，五十丈的龙躯瞬间缠绕在了山顶，而后用力摇晃起来。"轰隆隆——"神龙之力岂是等闲，紫金神龙生生撼动了这座形似乌龟的矮山。"似乎根本没有封印之力。"紫金神龙叫道。辰南示意龙宝宝也去帮忙，小龙幻化出三十丈的神龙躯，缠绕在龟尾附近。而后恨天低在辰南的授意下也俯冲了下去，猛力推动龟身。

"轰隆隆！"矮山剧烈摇动了起来，在三个足以拔山的大力士合力之下，轰隆一声被推倒了，滚落进巨大的湖泊中。"是哪家小娃儿在胡闹哇？"苍老的声音从湖中发出，滚进湖中的石乌龟并没有沉进湖底，它缓缓浮到了岸边，而后慢腾腾爬了上来。

"它是活的！"小凤凰在辰南肩头惊叫道。辰南原本就猜测，长寿龟可能化为矮山在沉睡，所以才示意龙宝宝它们那样做，不过被证实后还是难以掩饰心中的惊异之情。这个老龟体积实在太大了，周身上下覆盖满了泥土，长满了青翠的林木，简直不可想象它到底有多少年没有动弹过了。老龟小心翼翼地挪动着，似乎不愿震落身上的泥土与山林。

看老龟没有丝毫杀气，辰南还是比较心安的，他诚挚地向长寿龟表达着歉意，同时不着痕迹地拍了拍老龟的马屁，赞颂它长寿于天界，与世无争，恬淡自然，实乃世外高人。"说吧，小子，找我来到底有什么事情，不快说的话，我可能又睡着了。"长寿龟还真不愧是睡神级的存在，刚刚移动回原来的位置，那睁开的一双巨目便又快睁不开了。

辰南问道："我想请问前辈，如果一个人在修炼的过程中，达到登峰造极之境后，她重新塑造了一个自己，将原本的自己杀死了，还可否有救？"老龟的双眼瞬间瞪圆了，道："似乎是修炼传说中的《太上忘情录》所导致的后果啊！这本书万万不可轻易招惹啊！"辰南心中一阵紧张，这个老古董还真是了得，居然一下子就猜到了其中的关键，如果它出手抢夺魔书，还真是不好办。

似乎看出了他的紧张，长寿龟道："放心，在天界就数我这个老古董最没杀伤力，别人都在修炼，而我一直在沉睡，没有能力威胁你们。最主要的是我对那本忘情录没兴趣，即便有人奉献给我，我也要敬而远之，我还想多睡几万年呢，不想早早死去。"

辰南心情异常沉重地道："男儿膝下有黄金，不跪天、不跪地，但是今日我要向前辈跪拜。既然前辈已经猜到一切因为《太上忘情录》，那我没什么可隐瞒的了。"辰南扑通一声跪在了地上，无比黯然地将其中的因由全部说了出来，最后伤感地恳请道，"前辈见多识广，还请帮忙寻觅一破解之法。"

长寿龟叹了一口气，道："还真是够凄伤，让老龟我心中也有些怆然。传说，想杀死修炼《太上忘情录》的人，只有摧毁他们的肉体才行。既然那个女孩杀死了自己的肉体，恐怕回天无力了。""不！"辰南悲怆无比。

老龟道："老龟我确实没有办法，我虽然年岁很大，但一直蹉跎而过。修为不深，本领不大，整日沉睡，其实见识也很少。"辰南祈求道："前辈肯定能想出办法，请指点一条明路吧！"老龟叹了一口气，道："这个叫雨馨的女孩，能够做出这样的选择，让我平静无波的心海中居然泛起了阵阵波澜。好吧，今天我破例一次，我传送你们去见一个人，如果他都不知道的话，那么这个女孩估计也就无救了。"

说着，老龟两只巨大的前爪，交叉着在空中画出一道巨大的十字，很快空间便破碎了。辰南和紫金神龙他们同时惊呼出声，这个老龟有如此功力，怎么可能会是它自己所说的那样无能呢？直接跨越空间传送几个人，恐怕需要神主级的大法力！老龟喊道："不要发呆了，还不快进去，费力这样施法，恐怕我又要沉睡几百年了。"

在飞进那片奇异的空间后，辰南回头道："前辈，再问最后一个问题。万年前天界众神陨落，您知道到底发生了什么吗？"老龟无奈道："我怎么知道，当我睡醒的时候，发现天界早已大变样，而我的一身功力也莫名其妙废掉了。不要惊讶我划开空间的能力，这不过是我积攒几百年的力量而已，你们快去吧，我要继续沉睡了。"辰南他们暗暗咂舌，这可真是一个活宝级的神龟啊！居然呼呼大睡间，便度过了那个众神陨落的悲惨时代，虽然莫名失去了功力，但焉知这不是天大的福分？

被长寿龟以大法力传送，和穿越混沌通道根本不同，在这一刻辰南和龙宝宝他们明显感觉到时间似乎静止了，唯有空间不断在扭曲、挤压。他们身处在一片散发着淡淡光华的不规则空间内，有一股严重失衡的感觉，似乎身体已经被粉碎了，如此过了片刻，光芒一闪，这种不适消失了。

"扑通、扑通……"几个家伙纷纷坠落在地。"嗷呜——"紫金神龙狼嚎一声，立刻蹦了起来，长嚎道，"活见鬼了！"在它的屁股上插着一根光芒灿灿的巨大骨刺，险些没把老痞子气晕过去，这实在太没面子了，疼痛的同时让它感觉大失颜面。龙宝宝嘿嘿偷着乐，小凤凰也眯起了凤眼，如同月牙一般。

这里是一座香气袭人的山谷，谷内百花盛开，争妍斗奇，香味异常浓烈，充满了整片山谷。不过，辰南他们感觉这些花儿太过娇艳了，艳丽得有些不正常。通过老痞子屁股上的那根骨刺，他们更是发觉所有鲜花的根部，都有许多光芒闪闪的碎骨，毫无疑问这是神灵的骸骨。顿时，一人四兽脊背升起了一股凉气，居然将神灵的骸骨当作花肥，这实在有些邪异。

知晓这些后，浓烈的花香不再美好，顿时让几个家伙感觉有些恶心，一股阴气森森的感觉立时荡漾开来，让他们感觉异常不舒服。老痞子揉着屁股，气哼哼地道："这是什么鬼地方？"

一个沙哑的中年男子的声音，突然响在他们的耳畔："这里是本王的隐居之地！"小凤凰顿时害怕了，语音颤抖道："是谁？"沙哑的声音没有回答她，反而问道："我看到空间破碎，是谁以大法力将你们传送过来的？"辰南传声道："是一位隐居在青山湖的龟族前辈，他要我们来这里寻求前辈的帮助。"

山谷内一时静了下来，久久没有听到那个沙哑的声音回应。如此过了一刻钟，但辰南和紫金神龙他们都不敢轻举妄动，静等对方出声，凭着直觉这绝对是一个大人物。良久，那个声音又道："好吧，既然是龟前辈传送来的，你们过来吧，一直朝北走。"

这座花谷非常广阔，但此地阴气很重，淡淡的黑雾在缭绕，神灵的骸骨七零八落，在生长鲜花的土壤中很容易被发现。向前走出去三里多地，地形渐渐开阔起来，花草不见了，光秃秃一片，没有任何植被，除了岩石，就是神灵的骸骨，每隔几米就能发现一些松散的骨架。

在天界见到神骨并不稀奇，但如果看到成片的骸骨就不寻常了。前方是一片石林，成片的巨石间也同样散落着一些零落的神骨，带状魔云在缭绕，让这片石林有些阴气森森。辰南他们没有飞行，以示对主人的尊敬，曲曲折折，他们在石林中步行千米远。

一座特别粗大的石碑矗立在前方，鹤立鸡群，显得分外与众不同。无声无息，一个披头散发的高大男子突然出现在石碑之上，宛如幽灵一般。小凤凰吓得缩了缩脖子，站在辰南肩头，紧紧贴在他的耳畔。

高大的男子身披一件黑色大氅，雄健的身躯被遮挡在了里面，最引人注目的还是那一头金灿灿的长发，如黄金火焰一般在跳动。金发男子侧着身子对着辰南他们，只能看到他的半张脸颊，如刀削一般刚毅有型，光从侧面看绝对是一个英挺的中年男子。"我欠龟前辈一命，你们需要什么帮助，尽管说出来吧。"沙哑的声音不是很好听，多少有些破坏这个英挺男子的气概。

辰南思量再三，觉得既然长寿龟知道《太上忘情录》的事情，而又将他们放心地送到这里，料想眼前的男子不会因为这天界第一奇功而翻脸夺书杀人。他道："想请教前辈，修炼《太上忘情录》，新的自己杀死了原本的自己，还有解救的办法吗？""什么？！"高大的金发男子有些吃惊，呼的一声转过了身体。"啊！"小凤凰发出一声惊叫，不过赶紧又止住了自己的声音。

金发男子那掉转过来的半边脸颊，竟然是半张骷髅骨，上面没有半点血肉，连同黑洞洞的一个眼眶。怪不得他侧身而立，原来竟然有着难言之隐，那完好的半边脸异常英俊，那只独眼竟然是金色的，和他的头发一样金光灿灿。凭着直觉，辰南知道，这个人绝非西方人。

金发男子道："《太上忘情录》？居然是它！真是让人吃惊啊，我还以为早已失传了呢。"金发中年人自语道，"看来本王的感应是真的，天界有一个大人物死去了，不过我没有想到她修习的竟然是《太上忘情录》。""这……"辰南有些吃惊。似乎看出了他的疑惑，金发中年男子道："不光是本王感应到了，我想天界各方的神王都感应到了，想必这些天来天界已经暗流涌动了，要不了多久就应该传出到底是谁死去了。"

辰南既是惊讶又是黯然，雨馨的实力果真强绝，她的消逝居然能够引得天界各方神王心生感应，他问道："前辈，如果是这样的话，还有救吗？"金发男子道："你将具体情况说来。"辰南见他如此说，心中一阵激动，立时燃起一丝希望，他没有隐瞒，原原本本地将其中的经过述说了一遍。

"原来是她，无情仙子修炼的竟然是《太上忘情录》，这真是一件出乎人意料的事情，怪不得她的实力近年来越来越让人感觉恐惧，原来竟然修炼了这门法诀！"金发男子一阵感叹，而后摇了摇头，对辰南道，"如果她没有杀死自己的肉体，或许还有一线希望，但是现在她已经毁去了身体生机，恐怕希望渺茫到可以忽略不计了。""即便只有一丝希望，也要请前辈明示。"辰南已经近乎绝望了，长寿龟曾经说过，如果眼前这个男子，都没有办法的话，那么雨馨几乎没有希望复活了。

金发男子道："想要救活无情仙子，必然要先让她的身体恢复生机，但是这不过只有百分之一的希望。而后，最少需要三个神王帮她聚集灵识，召唤魂魄，这也不过百分之一的希望。最后即便她灵识复归，但真正活过来的是她的'本心'，还是那个修炼《太上忘情录》而再生的'第二灵魂'，还很难说！所以说，想要真正复活你心目中的雨馨，几乎不可能！"虽然条件如此地苛刻，但辰南还是看到一丝希望，只要还有希望，他就会搏命奋斗争取，他道："无论付出多么大的代价，我都愿意去尝试，恳请前辈明示。"

金发男子久久未语，似乎在思考，过了好半天才道："想要复活无情仙子，所需要的材质可能会引起天界动乱，因为那些神物皆为天界各方至尊所有，比如与无情仙子齐名的澹台仙子，你不怕被人满天界地追杀吗？""居然有可能对上澹台璇……"辰南心中一颤，不过他严肃而又坚定地道，"没有什么可怕的！只要能够复活雨馨，即便与整个天界为敌，我也不会退缩！"

金发男子道："哈哈，好，我喜欢你这种敢一人战天下的姿态，很有本王当年的风范！"辰南有些狐疑，不禁猜测起眼前之人到底是天界哪位神王。对方又道："如果你想要复活无情仙子，必须得到传说中的十三颗舍利子，相传乃是青禅古佛涅槃时所遗。这是复活无情仙子肉体生机的关键神物，无可替代，如果你不能收集到这十三颗舍利子，那你就不要多想了，早点将无情仙子安葬吧。"

辰南对于天界人物根本不了解，问道："青禅古佛来头很大吗？"

金发男子道："他是当今佛祖逝去的师父！"旁边的紫金神龙和龙宝宝听得一阵头大，想要得到当今佛祖师父的舍利子，还真是有些不可能，除非先灭掉佛祖！"怎么，怕了吗？"金发男子冷冷地问道。"不怕！我会不计代价，不择手段，将那青禅古佛的十三颗舍利子抢到手。"说到这里，辰南的脸上涌现出一股戾气，语音有些森寒，在绝望中抓到一根稻草，他绝不会放弃。

金发男子冷声道："匹夫之勇不足取，如何施展手段，全凭你个人能力。另外，我要郑重提醒你一点，从无情仙子死去那一刻算起，想要复活她，必须在百日时间内。""什么？！"辰南一阵发呆，已经过去十天了，时间对于他来说实在太紧迫了。他向金发男子深深施了一礼，道："我明白，大恩不言谢，但想请教前辈名姓。"

金发男子一阵沉默，好久之后才道："这块墓碑上写得很清楚。""什么？！"辰南他们皆惊呼出声。金发男子脚下的高大石碑，的确像一个巨大的墓碑，辰南慢慢转到另一面，果真发现了一行苍劲的刻字：金翅大鹏神王之墓！果真大有来头，竟然是一方神王，但坟墓在此，那矗立在墓碑上的身影到底是人还是魂呢？

化身成一丈长的巨鸟恨天低扑通一声跪了下去，口中激动而恭谨地称颂道："我王在上，天佑我王平安！"金翅大鹏神王当年威震天界之时，恨天低才不过是一个小小的鸟妖，但所有飞禽类都知道有一个金翅大鹏神王护佑着禽类修者。

在神鸟凤凰一族销声匿迹后，同位鸟类皇族的金翅大鹏神王，理所当然地成了所有鸟族的王。他为一方至尊神王，实力深不可测。但是，百余年前却突然传出了他的死讯，一代神王突然凋零，成了天界一桩悬案，任谁也不知道其中的隐情。辰南再次见礼，他刚刚上天界，虽然还不了解金翅大鹏的事迹，但只凭他一方神王的身份，就足以看出其实力。

"你们不必多礼！"大鹏神王有些落寞地叹了一口气，道，"往事已矣！""神王，当年到底发生了什么？"恨天低很激动，能够见到敬仰的禽王，是它做梦都想不到的事情。大鹏神王道："异族修炼者在天界生存艰难，禽类当然也不能幸免，当年我为族人强出头，结果对上了一个可怕的敌手，最后不敌而重伤败遁，若非龟前辈把我秘密传送到这里，恐怕我已经被斩杀了！""哦，那位龟前辈果真是个高手。"小凤凰一副天真的样子。金翅大鹏神王遗憾地点了点头，道："龟前辈躲避过了恐怖的神魔大劫，但一身修为却被废了……"

恨天低有些激动有些愤怒地道："神王究竟是谁伤了您？"大鹏神王一阵无言，最后叹了一口气，道："我败给了佛祖。""什么？"恨天低愤怒地咆哮道，"我早该想到是他们了，他们最新的佛经中居然将您妖魔化，在刚入门的僧侣心中您已经成了十恶不赦的魔王。"

"这帮秃驴最是虚伪！"大鹏神王大怒道，"当年佛祖的第十弟子胆大包天，竟然将我唯一的族人一只大鹏鸟掳进佛土，美其名曰收为护教法王，实则为奴仆。结果，那大鹏鸟不堪受辱，自杀而亡。我为此怒找佛祖理论，结果却落到了这般田地，想不到这帮光头竟然无耻到了这种程度！居然颠倒黑白，无耻地编派我，该死的秃驴！"金翅大鹏神王愤怒之下，终于说出了事情的真相，他咆哮道，"我为自己立下坟墓，证明原本的我已经死去，但早晚有一天我要重生杀进佛土，以报当年之恨之耻！"

辰南和紫金神龙他们心中一阵嘀咕，他们现在有些怀疑大鹏神王让他们收集十三颗舍利子的目的了，该不会是想借他们之手打击佛土吧？金翅大鹏神王似乎感应到了他们所想，独目中射出一道金光，冷冷地扫向辰南，道："哼，凭你们根本无法奈何佛土分毫，不要以为我在利用你们。如果不是龟前辈要我帮忙，我才懒得管这种闲事！说到底，因为我与佛祖有不共戴天之仇，才会白白便宜你们。如果你们真的有些手段，我会在必要时助你们一臂之力！"辰南羞愧地道："多谢神王！"

大鹏神王扫向恨天低，沉声道："你这飞鹰似乎流淌有我大鹏一族的血液，虽然已经很淡了，但终究是我鹏鸟一族的后裔，你留下来我要教导你一番。"恨天低激动得身体不断颤抖，辰南推了它一下，道："还不快谢过神王。"恨天低连忙道："谢神王，我不会让你失望的！"

紧接着，大鹏神王又将独目转向辰南肩头的小凤凰，未说话先笑了笑。不过，看在小凤凰眼里，那半张骷髅脸恐怖到了极点，她害怕地戒备着，颤声道："你、要干吗？我、我很厉害的！""哈哈！"大鹏神王大笑道，"你我同为禽类皇族，你这样胆小怕事怎么行呢？你也要留下，我要教导你如何成为神王，如果哪一天我战死了，你早晚要成为我类下一任的王！"

"不，我不要留下！"小凤凰怯怯地飞到辰南的背后，只露出半个头偷偷观望。大鹏神王道："为什么？我要教你修炼！"小凤凰如小孩子一般，有些害怕地道："我怕你杀我，在山谷中我看到了好多骸骨。"大鹏神王笑道："哈哈，真是一个可爱的小家伙。放心，我不会滥杀无辜，那些神灵不是我杀的，这里是一处古战场遗迹，仅此而已。"

辰南拜别了大鹏神王，带着两条龙向着山谷外走去。金翅大鹏神王看着辰南的背影，又看了看身边怯怯的小凤凰，一阵沉思，而后突然叫道："等一等。"辰南转过身来，问道："神王有何吩咐？"大鹏神王道："你有几分把握平安出入佛土呢？"辰南决绝道："我没有一分把握，但我有一种直觉，我一定能够得到传说中的十三颗舍利子！"大鹏神王笑道："好，既然如此，我给你加一分把握，赠你一份大礼！"

高大的石碑上，大鹏神王突然爆发出一股滔天的神焰，金色长发根根倒立，独目中光芒璀璨，浑身上下金光刺眼，直冲霄汉。一股如汪洋大海般的力量，汹涌澎湃而出，整座山谷剧烈摇动起来，神王的气势威不可测！"啊！"大鹏神王一声大吼，两道金色光翼自他身体内飞出，瞬间便没入辰南的双肋。辰南痛苦地大叫，他冲上高空一阵翻腾，好久之后才平静下来。紫金神龙羡慕得口水都快流出来了，龙宝宝则好奇地睁大了眼睛。

辰南已经知道发生了什么，现在只要稍稍向双肋运力，两道神武的金色光翼便会浮现而出，仅仅一个念头，他便能够从一个地方突兀地出现在另一个位置。这真乃是世间极限神速，天地间恐怕少有人能及。"前辈您……"辰南有些激动。

大鹏神王道："'极速'是我所掌握的法则，虽然远不能达到天之极境，但在三界来说，我如果甘认第二，无人敢说第一。你不用说什么感谢的话，我炼化的大鹏神翼虽然赠给了你，但我依然掌有极速法则，速度依然是三界第一。至于你，如果能够发挥出神翼全威，三界当中已经没有几个人追得上你了！我隐约间已经看到，你似乎能够让那些光头吃些苦头，希望你不要让我失望！"

此刻，辰南的激动与感慨已经难以言表，突然间速度位列三界前列，这无疑等同于多了一条命！遇到强敌，如若实在不敌，有绝对速度在身，便可飞身而遁。旁边的紫金神龙羡慕得眼睛都绿了，神龙虽然也有着让神灵都眼红的速度，但比起神鸟大鹏"双翼一展九万里"的恐怖速度，那可真是小巫见了大巫！

大鹏神王向他摆了摆手，示意他不用多说什么。辰南深深对着他施了一礼，而后领着两条龙大步离去。恨天低在后面喊道："上仙一路小心，保重啊！"小凤凰则泪眼汪汪，挥动着自己的彩翼，可怜兮兮地喊着："辰南、小龙哥你们要早点来接我呀……"

刚出离这座山谷，紫金神龙就长嚎了起来："小子你已经有了让三界众神羡慕的速度，以后你要驮着我飞，嗷呜……""哦，大神棍在上，辰南居然有光化神翼了，太不可思议了！"小龙边嘟囔边在辰南身边晃晃悠悠飞来飞去，似乎在和他比较金色的双翼，憨态可掬的样子有些让人发笑。

远离了大鹏神王所隐居的山谷，辰南开始思索如何打佛土的主意。虽然相处短暂，但辰南能够感觉到，大鹏神王是一个血性刚烈的人，而如今对方对他又有大恩，且按照恨天低所说佛土又是如此地虚伪，他决定要大闹、特闹一番，不过不是逞匹夫之勇，他心里已经有了一个狠辣的计策。他道："走，现在我们去核实，如果那帮光头真如恨天低所说那般，那就不要怪我不客气了！"

时间紧迫，在辰南查证属实后，他也已经准备好如何向佛土发难了。《太上忘情录》被他倒背于心，他不敢正向背诵，怕不小心陷入到那种武境中去，而后不能自拔，步雨馨的后尘。很难想象这部魔书到底是何材质做成的，辰南用雷神剑费了很大的力气，才将古书《太上忘情录》跳页割去五分之三。最后他扬了扬手中残缺的古书，冷笑道："《太上忘情录》沉寂太久了，现在该重见天日了！"

天界虽然广阔无边，但消息传播起来却异常迅速，强大的神灵瞬间就可以用神识千里传讯。这一日，平静已久的天界一下子动荡了起来，一系列大事件渐渐让各方神灵为之侧目，直至最后沸腾了起来。近日来，天界各方神王都心有感应，天界必然有一位大人物死去了。直至今天，他们终于知道是何方仙尊凋落了。

一代天骄无情仙子，于前不久陨落无情界！这则消息一出，东方天界一片惊呼，所有人都没有想到，死去的那个大人物竟然是无情仙子。这个实力高深莫测的仙子与天之骄女澹台仙子，并称绝于天界，同样地惊才绝艳，同样地美冠天界，为天界众仙中的两朵奇葩，各方神王都不敢轻易得罪。一代天骄居然突然死去，这实在让人有些难以想象！从此无情界将不再是禁地，不过天界中无数人却为之叹息，一代天骄早逝，实乃天妒英才！

不过风波并未止于此，一则更震撼的消息传遍了天界。无情仙子之所以能够傲视天界，与她修炼的功法有着莫大的关联，此功竟然是天界第一奇功《太上忘情录》！而无情仙子逝去的原因，也正是修炼失败而亡。绝代佳人命殒竟然源于此，无数人由惋惜变成了惊叹！

传说中的天界第一奇功《太上忘情录》居然浮出水面，这当真是一场大地震，深深震撼了整个天界，无数仙神为之动容。在天界各方势力蠢蠢欲动，想要探寻《太上忘情录》下落时，忽传天界奇功宝典落入凝翠崖，被佛祖第七弟子的首徒迦叶所获。天界喧嚣，各方势力再也坐不住。

凝翠崖为天界一处颇有盛名的仙境，为佛派第三代弟子迦叶的修佛之地，这里离无情界并不算太远，仅千里之遥。不过距离佛祖的极乐佛土却非常遥远，足有九万里，这么遥远的距离，即便是实力强大的仙人也要飞上一两日。《太上忘情录》久负盛名，其吸引力之大难以想象，这一次重现天界，漫说普通仙人，即便是神王都想插上一脚。在消息传出后，凝翠崖顿时成了一个是非之地，附近的修行者，无论仙人还是兽修，莫不快速向那里冲去。

一场争夺天界第一奇功的仙战就这样爆发了！

凝翠崖佛境之主迦叶感觉无比沮丧，因为他现在被众多修者围住了，早先的喜悦渐渐被冲淡了。虽说佛家戒嗔痴贪，但在弟子将无意间得到的《太上忘情录》送到他眼前时，迦叶还是兴奋得无以复加，面对这天界古往今来传说的第一奇功，有几人能够禁得住诱惑呢？所谓的仙神同样有欲望，虽说佛家的教义表面看起来与世无争，但那不过是骗人的把戏，面对第一奇功，这层面具经受不起任何考验。

天界有句名言，修为有多大，欲望就有多大。迦叶当然不能免俗，在得到奇功宝典的那一刻，他已经决定自己吞下，根本无送给他师父的念头，也不打算呈献给佛祖。可是，让他倍感郁闷的是，消息走漏得太快了，还未等他觅地潜修，别人就打上门来了。

"迦叶上佛，你仁慈称世。这么多仙友都想一观《太上忘情录》，我想以你的胸怀不会这么小气吧，就把天书拿出来让大家共同参研如何？"一个年轻艳丽的绿发女子，脚踏彩云立于凝翠崖上空，不急不缓地向迦叶建议。迦叶头大如斗，这名女子乃是一位有名的妖仙，人称兰仙子，修为虽然不是很强，但交游甚广，认识的朋友非常多，如果得罪了她，定然会牵连出来一堆人。"兰仙子说得对，迦叶上佛理应将天书献出，大家分享才对。"一个白袍秀士，自远空飞来。这时，许多隐藏在暗中的人，都纷纷出声，由暗转明，飞上了凝翠崖。

凝翠崖，这座仙山并不是很高大，像是被人生生将一座巨山截去了半截一般，山顶非常平坦广阔。与附近一座座青碧翠绿的山峰比起来，这里更具有灵气，平坦的峰顶，宝树常青，叶泛神光，瑶花铺地，馨香袭人。更有诸多灵禽异兽，仙鹤飞舞，寿猿欢跳。仅仅片刻间，青碧翠绿、鲜花芬芳的凝翠崖之上，便聚集了近百位修者。天界的修者，当然不会像流氓无赖那般明抢，他们个个口灿莲花，说得迦叶当真觉得自己倍感羞愧，仿佛他做了许多对不起同道中人的事情。

"我佛在上，非是贫僧不肯将这宝书相让给各位居士观看，实乃此事事关重大，相传我佛之师青禅古佛便因这《太上忘情录》而亡，因此我必须要将这书上交到我佛处，请他定夺。"

"哼哼哼，你这和尚说话真不脸红，居然连那青禅老和尚都被你扯进来了。青禅如果修炼过《太上忘情录》，还会有你们的佛法吗？"

"大师你就不要找借口了，早点将天书拿出来，让大家共同参研吧。"

"迦叶上佛，据说今天凝翠崖已经遭遇几波不明攻击了，你不想让这凝翠崖变成废地吧？"

这上百位修者岂是这样好相与的，由开始时的大义说服，到现在的冷言热讽，再到最后的威胁，眼看便要武力相向了。其实哪里都一样，实力才是硬道理，一切所谓的正义言论，不过是为了粉饰手段而已。

"我佛在上……"凝翠崖上响起数十声佛号，迦叶和他的弟子们已经做好了战斗的准备，这天界第一奇书，他们是说什么都不肯交出去的。

"靠，这帮孙子才是真正的流氓啊！"远处的紫金神龙感叹着，"明明都贪心无比，居然一个个说得比唱得都好听。天界就是不一般啊，流氓也要讲究文化！哪像人间界一般，上来就开骂开抢，看看这帮家伙，一个个大义凛然的样子，真是我辈无耻之典范啊！嗷呜——"远处，辰南和两头龙正站在一座山巅之上，冷冷地望着凝翠崖。无情仙子逝去、第一奇书惊现……所有一切都是他们推波助澜而为。

想要从佛祖手中抢夺传说中的十三颗舍利子，以辰南此时的修为来说难如登天，为此他只能设局，利用天界各方强者的力量打击佛祖。辰南冷笑道："这不过是个引子，打吧，等你们折腾得差不多，等迦叶不行的时候，估计佛祖也坐不住了。我不相信他会任由奇书从自己人手中流落出去，等他从九万里之外赶到这里，到时候我们去佛祖的老家溜达溜达。"小龙两只大眼直泛贼光，开心地嘟囔道："我一定要好好参观！"

此刻，凝翠崖上终于开战了。"我佛在上！"迦叶佩戴的一串佛珠散列了开来，一百零八颗佛珠个个光芒璀璨，笼罩在凝翠崖上空，一片氤氲光雾中彩霞缭绕，所有处于这片山崖上的人都感觉被束缚了一般，仿佛有一股无形的力量捆缚了他们的身体。

"这是金顶佛光阵，大家不要慌乱，我们分别向各个方向冲击，这贼秃根本束缚不了我们，肯定会反噬他自己。"敢上凝翠崖的修者都不是等闲之辈，不然哪里敢与佛祖的徒孙为难呢？一时间凝翠崖上飞剑纵横，彩光缭绕，漫天的法宝到处飞旋，那里劲气澎湃，罡风涌动，如果不是有金顶佛光大阵笼罩，恐怕整个凝翠崖都被轰塌了。

这一百零八颗佛珠，其中有三十六颗，乃是佛祖以大法力亲自炼化的，是赠给第七弟子的护体至宝，而后又传到了迦叶的手中。不过今日面对近百位修者的反击，法宝再强大，也难以承受住那浩瀚如海般的攻击力量。"噗、噗……"高空之上，佛珠一颗接着一颗地碎裂，迦叶的脸色越来越难看。

"师父我们赶紧退走吧。"一个年轻的和尚焦急地催促道。"走吧！"迦叶宽大的衣袖一挥，空中三十六颗天罡佛珠飞来，落入他袖口之中，余下的地煞佛珠在空中纷纷爆裂，荡漾出一阵巨大的能量波动，扑向攻打凝翠崖的众多修者。迦叶和一干弟子冲上高空。凝翠崖上光团阵阵，近十人死于非命，没有受到伤害的修者跟着冲了上来。"轰！"失去法宝护持的仙山承受不住巨大的能量波动，被汹涌澎湃的力量轰塌了。

迦叶脸色铁青，咬牙切齿，对身后一群弟子道："跟我一起去见佛祖！"他本不想去见佛祖的，想自己慢慢研《太上忘情录》，现在被逼得没有办法，这浩瀚天界也只有佛祖才能够护佑他。

然而就在这时，远空中一道白光一闪而至，一个冰冷的声音响在迦叶的耳畔。"想走？没那么容易！传澹台仙子仙谕，命你等止步，将无情仙子仙体留下！"观战众人纷纷惊呼："连澹台仙子座下的大弟子王志都赶来蹚浑水了。"远处正在观战的辰南笑了，他知道这下真的闹大了。连澹台璇的大弟子王志都赶来了，可见澹台一派也对这部宝书很看重，可以想象其他的神主、仙尊不可能不会关注。

王志一身白衣，看起来超尘脱俗，风姿绝世，颇有一副大家气概。迦叶顿时皱起了眉头，王志在天界可谓大名鼎鼎，身为澹台掌门大弟子，坐镇一方，少有敌手。连他都来争抢奇书，恐怕是澹台璇授意，怎么不让迦叶心虚呢。迦叶叫道："王志你不怕有失身份吗？"

王志虽然看起来丰神如玉，但却透发着一股凌厉的气势，他如一把出鞘的利剑一般锋芒毕露，逼视着迦叶道："哼，迦叶你莫要推挡，我来恭迎我师叔仙体。"迦叶低声喝道："王志你不要欺人太甚，你我心里都清楚，你到底是为何而来。"

"哈哈！"王志大笑，狂放之态尽显无遗，不过对于他这种强者来说，更加显得具有威势，他冷笑道，"无情仙子乃是我师尊的姐妹，天界谁人不知？哪个不晓！如今师叔她不幸逝去，我师尊悲伤过度，亲自前往无情界悲祭，没想到她的尸体却不翼而飞。你们这帮秃驴太可恨了，盗我师叔遗物也就罢了，没想到竟敢亵渎我师叔玉体。说，你们将我师叔的仙体藏到哪里去了？！"

迦叶心中大叫坏了，这个王志实在太厉害了，如果坐实凝翠崖一脉偷走无情仙子的尸体一事，即便是佛祖也保不了他。"我佛慈悲！王志你少要血口喷人，无情仙子乃是一方仙尊，即便是她死去，我等也不敢不敬。我所得到的《太上忘情录》，乃是门下弟子无意间自一个散修手中得到。"

王志道："哼，休要狡辩，像《太上忘情录》这等心法，怎么可能会落在一个散修手中呢？而即便落在他手中，怎么可能会送给你们佛门呢？"迦叶张了张嘴，想说奇书乃是自己的弟子在那个散修手中抢来的，但这样的实情实在不好说出口，不然有损佛门尊严，他道："王志，事实的确如此，你不过是为《太上忘情录》而来，何必找借口如此污蔑我们呢？"

王志道："笑话！我为寻师叔仙体而来，追查到她生前遗物《太上忘情录》落到你们手中，你们假仁假义的秃驴居然不断搪塞，如果说不出真相，今天你们凝翠崖的人谁也没有命离开这里！"迦叶一阵心惊，他虽然知道王志不过是在找动手的借口，但丝毫不会怀疑他真的会下杀手，他深深知道王志行事果断凌厉。他却绝对敌不住王志，这是一个有绝对资本狂妄的人，即便是迦叶的师尊亲临，也不一定奈何得了王志。

这个时候，攻打凝翠崖的上百位修者，都静静地矗立在空中观看。他们都听说过王志的大名，对于一方至尊的大弟子，他们深深忌讳。为了第一奇书，他们已经得罪了迦叶，现在这个传说中的奇才又赶到了，最好的办法是看两强相争，最后坐收渔翁之利。

此刻，迦叶发觉自己口笨嘴拙，居然无法有效地反驳对方，对方的言辞太犀利了，根本让他招架不住。王志逼问道："说，我师叔的遗体在哪里？无耻的佛门败类，偷盗我师叔遗物也就罢了，居然还敢偷走她的尸体，真是该杀一千遍！"迦叶道："我说过根本不是我们偷盗的……"王志得理不饶人道："物证皆在，还妄想狡辩！我现在很怀疑我师叔的死亡之因，难道说她是被某些人暗害了？我一定要查个水落石出！"

到了这步田地，迦叶发现自己不能再争辩了，由开始时的偷盗奇书，到后来的偷盗尸体，再到现在暗害无情仙子，罪名是越来越重。打吧！现在只能打出一条血路，逃到佛祖身边去。迦叶身体一晃，刹那间化为六丈高的金刚身，生出三头六臂，浑身上下泛着佛光，六臂中各自握着不同的兵器，降魔杵、伏魔剑、缚魂锁……

"哈哈，米粒之珠也敢放光芒！恼羞成怒想要动蛮力了吗？不过你还不够资格！"王志大笑着，踏空而行，毫不将迦叶看在眼里，若无其事地向前逼去。迦叶顿时感觉压力大增，手中降魔杵朝前砸去。"砰！"王志以一只肉掌，硬接佛家降魔神杵，一掌直接将降魔杵震开，一股巨大的力量波动浩浩荡荡，汹涌澎湃，将附近观战的修者冲击得不断后退，下方的几座山峰也受到了影响，峰顶不断颤动。

迦叶六臂齐动，如风轮一般围着王志狂攻。同时佛光璀璨，不断朝着王志汹涌，想要将他吞噬。只是，这一切都难以奈何王志，身为天界赫赫有名的奇才，不是吹出来的，他有足够自傲的资本，哪怕是遇到佛祖的亲传弟子！王志掌控天地之力，看似随手一式，足有毁天灭地之威。迦叶身化六丈金刚，运用佛本大神通，使出全身法力，也难以奈何王志分毫。

"我佛慈悲！"迦叶一声佛号之后，身体再次幻化，由六丈高化成十八丈高，如一个俯仰天地的巨人一般，手中伏魔剑、缚魂锁等也跟着暴涨。现在他每一式攻击，都大开大合，有气吞山河之势，荡起阵阵罡风，令观战者为之胆战。围攻过凝翠崖的修者不觉间流出了一些冷汗，这个和尚的确法力高深，不愧为佛祖的隔代传人，也就是王志这样的人物，换作他们还真是难以抵挡。

"哼，和尚你就是化成一百丈也不是我的对手！"王志根本不在乎对方的身形，他双手轻挥，两道巨大的光掌自他手臂前延伸了出去，而后狠狠地抓住劈落下来的降魔杵与伏魔剑，大喝了一声，"撒手！"十八丈高的迦叶立时痛苦地甩开了这两样兵器，那两条手臂不断颤动，方才一股古怪的力量涌进了那两条手臂，逼迫得他不得不放手。运用巨大的光掌控制着两件超大型武器，王志胜似闲庭信步一般踏空行走，而后狠狠地向迦叶攻去。

佛门宝器在空中剧烈交击，声传数十里，能量波动更是巨大无匹。迦叶终究难以匹敌王志，被他用巨大的降魔杵狠狠砸在背上，直接从空中坠落了下去，撞碎了半座山峰。王志得理不让人，自空中追击而下，舞动降魔杵与伏魔剑，直欲将迦叶劈死。迦叶险象环生，被逼无奈，将天罡佛珠祭出，三十六颗佛珠金光璀璨，在空中洒下漫天光华，遮笼在迦叶头顶上空，将他护得严严实实。不过，这根本难以阻挡王志。

王志的实力超出了迦叶的想象，他扔掉手中的两件佛门宝器，一步步走入佛光中，在虚空中慢慢朝着一颗佛珠行去。

虽然受到莫大的阻力，王志步履有些缓慢，但他终究顺利走到一颗佛珠近前，而后伸手将那颗佛珠攥在手里。"噗！"一声脆响，佛珠被王志捏爆了！这乃是佛祖亲自炼制的法宝，威力之大不可想象，但却被王志生生毁去了，足可见其高深莫测的大法力。如此嚣张地破去佛光阵，这是对迦叶赤裸裸的蔑视。迦叶张嘴喷出一口鲜血，同时十八丈的金刚身萎靡不振，快速幻化回原来的正常体貌。

远处的辰南倒吸了一口凉气，他曾经在滇台仙境见过王志，当时就知道他修为深不可测，但没有想到强得这么变态！迦叶绝对是天界的强者，不然也不会在百余位修者的围攻下安然逃离，但是今天他不幸遇到了超强敌手，使他败得如此难看。

"迦叶，把我师叔的遗物交出来，告诉我我师叔的遗体在哪里，我可以饶你不死！"王志的话语透发着森森寒意。迦叶倍感憋屈，堂堂天界大高手，这样惨败，看起来如同一个无用人似的，让他感觉颜面尽失。知道对方已经动了杀机，迦叶冷笑道："欲加之罪，何患无辞。不过，王志你实在太嚣张狂妄了，即便有滇台仙子为你撑腰，但如果你杀了我，我佛定然会杀入滇台派，为我讨回一个公道。"

"哈哈！"王志大笑道，"我需要师尊为我撑腰吗？佛祖要讨公道的话，我自己全部接下来，早就想向佛祖讨教了。"其狂放之态尽显无遗，与此同时王志动了杀机，双眼中射出两道实质化的银芒。

远处，迦叶的弟子们大惊失色，有几个忠心之辈，忍不住冲了过去，想要阻止王志。不过还未近身王志十丈范围内，便突然爆裂了开来，在空中化成几团血雾。"米粒之珠也敢与皓月争辉？哼！"王志高举右手，狠狠劈了下去，"噗"的一声，血光崩现，迦叶被生生击碎了，血雾弥漫，一本古意盎然的书卷飘落了下来。王志轻轻一招手，一下子飞到了他的手中。观战的百余位修者，以及迦叶的弟子们，都有些惊恐，他们很想冲上前去抢夺宝书，但慑于王志神威，所有人皆犹豫不决。

远处的辰南叹道："王志修为如此惊人，又有如此狠辣的手段，当真不好对付啊！迦叶称得上天界强者，本想他能够多支撑一日呢，没想到才半天，就被人击杀了。这样也不错，卷进来的修者越强越好，如果引动佛祖和澹台璇搏杀，那将是天大的惊喜。"

王志扫视着围观众人，丝毫不将他们放在心上，大笑道："你们都想抢我师叔的遗物吗？哼！我师叔无情仙子活着的时候，你们谁敢靠近无情界半步？现在她刚刚逝去不久，你们就打起了她遗物的主意。今天我王志站在这里，看一看到底谁敢对我师叔不敬！"百余位修者都被王志镇住了，好长时间无人敢应言，这就是绝对的威慑！

"呵呵……"清脆的笑声自人群中响起，兰仙子排众而出，笑道，"王志仙尊法力通天，传说也有了近乎神王般的实力，我等小仙焉敢冒犯神威。不过，仙尊对我们有所误会。无情仙子震慑天界，谁人不敬，哪人不服，我等没有丝毫不敬之意。今日聚此，不过是仰慕传说中的天界第一奇书，希望能够看到只言片语，以期有所领悟……"兰仙子不愧为八面玲珑的人物，虽然本身实力不强，但在天界认识的朋友极多，她这样一开口，许多人纷纷出言附和。这是他们秘密传音所达成的共识，要尽量拖住王志。

《太上忘情录》落入凝翠崖，已经传动四方，许多人正在向这里赶来，兰仙子他们是最早赶到的一批人。如果王志被拖延在这里，说不定某一时刻就会赶来一个能够与他匹敌的人。这样他们这帮修为不是超强的修者，才有希望浑水摸鱼。

王志显然明白他们的心思，但脸上满是不屑之色，他有着足够自傲的修为，是一个极度狂放的人，不然怎敢杀死佛祖的徒孙呢？远处的辰南皱起了眉头，自语道："这个家伙似乎潜力无边，他不急着携带奇书离去，反而在这里静等敌人上门，似乎是想立威！到底怎么回事？"

"我佛慈悲！"一声佛号悠悠响在天地间，如黄钟大吕一般振聋发聩，让人警醒。一个看起来很年轻的和尚，立于白云之上，自远方飘然而来，神态说不出的恬淡。"第七佛子怀海禅师？"王志大笑道，"哈哈，我刚刚斩杀了你的徒弟迦叶，没想到你这么快就赶到了。《太上忘情录》就在我手中，不过你们佛家如果想得到，佛祖不亲临，恐怕没有办法收去。"

怀海身穿灰色僧袍，脚蹬麻鞋，虽然样貌看起来非常年轻，但却有着一股得道高人的味道，他轻诵佛号道："我佛慈悲，王志你杀心太重了。"远处的辰南与两条龙静静地观看着，一切都还在辰南的预料之中，佛祖第七弟子怀海与他的首徒迦叶距离并不是太过遥远，多半日的时间定然能够赶到这里。现在迦叶被杀，怀海驾临，一切都很完美。直到最后，为争夺天界第一奇功，出场的大人物越来越多，佛祖肯定会坐不住的，他必然会从九万里外赶到这里。

"杀心重？哈哈，我王志向来如此，你怎么直到今天才觉察呢？难道仅仅因为我方才杀了你的大弟子迦叶？"王志狂态毕露，大有天下尽在我掌中的气势，丝毫没有将第七佛子前来之事放在心上。"我佛慈悲！"怀海面带微笑，没有因为迦叶被灭杀而感到悲伤急躁，反而一副云淡风轻的样子。"哼，看来近年你的心境修为不错，今日王志向你这第七佛子讨教一番！"王志飞身而起，向着怀海冲去。

一个银灿灿的空间大裂缝出现在王志的前方，快如闪电一般向前蔓延而去，想要将怀海吞噬进去。怀海面色平静，从袖口中取出一粒佛珠，朝着银色的空间大裂缝掷去。佛珠越变幻越大，先变成房屋大小，而后变成高楼般巨硕，最后竟然化成山岳般庞大，生生撑在空间大裂缝的入口处。王志一声大喝，空间大裂缝暴涨，瞬间将佛珠吞噬，紧跟着将怀海也收了进去，最后他自己也跟了进去。

观战诸人大骇，王志竟然动用了内天地作战，这等同于宣告他要和第七佛子决一生死，恐怕不废掉一个人，他们间的战斗无法停下来。佛子怀海赫赫有名的大神通，其奥义为"一沙一世界"。那佛珠是他性命交修的神物，乃是一方"世界"，现在虽然被王志的内天地包容了进去，但最后究竟是谁吞噬谁还很难说。两大顶尖高手，彻底消失在众人眼前，天知道他们什么时候才能决出生死。观战众人丝毫没有离去的意思，所有人都对《太上忘情录》心怀贪念，不想就这样放弃。他们知道获胜一方肯定会在这片区域出现，也许这样等下去，他们会得到一个当"渔翁"的机会。

只是，许多事情总会出乎人们的意料！两大高手才消失没有多久，空间便突然崩碎了，而且是在观战众人处破开的，两道人影一前一后冲了出来，伴随而出的还有汪洋般汹涌澎湃的神力，刹那间便将近二十名修者撞飞了，在空中留下一串串血花。王志与第七佛子怀海在空中快速移动着，如两道光影一般纠缠在一起，激烈地搏杀着，让人根本看不清他们的动作，只感觉到可怕的能量波动在这片空间不断肆虐。怀海似乎不想毁去这片仙山，当下方几座大山的峰顶如沙丘一般轰然崩碎时，他腾空而起，直上高空千米距离，而后再次和王志大战在一起。

罡风涌动，劲气澎湃，神力浩荡，这片仙脉的人越聚越多，均是为《太上忘情录》而来的各方修者，随着时间的推移还在不断增加。一部奇书，引得八方风云动！如果没有意外，一场腥风血雨在所难免。就在这时，高空之上，怀海掌心中的佛珠光芒大盛，天上的太阳与之相比也要黯然失色，所有人都被照射得睁不开眼睛。辰南他们也不例外，热泪不断从他们的双眼涌动而出，他们短暂地失明了。

待到他们恢复视觉，空中两大高手已经失去了踪迹。观战的修者已经聚集了近千人，所有人都一齐向着两大高手消失的方向追去。紫金神龙刚要有所动作，被辰南一把拉住了，辰南道："不要靠得太近，我们跟在众人之后，不要太显眼。"

两大高手的速度，寻常人岂能够追上，当近千位修者最终赶到时，怀海已经不知去向，只剩下血染白袍的王志傲然立于高空之上。毫无疑问，第七佛子败了！这一重大消息，被高手们通过神念，快速传向了远方，不到半日天界诸人都已经知道，澹台派掌门大弟子在大发神威。

王志接下来的动作，就更加让人吃惊了。杀白骨道人，斩九幽魔君，灭清音上人……这几位强者无不是名动一方的人物，但却在短短的半日间被王志相继杀死。神念传息，瞬间千里，仅仅半日间，王志凶名让天界各方高手为之侧目。"他到底想干什么？"辰南有些不解，如果王志是为《太上忘情录》而来，他早该收手了才对。

最后，王志遇到一名劲敌，大战一个时辰之后，围观的修者已经达到了数千人，不少人发出惊呼："混天道祖的大弟子魔王许云竟然和王志交手了！""混天道祖似乎和澹台仙子怨隙颇深，如今他们的弟子大战在了一起，当真意义深远啊，说不好会引动两派仙主亲自动手！"远处的辰南和紫金神龙他们听得暗暗吃惊，人间界的混天道在天界居然也如此了得，看来邪道六圣地和澹台圣地之所以在人间不睦，与他们天界的祖师有着重大关联。

天界动乱序曲终于奏响！天界威震八方的魔王许云和王志激斗少半日后，内天地被王志击碎，惨败而亡。这绝对是震动天界的大事件！他临死前最后一句话，让众多观战者终于知道，王志今日为何如此疯狂，"王志你、你居然要晋升神王领域了，今日的强者都成了你的磨刀石。"观战的数千修者沸腾了，天界近千年来都没有神王诞生，这无疑是一个重磅消息！

"无知小儿，竟敢灭杀我徒！老祖来晚一步，今日你必死无疑！"一个高达十丈的老人幻象凭空出现在高空之上，透发出一个莫大的威压。"我佛慈悲，老衲也来降魔！"一个十丈金身佛陀出现在另一面的高空中。王志满身是血，不过他依然昂立，仰望天空，道："混天道祖，佛祖，哈哈，你们不过来了一个化身，能奈我何？今天我正要借你们之力，成为神王！"

此刻，观战者已经聚集到了上万人，所有人都震惊无比，混天道祖和佛祖居然也现身了。不过，让他们震惊的还在后面，一个如同天籁般的声音响彻天地间，一个绝美的身影幻化在高空之上，就像那出水芙蓉一般清新圣洁。澹台璇道："今日小徒有望冲击神王，不想连混天道祖和佛祖都惊动了……"

上万修者沸腾了，纷纷道："天啊，是澹台仙子！""是澹台仙子的法相化身！""三大仙主齐聚！""神王级的大战啊！"……

远处的辰南静静地观看着一切，他并不羡慕那些人的实力，他相信只要给他时间，他早晚会晋升到这一领域。他自语道："今日，王志是主角，破入神王之境，竟然引得三尊出手。来日，我若进军神王领域，在没有先辈可依仗的情况下，是不是要惹得漫天神主合力灭杀呢？"

混天道祖喝道："澹台璇你纵容门下弟子滥杀无辜，灭我弟子，实属欺人太甚！"未等澹台璇言声，王志先放声大笑道："混天道祖，你与我师尊不睦，你的弟子与我也仇怨甚深，今日他为我师叔遗物《太上忘情录》而来，主动与我相战，今日被我斩杀，有何可抱怨呢？你这一道之祖，如果将这点小事拿来当借口，未免太过可笑了。"混天老祖笑道："哼，老祖我还轮不到你来评论。"

"哈哈！"王志狂笑道，"我也不屑与你评论，你不过是混天道祖的一缕分身而已，我早听说过他炼制你，你不过是用来代死的傀儡而已，心境和修为与本体有天地之差，虽然挂着化身之名，但在我看来你远远上不了台面。一定是他心生感应，料到今日将有一劫，所以派你来渡劫！""大胆！"混天道祖的化身暴怒，十丈幻象爆发出一股排山倒海般的力量，一只巨大的手掌狠狠地向着王志印去。与此同时，一声佛号响起，佛祖的金身，也结出佛手印，向着王志遮笼而去。

王志大声喊道："师父，这佛祖化身可是货真价实的，请您为我拦截，我自己要用这混天恶身磨砺身心，以期进入神王领域！"澹台仙子淡淡一笑，如流动的云，似浮动的风，曼妙圣洁的仙躯，幻化在佛祖身前，左手捏了个剑诀抵住佛祖的佛手印。

虽然是化身，但也是神王之战，不过却没有想象中的天崩地裂的景象，修为到了他们这般天地，更多的是印证武境，境界的高下是实力强弱的象征，力量的大小已经不是决定因素。"哧哧哧"几声轻响，澹台仙子的剑诀与佛祖的佛手印，连连相击在一起。与此同时，高空之上映射出两片广袤的天地，如海市蜃楼一般，两人分别处在一片陌生的天地中，彼此遥遥攻击。观战众人震惊无比，议论纷纷。

两大仙主不愧是傲视天界的人物，化身立身之所便能够自成一方天地，这让远空中的上万修者深感自己修为之渺小。微风浮动，澹台仙子和佛祖两人下方的那片山脉，如冰雪在消融一般，漫山的青绿碧翠在微风中灰飞烟灭，十几座青碧的山峰在一瞬间化成尘埃。这实在太恐怖了，举手投足间便可以毁天灭地！

另一片天空，王志已经和混天道祖的化身大战在了一起，果真如王志所言那样，这具化身并没有承载混天道祖多少力量，王志堪堪能够抵住，虽然险象环生，但对于他进军神王领域，却实属最好的对手！

远处，辰南在深感他们修为惊人的同时，轻轻自语道："说到底都是因一本奇书而起，《太上忘情录》果真是魔书啊，居然让这等人物都不惜一战，我敢肯定附近一定还有神王在窥视，正在等待介入的良机，到了最后佛祖、混天道祖以及澹台璇多半会出动本体。"两条龙此刻已经被震住了，深感天界至尊人物的可怕。辰南提醒道："你们两个不要发呆，我们离他们的境界不会太遥远的！走，现在可以去九万里外的佛土了，我猜想佛祖的真身一定已经上路了。"

九万里之外，极乐佛土中，瑶兰青碧如玉，参芝鲜嫩芬芳，仙气氤氲密布。金砖玉瓦的佛殿，一座座半浮于空，三千佛陀在吟唱，一片祥和神圣的景象。为了天界第一奇书，佛祖今日终于离开佛土，如一抹流光一般消失在天际。此刻，辰南将两条龙收进内天地，而后冲天而起，几个闪灭间就消失在远空中。神主、仙尊间的大战，他已经没有必要去观看了，极乐佛土才是他最终的目的地。

大鹏神王之速度号称三界第一，辰南肋生神王翼，当真若闪电，虽然还做不到双翼一展九万里，但比之一般的修者不知要快上了多少倍。半个时辰之后，按照早已侦测的路线，辰南终于来到了极乐佛土之外。

那里，宝树摇曳，神光普照，瑶草铺地，灵气涌动，各种闻所未闻、见所未见过的仙葩神草遍布于整个佛土。成片的殿宇坐落在各个山峰之上，云深处许多佛殿飘浮于高空之上。"这帮秃子实在太富有了！"紫金神龙叹道，"你们看远处的佛殿，竟然是金砖玉瓦啊！"辰南静静地看着眼前的极乐佛土，并不紧张，佛祖已经离去。神王翼在身，他可从容进退。

这片佛境很广阔，辰南展开神王翼，如电光一般在山林间不断闪灭，不停出没于各个山峰之上。现在他只能相信自己的灵觉，凭着本能他已经避开了最起码八位他根本无法撼动的高手。那种"无法撼动"，完全是一种无力感，证明对方比他强得太多。先天灵觉的强大是辰南一项自傲的资本，总是能够有效地洞悉对手的深浅。

这片佛土和外界传说一样，中央一座灵山高大无比，汇聚八方灵气于身，峰顶之上悬浮着一座气势雄伟恢宏的佛殿，足有几平方公里，那里便是佛祖的坐修之所。在它的周围各个绝巅之上也都有庙宇，那是按实力与辈分安排的，离佛祖越近的青峰，上面居住的人法力越高深。

佛音不绝，钟声振聋发聩，在这片佛土中，众多佛的念经声，缭绕于整片灵山。越接近中央地带的灵山，辰南越感觉无形压力大增，他已经让两条龙躲进了内天地，现在它们根本帮不上忙。他已经避过了许多的僧人，也可以说是凡间所谓的"佛"。辰南飞上一座绝巅，以迅雷不及掩耳之势，快速将一名修为不是很强的僧人遮笼进了内天地。

对于这片佛土种种，辰南都是从外界打探到的，现在想要深入灵山之巅，便利用神通强行搜索和尚脑中的记忆，了解佛土中的种种事情。按照自年轻和尚脑海中所了解到的一切，辰南感觉想要破入灵山上的佛祖大殿，真是相当困难。这里高手众多，根本做不到神不知鬼不觉，恐怕远隔数里就被人感应到了，因为佛祖的大弟子坐镇在殿旁。让辰南倍感兴奋的是，他从这个和尚的脑海中挖掘到了一条非常重要的信息——他了解到了佛教的十三颗舍利子的下落。

青禅古佛的十三颗舍利子，佛祖随身携带了七颗，置于自己的佛界之中，也就是所谓的移动玄界，或者说超人型内天地，传说这七颗古佛舍利子能够定住佛祖的佛界，令之牢不可破。还有一颗被佛祖赠予掌门大弟子怀仁，他就坐镇于灵山旁的一座高峰之上，已经在那里潜修上千载。另外五颗被佛祖置于灵山之巅的那座飘浮于空中的佛殿中，构成了五行大阵的"阵旗"。有这五颗舍利子在，浮在灵山上空的几平方公里的佛殿，便有如一座最为坚固的战争堡垒一般。此外，辰南还从这个年轻的和尚脑中得知了一个佛家传说，只要青禅古佛遗留的舍利子还在，他总有一天会再生的。

辰南没有时间去想那则传说，他现在正在考虑如何将这些舍利子收集到手。佛祖内天地那七颗暂时根本没有任何办法，至于佛祖大弟子那颗，似乎也难以搞到手。眼下，只剩下那飘浮在灵山上空的佛殿了，里面的五颗舍利子构成五行大阵的"阵旗"。虽然明知道那五行大阵难以破解，但辰南总觉得比直面佛祖和怀仁把握大一些，毕竟那是死物。明白了这一切，辰南封住了年轻和尚的功力，交给内天地的管家骷髅头古思，让和尚和那些天使一起"劳动改造"去了。两条龙依旧被留在了内天地，辰南展开神王翼，小心地潜行，慢慢接近灵山。

灵山海拔有两千多米，算不得高大，不过显得非常有气势。在它的旁边有一座略微矮上一些的青峰，上面一座雄伟的佛殿，那便是佛祖大弟子怀仁的庙宇。辰南避开了这位佛子，从反方向潜行上了灵山。不少罗汉在灵山顶上打坐调息，远眺群峰，也可以看到众多僧侣在各自庙宇前修炼。

望着灵山上空几平方公里的殿宇，辰南一阵皱眉，他觉得真要飞上虚空那片佛殿中，肯定会被怀仁发觉，毕竟那是佛门大弟子。现在他潜行上灵山，已经冒了绝大的风险。他现在已经收敛所有的气息，灵魂波动也已经处于寂灭状态，但是他总觉得危险始终笼罩着他。这是一种非常不好的预感，辰南相信自己的灵觉，悄无声息地打开了内天地。

"外面怎么样？"痞子龙问道。"非常不好办，我有一种无从下手的感觉。"辰南将外面的情况介绍了一遍。"这样确实不好办，各个山峰之上都有修为高深的佛陀守护，你如果想飞上高空中的佛殿，保证会被这帮秃头发觉。"辰南皱眉道："就是如此，我才觉得棘手。"

痞子龙处于龙首人身状态，它倒背双手走了几圈，道："我虽然对阵法颇有研究，但要想破去佛祖的五行大阵，除非再给我五千年的时间。不过呢，倒是有一法可以尝试。""什么方法，你说。"辰南对老痞子的经验见识还是比较佩服的。

紫金神龙道："一切阵法都要有灵力支持，才能够使大阵顺利运转。悬浮于灵山之巅上空的殿宇能有几平方公里，必然需要庞大的灵力支撑。我们可以从这方面入手，切断那庞大的灵力源，让那片悬空的佛殿坠落，震毁五行大阵。"龙宝宝嘟囔道："哦，大神棍在上！这样等于彻底拆了佛祖的宝殿，没头发的神棍肯定会抓狂的。""反正是要得罪那秃头，那就得罪个彻底吧。"辰南同意了痞子龙的建议，他很明白老痞子所指的灵气源在哪里。

灵山乃是方圆百万里内的祖脉，乃是百万里内的灵根。毫无疑问，只要毁了地下的灵根，必然会让灵气混乱泄露，必将导致一系列可怕事件发生。这片极乐佛土的祥和气息，可能会在一夜之间彻底扭转而去，可能会成为一方恶山恶水。当然，这也算不得纯粹的破坏，至少打破这里得天独厚的优势，方圆百万里内的其他深山大泽，或许会一夜间被氤氲灵气笼罩。

经过一番分析之后，辰南冷汗流出来了，如果这样做，将彻底与整个佛教成为死敌，恐怕整片天界都再无他容身之地。有百脉之祖灵根在，佛家弟子修炼事半功倍，如果被毁去，等同于毁了佛教的少半根基！辰南平静地道："如果这样做，我可能会死无葬身之地！有这样的仇恨，佛祖杀我之心，任谁也无法化解。可是，如果不这样做，我一点机会也没有。为了雨馨，我宁愿与佛为敌！"看似简单的决定，却已饱含舍身之意。雨馨为辰南做了那么多，辰南现在如果能够抓到一线希望，他绝不会放弃，即便与整个天界为敌。

紫金神龙叹了一口气，道："既然我们能够想到，佛祖也知道灵山这个弱点，他必然以大法力布下了封印，想要破坏地下灵根谈何容易。"辰南淡淡地笑了，回头看了看肩头的小龙，道："一直以来我都忽略了小龙的一项能力，它曾经吞食过第一代光明神的一颗神舍利，生出的第三只角能够破开一切封印。它曾经轻易地破开了十八层地狱的第一层与第二层的封印。我想，如果给它足够的时间，再将你我全部的功力灌输到它的体内，一定能够破开灵山的封印。"

紫金神龙狐疑地道："行吗？"龙宝宝也眨动着大眼，嘟囔道："我也不知道这个角到底有没有用。"辰南很有信心，道："我想光明神重伤而死后，他所遗留的几颗神舍利，定然分别继承了他几项特殊的能力。传说中的光明神比较擅长封印、破印，要知道他曾经亲手在十八层地狱封印了一些较厉害的人物。我想龙宝宝现在的破印能力相当于第一代光明神！"

"哦，大神棍你安息吧！我大德大威宝宝天龙，会很努力的，争取把你的神舍利都收齐，让你的绝学不会失传。"说话间，小龙的双眼可谓"贼亮"。

心动不如行动。辰南悄悄潜下灵山，在山脚下的一片密林中将两条龙放了出来。辰南手持雷神剑，身剑合一，头上脚下，化作一道神光，没入了地下。半刻钟后，辰南自地下返回，道："果然如猜测那般，地下被人以法力布下结界保护。龙宝宝看你的了！"辰南和紫金神龙不停地向小龙体内输送真元，直到小家伙大叫受不了才停下来。

龙宝宝眨了眨大眼，嘟囔道："说不定会在下面挖出好东西呢。"说罢，它嗖的一声没入了地下。辰南和紫金神龙沿着地洞跟了下去，地下深处一层淡淡圣洁的光华笼罩着下方的灵根。龙宝宝正在费力地破解封印，已经满头大汗，它道："光明大神棍在上！秃头大神棍太可恶了，这里的封印实在让人头痛。""努力！"辰南鼓励道，同时示意紫金神龙过来，再次开始为小龙输送真元。

这是一个异常艰苦的过程，一人、两龙累得浑身骨架欲散，直至半日后才终于破开一点封印。坚固的封印屏蔽，就像一张厚铁板，被人生生钻出了一个小洞。如此费力，才取得这样一点成果，龙宝宝疲累得都快罢工了。不过在辰南抛出各种诱惑后，龙宝宝再次投入了痛苦的工作。破开一点点封印后，这片结界的力量总算下降了许多，半个时辰之后龙宝宝生生用那第三只角，撕裂了一小片封印结界。地下传来一阵欢呼。

透过破开的封印，辰南与两头龙向下观望，可以看到地下的空旷大地窟内，一条奔腾咆哮的巨龙在张牙舞爪，不断有灵气自它身上扩散而出，而后缓慢地通过结界溢出点点光华。紫金神龙惊呼道："这道灵根当真天地间罕见啊，已经化成了龙的形态，它已经有了魂，天知道这地下到底有多么庞大的灵气！"龙宝宝道："哦，光明大神棍在上！那条灵气凝聚而成的巨龙有问题，你们看它的四爪上似乎缚有灵气锁。"的确，灵气凝聚成魂的千丈巨龙，四只爪臂都有粗壮的灵气锁链束缚着。

紫金神龙活得久，见识比较广博，它叹了一口气道："这佛祖一派还真是够阴狠啊，将方圆百万里内的灵根之魂，生生囚禁在这里，怪不得这片佛土的灵气如此充沛。这简直比强盗还要可恶十倍啊！方圆百万里的灵气本来是均匀分布的，但如今被生生禁锢了这一处，其他地域定然多穷山恶水！"小龙做出神棍的样子，道："我大德大威慈悲为怀，将化解这一切罪恶！"

此外，辰南还发觉了一些不对劲的地方，光芒闪烁的龙魂心脏部位，有一团黑得发亮的不明物体，那绝不是灵气所凝聚成的东西，倒像是一个异常恐怖的魔物。因为这里虽然灵气浩荡，无比充沛，但辰南还是感觉到了一股可怕的魔气波动。

"我佛慈悲……"一声佛号突然在这地下响起，虽然充满了慈悲，但是却令辰南感觉冷汗直流。一人两龙向后望去，只见一个身着月白色僧袍的年轻和尚，正站在他们的身后微笑着，别有一股飘逸出尘的气质。"你是谁？"辰南喝道，他心中不得不感叹，佛门果然藏龙卧虎，即便这样小心，还是被人发现了。两条龙也高度戒备了起来，能够无声无息地来到他们身后，显示着这个和尚法力深厚，他们恐怕绝不是对手。

年轻和尚道："贫僧怀仁。"紫金神龙惊道："什么！你是第一大秃头？哦不，是第一佛子，佛祖的大弟子？"怀仁道："正是贫僧。几位施主为何擅闯佛门禁地？""这个，我们一不小心就溜达进来了。"紫金神龙皮笑肉不笑地应答着，如今被一个法力高深莫测的佛子堵在这里，真是让他们上天无路，入地无门。怀仁面带笑意，口诵佛号道："我佛慈悲，天界已经有千年未现神龙踪影，现在突然有两条神龙出世，真是一大幸事，我佛座前终于可以有护法神龙了。"

两条龙大怒，恨不得立刻扑上去。辰南一句话也不说，一展神王翼，顺着龙宝宝开拓出的缺口，"唰"的一声进入地窟中，两条龙相互看了一眼也快速冲了进去。"我佛慈悲，三位施主这是何意呢？难道你们想打灵根的主意？如果是这样的话，我奉劝几位施主早点回头吧，苦海无边回头是岸。以你们的修为来说，一旦靠近那灵根之魂，瞬间就会被浩瀚的灵气撕得粉碎。"显然怀仁有恃无恐。

辰南依然一句话也不说，只是快速打开内天地，将得自雷神殿的魔雷与存有雷神紫火的水晶瓶全部移了出来，令它们飘浮于虚空当中。

"嗷呜！"紫金神龙叫得有些颤抖，道，"龙、龙妈在上！"龙宝宝也立时瞪圆了一双大眼。两条龙深深知道这些魔雷与神火的可怕，如此巨量的魔法能量如果同时爆开，漫说一个灵根之魂，就是再来一个也能够炸散，更足以掀翻整座灵山。

怀仁以前虽然没看到过这些魔法装备，但已经开始觉得有些不对劲了，口诵佛号道："我佛慈悲，三位施主回头是岸。"辰南沉声道："我倒是想回头，但是你阻住了我们的回路。""贫僧没有恶意。"怀仁一闪身，远离了那道通往地表的洞口。辰南快速将紫金神龙和龙宝宝收进内天地，抄起一个魔雷自封印的缺口处冲了出来，而后将那魔雷丢了回去。

他展开神王翼直冲而起，想要快速逃离这片地下世界。但就在这时，怀仁终于动手了，一个巨大的佛手印，狠狠地印了过来。尽管辰南称得上神速，但怀仁早有准备，依然结结实实地击中了他展开的双翼。"噗！"辰南口吐鲜血，冲天而起。同时，在这个过程中，地窟内响起了惊天的爆炸之音，宛如天崩地裂了一般，震得人魂魄皆要离体而出。

怀仁和尚大惊失色，没有想到会造成这样的后果。他感觉世界末日来临了一般，整个人仿佛失去了灵魂，道："纵是杀死你们一千次，也难以弥补这滔天大祸啊！"辰南一路口吐鲜血飞上了地表，怀仁的一记佛手印震裂了他的五脏六腑，如果没有神王翼生生挡去九成力量，他恐怕早已粉身碎骨，或者说灰飞烟灭了。

此刻，天在摇，地在动，整片佛土如波浪一般在起伏着，剧烈的大动荡让所有修行者感觉惊异不已。"轰！"雄伟的灵山崩塌了一半，而后一股滔天的魔气自地下涌动而出。就在这一瞬间，风云变幻，天地失色，原本祥和的佛土，不仅群山在剧烈摇动，而且高空之上魔云翻滚，煞气冲天，无尽的墨色笼罩住了这片佛土，仿佛有一个魔王即将出世！

地位尊崇的修行者皆大惊失色，许多人已经明白发生了什么，他们脸色死灰，一副如临大敌的样子。就在这时，魔云浩荡，滔天的煞气，自地下直冲霄汉，一个犹如金属般铿锵有力的声音传遍整个佛土：

"天魔归来！"

辰南惊讶到无以复加的程度，将海量的魔法能量引爆，为的是炸散灵根之魂，但怎么把天魔炸出来了呢？他展开神王翼，金色光芒闪烁间，已经飞出去十几里。此刻，灵山彻底崩塌了，连带着附近的几座山峰也崩碎。绝巅之上的庙宇毁坏无数，大批修行者口诵佛号飞上了天空。飘浮在灵山上的雄伟佛殿也终于倾斜，痞子龙判断得完全正确，灵根被毁，地下灵气扩散到了远方，这里已经没有庞大的灵气源供佛殿飘浮于空中了。

佛号不断，近百位老僧飞了过去，想凭借大法力，合力将几平方公里的殿宇安稳地拖放到一处空旷的地表。只是，他们注定失望了。一声魔啸，响彻长空。一股黑色魔气如井喷一般，逆空冲天而上，磅礴的力量狠狠撞击在几平方公里的殿宇上。二十几位老僧瞬间被击得骨断筋折，当场化成肉泥而亡，另外重伤者还有三十几人，他们快速飞退而去。

雄伟的空中殿宇爆发出一阵璀璨神光，虽然还在慢慢下坠，但那滔天的魔气却被阻挡在外了，受到外敌攻击，五行大阵已经运转了起来，虽然缺少庞大的灵气源，但还能够勉强支持一段时间。又是一声魔啸响彻长空，同时伴随着一声撕心裂肺的惨叫。佛祖的大弟子怀仁口吐鲜血，自地窟中翻飞了出来。此刻，他面如金纸，没有一点血色，胸腹间是一个前后透亮的恐怖血洞，看其形状似乎是被人生生用脚踏穿的。他一边口吐鲜血，一边艰难地道："快、快去，请佛祖回来，灵根之魂散去，天魔、天魔破困而出了！"光华一闪，一颗拳头大小的舍利子，不知道从什么地方浮现而出，飘浮进怀仁的胸口，快速修补着他残破的身体。远处的辰南双眼冷光直射，但是他没有动，现在还不是动手的最好时机。天魔出世超出他的意料，却也带来全新的机遇。

"轰、轰……"大地剧烈摇动，又有十几座山峰崩塌了。与此同时，悬浮于高空中的雄伟佛殿，也终于斜坠下来。在"轰隆隆"声响中，落在了一片崩碎的山峰残迹之上。有五行大阵保护，这片佛殿并没有如辰南他们预料那般损毁，它依然完好如初。颤动的大地终于平静了下来，魔啸之音也止住了，唯有声声佛号在魔气涌动的佛土内回响着。这是一场灾难，祥和的佛土居然被破坏成了这个样子！

传说中的天魔居然出世了，而且竟然是出自佛土的地下，除却一些前辈，所有年轻的佛土修行者无不感觉震惊无比。数千修行者口诵佛号悬浮于空中，皆如临大敌般注视着那黑洞洞的地窟。

"哼，真是聒噪！"一声魔喝过后，一团黑得无法言喻的恐怖魔云在地窟中缓缓升腾而起。一股磅礴如海般的威压，浩浩荡荡，在这片天地间汹涌澎湃。这是一股让所有人都要为之胆寒的力量，许多修为稍弱的修行者都快支撑不住而崩溃了，即便十几里外的辰南也心惊不已。

魔云中的天魔冷声喝道："贼秃们，青禅老秃驴在哪里？"一个比较有血气的年轻和尚颤抖地喝道："大、大胆！古、古佛岂能容你这魔王亵渎。"面对天魔，即便他胆气颇壮，有心维护青禅古佛，但还是在天魔之威下战栗起来。一声冷哼过后，一道黑光一闪而过，那名年轻的和尚瞬间炸裂了，残碎的骨肉迸溅得到处都是。

看不清魔云中天魔的样子，只能听闻到那森冷的话语："青禅贼秃也不敢与我如此说话，一个小小的秃头居然敢斥责于我，我要让你知道即便是在佛土中，也是以我天魔为尊！"这时，整片佛土一片愁云惨雾，天魔之名威震三界，他自佛土地下破印而出，而且出来就要找青禅古佛，这意味着什么？显然，天魔遭受封印与青禅有着莫大的关联，如今出世必然要报复佛教。青禅早已坐化，佛祖又不在，第一佛子重伤不敌，还有谁拦得住威名赫赫的天魔呢？

一名老僧排众而出，道："天魔，你意欲如何？""哼，凭你们这帮贼秃，根本不配我出手。"天魔冷冷地笑道，"青禅何在？也只有他值得我出手。"说话间，附近的魔云全部散去，天魔露出了本来样貌。所有僧佛皆大吃一惊，魔云中哪里是一个完整的人体，只不过是半截身体而已。自腰腹间切断，没有上半身，只有雄健的双腿和臀部。而他竟然也有意识，也能思考。显然，天魔用精神波动穿透进了众人的心间，但给人的感觉却像是他真的在发音一般。辰南恍然，他清楚地知道天魔的头颅在杜家玄界，天魔的左手才飞离他不久，不可能这么快就组成完整的天魔身，眼前这一切让他顿时明了。

天魔喝道："哼，我生具不死身，天难灭！地难葬！这伤和青禅贼秃没有关系，不过既然我在他的地盘苏醒，理当和他较量一番。"第一佛子胸膛的伤口已经愈合了，他排众而出冷声道："青禅祖师早已坐化。"天魔喝道："撒谎，我明明感觉到了这里有他的气息。"这半截残躯仅仅一闪，便出现在了怀仁的身前，双脚在空中留下几道残影，逼得怀仁不断躲闪，同时快速地催动佛力，与天魔残躯相抗。

同时，怀仁大叫道："快结十子伏魔阵，他不过是天魔残躯而已，仅仅遗有天魔的一缕残魂，我方才在地窟中已经和他较量过，他并没有想象中那么可怕，只要等到佛祖回来，他就难以逞凶威。"十大佛子仅有怀仁在佛土修炼，其余之人皆有各自的洞府，因此十子伏魔阵现在只能由三代弟子来施展。怀仁与天魔残躯快速地拼杀，十子伏魔阵将他们包围，第一佛子暗暗叫苦，他根本无法摆脱天魔。

魔气汹涌澎湃，天魔冷笑连连道："即便是残躯，即便是残魂，收拾你们也足够了！"天魔八步，每一击都撕裂虚空，仅仅片刻间，怀仁就已经支撑不住了。滔天的魔气，不断涌动，令佛土内的群山都在跟着颤动。"砰！"一缕魔气凝成的实质化魔剑，狠狠地将怀仁劈飞了，一颗拳头大小的舍利子飘浮在天魔残躯近前。他冷笑道："青禅贼秃竟然真的坐化了，无趣啊！"

这时，口吐鲜血，几乎被斜肩劈成两半的第一佛子大声喝道："十子伏魔阵全力发动，同时外围再加一重十子伏魔阵！"双重十子伏魔阵将天魔围在中央，不过似乎根本难以困住他。一个老僧上前对怀仁道："十大佛子如果有五人在此，或许能够封住天魔残躯，但眼下似乎难以困住他。"第一佛子叹了一口气，道："传说中的天魔果然可怕啊！让所有人避入我佛的大殿中去吧，而后启动五行大阵防御，等待我佛归来降魔！"

十子伏魔阵根本难以困住天魔。金光一闪，飘浮在天魔身旁的舍利子化成一道金线，发出破空之响，连续穿过十三名僧佛的胸膛，最后如流星一般轰撞进一座坍塌的残峰中。血花喷溅，死尸坠落，余下的几名僧佛，面如死灰。天魔发出冷笑声："佛土不过尔尔，真是不堪一击！"对于青禅古佛的舍利子以及幸存的几名僧佛，天魔不屑一顾，他一晃残躯，向着那片雄伟的佛殿冲去。

远处的辰南异常震惊，天魔残躯意外出世，给予他极大的震撼。现在，一颗青禅古佛的舍利子竟然被天魔射进残山中，辰南虽然看到了机会，但却没有立即行动。直到天魔残躯消失在那片宏伟的佛殿中，辰南才展开神王翼，化作一道电光冲向半壁残峰。

当辰南寻觅到那颗金光灿灿的舍利子时，他感觉像捧着一座大山一般沉重，这乃是雨馨的命啊！就在这个时候，远处的佛殿金光大盛，五行大阵发动了起来，里面传出了天魔的吼啸之音，整片佛殿都在颤动。辰南刚刚将青禅古佛的舍利子收进内天地，便感应到几个强者气息向他这里扑来。

几名失魂落魄的僧佛，被天魔残躯破去大阵后，呆呆发愣了很长一段时间后，终于慢慢回过神来了。他们醒转过来的第一时间，便是寻找青禅古佛的舍利子，这是佛土的重宝，万万不可丢失。只是，当他们赶到倒塌的青峰处时，辰南已经先一步飞离了这里，他展开神王翼来到了一座高峰之上，静静地观望着远处金光大盛的佛殿。

五行大阵运转起来后，金木水火土五行元气，在天地间不断激荡，整片殿宇爆发着神圣的光辉。天魔残躯似乎遇到了极大的麻烦，在殿宇内不断咆哮，同时数千僧佛的诵经之声传出殿宇，直上云霄。听闻到佛家禅唱，辰南顿时感觉到了一股巨大的无形压力，相隔这么远还有如此威势，他暗叹佛教果然有过人之处。远处，搜索青禅古佛舍利子的几个僧佛，纷纷惊呼："天佛禅唱！""五行大阵居然都无法困住天魔，还需要天佛禅唱配合，这天魔实在太厉害了！"此刻已经到了晚间，不过佛土已经被天魔气所笼盖，本就已黑沉沉一片，真正的天色如何早已无法分辨。祥和的佛土已经不复，天魔的出世出乎所有人的预料。此时此地，唯有佛唱与魔啸。仅存的一点光明便是五行大阵透发的圣洁光芒，但是其中缠绕着阵阵魔光。这对于佛教来说，是一场天大的劫难。自远古至今，有哪一人能够如此攻进佛土，能够让佛教一脉如此狼狈，恐怕也只有这古往今来第一魔。

九万里之外的佛祖，已经得知了佛土发生的一切，天魔出世逆袭，对于他来说是一件丑闻。他想抽身离去降魔，他有降伏天魔残躯的大法力，但是此刻他却脱不开身。不光是他的真身驾临，澹台仙子与混天道祖的真身最终也来到了现场，第一奇书此刻就掌控在澹台仙子的手中。

三大仙主并不是想改练《太上忘情录》，但是这本奇书当中的思想境界是他们所渴望的，只要能够一观，也许就能够有所领悟再做突破。修为有多大，欲望有多大。佛祖他并不是一尊石佛，他乃是有血有肉的人修成的佛，是人便有欲念，眼下到了紧要关头，他不想放弃。

佛祖、澹台仙子、混天道祖三大神王，在数千米的高空之上对决，修为到了他们这般境界，早已不是拳掌剑的争锋。三片如海市蜃楼般的小世界浮现在天空中，三尊各处一界，在自己创下的小世界中，对外展开攻势与守势。这种搏杀比之仙神的战斗要残酷百倍，其中所涌动出的力量动辄灭掉成百上千的仙神，毁仙灭神尽在抬手间，这是一场"小世界间的博弈"！

混天道祖已经牺牲了一个化身，当然并没有成全王志。在和王志的对决中，那具化身虽然承载混天道祖的力量不多，但最终还是将王志险些击杀，王志仅差一线，终究未能成为神王。混天道祖的化身陨落于场外另一神王之手，此王为东海神王李道真，和澹台一派有着莫大的关联，今日随同澹台璇真身一起赶到此地。如果辰南在这里，一定会认出东海神王乃是万年前的故人，与他有着莫大的关联。

在这片无比广阔的山脉间，远处的各个山峰之上早已站满了修者，足有数万人。无情仙子陨落无情界，《太上忘情录》出世，传遍天界，所有仙神都是为这天书而来。不过眼下三大神王在拼杀，又有一神王在压阵，这数万修者只能远远观望，他们根本没有出手争夺的能力。众人相信，此刻绝不止四位神王在场，暗中定然还有神王虎视眈眈，今天注定将是载入天界史中的大事件。

高空之上三尊之战，称得上风云变幻，天地失色。澹台璇手执奇书，因此遭受佛祖和混天道祖联合打压，两方小世界的内在神力不断冲入澹台璇的小世界。澹台璇的小世界遭受到了严重的毁损，高山、大河、草原、湖泊在不断崩碎。而澹台璇却丝毫不在意，她已经翻开

《太上忘情录》，在这神王级大战间从容地观看着这第一奇书。越是如此，混天道祖和佛祖展开的攻势越是强猛，希望尽快攻破澹台璇的防御。

"哗啦啦……"澹台璇已经阅毕，一翻书页发出一阵响声，如天籁般的声音在空中响起，"我已观毕，给你们一观。"澹台仙子抖手一扔，《太上忘情录》飞向了佛祖和混天道祖之间，而后澹台仙子似那流动的云一般，完美到极点的曼妙仙躯从容退出战场。倾城倾国的容颜让所有修者有一股窒息般的感觉，不过面对这天界一方至尊，所有人都不敢生出亵渎之意。

澹台仙子飞临到东海神王李道真与重伤的王志身前，和他们一起观看战场内的变化。果然如众多修炼者所料那样，现场并不是仅仅有四位神王，澹台璇刚刚一退出，便又有一人冲入了战团中，争抢那空中的奇书。

"嗞啦！"一声轻响，《太上忘情录》被三尊一分为三，一人抢去一部分。观战的人群中有许多人认出了冲上高空的那个神王，纷纷道："是绝情道祖！""真是魔王老祖！"……

一本书被分成三份，这是三尊无法忍受的，他们一边进行着神王级的大战，一边浏览自己手中的残册。高空之上逆乱的毁灭能量流到处肆虐，大战无比激烈。三尊看完自己手中的残册后，彼此间只说了两个字："对换！"这当中又免不了混战，直到三人顺利对换阅毕，混天道祖怒道："这竟然不是全册，里面的内容根本不连贯，似乎是被人跳页割除了一部分，澹台璇你先一步看完，为什么不告诉我们这是一部废书，想要看我们的笑话吗？"

佛祖也念了一声佛号，道："澹台仙子这是何意？"澹台璇这个时候一点也没有一方至尊的样子，她轻笑起来，绝美的容颜上带着几分调皮之色，道："佛祖，这可不能怪我啊，我如果说出来你们非但不信，肯定还以为我想独占这奇书呢。"

"哼！"绝情道祖冷冷地哼了一声，丢下手中的残册。澹台璇笑了起来，道："绝情老魔王你现在丢下奇书，将来可不要后悔，说不定不久之后，剩下的残本也会现于天界呢。"绝情道祖冰冷的神情，简直如寒冰雕琢而成的一般，他冷笑道："你这小辈，最是诡计多端，和你斗了一万年，每次你都是计谋百出，这一次不会又是你设的局吧？"

澹台璇淡淡地笑着，道："今日我很失落，无情妹妹消逝，让我很难过。我想知道到底是何人撒出诱饵，引动四方神王，我想肯定还有些神王躲在暗中呢。"佛祖念了一声佛号，道："老衲先退一步，今日天魔残躯出世，正在搅闹我佛土安宁，贫僧要去伏魔。"

混天道祖冷笑道："早就听闻佛土之下封印有天魔残躯，没想到竟然是真的。真希望这天魔有朝一日能够重组天魔身，让我等看看他全盛时期到底有多么大的神通。你这贼秃最是虚伪，宁舍佛土也要争这《太上忘情录》，真希望那天魔残躯灭了你整片佛土。"

就在这时，佛祖脸色一变，化作一道长虹，刹那间消失在天际尽头。与此同时，绝情道祖冰冷的脸上出现一抹笑意，但声音依然很冰冷，道："没有想到《太上忘情录》的一部分残册，竟然出现在了佛土当中，这下真的热闹了……"混天道祖也接到了弟子传来的神念，他大笑了起来："哈哈，我们也去佛土！"两大邪道魔王如流星一般，瞬间就消失在了远空。

"很有意思，我倒要看看到底是何人在撒饵。"澹台仙子淡淡笑着，而后对王志道，"你立刻回派闭关。"最后，她和东海神王李道真也化作两道长虹，消失在天际尽头。

观战的数万修者大哗，天界这一次的事件真的闹大了。天魔残躯恰逢这个时候出世，足以震惊天界。此刻，在他大闹佛土时，《太上忘情录》又引得几位神王也赶去了，这下恐怕真要打个天崩地裂，乱作一团了。既然可以集全第一奇书，那么暗中还未露面的神王说不定也要出手。虽然众人都已经知道事情有些不对劲，似乎有人在设局对付佛教，但为了天界第一奇书，人们心甘情愿地往里跳。

佛土惊现《太上忘情录》残册的消息，被仙神们通过神念传到九万里之外的澹台璇等人处，几位神王不远万里疾飞而来。这一切当然都是辰南所为。天魔被困在那片雄伟的佛殿中，五行大阵虽然没有灵气补给，但躲在里面的僧佛们，以自身元气补充五行大阵所缺乏的灵气，终于令五行大阵再次运转起来，这是天界赫赫有名的禁忌大阵，生生困住了不可一世的天魔残躯。

此外，众多僧佛共同吟"天佛禅唱"，这乃是佛家降魔的大神通，逼得天魔心烦意乱，在阵中难以有任何作为。尤其是待到后来，数千佛齐吟，声势惊天动地，在音律达到一致之后，透发出的佛家威压简直不可想象，比之五行大阵还要让天魔头痛。毕竟这是整个佛教的精英！如果照这般下去，天魔非被镇压不可。这不是辰南所愿意看到的，天魔残躯出世，给他带来了莫大的机遇，他绝不允许这种情况发生。他将剩下的《太上忘情录》残册，再次跳页割下一部分，扔在佛土。

施展十子伏魔阵而被天魔击败，侥幸未死的几位僧佛，正在寻找被天魔射出去的那颗古佛舍利子，"无意中"发现了残峰大裂缝中的《太上忘情录》。与此同时，辰南展开神王翼，在附近千里内的各个仙山施展无上音功，大喝"《太上忘情录》惊现佛土，天魔残躯出世，正在大闹佛土，争抢这部奇书"。

黑夜对于天界修者来说与白昼并无区别，他们早已感应到了佛土那个方向似乎有一个绝世大魔王出世，现在听到这样的传音，出于好奇，更是出于对《太上忘情录》的贪念，立时有一批人潜向了佛土。意外得到《太上忘情录》的几位僧佛，还未从惊喜中醒过神来，便遭到一群天界修者的围攻。

天魔残躯出世，所汹涌出的恐怖波动，浩浩荡荡。但此刻他被困在了五行大阵中，而佛土众僧佛也避在佛殿内，所有闻讯赶来的天界修者根本没有什么顾忌，《太上忘情录》的吸引力实在太大了，让他们疯狂地攻向仅有的几位僧佛。

神念传讯，瞬息千里。很快，佛土数千上万里内的修者，都得知了这一大事件，无数人疯狂向这里冲来。对于九万里之外的《太上忘情录》残册，他们有心无力，因为那样远的距离需要耗费他们大量的时间，等到他们赶到时天书早已被他人所夺了，但眼下如此近距离内再现奇书半部，焉能不令他们疯狂？

辰南在混乱中冲到五行大阵上空，巍峨高耸的佛殿祥和气息与恐怖魔气并存，里面禅唱不绝，魔啸震天。《太上忘情录》已经被割去大部分，如今辰南手中不过薄薄一册了，不过这都是魔书中的精华，类似于总纲类的篇章。辰南用雷神剑再次割书，三页纸张如翩翩蝴蝶一般，落入五行大阵中。

"这里也有《太上忘情录》残篇！"一声大喝过后，无数修者疯狂冲来。此时，所有人都已经红眼，为了这传说中的天界第一奇书，这些天界修者都已经成了亡命之徒。谁不想做人上人，谁不想被人顶礼膜拜？如果有一天，一个成为人上人的机会摆在面前，有天界至尊的可能，谁会不心动呢？眼看几篇残页便要落入佛殿中，尽管知道有五行大阵布在其中；尽管知道天魔残躯在里面挣扎；尽管知道数千僧佛在吟天佛禅唱，但是依然有胆大之辈，不顾一切地冲向那飘落的魔书残篇。

辰南感慨无限，这就是天界啊，是一个强者为尊，一切凭实力论地位的世界。那冲上前去的修者们定然知道危险重重，但他们为了改变自己的现状，依然悍不畏死地冲了上去。有人打头，就会有人跟随其后，一大批人冲了上去，眨眼间便冲进了五行大阵中，随后许多修者前仆后继，抱着侥幸心理冲进雄伟的佛殿。此刻，佛土大乱，有人冒险冲击佛殿，更多的人在混战，抢夺几位僧佛手中天书，往昔祥和宁静的佛土，此刻变成了魔气冲天的战场。

"嗷吼——"天魔残躯在咆哮，冲进五行大阵中的修者虽然不是很多，但是却帮他打破了僵持不下的平衡，他开始奋力出击了。"轰隆隆！"雄伟的佛殿剧烈摇动，五行大阵透发出的佛光，也有渐渐暗淡之势。正在吟天佛禅唱的僧佛们，也感觉到了莫大的威压，所有人的心沉重如山。

不过，佛家众人的心志都无比坚韧，虽然有落下风之势，但所有人皆不为所动，天佛禅唱的声音反而越来越大，最后有如海啸，又有如雷鸣一般，响彻整片佛土上空。外面混战的修者都受到了影响，心神难以凝聚，动作渐渐迟缓，深处五行大阵中的天魔残躯，在如此近的距离内，其感受可想而知。

辰南暗暗惊叹佛家大神通之法力无边，同时为天魔担心起来，他引来这么多修者就是为了打破天魔的劣势，让他以盖世魔威破去五行大阵，从而暴露出青禅古佛的五颗舍利子。就在这个时候，远空中突然传来一声嘹亮的佛号，漫天的佛光洒落而下，黑暗的夜空顿时明亮起来，天地间充满祥和的气息，天魔所荡出的恐怖波动皆被净化。众人纷纷道："佛祖归来了！""真的是佛祖！"……

此刻，在佛土中到处混战的修者们大惊失色，平日他们哪敢来冒犯佛境，今日不过借着佛祖外出、天魔来犯之际，来到这里浑水摸鱼。现在一方教祖归来，怎不让他心惊胆战。

不过，佛祖并没有理会这些人，他口诵佛号，泛着佛光，落入五行大阵中，天魔残躯所透发出的无尽威压，顿时被压制住了。辰南暗道坏了，天魔是残躯，且被五行大阵与天佛禅唱压制，再加上佛祖出手，那绝对是凶多吉少了。这时，远空传来长啸，其声势之强盛，竟然隐约间有压制佛祖的佛号之势，两道人影如流星一般划空而过，进入佛土内。

"绝情道祖与混天道祖！""两大魔王老祖！"众多修者震惊无比，万万没有想到两个老魔王竟然联袂而来，不过他们也稍稍松了一口气，有这二人在，恐怕佛祖不会出手对付他们了。让众多修者吃惊的还在后面，仅仅片刻间远空再次出现两道如彗星般划空而过的光芒，一道绝美到极点的身影，与一个高大英挺的男子出现在佛土上空。很显然，这是两位神王，不然绝对没有这样恐怖的速度与浩浩荡荡的无上威压。

"今天神王大聚会！""澹台仙子和东海神王李道真也来了！"……修者们惊叹不断。

这时，混天道祖和绝情道祖已经出手，众人为之争夺的《太上忘情录》残篇，已经到了他们的手上。绝代仙子澹台璇和东海神王李道真还未出手，似乎在思量着眼前的形势。

辰南看着空中的那两道身影呆呆发愣，他已经在天界见过澹台璇，早已不似第一次相见那般让他失神，真正让他感觉无比吃惊的是澹台璇身旁的男子。他有些难以相信，那个被佛土中众多修者称为东海神王的男子，竟然是他的表弟，这太出乎他的意料了，他没有想到在天界竟然能见到一个亲人。

辰南很想大喊一声，但是他又克制住了。一万年前，他死去之时，他的表弟还不过是个毛头小子，那个时候两家人虽然很亲近，但是他们两个一年当中却难得见上几面，并没有太深厚的感情。而现在他的表弟李道真和澹台璇并肩而立，一万年过去了，或许能够改变许多东西，他怕不好的猜测发生在现实当中。如果相认，眼下绝不是好时机。在这一刻，辰南心中感慨无限，当年的毛头小子，竟然已经成为天界一方神王，这让他心中波澜起伏。

混天道祖和绝情道祖已经粗略看完抢到的《太上忘情录》残篇，两人大怒，因为这同样是没头没脑的篇章，怒道："澹台璇不会是你耍的诡计吧，无情仙子与你似乎有些交情，说不定这次是你放出的饵，引得我们出手。"

澹台璇笑了起来，如春花绽放一般动人，整片夜空一时间都为之明亮起来，她道："我如果放饵，会用来对付佛教吗？如果是我，一定会将这残书扔到你混天道祖的仙府去。"混天道祖冷哼了一声，道："既然来了，就闹个痛快吧，似乎那五行大阵中还有残篇，嘿嘿……"混天老魔王冷笑着，绝情道祖嘴角也泛起了一丝冷笑，他们和佛教本就有怨隙，现在正好借着这个借口发难。两个老魔王说到做到，皆冲进五行大阵中。

这个时候，东海神王李道真突然道："咦，我有一种感觉，我似乎感应到了与我有血脉关系的人在此地，但怎么无法想起有这样一个人呢？"澹台璇绝美的面孔闪过一丝讶异之色，道："我早已感觉到，冥冥之中似乎有个不该出现的人出现了。"

如果被辰南听到澹台璇的话，一定冷汗长流，不过此刻他完全收敛了自己的气息，灵魂波动也近乎归于寂灭，他知道面对神王一级的高手，稍有不慎就可能会露出马脚。他静静地躲在一片山峰之后，让自己陷入近乎石化的状态，也幸好如此，躲过了两位神王那敏锐而强大的灵识。

高空之上，东海神王面露惊异之色，道："你也有这种预感，那会是谁呢？"澹台璇的目光无比深邃，凝望着远空，道："万年来死去的强者太多了，我也无法揣测到底是哪一个人在诈死，更不知道他到底有何目的。"这个时候，五行大阵中，魔啸震天，佛祖、天魔残躯、绝情道祖、混天道祖四大神王级高手激烈冲撞，五行大阵早已难以承受，天佛禅唱也趋于衰竭状态。"不能让混天道祖他们得逞，佛教不能元气大伤。"澹台璇说罢，当先破空而去，绝美的身姿闪入五行大阵中。东海神王李道真与澹台一脉有着莫大的关联，也紧随其后，跟了进去。

恢宏雄伟的佛殿，眼看是支撑不住了，即便有五行大阵与天佛禅唱困魔，但是眼下数位神王级高手同时出手，蕴含有禁忌大阵的佛殿也即将解体。辰南默默地从山后转出，看着魔气与神圣气息同时浩荡的五行大阵，他双目中神光爆射，静等大阵解体，而后浑水摸鱼。

佛土中的修者们议论纷纷："你们看到了吗？数位神王闯了进去，说明这《太上忘情录》当真奇诡难测啊，不然为什么引得多方神王来争？""绝情道祖和混天道祖肯定是一路的，同为六邪中人，肯定要相互关照。澹台仙子和东海神王就更不用说了，东海神王未成王时，曾多次受澹台仙子点拨，后来又娶了澹台派第二弟子为妻，可谓同气相连啊。""我们还是尽快远离这里吧，神王之战，说不定要波及数十里。"

佛土中的众多修者，因为几大神王的到来，不得不要考虑眼下的处境，奇书已经与他们无缘了，眼下也只能凑个热闹了。辰南从他们谈话中得知了东海神王的一则重要信息，他暗暗叹了一口气，当年的毛头小子竟然娶了澹台璇的第二弟子，眼下就更不能与李道真相认了。这个时候，所有观者都远离了佛土十余里，他们在远空中密切地注视着。

"轰！"一道惊雷之响，混天道祖一声长啸，一片暗黑无光的虚空笼罩在五行大阵上空。随后，绝情道祖大喝，一片冰雪的世界出现在五行大阵上空。紧接着，佛祖、澹台璇、李道真分别张开了自己掌控的小世界，一面面空间笼罩在五行大阵之外，相互重叠、轰击。这方天地仿佛要塌下了一般，不断破碎陷裂，而外面的佛土则在不断沉陷，众多青翠苍绿的山峰在快速崩塌。一幅末日来临般的景象，眨眼间十几座巨峰已经灰飞烟灭，彻底在佛土中被抹去了。远空中的修者们看得惊骇无比，所有人心中皆升起阵阵寒意，神王之大法力果真无法想象，当真有撕毁天地之势。

"嗷吼——"伴随着一声魔啸，天魔残躯冲出了五行大阵，啸声中有一丝兴奋，有一丝愤怒，他长吼道，"有意思，几个不错的小辈，等我组完天魔身归来。"天魔残躯驾驭着滔天魔气，想要逃离而去。"阿弥陀佛，天魔你毁我佛土，今日还请留下！"佛祖也冲出五行大阵，一片佛光浩浩荡荡，截住天魔的去路。同时，混天道祖与绝情道祖长啸不断，似乎在与澹台仙子和东海神王激烈搏杀，紧接着五行大阵光芒大盛，而后暴涨到一个可怕的程度，轰的一声爆裂了开来。

这片佛殿终于崩碎了，绝情道祖和混天道祖冲腾而起，澹台仙子和李道真也飞上了高空，与两个老魔王对峙。数千名僧佛，盘膝打坐在一起，口中禅唱不断，五行大阵虽然被毁了，但他们并没有受到暴虐的能量流轰击。在这一刻，数千僧佛已经陷入一种奇妙的状态，面对天魔与几位神王的对决冲击，他们的天佛禅唱配合达到了极致境界，透发出的佛光将他们彻底笼罩在里面，在这一刻他们抵得上两个神王！

解体的五行大阵，崩碎出一道道恐怖的能量流，眨眼间便有九座山峰被冲击得坍塌了，大地上裂开一道道巨大的缝隙。恐怖的波动让远山中没有崩塌的山峰也出现种种异象，乱石滚滚，山林倒伏，万兽惊恐吼啸。一道耀眼的金色佛光，闪电一般射向辰南。辰南双目中射出两道冷电，快速张开内天地，用神山挡下了这道金光。

"当"的一声巨响，内天地中的神山连连颤动。一颗拳头大小的舍利子，在内天地中坠落了下来。这实在太巧了，五行大阵的一面"阵旗"，青禅古佛遗留的一颗舍利子，正好激射到这个方向，被辰南顺利收到。一直在注视着五行大阵，他神目如电，与此同时，在那道道能量流中，找到了第二颗激射而出的舍利子。辰南展开神王翼，顾不得被佛祖等人发觉，化作一道电光冲了过去，冒着被肆虐的能量流撕碎的危险，他用内天地收进第二颗舍利子。

高空之上，混天道祖和澹台仙子，正在催动各自的小世界激烈交锋，搏杀得异常惨烈，各自小世界中，一道道青山翠岭不断崩碎，片片湖泊草原不断被毁坏。在神王级的大战中，澹台仙子心生感应，凤目向下方扫去，正好看到一个肋生神王翼的背影，在浩浩荡荡的能量流中冲腾。"这人是……"她露出一丝思索的神态，感觉到了一丝淡淡的熟悉的气息，但是却始终难以想起那尘封的往事。

与绝情道祖大战、落于下风、不断防守的李道真也心生感应，不过他也只看到一道淡淡的虚影，在下方不断闪转。绝情道祖比他这后辈神王要强上许多，根本容不得他细细观察与猜测，不得不再次集中精神应对强敌。

与天魔残躯大战的佛祖已经渐渐占据上风，封印天魔是早晚的事情，毕竟那不是真正的天魔，只是半截身体，一缕残魂。这个时候，佛祖正处于辰南这个方向，他觉察到辰南收集到两颗古佛舍利子，似乎想要避过高空之上的几位神王，遁向远空。

佛祖一指向远空点去，一道金光如匹练一般，向着辰南激射而去。顿时将空间撕开一道大裂缝，蕴含着佛家力量的金光，与吞噬一切的空间大裂缝，眨眼来到辰南的近前。辰南已经觉察到了危机，本想远遁而去，没想到佛祖还是先行攻至了，神王翼不断闪现光芒，他连连转换方位，终于躲避过佛祖的一击。

"咦？"高空之上的几大神王，也不知道是谁发出了一声惊讶之音。佛祖一击未功，再次弹指。一道金线就像一道闪电一般，瞬间就袭到辰南的眼前，在这一刻他感觉到一股磅礴的威压，本能的驱使，让他快速张开了内天地。定地神树光芒万丈，爆发出刺眼的绿色神光，汇聚成一道巨大的能量旋涡，将那冲进来的金线慢慢炼化吸收了。不过，辰南的内天地，却被这股猛烈的能量波动，冲击得一阵剧烈摇荡，如同地震了一般。

"哈哈！"混天老祖大笑道，"光头，两击未功，有损佛面啊！远空那人似乎不过初临仙人之境，你这样假慈悲，不动用真力，会让你的徒子徒孙对你的无敌信念动摇的。"佛祖不语，第三次长空弹指。

此刻辰南所感觉到的压力是难以想象的，俯冲而下的那道金光对他来说更像是死光，如天地间的裁决神剑压向他的颈项。辰南不是不想暂避其锋，但是他感觉远空这片空间似乎被佛祖禁锢了，如果不是神王翼在身，他的动作恐怕早已变得迟缓无比。莫大的压力让他速度骤降，无法远遁百里之外去，他被逼得展开神王翼不断艰难躲避，同时将玄功发挥到极致境界。辰南周身上下金光大盛，熊熊金色神火逆空而上，他整个人处在一片绚烂的金光之中，玄功发挥到极致境界，金焰彻底掩盖住他的真身。

澹台璇、李道真都感觉到一丝丝异样，但却难以捉摸透那种感觉。混天道祖也露出惊异之色，道："这个小子的玄功很邪异，居然能够屏蔽本体气息，让老祖我无法探查。"

直到一声龙吟响彻天地，一把灿灿神刀出现在金色烈焰当中，一条龙魂在盘绕，几大神王皆相顾变色。紧接着，金光周围出现七八把上下沉浮的兵器，一个金色高大的身影在烈焰中若隐若现。

绝情道祖惊道："是辰家之人！"佛祖也口诵佛号，叹道："传说竟然是真的！"混天道祖喝道："澹台璇你与辰家曾经有过往来，你看那小子是不是传说中的第十人？"澹台仙子一阵出神，心思似乎有些飘忽，轻声自语道："我跟辰家数千年没有来往了。"

辰南不可能听到几位神王的惊呼声，他正在费力地应对着佛祖破空而来的那道指力，左躲右闪，无从逃避之后，他只能举刀硬撼。不过，就在这时，一声长啸自远空而来，听那声音似乎还在几十里地之外，但眨眼间就突然出现在了佛土，那道金光似乎是撕裂了虚空，破碎空间而来，快得让人难以想象。长啸之音震耳欲聋，令许多观战者，栽落下云头。

金色身影刹那间就来到了辰南的近前，狂霸的金色元气浩浩荡荡逆天而上，瞬间击散佛祖的指力，将辰南解救了出来。"金翅大鹏神王！""速度三界第一的神王！""他居然还活着！"观战众人处传来一片惊呼声。而高空的佛祖古井无波的脸色也终于变了，绝情道祖和混天道祖则露出一副幸灾乐祸的神色，澹台仙子和东海神王李道真没有太大的波动。

来人正是大鹏神王，黑色的大氅遮盖住他高大英挺的身躯，半边面孔英气逼人，半边骷髅脸狰狞骇人。他一把攥住了辰南手腕，拉着他化作一道电光，在佛土内一阵盘绕，快得让人只感觉到漫天神光在缭绕。别人或许没有觉察出什么，但佛祖却已经动怒，他口诵佛号喝道："大鹏神王，你想抢夺古佛遗留的舍利子吗？没那么容易！"浩浩荡荡的佛光笼罩而下，向着大鹏神王与辰南遮笼而去。

"哼，贼秃，今日本王不想与你动手，先收几颗舍利子当作利息。"

大鹏神王的动作实在太快了，佛祖使用大法力，想要禁锢这片空间，但是还是难以挡住如闪电一般在移动的金光。佛祖一边与天魔残躯对决，一边又要出手禁锢住下方的空间，当真让他感觉到一股乏力感，他想分出一缕化身，但无论是天魔残躯还是大鹏神王，都不是一缕化身所能够对付的，如果硬要出手，只能白白送死。

"哈哈，贼秃，感谢你的舍利子！"大鹏神王狂笑着。不过，就在这时，吟诵天佛禅唱的数千僧佛，一起缓慢地飞上高空，向着金翅大鹏神王笼罩而去。大鹏神王是何等的人物，他早已觉察出这天佛禅唱不好招惹，当下也不与之去争锋，再次环绕一圈，而后拉着辰南破空而去，速度之快让人惊骇，只一眨眼的工夫就消失在了天际尽头。

辰南对大鹏神王心存感激之情，没想到他在这种关头竟然亲身赶到，道："多谢神王援手！""不要客气，我曾经说过，我与佛祖有怨，如果你真有几分本领，让佛土丢失颜面，我定然会在关键时刻助你一臂之力。"大鹏神王大笑道，"哈哈，我万万没有想到，你这小子如此果敢，竟然用《太上忘情录》让佛土大乱，实在是大快我心。"

突然，辰南神色骤变，他感觉身体在膨胀，似乎要爆裂了一般，浑身的血脉都张弛起来。大鹏神王神色一变，大喝道："快把那几颗舍利子抛出来，那贼秃在搞鬼！"辰南快速打开了内天地，果然见三颗舍利子正在快速旋转着，不断轰击混沌地带，似乎将破碎这方内天地。内天地刚一打开，三颗古佛舍利子，便激射而出，同时辰南那种要爆裂的感觉消失了。

大鹏神王双臂一展，两道金色光翼幻化而出，遮笼住三颗舍利子，同时在他怀中也滚出两颗舍利子，道道金光不断洒射。五颗舍利子在那两道光翼中不断冲撞，似乎有生命一般在疯狂地挣扎。"哼，贼秃恐怕让你失望了，这舍利子你绝对收不回去了。"金翅大鹏神王浑身上下金光道道，透发出一股如汪洋般的气势，一道道神力皆涌向五颗舍利子，他似乎在隔着空间和佛祖斗法。

最后，五颗古佛舍利子终于停止了跳动，慢慢平静了下来，他挥手打入辰南的内天地。"这……"辰南露出惊讶之色。大鹏神王道："五行大阵中的五颗舍利子，加上第一佛子的那颗，都曾经被佛祖祭炼过，虽然后来又被他抹去印记，但他全力运转念力时，还是能够有一丝感应的。好在发现及时，不然非被他收回去不可。"

辰南感激道："多谢前辈！"大鹏神王道："你我各自从崩碎的五行大阵中得到两枚古佛舍利子，可惜另一颗落入了那帮吟诵天佛禅唱的贼秃堆中，不然这五颗就都收集到了。不过还好，你先前得到了怀仁的那颗舍利子，五颗舍利子足矣！"辰南面露疑惑之色，道："不是需要十三颗古佛舍利子吗？""哈哈！"大鹏神王大笑，道，"给你高远的目标，才能让你意识到其中的艰难，不得不使出各种手段去争取。其实四颗舍利子就差不多了，但如果有五颗就足矣，再多也是浪费。"辰南一阵无语。

大鹏神王道："涅槃本是一个重生的过程，是一个聚集无尽寿元、破茧而出再次升华的过程。当然，这个过程必然也会伴随着莫大的危险，有九死一生之说。传说，青禅一代贼秃，他生前的修为难以揣测，但不知道因何涅槃，不过在此过程中却发生了意外。涅槃重生不成反坐化，遗留的十三颗舍利子承载了无尽的生命之能。这样的舍利子，对于天界众生来说，一颗舍利子就是一扇生之门，无论多么重的伤，只要有这样一颗舍利子存在，便等同于打开了生之门。"辰南有些惊讶。

大鹏神王接着道："无情仙子修为高深，因此复活她的肉体，需要的生命之能定然庞大无比。但曾有传说，重伤垂死的神王，只要四颗青禅贼秃的舍利子就能够起死回生，我想即便无情仙子修为了得，五颗也足够了。"对于大鹏神王，辰南心中无比感激。

大鹏神王说完这些后，转过身来定定地看着他，道："真是没想到，我也有走眼的时候，你竟然是辰家的人。""前辈为何这样说？"辰南很吃惊，他还不明白，大鹏神王和佛祖等人已经通过他玄功的状态发觉了一些他所不知道的事情。大鹏神王道："传说这天界有一辰姓家族，他们匿于云深不知处，有着许多虚无缥缈的传说。"

辰南一阵激动，道："你是说他们一直生存于天界？他们……到底有着怎样的秘密？到底是一个什么样的家族？"大鹏神王道："这是一个实力无法揣度的家族，数千年难得一现天界，传说他们自古至今一直在努力着，想要复活一个太古洪荒时期的人物。"辰南激动的心情无以复加，他现在得到的消息虽然非常散乱，但凭着直觉这一辰姓家族应该与他有着莫大的关联。"这一辰姓家族中可否出现过一个名为辰战的人？"辰南冲口而出，虽然想要问的事情很多，但他最迫切想知道的还是他父亲辰战的消息。

大鹏神王有些意外地看了看他，道："这是一个传说中的人物，实力之强难以估量，是辰家最大的叛徒！""什么？！"辰南听得呆呆发愣，怎么会是这样呢？他无论如何也想不明白这其中的因果，他父亲辰战怎么会是辰家最大的叛徒呢？究竟因为什么呢？

很显然辰家是一个无比古老的家族，其中有着太多的隐秘，辰南很想立刻问明究竟，但是这时大鹏神王对他道："我现在对你很感兴趣，也有许多事情想问你，之后我们详谈。现在，我要去助天魔一臂之力。传说中的强者突破封印而出的半截身子，靠着一缕残魂，就已经有了如此大的神通，我迫切想看到传说中的天魔重组真身归来！"说罢，大鹏神王在原地留下一道残影消失了，只余一句话自远空飘来，"你先去我的隐居之所等待，多则一天少则半日，我必然回返。"

辰南的心情是激动的，不仅收集到了青禅古佛的舍利子，雨馨复活的希望加重了一分，还初步获悉辰家之秘，有望了解到无法想象的真相，焉能不让他激动。按照记忆中的方位，辰南展开神王翼，快速向着大鹏神王的隐居之地冲去。在路上辰南想了很多，不过在激动之余，他激灵灵打了个冷战，辰家要复活一个太古洪荒时期的人物？

他想到了逆练玄功后，背后出现的那些兵器与那道魔影，现在玄功虽然正向运转了，但那些兵器和那道未明的身影却更加清晰了。难道、难道要复活的人，就是他背后的人？难道这复活的过程，需要用到他这个辰家子弟？辰南脊背冒起一股凉气。

白云飘逝，大地飞快倒退，辰南一路飞行，迅如闪电，在天亮之前终于来到了大鹏神王的隐居之地。"拜见上仙！"恨天低恰好在这片山谷的上空飞行。"天啊，我好想念你们呀，你们终于来了！"小凤凰听到了声音，快速自山谷内冲起，一双凤目中挂着点点泪水。显然，小不点已经适应了和辰南他们在一起的生活，分别的这段时间并不好过。

辰南打开内天地，将两条龙放了出来。"大神棍在上，我们又来到了神王的老窝。"龙宝宝惊叫道。辰南跟几个家伙招呼了一声便落入山谷中静静疗伤，期待着大鹏神王的归来，重大的谜团即将破解。

"该死的，真是有些让人难以相信！"辰南坐在石林中，狠狠捶碎了旁边的一块巨石。一切仿若梦境，天界居然有一个古老的辰姓家族，听大鹏神王的口气，这一家族似乎强大得让各路神王都深深忌讳。辰南一个渺小的人类，从人间神墓中复活，破碎虚空进入天界，一路坎坎坷坷，一直以为是孤单一人独立前行与探索。现在一个强大的后援出现在了他的面前，他不知道是该激动还是该忐忑不安。

冷静之后，辰南做好了最坏的打算，辰战是辰家的大叛徒，那他便是叛徒之子，真不知道将来要如何面对传说中的辰家，也许要和这个古老而强大的家族为敌吧。

阳光穿透进山谷，远处娇艳的花朵透发着浓烈的香气。已经过去半日，快到午时了。辰南有些担心，他真怕大鹏神王发生意外。不过他多虑了。正午时分，一声长啸自远空传来，金色的身影在那片虚空中留下一道长长的残影，如一道金虹一般。

"啊，神王老祖回来了。"恨天低有些惊慌。小凤凰更是发出一声惊呼："哎呀，老魔王回来了，我的天空从此又失去了色彩，痛苦啊痛苦！我讨厌老魔王！"小不点可怜兮兮地飞到辰南的背后，偷偷瞄着越来越近的金影。

"呼……"山谷内荡起一股狂风，金翅大鹏神王从天而降，同时伴随着大喝声："你们两个又偷懒了！恨天低你现在立刻去给我飞上五十万里！"恨天低差点晕过去，五十万里是什么概念？它可不是真正的大鹏神鸟啊，这么远的距离足够它不眠不休地飞上好几天了。

"神王我、我……""我什么我，给我飞上六十万里！"

"啊？""啊什么啊，还不走是吧？再加二十万里！"

恨天低虽然快吓晕过去了，但是这一次一句话也不敢说了，一展双翼冲天而起，快速消失在天际尽头。大鹏神王自语道："小家伙，想要激活神鸟大鹏的血脉，唯有累得双翅折断，天天口吐神血方可！"

辰南深深为恨天低默哀，有这样一个变态老祖教导，不折腾个九死一生，那是不可能的！不过，他对恨天低的前途越来越乐观了。

小凤凰小声在辰南身后嘀咕道："恶棍，魔王，疯子，变态……"大鹏神王又道："还有你这个小家伙，躲什么躲，快去地下岩浆中闭关，什么时候能够顺着岩浆冲到地心，或者收服一条火之魂，再回来。"听到大鹏神王的话，小凤凰都快急哭了，委委屈屈地叫道："我害怕，我还小，你不能这样折磨我。"

大鹏神王斥道："有什么可怕的？我像你这般大的时候，早就开始和妖魔仙神征战了，每天都在生死边缘挣扎。你是神鸟凤凰，不可能当娇娇小姐，因为这是强者为尊的天界，如果你没有与你身份相匹配的实力，早晚会沦为别人的宠物，会丢尽我们上位禽类皇者的脸！"

小不点低着头，最后忽然抬起，大声喊道："你这变态、疯子、魔鬼……"不过，在发泄完一通后，小凤凰展开神翼，冲天而起，向着数十里外的火山口飞去。大鹏神王虽然要求严厉，但是辰南却很欣赏，小凤凰太过柔弱了，确实需要这样的严师来磨砺，以她这样的身份与天赋来说，将来成就定然不可限量。

辰南非常关心辰家之秘，现在终于有了询问的机会。

大鹏神王也有许多事情想向辰南询问，他定定地注视着辰南，道："全力运转你的玄功，让我看看你背后的战魂，以及那几件神秘的兵器。"辰南心中一动，当下体内元气汹涌澎湃起来，金色光芒透体而出，炽烈的金焰熊熊燃烧，一个高大的金色身影出现在他的身后，金影双目半开半合，两道光芒不断闪灭，隐约间流露出一股睥睨天下的气势。

一声龙吟响彻山谷，金色身影的右手中是一把金色神刀，刀柄之处龙头有如活物，阵阵龙吟不断传出，一条龙魂隐约间缭绕在神刀之上。金色身影的左手是一个一米多长的人形兵器，影像模模糊糊，看不太清，但可清晰地看到人形物之上缠缚着重重铁链，似乎被紧紧捆锁着。另有七把影像不是很清晰的兵器在围绕着辰南上下沉浮，透发着神秘的气息。

"可怕啊，可怕！"大鹏神王轻声自语，似乎极其震惊。他首先来到辰南的左手侧，指着一个比较清晰，透发着古朴气息的盾牌，道："这应该是传说中的古盾'石敢当'，我想如果这世间真有一面这样的盾牌，即便是西方主神与东方神王也攻不破。"

"石敢当？它有着怎样的来历？"辰南直到现在，才知道这面古盾的名字。大鹏神王道："相传这是流传了几个神话时代的神秘古盾，不过据说已经破碎了，具体缘由我也不清楚。"大鹏神王又开始打量一个形似长剑的模糊金影，叹道："这定然是那裂空剑，传说是斩神灭仙的无上凶器，可惜，据传它已经崩碎了。"

接着，他又走到了辰南的另一侧，指着一个弯弯曲曲的模糊影子，道："这应该是传说中的后羿弓，威力奇大无比，如果有足够的修为御控它，据说能够跨越空间灭杀神魔，称得上一件瑰宝。只是，可惜，它在你身旁显出了影迹，虽然相传此弓依然流传于世，但最起码已经丢失了半魂，少了一半的真灵之力。"辰南惊讶地问道："什么？这是怎么回事？"大鹏神王沉声道："这样说吧，凡是此刻显现在你身边的神兵，皆是自太古时代就流传于世的瑰宝，不过，它们不是已经彻底损毁，就是已经失去了部分'魂'。"

"不会吧？！"辰南满脸不相信的神色，他可不会自大到觉得自己是多么了不起的人物，整个世界不可能围绕着他转。大鹏神王淡淡地笑了，道："因为你是传说中的第十人！"

晕！辰南听得更加迷惑不解了，传说中的第十人？天下第十？古往今来第十高手？这未免太过夸张了吧，除非脑子发烧，不然谁也不相信！大鹏神王看着他不断变化的脸色，肯定地道："没有错，你就是那传说中的第十人，第十灾星，第十霉运星！"

晕！辰南气得险些笑出来，还以为是天下第十高手呢，结果却是排行在第十的倒霉鬼！他道："前辈你在开玩笑吧，这种东西也有排行，也能预测？"大鹏神王道："没错，因为你是辰家之人，因为你修习的功法名为'武典'，又称'唤魔经'！"虽然知道了家传玄功的真正名字，但辰南更加不解，道："就因为这部玄功？这又能说明什么呢？"

"没错，就是因为它！"大鹏神王沉声道，"《武典》包罗万象，称得上震古烁今的奇功，不过却并非天下第一，有数种玄学都能够和它相提并论。但是，'武典'真正可怕之处，源于它另一别称：唤魔经。与其说它是一种功法，不如说是一套禁忌阵法！是以人体为器，布下的阵法。"

辰南感觉心中升腾起一股寒气，他深深鞠了一躬，道："请神王详细说明，我虽然可能是你口中说的辰家后代，但我一直生长在人间界，根本不知道这一玄功的种种禁忌之秘，甚至才刚刚知晓它名为'唤魔经'。"大鹏神王双目中神光湛湛，一眨不眨地盯着辰南，道："你说的是真的？"辰南道："是！"

大鹏神王露出思索的神态，道："人间界的辰家，难道是那传说的辰家大叛徒辰战的后代血脉？传说辰战没有留下血脉啊，这也许传说有误吧！不管怎样说，你是辰家的后人无疑，不然不可能习得'唤魔经'，并且成为'第十人'。"到了现在辰南已经不急，静静等待大鹏神王详细向他述说。

大鹏神王道："辰家的人是疯狂的，但辰家的人也是强大的，强大到让天界的各路神王都深深忌讳不已！相传他们这一家族自太古传承至今，尽管没有人相信这则传言，但天界神王级强者无人敢小觑该家族。传说，他们想召唤一个陨落于太古时期的强者，想将他再次复活过来！为了这一疯狂且不现实的理想，相传，这一家族自古至今一直在不辍执行着。很难想象，到底是怎样的动力在支撑着他们，从不改变信念！"

大鹏神王叹了一口气，道："传说，那个人是辰家的先祖。辰家人确实让人很难理解，不知道他们为何会有这样执着的信念，也许、也许他们那个太古时期的先祖真的是一个撼天动地，足以傲视万古的人物吧，也许有一天他真的能够复活过来吧。"

"传说，辰家的那位祖先天难灭、地难葬，残碎的灵魂浩荡于整个天地间，永世难以彻底毁灭。而辰家人的体内流淌着太古祖先的血液，相传，当中也蕴藏着他少部分残碎的灵魂力量，这种残碎的灵魂力量代代相传。所谓的'唤魔经'，其独到之处，不是后来加进去的各种绝学，其最为精华的部分，乃是那不过数千字的总纲，以及那行功路线。那是针对辰家人的体质而专创的，辰家之人修习这种功法，能够将分散于血液中的残碎灵魂力量慢慢聚集在一起。

"只要他们能够将体内的那部分灵魂力量聚集在一起，便可遥遥感应到天地间的那部分残碎的灵魂力量，便能够一点一点地聚集祖先的灵魂。有一则古老的预言，辰家将出十圣，十人都将是惊天动地的人物。传说，他们的血脉极其特殊，和那位辰家之祖几乎一样。他们十人凝聚的残碎灵魂力量，比得上历代辰家之人竭尽全力的总和。十圣聚集的残碎灵魂合在一起，便能够唤醒太古那个大人物的灵识，辰家之祖便能够彻底踏上复活之路。

"前八圣都如预料那般，积聚到了足够的残碎灵魂力量，功成之后他们粉身碎骨而亡。只是，第九人的出现，打乱了辰家的部署，第九人成了辰家最大的叛徒……"

听到这里，辰南惊呼出声，道："第九人是辰战？"

"不错，第九人就是辰战。他不甘为他人做嫁衣，即便那个人是他的祖先。'我命由我不由天'是他的信条，他反出了辰家，最后是生是死不得而知。不过，从此他消失了。"辰南有些不相信，问道："辰战有那么强大？""当然，不然怎么有能力反出恐怖的辰家呢。"大鹏神王看着他，叹了一口气，道，"你不知道辰家的人有多么疯狂，辰家十圣不是凭空就能出现的，他们花费了辰家大量的心血。辰家人之疯狂让人难以想象！他们采用各种方法，收集了数道强大的'魂'，那是自后羿弓、裂空剑等超级瑰宝中生生抽离出来的残'魂'。数道瑰宝的残魂，被打入一个人的身体，你说这个人能不强大吗？"

辰南惊呼："你是说……"大鹏神王看了看辰南身边沉浮的几件神兵，道："没错，你和辰战一样。这叫以魂养魂，以魂聚魂！传说你们的先祖使用过那些瑰宝，瑰宝之魂上打入过他的印记。瑰宝之魂不仅能够让你们强大到难以想象的境地，还能够更快地帮你们聚集到先祖之魂。"辰南震惊到了无以复加的地步。

大鹏神王道："传说中的那个辰战已经消失万载了，他体内的瑰宝之魂怎么被打入你的体内了呢？要知道这瑰宝之魂，只能从前人体内抽离出后，才能够打入下一人的体内。你来自人间，难道说辰战隐居在人间？抑或是辰家人擒住了辰战，现在又造就了你这'第十人'？

或许等你真正挖掘出潜藏在你体内深处的庞大潜力，才称得上真正的'第十人'吧。你固然是一个牺牲品，但在此过程中敢于阻挡你前进的人，也定然会招来辰家出手，你是名副其实的灾星，克人克己！"

此刻，辰南心中正在涌动着滔天的巨浪，家族、家传玄功……竟然有着这样的惊天大秘，实在超出了他的想象。真相越来越近，已经快水落石出了，但是辰南的心很乱。旁边的龙宝宝扑闪扑闪地眨动着大眼，一副入迷的神态，远处的紫金神龙瞠目结舌，一副不可思议的神态。

大鹏神王道："第一次听到那些传说时，觉得这简直有些不可思议。残碎的灵魂力量怎么能够隐藏在自己后代的血液中呢？不过，今日我见到你身后的那道神秘影像后，有些相信了这些传言。"过了很长时间辰南才静下来，他有一种感觉，辰战定然不会败亡，他定定地看着大鹏神王道："神王你怎么知道得这么详细呢？无情仙子似乎都不知道这些。"

大鹏神王笑道："哈哈，长寿龟前辈让你们来找我复活无情仙子，从中不难看出些什么。我虽然不是天界活得最久的人，但了解的事情定然是绝大多数人都不能够比拟的。"就在这时，辰南脸色一变，他感应到一股来自内天地的巨大危机，快速张开内天地。只见，五颗金光灿灿的舍利子，正在定地神树的树冠上空不断飞旋，浩荡出莫大的生之气息。树冠上的雨馨尸体竟然在颤动，一道道金光自舍利子射向她的颈项与胸口这两处致命伤部位。辰南当真又惊又喜，雨馨竟然产生了生命迹象。

这时，大鹏神王已经一步迈入辰南的内天地，有些吃惊地看着定地神树，道："后羿弓的本体，具有半魂的灵根！"如果穿着玄武甲的痞子龙也在内天地，大鹏神王会再次惊呼，不过他却没有看出两座神山的来历。突然，大鹏神王大喝道："辰南你到底要复活无情仙子，还是要复活你口中所谓的雨馨？"辰南道："当然是要复活雨馨！"

大鹏神王急切地道："那就赶紧控制那株灵根，将无情仙子的尸体丢出你的内天地，不然现在复活的绝对是无情仙子。"辰南心神一凛，他相信大鹏神王的话，如果此刻任那尸体复活，活过来的定然是无情仙子，因为数千年来一直是她占据身体的主导。

定地神树连根拔起，猛力将雨馨的尸体甩向外界，"呼"的一声，雨馨的尸体飞出了内天地出口，不过那五颗舍利子竟然也跟着飞了出来，紧紧地环绕在尸体周围。大鹏神王神色一变，挥出一道金光，截向五颗舍利子，不过结果出乎他的意料，五颗舍利子居然穿透过金光，跟着那尸体一起冲到外界。

"不好，无情仙子真的要复活了。"大鹏神王沉声道，"这《太上忘情录》不愧是天界第一奇功，居然如此了得，恐怕这无情仙子压根就没有彻底死去，始终有着一丝生命迹象。现在受五颗舍利子庞大的生命气息刺激，就更加有了复活的理由，这完全是潜意识在主导她的行动。"大鹏神王双掌连斩，发出一道道炽烈的神光，终于将四颗舍利子截了下来，但是第五颗终究被一股古怪的力量牵引着，最后化作一道电光没入了雨馨的胸口的伤痕处。"起！"大鹏神王一声断喝，一股恐怖的力量波动在整片山谷内。没入尸体胸口处的舍利子终于再次浮现了出来。

可是，就在这时，飘浮在空中的雨馨尸体，突然睁开眼睛，而后唰的一声立在虚空中，她的双眼中射出两道冷电。绝代容颜冷若冰霜，秀发随风舞动，一股睥睨天下的强者气势爆发了开来！

"无情仙子果然名不虚传，不愧为天界有数高手之一！"金翅大鹏神王化作一道金虹，冲向了无情仙子。与此同时，辰南将龙宝宝与紫金神龙收入内天地，免得它们遭毒手，而后他换上紫金神龙的玄武甲，快速冲出。

无情仙子冷笑连连，浑身上下似乎每一处穴位都能够激射出无匹的剑气，她根本没有动用双手，就逼得大鹏神王在高空之上不断躲避，如一道道电光一般在闪现。辰南暗暗惊骇，这无情仙子太可怕了，居然以伤重之体，逼得大鹏神王落了下风。不过，很快他又发现有些不对劲，无情仙子的双手之所以没有动，那是因为双手遥遥对着一米之外的第五颗舍利子，似乎想要将它夺回身旁。但是，一股无形的力量在控制着那颗舍利子，正在和无情仙子僵持不下。

辰南恍然，大鹏神王表面在和无情仙子斗法，但其实是在争夺那第五颗舍利子，只要舍利子不落入无情仙子手中，那么她那残存的生命力支撑不了几分钟。大鹏神王道："无情仙子，我承认你的修为要强于我，不过你残存的生命力难以让你再支撑片刻了。"

无情仙子脸色一阵惨变，她已经感觉到不支了，强行从假死状态醒转过来，没有想到舍利子未曾夺到，现在又即将真正耗尽生命之能。她回眸向辰南望去，眼神当中充满了哀怨与凄婉，这让辰南心中一阵刺痛，他险些就要冲上前去。这个时候大鹏神王大喝道："莫要上当，千万不要上前半步，她是无情仙子，小心她吞噬掉你所有的生命之能。""我知道！"辰南怎么会不知道呢。

"辰南你真的要杀死我吗？"无情仙子楚楚可怜，眼中噙满了泪水，道，"杀死我，你心中的雨馨就真的不可能复活了。如今我是这具身体的主宰，强大如我都无法存活，她又怎么能够无恙呢？辰南难道你想看着我和雨馨就这样死去吗？"看着那凄然的面孔，辰南心中阵阵刺痛，同时真的异常恐惧，无情仙子说得不是没有道理，如果她都无法存活下去，雨馨定然也承受不住。

大鹏神王喝道："不要让她迷乱了心神，在你心中原本她已经死去，还怕再死一次吗？不用害怕，有办法令雨馨重生，现在就当她死去好了！"雨馨的面孔如此地凄美，她惨笑道："辰南你是相信他，还是相信我？还有谁比我更了解这具躯体吗？他是想趁着这个机会除掉我，因为他永远不可能超过我，你不明白，你不懂神王间的竞争。"那绝美的容颜，那让人心碎的泪光，那染着血迹的洁白衣裙，是那样地刺目，让辰南不敢去面对。

"无情仙子好手段，好神通，我越来越相信，天界真的没有几人能够让你顾忌。"大鹏神王冷笑着，同时神功运转不辍，渐渐拉开了那枚舍利子与无情仙子间的距离。

无情仙子道："辰南你还记得吗？我们那个很没出息的理想，在一起生活，开开心心，平平淡淡，每天一起看日出，每天一起看日落。难道、难道你想让上次那最后一次看夕阳，永远成为真正的最后一次？"辰南心如刀绞，但是却大步向后走去，头也不回，低沉地道："雨馨，纵使我死去，也会让你复活的！"

"哧"的一声轻响，舍利子激射而去，无情仙子闭上眼睛，柔弱的身子慢慢软倒在地。辰南刚想冲上前去，但是大鹏神王已经俯冲而下，一道道金色神光打入了雨馨体内，紧接着他大喝道："走，我们现在就去复活这具躯体真正的主人。"辰南一愣，而后问道："去哪里，难道是澹台璇的仙府？"

大鹏神王道："不错，你还记得我说过的话。现在机会难得，她体内竟然保留着一分生命气息，这样复活真正的雨馨，机会一下子增加到了五成！""那我们快走吧！"辰南将雨馨放进内天地，让龙宝宝和紫金神龙看护，不过五颗舍利子却再没敢放入进去。他与大鹏神王冲天而起，在路上辰南问道："究竟需要澹台仙子的哪样宝物呢？"

大鹏神王道："需要她的那片星空以及那座月殿。那是一个奇异的所在，隐在澹台仙府云深不知处。对于具有无尽悠久岁月的众神来说，那里都算得上是一片古老的遗迹。那是一方奇异的空间，上百颗闪亮的七彩石点缀其中，犹如星空般绚烂美丽，一座月殿就浮现在那片星空中。复活雨馨的肉体，需要那片星空中的七彩石定住她的身体，以免无情仙子突然复活，导致不可预测的事情发生。那月殿之神奇，一时间言语难以描述，是召唤雨馨灵魂的最理想所在。"一想到要面对澹台仙子，辰南有些头大。

两人极速飞行，一边交流。大鹏神王道："如果是在以前，我只建议你偷盗几十颗七彩石，而后找地方复活雨馨肉体，召唤她的魂魄。但是，你已经在他们面前暴露出你可能是传说中的'第十人'，我想天界诸人一般情况下会给辰家面子，应该会让我们在那里复活雨馨，星空、月殿绝对是最理想的所在。至于所需要的三位神王，我、澹台仙子、李道真，恰好够数。"

辰南感觉现在如果跟澹台璇照面，可能会发生什么意想不到的事情，但是为了救雨馨他必须得去，他开口问道："前辈你法力通天，能否掩盖住我的本来面貌与气息，我不想与澹台仙子正面相对。"

"这很困难啊。即便我用大法力遮掩你的容貌与气息，但如果在近距离内，还是很容易被神王看透的。尤其是那月殿，是一个能够看透人灵魂的所在，这也是为了能够区分无情仙子灵魂和雨馨灵魂而选那里的原因。你和澹台仙子有过节？我似乎听说辰家人和澹台仙子有一定的交情啊。嗯，容我再想想办法吧。"

此刻，澹台仙境内，澹台仙子那清丽无双的容颜秀眉轻蹙，秋水般的眸子望着那无尽的虚空，有些出神，似乎有什么事情烦扰了这位天骄仙子。良久之后她才自语道："下界一定有什么事情出乎了我的意料，有人居然用幻象蒙蔽了我的感知，究竟是什么时候开始的呢，我居然一直未曾觉察！好强大的敌手！不会是……希望那个恶魔没有出世，也希望他……"

不知道为何，澹台璇感觉一阵不安，很想去下界走上一遭，但现在传说中的天魔残躯出世，以及辰家"第十人"现世，天界定然会风起云涌，现在她不好贸然下界。就在这个时候，门下女弟子忽然来报，大鹏神王求见。澹台仙子心神又是一阵跳动，没来由地产生了一股怪异的感觉。"这是怎么回事，绝不是将有危险发生，今日我到底怎么了，为何总是心神不宁呢？"澹台仙子有些讶异，她很少会有这种莫名其妙的状态。

澹台仙境内，云霞缭绕，仙气弥漫，一座座青峰翠谷，秀美得如同画卷一般，琼楼玉宇矗立在青山之巅，飞瀑流泉淌于山石之间，漫山遍野花朵烂漫，清香阵阵。灵禽异兽遇人不惊，一派祥和的景象。澹台仙子身处一片悬浮在空中的天宫之前，正俯视着下方。

辰南与大鹏神王化作两道电光，来到空中的琼楼玉宇前。辰南已经被大鹏神王用无上大神通，掩盖了本来容貌，改变了根骨，连身高都发生了变化，更是以大法力将他所有气息全部屏蔽。不过，他们二人都知道，若是澹台璇真要深究，恐怕根本无法隐瞒住。不过，辰南相信，万载过去后，澹台璇可能早已彻底将他遗忘，应该不会引出不必要的麻烦。

只是，当澹台璇注视到辰南的双眼时，神情为之一震，她不禁开口道："我们以前一定见过。"辰南道："仙子说笑了，你是天际的七彩虹光，亮丽得让整个天界为之瞩目，我不过是一名普通修者，怎么可能和仙子这样的一代天骄有交集呢？难道我很像仙子的一位故人？如果是这样的话，我真是倍感荣幸。"澹台仙子眸若秋水，忽然淡淡地笑了起来，道："是吗？也许吧！"不过这却立刻让辰南感觉有些不自在，很显然对方已经觉察到了什么。

简简单单的几句对话，辰南平静的心海泛起阵阵涟漪，这曾经第一次让他心动的女子就站在眼前，不过他却不能如万年前那样与之相语。悠悠万载，沧海桑田，过往一切，早已如水般逝去，与万载前相比，一切都早已变化，让人只能感叹。

绝代佳人，白衣胜雪，肤若凝脂，吹弹可破，无双玉颜透发着淡淡的笑意。澹台璇将目光从辰南转移到大鹏神王身上，道："神王驾临，有失远迎，还请见谅。"大鹏神王道："澹台仙子太客气了，冒昧来访，打扰了。"澹台璇将两人带进一座仙宫中。

澹台璇道："神王失踪百年有余，天界传言神王可能遭逢不测，不想近日神王挟无上神威出世，看来传言果真不能轻信啊。""哈哈！"大鹏神王大笑道，"百年岁月于仙神来说，不过弹指一瞬间，只是这百年来于我来说，当真度日如年啊，其中苦楚不提也罢。反正，天界神王都应晓得我与秃头的恩恩怨怨。既然我还存活于世，早晚要找他了结这一切。"澹台仙子点了点头，但不好说些什么，毕竟这是神王间的纷争，她根本没有必要掺和进去。她再次将目光转移到了辰南身上，向大鹏神王询问："这位是……"

大鹏神王笑道："仙子是否觉得眼前之人，有一股熟悉的感觉呢？"澹台璇点了点头。大鹏神王赞道："仙子果然灵识敏锐，天界少有。匆匆一瞥，便落下了印象。他曾经在佛土出现过……"澹台璇如水的眸子中闪现出异彩，凝视着辰南，而后突然间，纤纤玉指，遥点向辰南，一道银芒似匹练一般激射而出。

辰南一惊，没有想到澹台璇突然出手，在这一瞬间他心思百转，最终确定对方应该不是发现了他的真身而发难。他背现神王翼，脚踩天魔八步，在这座殿宇中，快速几个闪纵，躲开那道指芒。圣洁的银色锋芒恰到好处，辰南躲过的同时，锋芒便也消失在了空中，并没有破坏殿内一物。不过澹台璇并没有就此收手，一道道指力快速破空而出，不断激射向辰南，一瞬间就在这座仙殿中交织起一片光芒闪烁的剑网，一道道剑气将辰南困在中央。

当然，明显可以看出，澹台璇并无杀心。不过，即便如此，辰南也不敢丝毫分心，那一道道银色的光芒，如果真个打在他身上，绝对会将他洞穿。他身形如电，在大殿内留下一道道残影，快速地躲避着。只是，澹台仙子打出的剑气越来越快，越来越密集，到了最后辰南惊骇地发现根本无从躲避，只能运转玄功出手。

"铿锵！"金色神刀握在手中，高大神影闪现于背后，七把兵器围在周围上下沉浮，辰南手握长刀，横劈竖斩，抗衡着澹台璇的攻击。殿内的仙童侍女皆有些吃惊，他们从未见过这么奇异的功法。

澹台璇美眸中神光闪闪，不断加重剑气力量，直到逼得辰南用尽全力抵挡，她才停下手来。一双如黑宝石般灿灿的眸子，一眨不眨地盯着辰南，过了好久才道："辰家之人，果然了得！"辰南很平静，慢慢敛去了身前背后的影子，道："仙子谬赞了。在下辰中，与仙子相比，犹如萤火相对皓月。"

"哈哈！"大鹏神王大笑道，"仙子法眼如炬，一下子就看出了他的来历。"澹台璇笑道："神王果然慷慨，居然将神王翼转赠他人。"大鹏神王道："嗯，这位辰小兄弟与我甚是投缘。说来，这是我认识的第一个辰家之人，听说仙子和辰家渊源甚深，想来比我更清楚他是不是传说中的'第十人'。"澹台璇笑了起来，在刹那间眼中神光灿灿，不过眨眼间一闪而没，她道："两位来访，到底所为何事，敬请直说。"

"借星空月殿一用。"大鹏神王单刀直入。方才，要说的已经说了，要试探的也已经试探了，现在直接说明来意。辰南正面与澹台璇相对，道："今日冒昧相求，望请仙子成全，他日定当厚报！"辰家人的身份已经说明，可能的"第十人"真身也已经显露，现在开口相求，才算有价值。关于"辰家十人"，传说种种。澹台璇现在知道辰南的身份后，没有理由拒绝。

事情也如大鹏神王和辰南所料那般，澹台璇眼中闪现出一道异彩，痛快地答应了："借用星空月殿，于我澹台一派来说并无什么，既然神王与辰兄开口，当然没有任何问题。"大鹏神王知道，如果是天界其他神王来相求，澹台璇多半不会答应，毕竟所谓的星空月殿隐秘多多，可不是想象中那么简单，他道："多谢仙子成全，大恩不言谢！"

澹台璇笑了笑，道："这没什么。不过，我想知道，你们要用它来做什么呢？"辰南凝声道："我们想复活无情仙子。""什么？！"相谈到现在，澹台璇第一次动容，道，"这是真的吗？当真是一个好消息！无情妹妹居然有复活的希望，真是太让人激动了！"澹台璇的玉容上现着激动的光辉，道，"自从无情妹妹消逝后，我道心难以安宁，时时刻刻都在想念她，以为再也难以见到她了。现在真是太好了！"辰南微微惊异，他不知道澹台璇是否真的与无情仙子亲如姐妹。

接下来，澹台璇询问了许多。辰南当然不可能实话实说，按照和大鹏神王事先商量好的，一一予以回应。在这番应答中，无情仙子之死如外界传言那样，死于《太上忘情录》之劫，身体被人偷出，不过却被辰家之人截住。辰家与无情仙子有些渊源，令辰中送到澹台一派，借星空月殿一用。其中，自然有许多不"明朗"之处，但澹台璇也不好多说什么。

星空月殿隐在澹台派仙山深处。在一座青翠碧绿、神光闪烁的高山上空，云雾缥缈，灵气氤氲，一个透发着阵阵霞光的月亮门悬于虚空。澹台璇当先飞了进去，辰南与大鹏神王紧随其后。进入月亮门，是一片奇异的空间，与外界完全属于两个世界。这是一片璀璨的星空，一颗颗蓝宝石般的星辰点缀在苍穹中，闪烁着明亮的光芒。正当空，一轮明月高高悬挂空中，洒下柔和的光辉，一座宫殿若隐若现于圆月之上。

辰南有些发呆，这真是另一个世界啊！此刻外界阳光明媚，正处于白日，而这里却星光闪耀，处于夜色中。"这片遗迹果真神奇，想来仙子在这里收获多多吧。"大鹏神王叹道。澹台仙子淡淡地笑了笑。随后，她似乎看出了辰南的不解，笑道："这不是真实的星空，这是一片方圆百里大小的空间。那闪烁的星光皆是七彩石所放，最远的离我们也不过数十余里。"

大鹏神王叹道："七彩石又名生命神石，在整片浩瀚天界都难以寻到几颗，而这里却足足有数百颗，如果不是亲眼所见，真是让人难以相信。看着这片星空中的七彩石排列，定然是一片纷繁复杂的大阵，想必仙子早已悟通，定然能够自由出入。"

"嗯，这没有问题。"澹台仙子点了点头，道，"请将无情妹妹的身体放在阵心所在，我已经明白二位要用何法复活无情。"以澹台仙子之聪慧，根本不用多说什么，她早已猜测到天界各地显现《太上忘情录》残篇，引得各方神王出现相争之故，已然明白眼前的两人导演了这一切，其目的是青神古佛的舍利子。辰南打开内天地，雨馨的身体飘浮在星空之下，绝美的容颜有些憔悴，染血的白衣让她更显得有些凄婉。

澹台璇将雨馨抱在怀中，动情地道："无情妹妹再次见到你了，你放心吧，我肯定会竭尽全力复活你。"随后，她轻轻松开了手。雨馨的身体，缓慢飞升而起，如那奔月的仙子一般，白衣飘动，向着正当空的月殿飞去。

大鹏神王道："最开始，仅需要这片星空的七彩石定住她的身体。在没有复活她肉体前，在召唤灵识前，还不需用月殿。"澹台璇道："月殿乃是这片星空的阵心，复活无情妹妹的身体，将她置于那里最好不过。"

辰南双眼有些发酸，终于等到复活雨馨这一刻了，他转身面对澹台璇，道："多谢仙子！"大鹏神王道："要复活无情仙子，需要三个神王来为她召唤灵识，我们……"澹台璇笑了笑，道："无妨，东海神王李道真正在我的仙府做客，想必大鹏神王早已感应到了，将他唤来便可。"

这个时候，辰南忽然心生感应，他皱了皱眉，道："我有些心神不宁，总感觉会有什么事情发生。"澹台仙子和大鹏神王动容，他们没有想到以辰南此刻的修为，居然也有如此敏锐的灵觉。大鹏神王道："此刻，我也有那种感应，想必接下来并不是一个顺利的过程，我猜想可能会引来几路神王干扰。"澹台仙子点了点头，露出思索的神态，道："我也早已心生感应，料想我澹台仙府将引来一场风雨。星空月殿中的古阵一旦运转起来，必将会从月亮门透发出光耀天地的波动，定然会引来各方神王窥探……"

不用澹台仙子细说，辰南与大鹏神王也能够猜想到后果。万载以来，无情仙子斩杀了不少仙神，其中不乏神王之子孙。以那些神王的修为与灵念来说，在复活雨馨的时候，难保不会被他们所感应到，若是如此，必然会引得神王来袭。只是，眼下时间就是生命，无情仙子体内还残存着点点生命之能，如果能够尽快对她进行复活仪式，成功的把握会增加到五成，如果因此而耽搁，将希望渺茫。

不多时，东海神王李道真飞入了这片星空，当他看到辰南时神情顿时一呆。虽然辰南被大鹏神王改变了容貌，遮掩了本来的气息，但一股似曾相识的感觉，还是在李道真心中油然而生。只是，万载岁月过去了，任他想破头颅，也不能猜想到当年人世间那个表哥又复活了，他根本不可能往那方面去联想。辰南很平静，先前已经看到过这位表弟，已经不再惊讶，心中唯有感慨。

看到李道真凝视着辰南，澹台璇眼中闪现出一道异彩，道："道真，方才我已经用神念传声，你已经知道了我们将要做什么，你做好准备了吗？"李道真点了点头，他仰望着星空下的那轮圆月，道："说起来无情仙子乃是我的一位亲人，过去我曾经蒙她细心关照，尽管这万年来她性情大变，但是不管怎样说，她在我心目中的地位始终不变，永远是人间那个纯真无瑕的雨馨姐姐，我一定会竭尽全力复活她。"说到雨馨，李道真心神一震，他有些不可思议地望向辰南，但是他又无奈地摇了摇头，觉得自己的想法实在太过荒谬了。

"传我仙令，澹台一派封山，所有澹台弟子，全部聚到星空月殿之外，将月亮门牢牢守住，不得放任何人进来！"澹台仙子如天籁般的声音，自这片星空传出，回荡在整片澹台仙府，声音虽然优美动听，但却也透发着无上威严。一时间，所有澹台子弟全部聚集到了星空之外的月亮门，十八座仙阵守护在外，寒光闪闪的飞剑在空中飞旋缭绕，所有弟子如临大敌，一股浩瀚无匹的仙气笼罩在这片仙山。

星空内，五颗金光璀璨的舍利子，缓缓飞起，向着正当空的圆月飞去。不过，就在这时，辰南心中更加不安了，这令他心神难宁，毕竟这是在复活雨馨啊，稍有意外，他将遗憾终生！"等一等！"辰南叫道。五颗舍利子定了虚空中，停止了飞升。大鹏神王转过头来，道："事已至此，耽搁不得。虽然，接下来会有神王来袭，但那是避免不了的。"

辰南道："我不是怕有神王来袭，我相信三位的实力，也相信这座星空古阵的巨大威力。我所担心的是，是否真的能够复活无情仙子，到底有无百分之百的把握。"大鹏神王道："没有，只有五成把握！"辰南心中一震，他感觉非常害怕，五成把握比以前预想的结果高了许多，但现在到了最后的关键时刻，他却惶恐起来。他害怕失败，如果这一次不能成功复活雨馨，那雨馨将真的彻底消逝了，他接受不了这种结果，颤声问道："怎样才能有十成的把握？"他的语音有些颤抖。

李道真神色又是一变，不过很快又恢复了过来。澹台璇露出深深思索的神态，道："也许……""也许什么？"辰南问道。澹台璇道："如果将西方的生命主神请来，或许能够增加一成的希望，只是时间上或许等不及了。"辰南心中一震，又是生命女神，五千年前生命女神似乎就和无情仙子打过交道，现在复活雨馨时又提到这个女神。

大鹏神王道："生命女神？我对这个西方主神虽然不太了解，不过如果真能请动她，时间或许不是绝对的问题。无情仙子体内的生命之能彻底消逝，最起码还需要三天。"辰南激动地道："我去请生命女神！"澹台璇露出讶异之色，道："你有把握吗？要知道西方的主神一向与东方神王不睦，你如果请不来，白白浪费了大好时间。"辰南道："有！"大鹏神王看了看辰南，忽然笑了，而后什么话也没有说，两道金色神光快速冲出了他的身体，打入辰南的双胁。

"三日内，我定然会将生命女神请到这里。"说罢，辰南如闪电一般冲出了这片星空。李道真愕然，没有想到在复活雨馨的关键时刻，竟然又中止了。外界的澹台弟子并没有阻挡辰南，任他冲天而去。辰南展开神王翼，如一道闪电一般，划破虚空，向着西方飞去。

浩瀚天界，广阔无垠，各个名山大川间，也不知道隐藏了多少修者。更有无数巨大的城市点缀在山川之间，比之人间界还要繁华，这些都是天界普通居民，总人口不比人间少。但相对于浩瀚无边的天界来说，如此巨量人口也稍显稀少。平静多年的天界，在这两日喧嚣无比，天魔残躯出世，不仅让修者们大惊，也让普通居民感觉震撼。

天魔这一盖世强者，只是流传于神话传说中的人物，从来没有如此真实地闯入人们的眼中。然而近日，被封印的残躯居然出世了，以一缕残魂大闹佛土，冲破佛祖阻挡，逃离而去。天界虽然广袤无垠，但消息依然传得很快，沸沸扬扬的消息都已经传到西方天界。

辰南一路西行，并无遇到丝毫阻挡，如今他飞行神速，可谓瞬息百里，半日间已经来到了东西方天界的交界处。在穿过漫长的空间通道后，看着当日和雷神大战过的场地，他心中颇有感慨，没想到才不过短短数十天，他再次飞回了西土。东土的天魔之乱令西土诸神有些不安，西方的各个要道有不少天使在巡视。不过这根本难以拦住辰南，刹那流光，辰南化作一道金线，在空中留下一道长长的残影，划破西方天界的虚空。他有一种感觉，这一次如果请动生命女神，那么即将有可能揭开五千年前人间雨馨的生死之谜。

高山在飞退，大河在消失，草原在远去，按照记忆中的路线，辰南以天界极速，飞行了多半日，终于来到西方神域。辰南调整方位，飞过几座巨大的人类城市，终于找到了生命女神殿的正确方位。少半个时辰之后，辰南来到了生命女神殿的上空，在他还没有所动作时，里面升腾起一片灿灿绿光，瞬间将他笼罩。不过有神王翼在身，这片绿光虽然限制了他的速度，但却根本难以将他禁锢在空中。

"咦？"一声惊讶之音，在女神殿内响起。随后，数十个天使飞了上来，团团将辰南包围在中央。辰南道："烦请各位禀报生命女神，一位东土修者前来求见。"生命女神珍妮感应到辰南的气息，早已知道是他来访，她道："有请！"辰南与数十位天使，飞落进下方那片宏伟的神殿。

生命女神圣洁如往昔，流露着清新自然的韵味，灵气溢于本心，虽非国色天香，但那独一无二的气质却与众不同，让人过目难忘。让辰南无比惊愕的是，生命女神的旁边居然还有一位女神。金黄色的长发，海蓝色的眸子，雪白的衣衫，虽非倾国倾城的绝代佳人，但却集天地灵秀于一身，流露着生命与自然的气息，这竟然是那被困在雷神殿地下的上一任生命女神卡缪，她居然脱困了！一对姐妹，两个生命女神！

辰南想大笑，急忙施礼，道："赞美女神，恭喜女神脱困而出。"他知道近来西方肯定也发生了一系列事件，不然卡缪不可能出现在生命女神殿中。两位生命女神相视一笑，卡缪道："请说明你的来意吧，我听说最近东方很不平静。"

辰南说道："想请两位女神前往东方，出手救助无情仙子。""什么？！"上任生命女神卡缪脸色变了又变。辰南又道："无情仙子走火入魔，她留下遗书，唯有两位仙子相助，才能令她复活。"卡缪与珍妮对视，两人的脸色皆变了又变。

到了现在，辰南只能开口放空炮："澹台仙子让我请两位女神前去，日后她定有厚报，不惜出兵西土！"辰南说的"出兵西土"四字很模糊，没有说是前来帮忙，还是来报复。两个生命女神脸色再次发生变化。辰南再次开口："金翅大鹏神王相请两位女神前去东土，救助无情仙子，他日定有厚报！""这……"无情仙子加上两大神王相请，这让两位生命女神犹豫了起来。这时，辰南又开口了："东土天界自太古传承下来的最古老、最神秘、最强大的家族辰氏一族，有请两位女神前往东土，救助无情仙子，他日定有厚报，不惜出兵西土！"

这下，珍妮与卡缪真的有些吃惊了，东方最古老强大的家族"出兵西土"，可以有两种含意啊，如果利用好日后将是无比强大的助力。卡缪犹豫再三，道："虽然西方主神与东方神王不得擅自跨界，但是今日是东方神王邀请，情况特殊，且五千年前我欠下无情仙子一个人情，今日再次相助于她，彻底还了那份情谊。"珍妮显然有些不同意，道："东土很乱，西土现在也不平静，姐姐才脱困而出，雷神定然不甘心，我们现在怎么能离开呢？"

辰南咬了咬牙，再次找到了个可以推出来的大人物，他开口道："西方一位远古图腾神，在人间界曾与我说，不久的将来要上西方天界来。当初就是他将我送上了天界。"这下珍妮与卡缪同时震惊，就连持反对意见的珍妮也开始犹豫了。她们乃是西方的主神，对于西方过去古老的神祇，比之辰南要了解甚深。当初，她们就曾经探究过将辰南送上天界的大人物，现在得知真的存在，就更令她们难以平静了。"好，我去！"卡缪再次做出了肯定的回答。

就在珍妮犹豫不决时，神殿之外传来清朗的笑声："无情仙子威震东方，现今有难，我们理应帮忙。"一个英挺的金发男子走入生命女神殿，这是一个极其具有魅力的男子，无形之中仿佛透发着绚烂的光芒，令所有人不敢直视，如那高悬于空的灿阳一般。

辰南看到了如阳光般灿烂的男子衣物上的光明标志，他顿时料到这是天界的光明神！同时，已经猜想到光明神可能是和生命女神一系的西方主神——卡缪脱困有关。乍然看到传说中的光明神，辰南心中多少有些吃惊。看到殿内做客的光明神走了出来，并且支持去东方复活无情仙子，生命女神珍妮也终于下了决心："好，我们这就去东方！"光明神笑了笑，流露出一丝强大的威压，道："我也去，也许我能帮上忙。当然，我去的目的主要是寻找天魔，向他询问第一代光明神的事情。"

辰南真是又惊又喜，本来为请生命女神珍妮而来，现在却请动了三位主神，真是超出意料。不过，他心中一动，这下天界可能会因此而有一场风波了。三位主神向辰南详细了解情况，而后各自做了一番布置，主要是和同系的主神进行了神念传音，随后未作片刻耽搁，随同辰南腾空而起，向着遥远的东方天界飞去。

与此同时，澹台仙府，风起云涌，不知道因何原因，无情仙子将在星空月殿复活的消息，已经走漏了出去，现在的澹台仙地风雨飘摇，无数修者得到消息后向那里赶去，同时暗中几路神王也都已赶到。天界一场前所未有的大动乱开始了。

第三章
神王之战

白云飘逝，大山飞退。辰南与三位西方主神破空飞行，瞬息百里，大地上的景物如光似影一般飞快消逝。三位西方主神的实力那是毋庸置疑的，而辰南有神王翼在身，此刻在速度上也达到了他们那一级别，因此并没有落后半分。三位西方主神不禁流露出惊异的目光。在西方神域与通往东方天界的要道处，四人避过了巡视的天使，而后又通过东西方交界处的空间通道进入东土领域。

在路上辰南忽然想起一件事情，他出了一身冷汗。前次在西土之时，他曾经对生命女神珍妮通报过姓名为辰南，说出了自己的真实名字。当时他并未多想，以为像他这样的实力，根本不会引起各方注意，但是现如今他已经处在了风口浪尖上，如果生命女神到了澹台仙府，称呼他为辰南，被澹台璇或李道真听到，那么……

辰南急忙对两位生命女神传音，道："两位女神殿下，我有一事相求，我本为天界辰家之人，不过幼年时被下放到人间西土，成年后才被获许上天界。此中因果种种，不便细说，但主要是为了避免东方天界一些大人物察觉，我想请两位女神在任何人面前都不要提到我的真实名姓。在此，感激不尽！"两位生命女神愉快地答应了。不过辰南知道，既然名字曾经透露出去了，便难以成为秘密，暴露在天界只是时间长短的问题。现在，他只能尽快提升自己的实力，努力改变现状。

辰南恨不得飞断神王翼，将速度提升到极限境界，至此他竟然超出了三位主神一段距离，在前方引领方位。路上曾经遇到过几路修者，辰南与三位主神从他们附近飞过时，惹得惊呼声一片。当辰南他们赶到澹台仙府时，立时感觉有些惊异。

此刻的澹台圣地，到处都是人影，无数的修者或翔浮于空中，或落在远方的各个山巅之上，遥望仙府深处，人流涌动，人声鼎沸，显然这里有大事件发生。"这到底怎么了？"辰南向身旁的一名修者询问。旁人道："发生大事件了，不次于天魔出世的风波。知道吗？不久前身殒的无情仙子，这几日有可能在澹台圣地的星空月殿复活……"辰南脑中嗡的一声，消息竟然走漏了出去，这是谁干的？澹台圣地肯定有内奸！本来就怕在复活雨馨的过程中有神王来袭，但现在还未开始，消息就已流传在外界，定然是一番曲折的过程啊！

有人接嘴道："知道吗？绝情道老魔君，混天道老魔王，破灭道大魔头，三位神王级高手率领本门高手来犯，已经将澹台圣地当中的星空月殿团团包围了。据传，还有隐藏在暗中的神王在观察动向。他们都不希望无情仙子复活。万载来他们的弟子门徒，被那无情仙子斩杀无数，现在那些仇人都找上门来了。"辰南怒道："哼，一帮废物，无情仙子活着的时候，怎么不敢找上门去，现在来搅闹算什么本事。"

对方道："嘿，这位小兄弟你小点声，虽然外围的人都是看热闹的，但也没准隐藏着些对无情仙子不利的高手，如果找上门来，我都要跟着你受牵连。"果然，附近数十人齐回头，看向辰南。对方又道："这万载来，有数位神王曾经围剿过无情仙子，但是无情仙子着实了得，越战越强，到最后也只能让她的敌手不了了之，现在千载难逢的机会，她的敌手怎么会让她复活呢。"

看到附近的人都开始注意这里，辰南不好再询问什么，向远空中摆手示意，三位主神化作三道光芒来到了近前。"啊，西方神……"附近传来一片惊呼声，所有人都感觉到了这三股神王级的强势威压，纷纷叹道："难道是西方主神？""天啊，今天真是一场天大的风波！澹台圣地本已聚集六位神王，加上暗中的神王，再算上这三位西方主神，如果大战起来，天啊，不敢想象！"绝大多数人都非常惊异，毕竟东方的神王和西方的主神是不能够随便跨界的，这样做的后果可能会引起猜忌。

辰南和三位主神快速冲进澹台圣地深处，无数修者赶紧避退，毕竟三位主神外放出的强大威压不是一般人敢招惹的。在这片仙雾流动、风景绝佳的仙山中，绝情老魔王、破灭老魔王、混天老魔王，率领本门精锐正围堵在星空月殿之外，而澹台派弟子布下十八座仙阵，挡在月亮门之前。

在离地面千米高空之上，正发出阵阵雷鸣之响，破灭老魔王正在与澹台璇拼斗。他们的小世界映射在虚空中，那完全是真实的景物，高山、大河、湖泊、草原……好像两块广袤的大地飘浮在空中，又像是两片世界接连在这大世界中。两大高手每一次对决，都有山川毁灭，湖泊干涸，平原崩碎，当真声势骇人无比。急冲到这里的辰南神情为之一滞，看到那神王级高手的拼斗，他似乎受到了某种启发。不过，眼下不容他多想，他对三位主神道："请三位主神随我冲入那道月亮门中，如果有人阻拦，尽管大开杀戒。"

此刻，无论是澹台派的弟子，还是三位魔王的门徒，都已经看到了这四位不速之客，三位老魔王的神色有些不好看，他们怎么会感应不到三位主神的强大威压呢？光明神率先向前冲去，混天道与绝情道的弟子快速堵截而来，但是，他们怎么挡得住三位主神呢？三位主神此时突然爆发出百丈光芒，三道弟子皆被一股大力冲撞了出去。

"西方主神竟敢擅闯东方天界，难道你们不怕引起东西方纷争吗？"混天老魔王喝道。绝情魔王也大喝："你们难道想引起东西方大战吗？"正在这个时候，金翅大鹏神王冲出了星空月殿，他哈哈大笑道："东西方纷争并不是你们三个说了算，你们不是想挑起东方神王的大战吗？现在加进来几个西方主神，有何不可？哈哈，妙极！妙极！今天真是太妙了，百余年未能痛快大战一番，今天定然可偿夙愿。"

李道真也冲了出来，这令想上前阻止的绝情魔王与混天魔王生生止住脚步，不到生死时刻他们可不想以二敌五，况且，他们今天只是为阻止无情仙子复活而来，只要在关键时刻出手便足可达到目的！这个时候高空中传来澹台璇天籁般的声音："破灭魔王你虽然修为高绝，但如果你师父东方啸天活到现在，你远远无法比肩。"说罢，澹台仙子快速冲了下来。

至此，大鹏神王、澹台仙子、东海神王李道真，还有三位西方主神，共六位神王级别高手聚集在星空月殿之外。三个老魔王没有想到事情会变成这样，居然引得三位西方主神来援，他们此刻不敢轻举妄动，只等复活仪式开始，再大肆破坏。

澹台仙子道："感谢三位主神前来东土相助！"大鹏神王则道："现在已经没有多少时间了，三位往里请！"六位神王以及辰南飞入了那方奇异的空间之中，里面星光璀璨，月色如水。现在时间就是生命，大鹏神王简要地和三位西方主神说了一下注意事项，便开始分工。复活雨馨最起码需要三位神王级高手，两位生命女神肯定是必选名单，最后剩下的一人被选为大鹏神王。这是辰南的意思，因为此刻他最信任的人便是这个禽王，有他在旁守护才能令辰南安心。

至于澹台仙子三人，身上担子更重。他们所要面对的不仅仅是明面上的三个老魔王，因为消息提前走漏了出去，这一次天晓得会引来哪些人物，到时候恐怕将是一场天大的风波，一场腥风血雨肯定是无法避免的。就在这个时候，澹台派弟子来报："禀报祖师，轩辕神王来犯！"这个弟子还未退出星空月殿，又有一澹台弟子来报："禀报祖师，九幽魔王来犯！"紧接着又有弟子来报："无忧仙尊来犯！"声音还未停止，再来一弟子传报："报，佛土之主来犯！"

辰南以及六位神王倒吸了一口凉气，任他们事先有思想准备，也没有想到共有七位神王级高手前来责难。这还只是已经出现在明面的，暗中是否还有人没有现身呢？想一想就让人感觉可怕！澹台仙子沉吟了一下，道："无妨，这片星空内，由七彩神石排列成的古阵运转起来后，再加上我们的力量，应该能够挡住他们。"光明神苦笑道："没有想到刚来东土，就碰上了这么大的阵仗，居然遇到了东土神王大会！"

大鹏神王也吃惊不已，万万没有想到居然惹来这么多神王来犯，他摇了摇头叹道："事情不妙啊，即便有古阵防护，也不好抵挡！"说着，他忽然看向辰南，似乎想起了什么，道："对啊，现在要动用起所有力量。小子你不是有封印的后羿弓吗，现在六位神王在此，还不快打开你的内天地，我们六人应该能够解开它的封印，有这等瑰宝在此，必将能够令我们实力提升一大截。"澹台璇眼中闪现出一道异彩，诧异地看着辰南。

辰南知道现在绝不能浪费时间，快速打开了内天地，六位神王还未进去，先冲出来两条龙。"哦，光明大神棍在上！雨馨复活了吗？"龙宝宝浑身上下金光闪闪，胖得跟小肉球似的，晃晃悠悠飞到了辰南的肩头。小神棍的话音刚落，立刻引得在场的几位神王都笑了起来，旁边英俊的光明神则尴尬不已，没有想到眼前这个小东西当着他的面这样说他。痞子龙见多识广，看到了光明神衣服上的标志，失声道："哦，龙妈在上，你不会是光明神吧？""哦，光明大神棍在上！哦不，偶米头发在上！我快晕了！"小神棍眨动着大眼，好奇地看着眼前的几个神王，露出一副快晕倒的神态。

当六位神王进入辰南的内天地后，明显感觉到了这方小天地似乎与众不同，皆惊叹不已。尤其是看到成片的宏伟雷神殿后，两位生命女神与光明神皆大笑了起来。不过当两位生命女神看到不远处，那片被龙宝宝和小凤凰连根拔来的仙果树，她们的脸色顿时不好看起来，洗劫雷神也就罢了，居然还敢打她们的主意，这令旁边的辰南跟着尴尬不已。

听到光明神简单地述说经过，大鹏神王、澹台璇以及李道真，皆有些惊异，万万没有想到眼前的家伙竟然是前段时间在西方闹得沸沸扬扬的大盗，是疯狂席卷了西方主神雷神整片神殿的大盗！"哈哈！"这个时候就连大鹏神王都忍不住大笑起来。澹台璇也忍俊不禁。

"哎，这就是流传于天地间的那株灵根？"两位生命女神称奇不已。她们的生命之树便是第一代生命女神自这株灵根上折下的，现在见到母树焉不激动。光明神与大鹏神王还有李道真看着定地神树，连连赞叹不已。而澹台仙子则是围绕着神树走了一圈，什么话也没有说，不过美眸中却不断闪现异彩。六道神力如汪洋一般，扑向定地神树，这方小世界内顿时光芒璀璨，刹那间到处都是神光，到处都是彩芒，根本让人无法睁开双眼。神力，浩浩荡荡，铺天盖地。

一盏茶时间过后，一片翠绿的神光爆发而出，将六道神力的光芒彻底掩盖住了，而后片刻间所有光芒俱敛。一株一米高的小神树在高空中不断旋转，透发出阵阵可怕的能量波动，随后神光一闪，化作一把黝黑的神弓，悬浮于正当空。现在，神树与神弓可以自由转化，完全解开了封印，更可移到辰南的内天地之外。辰南向虚空中一招手，神弓宛如有灵识一般，快速飞入到他的手中，顿时让他有一股血肉相连般的感觉，仿佛这便是他身体的一部分，是不可缺少的一部分！

六位神王看得有些惊异，大鹏神王大笑道："好！好！现在远距离攻击，等同于多了一个神王！""多谢六位！"辰南想了想，道，"六位神王，可否再帮我解开一件瑰宝的封印？""啊？你还有？"大鹏神王无比惊异，同时其他五位神王也露出不可思议的神色。

辰南打碎了这片内天地的一片混沌地带，挖出一个巨大的龟壳。因为避免太过招摇，事先他命痞子龙藏了这件玄武甲，不过现在大敌当前，唯有提升实力才是真理，他当众取出封印的玄武甲。六位神王是何等的人物，一看就猜测到这是何等瑰宝了。六人并不多说，六道神力同时向玄武甲涌动而去，天地间顿时再次充满浩浩荡荡的神力波动，五彩神芒笼罩在这片小世界。

一盏茶时间过后，一声轰雷大响，六道神力快速敛去，一个透发着青绿色光芒的巨大神龟悬浮于空中，摇头摆尾。不过，很快，神龟快速缩小了，化成了一件暗青色的神甲，透发着古朴神异的气息。虽然并非光芒灿灿，看起来一点也不出众，但是六位神王却都暗暗吃惊不已，以他们的修为焉能看不出这件玄武甲的价值。

辰南一招手，玄武甲快速飞来。几声金属颤音响起，玄武甲快速穿在他的身上，上身护住胸部腰腹，类似一件马甲，下身护住膝盖以上，类似一条短裤，不过都闪烁着暗青色的金属光泽，看起来和铁甲一般无异。不过，幻化并未止于此，当辰南稍稍运转功力之时，玄武甲爆发出一片暗青色的光芒，上身神甲开始拓展，慢慢覆盖上了他的双臂、双手，到最后就连头部也被一个闪烁着金属光泽的头盔覆盖住了。而下身战甲，则从膝盖开始向下蔓延，护住了他的小腿，最后一直将他的双脚覆盖住，形成一双暗青色的金属战靴。

此刻，玄武甲光芒大盛，爆发出阵阵神光，不知比刚才要神异了多少倍。在这一刻，辰南身穿玄武甲，背着后羿弓，他感觉到了一股前所未有的巨大能量在体内不断流转，在这一刻他感觉敢与神王一战！他忍不住仰天长啸。

现在，辰南体内力量汹涌澎湃，本身元气在身上两件瑰宝的引导下，如滔滔大河一般在经脉内奔腾不息。此刻，他血脉沸腾，想立刻找人大战一场。一声长啸，辰南飞出内天地，自星空月殿的月亮门冲出，看着澹台派弟子对面那七大神王以及他们身后的精英弟子，还有远方无数的观战者。

辰南摘下后羿弓，展开神王翼，在空中不断变换方位，留下一道道残影，荡起阵阵可怕的波动。混天老魔王等人大吃一惊，看着一道道残影快速闪烁，有些不可思议。玄武甲暗青色的光芒神异无比，让他们心有感应，同时黝黑的后羿弓的弓弦上已经搭上了一支光芒璀璨的元气箭，让他们感觉到了一丝危险的气息。

对于传说的战甲与神弓，天界众人早有耳闻，此刻立时猜想到了。澹台仙子与大鹏神王等人这个时候，也已经飞出了星空月殿，在那月亮门处静静观看。混天老魔王大喝道："不好，所有弟子后退！"他们这些神王级高手无所畏惧，但是那些弟子门人，恐怕少有人能够抵挡。

辰南在高空中不断变换方位，留下道道残影，手中后羿弓透发出的恐怖波动越来越大。辰南不久前已经踏入七阶领域，而此刻两件瑰宝的封印被彻底解开，高深功力加上无封印的瑰宝，能够发挥出的巨大威力简直不可想象，比之在人间界时不知道要强上多少倍。玄武甲神光璀璨，透发出的青色光芒，将辰南映衬得如一个战神一般，后羿弓汇聚八方灵力，浩浩荡荡的天地元气从四面八方奔涌聚集而来，凝形成一道金箭出现在弓弦之上。

"轰隆隆——"天地间的元气不断汹涌澎湃，阵阵天雷，在澹台圣地上空不断轰响，这片仙山仿佛都颤动起来。许多修为不是很强的观战修者在这天地元气浩荡中感觉自己仿佛坠入了汪洋中一般，跟着上下沉浮，不断在空中晃动。所有人都有些不可思议地望着辰南，望着那身穿战甲，爆发璀璨光芒的身影。

此刻，不光是混天老魔王等来犯神王感觉惊异不已，就是早有思想准备的大鹏神王等人也暗暗吃惊，此刻辰南的状态有些不可思议。玄武甲与后羿弓解开封印后，合璧使用简直太可怕了！"唰唰唰"，一道道残影留在空中，璀璨的神甲光芒与可怕的后羿箭芒，光耀于天地间，让所有人感觉有些不安。

在隆隆的响声中，天地元气波动越来越剧烈。这个时候辰南终于对准了目标，远处的观战者哗然。辰南竟然将后羿弓对准了混天魔王，他居然想与神王一战。"这个小子实在有些狂妄，不过我喜欢。"大鹏神王自语道，同时他已经做好了救助的准备。

混天老魔王则气得脸色铁青，在他看来辰南虽然手掌后羿弓，身穿玄武甲，有两件瑰宝加身，不过毕竟是一个后辈弟子，即便现在有瑰宝相辅，显得有些可怕，但他依然认为这样的挑战是一种侮辱。弓弦颤动，风雷阵阵，天地失色，八方元气如浩瀚汪洋一般，凝聚成一道巨箭，一道惊天长虹划破虚空，向着老魔王激射而去。三十丈金色长虹气霸天地，浩荡起无匹的元气波动，直将老魔王身后弟子惊得脸色剧变。

不过混天老魔王有意立威，他并没有展开自己的小世界化解这惊天一箭，反而凝立不动，静等穿越虚空而来的神箭袭身，在那道惊天长虹距离他不足三丈时，所有门徒弟子都已经脸色发白，老魔王终于动了。他在虚空中大步朝前迈去，一步就到了璀璨长虹近前，而后伸展双掌向着金光箭抓去，同时一声大吼响彻天地间，直震得身后不少修者坠落下高空，更有不少人嘴角溢出鲜血。所有观战者皆骇然失色，老魔王太可怕了，居然徒手抓向神箭。

"啊！"魔啸震天，三十丈长的惊天长虹，竟然生生被混天老魔王抓住了手中，居然被他就这样硬撼下来。只能用恐怖与变态来形容，神王无敌！不过，后羿神弓毕竟是自太古以来就流传于世的瑰宝，现在辰南修为大进，而且有玄武甲相辅，发挥出的后羿弓神力，早已不可同日而语。金色长虹最终带着老魔王向前冲去，虽然不能伤到他，但强大的冲击力将老魔王生生冲击出去百丈距离，而后金光轰的一声在空中爆碎了。可怕的能量波动浩浩荡荡，直将附近观战的修者冲飞一片。

惊天一箭将神王射退，辰南足以自傲了，澹台仙山一阵沸腾，无数修者发出惊呼。不过，辰南并未就此打住，再次弯弓搭箭，目标依然是混天老魔王。"该死的！"老魔王仰天长啸，感觉受到了莫大的羞辱，破开虚空，向着辰南飞去。不过辰南现在有神王翼在身，速度根本不弱于他，在空中闪现出几道残影，便避过他。同时浩瀚元气波动再次剧烈了起来，一道三十丈的惊天长虹，贯穿虚空，射向混天。玄武甲护体，神弓在手，在这一刻辰南敢与神王战，可谓气贯长虹，势不可当，战甲与神弓透发着万丈光芒，将他衬托得高大无比，如一个巨人矗立在高空一般。

老魔王怒吼，不过他再次被那道惊天长虹掼飞了出去。辰南气势如虹，在这一刻他战意正浓，神箭一道接着一道射出，高空之上天雷滚滚，金光璀璨，一道道如闪电般的虹芒，交织于虚空中。观战者无不避退，远远地躲开。老魔王终不敢再用一双手硬撼，面对数道惊天长虹，他只能打开自己的小世界，一片浩瀚空间浮现于高空之上，里面高山雄伟，大河滔滔，平原广阔。

五道长虹同时冲了进去，一座巨山顿时被崩碎，同时一片广袤的草原也被四道长虹轰得烟尘滚滚，大地崩裂，一幅末日来临般的景象。如此毁灭老魔王小世界中的山川景物，虽然不能给他造成多大伤害，但也让他身形颤动了两下，不过最让他无法接受的是伤了他面子。在如此多的神王级高手，以及无数的观战者眼前，被一个小辈频频主动攻击，让他忍无可忍，彻底暴怒。

不过辰南有神王翼在身，老魔王连连破碎虚空，想要抓住对方，但都无功而返。最后他禁锢了这片空间，但依然没有取得效果。玄武甲不愧为瑰宝级战甲，竟然能够突破空间禁锢，禁锢的空间也难以定住辰南的身形。"杀！杀！杀！"此刻，辰南战意滔天，所有前来的神王，不管修为有多么高深，都是为了阻止雨馨复活，在这一刻他根本不会留情。手中的后羿神弓，已经对准了混天老魔王的门人弟子，三道长虹贯穿虚空，无人能够阻挡。

惨叫传来，所谓的混天道精英弟子，被第一支神箭连续贯穿十几人，血光冲天，十几人在刹那间爆碎，血雾弥漫，腥臭阵阵。神箭如虹，第二道、第三道神箭相继冲击而去，璀璨神芒化成了死神的死光，连续射爆数十人，碎肉飞溅，鲜血崩洒，残尸坠地。辰南暂时奈何不了老魔王，但是却能够有效杀死他的门人弟子，当老魔王怒吼着向他冲去时，辰南在禁锢的空间中依然身形如电，不断射杀他门派中的高手。

绝情老魔王、轩辕神王、九幽魔王等人，虽然也都是来阻止无情仙子复活的，但此刻却没有人上前，表面上看他们是同一阵营的，但却不是真的同一条心，他们乐得混天老魔王丢面子。高空之上荡起阵阵血雾，辰南大开杀戒，在这一刻他杀意无限，想到雨馨的种种悲惨，想到自己万载迷茫地被他人掌控，心中所有的负面情绪全部爆发开来，当着天界众多高手的面，他尽情挥洒心中杀意。

血已冷，恨正浓。凡是阻止雨馨复活的，都是他的敌人。箭箭夺命，招招毙敌！鲜血迸溅，残尸碎裂，魂魄号叫。直到感觉力竭之时，他才悠然转醒，这是怎么了？他发觉自己竟然是如此残暴，老魔王一派被他斩杀上百人。混天老魔王此刻已经将那些精英门徒收进自己的小世界，正朝着他恶狠狠冲来。

辰南身上的玄武甲爆发出一片青光，后羿弓神光璀璨，他杀意再次涌起。不过，这一次他控制住了，他展开神王翼飞回了星空月殿，对着大鹏神王等人道："请各位开始复活雨馨吧！"说罢，他手持神弓，站在了星空入口处，冷冷扫视八方，大有气吞山河，一将守关，万夫莫开之势！澹台璇有些惊异地望着他，眼眸中光彩连连，也不知道在想些什么。

澹台圣地今日发生了太多让人震惊的事情，无情仙子将复活，七大神王高手来犯，玄武甲出世，后羿弓显神威，一个普通青年大开杀戒，逼得老魔王怒吼震天。此刻，这片澹台仙山附近聚集了天界无数修者，人们看得目瞪口呆，许多人心中难以平静，无风无波的天界似乎要卷起滔天骇浪了。

辰南站在星空入口处，全身上下被玄武甲覆盖，闪着暗青色的金属光泽，手中后羿弓弓弦拉满，冷冷对着在外围困的敌人。现在是复活雨馨的关键时刻，他已经做好舍身的准备，七大神王以及那些精英弟子，如果想冲进去进行破坏，除非踏着他的尸体而过。辰南能够与两件瑰宝完美契合，不光令敌对一方的七位神王惊异不已，也让他身后的几个神王有些吃惊。

不过，现在没有多余的时间去猜想，星空中大鹏神王与两位生命女神已经腾空而起，向着正当空的那轮圆月飞去。待到他们的身影没入圆月中那片若有若无的宫殿中，澹台璇宝相庄严，透发出漫天圣洁的光辉，显得神圣无比，随着她打出一道道神芒，没入星空中那些"星辰"之上，这片用七彩神石布下的古阵终于运转了起来。

刹那间星光璀璨，漫天的"星辰"闪烁出道道光彩，映射得这片夜空如同白昼一般，数百颗七彩神石最终各自透发出一道道灿灿虹芒，激射向这片空间的中心——月殿。一股古朴沧桑的气息浩荡而起，古阵像那古老的轮盘一般转动起来。看那漫天星辰，光耀天地，一道道神芒交织成一片巨大的光网，笼罩在这片夜空之下，月殿正处于阵心位置，所有光芒交汇到那里，令那轮圆月更加璀璨神异，上面的殿宇渐渐清晰可见起来。

"轰隆隆……"数百颗星辰不断震颤，最后竟然开始以莫名的轨迹移动起来，星光耀眼，光雾弥漫。最后，一层神圣无比的光辉充斥在这片天地间。星空月殿之外，七大神王都已经感应到那巨大的元气波动，在他们面前仿佛有一头巨大的远古战兽爬了起来，这令他们感觉异常惊异。

九幽魔王自语道："早就听说这星空古阵神秘无比，今日一见似乎并非谣传啊，不简单，不简单！"轩辕神王冷笑道："哼！不管古阵有多么大的威力，它都是死的。复活无情仙子，最起码需要有三位神王在旁守护，古阵的运转意味着减少了三大高手，看他们光凭一个破阵如何支撑七王攻击。"星空古阵中，正当空那轮圆月之上，雨馨静静飘浮于空中，三大神王在旁守护，五颗灿灿舍利子围绕着雨馨不断旋转。生命女神卡缪神色复杂地看着雨馨的身体，显然她真的与雨馨有过交往。

就在这个时候，数百颗星辰汇集而来的光芒，从四面八方而来，全部交汇在雨馨的身上，五颗舍利子不断颤动，最后竟然有熔化的迹象。生命女神卡缪与珍妮不再犹豫，素手轻扬，四颗透发着强烈生命波动的神石被打入雨馨所在的光心。五颗古佛舍利子加上四颗生命神石，围绕着雨馨快速旋转，透发出阵阵强大的生命气息，无尽的生命之能涌动而出，向着雨馨体内冲去。

雨馨的身体不断颤动，似乎随时会睁开眼睛一般。数百颗七彩神石汇集来的光芒，不光能够炼化古佛舍利子与生命神石，还牢牢地将雨馨定在虚空中。光芒在跳动，雨馨的睫毛在颤动，这是复活的关键时刻，成败在此一举。星空古阵完全运转起来，猛烈的波动自这片空间透发出去，让数百里以内的人都能够清晰地感应到。所有的星辰都在旋转，灿烂星光图耀于夜空。这个时候，澹台圣地无数的观战者都沸腾了，他们知道复活无情仙子的仪式已经开始了，七大神王必将要在这关键时刻动手。

轩辕神王一声长啸，率先向前攻去，澹台派众多弟子布下十八座仙阵，他们刚要拦截，澹台仙子喝道："放他进来，你们拦得了一人，却拦不了七人，让神王通行，将他们弟子阻挡在外便可。"轩辕神王未受丝毫阻挡，便冲过十八座仙阵，朝着星空入口处冲来，一片小世界浮现在他身前，里面浩荡出狂猛的能量波动，当先轰击而来。

辰南开后羿弓神弓，箭指神王，松开弓弦便射。炽烈神光撕开虚空，贯穿进轩辕神王的内天地，在里面爆发出阵阵惊雷之响，也不知道破碎了多少山峰。轩辕神王身形一颤，不过不受阻挡，加速前来。辰南手中后羿神弓连连开动，一道道神光爆发而出，浩浩荡荡的能量在澹台圣地不断激荡，附近所有的仙山都跟着颤动起来。伴随着一道道神光射进轩辕神王的内天地，这个黄须黄发的高大神王大怒了，他的速度严重被阻挡，每一箭都让他身形一颤，虽然无法造成有效伤害，但却也不好受，这对于神王来说是一种耻辱。

辰南也焦急不已，眼前的轩辕神王不像混天魔王一般自负，不像混天魔王那般直接用双手承接他的神箭，对方用小世界进行攻防，他似乎根本难以奈何对方。他咬了咬牙，到了现在，他只能拼了。右手中指上覆盖的玄武甲快速敛去，一道血光迸现而出，刺目的血箭搭在了弓弦之上。在这一刻天地间突然刮起一股阴风，一片乌云凭空出现在高空之上，向着辰南汇聚而去。血箭光芒万丈，刺目无比，神圣气息中伴随着阵阵森寒气息。

"轰隆隆！"天雷阵阵，风云变幻，天地失色。无头的天使，断臂的恶魔，心脏破碎的仙子，腰腹以下齐断的斗神……无数的神灵残尸，汇集在辰南的周围，惊得所有人瞠目结舌，简直不敢相信。不过，最终人们发觉那不过是幻象而已，但即便是这样，所有人也都露出了不可思议的神色。

血箭爆发出刺耳的啸音，划破长空，冲进轩辕神王的内天地，那个小世界中顿时变得血光冲天，无数神灵的破碎尸体在里面疯狂肆虐，简直就是一方沸腾的地狱景象，直将那方小世界搅闹得高山崩塌，草原崩溃。

轩辕神王终于难以再前进一步，身形不住颤动，最后被一股巨大的力量，冲击得倒飞了出去，直到小世界中那些神灵尸首的残影消逝，轩辕神王的脸色才由惨白渐渐过渡到血红。辰南的脸色同样惨白无比，血箭的威力可以说浩大无匹，但是杀敌的同时也伤己身，因为他所需要的血液精华实在太多了，生生抽走他全身血液的三分之一！

"吼——"魔啸阵阵，绝情魔王发动了冲击，与此同时破灭魔王和混天魔王也展开了身形，向这里冲击而来。辰南神色不变，冰冷无比，缓慢却有力地再次抬起神弓，不过就在这个时候澹台仙子上前，纤纤玉手轻轻压在神弓之上，道："你退后，先在一旁休息。"

辰南望着眼前的绝代佳人，终于点了点头，向后退去。与此同时光明神与李道真大步上前，来到了星空出口处，面对着三大魔王的冲击，三位天界强者皆展现出了自己的小世界，三片不同的世界分三层堵在了星空之外，三重空间重叠，给人一股奇异的感觉，这个世界仿佛扭曲了一般。

三大魔王狂猛攻击，汹涌无匹的能量，浩荡八方，高空之上虚空不断破灭。三大魔王与三大神王，大战不休，最后不光是小世界在对轰，他们本人也冲上了高空，展开了惨烈的搏杀：绝情魔王对澹台仙子，混天魔王对光明神，破灭魔王对李道真。虚空之上到处都是残影，六大神王级高手的速度，快逾闪电，撕裂开一片片空间，幻化出千万道剑芒、掌影。看得众多观战者目眩神驰，同时也惊骇到了极点，这样的对决于他们来说不可想象，以他们的修为来说，如果误闯进去，定然会在瞬间被撕得粉碎。

"神魔俱灭！"一片死光自绝情魔王身体爆发开来，疯狂向着澹台璇吞噬而去。不过，澹台仙子岂是易与之辈，白衣飘动，圣辉漫洒，一片神光浩荡而出，刹那间就挡住了那片死光，同时有向死光内冲击蔓延之势。另一边，光明神大喝道："末日审判！"神级禁咒所造成的可怕波动简直有些不可想象，炽烈的神光充斥在整片天地间，而后向着混天魔王汹涌澎湃而去。

光明神修为高深莫测，不然这种大型神级禁咒不知道要毁灭多少观战的修者，不过即便他极力控制这种神咒魔法，但最终还是令附近的三座仙山崩塌了。光明神可谓西方实力最为强绝的主神之一，这神级禁咒直将混天魔王打得衣衫破碎，长发凌乱，浑身上下鲜血淋淋，这让不可一世的混天魔王彻底抓狂了，他怒吼一声疯狂地向着光明神冲去。"混沌天地，杀！"虚空破碎，一片混沌天地，将光明神遮笼在里面，里面光暗交替，混天魔王也随之冲了进去，他誓要与光明神决一胜负，展开生死搏杀。

在这三对神王大战中，李道真所面对的压力无疑是最大的，不是他的敌手过强，而是他乃是后辈神王，远远不如破灭老魔王功力深厚，他一直处于被动地位，险象环生。不过，他毕竟是一方神王，不可能轻易被击败，更不能一战而身殒，想要杀死一个神王，是非常不易的。就在这个时候，在一旁观战的另外几个神王也终于动手了，受伤的轩辕神王，目光冷冷地盯着星空入口处的辰南，当先冲去。与此同时，九幽魔王、无忧仙尊、佛土之主，全部动了起来，或向澹台仙子等人冲去，或向星空入口处冲击。四道无匹的力量汹涌浩荡，令这方世界仿佛都要崩碎了。来犯的七大神王，终于都出手了。

此刻，后羿神弓在辰南的手中不断变幻，一会儿化成神弓，一会儿化成神树，光芒璀璨，耀眼无比。辰南心中一动，他有了一股血肉相连般的感觉。直到现在，他觉察出后羿弓之神奇，似乎并不仅仅限于远攻，当他握住化成神树样子的灵根时，他觉得这种形态的灵根竟然是一种近战瑰宝。大敌当前，已经到了复活雨馨的关键时刻。辰南眼神冰冷，当他手中的后羿弓幻化成一株一米高的小神树时，他张嘴向着神树喷出一口鲜血，而后浩荡起滔天的血芒冲出星空。

在辰南的周围是无尽的神灵残骸，远方所有观战者皆惊骇无比。

在这一刻，辰南也已经发觉了异状，他想起了在拜将台上看到的那句话："亿万生灵为兵，百万神魔为将！"看着身后那众多的神魂魔魄，辰南心中涌起无限豪情，战意滔天。天界千年来，最为猛烈的神王大战就此爆发了。

辰南身上血光冲天，透发出无尽的煞气，那无头的天使，断臂的恶魔……一片片神魔的尸骸笼罩在他的四周，发出震天的吼啸，直将天际的几朵白云都震散了。似真似幻，到了此刻，已经让人难以分辨清，那些尸骸到底是真是假。

挟无上声威，荡恐怖魔气，辰南手持神树，在血光与神灵尸骸的笼罩下，迎上了最先冲击而来的轩辕神王。绿色神光暴涨，神树爆发出一道百丈神芒。实质化的绿色光芒宛如惊天剑气，狠狠地劈在轩辕神王的身上，"砰"的一声，直将他打出去上百丈距离。并不是轩辕神王躲避不开，实乃是他有意硬撼。他方才被辰南用神弓射杀得失了颜面，现在想以绝对优势狠狠地将这个后辈踩在脚下。但不想对方的瑰宝兵器神异而可怕，竟然生生撼动了他。

"小辈去死！"轩辕神王恼羞成怒，一拳轰击而出，碎裂开一大片空间，险些将辰南吞噬进去。不过有神王翼在身，他具有极限速度，轻易避过那片危险地带。手中神树快速化形成神弓，他一箭射出，呼啸而去，神箭未染血，但又将老魔王射得飞退出去数十丈距离。"小子，你将我激怒了！"轩辕神王一边大吼着，一边在原地留下一道残影来到辰南的近前。同时他的身躯在刹那间放大千百倍，眨眼间竟然化成数十丈高的巨人，如顶天立地的一座大山一般矗立在虚空。

一个仿佛能够遮笼天地的大手向辰南包拢而去。辰南挥动神王翼，想用极速身法逃离，但却发现四面八方都是巨大的爪影，最后竟然被轩辕神王一把生生抓住了。"得罪我的下场就是死，化作肉泥而去吧！"随着轩辕神王的大喝，辰南感觉自己仿佛要散架了一般，玄武甲跟着不断变形，浑身上下的骨骼发出咯吱咯吱的响声。

辰南奋力挣扎，吼啸不断，周身上下爆发出阵阵血光，围绕在他周围的神魂魔魄也跟着不断嚎叫，直震得人耳鼓发麻。无尽的血光冲天而起，恐怖的煞气弥漫开来。隐约间一道高大的魔影矗立在众多神灵尸骸间，带动所有神魔的骸骨疯狂暴动起来。轩辕神王一声惊叫，他感觉自己那巨大的手掌，似乎正在被那些神魔尸骸吞噬，他感觉有部分元气被吸走了，巨大的手掌竟然渗出丝丝血迹，片刻间已经鲜血淋淋。

这个时候，除却九幽魔王扑向了澹台璇外，佛祖与无忧仙尊快速向着星空内冲去，星空入口处无人阻挡，他们一冲而过。远方的观战者发出阵阵惊呼，现在形势似乎一面倒，来犯的神王人数上明显占优势，辰南他们这一方似乎根本无力阻挡了，无情仙子复活的希望已经蒙上了一片阴影。

辰南目眦欲裂，看着两大神王冲进星空中，他的心绪狂暴到了无以复加的地步。"轩辕神王你给我滚开！"辰南身上血光大盛，直冲云霄，他周围的神魔尸骸变得更加暴乱了。"给我开！"伴随着辰南的大吼，众多的神灵骸骨也跟着吼啸了起来，无尽的神魔躯体越来越接近实体化，成片成片地出现在虚空中。

"吼——"神王在咆哮，漫天煞气狂暴起来。辰南身上的玄武甲爆发出阵阵青色神光，同时手中神树爆发出阵阵绿光。轩辕神王原本鲜血淋淋的巨手，此刻又被两件瑰宝的神芒刺伤。轩辕神王大吃一惊，他已经觉察出，似乎不仅仅是两件瑰宝挡住了他大部分力量，护住了辰南性命的力量似乎还与众多神魔尸骸幻象有关。

就在这个时候，异变发生了。辰南身后浮现出一道虚影，虽然很模糊，但细看之下正是那后羿弓的影子，是他平日运转玄功时所出现的七件神兵影迹之一。辰南手中的神树突然化作一道绿光，自他手中消失了，而后与那道模糊的影子重合在了一起。灵根实体与灵根残魂相合后，爆发出一声震耳欲聋的轰响，附近所有仙山都跟着剧烈颤抖了起来，修为稍弱的观战者被震得险些栽落下云头。

"这是……"轩辕神王大吃一惊。辰南身上血光大盛，身后的灵根在神树与神弓间不断转换，最后竟然化作一道绿光没入了辰南的体内。"该死的，我不会是见证了辰家的器、魂合一吧？！"轩辕神王又惊又怒，喝道，"小子你不会是辰家之人吧？""你说对了！"辰南冷声回答。这个时候，他感觉体内力量汹涌澎湃，宛如汪洋一般在翻滚。他清清楚楚地感觉到了灵根的力量扩散到了他的血脉中，无尽的能量令他忍不住仰天长啸。

所有神魔尸骸皆跟着狂乱起来。"开！"辰南生生挣开轩辕神王的束缚，将他的手掌冲击得血光崩现，而后化作一道电光，一脚狠狠地蹬在轩辕神王那巨大的额头之上。轩辕神王被辰南方才的肯定回答惊得一愣，在他失神的过程中，他忽然发觉辰南竟然袭向了他右眼。他急忙晃动头颅，就是在这种情况下他被辰南狠狠地踹中了。他大叫了一声，仰天翻倒，额头险些碎裂开来，痛得吼啸连连。

辰南感觉体内有着用不完的力量，展开神王翼在原地留下一道残影，狠狠地向着轩辕神王的胸部踏去。"砰！"正仰翻于空中的轩辕神王被辰南踏了个结结实实，庞大的身躯顿时从高空摔落了下去，瞬间就撞塌了一座大山。远空的观战者看得目瞪口呆，一个神王竟然被一个后辈小子狠狠踹下了云端，这简直不可想象！群情沸腾，喧嚣不堪。

辰南看也不看，快速向着星空内冲去，他心急如焚，恨不得立刻挡在那佛祖与无忧仙尊身前。只是，他不可能这样离去，轩辕神王冲天而起，身体化作正常人大小，以大法力强行破碎空间，直接出现在他的面前，脸色铁青得吓人，他怒道："我不管你是不是辰家之人，今天我都要杀死你！"

辰南焦急得快抓狂了，向前野蛮冲撞，想要强行突破。"砰！"两人狠狠地撞在一起，辰南被一股大力撞击得倒飞了出去，轩辕神王也同样飞退出去百余丈距离。"不用担心，星空内有古阵守护，那两人短时间内根本无法突破。"澹台璇如同天籁般的声音，自高空之上传入辰南耳中。闻听此话，辰南焦急的心绪终于稍稍放松下来。

这时，轩辕神王又攻至。辰南不再焦急慌乱，虽然他现在不是神王，但是后羿神弓入体，让他身体强悍到了极点，又有玄武甲护体，令他有了与神王一战的实力！当轩辕神王冲到辰南近前时，辰南没有避退，拼着用玄武甲接下一掌，同时他的一拳狠狠地击在轩辕神王的下颚之上，两人同时口吐鲜血。紧接着，辰南又吃了三下重击，不过他也在轩辕神王的左眼眶与口鼻间生猛地砸了两拳。所有观战者看得瞠目结舌，这是神王间的对决吗？这简直是野蛮冲撞啊，一点技巧也没有！

辰南有玄武甲护体，他不惧怕这样的对轰，而轩辕神王丢失了颜面，想生生捏死辰南，故此有了直接的肉体生硬碰撞。"砰、砰……"野蛮对轰，辰南与轩辕魔王口鼻溢血，两人的身体伤痕累累。最后，两人竟然扭打着抱在一起，直接向地面撞去，将大地砸出一个巨大的深坑。随后他们纠缠着冲出，连续撞塌三座山峰。

两人一边生猛地狂轰，一边相互咒骂。"小子你竟然打坏了我的脸……""打的就是你这张神王脸！"不顾身体遭受的重创，辰南每一拳都狠狠地击在轩辕神王的头部，同时不断咒骂着："定然要将你打成个死猪头！"远方的观战者只能用惊愕来形容了，那两人的对决实在无法让人恭维，实在太难看了！不过，许多人感觉很爽，仿佛自己化身成辰南，当着天界众多修者的面，将一个神王狂殴成猪头。

澹台璇周身上下霞光万道，瑞彩千条，衣袂飘动间，浩荡出阵阵神圣气息。她大战绝情魔王，竟然已经有了压倒性的优势。不可一世的魔王怒吼连连，笼罩在空中的死光全部被圣洁的霞光驱散了。不过九幽魔王已经冲了上来，他与澹台仙子有着很深的怨隙，与绝情魔王合战澹台仙子。

"九幽临世！"一声大喝，一片白骨世界，笼罩在虚空中，虚空之上到处都是白森森的骸骨，无数的骷髅向着澹台仙子张牙舞爪冲去。九幽魔王一声长啸，显现出本体，令自己处在最佳战斗状态，一个三丈高的紫金骷髅，双眼中鬼火跳动，在虚空中留下道道残影，不断攻击澹台璇。众多观战者大吃一惊，这九幽魔王很少显露自己的本体，毕竟他的样子让人难以恭维。眼下他竟然在大众面前，展现出紫金骷髅躯，显而易见起了杀心，想要借助这个机会除去澹台仙子。虚空之上无数的白骨在挣扎，阵阵鬼啸之音听得人头皮发麻，原本仙气氤氲的圣地，此刻竟然变得有些鬼气森森。

不过，澹台仙子丝毫不惧，反而轻笑道："你这骷髅头本是我手下败将，现在想捡便宜吗？哼，即便你和绝情联手，难道真的以为能够杀死我吗？"仙雾涌动，澹台璇身上神光璀璨，让无数的骷髅骸骨瞬间粉碎。她如水中灵动的鱼儿一般，在绝情魔王与九幽魔王的联手合击之下，纵横突击，虽无战胜对手的把握，但一时间也难以败亡。

另一边，光明神被困在混天魔王的混沌天地中，被疯狂的老魔王逼入险象环生之境。不过他毕竟是西方最为强大的主神之一，随着一声大喝："光明裁决！"万千道剑芒激射向虚空，这已经不是纯粹的神级禁咒魔法，更像是武道巅峰绝技，无数道璀璨的剑芒终于将混沌地带冲击得支离破碎，光明神一声大吼冲了出来。尽管身上已经鲜血斑斑，但光明神金发舞动，双眼神光如电，透发出一股强绝无比的气势。老魔王暴啸连连，他的绝技竟然难以困住光明神，顿时恼羞成怒，再次展开必杀绝技。

"混天斩！"虚空破碎了，两道空间裂缝出现在高空之上，它们交叉着向光明神撕扯而去，一股可怕的能量波动自异空间浩荡而出。光明神被逼得在空中留下道道残影，他可不敢真的以身犯险，万一被卷进空间大裂缝中，天知道会被撕扯进哪个可怕空间，极有可能会粉身碎骨而亡。

毫无疑问，李道真最为吃力，现在他勉强能够对抗破灭魔王，落败是早晚的事情。好在他防御性强，一招"水漫天地"，将他护得严严实实，无形的水之精华全部笼罩在他的周围，形成一片如水波似的汪洋天地，生生挡住破灭魔王的凶猛攻击。李道真不求有功，但求无过，只需要缠住破灭魔王即可。不过落败是早晚的事情，当破灭魔王打出"裂天十击"时，李道真终于防不住了，十重魔气浩浩荡荡，一重强过一重，直打得李道真连连后退，那漫天的水之精华马上就要被冲散了。

澹台璇不愧为一代天骄仙子，大战的过程中始终留意着其他几人的对决，眼见李道真形势不利，她对辰南、光明神、李道真同时喝道："进入星空古阵中！"说罢，她当先破碎空间，摆脱九幽魔王与绝情魔王。李道真与光明神用同样的办法，摆脱对手冲进了星空内。三个老魔王怒吼，跟着冲了进去。唯有辰南和轩辕神王是纠缠着、相互狂殴着飞进星空。

在这片奇异的空间内，星光璀璨，数百颗七彩神石在旋转，透发出一道道炽烈的光芒，射向正当空的圆月。汹涌澎湃的生命波动，正从圆月之上浩浩荡荡透发而出。声声呼唤在星空内响起："魂来……"

辰南心中剧震，显然雨馨的躯体已经恢复了生机，现在已经到了最后的关键时刻，三位神王正在召唤她的灵识！

星光璀璨。数百颗七彩神石透发出的灿烂光芒，交织成一片光网。澹台璇身姿曼妙，如奔月仙子一般，隐入璀璨星光中。始一进入古阵，她便掌控了大阵的运转，一片炽烈的星芒，将正在大阵中冲击的佛祖与无忧仙尊围困住。同时，李道真与光明神，被她放行进古阵中，他们按照澹台仙子的指点，分别站在星空中的两个特殊位置，帮助她守阵。

九幽魔王、绝情魔王、破灭魔王、混天魔王则被七彩神石透发的神光阻挡在外，在没有完全压制住佛祖与无忧仙尊前，澹台璇不打算将这四个魔王放入阵中。四个老魔王似乎有些焦急，他们知道复活无情仙子已经到了关键时刻，月殿正在召唤灵识，他们必须要尽快冲上去阻止，这四个万载大魔皆开始竭尽全力冲击古阵。

现在唯有辰南和轩辕神王在野蛮碰撞。今天轩辕神王彻底颜面尽失，当着天界无数修炼者的面，被眼前这个小子揪着衣领狂殴，脸部都被打肿了。虽然对方也同样付出惨痛的代价，但是对方的身份怎么能够和他这样的神王相比呢？此刻，轩辕神王彻底被打出真火来了，这是他最为憋屈的一战，居然跟一个小辈缠斗不休。对方明明不是真正的神王，但却有瑰宝玄武甲护体，且能发挥出瑰宝后羿弓的强劲威力，竟然和他战了个旗鼓相当，而且凭借着蛮力和他硬撼，让他的身体伤痕累累。

轩辕神王早已恼羞成怒，能否阻止无情仙子复活，他已经不在意，此刻他只想揪住辰南，而后带他冲出去，当着无数观战者的面将之撕碎，以雪耻辱。"砰砰！"辰南胸部与腹部连着挨两记重拳，轩辕神王下手不可谓不狠，将玄武甲打得都颤动不已，如果没有这神甲护身，相信辰南定然会被打穿。不过辰南更是狠辣，在挨拳的同时连着三拳同时轰在轩辕神王的眼眶与口鼻间，完全是一副拼命的架势。

"啊，该死的小子，不和你玩了，你去死吧！"野蛮冲撞到最后，轩辕神王实在受不了了，他终于放弃这种打法。这让他感觉无比愤怒与失落，到最后竟然是他先退缩了。"轩辕神界，开！"随着一声大喝，轩辕神王打开自己的小世界，一道巨大的空间裂缝出现在虚空内，瞬间便将辰南席卷进去。"小子你可以去死了，这是我的世界，一切法则由我制定！"轩辕神王也进入了这片空间。这里和外面的大世界似乎没有什么两样，高山耸立，大河滔滔，草原广阔，这是一片广袤无垠的大地。

辰南冷笑："比你厉害的人我也见过，当初我仅有后羿弓在手，便不惧怕他的内天地法则，现在又多了一件玄武甲，我倒要看看你如何杀死我。杀不死我，我就要破了你的小世界！"说罢，辰南一声长啸，围绕在身旁的神魔尸骸也跟着啸声不断。轩辕神王用实际行动给予辰南答案。"轰隆隆！"一阵巨响，两座大山拔地而起，向着辰南击砸而去。

辰南不惧，一声大吼，一拳向前打去，瞬间便击穿了一座大山，乱石迸溅。与此同时，那些看起来是幻象的神魔，这个时候竟然也发起狂来，这些神魂魔魄竟然在一瞬间将另外一座大山化成了碎粉。辰南一愣，而后大喜，看得出这些神魔影迹并非摆设，在特定的条件下竟然也能够发挥出威力。"你要困住我，我就先打碎你的小世界。"这个时候，进入辰南体内的神弓，随着他一念而生，又出现在了他的手中，一道染血的神箭搭了弓弦之上，他准备用强绝的血箭突破。

嘴上说不惧轩辕神王的内天地，但辰南心中还是有些忐忑的，毕竟这里为对方所掌控。这一次那些神魂魔魄更加狂乱起来，无数的神魔残影围绕在辰南附近，当那惊天一箭射出之时，所有神魔影像皆汇聚到一起，竟然化成一道巨箭，跟随在那血箭之后，激荡起狂猛的波动，将下方那片山脉都震得崩塌了。毫无疑问，这一箭威力强绝，不可想象，汇聚了神魔残魂的力量。

轩辕神王脸色大变，一声大喝："起！"远处，五座大山拔地而起，冲了上来，成一条线挡在他的身前，不过却根本难以阻挡那血箭与神魔残魂组成的巨箭。"轰、轰……"血箭与神魔残魂组成的巨箭一穿而过，五座巨山相继崩塌。轩辕神王脸色骤变，身体疾若闪电，留下一道残影，没入下方的一片连绵不绝的山脉中，神箭紧随其后俯冲而下。

远远望去，那片山脉中十几座高山不断崩塌，乱石迸溅，升腾起阵阵烟尘。这威力浩大的惊天一箭，竟然毁了一片山脉！数十座大山阻挡，相继崩碎后，依然没有令神箭停下来，唯令那神光暗淡了一些。"该死的！"轩辕神王脸色异常难看，他快速打开自己的小世界，想将神箭引离这里。不过随着轩辕神王的小世界打开，他还未冲出去，一条仙影却已经冲了进来，澹台仙子身化一道长虹，来到辰南近前，带着他如闪电般冲了出去。轩辕神王大怒，但却阻挡不住。

血箭与神魔残魂凝聚成的巨箭，虽然随着轩辕神王冲了出来，但依然对他紧追不舍，最后竟然再次随着他冲进小世界中。最后，当轩辕神王从小世界走出后，他脸色惨白无比。显然，虽最终破去那惊天一箭，但也付出一定的代价。

此刻，星空古阵内剧烈动荡不已，九幽魔王、绝情魔王、混天魔王、破灭魔王四大魔头，已经冲进了大阵中，和佛祖以及无忧仙尊会合在一起，合六大神王之力，向着那正当空的月殿逼近。这座上古遗留下来的大阵，虽然威力奇大无匹，但面对六王的合力冲击，终于再难以阻挡他们的脚步。辰南被澹台仙子带进了星空古阵，与光明神、李道真会合在了一起。与此同时，面色惨白的轩辕神王也冲了进去，竭尽全力冲到那六王近前，现在七大神王合力，如一把钢刀一般，快速向着月殿逼去。辰南大急，却没有丝毫办法。

在澹台仙子这个阵主的引导下，辰南与光明神、李道真只能在前方阻击，不过七王决心已定，七人合力，这四人根本难以抵住。这个时候，星空之上的复活仪式进入了尾声，声声召唤之音传到下方。

"游离在天地间的古老神魂魔魄，请听从我的召唤，将那迷失的灵魂引导归来吧……"两位生命女神在虔诚地祈祷。一阵狂猛的阴风从星空入口处冲了进来，将虚空中的数百颗七彩神石吹得摇摇欲坠。阴风怒号，影影绰绰间，无数的巨大黑影在张牙舞爪，发出阵阵震耳欲聋的咆哮，这乃是天地间古老的魔魂与神魄在嚎叫。原本璀璨的星空立刻变得暗淡无光，唯有神魔的残魂在凄厉地嘶吼。阴气越来越重，星空月殿变得鬼气森森。

"不好，无情仙子要还魂了，我们要快！"九幽魔王大叫着。七大神王各自涌动起全身的力量，七道神光合为一道，瞬间将澹台仙子四人震开了，快速冲到了圆月附近。辰南急得怒吼，疯狂跟进。圆月之上，是一片缥缈的仙宫。此刻，无情仙子悬浮于虚空中，数百道星辰之光，全部汇集在她的身上，五颗古佛舍利子与四颗生命神石已经全部熔化，化成一道道雾状霞光将她笼罩在里面，不断地自她的肌肤渗透进她的身体。她的身体已经恢复了生机，只差灵识归位。

大鹏神王与两位生命女神各守一方，此刻他们满脸皆是汗水，正在竭尽全力召唤眼前那具躯体丢失的灵魂。"哈哈，无情仙子你到底还差一步未能复活，你们几人到头来还是功亏一篑啊！"混天魔王大笑着，一拳当先向虚空中的雨馨轰去。此刻大鹏神王与两位生命女神，动用了全部神识，到了最紧要的关头，根本不能分心，依然只能靠澹台璇、辰南、光明神、李道真四人阻挡。

澹台璇身化一道长虹，挡在了雨馨的身前，化解那道排山倒海般的掌力。九幽魔王、混天魔王等人冷笑连连，他们纷纷向着大鹏神王与两位生命女神攻去，只要打断这三人的召唤仪式，无情仙子同样会彻底灰飞烟灭。辰南目眦欲裂，与光明神、李道真急忙冲了上去，挡在大鹏神王和两位生命女神的身前。

无忧仙尊大笑道："到了这等地步，你们还无谓阻挡，实属在做无用功，你们四人拦得住我们七人之力吗？"七大神王同时冷笑，七道神光一瞬间照亮了整片星空，全部攻向同一个目标——雨馨！悬浮于虚空中的雨馨，洁白的衣衫上点点血迹格外刺目，那是当日她为了避免错杀辰南，自己切开身体时，流下的鲜血。

辰南泪如泉涌。现在离雨馨复活仅有一步之遥，但终究被七大神王攻到近前。辰南悲愤欲绝，望着那即将被毁灭的白衣女孩，他虽然挺身站在了她的面前，但终究只能眼睁睁地看着她就此消逝……生死间，只有一线之隔，但七大神王已经到了眼前，扭转了一切。不过就在这时，这片星空中接连响起七道天雷之响，整片星空仿佛要破碎了一般，不断剧烈震荡，七道神光竟然突然消失在雨馨的身前。

天地间刮起一阵猛烈的飓风，无尽的黑暗笼罩了这片星空，古老的神魂魔魄荡起阵阵阴风，吞噬了七道神光。"怎么会是这样！"九幽魔王又惊又怒，气急败坏地叫道，"难道、难道无情仙子复活成功了？"生猛地接下七大神王合力一击，着实将这七人镇住了。

"不对，无情仙子还没有灵魂波动，她的灵识还未聚来，不是她！"混天魔王惊怒道，"应该是被无意间聚集来的古老魔魂！"无忧仙尊脸色骤变，喝道："那影影绰绰的黑影，应该是那死去的古老神魔留下的残魂，他们并没有灵识，不懂得思考。都是因为召唤无情仙子的灵识，而被吸引而来的，他们是游荡在天地间的野魂。我们不必理会，快快继续攻击，不然再拖延下去，无情仙子就真的复活了！"轩辕神王也大喝："我们七人联手，还怕这些死物不成，快快轰碎这些鬼魅！"七大神王涌动起自身全部功力，七道神光爆发而出，瞬间照亮了黑暗的虚空。不过，这一次引来了更加猛烈的阴风呼啸之音，自星空入口处狂猛吹来，无数的黑影在嘶吼。

七道神光刹那间就被吞噬了，能够毁灭一方天地的神力，竟然被这样轻易毁去，实在邪异到了极点！绝情魔王惊怒道："这些古老的神魂魔魄，似乎并非没有灵识，他们有精神波动。"无忧仙尊喝道："难道召唤来了几条不死战魂？究竟是谁被召唤而来了？是哪位前辈不灭的灵魂在此？"就在这个时候，一声佛号如黄钟大吕一般响在天地间，这佛号很特殊，唯有一个字："佛……"七大神王中的佛祖吓得脸色骤变，声音颤抖道："师、父……"听到佛祖口中喊出师父两字，其他几位神王露出不可思议的神色，他们难以置信地望着那片影影绰绰的鬼影。

青禅古佛究竟存活了多少岁月，很少有人能够说清。不过他实力之强大，万年前响遍天界，可谓无人不知，无人不晓。但就是在他如日中天之际，他涅槃失败坐化了。关于他的消逝存在着种种传说。其中佛教的一则传说流传最为广泛，传言只要他所遗留的十三颗舍利子没完全被毁灭，他早晚有一天还会复活。

"到底怎么回事？"辰南大喝，心中有些惶恐，在准备复活雨馨时，他心中就有了一股不安的感觉，现在这种感觉越来越强烈了。这次究竟复活了雨馨，还是意外将佛祖的师父复活了？辰南焦虑不已。澹台仙子也惊疑不定，头一次露出无比凝重的神色，她自言自语道："不会将那老和尚复活了吧？"大鹏神王与两位生命女神没有应答，他们依然在召唤那消散的魂魄。

"师父，可是你？"抛却七情六欲的佛祖，此刻声音却有些颤抖。无忧仙尊道："有古怪，即便那青禅古佛再强大，但他此刻只有魂魄，没有躯体，他一个人怎么能够抵住我们七个神王呢？"九幽魔王道："不是一条远古战魂，你们看那黑暗中影影绰绰的鬼魅，应该有数条强大的魂魄被召唤到了这里，不过似乎都没有自主的灵识！"轩辕神王惊疑不定，道："不错，似乎只有一条魂魄有灵识，是他牵引着其他神魂挡下了我们的合力一击。"说到这里，轩辕神王望向佛祖道："真的是青禅古佛吗？"他同其他几位神王一般，心中有些忐忑，对于万年前就已名震天界的古佛，这些人都很忌讳。

"佛……"一声悠悠佛号在星空内响起，一个苍老的声音传入每一个人的耳中，"孽徒，舍利子……""是，师父。"佛祖声音颤抖，快速打开自己的内天地，随后七颗金光灿灿的舍利子飞了出来，快速射向那片影影绰绰的黑雾中。接连七道雷响，阴风怒吼的星空中，佛号不断，数百颗七彩神石剧烈颤动起来，无尽的冤魂似乎在哀号，这片星空乱糟糟一片。辰南又惊又怒，大喝道："难道、难道这贼秃借助复活雨馨的机会，抢得了先机，想要复活过来？"

"佛……"这个时候，振聋发聩的佛号不断回响，自星空内传到了外面。澹台仙山中无数观战的修者，都露出不可思议的神色，他们不仅听到了那悠悠佛号，还感应到一股磅礴的气息，自星空内浩荡而出，莫大的威压让所有人都有一股喘不过气来的感觉。

星空内鬼气森森，魔影重重，七颗舍利子光芒璀璨，破开魔雾，而后皆突然在空中爆碎。七道炸裂开来的光芒，如七个太阳一般当空悬挂，而后快速汇聚在一起，正当空金光璀璨，不远处的魔雾中一条淡淡的影子，快速冲进金光中。

"该死的！"辰南再也忍不住，快速冲了上去。因为他发现正当空这片灿灿金光，似乎有着莫大的吸引力，竟然将雨馨周围的庞大生命之能生生抽离，无数道金光竟然自雨馨的肌肤溢出，向着空中的金色光团涌动而去。传说中的青禅古佛竟然真的要复活了，他居然在和雨馨争抢生命之能！这实在太意外了，辰南终于知道，他之前为何心中难以安宁了，原来最大的变数并非来犯的神王，而是即将复活的青禅古佛。

一道金光闪现，辰南砰的一声被扫飞了。金光中青禅古佛似乎在忍受着极大的痛苦，佛号不断。澹台仙子眼中神光闪现，自语道："涅槃再生……"绝情魔王、混天魔王、破灭魔王，这三大巨头相互看了一眼，而后突然出手，向着那团金光攻去。无情仙子是他们想除去的敌人，但这青禅古佛也是他们的大敌，因为他们同佛教怨仇甚深，如果让这个传说中的古佛复活，以后他们在天界恐怕难以立足，很难有生存空间，天知道这个老和尚到底有多么可怕！

三个小世界被打开了，从里面喷发出浩瀚无匹的能量光束，全部轰击在那团金光之上。"轰！"不仅整片星空在颤动，就连星空之外的大天地，都涌动起汪洋般的力量，外面的五座山峰都被震得崩塌了，可以想象三人出手是何等凶猛。无数观战者惊骇无比。澹台璇、李道真联手化去涌向雨馨躯体的磅礴力量，确保她身体未受波及。金光依然璀璨，三大魔王的全力轰击并没有将之击散。这个时候已经能够隐约看到一个老和尚在金光中盘腿而坐，正在忍受着莫大的痛苦，涅槃即将成功！

绝情大魔王喝道："九幽魔王还不快过来帮忙，你难道希望以后被这个传说中的老贼秃炼化吗？像你这种屠杀了无数生灵的骷髅王，落在他手里是不会有好下场的，他和我们是对立的！"混天魔王冲着佛祖喝道："虚伪的家伙，你还不快出手，不要以为天界无人知道你师父真正坐化的原因，他如果涅槃成功，第一个找你麻烦！"破灭魔王也向无忧仙尊和轩辕神王喝道："你们还不快过来帮忙，如果让这个老和尚复活，天界平衡必然会打破，许多人都会遭殃。"九幽魔王冲了上去，无忧仙尊、轩辕神王、佛祖都没有动。

四大魔王开始疯狂攻击虚空中的金色光团，四大魔王同时出手，空中的金光再也坚守不住了，眼看即将要被轰散。绝情魔王冲着无忧仙尊三人喝道："你们也看到了，这个老和尚虽有佛光保护，但并非攻不破。方才他之所以抵住我们七人联手两击，并不是完全靠他自己的力量，还有那些没有灵识的古老神魂在帮忙。现在，趁着他涅槃的关键时刻，正是除掉他的绝好机会，不然以后天界恐怕没有人杀得了他！"无忧仙尊、佛祖、轩辕神王依然没有向前，他们盯着不远处那片黑雾中影影绰绰的魔影，显得有些犹豫。

破灭魔王大喝："到了现在还犹豫什么！方才老秃驴不过是一条魂魄，自然能够与那些古老的魂魄为伍，能够驱动那些没有灵识的残魂相助，但现在老贼秃已经还魂了，他在涅槃重生，和那些古战魂失去了联系……"除却佛祖之外，无忧仙尊与轩辕神王不再犹豫，各自打出了一道排山倒海般的掌力，轰向佛光中的青禅古佛。

六大神王同时出手！在他们看来这将要涅槃再生的古佛比之无情仙子还要可怕。"佛，善哉，善哉……"苍老的佛号，不断回响在星空中，同时佛光越来越暗淡，最后六大神王终于将那金光轰碎了。青禅古佛眼中流露出一丝悲哀的神色，此刻他的身躯半血肉化半光质化，涅槃再生终未能够彻底完成。"老衲平生有一大愿望，愿三千大世界众生平等。奈何，生不得愿，鬼魅众多，纠缠不清。今日，我若就此成魔，你等同样不得活！佛……"悠悠佛号响彻星空。

澹台圣地中众多赶来观战的修者，都听到了这如黄钟大吕般振聋发聩的佛号。道道金光，自青禅古佛身上透发而出，他的半边光质化躯体，竟然泛起阵阵黑色魔气，一代古佛竟然被逼得要成魔！炫目的金光自青禅古佛体内不断爆发而出，魔气取代原来金灿灿的半边光质化躯体，惊得几大神王不断倒退，同时感觉脊背直冒凉气。

所有的金光都汇集向雨馨的躯体，与此同时，大鹏神王与两位生命女神的召唤灵识仪式完毕，一阵狂风自星空入口处冲击进来，一缕淡淡的虚影冲进雨馨的体内。雨馨的睫毛颤动了两下，而后呼的一声飞起，紧闭的双眸射出两道灿灿神光，整片星空像是劈出两道闪电一般。阵阵霞光自她体内透发而出，七彩光芒笼罩在她的四周，她悠悠开口道："太上忘情，非无情，忘情是寂焉不动情，若遗忘之者。言者所以在意，得意而忘一言……"

混天魔王等人大吃一惊，无情仙子居然复活了！而且修为境界似乎更上一层楼。青禅古佛再现于世，已经让他们感觉震惊不已，已经没有希望复活的无情仙子又复活了，真是让他们惊到了极点。"吼！"

就在这个时候，青禅古佛发出一声震天的魔啸，半边肉体之躯未变，而半边光质化的身躯，已经由灿灿金色变得漆黑如墨。

夜空中星光点点，阴风已止，那张牙舞爪的道道鬼影皆已消失不见。星空月殿内，几位神王神情凝重，他们无论如何也没有想到，不仅无情仙子复活，那传说中的青禅古佛竟然也重现于世。青禅古佛啸音已止，此刻他半魔半佛，左半边的肉体乃是佛躯，透发着阵阵佛光，右半边的躯体魔云笼罩，黑雾重重。

"佛……"一声佛号悠悠响起，青禅古佛苍老的声音在这片星空中回荡，"几位施主，想要老衲度你们成佛，还是成魔呢？"混天魔王等人激灵灵打了个寒战，感觉一股凉气在心中冒起。青禅现在这种半佛半魔的状态，实在让他们感觉有些可怕。"贼秃少要故弄玄虚，今天你度不了任何人，你从哪里来还是回哪里去吧。这天界早已不是当年你叱咤风云的天界，一代新人换旧人，你不该再活过来，去死吧！"绝情魔王一掌向前轰去，同时冲着破灭魔王、九幽魔王等人喝道："还愣着干什么，绝不能让这贼秃活着离开！"混天魔王、破灭魔王、九幽魔王闻言，皆冲了上去，四大魔王同战古佛。

青禅古佛口诵佛号道："你们本为魔王，现在我就度你们成佛吧。"刹那间，半佛半魔的老和尚，打开一片空间，从里面透发出阵阵耀眼的金光，瞬间就将四大魔王遮笼了进去。混天魔王等人大惊，也急忙打开自己的小天地，想用自己的小世界和古佛的佛界对轰，但是却未成功，直至进入那片金光佛界后，各自小世界中的力量才轰击出来。

只是，四大魔王虽然凶悍，但进入古佛的佛界后，发觉各自小世界轰击出的力量在里面难以造成毁灭性的攻击，所有的力量皆仿佛攻入虚空一般，消失得无影无踪。刺目的光芒不断闪现，外面的几位神王能够清晰地看到四大魔王在古佛的佛界中奋力轰击的景象。璀璨金光闪现，一座巍峨高大的庙宇出现在佛界中，它如一座大山般笼罩在混天魔王的头顶，而后快速向下降落而去，浩荡起莫大的威压，令混天魔王顿时生起一股无力感。

青禅古佛道："这是老衲当年参悟佛法时静修的古庙，就将你这魔头禁锢在这里吧，什么时候成佛什么时候出来！""轰！"一声巨响，混天魔王被那座巨大的古庙生生压在了下面。尽管他激烈挣扎，但终究只是让古庙晃动了几下而已，最后再也难以撼动分毫。佛界外的轩辕神王感觉震惊无比，自语道："居然将混天魔王就这样镇压了，实在可怕！"

"贼秃！"在充满金色霞光的佛界中，绝情魔王、破灭魔王、九幽魔王，见青禅古佛强悍到如此境地，真是又惊又恐，三人齐攻向古庙，想要将之破碎，将混天魔王解救出来。可是就在这个时候，青禅古佛身形一晃，在空中留下几道残影，刹那间就出挡在了他们的身前。"佛！"一声佛号过后，左手一记佛手印，爆发出漫天霞光，右手一记魔掌，魔气滔天，滚滚激荡，瞬间便将三大魔王阻住了。

在青禅古佛的佛界中，同样是高山、大河、草原、湖泊，随着他打出这两掌，这片佛界仿佛发生了大地震一般，高山摇动，十几座大山瞬间崩坍，大河滔滔，在剧烈的地震中，竟然改道而流，可以想象这两掌的威力有多么恐怖。三大魔王惊骇无比，他们联手打出数道掌力，佛界中顿时魔气滔天，剧烈动荡起来。

三大魔王被生生轰出去千丈距离，连续撞塌十几座巨山，而青禅古佛也被震得倒退出去数百丈远。破灭魔王擦了一把嘴角的鲜血，道："这个老秃子没有想象中的那般强猛，如果混天没有被镇压，我们四人能够与他一战，不过现在我们拼着和他两败俱伤，他同样无法奈何我们！"三大魔王荡起滚滚魔气，大片的乌云压住佛界中的金光，向着青禅古佛再次冲击而去。然而就在这个时候，青禅古佛左半边身体金光万道，右半边身体魔气滚滚，随着一声魔啸，老和尚竟然生生分开了自己的身体。

分开后的残躯，在快速地变化着，最后竟然完全修补好，成为两个完整的青禅，只不过一个宝相庄严，浑身上下透发出阵阵佛光，另一个却魔焰滔天，笼罩着无尽的暗黑魔气。两个不同气质的青禅立身于高空之上。"半佛半魔着实让人痛苦，老衲还不想就此彻底成魔，不如暂时佛魔两极分身。"苍老的声音回响在整片天地中，虽然话语慈悲无比，但却令所有亲眼见证的神王感觉吃惊无比，这个老和尚给人一股无比邪异的感觉。

"唰唰"，两个青禅各自在原地留下一道残影，快速向着三大魔王扑去。佛身青禅拦在了破灭魔王与绝情魔王身前，佛身一句话也不说，直接激荡起漫天的佛光，开始和两大魔王激战。魔身青禅拦在九幽魔王身前，无比慈悲地道："我这魔身比佛身还要强大，今天定然要度化你。"

"死秃驴少吹牛！"九幽魔王最是见不得青禅这种古井无波的样子，直接显现出紫金骷髅本体，荡起阵阵阴风，同时张开内天地，释放出无尽的白骨大军，向着魔身青禅冲去。"原来你是骨皇的传人，罢罢罢，今日看在故人的面上，饶你一命。"魔身青禅突然面目狰狞，一声魔啸响起，佛界中的群山跟着剧烈摇动起来，他的身躯刹那间顶天立地，巨大的魔身森然可怖，他抬手间无尽的魔气汹涌澎湃，如汪洋一般将九幽魔王吞没了。

那无尽的白骨大军瞬间被击得粉碎，全部化成尘埃飘洒在佛界中，而后山岳般高大的魔身伸出一只巨大的手掌，一把便将九幽魔王抓在了手里。"咔嚓、咔嚓……"骨碎的声音格外刺耳，九幽魔王一身紫金神骨被魔身青禅生生揉碎了。无论是观战的无忧仙尊等人，还是大战的绝情魔王与破灭魔王两人，皆骇然失色，这魔身青禅简直强得不可思议，居然这样轻易就将一个魔王击败了，毁去他的身体。

魔身青禅巨大的魔掌之中，只余一个紫金骷髅头，骷髅头双眼中满是骇然之色。"看在骨皇的份儿上，我饶你一命，去吧。"魔身青禅将那紫金骷髅头抛出佛界，九幽魔王仅余的一颗紫金头颅，一句话也没有留下，化作一道紫电，快速冲出星空月殿。在星空月殿之外静等战果的无数修者，蓦然见到九幽魔王仅余一颗头颅逃命而去，一片哗然。

佛界内，绝情魔王与破灭魔王相互看了一眼，他们知道如果等到魔身青禅与佛身青禅联手，那么他们两人必将死无葬身之地。两个魔王分别长啸，而后以大法力破碎空间，瞬间就出现在镇压混天魔王的古庙前，两人以莫大的法力破开古庙透发出的金光冲了进去。"你们两人为求活命，难道自愿囚禁己身吗？"两个青禅语音一致，充满了慈祥的韵味。

"吼！"巨大的吼啸，自古庙内传了出来，自里面透发出一股异常恐怖的波动，不仅佛界外观战的神王吃惊无比，即便是佛身青禅与魔身青禅都变了颜色。古庙轰的一声被掀飞了，一个十丈高的巨大魔影冲天而起，血红的长发狂乱舞动，巨大的獠牙突出在嘴外，野兽般的眸子似两道冷电般寒光闪闪，这是一个狰狞恐怖的高大魔王。佛身青禅轻咦了一声，而后自语道："我知道了，传说六大邪地乃是同一祖师的六脉分支，相传有一套盖世魔功，能够让六邪合一，合体后等于那祖师再现。今日你们三人合一，想来就是运转了那套魔功。"

"贼秃，方才你那魔身击败九幽魔王已经耗去一半功力，现在的我已经能够看清你的虚实，不要再装模作样了。现在本魔已经不再惧怕你。"十丈大魔冷冷地凝视着青禅，而后狂吼了一声，向前扑击而去。旷古魔功，虽非六邪合一，但三魔化一，其修为也绝非简简单单的叠加，此刻十丈大魔和青禅激烈地厮杀了起来，在佛界中直打得山崩地裂，昏天暗地，魔啸与佛音不断，大战无比惨烈。

星空之上，外界的一切对于辰南来说都早已消失，他眼中唯有那清丽绝俗的白衣女子，生生死死的分别相聚，历经重重磨难，费尽千辛万苦，他终于令雨馨复活了，终于再次感应到了那丝熟悉的气息。他腾空而起，向着那倾国倾城的绝代丽人飞去，此刻心中有千言万语，但却一句话也说不出口。

雨馨一双美目扫视八方，从佛界到轩辕神王，再到佛祖等人，都被冷冷地凝视了一遍。看到辰南飞到了她的近前，雨馨冰冷的眸子直逼辰南心间。辰南身体一震，感觉心中有些发冷，难道最后复活的依然是那无情仙子，不是雨馨的灵识在主导着这具身体？不过，瞬间雨馨的眸子中那冰冷之色便消失了，轻轻一笑，她翩然飞到辰南近前，如天籁般的声音传入辰南的耳际。"难为你了，做出这么多的事情。"

在这一刻，辰南仿佛从一片冰雪的世界瞬间进入了一片繁花似锦的春城，身心在刹那间放松了下来。就在方才，他真的很害怕，生怕被残酷的现实重重打击。"雨……"辰南刚刚张开，就被雨馨用柔软的纤手挡住了，她轻声问道："你这一身伤痕是轩辕神王留下的吗？我感觉到了他的气息。"辰南道："是。""好，你随我来。"说罢，雨馨一只纤纤玉手，握住辰南的一只手，腾飞而起，两人如比翼鸟一般，向不远处的轩辕神王飞去。

　　雨馨与辰南并肩而立在轩辕神王近前，冰冷的声音响彻整片星空："轩辕神王你想自杀，还是等我亲自动手杀你？"雨馨白衣飘动，秋水为神玉为骨，其声音却透发出强烈的杀意，但这样强势的雨馨让辰南生出一丝陌生感。轩辕神王冷笑道："虽说你的修为要强于我，但想彻底杀死我，那是不可能的！""呵呵！"雨馨清脆的笑声响彻星空，这让星空内的几个神王心中皆一震。

　　轩辕神王更是生出一丝寒意，他突然间有一股大祸临头的感觉。"无情仙子，今日我不想与你生死相拼，改日再与你一战，告辞！"说罢，轩辕神王化作一道神光，向着星空入口处冲去。只是他刚刚飞出去数十丈距离，突然惨叫了一声："啊！"星空内一颗七彩神石狠狠地撞击在他的胸口，险些直接将他击穿。

　　雨馨拉着辰南的一只手，与他比翼齐飞，来到了轩辕神王的近前。"世间一草一木、天地万物都为我兵，大至山川河流，小至蝼蚁尘埃，甚至包括你的身体，意念所至，凡有质之物皆遵我令。在我所感应到的天地中，轩辕神王你能逃到哪里去？"雨馨的话语很冰冷，听得在场的几位神王皆相顾失色。

　　"哼，少要狂妄，今日我轩辕就与你一战，看你能奈我何！"轩辕神王浑身上下神光璀璨，他知道免不了一场生死决战，直接打开了小世界，想要将雨馨与辰南收拢进去。不过，令他骇然的是，雨馨拉着辰南静静地站立在那里，纹丝未动。而他的小世界却突然混乱起来，成片的山脉在颤动，在剧震，而后爆碎！所有的大河都在奔腾咆哮，直至大地裂开，改道而行。轩辕神王的小世界突然崩裂了开来，一道道空间大裂缝出现在他小世界的混沌地带！

　　"你……"轩辕神王惊恐地睁大双眼，他简直不敢相信，无比恐惧地望着眼前那个白衣女子。"我说过，你不自杀，我便亲手杀你！万剑穿心！"随着雨馨一声轻喝，星空内突然光芒大作，数十道、上百道雨馨的身影，出现在星空中，向着轩辕神王打出千百道神芒。轩辕神王一声惨叫，整个人突然碎裂开来。随后，空中所有丽人身影都消失了，唯有一绝代佳人站在辰南身旁。

轩辕神王整个身体碎裂开来，血雾弥漫，残碎的尸体到处迸溅，一条淡淡的金影从残尸中飘了起来，向着那星空出口处逃去。不过雨馨眼眸中立时射出两道冷电，两道实质化的神芒撕裂了虚空，如两道闪电般照亮了虚空，而后狠狠劈在金色虚影之上。"啊！"轩辕神王惨叫。那金色的魂魄如冰雪融化般慢慢消散在空中，轩辕神王形神俱灭，未曾留下一点生命印记。

观战的几大神王倒吸一口凉气，在他们看来，无情仙子的修为已经晋升到了一个崭新的领域，这让来犯的神王心中一阵忐忑。别的神王也许没有看到，但辰南离雨馨如此之近，他发觉雨馨方才出手之后，洁白如玉的脸颊在刹那间闪现出一道血色，不过瞬间便又消失了。

雨馨的实力并没有显现得那般强大？辰南有些疑惑。但更多的是有些害怕，他所熟悉的雨馨绝非现在这个样子，万年前的雨馨心地善良，纯真无邪，不可能像现在这样冷血嗜杀。"你是无情仙子！"辰南声音有些颤抖。雨馨回过来头笑了笑，当真可谓回眸一笑百媚生，整片星空都仿佛因为她的笑容而明亮了起来，让人如沐春风，她道："是，也不是！我有她们的记忆，从前种种尽在我心中，新生的我也算是她们涅槃重生，你不用担心，我不会害你！"

辰南手足发凉，他担心的事情终于发生了，复活的虽然非无情仙子，但也不是那万年前的纯真雨馨。《太上忘情录》实在太邪异了，修炼这种功法的人，他们的人格在不断变化，原本的自己总会被新生的自己所取代。最开始，纯真的雨馨被无情仙子代替了，眼下她修为再上一层楼，无情仙子又被眼前的雨馨所取代了，这让辰南呆呆无语。

"你想要我变回原本的我吗？"雨馨的话语柔若春风，但听在辰南耳中却如炸雷一般，他下意识地用力点了点头。雨馨道："《太上忘情录》有天、地、人三境，我现在才知道，达到天之境便要返本还原，到头来我依然是我。"辰南又惊又喜，这样说来他所熟悉的雨馨早晚会归来，他似乎根本没有必要惶恐，没有必要焦急。不过雨馨接下来的话语，令他如坠冰窟中，她灿烂地笑着，道："不过我要修逆天之境，现在的我凭什么要消失，为什么要返本还原？现在的'我'才是真'我'，我绝不会只做他人嫁衣！"

此刻的澹台璇已经睁开了天眼，一束圣洁的光辉自她额头绽放而出，扫向辰南。辰南的种种举动，早已让她心生疑惑，现在她想看个究竟。这片星空月殿是一个极其特殊的所在，任何人站在这片月殿中，他们的灵魂都将无所遁形，都将显现出本来面貌。只是，辰南进入这片月殿中后，并未显现出本来的灵魂，依然让人无法看透。澹台璇几次凝视，都发觉一层神甲遮笼住他的灵魂。她知道那定然是神异的玄武甲所致。

现在，澹台璇顾不得几大神王的惊异之色，直接开天眼探究辰南的隐秘。一道霞光自澹台璇处射到辰南的身上，将他全身都笼罩在了里面，澹台璇一瞬不瞬地盯着辰南。只是，她失望了，她依然无法穿透玄武甲，看清里面辰南的真实灵魂。

澹台璇的天眼神光，惊动了雨馨，她轻笑了起来，而后松开辰南的手臂，腾飞而起。来到澹台璇面前，她深深施了一礼，道："多谢姐姐助我复活。""无情妹妹，你我亲如姐妹，这些都是我应该做的。看到你安然无恙，姐姐非常开心。"澹台仙子语声如天籁般动听。

紧接着雨馨又飞到大鹏神王身前，道："多谢神王相助，他日你若有难，我定然会援手。"显而易见，雨馨做出这个承诺，比任何礼物都要宝贵。大鹏神王面露惭愧之色，道："我受人之托，相助你还魂，但我也是有私心的。在复活你的同时，我想尝试复活那传说中的青禅古佛，让他清理门户。不想险些酿下大错，让你的复活差点出现意外。如今传说中的青禅古佛确实复活了，但竟然是半魔半佛状态，我不知道自己是不是天界的罪人，不知道这个传说中的古佛会不会给天界带来灾难。"雨馨点了点头，道："神王如此据实相告，可见是一个耿直之人，我的承诺不变。"

当雨馨答谢两位生命女神与光明神时，两位生命女神的表情非常不自然。这引起了辰南的注意。五千年前，生命女神卡缪与那时的雨馨有过交集，想到这些后辰南心中有些激动，今日是难得的机会，他定要揭开五千年前的谜底。最后，雨馨转过了身躯，冷冷地扫向无忧仙尊与佛祖二人，道："你们今日赶到这里，不就是想来杀我吗，现在请出手吧！"

佛祖无喜无忧，静静地立于虚空中，似乎并未感受到雨馨的杀意。无忧仙尊阵阵心惊，虽然为一方神王，威震天界多年，但面对能够轻松杀死神王的凶仙，他终于有了一丝恐惧的感觉。"自杀！或者是我来杀！"雨馨的话语很简洁，杀意透发而出，整片星空内的温度开始骤降。佛祖依然不动，无忧仙尊由惊恐变为愤怒，他大喝道："无情仙子你欺人太甚！"他快速张开了小世界，向着雨馨笼罩而去。

出乎他的意料，雨馨竟然被他的小世界吞噬了进去，无忧仙尊自己也进入了小世界中，他冷笑道："没想到你如此托大，竟敢来到我的小世界与我决战！""哼！"雨馨冷哼了一声，道，"小世界这种东西纯属累赘，我从来不修炼这种无用的东西，因为整片大天地内的万物都为我所用！"

无忧仙尊道："狂妄的女人，受死吧！"雨馨冷笑道："不自杀，我便亲自动手！让你见识一下真正的强者之势！"话毕，雨馨腾空而起，化作一道惊天长虹，出现在小世界的上空，而后荡起莫大的威压，将虚空撕碎了。

大片破碎的虚空，瞬间归于混沌。随后雨馨俯冲而下，没入下方那连绵不绝的山脉中，在一瞬间无数的山峰崩坍了，乱石穿空，尘沙漫天。雨馨化作一道长虹，在刹那间摧毁了连绵不绝的山脉，随后又将一片平原冲击得崩碎了。最后，以雨馨为中心，一道道巨大的光柱漫天激射，虚空撕裂，山川崩碎，无忧仙尊的这方小世界，在这毁灭性的攻击下，轰隆隆破碎了。"啊！"无忧仙尊惨叫着，身体四分五裂。

光芒阵阵，震耳欲聋的天雷之响不断，当这一切归于平静时，无忧仙尊化成尘埃，他的内天地重归混沌。场内唯有一个白衣丽人，静静立于虚空中，双眸中神芒闪现，如一个君临天下的女皇一般。

与此同时，青禅古佛的佛界内，战斗激烈无比，佛身青禅与魔身青禅同那十丈巨魔，打得天崩地裂，无数的大山在崩碎，无边的草原在塌陷，佛界内魔气滔天，原本灿灿佛界，此刻漆黑如墨，充满了阴森森的气息。雨馨转过身躯，凝视着佛祖，叹了一口气道："看来我真是小视你了，没想到你与澹台姐姐一般，隐藏了自己的真实修为。"说罢，雨馨轻轻一掌向前拂去，佛祖的身躯在刹那间灰飞烟灭。不远处的光明神与李道真大吃一惊，他们简直不敢相信自己的眼睛。

正在这个时候，青禅古佛的佛界内，传来一声苍老的佛号，青禅怒喝道："孽徒敢尔！"只见一片耀眼的佛光出现在佛身青禅近前，将他生生困在里面，随后佛祖也在里面显现而出。"孽徒你想吞噬我的力量吗？哼，你还办不到！"魔身青禅竭尽全力摆脱十丈巨魔，快速冲到佛光近前，猛烈地轰开那片佛光，而后与佛身青禅快速合在一起，又成了半佛半魔的状态。

青禅古佛叹道："孽徒，你的修为竟然快追上我了，你果然沉得住气啊，一直隐忍不发。""我佛慈悲！"佛祖没有多说什么，只是念了一句佛号。"有意思！"雨馨冷笑着，也飞进了青禅古佛的内天地。青禅古佛看了看那十丈巨魔，又看了看佛祖，最后将目光定格在雨馨的身上，他摇头叹道："看来我与佛将从此绝缘，现在唯有逆转佛身，成就不灭魔体了！我佛慈悲，善哉！善哉！"

青禅古佛口诵佛号，左半边金光灿灿的佛躯，在刹那间变淡，所有金光俱敛，而后一股魔气慢慢自他的体表透发了出来。最后左半边的佛躯，竟然同右半边魔躯一般，被无尽的魔气所笼罩，激荡起阵阵可怕的波动。一股森然可怕的气息，瞬时冲出古佛界，弥漫在整片星空，整片虚空跟着剧烈颤动了起来。最后可怕的波动传出了星空，浩荡在澹台仙山附近，所有的山峰都在震颤，无尽的魔云遮住了天上的太阳，澹台仙府瞬间黑暗了下来。

一个盖世魔王即将出世！这天地异变，惊得澹台圣地无数修者脸色骤变，他们不敢闯入星空中，在静等神王大战的结果。虽然无法看到里面的景象，但却听到了绝大部分内容，对里面发生的事情明白了个大概。不仅无情仙子复活了，佛祖的师父也复活了，而且那传说中的古佛竟然要逆佛成魔了，这实在是震惊天界的大事件！这片仙山不断震颤，最后终于有六座山峰崩坍了，无尽的魔气汹涌澎湃。

"好强横的魔气，本皇也来凑凑热闹！"一声低沉的吼啸在远空响起，滚滚音波震得所有人耳鼓发麻，更有不少修者头晕目眩，直直自空中栽落。一股狂猛的阴风呼啸而来，透发着森森鬼气，在那恐怖的魔云中，隐隐约约间，可以看到一条高大的身影矗立在云端，无数的鬼影缠绕在他的周围，声声鬼啸响彻天地。随着魔云越来越近，澹台仙山附近的无数修者，都感觉到了一股莫大的压力，所有人皆惊骇地望着高空。此刻，所有人都感觉恐惧无比，今日真的大乱了，来人所透发出的气息，似乎比神王还要可怕！

声声鬼啸，以及那阵阵阴森森的气息，传入了星空月殿之中，东海神王李道真惊道："好浓重的尸气！"大鹏神王独眼中神光爆射，沉声道："尸皇来了！"生命女神卡缪闻言，脸色骤变，惊道："尸皇，他有着怎样的来历？"大鹏神王诧异地看了看，沉声道："上古神尸产生了灵智，打破了生死法则，号称将超越神魔！"生命女神卡缪语音颤抖道："是……他！"辰南闻言，心中剧震。

尸皇！令大鹏神王神情凝重，令生命女神卡缪脸色骤变。辰南也心中剧震，瞬间联想到了许多。首先他联想到人间界的赶尸派，同时也触及了他心中的痛——变成灵尸王的雨馨。在人间界辰南绝对是一个风云人物，其惊世一战便是会同正邪圣地传人，大战于赶尸派，彻底将这一邪恶门派灭掉。

那一过程是无比艰险的，面对六阶尸王，如果不是有天魔左手，恐怕结果是另一番样子。在那一战中他了解到了很多，最让他心伤欲碎的是，他在赶尸派中发觉雨馨的尸体被祭炼成了灵尸王。可喜的是灵尸雨馨死气尽去，摆脱了尸之桎梏，成了一个全新的生命。按照赶尸派的传说，雨馨这样打破生死法则的人，颠覆了生死奥义，彻底无视天则，早晚要超越神魔。

传说中，赶尸派并非仅仅雨馨一具灵尸王，在这之前，赶尸派第一代祖师意外挖掘出的一具上古神尸被祭炼成尸王后，不仅摆脱了尸之桎梏，在产生了灵智之后不久，修为更是突飞猛进，最后破碎虚空进入天界。据说，进入天界的那具灵尸王法力无边，他曾经多次下界报恩于赶尸派第一代祖师。感觉到了那恐怖的尸气波动，辰南本能地将尸皇联想到了赶尸派身上，他暗暗猜测这也许就是那具灵尸王！

"嗷吼——"一声沉闷的咆哮之音，自青禅古佛的小世界中传出，恐怖的波动浩荡八方，在这一刻星空内所有的神王感觉到了一股莫大的压力。青禅古佛终于逆佛成魔了！原本灿灿金光的佛界，此刻魔焰滔天，青禅矗立在魔云之巅，浑身上下再无一丝圣洁的光芒，暗黑的魔气缭绕在他的四周，原本慈祥的老和尚现在面目狰狞，或许现在该叫他青禅古魔。

现在的青禅古魔，样子发生了巨大的变化，苍老的面容渐渐年轻起来，肌肤上闪现出一道道魔纹，光秃秃的头顶生出浓密的血发，残酷冷冽的眼神摄人心魄。不用过多凝视，简简单单一看，就知道古佛从此消失了，天界多了一个无可匹敌的古魔！青禅古佛立地成魔，感应到了尸皇压迫而来的强大的气息，他仰天一声魔啸，狂霸的魔气浩荡而出，冲出星空，冲入澹台仙山中。在隆隆大响声中，五六座山峰被震塌了。

"嘿嘿，传说中的古佛成魔了！"星空外传来尸皇那森森的语音，一股阴森恐怖的气息铺天盖地般涌进了星空内，传说中的尸皇飞入星空。高大的魔影周围尸气汹涌澎湃，无数的恶魂缭绕在他周围嚎叫，其透发出的可怕尸气波动如汪洋般席卷了整片星空。

青禅古魔可谓刚刚新生，方才成魔时透发出去的强大魔气波动被尸皇生生震散不少，这让他感觉受到了严重的挑衅。不过，一个不弱于他的强大的敌手突然出现，正是他试验魔威的好机会。尸皇涌动着无尽的尸气，飞入青禅古魔的小世界中。

"你就是所谓的尸皇？"青禅冷冷地问道，现在他的气质大变，血发乱舞，眼神冰冷，早已不再是先前的古佛。尸皇道："不错，正是本皇。"青禅古魔道："哼，口气倒是不小！居然敢自称帝皇，你现在的修为根本还未到达帝皇之境。"

"嘿嘿……"尸皇冷森森地笑了起来，道，"天界当中肯定有神皇、魔帝之类的存在，不过似乎从来没出现过。现在的我距帝皇之境不过是一步之遥，破入这一境界是早晚的事情。"青禅古魔冷笑："一步之遥？哼，那等同于天堑鸿沟，古往今来有不少人徘徊在门外，仅一线之隔，终其一生也难以突破。你还差得远呢！"

听到青禅古魔如此不客气的批驳，尸皇冷冷笑道："我破碎虚空以来，不过才短短的数千年而已，能有这样的修为，我敢说足以傲视天界了。你这传说中的老和尚，被人传为近乎无敌的存在，但今日相见，我并未看出你比我高明。不过你倒是个不错的磨刀石，今日与你生死一战，希望你的死能够助我突破现在的境界。"

青禅寒声道："万年前的我就已经达到了神皇之境，若不是今日我涅槃不完满，岂是这样的修为。不过，逆佛成魔后，达到当年的巅峰状态指日可待。"说到这里，青禅的双眼中射出两道血芒，逼视着尸皇道："我在你身上感觉到了熟悉的气息，你绝不可能才仅仅修炼数千年，你应该是万年前我所接触过的人。"

尸皇周围死气弥漫，他闻言呆呆一愣，而后沉声道："八千年前，我乃是一具上古神尸，机缘巧合之下才成就了今日的尸皇。这样说来，你接触过我的前身，嘿嘿，真是让人想不到啊！想来，当年我也是与你这神皇同一级的人物。"青禅冷笑，没有言语，不过他的魔心却波动不已，像他这样的老古董天界少有，今日不想竟然碰到了一具由尸体再生灵智的强者，似乎是他那个时代的人物。

尸皇转过身躯，面向雨馨冷笑道："无情仙子，别来无恙，你应该尽窥我生死之秘了吧？"雨馨冷笑，身体突然光芒大盛，冷声道："你不想来试试吗？"一片神光如烈焰一般，在雨馨周围跳动不已，随后向前逼去，将尸皇的无尽尸气冲击得快速消散。尸皇神色一变，道："你离神皇之境竟然也仅有一步之遥了。"

尸皇与雨馨对话之际，辰南敏锐地觉察到了卡缪的神情变化。生命女神玉容颜色变了又变，这说明了什么？一条隐线慢慢浮现在他的脑海中。一时间，各种纷繁复杂的信息快速汇聚而来，在这一刻他联想到了很多。五千年前雨馨重伤垂死，远走西方寻找生命女神救助，随后莫名其妙堕入赶尸派，这一切似乎都是紧紧相连的……

赶尸派中，由灵尸王蜕变为半神的雨馨，心思单纯无邪，她曾经天真地告诉过辰南，她有种模模糊糊的记忆，一个说过"太上忘情"四字的女子曾经保护过她。以上所知的信息在辰南脑海中一闪而过，随后他又想到五千年前无情仙子和生命女神有过交集，而方才尸皇又说无情仙子已经尽窥他的生死之秘。在刹那间，迷雾破开了，赶尸派中的雨馨是无情仙子特意送进去的！无情仙子在修炼《太上忘情录》的同时，似乎也想从另一条道路寻找超越世间法则的力量。只是那个雨馨并非灵魂种子，她是怎样产生的呢？

辰南将目光聚焦到生命女神卡缪的身上，他展开神王翼快速飞到了近前，用神念传音道："无情仙子还活着，为什么人间界赶尸派中有一具无情仙子的尸体？"生命女神卡缪大惊，而后神色发冷，用力摇了摇头，显然她不想告诉辰南。辰南现在非常急切，他迫切想知道其中的究竟，最后不惜用言语诓、诈、恐吓生命女神，道："你要知道尸皇可不是善类，你似乎曾经帮过无情仙子，如果被尸皇知道，你将……告诉我其中的隐秘，东方天界第一强势家族辰家，将欠你一个天大的人情。"

生命女神卡缪脸色变了又变，最后咬了咬牙传音道："无情仙子非常可怕。你听说过金蝉脱壳吗？这四字的本义，就是其中的因由。"辰南大骇，心中惊呼，《太上忘情录》真乃魔功！魔功！！！生命女神卡缪继续传音道："脱去的并非死壳，而是原本的'真我'！"辰南再难保持平静，心中涌起滔天骇浪，这样说来人间界的雨馨竟然是真正的雨馨？！"请继续说，我要详细了解其中的一切！"辰南看着不远处的雨馨，感觉心中有些发冷，异常难受。

"轰！"整片星空剧烈颤动起来，青禅古魔的小世界中魔气汹涌，尸气滔天，神光灿灿。青禅古魔、尸皇、雨馨，这三大高手竟然混战起来，而佛祖，还有三大魔王化成的十丈巨魔逃出来。近乎神皇级的大战，就这样突兀地爆发。

不远处，澹台璇双目中神光璀璨，她喝道："这是我澹台圣地，你们想毁掉这片星空遗迹吗？哼，既然如此，就不要怪我不客气了！"澹台璇宝相庄严，在这一刻她是如此圣洁与美丽，她静立在虚空之上，口中发着古老难明的音节，星空内所有七彩神石都颤动了起来，最后光芒耀天。古老难明、类似咒语的音节完毕后，澹台璇喝道："星空战魂，现！"

澹台璇一声娇喝后，整片星空星芒璀璨，所有七彩神石皆光芒大盛，耀得人睁不开双眼，所有星光全部汇聚到正当空的圆月之上。在几位神王惊异的神情中，圆月之上浩荡起阵阵元气波动，这剧烈的能量波动越来越强烈，整片星空竟然都颤动起来。最后如汪洋般的波动，涌出星空，令澹台圣地附近的所有山脉都跟着震颤起来。

一声声沉闷的咆哮自圆月之上响起，圆月之上的月殿不断剧烈摇动，最后数条巨大的魔影出现在圆月之上，发出阵阵恐怖的魔啸。那是近乎无形无质的影迹，每条影子都足有十丈高。恐怖的魔气在汹涌，所有人都感觉到了它们的可怕。突然间，星空内所有七彩神石的光芒全部敛去，而那几道高大的魔影竟然重叠在一起，最后成为一条介乎有形与无形之间的半虚化魔影。尸皇、青禅、雨馨依然在拼杀，不过他们皆看了那道魔影一眼，似乎感受到了威胁。

澹台璇口中再次发出古老难明的音节，似乎是在对魔影下命令，一声震天的魔啸之后，星空内星光闪耀，但澹台璇却露出一丝哭笑不得的神情。自魔影出现时，大鹏神王就惊异不已，看到澹台璇如此神情，忍不住问道："这是？"澹台璇叹了一口气，道："我按照阵法记载，召唤出了这片星空的守护战魂，但是方才与它沟通时，它却告诉我，它竟然不会进攻，只能被动守护。"

大鹏神王也惊异不已，他感觉到了星空战魂的强大与可怕，但这条魔影竟然如此怪异。不远处的辰南却大吃一惊，他所惊异的不是星空战魂的出现，而是澹台璇刚才发出的古老音节，那似乎是一种更为古老的语言！

经澹台璇如此一说，星空战魂的出现，初始时并未引起观战的几位神王注意，不过慢慢地他们觉察到了这条战魂的不凡之处，它竟然挡住了青禅小世界中透发出的恐怖能量波动。要知道三位强者在里面大战，汹涌的能量流强横得让人无法想象，如果不是被它所阻挡，整片星空都会受到波及，甚至破碎。

青禅古魔的小世界中，大战激烈无比，青禅、尸皇、雨馨各展生平所学，进行着生死搏杀。修为到了他们这般天地，与神王间的厮杀方式又大不同了。近乎神皇级的战斗，大战方式已经大变样。"生死轮回门！"尸皇大吼着，周身上下不仅尸气澎湃，更是爆发出阵阵圣洁的光辉，生死两极相反的气息自他体内浩荡而出，相互纠缠在一起，席卷向雨馨与青禅古魔。这是尸皇突破天则后，所领悟的生死奥义，已不为天法所限。

神王不过是力量上的大幅度提升，与小世界的终极扩展而已，他们虽然也掌握着各自领域的法则，但还是被天地法则所限制，遵循在天则的大框架下，不然便会引来天罚。而神皇则完全不同了，他们突破大天地的限制，掌握了自己悟通的终极法则，即便动用了他们所能够施展力量的极限，也不会引来天罚。

　　尸皇由生而死，化成神尸，而后又由死而生，褪尽死气，摆脱尸之桎梏，成为仙神。他所经历的种种，是常人所无法想象的，在生死间不断轮回，最后终于一跃，而突破生死极限，掌控生死奥义，成为天界一方至尊。可以想象，任他这样修炼下去，他早晚会修成神皇，无敌于天界。

　　生死轮回，由生而死，由死而生，生死两极元气汹涌澎湃，在这片小世界中显现出种种幻象，一会儿浮尸遍野、血海滔天，一会儿又大地回春，草树鲜嫩，生机勃勃。血光耀眼的九道轮回之门，浮现在雨馨与青禅周围，慢慢向他们逼去，想要将他们吞噬进去。毫无疑问，如果被吞噬进生死轮回门，也就等同于被尸皇的生死轮回印封住了，生死皆在尸皇的掌握中。

　　"无法无天，魔主沉浮，灭杀！"青禅古魔大喝着，这是他目前所掌控的法则。古魔狂发乱舞，双眼中血芒毕现，整个人透发出无尽的杀意，煞气与毁灭的气息，弥漫在整片小世界中。万年前的古佛所掌握的法则是生之光辉，但这次逆佛成魔后已经完全走向相反的极端，慈祥的古佛在今日彻底消逝了，取而代之的是一个毁灭之魔！几个透发着无尽煞气的阴森空间之洞，出现在这片小世界中，或对抗尸皇的生死轮回之门，或向雨馨吞噬而去。

　　雨馨并没有独特的法则，她冷笑连连道："我从不修那赘余的小世界，也不会修那无用的法则，在我看来这一切都上不得台面。因为，这整片大天地就是我的世界，而这整片天地的法则，唯我而定！"一片混沌之光，自雨馨身体上爆发而出，蒙蒙光辉阻挡在生死轮回门与灭杀洞之前，将它们全部阻挡在外。同时，道道混沌之光，压迫向尸皇与青禅而去。

　　尸皇冷笑，森然道："不自量力，妄想化为苍天，真是可笑！今日定然让你生死两难，永堕轮回之门！"青禅煞气冲天，也冷冷地道："以一己之力，就妄想化天！真是痴心妄想！没有自己彻悟的法则，怎么能够超脱天之限呢？！"

雨馨无比镇静，语气平缓地道："那是你等目光短浅，不懂大天之意，妄以为能够以之法则单针突破，殊不知大天之法包罗万象，岂是你们能够破尽的！到头来终究会引得最为凶猛的天罚加身，那时将形神俱灭！如果你们肯拜我为师，今日我便授你们天地正法！"

"哈哈！"尸皇狂笑，顿时尸气漫天，无数的魂魄在死气中影影绰绰，哀号挣扎，当真是一幅修罗地狱般的景象，"无情仙子你少要吹大气，既然你想领悟大天之法，你不将我的生死法则放在眼里，为何又下界窥视生死轮回奥义的本源呢？《太上忘情录》虽被传为天界第一奇功，但在我看来也不过尔尔，我从来没将它放在眼里。"

雨馨驳道："不明世间一切法，怎能掌控大天之法呢？"青禅古魔冷笑连连，寒声道："单针破天之极境，乃不二法门，无情仙子你自以为是，早已堕入下乘！""呵呵呵……"雨馨清脆的笑声响彻天地，不过却越来越寒冷，"那就让你们来试试看！"言罢，雨馨身影仿佛变得越来越暗淡，似乎融入天地虚空中。攻向她的生死轮回门，还有那灭杀洞，全部自虚影旁边游离而过。最后，生死轮回门全部向着青禅古魔逼去，灭杀洞则向着尸皇吞噬而去。这突发的情况，顿时令两人险象环生，几次步入险境。

雨馨似一个旁观者，平静地道："这世间一草一木、天地万物都为我兵，大至山川河流，小至蝼蚁尘埃，甚至你们引以为傲的法则，意念所至，凡有质之物皆遵我令！"尸皇与青禅古魔初听时的确大惊失色，不过他们适时守住了对方的攻击，同时再次将轮回门与灭杀洞攻向雨馨。

尸皇冷笑道："有形之物，皆遵你令，如果是无形之物呢？"生死轮回之门化作无形之物，天地间唯有生死二气，向雨馨吞噬而去。青禅古魔也森然笑道："我还真以为你撇弃了所有法则呢，你掌握的不过是混沌法则罢了！"灭杀洞也化作无形煞气，向着雨馨逼迫而去。

雨馨周身上下混沌之光蒙蒙而现，她冷声道："你们如果真的这样认为也无不可，毕竟我修之法，一切从本源入手。哼，世间万物皆有形，即便是所谓的音波、神念同样超脱不出去。现今，我修为还未圆满而已。不然，漫说你们自以为无形的必杀法则，就是你们的身体都将遵我之令。我这种功法，待到更进一层时，将代天而行，我即天，天即我，我言即法，我行即则，天地法则，唯我而定！"三大强者虽然在搏杀的过程中不断论法，但其中之险是难以想象的。生死轮回门、灭杀洞、混沌光，三者之一加身，都有形神俱灭之危，三人互相攻击，当真激烈无比。

此刻，辰南已经从生命女神卡缪那里，了解到了对方所知道的一切，他心中激动无比，很想就此返回人间界。不过这个时候异象发生了。原本被认为无用的星空战魂，此刻不仅挡住了青禅古魔小世界中所浩荡出的毁灭性力量，还令整片星空发生了奇异的变化。

先是星空出口突然关闭了，而后整片星空内闪现出无比明亮的光辉，让所有人暂时失明，最后当众人睁开眼睛时，发觉整片星空似乎消失了。数百颗七彩神石还在闪闪发光，但是外界大天地的一切，竟然映入了几位神王的眼帘。仔细观察可以发觉，一层近乎透明的光壁取代了原来的苍穹，让外界与这片奇异的空间仅有一壁之隔。

澹台仙山中的所有观战者目瞪口呆，他们竟然看到了星空内的景象。星空内的澹台璇也大吃一惊，今日她第一次召唤那道魔魂，根本不知道它有何奇异能力。就在这个时候，青禅古魔的小世界中，传来三声惊呼。尸皇、青禅、雨馨三人停止了大战，他们都露出了震惊的神色，他们所掌控的法则竟然失效了。此外青禅的小世界不受控制地开始慢慢关闭，里面的三人急忙闪到星空中。

这个时候所有人觉察到不对劲了，混天魔王大喝着："澹台璇你做了什么手脚，为什么我们的修为倒退到了普通仙人之境？"尸皇、青禅古魔、雨馨也又惊又怒地看着澹台璇，大鹏神王的脸上也流露出怀疑之色。光明神和两位生命女神也惊疑不定，问道："澹台仙子你到底做了什么？"这个时候，星空外的所有观战者都能够看清里面的景象，但却听不到里面的声音，不过此刻所有人都知道里面有变故发生了。

所有的神王都虎视眈眈地盯着澹台璇，这让她感觉到了莫大的压力，此刻她的神王力也消失了，她急忙望向圆月上的高大魔影，口中发出古老的音节，似乎在询问着什么。魔影咆哮了几声，最后竟然消失了。"澹台璇你什么意思，你和那个家伙说了什么？"尸皇大声喝问道。

澹台璇似乎一点不惧怕尸皇，并未理睬他，冲着其他的神王解释道："我并没有恶意，我原本只想请出星空战魂，守护这片星空。方才它告诉我，它已经用自己的力量启动了皇级星空法阵，将所有人的修为都禁锢到了仙人之境，令所有人都不能够威胁到这片星空。这实在是没有办法的事情。"说到这里，澹台璇露出了苦笑，这星空战魂的能力，让她有些无奈。

听到这里，绝情魔王立刻急眼，喝道："这片星空的出口已经封闭，难道我们要以这种状态，永久地封印在这里？""不是。"澹台璇回应道，"方才，我对它下了命令，不过需要一个时辰之后，才能够解除这种状态。"

众人松了一口气。不过就在这时，一股杀气突然爆发而出，佛祖快如闪电一般向着青禅古魔冲去，对于他来说，这是绝佳的机会！此时，不除掉青禅，以后天界将无他容身之地。与此同时，大鹏神王也冷笑道："现在，此地所有人的修为都趋近普通仙人之境，哼哼哼……"说罢，他化作一道神光，追向佛祖而去。剩下所有的神王皆惊疑不定，此刻他们都丧失了原本的力量，原本修为越高，此刻越是不安，现在所有神王都互相戒备起来。

混天魔王、绝情魔王、破灭魔王聚在一起。两位生命女神与光明神合在一起。李道真则飞到澹台璇处，同时有些复杂地看着雨馨，他很想叫雨馨过去，但是他一直以来都知道，那个白衣女子似乎已经不是他所认识的"姐姐"了。

尸皇双眼凶光闪动，他朝着雨馨阴森森地笑了起来，他乃是金刚不坏之躯，古尸之体，肉体最是强横。不过雨馨毫无惧意，主动出击，杀向尸皇。另一边，青禅古魔、佛祖、大鹏神王，也已经大战在了一起。

如果说场内谁的心情最不紧张，那毫无疑问是辰南，他的修为未受到丝毫影响，原本就是七阶仙人之境。身穿玄武甲，体蕴后羿弓，虽然不可能有神王之力了，但眼下绝对是防御第一。辰南甚至想狂笑，这是一个天大的机会，如果利用好，今日将是他在天界的最后一战，将所有大患全部灭杀，而后直接返回人间界。

他打开了内天地，将两条龙放了出来。刚一出来，紫金神龙就是一声长嚎，不过看到眼前的这些人物，它急忙闭住了嘴巴。龙宝宝则眨动着大眼，惊叹道："宝宝天龙在上！""哈哈！"辰南笑道，"不要怕，那帮家伙现在都是衰神，今日我们要一战灭掉所有对头！"经过辰南简单说明，两条龙知道发生了什么。

辰南冷笑道："洗劫雷神殿，抢来的魔雷与紫金神火，还剩下一些，今日你们两个给我狠狠地炸，先将那三个家伙给我干死！"辰南将雷神锤拎了出来，指向绝情魔王、混天魔王、破灭魔王三人，令两条龙兴奋得嗷嗷直叫。

辰南手舞雷神锤，扑向三大魔王，口中喝着："先斩杀你们这三个衰神，而后再去灭了老僵尸！"巨大的雷神锤劈头盖脸就砸了下去。"砰！"最前方的混天魔王一下子就被砸飞了，老魔王郁闷得想吐血。神王力消失，老魔王被人如此轻视地杀上门来，他快要抓狂了。

与此同时，"轰轰轰"爆炸声不断，星空内像开锅了一般，两条龙手中魔雷不断，向外砸得正欢。"啊，可恨！""气死我了！"绝情魔王与破灭魔王被炸得上蹿下跳，浑身上下一片焦黑，满头发丝根根倒立。紫金神龙嚎叫道："嗷呜，痛炸魔王，太让龙兴奋了！"

不远处的尸皇同样挨了几记闷雷，他双眼中凶光闪现，喝道："竟敢惹我？！"龙宝宝道："神说，你该受炸！""炸的就是你！"辰南舍弃混天魔王，展开神王翼来到尸皇近前，左手雷神锤，右手定地神树，狠狠向他劈去。同时，两条龙的魔雷全部集中过来。

尸皇是何等的人物，现在修为即便受限在普通仙人之境，但其狂傲的姿态依然不改往昔。见辰南攻来，他不退反进，荡起阵阵尸气，打出一道排山倒海般的掌力。不过，雷神锤乃天界有数的宝物之一，浩荡出的紫金色闪电弥漫起一阵光雾，将所有尸气都震散了。紧接着，辰南的定地神树绿光闪烁，狠狠劈在了尸皇的手掌之上。尸皇被震飞出去，辰南也被一股巨大的力量震得连连倒退，不过要好过尸皇许多。

"轰！"魔雷轰击到了，紫金雷火不断在尸皇周围炸开，具有金刚不坏之躯的尸皇浑身焦黑，上下翻腾。紫金神龙与龙宝宝在辰南内天地的入口处，手中魔雷不断向着尸皇轰炸。与此同时，拉开一段距离后，辰南手中绿色神光闪烁，定地神树在刹那间化成神弓。辰南拉开弓弦，一道金光快速凝聚而成，随着弓弦轻颤，璀璨神光如天罚一般，划破虚空向着尸皇攻击而去。

"轰隆隆——"风雷阵阵，整片星空跟着一阵颤动。不过那道惊天长虹，刚刚飞出时还璀璨如神芒般，但紧接着却快速黯淡了下来。辰南自语道："我就知道是这样。"痞子龙嚎叫道："混账小子，你在梦游吗？怎么这么没有力气？！"

"白痴龙好好动脑子，我刚才不是告诉你了吗？在这方星空中，一切力量都被打压到了普通仙人的水准。连接近神皇级的老僵尸与青禅贼秃都不能幸免，更何况是神弓射出的箭羽呢？一切超越七阶的力量都将被禁锢。"一切都如辰南所说的那样，璀璨神芒越来越暗淡，快速飞临到尸皇近前时，早已不如刚离弦时那般声势浩大。

尸皇冷森森地笑着，伸开右手，"砰"的一声，牢牢抓住那道金光。不过灿灿神光依然带着他飞出去数十丈远，而后轰的一声炸裂了开来，将尸皇震得在空中一阵摇晃。痞子龙喊道："快快用神血染箭，只要干掉这头老僵尸，损失一半血液都值得。"辰南道："在对抗轩辕神王时，我已经耗去了三分之一的血液，现在如果再强行损耗血液，恐怕不等我去杀人，自己就先殒命了。"

尸皇彻底舍弃雨馨，号叫震天，滚滚尸气不断汹涌澎湃，整片星空内到处都是死亡的气息，他凶狠地向辰南扑击而去。雨馨也没有再攻向尸皇，她冲向在旁虎视眈眈的三个老魔王，虽说现在大家处于同一级别，但是曾经接近过神皇领域的强者，还是要强于混天等人的。

"轰……"紫金神龙与龙宝宝不断将紫金雷火投向尸皇。辰南喝道："不要用魔雷对付尸皇了，这个家伙的身体强如神兵，根本攻不破，节省下来对付混天魔王那三个混蛋。"此刻，辰南内天地中的雷火早已快告罄了，上次炸开佛土中的灵根，几乎已经耗尽了，剩下的这些都是上次遗落的。

辰南拎着雷神锤与定地神树再次冲了上去，和尸皇激烈碰撞到了一起，两样神兵都能够有效地伤害尸皇。尤其是定地神树，居然将尸皇打得连连翻了几个跟头，不愧为自太古流传下来的瑰宝。辰南心中冷笑，果真如猜想那般。拉开一段距离后，他将雷神锤扔进内天地，将那雷神剑摄取而来，紫金色的神剑透发着湛湛神光。

这把神剑虽然不如玄武甲、后羿弓等瑰宝神异，但也是西方流传无尽悠久岁月的神宝，如果能够发挥出其全部威力，将不可想象。辰南将紫金神剑搭在弓弦之上，随着阵阵神光透发而出，紫金神剑宛如有生命般颤动起来，发出阵阵欢快的鸣音。无尽的元气聚集而来，紫金神剑爆发出一股无匹的强横气息，紫金色的光芒耀得人睁不开双眼，如十日耀空一般刺眼。弓弦轻颤，一道数十丈长的紫金匹练，划破长空，向着尸皇冲去，星空剧烈震荡。

尸皇冷笑，因为他看到那紫金色的匹练虽然开始时声势骇人，但随着快速接近，那光芒越来越黯淡。他刚想单掌相迎，但却突然感觉到一丝危险的气息，他急忙闪避。不过凡是被后羿弓射出的神箭，不中目标是不会停下来的，此刻紫金神剑离尸皇不过半丈之遥，如影随形般从他背后刺杀而来。尸皇异常震怒，急转身躯，伸开双手，想要抵住神剑。

"噗！"尸皇抓住紫金神剑，但神剑光芒灿灿，在触及尸皇的双手的瞬间就割破了他手掌，而那强猛的贯冲力带动着神剑继续向前，瞬间就没入尸皇胸前三分深。"唰"的光芒一闪，一道曼妙的身影宛如电芒一般飞来，一股浩瀚的能量轰击在紫金神剑之上。"啊——"尸皇一声惨叫，紫金神剑光芒大盛，割破他的双掌，穿透进他的胸腔，爆发出阵阵紫光。

曼妙身影正是雨馨，她看到机会，舍弃三大魔王，向着紫金神剑拂去一股浩瀚的力量，将尸皇击成重伤。雨馨幻化出一只洁白的玉掌，攥住了紫金神剑，用力搅动。尸皇长发倒立，双手握着神剑剑锋，双目怒睁，不断咆哮，最后终于无奈舍弃神剑，飞快倒退出去。他的胸口留下一个恐怖的血洞，鲜血汩汩地向外流着。

雨馨手握神剑，回头对辰南道："我来对付他。"辰南点了点头，同时心中大喜，方才他用神剑做试验，果真验证了他心中的想法。虽然这片空间禁锢了超越七阶的力量，后羿弓、玄武甲、紫金神剑爆发出的能量波动会被打压，但这些瑰宝本身并未被禁锢，似乎主要是针对在场的这些神王，这是杀伤现场几位实力骤降的神王的根本！

虽然眼前的雨馨已经不再是万年前的那个雨馨，但辰南依然不希望她出现危险，见到尸皇重伤，他终于放心，可以全力搏杀三个老魔王了，他道："泥鳅，龙宝宝，将所有魔雷与紫金神火都投向那三个老魔王。"

紫金神龙道："嗷呜，痛打落水魔王，这是龙大爷的最爱啊！"龙宝宝道："神说，我喜欢！"辰南挥动着雷神锤与定地神树向三个老魔王冲去，他重点"关照"混天魔王，手中两件神兵光芒灿灿，将憋屈的老魔王困在当场。

不远处，绝情老魔王与破灭老魔王已经快骂娘了，他们被紫金神龙与龙宝宝炸得上蹿下跳，根本无法攻到近前去。紫金神龙与龙宝宝把这种攻击当成了一种享受，将魔雷与紫金神火扔得又快又欢。紫金神龙道："嗷呜，绝情老小子看招，看龙大爷撒豆成兵！"

绝情魔王肺都快气炸了，但是却无可奈何，根本冲不上去。此刻老魔王的样子甚为凄惨，被痞子龙轰得裤头都给炸飞了，好在身体被轰得漆黑，让人看不出他那张老脸的难堪之色。

龙宝宝道："神说，你有罪！天女散花！哦不，是宝宝天龙散花！"破灭魔王比绝情魔王还要郁闷，被一个奶声奶气的小家伙轰得上蹿下跳，实在丢尽了颜面，当裤头被龙宝宝不怀好意地炸碎后，老魔王羞愧得真想一头撞死。紫金神龙嚎叫道："哈哈，龙大爷我炸炸炸炸你个头！"结果，绝情魔王一手羞愧地捂着下身，一手猛烈地挥动着掌力，怒吼道："你这流氓龙你往哪里炸呢……"紫金神龙道："我炸！我炸！我嚣张地炸！"

星空被一层透明的能量光壁所笼罩，外面聚集了无数的修者，他们能够清晰地看到里面的大战景象，所有人都目瞪口呆，不知道里面的神王为何如此憋屈。有些女修者脸色绯红，一边观战一边低声咒骂流氓龙无耻。

辰南和混天魔王激战一番，已经得知老魔王的确远远不如尸皇之强横。他心中大定，向着小龙喝道："龙宝宝将那射日箭给我！"小龙迷迷糊糊地眨了眨大眼，而后突然醒悟了过来，小声嘟囔道："我都险些将它忘记了。"金光一闪，小龙的逆鳞到了辰南的手中，化作一杆神箭，被搭在弓弦之上。

混天老魔王当时就变了颜色，方才他已经见识到，连尸皇都在神弓之下吃了大亏，更遑论他啊？他转身就逃，辰南紧追不舍。星空外无数的观战者大哗，堂堂一代神王居然被一个后辈追杀得逃跑，这实属天界奇闻。

辰南道："混天，今日你的死期到了！"金灿灿的射日箭离弦而去，一条足有百余丈长的金光照亮了整片星空！"噗！"血花飞溅，射日箭正中混天后心之上，破开一个血淋淋的大洞。

"啊——"老魔王一声惨叫，坠落虚空。随后，龙宝宝不断小声嘟囔，射日箭如有灵魂一般，化作一道神芒，回到辰南的手中。"混天你不要装死，再来！"辰南冷声大喝，而后再次开弓。璀璨虹芒撕裂了虚空，宛如一道巨大的闪电一般，瞬间击中混天老魔王。血花崩现，老魔王号叫着，挣扎着飞上了高空，他披头散发，形如厉鬼一般，指着辰南道："小辈……"

弓弦再响，神光耀眼，箭芒照亮了整片星空，再次贯穿进老魔王的身体。与此同时，辰南接回神箭之后，没有再继续开弓，他展开神王翼，快速冲了过去，手中如房屋大小的雷神锤，狠狠地轰在老魔王重伤的残躯之上。此刻的老魔王重伤不支，哪里还有能力抵挡，巨大的神锤就像擂在一团烂泥之上一般，发出"噗"的一声轻响。混天老魔王的躯体被击砸得不成样子了，可谓破破烂烂，高大的魔躯彻底变形，翻飞了出去。

辰南双眼中冷光闪烁，他已经动了杀心，既然已经动手，就绝不会手下留情。他抢动神锤再次冲了上去。这一次，当巨大的神锤落下之后，老魔王全身上下，有一半的筋骨被砸碎了，现在他血肉模糊成一片。

绝情魔王与破灭魔王心胆俱寒，尽管他们傲视天界万载，但前提是他们有着睥睨天界的修为。现如今陷入这个莫名其妙的空间，他们的修为急剧下降，面对能够击杀他们的后辈小子，只有胆寒的份儿，出于自保，他们根本不想上前阻止。此刻，不光是这两个魔王心惊肉跳，星空内所有神王皆感觉心中冒起一股凉气。

"轰！"虚空破碎，辰南射出神箭，想彻底结束老魔王的性命。神箭冷寒，光芒耀眼，在冲进混天魔王的身躯后，爆发出一阵炫目的光芒。"噗！"混天老魔王四分五裂，身体化成碎尸。

星空之外的无数修者彻底沸腾了，一个无名人物居然斩杀了一个神王，看其功力似乎并未达到神王之境，这实在太不可思议了！不过就在这时，一声低沉的魔啸在星空内响起，在混天老魔王的碎尸附近，一道光影快速凝聚而成，"小子，我与你势不两立！等这片星空禁制消失后，我将让你形神俱灭！"

辰南大吃一惊，混天老魔王的元神竟然还在，他弯弓搭箭，再次向老魔王射去。只是，这一次神箭无功！老魔王那淡淡的虚影，在神箭即将触碰到时，突然消散了，无形无质，融于虚空。随着神箭返回辰南的手中，老魔王的元神再次凝聚在虚空中，阴冷森然地吼啸道："神王魂是不灭的，你杀不死我，小子你等着形神俱灭吧！"

辰南连连开弓，却发觉竟然真的奈何不了混天魔王。他的冷汗流了下来，没想到神王竟然如此强横，即便是被禁锢在普通仙人状态，居然也杀不死，神王魂竟然不灭！这一切都出乎了辰南的意料，没有想到神王竟然难以毁灭。"老子拼了！"辰南愤恨地咒骂道，"毁不去你们的神王魂，我就把你们这帮家伙的肉体全部砸烂，先让我出一口恶气，即便以后被你们杀死，也值了！"

绝情魔王与破灭魔王闻听此言，两张老脸一下子绿了，失去肉体后，他们的修为会立刻被打去五成。即便以后能够找到一副上好的躯体，也需要很长时间才能恢复过来。两个老魔王相互看了一眼，快如闪电一般远离辰南飞去。

"想跑？没那么容易！"辰南喝道，此刻他的心情糟糕透顶，只想着毁灭一干魔王的肉体，在后面紧追不舍，快速弯弓搭箭。星空外的观战者哗然，今日所见实在超出了他们的想象，神王居然被一个后辈小子追得急如丧家之犬一般慌乱逃窜，这实在不可思议至极！

"杀！"辰南大喝着，不断开神弓。两位魔王惨叫着逃窜。此刻的辰南是残忍的，他已经用神箭撕下了绝情魔王的一条左臂，同时击断破灭魔王的一条右腿。这实乃天界少有之奇闻，两个神王级高手，被一个后辈小子追杀得狼狈逃窜。

就在这时，雨馨喊道："不用理会他们，快来帮我将这老僵尸的身体毁掉，只要这片星空禁制消除，所有没有肉体的人，我保证他们皆形神俱灭。"尽管那已经不是万年前的雨馨，但辰南还是毫不犹豫就冲了过去。

尸皇的胸膛在这之前已经被开了一个血洞，他阴森森地看着辰南，当真是又惊又怒，今日遭逢剧变，一切都已超出了他的掌控，现在他居然要成为别人猎杀的对象了。"噗！"一道血花崩现而出，射日箭贯穿过尸皇的左肩，冲飞而去，他到底还是没有接下这一箭。"嗷吼——"尸皇仰天嚎啸，阴风阵阵，尸气澎湃。

不远处，青禅古魔双眼中神光爆射。方才，他一边与佛祖大战，一边观望着辰南，他自然认得那后羿弓，吸引他目光的乃是射日箭。直到此时，他才仿佛突然醒悟了过来，失声道："是大德大威天龙的逆天箭！"此话一出，星空内所有神王都转头望向龙宝宝。小龙扑闪扑闪地眨动着一双明亮的大眼，不满地小声嘟囔道："你们干吗都看着我，我，我会不好意思的。"

青禅的话语惹得场内的神王皆惊异不已，所有人的目光都瞄向了小龙，因为他们知道那"逆天箭"是自小龙颈项上摘下来的，如果这样来看，这小龙岂不就是那——大德大威天龙？场内，除了青禅古魔之外，其他人都不知道大德大威天龙的来历，但是青禅古魔乃是万年前的强者，被他看重的人岂是寻常之辈？不过众人怎么看都觉得这个小家伙不可能是什么老古董级的存在，不可能是在扮猪吃老虎。青禅古魔惊疑不定地看着龙宝宝摇了摇头，道："不可能……"

另一边，辰南不断弯弓开箭，每次都将射日箭对准尸皇的同一位置，那就是他的左肩头。"噗……"血光崩现。"嗷吼！"尸皇吼啸。面对射日箭的袭杀，尸皇惊怒到了极点，七箭过后他的左肩已经出现一个巨大、恐怖的血洞。整条左臂与肩胛之间仅有一层皮肉相连了，血肉模糊成一片，血水汩汩而流，整条左臂已经完全被废了，眼看就要脱离身体而去。

尸皇惊怒交加，不过此时他的修为受限于普通仙人之境，根本无法有效地进行再生肌体之术，无法将这左臂复原。后羿弓与射日箭配合在一起，可谓威不可挡，不过这也耗费了辰南大量的功力，毕竟每一次开动宝弓都要以其自身修为相辅助。随着第八箭的射出，尸皇的左臂终于被射得离体而去，鲜血狂涌。星空内吼啸之音震耳欲聋，无尽的尸气汹涌澎湃。雨馨得此机会，手中雷神剑迅若闪电，漫天的剑芒不断劈斩向尸皇，在他的身上留下一道道恐怖的伤口。

星空之外的观战者彻底陷入麻木状态，天界赫赫有名的凶煞尸皇居然被人如此射杀，如果不是亲眼所见，一定会被认为这是一个笑话。要知道尸皇魔威撼动天界，一般的神王都要退避三舍，更遑论一个仙人之境的普通修者？震撼并未止于此，辰南配合着雨馨的攻杀，不断开弓，他将射日箭对准了尸皇的右腿。血光崩现，尸皇粗壮的大腿根被射穿！尸皇震怒到了极点，几次想向辰南冲来，但皆被雨馨给阻挡回去，平白无故在身上留下一道道创伤。

当第九箭射出后，尸皇的右腿即将断裂！"嗷吼！"尸气浩荡，尸皇悲吼。相信他如果能够施展出生死轮回门，定然早已经让辰南形神俱灭了，但眼下现实摆在眼前，他只能憋屈地吼啸："本皇今天发誓，脱离开这片空间后，就是上穷碧落下黄泉，也要将你这小辈打进轮回之门，让你求生不能求死不得！"

雨馨冷冷回应道："可惜，你没这个机会了！"辰南一边开弓一边回应道："哼，恐吓我？你以为我吓大的，今天定要彻底毁去你的肉身！""噗！"尸皇的右腿根在被第十二箭贯穿后，终于离体而去，洒下漫天的血水。"嗷吼——"接下来，辰南将射日箭直接对准尸皇的胸膛，接连六箭贯穿而过，血洞不断开阔，整片胸膛都已被击穿。

尸皇不愧为天界一方至尊，即便实力骤降到普通仙人之境，但依然硬接下这么多威力无匹的神箭。要知道混天魔王才几箭就被射爆了，而射杀尸皇时，却需要全力集中射其一点，连续数箭才能奏效。

当第十七箭过后，尸皇的胸膛已经满是箭孔，而后逐渐裂开，最后"砰"的一声碎裂开来，胸腹一下断裂了开去，头部连同颈项与右臂连在一起，他咆哮震天，双目圆睁，怒瞪着辰南与雨馨。

相信今日一战，辰南这无名后辈定然要被传遍天界，射爆混天魔王在前，此刻又居然将尸皇射得四分五裂，眼看肉体即将毁灭。这绝对是震惊天界的大事件！星空外无数的观战者阵阵心血翻涌，他们比辰南还要激动。

"好，不要射杀了，留下他的头颅，我要用来禁锢他的神王魂。"雨馨运用大神通，浩荡出一片蒙蒙光辉，将尸皇的头颅那部分残躯包裹。辰南毫不犹豫，转身寻找绝情魔王与破灭魔王，眼下时间已经不多了，他必须要在最短的时间内将两人的肉体毁灭。

"杀！"发现两人的行踪后，辰南毫不犹豫，开弓射箭，神箭如虹，向着绝情魔王射杀而去。"噗！"血光闪现。"啊！"惨叫传来。六箭之后，绝情魔王的肉体终于被射爆了，在星空内爆发出一大片血雾，一条淡淡的神王魂凝聚在血雾附近。"小子，我与你不死不休，定然要将你挫骨扬灰！"绝情魔王的神魂凄厉地吼啸着。

辰南不再理他，掉转后羿神弓，开始射杀破灭魔王。老魔王的一条右腿早已给击断，眼下正忍受着莫大的痛苦，看到神箭再次向他袭来，他惊怒到了极点。"噗、噗……"接连四箭，老魔王被射去半边身子。场面是无比血腥的，这令观战的几位神王皆心有余悸，因为他们知道此刻如果神箭射向他们，会是同样的下场。

可是，就在这个时候，星空内光芒大盛，数百颗七彩神石透发出千万道光芒，近乎透明的能量光壁开始混浊，随后星空暗淡了下来，在一瞬间又变成夜空，外界再难看透其中究竟。与此同时，星空出口大开，一股清新的气息涌动了进来。所有神王在这一刻皆恢复了功力，一时间浩瀚的能量波动汹涌澎湃，在星空内不断肆虐，安然无恙的神王都长长地出了一口气。

最先反应过来的是佛祖，他瞬间就破碎虚空，直接破开空间逃出出口，似流星一般飞逝而去。青禅古魔怒吼，化作一道黑光，尾随而去。金翅大鹏神王长叹一声，目送他们远去。辰南快速将两条龙送进内天地，眼下神王已恢复了功力，它们两个如果再待在外面，将时刻面对生死威胁。

"嗷吼！""小儿拿命来！"混天魔王与绝情魔王两道神王魂，再加上只剩下半边身躯的破灭魔王，三人浩荡起无尽的魔气，恶狠狠地向着辰南扑击而去。不过，一声冷哼宛如重锤一般击在三大魔王的心间，雨馨身若闪电，拦住他们的去路。见识过无情仙子的可怕，三大魔王此刻重伤在身，一时间心胆俱寒。就在这时，被禁锢在空中的尸皇残躯突然剧烈挣动起来，他大吼着："你们去杀那小儿，我为你们拦下无情仙子。"

　　三大魔王眼中凶光闪烁，略微迟疑了一下，就要向辰南扑击而去。不过辰南并不惊慌，神箭已经被他搭在了弓弦之上，而且他随时准备让神箭染血，这个时候谁第一个冲上来，他便予以重击。

　　"嗷吼——"尸皇残躯剧烈挣动，浩荡出漫天的尸气，两道生死轮回门已经浮现而出。三个老魔王大喜，当真向辰南扑去。雨馨冷喝道："尸皇不过是借助你们的力量分散我的精力而已，愚蠢。"一道炽烈的神光被雨馨打出，两道神王魂惊恐地后退，破灭魔王仰仗着自己还有残躯，生猛地冲了过去。只是，尸皇并未出手相助他们，两道生死轮回门在不断吞噬雨馨的封印，根本未去阻挡雨馨的混沌神光。

　　"啊——"一声惨叫，破灭魔王的身体四分五裂，爆开一团血雾，神王魂也在刹那间给混沌光击散。尸皇终于挣开封印，九道生死轮回门护在周围，狠狠盯着雨馨与辰南。绝情魔王与混天魔王的神王魂，看到破灭魔王形神俱灭，两人头也不回向星空外冲去。

　　雨馨与尸皇对峙，放任他们离去，辰南则快速向后退去，他知道这个级别的大战，他帮不上什么。澹台璇、李道真、大鹏神王、光明神等人也在静静观望。雨馨冷声道："尸皇你还想活着离开这里吗？就凭你这副残躯，如何与我相争。"尸皇阴森森地笑了起来，道："你如果真想留下我的性命，我一定会让你付出最沉重的代价，最轻也要打去你六成功力，让你数千年的苦修毁于一旦。"

　　尸气澎湃，九道轮回门不断围绕着尸皇旋转。与此同时，雨馨周围闪现出阵阵混沌之光。近乎神皇级的大战一触即发。然而，就在这个时候，一股滔天的魔气自星空入口处涌动而进，青禅古魔去而复返。澹台璇脸色一变，她没有想到又将演变成三大强者对决的局面，为了避免星空毁于一旦，她再次召唤星空战魂。

　　三个近乎神皇级的强者脸色骤变，他们可不想再次被夺去一身强绝的修为。尸皇最先行动起来，九道生死轮回门开道，当先向着出口飞去。雨馨不想他活着离开，混沌神光出手，两大强者一边大战一边冲出了星空。青禅古魔并没有出手，他冷冽的眼神在星空内一扫而过，定在了辰南身上，而后快速张开小世界，将辰南吞噬，随后化作一道黑色闪电飞离而去。

第四章
血染青天

天界风起云涌，无情仙子的复活引起一场天大的风波。七大神王来袭，结果轩辕神王、无忧仙尊、破灭魔王皆被无情仙子打得形神俱灭，一日间天界陨落三大神王级高手，这是天界千年来最大的事件。此外，尸皇也卷入这场大战中，重伤垂死之际，引得天罚来袭，与无情仙子共同遭创，最后败遁而去。

在这次风波中，青禅古佛复活，化身为魔，更是引起轰动。本已死去万载的人物再次复活出现，怎不让天界震惊！同时，爆出万年前青禅古佛的坐化与佛祖有着重大关联的秘闻。现在佛祖已经退出了佛土，化身成魔的青禅重新入主佛土。

当然，在这一系列大事件中，还有一人格外引人注目。他身穿玄武甲，手持后羿弓，火拼轩辕神王，而后大战混天魔王、绝情魔王，并毁去他们的肉体，箭射破灭魔王与无敌的尸皇，令他们的肉体近乎破碎。这个谜一样的青年的出现，立时引起了一番天大的轰动，他竟然得到了传说中的瑰宝玄武甲与后羿弓，能够与神王分庭抗礼，实在太过惊人了！随后，天界传闻，这个神秘青年乃是天界最古老而强大的家族辰家走出的强者，更有消息传闻这乃是辰家传说中的"第十人"。

天界中知道辰家的人不多，知道"第十人"典故的更是少之又少。但这则传言流传出去后，整个天界都知道了辰家的存在，"第十人"的传说更是被传得玄之又玄。天界众人纷纷揣测辰家"第十人"之种种神秘，但并不是所有人都对辰南不了解。

前不久，天界一些古老的门派敏锐地预感到风云将起，曾经各自遣下本门派的人去人间界，尝试寻找当年本派的转世仙神，现在第一批下界之人被接应回来了，真的带上来两人。这两人都是辰南的熟人，一个是情欲道的南宫仙儿，另一人则是混天道的小魔王项天。南宫仙儿理所当然地进入天界情欲道，而项天毫无疑问地进入天界混天道。

这两人自己都没有想到乃是转世仙神之躯，他们都被各自的门派很看重。他们也听到了辰家"第十人"的传言，当详细了解其中的情况后，南宫仙儿与项天皆无比震惊。从行事手段以及后羿弓，还有那两条龙，他们一下子就联想到那人定然是辰南无疑。这让他们目瞪口呆，万万没有想到传言被封印进十八层地狱的辰南，竟然已经进入天界，而且居然惹出这样天大的风波，这一切简直不可想象！

南宫仙儿并没有将自己得知的信息告诉派内师长，混天小魔王却是火暴性格，当得知这一切后顿时大骂起来，他和辰南可谓生死大敌。混天道修者意外从混天小魔王口中了解到辰南在人间界的种种，混天老魔王当真又气又怒，总算知道了那个混账小子的一些信息。消息现在虽然还没有传出去，但却是早晚的事情，辰南的身份将因此暴露于天界。

此刻的辰南正在天界佛土"做客"，不过他这个客人是被强掠而来的。青禅古魔已经收复佛土，一干修行者除却三成人逃离外，余者尽臣服青禅古魔，虽然他逆转成魔了，但在这些佛子面前，他依然是祖师爷。佛祖的十大弟子有七人闻风远遁，有三人来佛土朝拜，至此青禅古魔牢牢地将佛土掌控在手中。青禅古魔将辰南掠到佛土，其用意是想和天界辰家往来，通过辰南搭建起关系，因此辰南在佛土中还算得上上宾。

辰南从青禅古魔那里了解到了当前天界的形势，顿时一阵头大。尸皇已经明确发话，不管他是哪一家族的传人，都要将他打入轮回门中。混天老魔王与绝情老魔王更是发狠，扬言定然要将辰南打个形神俱灭。破灭一派就更不要说了，破灭魔王死在雨馨手中，该派不敢找雨馨报仇，将这一切都归罪到辰南身上，众多弟子发誓要将辰南灭杀。此外，轩辕神王、无忧仙尊这两派的人也放出话来，将与辰南为敌。

辰南一阵头痛，这天界实在无法待下去了，现在如果不是庇护在佛土中，恐怕会立刻被一干强人追杀。只是，他想了又想，这佛土也不能待下去了。辰家"第十人"传言，已经在天界闹得沸沸扬扬，天界辰家定然会派出高手来寻他，到时候如果真被天界辰家发觉，那将是天大的麻烦。

辰南想到便做到，不过在他想悄然离开佛土之际，却被青禅古魔软禁，原因是辰家之人竟然真的传来了消息，言明一定要将辰南留在佛土，即便蛮横动武也可以。青禅古魔是何等的人物，活了这么悠久的岁月，可谓眼睫毛都是空的。他在第一时间将辰南封在了佛土之下。说来青禅古魔的确是一个了得的人物，被辰南炸散的灵根，竟然被他以大法力再次聚集起来。虽然海量的灵气早已消散一半之多，但剩余的一半灵气聚集而成的灵根依然浩瀚无匹，不可想象。

"靠，这贼秃太可恶了！"紫金神龙破口大骂。"我们又回到了这里。"龙宝宝好奇地打量着地下灵脉。在这个地下世界中，一条大龙张牙舞爪，气势雄伟，这是被青禅强行拘禁在这里的灵根。辰南这一次真的无比焦急，被封印在这里，如果等到辰家人来到，一切都晚了，他必然会被带到古老的辰家，成为复活那个大人物的牺牲品。

紫金神龙骂道："赶紧用染血的神弓，轰开封印，我们杀将出去。"辰南道："不行，轰开之际，青禅定然会被惊动，他的修为实在太过高深，我们逃不掉。可惜没有魔雷了，如果还有上次的海量雷火，直接再给他来一次大轰炸，将整片佛土掀过来，我们趁乱逃走。"龙宝宝眨动着大眼，道："我们就没有其他办法，让这灵根散去，导致佛土大乱吗？"紫金神龙双眼冒出贼光，道："这么庞大的灵气源，即便我们只吸收少部分，那也将是无法想象的庞大灵力啊！"

"你这死泥鳅就会乱出主意，你没看被囚的龙脉如此暴烈吗，佛土众人靠着它外溢的点点灵气，就已经受益不尽，你如果直上去吸纳，刚猛的大龙非将你震碎不可。"辰南这样说着，忽然眼睛亮了起来，道，"我们承受不起这么刚猛的龙脉，不过几件瑰宝或许可以。"紫金神龙和龙宝宝顿时双眼泛绿光，同时叫道："用定地神树转化试试看！"

定地神树从辰南身体内飞出，而后化成一株参天大树，翠绿的枝叶光芒闪烁，哗啦啦一阵摇动，荡起阵阵绿色神光。用定地神树海量吸纳龙脉灵气，虽然不一定将龙脉搅散，但无疑会对定地神树有着莫大的好处。不过青禅古魔显然早有防备，当定地神树的枝叶刚刚摇动起来时，青禅古魔的话语便从地表传来："如果你们不想那后羿弓被我拘来，最好自己将它收起来。"

"这个贼秃竟然监视我们！""实在可恶！"紫金神龙和龙宝宝小声嘀咕着。辰南没有想到会是这样，无奈地将定地神树收进了内天地中。然而就在这时，惊变发生了，他的内天地中猛烈摇动了起来，混沌地带不断破碎，一声龙啸响彻天地。一座青山快速飞出辰南的小世界，向着那地下龙脉冲撞而去。

"天啊，这老龙终于睡醒了，该不会因为玄武与后羿封印被破，它心有不甘，也要修补身体了吧？"辰南无比惊讶。青禅古魔更是震惊，他到现在还不知道那青山是何物，只感觉到一股非常不好的气息，似乎龙脉将遭剧变。龙吟震天，大龙刀所化的青山冲进了地脉中，直接压向那龙形灵根。

"轰！"佛土如开水一般沸腾了，所有仙山都剧烈摇动了起来，大地裂开无数道巨大的缝隙，仿佛天塌地陷了一般。在隆隆大响声中，佛土内的山峰不断爆碎，祥和的佛境荡然无存，所有修行者皆惊骇得飞到高空。此刻，地下龙脉中也在剧烈地摇动，无数的巨石向辰南砸去。不过定地神树显威能，三十丈高的神树飞出辰南的内天地，如一把擎天巨伞一般将所有坍塌下来的土层与石块都震向一旁。

龙吟阵阵，大龙刀所化的青山居然如海纳百川般不断吸纳龙脉灵气，如汪洋般的天地灵气向着青山不断浩荡。青山之上那巨大的裂缝，恐怖的大洞在快速地愈合封闭，原本透发出的微弱生命波动，现在越来越强烈。断刃大龙刀竟然在吞噬龙脉！

"神说，太不可思议了！"小龙惊叹着。老痞子也目瞪口呆，叹声道："龙皇之威果然恐怖啊！让我居然有一股心惊胆战般的感觉。"辰南用神念向两条龙传音道："做好准备，大龙刀一旦完工，我们立刻跑路回人间界，这天界实在待不下去了。"闯下的大祸一件接着一件，仇家一个比一个恐怖，这天界真的没有辰南的立足之地了。况且，他要回人间界找真正的雨馨。

老痞子道："跑到人间界就保险了吗？"辰南道："天界和人间界似乎有些规则，天界强者不能随便下界，也许人间界有制衡天界的力量吧。哼！回去之后，我一定要送给天界一个大礼。""啥米大礼？"龙宝宝好奇地问道。辰南冷笑道："万年前澹台璇与邪道六圣地的祖师，共同封印了一个大人物，这次我们回去一定要想办法把他放出来，让他来天界大闹吧，让那些想杀我的魔王头痛害怕去吧。"

平日祥和的佛土，此刻宛如沸水，所有的山峦都在摇动，已经有十几座巨峰崩塌了，大地龟裂，无数道巨大的缝隙蔓延出去数里之遥。以灵山为中心，仿佛有地下火山要爆发了一般，佛土陷入极度混乱之境，众多修行者翔浮于虚空。灵山地下灵脉中，大龙刀所幻化而成的青山，发出阵阵龙吟，向着地窟深处的龙脉不断冲击，海量的灵气被源源不断地吸纳，青山上的巨大裂痕在慢慢消失，整座青山也变得更加青碧起来。

地窟中的灵根龙脉，似心有不甘，在激烈地挣扎，磅礴的灵气在剧烈涌动，这是造成此刻佛土大地震的直接原因。地窟中的磅礴的灵气源所化成的巨龙颜色在不断变化，由青到紫再到绿，七彩光芒闪烁耀目，最后化成了金龙，闪烁着璀璨的光芒，张牙舞爪，抗衡大龙刀。奈何大龙刀就像一个无底洞一般，庞大的灵气源根本填不满，青碧色的大山最后竟然也慢慢化形成龙，不过却是一条少了半截尾端的残龙。上千米长的青色大龙虽然远远比不上金龙的伟硕，但是它却正在一口一口地吞噬着金龙的躯体，当然那并不是血肉之躯，那是最为纯净的灵气本源。

当大龙刀显现出龙形身体时，紫金神龙与龙宝宝同时感觉到强烈的不适，那偌大的威压让它们分外不安，甚至有一丝恐惧。不过，当它们看到青龙那残破的身躯在不断修复时，宛如自己受创的身体在复原一般，心中有着一股说不出的兴奋。辰南同样无比喜悦，看着青龙身上那一道道可怖的伤口慢慢愈合，他知道这威震三界的神兵终将要大放异彩了。金色巨龙不断挣扎，最后竟然发出了阵阵低沉的咆哮，整条龙身似痉挛般颤动起来，大龙刀所化的青龙已经将它吞噬掉了十分之一。

　　灵山上空，青禅古魔正在以他的大法力定山束地，令所有摇动的山峰都静止了下来，大地也不再龟裂，正在慢慢愈合。他不想让佛门万年灵基毁于一旦，在快速稳定住佛土内百万平方公里的重要山川景物后，化为闪电冲进地窟，接下来他要降伏大龙刀，让灵气源化成的巨龙安稳下来。在这段时间，地窟中那金色的巨龙颤动得更加厉害了，大龙刀也更加迅猛地吞噬。

　　青禅古魔大怒，以莫大的法力生生隔开大龙刀与金色巨龙，而后展开自己法则领域，黝黑森然的灭杀洞，透发出阵阵恐怖的气息，抵在大龙刀的身前。"轰隆隆！"地窟内一阵剧烈摇动，颤抖的灵气源化成的巨龙，竟然四分五裂，要爆散了。青禅古魔大怒，上次灵根破碎后，被他以通天大法力强行聚合，谁知眼下经大龙刀一阵冲击，竟然再也支撑不住，又将爆散了。

　　大龙刀幻化成的青龙，静静地敌视着青禅古魔，没有采取任何行动，而青禅古魔也顾不得降伏大龙刀，因为他已经没有时间了。他荡起滚滚魔气，向着那将要爆散的灵气源包裹而去，无尽的魔气如黑色的铁壁一般，将那四分五裂的巨龙笼罩着。青禅古魔面色青黑，着实异常吃力，这毕竟是百万平方公里聚拢而来的浩瀚灵气，如果不是有近乎帝皇级的修为，万难做到。

　　汪洋般的灵气源被暂时困住了，不过却在黑色的魔气中不断浩荡，那分裂开来的巨龙似乎想要冲击出去，不再被这佛土束缚，它在激烈地挣扎着。就在这时，一声龙吟响彻天地，在一旁悬浮的青色大龙，幻化成了一把巨大的断刀，上面青色雾气缭绕，透发出阵阵青碧神光。

　　无尽的杀气弥漫在地窟中，最后冷冽的杀气冲出地表，直上霄汉。远远望去，佛土中升腾起一道巨大的青色光束，冷森森的杀意让人心胆皆寒。又是一声龙吟，声传百里，近千米长的巨大断刀，似一道巨大的青色闪电一般，避过青禅古魔，直接破开那黑色的铁壁，将封锁灵气源的魔气生生劈散。青禅古魔惊怒交加到极点，魔气壁垒被生生切开后，里面被禁锢的灵气源再也不受控制了，立刻变得狂暴起来。最后轰的一声爆裂了，整片灵气源爆散，就如当日被辰南用海量雷火轰开一般，地窟沸腾了，地表更是发生了超级大地震。

辰南希望发生的大混乱终于到来了，眼下该趁乱逃离，辰南用定地神树开道，将所有砸落下来的巨石都震到两旁，展开神王翼率先向地表冲去，两条龙紧随其后。地窟本来就是封印囚徒的最好地方，万年前丧失意识的天魔残躯便被青禅封印在此地，不过今日青禅古魔犯了一个大错误，他万万没有想到大龙刀会出现，万龙至尊吞噬龙形灵气源算什么？正是其克星！

"轰轰轰……"地窟内不断发出沉闷的轰响，灵气源如咆哮的海水般，向着四面八方浩荡，真可谓势不可挡，冲击出一道道巨大的孔缝，汹涌上了地表。一颗光灿灿的灵根之心，随着大爆炸冲出地窟。一声嘹亮的龙吟，大龙刀化成半截青龙，快速冲了上去，瞬间就将灵根之心吞进了口中。

青禅古魔原本在禁锢灵气源，稳定沸腾的佛土，不过当他看到大龙刀吞噬了灵根之心后，狂吼了一声，急忙追杀大龙刀而去，再也不管那不断浩荡的磅礴灵气，任那佛土剧烈颤动，任那大山在崩塌。整片佛土一片混乱，仿佛末日来临了一般，这一次灵根彻底崩溃，比之上一次更加严重得多，任这灵气浩荡下去，整片佛土恐怕会被冲击得破败不堪。

大龙刀斩破虚空，破碎了佛土，化作一道青色神光向着天际飞去。青禅古魔气怒得仰天长啸，血色长发不断乱舞，无尽的魔气彻底笼罩了佛土，魔临大地，这方空间变得漆黑如墨。不过片刻，那汹涌的灵气皆被逼回了地下，滔天魔气也跟着全部涌入地窟中，青禅古魔拼着自损修为，暂时将那汪洋般的灵气封印了。而后他快速向着天际追去，大龙刀吞噬了灵根之心，等同于攫取走了一半的灵气，这是青禅古魔无法忍受的。

辰南手持着神弓，对两条龙道："你们说，如果这个时候，我返回佛土，用染血的神箭，射爆青禅贼秃的封印，让那海量的灵气源爆发开来，他知道后会不会满天界追杀我？""你疯了？！"紫金神龙惊叫道，"这魔和尚睚眦必报，到时候定然会上天入地追杀我们。"辰南道："你认为今日我们的所作所为，能让他放过我们吗？既然已经得罪他，就彻底让他抓狂吧。"辰南现在是虱子多不怕咬了，在天界得罪的大人物实在太多了，现在既然已经和青禅古魔翻脸，他彻底疯狂了，"既然天界的大人物们不让我好过，在回人间界之前，我也干几票大的，让他们抓狂去吧。"

"偶滴神啊！"龙宝宝直翻白眼。"疯了，疯了！"紫金神龙自语着。此刻，辰南确实陷入了歇斯底里的状态，他感觉前途不明，数个神王及其大势力都想要灭杀他，外加天界古老神秘的辰家找上门来了，可谓大难随时临头。人在这种绝境中往往会被逼出一些疯狂的举动。

辰南展开神王翼，向着佛土冲去，瞬间迫到近前，咬破中指，鲜血滴落在射日箭上，而后弯弓开箭。"轰！"漫天都是神魂魔魄，天地间阴风怒号，元气剧烈波动，整片佛土猛烈震颤，刚刚稳定住的山峦，在神箭浩荡出的莫大威压下再次摇动了起来。离得最近的两座大山，瞬间就崩塌了。

染血的神箭一出，真可谓风云变幻，天地失色，无数神魔残像浮现于虚空，阵阵令人头皮发麻的啸音不断哀吼出来。一声震耳欲聋的巨响，染血的神箭飞射而去，血光与金光相互交映，留下数百丈长的耀眼虹光，穿透进佛土地窟中。

"轰轰轰……"剧烈的沉闷之响不断在地下爆发，整片佛土如海浪一般翻涌起来，高山像浪头，平地像浪谷。辰南不用看就知道，佛土毁得差不多了，在龙宝宝将射日箭召唤回来的刹那，他将两条龙收进内天地，展开神王翼头也不回地快速向着天际冲去。

佛土如末日来临了一般，勉强被青禅古魔封印的庞大灵气源再次爆发，摧毁无数仙山，大地更是跟着崩裂。翔浮于高空的众多修行者看到了数里之外逃逸的辰南，怒吼着追去，不过即便法力高深之辈也无法追上有神王翼在身的疯狂之徒。

辰南一口气飞出去万里之遥，在确信没有追兵赶上来之后，在一个山清水秀、风景无比秀丽的地带停了下来。一片澄净的小湖波光粼粼，辰南一头扎了进去，让自己疯狂的头脑渐渐冷静了下来，而后将两条龙放出了内天地。紫金神龙道："嗷呜，混账小子，你果然是个无敌霉运星啊，那个西土图腾说得没错，谁沾染上你谁倒霉！"龙宝宝不满地小声嘟囔道："我们也一直在倒霉呀……"

辰南已经完全冷静了下来，道："不管那么多了，反正已经有一群强敌了，即便再加上佛教一脉又如何，现在先让他们去哭吧！我们回人间界。"射日箭被搭在了后羿弓上，箭碎虚空，一条蒙蒙空间通道出现在一人两龙身前。龙宝宝刚要向里飞，被辰南一把抱了回来，道："我听说天界中人，想要进入人间界，非常不易，如果没有强者护佑，据说九死一生。"

辰南向空间通道内丢进一小块碎石。"啪！"虚空之上，一道细小的电弧劈落下来，瞬间就将碎石击成粉末。辰南目瞪口呆，龙宝宝眨着大眼偷笑，痞子龙则狂笑不已，道："这么弱小的天罚之力，也能造成九死一生？嗷呜，笑死龙了。"不过，辰南始终觉得不对劲，一脚将旁边的一块千斤巨石踢落了进去。"咔嚓！"又是一道神光劈落而下，巨石瞬间被劈得粉碎。

紫金神龙有些笑不出来了，它化身成龙，飞腾而去，不一会儿庞大的龙躯从远山卷来一块数万斤的巨石，投进空间通道。"轰！"高空之上，神光劈落而下，巨石在瞬间化成尘埃。经过多次试验，甚至不惜抓来各种飞禽走兽验证，天罚的力量，总是恰到好处，摧毁进入通道的生命或物品。

"宝宝天龙在上！""老龙我不敢返回人间界了！"两条龙惊叫着。辰南终于相信了天界的传言，仙人下界非常困难，神王下界难中之难。实力越是高深，在去往人间界的空间通道中，遭受的天罚力量越是强大。如果没有人相助，凭借一己之力，当真难以进入人间。这就是神王级高手不下界的原因，修为到了他们那般天地，想找到比他们实力强大的人相助，几乎不可能，而他们自己更是不愿意亲身冒险。

神王不能轻易下界，于辰南他们来说，是天大的好消息。但是，前提是他们自己能够返回人间界。辰南想去找大鹏神王相助，但是又被他否决了，他不想连累对方。想要去找天界的雨馨，不过他自己都不明白为什么地使劲摇了摇头，此刻他不愿见到那个雨馨。

两日后，辰南与两条龙所暂栖的这片仙山突然传来阵阵波动，紧接着呐喊声从四面八方响起："杀啊……"正东方魔云翻滚，数百人驾驭着黑色云朵快速冲来，正中一杆大旗上书"破灭"两字；正西方霞光阵阵，彩云朵朵，一大群和尚快速飞来；正南方尸气澎湃，阴风怒号，一片僵尸驾驭尸气，狂啸着冲来；正北方仙气缭绕，神光闪烁，数百人冲杀而来，正中一杆大旗上书"无忧"两字。

紫金神龙怒骂道："他龙爷爷的，天界神王大军剿杀我们来了！""神说，我们快逃吧！"龙宝宝一双大眼左转右转，寻找突破的方向。但是四面八方都是人影，或魔云浩荡，或仙气缭绕，人影绰绰，四方大军彻底阻去他们的逃路。"他龙祖宗的，这帮家伙怎么来得这么及时，居然将我们包围了。"紫金神龙感觉形势不妙，破口大骂。

四处的群山、附近的山林湖泊、空中满是追杀大军，破灭魔王一脉、无忧仙尊一脉、青禅一脉、尸皇一脉，加在一起不下千人。辰南顿时头大了，这么多的修者剿杀他，即便有后羿神弓在手，他能够射杀多少人呢？被人海大军围杀是早晚的事情。

"辰家小子受死吧！"正东方，破灭魔王一脉数百人齐声大吼，声震天地，所有人皆对辰南仇恨无比。破灭老魔王被辰南用神箭射得身体残破，最后被雨馨打得形神俱灭，让破灭一道在天界的影响力急剧下降。此刻，破灭一派所有人皆双眼通红，恨不得立刻将之灭杀。

"辰家小儿今天你插翅难逃！"正北方，无忧仙尊一脉的弟子也齐声呐喊，正中那杆大旗被风吹得猎猎作响。无忧仙尊本是被雨馨灭杀，不过现在天界谁都知道无情仙子即将问鼎神皇之境，她和尸皇大战重伤之后虽然一直闭关不出，但没有人敢去招惹，无忧一派弟子只能迁怒到辰南身上。

正西方，佛土大军中一个年轻的和尚大喝道："辰家子弟，毁我佛土，罪孽滔天，理应封印，不得出世！""理应永封，不得出世！"众多僧佛齐声喝喊起来，声势惊人。

正南方，鬼气森森，尸气澎湃，众多僵尸鬼王不断厉啸："辰家小狗，敢与尸皇为敌，罪不可赦！今日定让你魂飞魄散，永世不得超生！"

剿杀辰南的大军，齐声喝喊，可谓四方云动，惊得远近隐修的修者，皆震惊不已。四方势力共近千人，将一人两龙团团围困，仙气缭绕，尸云涌动，魔气浩荡，声势骇人。辰南在大感头痛的同时，也有一丝欣慰，青禅古魔与尸皇未亲身赶来，破灭魔王与无忧仙尊已死，不可能前来，致使现场没有神王级高手。

其实，青禅古魔与尸皇未来，主要是因为他们多少有些顾忌天界辰家。天知道这个古老的家族是否藏匿有一个真正的神皇级高手。如果他们亲自出面，将辰家的"第十人"灭杀，到时候少不了一番麻烦。故此他们遣下本门弟子前来追杀辰南，同时也试探一下辰家的反应。

"就凭你们？哼，没有来一个神王，即便你们人再多，也杀不死我。"尸皇和青禅古魔未来，辰南心中稍定，有玄武甲护身，他性命暂时无忧。辰南弯弓搭箭，不断开弓，将冲在最前面的几人射得爆碎，血花在飞溅，大团大团的血雾弥漫在空中。但是，四方大军毫不畏惧，所有人都疯狂地冲了上来，四面八方到处都是人影。依仗后羿弓快速射杀二十几人后，辰南发觉神弓再无用武之地，所有人都冲到近前，再不容弯弓搭箭。

近战爆发，激烈的血战开始。神弓入体，涌动起一股生生不息的力量，充斥进辰南的四肢百脉，他浑身上下劲气澎湃。辰南双手如刀，在人群中横斩竖切，血光涌动，瞬间便有十几人被击杀。但是，人太多了，像水一般将他淹没了。面对悍不畏死的大军，即便神弓入体，即便有玄武甲护身，但是他依然感觉无比吃力，这简直是以命耗命啊！辰南空有神王翼却不能突围而去，他感觉掉进了沼泽，根本无法脱身，又像是掉进了蛇坑，无数毒蛇缠绕在身，向他啃噬。这种感觉太难受了！

这是一种超常规的战斗，此刻辰南已经和几十人面贴面、脚贴面、脚对腹……他几乎难以动弹一下，千人堆挤在一起，将他困在最中心，或者说挤压在最中心。袭向他的有佛手印、有僵尸鬼爪、有利刀、有斧刃。更有无数只手抓住了他的四肢，抱住了他的头颅，要将他四分五裂，这已经不像是战斗，更像是万蚁吞噬食物！如果不是有玄武甲护身，辰南定然已经被这些人生生撕碎了，这样的战斗天界少有。

在神甲的护持下，辰南虽然有着神王般的强悍身体，但却没有神王那可轰杀山川大地的可怕小世界，他无法单人轰杀这么多的强者。这绝对是辰南出道以来最难受的一战，如果可以选择，他宁愿早先耗费去三分之一的血液，先射爆一片追杀者。人海围攻，辰南被折磨得苦不堪言，却无法动弹。最后他一声大吼，张嘴喷出一口鲜血，几个撕抓他的僵尸全部鲜血沾身。

"嗷吼——"厉啸震天，几个僵尸被血液淋身之后，浑身上下冒起一阵白烟，发出阵阵难闻的尸臭，号叫着挣扎出人群外。这对于辰南来说是难得的机会，他将鲜血染在双拳之上，不顾其他三方的攻击，不停地击杀附近的僵尸。在尸气浩荡中，惨叫声不断，辰南终于为自己清理出一小方空间，定地神树快速幻化而出，被他握在手中。他知道刚才犯下了一个错误，现在万不可和这些人纠缠了，即便只能拉开一米的距离也要拉开，不然他根本无法动弹一下身体，会被这些人活活"淹死"！

辰南将定地神树当作长刀使用，尽管不顺手，但是杀伤力却非常之大，他横劈竖斩，血光不断崩现。定地神树绿色神光闪烁，不过此刻却显得有些森然，一会儿横斩掉敌人的头颅，一会儿又斜斩下敌人的半截身子，而后又劈砸碎敌人的头颅。红的血、白的脑浆飞洒，在这一刻辰南如浴血修罗一般，大开杀戒。现在不是你死就是我亡，对敌人仁慈，就意味着将自己推向死亡。嗜血是本能，杀戮是真理！

辰南放开手脚，大开大合，任那血花飞洒，任那残肢迸飞。即便是血腹中的五脏六腑，破碎之后沾染在他身上，他也连眉头都不皱一下。血水染红了玄武甲，辰南如同一个血人一般，在他附近断臂残肢不断纷飞，天地间洒下漫天的血雨。有情的人，无情的魔，辰南心渐冷，好战的血液在沸腾，双眼逐渐变得血红，一股煞气从他体内爆发而出，在这一刻他仿佛化身为恶魔了，似乎泯灭了人类的感情。眼下，他唯有杀戮的快感，没有一丝怜悯的心绪，在上千修者中他纵横冲杀，残忍的笑容浮现于脸颊，一条条生命不断消逝！

"辰南，果真是你！"就在这时，突兀的喝声从高空中传来，令陷入杀境的辰南蓦然醒转，他大吃一惊，在这天界居然有人能够叫出他的名字，实在有些不可思议。高空之上魔云浩荡，数百修者从远空快速袭近，在其之中有一个高大魁伟的男子，满头血发，双目怒睁，背负神魔翼，正在凝视着辰南。

"混天小魔王！"辰南无比惊讶，这个家伙居然进入天界，出乎了他的意料，同时让他无比愤怒。时至今日，他在天界的身份彻底曝光了，辰家、澹台璇、李道真，以及万年前的故人，或许一下子联想到他是辰战之子的身份。杀来的数百人正是混天一脉的高手，自从混天小魔王进入天界后了解到辰南种种，他已经大概猜测出辰南的身份，将自己的想法禀报给了本门师长。

混天一脉老魔王被辰南射杀，肉体损毁，对辰南可谓恨之入骨，这一次得知四派大军已经去剿杀辰南，便也派出了本门的人马，去灭杀辰南，同时将混天小魔王派遣了出去，让他确认辰南是否为他所认识的人。因为这关系很大，混天一脉多少了解一些辰家之秘，知道万年前辰家出了一个盖世天才，成为传说中的"第九人"，不过最后大开杀戒，反出了辰家，直至消失。

辰战体内的神兵残魂如今在辰南身上显现，如果辰南真的是从人间界上来的，则极有可能与天界辰家无关，甚至可能是天界辰家严厉追查的大叛徒辰战的后世子孙。如果真是这样，那么混天一脉即便灭杀辰南，也不会惹来天界辰家的敌视。而且如果将辰南体内的神兵之魂抽离而出，还给辰家，还极有可能会和这个强大而古老的家族结为盟友。

"辰南你太出乎我的意料了！不过你似乎走到哪里，都会搅出一片血雨腥风，看来你果真是一个不祥之人啊！"混天小魔王在人间界与辰南几番大战都吃了大亏，现在可谓仇人见面分外眼红。混天一脉的人听到小魔王的话语，明确知道眼前之人似乎根本不是天界辰家培养出来的，顿时少了许多顾忌。数百人驾驭着魔云，浩浩荡荡，冲杀而下。

面对千人围杀，辰南已经倍感吃力，再加上数百生力军，他的形势就更加不妙了。同时，更加不利于辰南的事情发生了。混天一脉有数十人悬浮在高空，大声喝道："此人名为辰南，乃是人间界飞升上来的强者。与天界辰家并无关联，他极有可能是辰家大叛徒辰战的后代，即便将他碎尸万段，也和天界辰家无利害冲突。"此言一出，所有人都明白这意味着什么，这说明尸皇、青禅古魔这样的盖世强者，可以毫不顾忌地出手了，斩杀辰南并不会引来任何人阻拦，辰南必死无疑！辰南大怒，现在当真恨不得立刻灭掉混天小魔王，这个家伙莫名其妙地来到了天界，彻底将他的身份暴露了，要不了多久全天界的人都会知道。他先前所有的优势都将丧失，辰家的叛徒，几大神王的仇敌，他将成为天界公敌！辰南直欲发狂，仰天长啸，体内玄功运转不辍，金色的元气汹涌澎湃而出，熊熊金色神火在他体外跳动，澎湃的元气沸腾了。

七把神兵浮现在他的周围，一条高大金色影迹出现在他的身后，璀璨神刀出现在他的右手中，定地神树被他握在了左手。"杀！"这一声暴杀之音是辰南喊出的，形势逼得他彻底抛开一切，他将竭尽所能斩杀仇敌。"咔嚓！"巨大的金色闪电不断在辰南周围闪现，虚空中金蛇乱舞，神刀以及辰南的周围，除了滚滚沸腾的金色元气之外，还有不断乱劈的闪电，将他映衬得如同一个高大的魔王一般。

神光璀璨，金色长刀划破虚空，斩出去足有三十多丈长的刀芒，所过之处残肢断臂迸射，血肉横飞，鲜血迸溅，残尸碎肉不断坠空而下。辰南暴喝道："逆天七魔刀！"虽然玄功已经运转，但是在金色元气的驾驭之下，七魔刀依然被辰南施展了出来，以赴死的心态一往无前地劈出魔刀才是七魔刀的真义，只有被逼到如此境地之下才能发挥出这门魔功最恐怖的威力。

金色神光中透发出阵阵凄惨的血光，七魔刀斩碎虚空，斩杀生灵的灭世之威被爆发到了极限之境。一刀出，数十人被斩碎，数十条生命一瞬间消失在天地间。"逆天七魔刀第二刀！"誓死拼杀，辰南如陷入绝境的苍狼一般，带着玉石俱焚的心态，劈出了第二刀。炽烈的刀芒，血光大盛，璀璨虹芒几乎全部化为了血色，十数丈刀芒横扫下一片片半截的残躯，无数人在惨叫哀号，整片天空血雨纷飞，天空大地都仿佛变成了血色，一派修罗场的景象。

两大魔刀劈出之后，辰南收割了近百条生命，近前已经再无敌影，终于辟出一片施展手脚的空间。不过，前来剿杀他的人都悍不畏死，尽管残碎的尸体不断坠空而下，但是所有人依然狂啸着向前冲去。僵尸、僧佛不断向前冲击。"逆天七魔刀第三刀！"刀芒彻底变成了血红色，血芒暴现，照亮了天空，凄惨而森然，整片天际都如处在血色地狱一般。

辰南展开神王翼，怀着与敌俱殒的心态，杀将了上去。血色刀芒，势如破竹，像死神的镰刀一般，将一片片生命收割。空中，满眼皆是残破的尸体，这是一片流血的天空，血雾将附近所有的山峦都染红了，生命在这一刻是如此脆弱与低廉，在不断地消逝。辰南生生轰杀出一道缺口，随后连劈两刀，他冲了出来，在背后留下无尽的鲜血。头颅飞滚，断臂激射，五脏洒落，是一片惨不忍睹的残酷景象。

第五魔刀劈出，辰南冲出来之后，有了力竭之感，施展逆天七魔刀的弊端很快就显现了出来。神王翼连连晃动，辰南急如流星一般，在天际留下一道长长的残影，消失在远空中。五方追杀大军暴怒，喝喊着向辰南追杀而去。

这一天注定是一个不寻常的日子，辰南身份曝光于天界，搅起一片腥风血雨，斩杀上百人，引得五方大军追杀，震惊天界，令八方关注。即便是天界各个人类大城市，都在流传着关于辰南的种种传言。

"最新消息！最新消息！煞星辰南在苍冥山一带，遭遇绝情一脉弟子伏击，不过却被他浴血搏命，斩杀百余人后逃离而去。"

"大事件！大事件！天界辰家在佛土做客之人，已经明示天界各方，辰南不是天界辰家子弟，各方势力如果将他击杀，辰家不会过问，但是必须要将辰南的尸体送予辰家。"

"特大消息！特大消息！澹台仙子遣出座下大弟子王志，率领百余人追踪辰南而去。王志一只脚已经踏入神王领域，乃是澹台一派除却澹台璇外的第一高手。如果他们也加入追杀大军，煞星辰南处境堪忧！"

"新消息到，追杀大军将煞星辰南围困在通天峰，惨烈的大搏杀正在进行中，血水将通天峰都染红了。"

"煞星辰南身受重伤，口吐鲜血不止，杀出了重围，不过生命危在旦夕！"

"最新消息，神王出动！有神王准备出击了！煞星辰南性命恐不久矣！"

"报……消息到！辰南被各方追杀大军围堵向天界禁地——魔主之

墓！三面围困，一面绝地，煞星辰南插翅难逃了！"

这一系列事件不过发生在短短的三个时辰之内，但神念传讯，已经快传遍天界。辰南依仗神王翼，纵横冲杀，杀到西，闯到东。奈何，追杀他的几方势力，在天界实力之雄浑难以想象，许多地方都有他们的分坛。辰南可谓一路浴血搏命而逃，在身负重伤的情况下也不知道斩下了多少敌人的首级，在他的身后是一支浩浩荡荡的追杀大军，前方狙击他的敌人每耽搁他一分钟，他便离死亡更近一步。天界各方势力的眼光全部聚焦在这个将天界搅闹出一片血雨腥风的煞星身上。

此刻，辰南身负重伤，身体渐渐不支，有一股英雄末路之感。看到前方那滚滚的魔气，他惨笑了起来，直到这时他才明白为何三方到处都是敌影，只有这个方向没有阻杀的敌兵。原来，前方是一处大凶之地，那里浩荡着异常恐怖的气息。他从一个俘虏口中终于得知，这乃是天界的一处大凶禁地，乃是传说中的魔主之墓！

辰南惨笑道："难道今日我将死在这传说中的魔主墓地吗？哈哈，与魔主为伴，也不枉我这一生！"辰南打开内天地，将想冲出来的两条龙踹了回去，取出十几坛烈酒，他一手擎着血色魔刀，一手拍开一酒坛的泥封，向着口中倒去，烈酒冲进口中，也流淌到胸腹之上，与血水混合着流下。

辰南暴饮烈酒，手提魔刀，冷视着渐渐逼近的追杀大军，酒与血激壮胸怀，辰南心中涌起冲天豪气。生死算得了什么？这天地间，能有几人敢与天界各方神王为敌？敢与半个天界对抗？今天他即便战死，他这一生也足以自傲了。面对着越来越近的追杀大军，辰南大喝着："来吧，今日辰某在此大会天界各方豪雄！"

天界禁地魔主之墓，历经无穷岁月，早已没有确切记载，即便是天界中的老古董，都难以理出一二。相传，魔主乃是天地间的万魔共主，实力之强横难以想象，是一个号称能够改天换地，具有无上大法力的魔人。当然，以上不过是传说之一而已，还有许多大相径庭的传说。曾有人认真研究过古史，发觉魔主之墓并不是一人的墓穴，乃是一个万神坑，无数强者陨落后被集体埋在一个大坑中，形成这样一个特殊的地域，所谓的魔主不过是一个虚幻的人物而已。

在种种传说中，还有一则流传比较广泛。魔主之墓横跨仙凡两界，它一端坐落在天界，另一端却在人间界某地，上通天界，下达人间界，如果这真是一个墓穴，当真不得不让人感叹，墓主之逆天神威堪称旷古绝今。无论哪一种传说，都有一个共同点，进入魔主之墓，将有死无生！这是天界最为著名的大凶大恶地之一。

辰南已经被逼入绝境，东、南、西三个方向，追杀大军共计有数千人，切断了他的退路，再往前方不足五十里便是那魔主之墓，虽然还相隔着数十里，但是汹涌澎湃的魔气已经令他感觉到异常难耐，大凶之地阻挡，三方围杀，当真无生路可逃了。

手提血色魔刀，大口灌着烈酒，辰南扫视着越来越近的追杀大军，心中早已做出决定，眼下将杀！杀！杀！能杀多少人就杀多少人！当然，如果神王出现，他只能有两个选择，一是进入魔主之墓，将自己葬送在这大凶之地；二是破碎空间，跳入通往人间界的空间通道，即便明知将被可怕的天罚神光劈死，他也绝不能等到神王前来擒拿住他。宁可站着死，绝不跪着生！

"杀啊……"三面喊杀震天，无数的人影快速冲来，天上、地下密密麻麻，刀光与剑影，尸气与佛光，影影绰绰，杀气冲天。在数千人的背后，还有无数闻讯赶来的修者前来凑热闹，准备见证这天界少有的诛杀煞星之战，这方天地一片沸腾。十几坛烈酒全部飘浮而起，而后在辰南头顶上空爆碎，烈酒沐浴，辰南仰天一声长啸，左手握着定地神树，右手提着血色魔刀，向着追杀而来的大军冲去。最为惨烈的搏杀爆发了。辰南手中血色魔刀无情地割裂一具具身体，血色浪花飞溅，数十具尸体眨眼间翻倒在地，血水汩汩而流，惨叫一声接着一声。在血水飞溅中，在头颅翻滚中，辰南脚踏天魔八步，在人群中如冷血魔王一般，杀到东，冲到西，纵横驰骋。场面是如此冷血与残酷，场内红的血、白的脑浆，还有那五颜六色的五脏六腑，这是一片人间炼狱，这是一片修罗屠杀场，一条条魂魄在尸首上空哀号。远处许多观战者，都已经露出不忍之色，许多人都已经不忍再看。

明知必死，辰南已经杀到发狂，血色魔刀脱离他的手掌，被神念控制，无情地屠戮，他的右手中换上了雷神锤。房屋大小的神锤劈出一道道闪电，将许多人劈飞，同时巨大的神锤舞动起来当真有开山裂地之威，先后有近百人被神锤砸成了肉酱。战场内血雾弥漫，大地之上已经堆积起了一层肉泥，血雨飘洒，许多人连骸骨都未曾留下，便和他人的血泥混合在了一起。

"嗷吼——"一声凄厉的吼啸，尸气浩荡，尸皇的一名亲传弟子，一具血尸冲了上来，"砰砰砰"连续接挡下辰南三记神锤，如僵尸般的身体居然丝毫无损。"我佛慈悲！"一声佛号响起，原佛祖大弟子怀仁佛子冲了上来，现如今他已经投靠青禅古魔，凭着强绝的修为得到了青禅古魔的赏识，这次为追杀大军中佛教一脉的领军人。"轰"的一声，他和辰南生猛地对轰了一记。

九幽仙尊、破灭魔王、绝情魔王、混天魔王的亲传弟子纷纷出手，打到了辰南的眼前。这些人虽然还未成为神王，但是其中有一两人离神王之境已经不过一步之遥，甚至可以说已经有一只脚迈入神王领域，这令重伤的辰南顿时感觉压力大增。有玄武甲护体，有后羿弓在手，辰南有与神王一战的实力，奈何接连不断的大战让他元气消耗了太多，对上几个仅次于神王的高手，顿时让他陷入苦战之中。

"辰南，你还不束手就擒？"怀仁喝道。"哼！"辰南冷声喝道，"如果降伏于你们，还不如去死！不要以为谁都可以和你一样，背叛师尊，认魔做祖！""杀……"混天魔王的弟子，以及绝情魔王和破灭魔王的弟子，疯狂地向着辰南攻杀。怀仁也不愿再自取其辱，猛烈的搏杀趋近白热化。

辰南尽管感觉元气不再充沛，却越战越亢奋，在几大魔王的亲传弟子的围杀之下，由开始时的下风，竟然渐渐占据上风，更是在闪转错身之时，一口鲜血喷在尸皇的亲传弟子面上，炽烈鲜红的血水将血尸伤得五官俱毁，他疼痛到发狂地号叫起来，整个人顿时丧失了战斗力。一时间，辰南压力大减，和几大高手大战，更加占据上风。

怀仁向后退去，对着后面的弟子喝道："结十子伏魔阵！"失去战斗力的血尸也狂怒地大叫着："快结百鬼乱天阵！"与此同时，几位魔王的亲传弟子都向后退去，命令本门派的弟子结阵，向辰南攻去。此刻，不再是杂乱无章地攻击，四面八方冲上来的敌人，都是有组织地结阵而行，压迫着攻了上来。这对辰南来说是莫大的压力。

十座十子伏魔阵合在一起，浩荡起冲天的佛光，一具巨大的光佛幻化而出。十座百鬼乱天阵合在一起，漫天尸气狂舞，一个阴森可怕的厉鬼幻化而出。混天道、绝情道、破灭道各派也分别结出本门最厉害的大阵，一个个巨魔浮现在空中，向着辰南嘶吼着。

"哈哈哈！"辰南似愤怒、似嘲弄地大笑着，吼道，"你们还真是看得起我！今日一战不是你死就是我亡，辰某人早已杀够本了，现在我就再赚上几条人命！"辰南近乎疯狂了，定地神树没入体内，雷神锤扔入内天地，他将血色魔刀握在手中。现在，死对于他来说，不过是一个简单的字眼而已，根本没有什么可怕的，结局他早已料到。

"逆天七魔刀第一刀！"他大吼着。虽然今日已经施展过这魔刀心法，但是现在他依然准备连劈七刀，他不指望七刀过后能够进阶，只求将战力提升到极限，痛快杀戮。血色神光暴现，狂劈了出去，凄厉的刀风，斩破虚空。不过，唰的一声轻响，血色刀芒冲进十子伏魔阵与百鬼乱天阵之中后，刀芒慢慢消失了。"逆天七魔刀第二刀！"辰南心怀死意，狂猛地劈出第二刀，无尽的生之能被抽离出体外。但是，同样的事情发生了，狂霸无匹的血色刀芒冲进破灭、混天等派的大阵之中，刀芒慢慢归于虚无，消失了。

前五刀在那些大阵的阻挡之下，所有的刀气都化归虚无，没有搅起半点风浪。辰南的生命之能被严重透支，如今他似狂风中的柔弱草茎一般，随时可能会折断。"逆天七魔刀第六刀！"辰南狂喝出声，磅礴的刀气透发着数十丈的血芒，冲进那些大阵中，这一次终于撼动了各个大阵，数十人被劈飞了，不过却没有杀死一人。

"逆天七魔刀第七刀！"辰南近乎油尽灯枯之境，他已经在考虑劈出这一刀之后，立刻震断心脉自尽。近百丈长的血色刀芒，是如此璀璨夺目，令所有人心神俱颤的一刀似霸龙出海，威荡八方，莫大的威压令方圆数里的人都喘不过气来。辰南体内的生命之能即将告罄，所有的生命之能全部涌进百丈长的血色刀芒中，辰南已经准备用残存的点滴力量自绝了。

"吼——"就在这时，一声龙啸响彻天地，一道璀璨夺目的神光破空而来，半截上千米的巨龙飞临到现场，化作一道青光并入血色刀芒之中。血芒隐退，辰南忽然感觉流逝出去的第七刀生命之能全部回到体内，在他的手中出现一把清冷如月辉般的断刀。大龙刀！虽然是一把残刀，但其透发出的可怕威压，如百座巨山般压在现场众人的心间，所有人摇摇欲倒。

血肉相连，辰南体内的半缕龙刀之魂，与大龙刀相互呼应，竟然将大龙刀召唤而至。大龙断刀透发出的青色神芒，长达百丈，足可比拟方才的逆天七魔刀第七刀！"哈哈哈！"辰南狂冷地笑着。第七魔刀猛力劈了出去。青色神芒暴闪，百余丈长的刀芒，再次暴涨近一倍，狂霸的气息浩荡而出。漫天都是刀气，漫天都是龙啸之音。

血色光芒暴现，惨叫之声不绝于耳，大龙刀以横扫千军之势，连续扫平一座又一座大阵，各派弟子死亡惨重。漫天的血花在飞洒，无数的头颅在翻滚，残尸碎骸到处纷飞。辰南双眼血红如入魔了一般，手中龙刀不断挥动，残忍地收割着一条条生命。

远远望去，大龙刀所幻化出的刀芒，凝聚而成一条无比残暴的青龙，它正张着巨大的血口在吞噬生命，凶龙所过之处没有生命留下，血雨漫天纷洒，肉泥扑扑坠地。而辰南仿佛是一个驾驭恶龙的魔王，他单手握住大龙躯体，横扫八方，任那哀号遍野，任那灵魂挣扎，此刻的他化成了天地间最残暴的魔。

鲜血在流淌，杀戮在继续。辰南斩破虚空，彻底轰碎几座大阵，所有阵中弟子都被搅得粉碎，随后如虎入羊群一般展开了疯狂的屠杀。百余丈长的大龙刀刀芒无坚不摧，无物可挡，任那僵尸大军钢筋铁骨，也不经龙刀一扫之威，所过之处成片的僵尸被斩为两段，更有不少僵尸直接被轰成粉末。佛教一脉都已经不再念佛，此刻不少人发出了鬼哭狼嚎般的惨叫，与他们平日的气质大相径庭。至于无忧仙尊以及三大魔王的门徒，同样损失惨重，他们是这次追杀辰南的主力，当然成了辰南的重点关注对象。

大龙刀横劈竖斩，血光冲天，平日残暴的魔王子弟，今日遇到了更加凶狠的恶人。此刻面对这绝世大凶人，即便他们平日再残暴，眼下也只能当恶虎旁的乖猫。人若疯狂，神魔难挡。辰南怀着必死的心态作战，彻底陷入狂暴之境，他在血雨中作战，他在腥风中屠杀，此刻他就是一个恶魔，眼中唯有血色杀戮！

血色大屠杀仍然在继续，不过此刻辰南开始重点追杀几路大军的领军人，其中包括尸皇的亲传弟子血尸、佛祖的大弟子怀仁以及几个魔王的爱徒。大龙刀举世无双，在所有人惊愕的目光中，一刀劈开了血尸的头颅，以力劈华山之势，自头部一劈到底，将这凶名赫赫的血尸劈杀为两半。辰南仰天长啸，龙刀再挥，残暴的青龙将数十具冲上来的红毛僵尸斩为两截。

即便围杀大军悍不畏死，但是面对这等凶人也不禁战战兢兢起来，许多人再也支撑不住，如吓破了胆般号叫着飞逃而去。短短半刻钟的时间，数百具尸体化成肉泥，坠落在地，近千人逃离而去，眼下围剿辰南的人已经不足两千人。远处，众多的观战者面对那血腥的场面，皆纷纷露出不忍之色，所有人心中都在冒凉气。

喊杀声依在，血腥大战仍在进行，这是一个不死不休的局面。"大龙刀果然威势骇人啊！"王志冷笑着。辰南寒声道："你是在说我仰仗外物吗？哈……哈哈……可恨可恼啊！如果上天还我一万年，在这天界我还惧怕谁？什么神王、仙主！更遑论你这样的废柴准神王！上天还我一万年，我将横扫天界，对付你这样的人，我一根手指就足够了！"想到失去了可贵的万载岁月，辰南情绪渐渐失控，狂吼着："一万年啊，我失去的太多了！"

怒意滔天，辰南手中大龙刀的刀芒更加强盛，最后竟然生生轰开了锁魔阵，他一刀劈碎十几个澹台派弟子的身体，大声吼啸着："区区二十年，大战一万载，所有的人都来吧！"混天、绝情、无忧等派的弟子，见到辰南竟然冲出了澹台派的锁魔阵，相顾失色，所有人再次冲了上去。刀光剑影，愁云惨雾，在血浪喷洒中，辰南独战几派弟子，手中的大龙刀挥洒着他心中那滔天的恨与怒，炽烈的刀芒斩下一颗又一颗头颅，无尽的血雨在空中飘洒，尸体一具接着一具向地面坠落而去。

一声厉啸在远空响起，浩浩荡荡的魔气翻滚着，如洪浪一般快速冲来。观战的众多修者惊呼："绝情魔王来了！""他居然这么快就夺舍成功，找到了合适的身体！"又是一声厉啸在远空响起，大片乌云翻涌而来。众人又惊道："混天魔王来了！"再后，远空血光冲天，空中传来一阵剧烈的波动，天空仿佛都要碎裂了一般。"青禅古魔来了！"所有观战者无不倒吸了一口凉气。看来这神王级高手，果然对辰南生出了必杀之心，最后竟然皆纷纷现身。

辰南知道，生死抉择的时刻到了，或破碎空间，硬撼天罚；或闯入魔主墓穴。最终，他选择了后者。如果在那里也没有生路，他将毫不犹豫地选择硬撼天罚。辰南以大龙刀横扫八方，斩杀出一片冤魂，在漫天血雨中，他腾空而起，展开神王翼，向着前方的魔主之墓冲去。混天魔王、绝情魔王、青禅古魔，身似闪电，从远空快速冲来，而围攻辰南的众人，看到几位神王来援，顿时心神大振，所有人都向辰南追去，喊杀震天。无数的观战者也在后面慢慢跟进，目睹着这次天界大围剿进入尾声。

五十里的距离，对于具有神王翼的辰南来说，不过咫尺之遥，几乎身形一晃动，仅仅片刻间他就冲到传说中的魔主之墓的附近。这是一片凄荒的石林，无尽的魔气浩浩荡荡，将整片石林笼罩在里面。附近没有半丝生气，有的只是死亡的气息，让人忍不住发自灵魂战栗。在外面依稀能够看清里面的景象，石林的正中央是一面高达百丈的巨大石碑，上面雕刻着古朴沧桑的巨大刻字，但是历经无尽的岁月后已经少有人能够辨认出那些字的意思。

很难让人想象，这巨大的石碑矗立在这里无尽的岁月后，居然还没有倒下，依然看不出破碎的迹象。而且，其透发出一个莫大的威压，仿佛这是一个活物，这是一尊巨魔！虽然到了这生死关头，但辰南心中还是感觉吃惊无比，这方巨大的石碑透发出的强大压力，似乎与他在人间界见到的镇魔石不相上下，当真是一尊邪异的石碑！

石碑的前方，是一口方圆百丈大小的巨大洞穴，所有的魔气都是自里面腾腾升空而起的。这便是魔主的墓穴！一个号称无底洞的魔穴！辰南毫不犹豫，快速冲了过去，汹涌澎湃的魔气，让他举步维艰，莫大的压力竟然生生要将他压散，他忍受着磅礴的压力，冲到了巨大的魔穴近前。

黑洞洞的魔穴内魔云翻滚，根本看不清下方的任何景物，森然惨烈的气息透发而出，似乎要吞噬人的心神一般。混天魔王、绝情魔王、青神古魔冷冷地立在外面的虚空中盯着辰南。追杀大军已至，他们喝喊着，舞动着手中的兵器，面对着辰南。还有无数跟来的观战者，也心惊地目视着魔主之墓，吃惊地望着辰南。

辰南惨然笑道："哈哈哈，今次我辰南注定将在天界史中留名，居然引得各方神王追杀，让整个天界为之关注，只是你们永远不可能活捉到我！"就在这时，远处一道仙光闪现，一道璀璨的光影快速冲来，荡起阵阵氤氲仙雾。辰南目中神芒一闪，他没有想到在这最后关头，竟然还能见到澹台璇一面。"恨上天夺我一万年！"辰南苍凉的话语隆隆回响在天地间，而后他冲着魔穴外围的众人大喊道："若我不死，他日定当以血染青天！"说罢，辰南毫不犹豫地跳进了那深不见底的巨大魔穴中。

霞光闪现，一代天骄澹台仙子，白衣胜雪，脚踏祥云，快速冲进魔气笼罩的石林中。她的速度疾若闪电，满头青丝被劲风吹得全部飘舞到脑后。圣洁的光辉照亮了黑暗的石林，澹台仙子毫不停留，瞬间没入了那巨大的洞穴之内，她竟然尾随辰南冲进了魔主之墓！这一切发生得太快了，几乎与辰南同步。惊得所有观战者目瞪口呆，尤其澹台一派的弟子，更是惊得大呼出声。澹台首徒王志大叫道："师父！"他腾空而起，快速冲进了石林，来到那巨大的魔穴近前，呆呆地望着那漆黑的洞口，久久未语。

"天啊，这是怎么回事？""澹台仙子怎么也冲进了魔主之墓？"外围的观战者议论纷纷，他们实在有些不理解。即便是绝情魔王、混天魔王、青神古魔，也露出不解之色，在他们看来澹台仙子即便与辰南有些交情，但也没有必要拿自己的生命犯险。

辰南耳畔呼呼生风，他放松了自己的身体，快速向着魔穴中冲去。无光无亮，看不到一点景物，唯有滚滚魔气，环绕在周围，唯有恐怖的气息，让人阵阵难耐。突然间，辰南发现一道灿灿光辉在他上空发出，一道光影越来越近，快速冲了下来。

辰南冷笑，他以为有人追了下来，将大龙刀轻轻扬起。

在刹那间，那道光影冲到了距离他不过五丈处，一个熟悉的声音传入了他的耳中。

"辰南，你真的是辰南？是万年前那个辰南？"

辰南大吃一惊，他听出了来人的声音，竟然是澹台璇！此刻，对方的声音有一丝颤抖，似乎很惊讶。辰南暗暗想：原来你还记得我这位故人啊！澹台璇喊道："辰南快停下来，随我上去。魔主之墓，乃是天界的大凶之地，万万不可再深入了。"辰南大笑道："停下来，难道让我上去送死吗？让你的弟子用锁魔阵将我困住，任你发落吗？"

一个洁白如玉的巨掌当空遮笼下来，向着辰南包裹而去，想要将他擭取住。辰南眼中寒光一闪，冷声道："变异的擒龙手！哈哈哈……"这乃是当年辰南亲自传给澹台璇的功法，虽然被澹台璇改进得大变样，但是辰南还是一眼便认了出来。澹台璇道："辰南，过往种种，一时半刻难以说明，许多事情我身不由己。但是，今天你一定要相信我，我对你绝没有恶意。今日，我遣一众弟子前来救你，不想他们将事情搞得一团糟，让你心生误会。你快快停下来，我想办法，将你救走。"

辰南手中大龙刀轻挥，青色的刀芒瞬间破碎了那道光掌，他决绝地道："澹台璇，如果你今日真的是想助我脱困，我表示感谢。但是，天界不适合我，我要重返人间。""辰南你是不是听说过，魔主之墓连接天界与人间，才想到这个办法？你可知道这样做有死无生？你快快停下来……"澹台璇想超过辰南将他截下来，但一时半刻无法如愿。虚空破碎了，澹台璇展开了自己的小世界，向着辰南遮笼而去。但是辰南有神王翼在身，速度之快让人难以想象，在刹那间飞离而去。

辰南并没有飞离得太过遥远，他大声问道："澹台璇我很想问你，万年前是否对我做过手脚？"略微犹豫，澹台璇还是肯定了他的疑问，道："做过！但那是多方博弈，针对你父亲。因为你父亲消失了，我身后的势力也消散了，我们再也不是对立的敌人。而且万年前我们毕竟是朋友，有些人，有些事，我是永远不会忘记的。"

辰南怒道："你不觉得很可笑吗？对我来说，你是我的生死大敌，我父亲之所以消失，肯定与你或你身后的势力有关！"澹台璇叹了一口气道："你父亲的消失，与我们无关，我身后的势力早已烟消云散。

万年前的时局太过混乱，许多事情都很让人无奈。当年种种，至今想来，颇让人感叹。因为你父亲曾经是天界中人，有着另一重身份，针对他的人，便是针对他天界的身份。"

辰南疑惑道："是否因为他是辰家的'第九人'，他叛出了辰家，才惹来天界中人出手？"澹台璇否定了辰南的猜想，道："那时辰家中人还没有对他出手，针对他的人想从他手里抢走一样东西。传说，你父亲掌控有一个残破的世界，有些人想得到它。"

"哼！"辰南冷哼了一声，道，"那时的你是否就已经是仙人了呢？"澹台璇道："还不是。"辰南道："万年前神魔俱灭，到底发生了什么？"澹台璇有些感慨地道："那时的我修为还不够，无法接触到最核心的秘密。不过不难猜测，极有可能是逆乱阴阳、改天换地的大事件。""布局博弈者，天地为局，众生为棋。"不知道为何，辰南一下子就想到了玉如意中的女子曾经说过的话，难道说许多事情都是他们搞出来的？

辰南有许多的疑问，但是现在他却理不出头绪，最后他冲着澹台璇喊道："澹台璇，难得万载岁月过去之后，你还记得有我这个人，今日你我一笑泯恩仇，再无任何干系！就此别过，你不用送了！"澹台璇长叹道："万载岁月啊，我从来没有想到过能够再次见到你。只是，你不相信我，对我成见依然很深。不过今日我确实想救你。"

即将别离天界，辰南心思百转，他马上想到了天界的雨馨，道："如果你觉得亏欠我，就帮我照料天界的雨馨吧，我总感觉你似乎比尸皇、比青禅古魔还要强大。"澹台璇道："雨馨？呵呵，她已经不是曾经的雨馨。五千年前我曾经想过杀死她，但是终究未出手。不过，这一次新生的雨馨，总算还有着半颗善心。今日如果不是尸皇相阻，我想她已经赶来相救于你了。"辰南心中剧震，澹台璇的修为果然有些可怕。

魔穴根本无从揣测到底有多么幽深，不过澹台璇似乎非常不愿意再向下飞坠了，她喝道："辰南，你再往下坠落，当真有死无生。今天，我没有耍任何心机，确实想救你。因为种种原因，我现在只剩下了一半的修为，如果逼我强行带你回到地面去，将耗费掉我大量功力，那时恐怕就不能带你躲避过几位神王的追击了。"

辰南坚定地道："澹台璇你请回吧，我不会欠你的情。"澹台璇幽幽叹了一口气，道："有些事情，现在真的没有办法对你述说啊。好吧，我只能强行将你带回地面了。"澹台璇双手不断结印，口中一字一顿，喝道："逆、乱、时、空！"辰南感觉时空突然混乱了起来，在他周围出现一道道光华，在吃惊中他发觉自己进入了一个空间通道。

光芒闪烁，时空错位！辰南眼前忽然一亮，他惊愕地发觉自己竟然出现在魔穴的边缘地带，他竟然真的回到了地面！"我师父呢？我师父用大法力将你传送回来，她人呢？"王志看到辰南出现，立刻恶狠狠地咆哮了起来。石林外众多的观战者哗然，怎么也没有想到辰南会自空间通道回返。

"表哥，真的是你吗？你真的是我的辰南表哥？"东海神王李道真快速冲到了魔穴近前。"是我！"辰南用力点了点头。李道真眼中滚落出泪水，颤声道："真的是你，我简直不敢相信！"当年的毛头小子没有变，对辰南依然有着难以割舍的亲情。李道真哽咽道："表哥，天界有个辰家，姨父可能……"

辰南眼中也有些发酸，万载过去之后，难得还能见到一个亲人。他用力拍了拍李道真的肩头，道："只要我还活着，我一定会向天界辰家讨个公道的。"一边说着，辰南一边冷冷打量着远处的青禅古魔与绝情魔王等人，不过几个老魔王并没有向他动手的意思，一个英挺的年轻男子倒向他一步步逼来了。

"因为半路有重要的事情耽搁，险些误了大事，不过总算还是赶上了。辰南，你不会被我吓得跳进魔穴中逃生吧？"慢慢逼近的年轻男子声音有些发冷，神情非常自信。辰南疑惑道："你是谁？"对方答道："辰宇明。"辰南眼中寒光一闪，冷声问道："天界辰家中人？""不错！"辰宇明一眨不眨地盯着辰南，道，"传说辰战有一子名为辰南，不过已经死在万年前，这在辰家秘史中有详细的记载。可是，通过种种蛛丝马迹发觉，你竟然是那个已死去万载的人，你竟然活生生地出现在了天界，真是不可思议啊！"

石林外众人哗然，这则消息太震撼了，辰南居然是辰家大叛徒辰战之子，乃是一个理应死去万载岁月的人！即便是混天、绝情、青禅等魔王都动容了，这实在有些超乎常理。这个时候，所有人都想起了辰南的话语："恨天夺我一万年！"由此，所有人都相信，辰南绝对是万年前的辰战之子，是一个死去万载岁月后离奇复活的人。远处，众人喧嚣不堪，议论纷纷："天啊，传说中的盖世高手辰战之子？""那可是天界辰家的禁忌啊，直到最近才广泛流传于天界。""辰家的'第九人'与'第十人'居然是父子！"……

辰宇明冷笑连连，道："辰南，你和你的父亲都是我辰家最大的罪人！你荒废万载岁月，耽误了我辰家多少宝贵时光啊！今天我要抽离出你体内的神兵之魂，剥夺你'第十人'的身份！"辰南没有动怒，反而大笑了起来，道："你先叫声祖宗来听！"辰宇明大怒，喝道："你早已不是我辰家中人，你不过二十岁的毛头小子，敢占我口舌便宜，今日我要替祖宗清理门户。"

昏暗的石林内暴闪出一道璀璨夺目的光芒，一把炽烈如骄阳般的神剑出现在辰宇明手中，一股浩瀚如汪洋般的力量浩荡而出，压迫得附近的石林不断轰然倒塌，远处的观战者也感觉到了一股磅礴的压力，许多人不由自主地向后退去。青禅古魔双眼中射出两道神光，自语道："传说中的裂空剑！"

辰南推开了李道真，道："你先闪在一旁，我要向天界辰家收一点利息。"大龙刀同样激发出一道璀璨神光，虽然是断刃，但是一点也不弱于裂空剑所透发出的磅礴威压，青色神芒威不可挡！辰宇明与辰南一脉相传，玄功一样神妙无比，能够遮掩住真实修为。辰南到现在还没有摸清对手到底强横到了何等境界，不禁皱了皱眉头。正在这个时候，澹台璇自魔穴中冲了上来，她对辰南传音道："你往西北方向逃走，我会暗中助你。"辰南同样传音道："好意心领，我自己能够应付一切！"

"杀！"正在这时辰宇明大喝。裂空剑神光暴涨百丈，向着辰南劈砍而去。威霸的剑气将虚空都斩破了，更是将石林中众多高大的巨石都冲击得粉碎。一道道剑气如骇浪狂涌一般向前疯狂肆虐而去。辰南举大龙刀相迎，一条巨大的青龙咆哮一声，飞腾而起，声震天地，与那剑气激烈地冲撞在了一起。远处观战的修炼者骇然，不断向后退去。

然而就在这时，惊变发生了。剑气与刀芒，不断肆虐，终于冲上了魔穴旁边的巨大的石碑。石碑连连颤动，最后竟然发出震耳欲聋的大响，拔地而起，浩荡起滔天的魔气，向着辰南与辰宇明劈砸而去。辰南早先就拿这石碑与镇魔石暗暗比较过，眼下见它果真通灵，立刻感到大事不妙，展开神王翼快速躲向了一旁。

　　辰宇明看到巨石碑来袭，有些愕然，不过紧接着举起了手中的裂空剑，狠狠地向着高空斩去。"轰！"滔天的魔气汹涌澎湃，巨石碑浩荡出一股异常可怕的波动，居然生生将辰宇明轰击得翻飞了出去。古老的石碑如一个巨魔一般，舞动着庞大的躯体，横劈竖砸，将辰宇明硬是轰击得狼狈地翻着跟头。众多观战者骇然，快速向着远方退避，几个老魔王也急忙命令本门弟子逃避。

　　不过，为时已晚。巨大的石碑，涌动着滔天的魔气，一路轰击辰宇明，冲进了人群中。"轰！"血肉横飞，这远古巨魔般的古老石碑，当真是所向披靡，一次劈砸就将近五十人碾成了肉酱。辰宇明更是被砸进了地里，手中裂空剑险些脱手而飞。所有人都开始疯狂逃散，就连几个老魔王也吃惊地在高空之上凝视着，没有任何上前的打算。大地在战栗，石碑仿佛能够翻江倒海一般，将整片天地都搅动得剧烈波动了起来，仅仅片刻间便有数百人被石碑轰杀了。

　　辰宇明无比惊骇，石碑似乎锁定了他，恐怖的魔气将他冲击得都快散掉了。无论他怎样逃，就是无法甩开石碑，即便将之引向人群，不过是多波及一些无辜的生命而已，石碑宛如有灵智一般，对他紧追不舍。最后，魔碑硬是生生将辰宇明半边身子砸得血肉模糊一片，粉碎的手臂再无力握住裂空剑，一股似龙卷风般的魔气呼啸而过，将裂空剑卷向了魔穴中。至此透发着磅礴魔气的古老石碑才停止了轰杀，飞回到原位。

　　辰宇明简直欲哭无泪，他竟然失去了裂空剑，而且竟然是被一个死物抢走的，眼看着裂空剑坠入魔穴中，他直欲发狂。辰南处境更糟，一股无形的力量牢牢锁定了他，拉扯着他向魔穴内飞去，仿佛一个远古巨兽即将要把他吞噬掉。澹台璇有些惊讶，有些不解，最后冲着辰南传音道："辰南，我相信你吉人自有天相，你历经万载岁月都能复活过来，我相信你这一次一定不会有问题。"

与此同时，李道真也焦急地用神念秘密向辰南传音道："表哥，万一你能够回到人间界，你要小心一个叫梦可儿的女子，我觉得她和澹台璇有着莫大的关联。我并不是说澹台璇不好，相反，这万年来我多蒙她照顾。只是即便是经过了万载岁月，我都始终看不透她，这让我觉得有些可怕。她不是一个真正的天使，就绝对是一个异常可怕的恶魔。我不知道，她为何如我一般赶来救你，所以我觉得你要小心。"辰南什么也听不到了，只觉得耳畔呼呼生风，眼中是无尽的黑暗。时间似乎停止了，辰南陷入了永恒的黑暗，无止境地下坠再下坠。

巨大的魔碑宛如远古巨兽，巍然矗立在魔穴之旁，透发着巨大的威压，滚滚魔气缭绕，让远处所有人都有一股心惊胆战的感觉。辰宇明眼中闪烁着愤怒的光芒，失去裂空剑对于他来说是一个沉重的打击，本来他有望成为辰家"第十人"的，但是今日之事发生，他将与此无缘。

绝情魔王、混天魔王、青禅古魔异常愤怒，虽然知道辰南生存希望渺茫，但是他们还是希望辰南不要死，等待他们活捉，好将他折磨至形神俱灭。只是魔主之墓太过邪异，他们不敢跳进去探究，一个高大的墓碑就已经让人感觉心惊了，更何况传说中的大凶之地。几大魔王的弟子以及无数赶来观战的人，心绪也都复杂无比，到头来竟然没有捉到辰南，这震惊天界的大事件竟然这样收场了。

东海神王李道真面对着黑洞洞的魔穴久久未语，但心中的波动却无比剧烈。澹台璇一双美目也久久凝视着魔穴，想到辰南见到她飞来之际，竟然头也不回地决然跳下魔穴，她心中一阵悸动。一笑泯恩仇？恐怕辰南在说这句话语时正在咬牙切齿吧，澹台璇默然无语。

无尽的黑暗，辰南在飞快地下坠，但这口魔穴仿佛永无尽头一般，似乎永远不可能达到底部。辰南初始时非常迷茫，竟然这样黯淡退出了天界，心有不甘，但却无能为力。不过，随着时间的推移，他的思绪渐渐稳定了下来，他想到了很多很多。辰战竟然是天界中人，竟然掌控有一个残破的世界，他现今到底在何方？澹台璇果真不简单，这个女人身上笼罩着层层迷雾，始终无法让人看透她的真实想法。意外在天界重逢李道真，让辰南干涸的心田得到了一丝亲情的慰藉，当年的毛头小子无论身份发生了怎样的变化，但是始终没有忘记还有一个表哥。

想到李道真，辰南自然会想到坠入魔穴之际李道真告诉他的讯息，人间界的梦可儿竟然极有可能与澹台璇有些关联。连李道真都知道人间界有一个叫梦可儿的女子，这说明梦可儿定然非同小可，绝不是一个简单的人物。也许正因为如此，她的名字才被澹台派众人得知吧，或许也正因如此，才被李道真知晓了一些隐秘。澹台璇到底有着怎样的隐秘？辰南想起在人间界曾经见到过她的雕像，据说千年前她曾经降临过人间，她竟然能够成功抗衡天罚，她到底所为何事下凡人间呢？

永恒的黑暗，无尽的魔气。在这里没有白昼之分，辰南感觉自己仿佛融入了时间的长河中，似乎过去了千百年之久，仿若成了一尊化石。保守估计，已经过去十几日了，无尽的魔穴似乎还远远没有触底的迹象。无尽的魔气涌动，不过辰南有玄武甲护身，倒也不担心被魔气腐蚀。他渐渐心平气和下来，任身体自由下坠，他盘膝打坐于虚空中，尝试参研天界第一奇功《太上忘情录》。

他的家传玄功已经神妙难测，辰南根本不会考虑废掉自己的功法，而改修他法。之所以这样做，不过是为了两相对照，相互印证，同时也为了寻找化解雨馨危局的办法。身坐虚空，神游太虚，辰南在这暗黑无光的魔穴沉浸在武境之中。如此，又过了十几日，辰南心神醒转，在这一刻他感觉下方传来了阵阵风雷之声。随着越来越接近底部，可以清晰地感受到下方的一些响动，狂风怒吼，闪电乱舞。

无尽的黑暗中，下方突然闪现出一道道巨大的雷电，同时魔气汹涌澎湃，辰南快速冲进了那片雷电交织的光网中。"轰轰轰！"眨眼间十几道惊雷劈在了他的身上，直将辰南轰击得头昏眼花，即便有玄武甲护体，他还是被击得险些吐血。"咔嚓咔嚓！"巨大的闪电，狂劈不断，魔气肆虐，似乎要将辰南生生撕扯碎裂。超乎想象的危机令辰南来不及做出反击，一道足有丈余粗细的巨大闪电劈落而至，瞬间将他轰击得昏死了过去。

"扑通！"辰南似乎坠落进水池中，他悠然醒转，感觉浑身骨骼都仿佛碎裂了。如果没有玄武甲护身，恐怕他已经凶多吉少了。他抬头仰望，上方雷光闪闪，那竟然是一片恐怖的雷池，似乎比天罚逊色不了多少，他能够活着冲下来算得上无比幸运。"呕……"慢慢恢复了知觉，辰南马上呕吐起来，直到这时他才发觉，自己哪里是浸在水池中，这竟然是一方巨大的血池，腥臭扑鼻，血水妖艳无比，透发着恐怖的邪异光芒。辰南惊得快速冲飞了起来，落到了血池的旁边。这一挣动，他感觉身体仿佛碎裂了一般，浑身上下疼痛无比，他竟然受了重伤，似乎有几根肋骨折断了。

辰南身体冒着虚汗，擦干了脸上的血水，仔细打量眼前这可怕的世界。这似乎是地底，又似乎是在山腹中，眼前似乎是一座古洞，四周的石壁镌刻满了岁月的风霜，每隔十丈远左右点缀着一颗昏暗的夜明珠，也许是岁月太过无情，那些明珠早已近乎破碎，发着微弱的光芒。血池能有方圆百丈大小，正对着上空的贯通天界的魔穴，四周比较开阔，地面上满是枯骨，踏在上面发出阵阵"嘎吱嘎吱"的响声，在这片静得可怕的石窟中，听来分外恐怖。

这就是魔主之墓？辰南略微调息了一番，沿着地窟中的通道，慢慢向外摸索而去。脚下不断发出枯骨碎裂的声响，直至这时辰南才发觉，无尽的骸骨竟然都是神灵的遗骨！按理说神骨最是坚硬，但是现在却被轻易踩碎了，可以想象必然经历了无尽的岁月，致使神灵的骸骨也被时光无情磨灭。辰南似乎想起了什么，不禁回头望去，那猩红的血池格外醒目，那不会是神灵的血液吧？他心中剧震，只是骸骨都已风化，这池血水为何还没有干涸呢？真是一处邪异之地！

辰南慢慢地向外走去，沿着通道经过一个又一个古洞，除了发现无尽的神灵骸骨以及被腐蚀掉的兵器之外，他没有发觉到任何有价值的线索。不过他心中却越来越感觉惶闷，暗中仿佛有一个古老的巨魔，正在狰狞地窥视着他，似乎随时会出来将他撕得粉碎。这是辰南修为大进后，第一次感觉到如此的恐惧，一股发自灵魂的战栗，让他敏锐地觉察出莫大的危险正在慢慢靠近，仿佛有一个根本无法抗衡的远古巨魔锁定了他。

辰南将大龙刀握在了手中，半截断刃寒光闪烁，刀芒吞吐不定。辰南将玄功运转到极限，一步步沿着通道前进，这一次经过几个古洞时，他发现了更多的神灵骸骨，同时在几个古洞中，发现了一些供奉的神灵雕像，不过这不是所能够辨认的神灵。那些古老的雕像早已残破不堪，不过每一尊雕像似乎都透发着一股莫大的精神威压，仿佛有灵魂一般。

这真的是一个人的墓穴吗？竟然有这么多的神灵陪葬，实在不可想象！辰南越走越是心惊，如果真的有这样一个魔主的话，其生前的无限风光恐怕敢与天齐。无匹的威压始终牢牢地锁定着辰南，但是他却始终无法寻觅到暗中的巨魔。难道魔主的魂魄未灭？辰南想到这里，心中不由得打了个冷战。

天界传言，魔主之墓乃是一处绝地，进入这里将有死无生。辰南知道危险定然在前方等待着他。这片阴森的地窟也不知道有多么广阔，辰南走了将近半个时辰，发觉似乎没有尽头一般。"哗啦啦！"一阵铁链摇动的声响，突然在森然恐怖的地窟中响起，惊得辰南顿时握紧了大龙刀。静寂昏暗的古洞，无尽的神灵骸骨，以及铁索可怕的摇响。前方罡风涌动，连续出现八个暗黑无光的恐怖洞口，所有魔洞里面都漆黑一片，没有一点光亮，铁索摇动的响声似乎就从这些洞穴中传出。

辰南略微犹豫，提着大龙刀，大步向前走去，如今退无可退，唯有前进才可找到生路。不过，就在这时，辰南忽然发觉在八洞的正中央似乎有一座石门，八洞以它为中心，分在两侧。辰南没有任何犹豫，手握大龙刀，大步上前，用力推开了石门。"轰隆隆……"古老的石门被推开了，发出阵阵隆隆之响，在整片地窟中回荡着。里面透发出一片血光，同时一股无法想象的强大威压，澎湃而出。即便辰南全力抗衡，他还是被冲击得翻飞了出去。

辰南无比惊骇，这似乎仅是石门遮蔽住的某人所透发出的气息，居然这样就将他轰飞了，简直有些不可想象。他吃惊地向着石门内望去。一堆神灵头骨堆砌而成的骨床之上，一个二十七八岁的青年男子，静静地斜躺在上面，整个人透发着无上威严，让人有一股忍不住顶礼膜拜的冲动。虽然是正当巅峰状态的年轻身体，但是他的双眼却充满了岁月的沧桑，且有一头雪亮的银发，仿佛历经过千百世轮回，看遍了沧海桑田人世浮沉。

辰南无比震惊地凝视着那男子。不过就在这个时候，一声震天的咆哮突然在远处的地窟中响起，由远及近，似乎有一个大恶魔正在向这里冲来。"嗷吼！"魔啸刺耳，直欲穿透人的耳膜，整片地窟都在震荡。几个漆黑无光的地穴中，传出阵阵锁链颤动的声响，阴森的古洞显得更加恐怖。

那间石室中，神灵头骨所堆砌成的骨床之上，银发男子依然静静地斜躺着，眼神沧桑而忧郁，他一动也不动，似乎根本没有看到辰南，也没有听到那越来越近的魔啸。只不过，他所透发出的气势依然如巨山一般沉重，让人感觉自己仿佛是蝼蚁，而他是那高高在上的圣神一般。辰南被镇住了，没有任何理由，他直接猜测到这便是那所谓的魔主，是一个传说中消逝多年的可怕存在，只有他才能够有这种足以睥睨天下的无上气势。

辰南手握大龙刀，一边戒备着那越来越近的魔人，一边细细打量着银发男子。传说中魔主早已消亡，不然也不会有可怕的魔穴存在于天界，但是，辰南却觉得眼前之人似乎还活着。不过，辰南同时也发觉，这个看起来异常年轻的可怕魔主，好像真的没有生命波动，根本感觉不到他的心跳与呼吸，甚至可以察觉到他的身体异常冰冷，与死人无异。只是他的周围为何有元气波动呢？难道即便死去，其魔威依然能够浩荡千古？！当真不愧为震古烁今的魔主！

"嗷吼——"魔啸震耳，一阵剧烈的元气波动传来，整座地窟连连震颤。人未至，阵阵血光已经蔓延到了这里。"嗷吼——"血光闪动，一条高大的魔影终于出现在了辰南的视线中。高大的魔躯魔气缭绕，煞气滚滚，其样貌称得上无比狰狞。左半部连同左眼在内的少半颗头颅已经破碎，在完好的另一半头颅上是齐腰的血红色长发，似乎能够看到白色的脑浆沾染在了血发之上。

那仅余的一眼、两耳、一鼻、一嘴，若不是沾染着点点血迹与脑浆，则显得非常完美，这个人如果不是缺了少半个头颅，称得上一个美男子。他身上的破碎衣衫满是血迹，让人惊骇的是他的胸膛竟然是一个血淋淋的大洞，心脏竟然被人掏去了。在他的背后生着几对羽翼，左边一只羽翼洁白无瑕，右边一只羽翼漆黑如墨。其侧身时显露出的背部有两道巨大的伤口，望之让人触目惊心，那里有着几对羽翼的断根，血肉模糊一片，似乎是被人生生撕去的。他具有两色羽翼，绝非普通天使那样简单，这更像西方传说中的古老神魔。

"是你！"辰南大吃一惊，这样一个恐怖的神魔，竟然是他曾经打过交道的人，他失声道，"难道魔主之墓连通的是人间界的死亡绝地？"急冲而来的巨魔，竟然是死亡绝地的无名神魔，他曾经对辰南说过，在这里守护绝地不被人打扰。可是，辰南万万也没有想到，他所守护的竟然是魔主之墓！无名神魔的独目中绽放着血色的光芒，他面目狰狞，虽然曾经见到过辰南，但此刻见辰南竟然闯到禁地当中，他浑身透发出可怕的煞气，即将要对辰南出手。

不过就在这个时候，八个漆黑恐怖的魔洞中突然传出阵阵铁索摇动的声响。无名神魔立时一惊，他转头向着正中的那间石室望去，无比虔诚、近乎狂热地望着骨床上的银发男子。他似乎在聆听着什么，浑身的煞气在刹那间消散了，最后他伏倒在地，恭敬地对着石室中拜了又拜，最后向辰南示意随他离去。辰南暗暗吃惊，魔主似乎真的没有死！天界所有人似乎都不知道这个真相。不过银发男子，自辰南出现到现在，其姿势神情以及眼神始终都未发生过变化，仿佛永恒地定在了那一瞬间。

辰南心中充满了疑惑，张了张口，最后忍住了，随着无名神魔向外走去。穿越过复杂的地下通道，辰南随着无名神魔自一个山腹的魔洞中走了出来，看到眼前的景物他终于确定来到了死亡绝地，无尽的骸骨，死气沉沉的谷地，滚滚涌动的魔气，以及背后那座巨山。此刻，辰南想到了一个严重的问题，无名神魔似乎根本不能走进魔洞的最深处，那里有一个困天法阵，封印了里面的秘密，他不知道里面到底是怎样的一个所在，但是今日……

无名神魔曾经说过，其原有的记忆似乎被人抹除了，不过其潜意识时刻提醒着他要守护在这里，绝不能容忍任何人踏足这片山谷。但是，他自己却不知道具体要守护什么，这完全是潜意识的行为。在这片山谷内始终存在着两股让他望尘莫及的力量，一股气息让他感觉无比地亲近，似乎是他的亲人，但是他始终不能够把握住它，找不到它源于哪里。另一股让他感觉无比厌恶，甚至感觉有些恐惧，它就藏在魔洞的最深处。

时至今日，通过刚才所见种种，辰南已经有了一个大概的猜测，让人感觉亲近的力量应该是那银发男子所发，让他感觉厌恶的恐怖气息现在似乎被那男子压制了。而困天法阵已经打开，无名神魔能够自由出入山腹中了。"那个人占据了上风，他压制了让你恐惧的力量，他是谁？"辰南有些激动，有些紧张地问道，似乎根本没有关心自己的安危。

无名神魔道："他是魔主，我现在已经是他的记名弟子。""他真的还活着？"辰南大吃一惊，如果这则消息传到天界，恐怕会引起轩然大波。无名神魔道："在生死之间徘徊，也许有一天能够活过来吧。""什么意思？"辰南有些不解。对方答道："本已魂飞魄散，但躯壳中残存有一点灵念，历千劫万险，也许有一天能够重临世间，魔主沉浮。"辰南又问道："他所压制的那股力量是怎么回事？"神魔道："天，被魔锁人间。"

"什么？！"辰南简直不敢相信自己的耳朵，天？如果按字面意思理解，这魔主实在太变态了吧！通过不断询问，辰南发觉无名神魔还是没有恢复记忆，他所知道的很有限。不过却足以让辰南惊骇，魔主当年确实死了，似乎与天同寂于此地，但是他强得近乎邪异，近乎变态。历经无尽悠久的岁月后，一丝魔念让他重临于世，而且利用不朽魔躯内的力量，彻底压制住了被封印的"天"。

"我师父说，让你就此离去，并让我赠你一把剑。"无名神魔说着，划破虚空，召唤出一把璀璨夺目的神剑，竟然是辰宇明的裂空剑！辰南毫不客气，将裂空剑收了起来。见问不出什么，他也不想在此久留，不过在离去之时，他还想问明一个问题。当初年青一代十大高手，联袂闯入死亡绝地，能够活着离去的不过三人，有七人身陷此地，辰南很想知道他们现在是否还活着："当初同我一起闯入这片绝地的人可否还活着？"

无名神魔面无表情，冷漠地道："只有一个活了下来。"辰南急切地道："怎么回事？他在哪里？"无名神魔道："七人互杀，唯有一人能够存活。他现在是我的师弟，我遵从师命，代师授徒。"事实是如此残酷，竟然是这样一个结果，辰南为曾经的伙伴黯然神伤。无形之中，他对魔主一脉的行事风格，感觉有些齿冷。

辰南问道："他在哪里？我要见他一面。""就在那边。"无名神魔用手指向死亡绝地前方。

魔气涌动，一个面色无比冷酷的男子正站在一堆骨山上，如化石一般一动不动，竟然是龙舞的哥哥潜龙！无名神魔解释道："他在修炼，正在吞吐魔气。"辰南点了点头，眼前的潜龙与他所认识的潜龙大不一样了，那个如邻家兄弟般阳光灿烂的年轻人现在已经堕入魔境，已经变得有些冷血了。

"算了，还是不与他相见了。"见面唯有尴尬，辰南决定就此离去。死亡绝地，魔气浩荡，无名神魔带着辰南，化作电光，快速冲到了谷口。辰南惊愕地发现，死亡绝地竟然又连通了外面的世界，到现在他还不知道这一切都因为他进入永恒的森林，触动拜将台所致。

三日后，邪道六圣地之一的情欲道传人，风流倜傥、英俊潇洒的白衣淫贼南宫吟失声惊叫道："天啊，这不是辰兄吗，现在东土谁人不知你被上古神龙坤德封印进了十八层地狱啊，你怎么逃出了？真是活见鬼啊！"半个时辰之后，白衣淫贼再次惊叫："啊，让小林寺的和尚还俗？让混天派和绝情派的人去出家？给澹台派的弟子找婆家？"

现在的人间界，绝大多数地区都处在冬季。情欲道所在的地区是一片连绵不绝的山脉，此刻正大雪纷飞，一片银装素裹的世界。在一座平顶峰之上，仙气氤氲，雾气腾腾，加之亭台楼阁点缀，这里仿佛仙境一般。这是情欲道的一处重地，山峰上之所以云雾弥漫，乃是因为温泉在汨汨流淌。

此刻，辰南正惬意地泡在温泉中，望着白雪飘零的远山景物，他一阵出神，意外进入天界，而又从天界返回人间界，一切如梦似幻。紫金神龙在不远处的温泉池中，幻化成人形，就着一面浮桌，大口吃肉，大碗喝酒，得意地嚎叫道："嗷呜，龙生得意须尽欢，莫使金樽空对月。古来圣贤皆寂寞，惟有饮者留其名。呼儿将出换美酒，与尔同销万古愁。"龙宝宝也在一个温泉池中舒服地泡澡，同时享受着它的最爱——烤鸡翅。龙宝宝一双大眼半眯缝着，一脸满足的神态，嘟囔道："神说，日啖鸡翅三百只，不辞长作欲道人。"

远山一片银白，空中雪花飞舞，在这冰天雪地的寒冷的时节，能够在峰巅浸泡温泉，享受美食，的确是一件无比惬意的事情。而且，白衣淫贼南宫吟为尽地主之谊，热情招待，选了十几名美女在雪地中翩翩起舞。这些美女，个个体态妖娆，姿容娇媚，她们身着轻纱，在这两人两龙不远处的雪地上翩翩舞动，扭转着柔美的娇躯。白衣淫贼南宫吟在不远处的温泉池中，大声喊着："江山如此多娇，引无数豪杰竞折腰。"

辰南泡在温泉中，全身无比放松，喝着美酒，欣赏着美女起舞，的确是一种享受。这些日子以来，都是在生死间徘徊，几乎每日都在征杀，神经始终处在绷紧状态，难得有这样的轻松时刻。自天界返回人间，他要做的事情有很多，其中重中之重便是去寻找雨馨，不过这件事不能急，雨馨和小晨曦进入昆仑古仙遗地百花谷中，按照几个老妖怪的猜测，她们应该有着莫大的机缘，在现阶段他不想打扰她们。除了这件事情外，他开始要思考如何解决杜家玄界，不过这也不是说做便能做的事情，毕竟那里有天魔头颅坐镇，没有充分的把握，他不想去送死。

如今，辰南在考虑如何制衡天界中人。现在已经身处人间界，他再也不用担心天界大军围剿。除非神王真的想拼命，冒险下界找他麻烦，不然现在他处境绝对安全。他冷笑道："神王、辰家……嘿嘿，你们在天界为王，我在人间界为尊，不过我们已经势如水火，你们想要我死，我也不想要你们好过。等着吧，我会将一个大礼送入天界的。"

"辰兄你在自语什么呢？"白衣淫贼笑道，"我情欲道的女子热情奔放，你看我这十几名师妹如何？如今你威名震天下，竟然与传说中的上古神龙交过手，被他封印在十八层地狱，居然又成功逃了出来，我这些师妹对你可是敬仰得很啊！"白衣淫贼南宫吟一脸暧昧之色，他知道这样拉拢辰南不可能留下他，不过还是不想放弃努力。对于这样一个迅速崛起于修炼界的超级青年高手，任何门派都是要极力拉拢的。可惜，他现在不了解辰南的底细，尽管辰南半真半假地告诉他，刚从天界转了一圈回来，但是南宫吟怎么会相信呢。

辰南道："淫贼兄你太没出息了，你不就是想拉拢我进入你们情欲道吗？男子汉大丈夫，眼光不能太短浅啊，你不过是想壮大情欲道而已。要知道虽然我不打算加入你们的情欲道，但是却可以帮助你统一邪道六圣地，当然灭掉所谓的正道圣地也不在话下。""你先前说的不会是真的吧？真要让小林寺的和尚还俗？给澹台派的女弟子找婆家？"南宫吟感觉自己的喉咙有些发干，说话有些结结巴巴。

辰南笑道："我都已经给你说过几次了，你还不相信我，即便你不相信我上过天界，也该相信我成功从十八层地狱逃出来了吧？对付这几派，我还是有把握的。"南宫吟道："辰兄你为什么突然要对他们出手呢？"辰南笑道："我如果说他们的祖师亏欠我太多，而且现在还想杀死我，你肯定不相信，甚至以为我是个疯子。那你就当我野心膨胀好了，醉卧美人膝，醒掌天下权，这不是每个男人的梦想吗？从此以后我要为了梦想而战。"

"嘿嘿，辰兄你终于悟了，不愧为我辈中人。"白衣淫贼南宫吟嘿嘿笑道，"不过，辰兄我们事先可要说好，澹台派的大弟子王琳，那是我内定的老婆，至于她的师妹梦可儿，你如果看不上眼，送给我也不错。"南宫吟不愧为情欲道中人，事情还未有任何进展，就先分起美女来了。

"嗷呜，龙大爷从此以后也要为了梦想而战，醉卧美龙怀，醒掌天下权。不孝有三，无后为大，老龙我以后要为了龙婆而努力了，不能再浑浑噩噩地过日子了。"紫金神龙喝得醉眼蒙眬，听到他们的谈话，也跟着嚎叫了起来。小龙也喝得迷迷糊糊了，兴奋得在温泉中站起身来，不断地搓手对着南宫吟道："神说，淫贼兄你走光了。"

两日后，在大雪纷飞中，辰南与南宫吟来到了小林寺，这里乃是东土有名的一片仙山。不过在严冬季节，仙山景物都已被皑皑白雪覆盖，天地间白茫茫一片。各个绝巅之上都有小林寺的庙宇，辰南他们直接来到了这片仙山的主峰，要强闯小林寺的中心佛殿。两条龙幻化出本体，数十丈的巨大龙躯在小林寺上空不断翻腾，声声龙啸响彻天地。

在南宫吟目瞪口呆中，辰南手持裂空剑，一剑劈出去一道三十丈长的璀璨剑芒，炽烈的神光无坚不摧，在一刹那便将小林寺巨大的山门扫平。南宫吟道："辰兄你真是太变态了！除了那些传说中的玄界中人，恐怕无人能够与你一战了。"

小林寺钟声大作，神龙在天空中咆哮，一个手持神剑的男子，更是一剑毁去了山门，顿时让小林寺中心佛殿一阵大乱，急忙向附近的各个山峰求援，号令所有弟子前来援救。寺内的老和尚不是没见过世面的人，他们怎么会看不出辰南的修为是凡人不可匹敌的呢。

远处，所有雪峰之上，众多的僧人快速向着这里冲来，中心佛殿中的高手更是如临大敌。寺中的几位老和尚不断口诵佛号，其中一个老僧道："魔王来袭，我们恐怕不能降魔，快去须弥玄界中请长老们出手。"南宫吟吓了一大跳，对于须弥玄界他早已耳闻，据说那里面都是小林寺中活了百岁开外的老和尚，传说其中不乏六阶修炼者，甚至有逼近仙人之境的神僧。

"当当当！"随着钟声不断大作，附近山峰上的僧人陆续赶到，两千多人将辰南与南宫吟围困在小林寺中。与此同时，小林寺后山那片虚空突然爆发出阵阵混沌之光，一道空间之门大开，九位须发皆白的老僧腾空而来。南宫吟一阵头大，感觉实在太不该头脑发热，跟着辰南一起发疯。很显然小林寺藏龙卧虎，寺中竟然真的有六阶以上的高手隐在须弥玄界中。

辰南哈哈大笑，声震长空，方圆数里内的雪花都跟着逆空乱舞了起来，两条神龙更是咆哮不断，远处的雪峰被震得发生了雪崩，声势骇人至极。九位老僧破空而来，瞬间飞临到现场，与数千僧人一起逼视着辰南，两千多僧人合在一起的威压，一起向着辰南逼去。

"哈哈！"辰南大笑，狂态毕露。手中裂空剑划向虚空，一道空间大裂缝出现在空中，数十名四翼天使飞出了他的内天地。五六十名四翼天使，排列在虚空中，浩荡着圣洁而强大的力量，冷漠地注视着小林寺的和尚。

"我佛慈悲！""佛祖在上！"……小林寺所有和尚都惊得目瞪口呆，唯有口诵佛号。他们简直不敢相信自己的眼睛，居然出现一列天使战队。白衣淫贼南宫吟更是惊得眼睛都快突出来了，大叫道："辰兄我相信你上过天界，我相信你打得佛祖满地找牙，天啊，哈哈！辰南大仙，法力无边，千秋万代，一统江湖。"这些被辰南俘虏来的天使，虽然都被他封印了大半功力，但威慑小林寺这些僧人却足够了。

"你、你这魔王到底想怎样？"一个老和尚颤抖着点指辰南。显然，他还不知道，这是外界传得沸沸扬扬的青年一代第一人。"不想怎么样，只是想请各位大师还俗，早日娶妻生子。"辰南双目绽放出两道冷冽的光芒，不过又慢慢收敛了，他哈哈大笑道，"眼下嘛，大雪纷飞，这么寒冷刺骨的天气，我想请各位师父吃顿黑狗肉火锅。"

辰南说罢，微微一招手，数十丈开外，小林寺中那口数吨重的巨大青铜钟，被他生生自钟室中攫取了过来，那片钟室瞬间崩塌。辰南单手擎住了巨钟，另一只手用力拍了一掌，"当"的一声，震耳欲聋的钟响，声传数十里，现场顿时有数百位僧人被震得瘫倒在地。他笑道："哈哈，这口大钟来当火锅，正合适不过。"

内天地再次被打开，十几名天使将数十条黑狗拖了出来，辰南竟然早有准备，竟然真的想在小林寺开火锅大会。数千僧人目瞪口呆，同时无比愤怒，佛门净地，对方竟然如此放肆。"哈哈！"辰南快意至极地大笑了起来，道，"各位大师这一生都未曾吃过黑狗肉火锅吧？这可是好东西啊，滋阴补肾，妙处多多，今天我要让你们知道做凡人的乐趣。"内天地当中的这些天使早已被辰南镇服，现在有十几名天使，正在做着与他们身份大不相配的活计，旁若无人地处理黑狗肉，而后飞腾而起，去打水倒向巨钟中，还有人准备调料。

"我佛慈悲！佛门净地岂能容你亵渎！"一个自须弥玄界出来的老和尚怒诵佛号，腾空而起，举掌向着辰南劈去。辰南冷笑，头也不抬，一剑向空中扫去，炽烈的剑芒耀得人睁不开双眼，一剑便将老僧劈飞了。冤有头债有主，辰南并不想滥杀无辜，他只不过想掌控佛教在人间界的根基而已。因此神剑透发出的力量并非无坚不摧的剑气，而是一股磅礴的柔和力量，将老僧直接轰进百丈外的峭壁中，身体生生嵌进石壁内。所有人都倒吸了一口凉气，这还用打吗？双方实力不是一个等级的啊！

巨钟之下已经点燃了柴火，同时空中的两头神龙也喷出阵阵火焰，巨钟内的水渐渐沸腾了，各种香料以及黑狗肉被放了进去，肉香慢慢在雪峰之上飘散开来。辰南对着数千僧人大声道："来来来，各位大师不要客气，今天我请大家吃火锅，还有今天大家要一起痛饮美酒，不醉不休，与尔同销万古愁，最后帮各位缔结良缘。"

"辰南你果真无法无天啊！"一个苍老的声音突然在远空响起，一个身形佝偻、僧衣残破的老僧，自后山的须弥玄界处踱了出来，在虚空中晃晃悠悠地向着这里走来。辰南双眼爆发出两道神光，自语道："人间界果然藏龙卧虎啊，想不到小林寺居然隐藏着这样一个高手。"小林寺众人，包括从须弥玄界中飞出的九位老和尚，皆露出不解之色，他们竟然从未见过这个异常苍老的僧人。

身形佝偻，满面皱纹堆积的老僧，身着残破的僧衣，整个人老态龙钟，且兼有些邋遢，仿似从坟墓中爬出来的诈尸者。"我魔慈悲，善哉，善哉！"老僧摇摇晃晃，自远空走来，每一步迈出都会在原地消失，而后从另一片虚空突兀地出现，仅仅几步就来到了小林寺的上空。

"好香的黑狗肉啊，老僧我大概有三千年未闻肉味了。"巨钟内开水沸腾，肉香扑鼻，老僧轻轻一招手，一大块香气撩人的狗肉被他隔空攫到了手里，老和尚用骨瘦如柴的脏兮兮的手，抓住鲜嫩的狗肉便大吃起来。"真是好东西，这乃是大补啊！"苍老的话语飘荡在小林寺上空，这令小林寺众僧目瞪口呆，原以为一位隐身神僧出场，即将解救小林寺，但是没有想到这老和尚不修边幅，且毫不将佛家戒律放在心上。

在辰南的示意下，龙宝宝与紫金神龙飞到了他的身后，避开了突然出现的老僧。看到辰南如临大敌，南宫吟立时感觉不妙，这老和尚似乎异常难缠，他也赶紧向后退去。辰南手持裂空剑，炽烈的神光直冲高空，他整个人透发出无尽的杀气，腾空而起，与老僧对面而立，冷声道："天界下来的？"

"是啊。"老僧边大快朵颐，边漫不经心地回答道。辰南道："天界中人动作还真是够迅速啊，这么快就遣下强者来对付我了。"老僧似乎忙着吃肉，没有回应辰南，反倒一招手将地面的一坛美酒举到了空中，拍开泥封，仰头痛饮起来，而后畅快地叹道："好酒啊！""既然是天界下来的，那你就受死吧！"辰南手持裂空剑，一剑便劈了出去，炽烈的剑芒撕开虚空，向老僧奔袭而去。"酒肉穿肠过，魔祖心头坐！"老和尚狠狠地灌了一大口酒，而后猛力挥拳向着剑芒击砸而去。

"轰！"一声巨响，剑芒被砸碎，老和尚漫不经心地用脏兮兮的袖子擦了擦嘴角。观战的紫金神龙缩了缩脖子，道："他龙爷爷的，这脏和尚实力恐怖啊，刚才那随意的一击，恰好与七阶力量隔开一道线，分寸掌握得如此之好，这个家伙的实力不好揣测啊！"辰南冷笑，他早已发觉，这个和尚似乎是实力高深莫测，不过他连佛祖都敢招惹，更遑论人间界的僧人。

裂空剑再次劈斩而出，不过这一次已不单单是剑光，还伴随着隆隆雷鸣之响，天罚降世！辰南竟然不惜动用七阶以上的力量招来了天罚，一片雷光闪耀在小林寺上空，而后快速劈落下来。两道金色的光翼出现在辰南的背后，他快如魅影，仅仅一晃动就消失在原地，雷光狠狠地朝着老和尚劈去。"上天有好生之德，我魔慈悲！"老僧口诵古怪的魔号，神情变得严肃起来，双手轻轻划动，一道空间大裂缝出现在小林寺的上空，巨大的闪电劈落而下，不过全部冲进了空间大裂缝。

"神王！"辰南双眼爆发出两道骇人的光芒，他早已感觉到老和尚很强，但是却没有想到强至神王之境，这简直有些不可思议！天界佛门不过青祥与佛祖两人为神王而已，这人间界的老和尚怎么也达到了这种可怕的境界呢？辰南没有任何犹豫，将裂空剑收了起来，随后将后羿神弓控在手中，一道璀璨夺目的光箭搭在了弓弦上，不管是否招来天罚，弯弓便射。天地间元气剧烈波动起来，方圆十里内飘舞的雪花全部化为雨水，而后转化成冰碴，逆空向上乱舞。

附近的几座仙山也跟着摇动了起来，可怕的能量波动浩动八方。虚空破碎，一片密集的雷光暴现而出，天雷滚滚，连绵不绝的天罚神光即将铺天盖地而下。当神箭离弦而去的刹那，天罚终于降落，无边无际的雷光，彻底将小林寺所在的山峰覆盖了。

辰南打开内天地，将所有天使都收拢，展开神王翼，将南宫吟丢在紫金神龙的背上，他们如一道光线一般，快速逃离出去十几里。如虹的神箭与狂劈而下的天罚让老和尚彻底变了脸色，如果躲避，小林寺恐怕瞬间被夷为平地，他仰天发出一声魔啸，双手交叉于胸前，大喝道："给我开！"空间大裂缝一道接着一道，在他的上空出现，如一道道远古魔兽的巨口一般，向着空中的雷光吞噬而去。

天罚降世，岂是凡间的力量所能够抗衡的，所有小林寺的和尚皆面如土色，紧张地望着高空。不过，空中的老和尚当真可称得上魔威盖世，所打开的一道道空间大裂缝，竟然将绝大部分的雷电都吞噬了。即便有穿过的雷光，也被虚空中的老和尚以一己之力全部劈散，那道如虹的神箭更是被他用掌力震碎。

远处，辰南冷笑连连，身化电光再次冲了回来，快速开弓射箭，神箭一道接着一道，天地间顿时雷光闪闪，震耳欲聋。老和尚似乎不想小林寺被毁，并没有躲闪，被逼得手忙脚乱。最后，当看到辰南将射日箭搭在弓弦之上后，他终于变了脸色，大叫道："停！停！我可不是你天界的死敌，说起来那是我们共同的敌人。停下来，我们一起吃狗肉吧！"

开始的话语让小林寺众僧大惊失色，辰南怎么会和天界扯上了关系呢？不过当听到最后一句话时所有和尚都有吐血的冲动。辰南怀疑地看着他，不过却慢慢收起了神弓，他相信了老和尚的话语。如果天界佛门真有这样一位神王高手，他理应见识过才对，再说即便天界中人知道他未死，也不可能这么快遣下一个神王下界，要知道神王下界需要冒着生命危险，谁愿犯险？

"狗肉火锅大会开始了，开吃！"老和尚一点也没有正形，刚才还在涌动魔气大战，现在却变成一副疯疯癫癫的样子。他一边招呼辰南品尝狗肉，一边向所有小林寺的和尚命令道："我是你们第六代祖师，现在发布祖师令，全都给我一起吃狗肉。"

"我晕，这个疯和尚不会是那个传说中的逆练大佛，成就大魔身的变态吧？"紫金神龙在远空嘀咕着。"真是一个魔和尚！"小龙也点头道。小林寺众僧面面相觑，最后所有人全部跪倒在地，一边口诵佛号，一边高呼："参见祖师！"老僧道："起来吧，你们方才听到我的话语了吗，现在所有人都去取碗筷，来吃狗肉。"众僧顿时惊呆。"这是祖师命令！"六代佛祖脸色沉了下来。

当下几个看起来比较机灵的和尚，见老僧面现不悦之色，顿时率先行动起来。有人先行，便有人跟随，除了几个老和尚在犹豫之外，所有僧人都开了荤戒。老僧从一个年轻和尚手中接过一个铁盆，弄上满满一盆香肉，又提上几坛酒，对着辰南道："走吧，我们去聊聊。"整座小林寺到处都是肉香，这一日绝大多数和尚都开了荤戒。

辰南随着老僧一起向着须弥玄界内飞去。玄界内青山依然碧绿，花草依然鲜嫩，与外界的冰天雪地截然不同，这里面四季常青。老和尚与辰南飞落到一座青峰之巅，两人盘膝坐下，一面吃肉喝酒，一边畅谈起来。"说起来我们还真是相似，我也如同你一般上了天界，而后又被人追杀得败逃回了人间。"老和尚讲起了往事，听得辰南暗暗心惊，这个老僧竟然是八千年前的人物！乃是当年的一代奇才。不过，他在武破虚空前，走上了一条"歧路"，逆练大佛神通，走上了与佛法完全对立的道路。但也正因为如此，他的修为突飞猛进，以远超越一般仙人的修为进入了天界。

身带魔气，走进佛土，结果是可想而知的，他被天界佛门一路追杀，最后被逼得破碎虚空，跳入了通往人间界的通道。从人间界进入天界本就不易，从天界返回人间界更是难中之难，这个魔僧被天罚几乎毁去了全部修为，身体近乎粉碎。不过他终究没有死去，活着回到了人间界，经过数千年的休养，他的身体不仅复原，而且修为一日千里，不断突破，在一千年前离神王之境不过一步之遥，不过却始终无法逾越过那道鸿沟。

他流浪于世间，徘徊于小林寺附近，也曾进入过小林寺收过弟子，但没有人知道这样一个老僧，竟然是一个超级大魔王。老和尚魔心十足，想着早日破入神王领域，终于走上了一条不能回头的道路。佛教有涅槃重生之法，他逆修佛家大神通，也修出了与之意义相同的魔功，佛灭魔生！千年前他毅然在小林寺的后山中，打碎体内的魔性佛舍利，化作一尊石像，准备涅槃再生，更上一层楼！不得不说，这个老和尚魔性十足，即便对自己也是如此地狠辣，完全是一种近乎自杀式的涅槃。

不过，他赌对了，这种魔性涅槃，彻底粉碎了他体内的最后一点佛性力量，完全转化为了魔性力量。斗转星移，岁月流逝，千年涅槃，老和尚由一尊化石渐渐焕发出生机，不过他所有的力量都封印进了重新凝聚的魔舍利当中，而且他也由一个垂暮老人，变成了一个不谙世事的孩童。他走出古洞，被小林寺的和尚收养了，从此小林寺多了一名杰出的弟子，名为玄奘。

辰南腾的一下站了起来，有些不可思议地盯着眼前的老和尚，脸上满是不相信之色，道："你、你真是血和尚玄奘？"老僧道："是的。"魔性涅槃后的玄奘，不可能刚刚新生就觉醒，他体内的魔性力量全部封印在魔舍利当中，即便是记忆也被封印了，也早晚有一天会进入魔性涅槃圆满之境。

一个偶然，玄奘在修炼之际翻看到一本残破的经书，看到了几句对他来说异常震撼的话语：大佛大魔一念之间，大佛不成，可逆修大魔。这原本就是他所留下的经书，涅槃之后无意间发现，他再次走上这条道路，仅仅数月，玄奘体内最深处的魔舍利就有了感应，最后散发出了滔天的魔气，魔性涅槃彻底大圆满，他终于踏入了神王领域。"像我这样一个老古董，如果还保留着一个年轻人的身体，实在让我感觉脸红，所以我将自己变幻到了现在的样子。"边说着玄奘又露出了自己的真实容貌，不是那个超尘脱俗的血和尚是谁？

瀑布汗！辰南有些发呆，最后一拳捶在他的肩头，道："真是你这个血和尚，看你这副道貌岸然的样子，任谁看到都会觉得是一个得道高僧，可是谁会想到你是这天下有数的大魔王之一呢！""佛之极境便是魔，魔之极境便是佛，哪里有什么佛魔之分。"玄奘微笑着，一副世外高人的样子。"你这个神棍！"辰南一拳将他轰飞了，随后像是想起了什么，急忙问道："你似乎知道我在天界的事情？你如何知晓的？"

玄奘道："人间界哪里有你想象的那般简单！你在天界的事情，近日已经在各个玄界顶级高手之间流传了。对于有些人来说，这不算很难的事情。不过这一次，似乎是天界下凡之人，在寻找转世仙神时无意中透露出来的。"辰南与玄奘在须弥玄界中谋划了很久，最后两人长笑了起来。辰南笑道："哈哈，有你这魔和尚在，小林寺定然会让世间所有修炼者目瞪口呆。"玄奘道："我魔慈悲，大战天下，统一各个圣地，似乎有些疯狂。另外，不要放魔之际反被魔噬，澹台派不是一个简单的地方。"

小林寺狗肉飘香，一干佛门弟子吃得满嘴流油，许多年轻弟子嘴上不敢说，但是心中却大呼过瘾。辰南与血和尚自须弥玄界中飞出，看到眼前大口吃肉、大口饮酒的和尚们，不禁莞尔，他道："魔和尚告辞了，相信再见之日，不会太遥远。"辰南在人群中找到了白衣淫贼南宫吟，而后招呼两条满嘴流油的贪吃龙，腾空而起，向着远方飞去。

"辰兄我们就这样走了？那个邋遢和尚是谁？似乎很贱的样子，难道真是佛门的第六代祖师？"南宫吟心中充满了疑问。"哈哈！"辰南大笑道，"那个魔和尚可不是个简单的人物，有他坐镇小林寺，比我灭掉或收服这座和尚庙还要有趣。放心吧，此后小林寺与我们同心同德，我们已经绑在了一个战车之上，小林寺已经算得上我们的大后院。"

辰南下一个目的地是混天道，这个门派当真是他的死对头，在人间界他便与混天小魔王不断交战，到了天界更是被混天老魔王追杀，这次回归人间，该派早已被他列为征讨对象。"东风吹，战鼓擂，这个世界谁怕谁，嗷呜……"紫金神龙长嚎不断，震得空中的雪花都乱舞了起来，两条神龙划破长空，快速在东土上空飞行，巨大的龙啸传遍了下方大地，沿途惹得无数人惊骇地仰头观望。

此刻的东土虽然大雪飘舞，但修炼界却沸沸扬扬。不久前，天界下凡的仙人带走了混天小魔王与南宫仙儿，将他们接引上了天界，让无数修炼者惊羡不已。事情的风波远没有就此止住，据传天界还将有仙人陆续下凡，寻找资质绝佳的修者，将他们接引上天界。而在不久前果真又有仙人下凡了，定于在安平国的栖霞城外，举行修炼者大会，届时将选取资质超绝的修炼者进入天界。而今日，正是大会的第一天。辰南冷笑，哪里是选资质超绝之辈，有资质的修炼者天界难道还少吗？这些人真正要寻找的乃是转世仙神，这件事情他在被追杀的过程中已经知晓了。

东大陆历经无数的烽烟战火，稳定下来后，群雄并立、百国割据。但其中三个大国占了整个东方版图的四分之三，分别为西部的楚国、北部的拜月国、东南部的安平国。而辰南的目的地混天道正在安平国境内，栖霞城恰好在该国，离这里不过六百里之遥，辰南得知这件事后，焉有不去之理。白衣淫贼南宫吟心中有些没底，不过也同意去见识一番。两人两龙再次上路，不过却改变了方向，六百里远的距离对于两条神龙来说，不过咫尺距离。时间不长，就看到了栖霞城的轮廓。

这座千年古城，在这冰天雪地的时节，并没有因为寒冷，而显得冷清。这些日子以来，古城反而显得有些繁盛，东大陆无数的修者都赶到了此地，令所有客栈都爆满，城内饮食住宿行业着实火热了一把。雪花纷飞，不过大街之上却车水马龙，络绎不绝的人向着城外赶去，一部分是修炼者，一部分是普通的老百姓。天界中人下凡，早已闹得沸沸扬扬，哪个人不想见识一下仙人？

辰南悬浮在栖霞城的上空，冷笑道："如果被世人顶礼膜拜的仙人，被人当着他们的面，狠狠地抽打下神台，不知道这些人是什么表情。""辰兄你真要玩大的？"南宫吟一阵忐忑，统一正邪圣地的想法，已经够疯狂的了，可是他发觉辰南比想象中还要疯狂十倍，居然想去砍仙人！"嗷呜——"紫金神龙长嚎道，"仙人算什么，淫贼小毛孩真是没出息。龙大爷我当年连号称劈杀过天界主神的老暴君都敢惹，仙人、仙人他个板板！"紫金神龙一副唯恐天下不乱的样子，辰南在天界的遭遇它知之甚深，现在好不容易回到了人间界自己的地盘，焉有不报复之理。

栖霞城外，这里本来是一处废弃的演武场。今日人山人海，天界仙人下凡，竟然引得数万修炼者，以及近十万非修炼界的普通凡人，前来围观。人声鼎沸，冰天雪地似乎也不再寒冷，偌大的演武场喧嚣不堪，到处都是人影，将正中央一座巨大的高台围了个水泄不通。许多人都是怀着虔诚恭敬的心态在迎接仙人降下凡尘，其中不乏许多东土名宿。就在这个时候，远空中闪现出一道光亮，顿时照亮了阴暗的虚空。光芒越来越清晰，五彩霞光漫天映射，阵阵仙乐隐约传来，一朵祥云载着几道仙影，快速飘来。

无数的惊呼声此起彼伏，人们虔诚地望着高空，许多人更是跪了下来。群情激奋，活生生的神仙降临凡尘，深深震撼了所有人。高空之上，霞光万道，瑞彩千条，仙气缥缈，光雾氤氲，将所有的雪花都远远挡在仙光之外。五彩祥云之上，站立着五个仙人。一名老者鹤发童颜，一派仙风道骨的样子；两名中年男子，迎风而立，丰神如玉，傲骨仙姿，说不出的飘逸出尘；两名年轻女子，身材挺秀，容貌姣好，霞光环身，仙气缭绕，显得无比圣洁，透发出尘的气息，一副不食人间烟火的仙姿。十几万人都呆住了，直到五位仙人停驻在演武场上空，地面才再次爆发出阵阵欢呼之声。

远空中，"神说，他们太神棍了！"龙宝宝在辰南肩头，不满地小声嘟囔着，似乎在抱怨五位仙人抢了它的饭碗。白衣淫贼南宫吟一阵发呆，同时有些心虚，不久之前他的妹妹就是被仙人带入天界的，现在辰南似乎要与仙人为敌，让他惴惴不安。辰南冷笑，盘腿坐在虚空中，闭上双目，运转大法力，开始出击。充满风雪的天空，划开一道金色的闪电，一道空间大裂缝，延伸到五位仙人的近前。

正在接受世人朝拜的五位天界修者，显然没有预料到这个变故。空中一阵剧烈动荡，五人当中的老者被一股无形的力量禁锢着，栽落下云头，连翻几个跟头才稳住身形。两名中年修士身体一阵摇晃，竟然跌撞在一起。两名仙子更是直接跌倒在云头。五位仙人可谓狼狈不堪，方才飘逸出尘的气质荡然无存。

这先后巨大的反差，惊得地面的十几万人目瞪口呆，好半天都鸦雀无声，好久好久之后才有人小声道："仙人栽了跟头？""传说中的仙人五衰？""这个我什么也没看到。"五位仙人面红耳赤，同时无比愤怒，他们怎么会不知道有人动了手脚呢，呵斥道："是谁？出来！""哈哈！"辰南大笑着，脚踏神龙，自远空快速冲来。

世人顿时惊呼道："天啊，那是辰南？""不会吧？在几个月前，他不是被传说中的上古神龙封印在十八层地狱了吗？""没错，就是他！""不可思议啊！这个人太具有传奇色彩了，出道短短两年不到，惹得神话传说中的老暴君出手！""他居然从传说中的十八层地狱逃出来了，真是奇迹啊！太不可思议了！我好喜欢啊！"某些女修炼者发花痴。

地面之上许多修炼者都曾经见到过辰南，更是知道他有两条神龙，现下一眼便认出了他。"辰辰辰……南？！"五位仙人当中的老者，顿时变了脸色，结结巴巴。两位中年修士与两位仙子面色也异常难看，他们是从天界下来的，怎么会不知道辰南在天界的事情呢？"没什么废话可说，你们是想活命还是想被我毙掉？"辰南如魔王一般，展开光质化神王翼，逼到了五位仙人的近前，整个人透发出一股无可匹敌的磅礴气息。

如此狂妄的姿态，惊得下方十几万人顿时目瞪口呆，这是何等嚣张啊，居然敢对五位仙人这样说话，浑然不将他们放在眼里。今日，辰南之名注定要撼动整个修炼界，必将颠覆仙人在世人心中的印象，其所作所为将传遍天下，将卷起一股滔天风浪！

"辰、南，真的是你，你竟然没有死！"五位仙人满脸难看之色，他们怎么也想不到，辰南跳进魔主之墓，竟然依然安然无恙，这么快出现在了人间界。同时也暗暗惊骇，传说中魔主之墓贯通天人两界，竟然是真的！"我不想说什么废话，你们想死还是想活？"辰南的声音冰冷无比，让几位仙人不由自主打了个冷战。要知道辰南在天界逃亡之时，曾经大开杀戒，也不知道斩杀了多少修者，着实是一个煞星，即便是神王追杀，都未能亲手置他于死地，可谓凶名昭天界。

五位天界修者脸上一阵红一阵白，被这样当着十几万人的面冷喝，声言将宰杀他们，真是让他们感觉颜面大失，不过如果真想与这煞星对抗，恐怕当真是死路一条。现在天界谁不知道，他乃是传说中的辰家"第十人"，虽然与其父一样叛出天界辰家，但其体内的神兵之魂可都是货真价实的，此外他已经掌控了后羿弓与玄武甲，已经有了与神王一战的实力，普通天界修者焉是他的对手？

一个姿容秀丽的仙子脸色非常不好看，道："辰南你莫要欺人太甚！""我不是要欺人，我是要杀人！"辰南将大龙刀握在了手中，虽然是半截残刀，但早已传遍天界，尤其经辰南在魔主之墓前的血腥一战，令它成了赫赫有名的凶刀。地面的修炼者哗然，辰南实在太狂妄了，居然想弑杀仙人，这当真不可想象！而且，他们隐约间从五名仙人的话语中得知，似乎几位仙人早就听说过辰南，而且好像很惧怕他，这真是太疯狂了，天界的仙人居然惧怕凡俗界的人。不过，很多人又释然，辰南之崛起，如彗星划破长空，瞬间照亮了整片东土大地，他的修为进境有目共睹。

辰南当真是一路战来，如滚滚长河一般，威势越来越猛，直入沧海，而后打破武道极境，达到能够御空飞行之境。随后又大战于西土，惹得上古神龙坤德都亲自出手。其后来虽然被封印进了十八层地狱，但照样毫发无损地逃了出来。现在，辰南在这些凡俗界的人眼中，立时变得神秘而强大起来。驾驭两条神龙而来，逼得五位仙人敢怒不敢言，这一切都令他显得更加非同一般。

仙人有仙人的尊严，被辰南如此逼迫，尤其当着十几万对他们顶礼膜拜的人，五位仙人几次准备出手，但又都强压下了怒火。两位中年修士中的一位冷声道："辰南，你如今几乎是天界公敌，天界中人不找你的麻烦，你如果小心潜行或许还能够保全性命，现在你却如此招摇与狂妄，就不怕天界遣下高手来取你性命吗？""哈哈，我怕天界中人？"辰南大笑道，"当初在天界，我连神王都敢杀，还有什么事情我不敢做呢？我还有什么可怕的呢！看来你们觉得我在虚张声势，我应该用实际行动让你们相信。"

大龙刀神芒璀璨，辰南展开神王翼，在原地留下一道残影，冲到了五位仙人的近前，举刀横扫，这可谓狂妄至极的进攻，一刀横劈五位仙人。下方的十几万观战者，嘴巴张得能放个鸡蛋。五位天界修者急忙反击。不过辰南太快了，神王翼在身，比之这五位刚刚达到七阶境界的修者来说，等于光速。虽然为避免天罚降临，辰南不好轻易动用七阶力量，但是光凭速度与无坚不摧的凶刀就足够了！辰南不断变换方位，炽烈的刀芒照亮了阴暗的天空，雪花远隔数十丈就被刀气搅得逆空乱舞，直至消失。五位仙人被几道残影围绕着，忙得不断躲闪反攻。

十几个照面之后，一道神光宛如匹练一般，突兀地出现在方才说话的中年修士近前，他大惊失色，但已经无法躲避，被辰南一刀劈中。炽烈刀芒从他的头顶一直劈到裆部，整个人瞬间被劈成了两半，空中血雨飞洒，中年修士连惨叫都未来得及发出，就被辰南斩杀，两片残尸与大片的血雨飞落而下。

血腥场景惊得下面的无数观战者失声惊叫。下方十几万人，有一半是修炼者，还有一半是从各地赶来观战的普通凡人，其中不乏王公贵族之类，今日所见所闻对他们的冲击实在太大了，号称不死的神仙，居然被人间界的一名青年斩杀了！冲溃了他们心中的某些信念！

"你竟敢斩杀天界下凡的使者？！辰南你的仇敌遍布天界，你真是不知死活！"两名仙子中的一位，满面怒容，不过却难掩惊恐之色，她强自镇定地出声怒斥着。辰南冷笑，大龙刀一摆，斜斩向她，口中喝着："天界中人让我明白，一切都要靠实力说话，我现在不过是在效仿你们。"高空之上，顿时刀气纵横，炽烈的刀芒直冲霄汉。辰南背后一对神王翼连连闪动，在空中留下一道道残影，最后他突兀出现在那名仙子的背后，一刀向前挥去。

"噗！"血泉喷涌，辰南用断刀生生斩下了这名仙子的头颅，血水喷洒，死尸栽落下云头。地面观战的众人哗然。地面一片沸腾，人们的情绪激动无比，辰南给他们带来太多的意外，从没有人相信凡人可以斩杀仙人，但是今日辰南打破了这个常规。不过，现在他们已经渐渐不将辰南归于凡人一类了，所有人都觉得这不可能是凡人能做到的事情。

现在只剩下了三名天界修者，剩下的三人噤若寒蝉，面对辰南，一脸土色，再也不敢冲撞他了。"哼，你们掩饰得很好，但我还是从你们身上感应到了绝情魔王的气息，你们应该是他这一派的人吧？按理说我应该将你们斩尽杀绝，但是我这个人很仁慈，决定给你们一个机会。"辰南冰冷的话语回响在虚空之上，地面观战的众人顿时无语，这还算仁慈？眉头都不皱一下，就斩杀了两个仙人，摧毁了仙人在世人心中不死的信念，还居然说自己仁慈？真是魔王啊！

不过，空中的三名天界修者却不这样想，他们听到辰南早已猜测出他们的出身后，简直吓得魂飞魄散，他们在天界的师门和辰南乃是死敌啊，不过听到他后半句话后总算长出了一口气。辰南喝道："你们想死想活？""想活！"活着的那名中年修士硬着头皮，满面羞愤之色出声答道。辰南昂然立于虚空，手擎大龙刀面对三人冷声道："借你们之口，向天界各路神王给我传话，我辰南没有死在魔主之墓，让他们洗净脖子，等着挨刀吧。同时告诉他们，尽管遣下人马来人间杀我，来一个我杀一个，来两个我杀一双！如果他们不派人来供我开刀，我便灭了他们在人间的根基，斩杀掉他们的所有弟子。"

地面众人沸腾了，辰南居然想要和天界神王开战，当真是一个疯狂的魔人！

龙宝宝叫道："偶米头发，以后人间真的热闹了！"紫金神龙兴奋地道："嗷呜，实在太让龙兴奋了，想想龙大爷今后将要面对的波澜壮阔的龙生，我真想仰天吼啸啊，嗷呜……"南宫吟满脸黑线，这下玩大了，他真是后悔死了，居然跟一个疯子搅和在一块，以后真不知道是怎么个死法。"命苦啊，再向天借五百年，不要让我和这个疯子同生一世！"南宫吟痛苦地悲叹着。

三个天界修者也是无比吃惊，在他们看来辰南真的是一个疯狂之徒，居然主动向天界开战，这未免太过嚣张狂妄了！不过仔细想过之后，三人发觉天界一时半刻恐怕真的难以奈何辰南，神王如果没有机缘，实在不好犯险下界，可是如果派遣一般高手下界追杀辰南，只怕真如辰南所说的那样，来一个杀一个，来两个杀一双！神王们甘心辰南在下界逍遥吗？答案必然是否定的，他们必然会遣下门中高手下界灭杀辰南，未来恐怕会有许多仙人葬送在人间！

辰南大喝道："给你们十息的时间，马上从我眼前消失，从哪里来的回到哪里去！"狂妄！嚣张！但就是令这三位天界修者恨得没脾气！想要活命的他们不得不低下高贵的头颅，甘愿在十几万凡人眼前低声下气，来面对一个人间的青年强者。下方的十几万人再次沸腾了，辰南简直就像是地狱的魔王一般，竟然将仙人吓得夹起尾巴做人，这未免太过不可思议了。他们心中的某些信念崩溃了！

虚空破碎，三位天界仙人，准备对抗天罚，回归天界。不过就在这个时候，一声大喝从远空传来："你们还想回天界？哼，魂葬在人间吧！五、阴、魔、狱！"最后四个字，一字一顿，五个漆黑无光的巨洞，出现在高空之上，生生挡在了天界通道前，将降下的天罚雷光都吞噬了。

远处，一个高大的身影在空中不断幻灭，在远空留下几道残影，快速冲了过来。来人披头散发，但是却气宇轩昂，大有睥睨天下，唯我独尊之势。"五阴魔狱"出口之后，五个巨大的黑洞，挡在了高空之上，截断了三位仙人的归路，更是吞噬了天罚降下的神光。来人之实力当真让人难以揣测，高深得有些可怕！

"他龙爷爷的，这个变态啊，他怎么冒出来了！"紫金神龙感觉脖子有些发凉，好像躲避瘟疫一般，退出去几百丈，远离了那片区域。龙宝宝也是嗖的一声，化作一道金光远遁到千米开外。紫金神龙背上的南宫吟惊疑地问道："这是什么人？"紫金神龙小声道："人间界的超级大变态！"

辰南也有些吃惊，来人竟然是许久未见的大魔！大魔给他吃惊的地方太多了，似乎每一次相见他的修为都在增长，自楚国地下皇宫出世时，一拳打碎四翼天使的身体，招来天罚，大战一干强者。第二次相见，他更是大战六翼天使与高阶仙人，将他们同时斩杀。这一次相见，一出手就是闻所未闻的"五阴魔狱"，生生阻断天界通道，吞噬天罚神力，实在不得不让人震惊。那五个黑如魔窟般的洞穴，仿佛连通着地狱，阴森可怕，向着三位仙人笼罩而去，眼看就要将他们吞噬了。

辰南急忙大声喝喊："手下留情！"大魔扭转身躯，双目射出两道紫光，凝视着辰南道："是你，为什么为他们求情？"虽然这样说，但大魔还是停了下来，打出三道排山倒海般的元气，将三位仙人生生禁锢在了空中。三位仙人面如土色，怎么也没有想到人间界会是这样，本来以为会被世人顶礼膜拜呢，不想连续跳出两个大恶魔，对他们说打就打说杀就杀，浑然不将天界放在眼里！三人内心恐惧之时，忽然想起了天界传言，人间界的水很"浑"，最好不要轻易尝试。他们都是天界本土近百年才成仙的修者，难以明了人间玄界种种神秘高手之谜，不过此刻后悔后怕都已经晚了。

大魔看着辰南飞来，冷冷地道："天界之人擅闯人间，理应该杀，你为何阻拦我？"下方十几万观战者脊背都在冒凉气，这是哪位神人啊？居然因为这样一个理由，便要弑仙，难道人间界还要高高在上于天界不成？下方众人不了解大魔的意思，但辰南怎会不知，大魔不是人间界的守护者就是执法者，是东土的超级狠角色。

辰南道："前辈好久不见，我让前辈手下留情，不过是想让他们为天界一些人捎带个口信而已。"大魔面色稍缓，道："不久前就有仙人私自下凡，带走人间有潜力的高手，当时我正在闭关，未来得及阻止。不想今日又有人不顾当年的约定，私自侵入人间，我若不执法，他们真以为人间无人了呢！""偶滴神啊！人间跟天界有约定，看来人间不像表面看来那般平静呀！"龙宝宝在远处嘀咕着。辰南脸上满是讶异之色，人间真的能够和天界平起平坐吗？他有些不确信，问道："人间能够直面天界？"

大魔一愣，而后叹了一口气，道："人间极弱，现在的人间已经不是我所熟悉的人间，不过既然我重新活了过来，就要尽好我的职责！我所做的一切，都在当年天人两界的约定之列。"瀑布汗！辰南心中吃惊不小，当年真是一个让人心生向往的年代啊！同时，对大魔的执着，他是出自真心地敬佩。了解一些隐情后，辰南沉吟了一下，道："前辈还是放他们回去吧，让他们告诫天界的某些人，效果也许更好。"

大魔略微犹豫，最后道："好吧，放回去一人，其他两人就魂葬人间吧！五、阴、魔、狱！"随着大魔的一声轻喝，五个巨大的黑洞朝着那年老的修者，以及那名容貌秀丽的仙子笼罩而去。两声惨叫后，两位天界修者被巨大的黑洞吞噬，在即将进入的刹那就身体崩碎了。

"嗷呜，他龙祖宗的！真是变态啊！""神说，太血腥了！"两条龙缩了缩脖子，皆感觉到一阵寒意。下方十几万观战者鸦雀无声，今日辰南与大魔的所作所为，彻底颠覆了仙人在他们心中的形象，信仰在坍塌，精神遭到剧烈冲击！"饶、饶命！"仅余的中年修士，在身体能够行动的刹那，当下就瘫倒在了云端，对着辰南与大魔跪拜了下去，面如土色，惊恐道，"饶命啊！"辰南冷喝道："滚回天界，不要忘记我让你传的话！"

中年修士简直吓破了胆，飘逸出尘的气质荡然无存，战战兢兢地站了起来，急急如丧家之犬一般，破开空间，就想向天界通道逃去。只是，他似乎忘记了天罚降临，几道巨大的雷光劈得他浑身焦黑，眼看就要不行了。看到他如此慌不择路的样子，辰南心中产生一丝怜悯之情，叹了一口气，大龙刀向空中的天雷劈去，帮他击散了剩余的几十道雷光，中年修士则头也不回地冲进了天界通道，慢慢消失在虚空中。下方的十几万人被深深震撼了，天界仙人居然向人间的两名男子下跪，这让他们的某些信念崩碎了！

"你们看到了吧，所谓的仙人同样贪生怕死，你们为什么要对他们顶礼膜拜？他们能让你们所有人长生吗？他们能让你们所有人安康吗？他们什么也不能为你们做到，却都在享受人间无上荣耀，受世人膜拜，这是什么道理？所谓的天界凭什么高高凌驾于上？你们将那所谓的天界想象得太过完美了，至少在我看来所谓的仙人居住的地方根本算不上天界。那里比人间还要残酷，那里是一个弱肉强食的世界，征战起来比人间还要惨烈百倍。而你们所认可的仙人不过是实力强大的一些人罢了！什么是天界，天界在每个人的心中，只能靠你们自己去构建。三间茅屋，几亩良田，如果能够让人安乐平和，就是天界净土。所谓虚无缥缈的天界，不过是一方魔域！"辰南不管下方之人听得进去与否，一顿乱拍，将天界狠狠地贬斥了一顿。

"嗯，我还记得你叫辰南，许久未见，不想你的修为突飞猛进，实在让人惊讶啊！"大魔面色缓和，难得露出一丝笑意，对辰南道，"我的朋友东土执法者在数千年前不幸陨落，如今我一人既是东土守护者，又是东土执法者，不知你可愿意分担我一部分压力？"辰南有些为难，想了想后笑道："前辈功深力厚，我万万不能够比肩，恐怕无法担当重任，我还是做一个自由散人吧。"

大魔笑了笑，没有勉强辰南，道："你不愿意，我也不勉强。"对于神秘的大魔，辰南心中充满了疑问，对方的实力比之上次强盛了太多，今日对方展示的绝对是神王级别的修为。辰南甚至认为，其"五阴魔狱"能够和尸皇的"生死轮回门"抗衡。当然，他并没有太过惊异，他相信前两次大魔因为没有摆脱体内妖道魂魄的纠缠，所以才没有真正发挥出实力。大魔曾对辰南言过，他曾经在永恒的森林看到过断裂的大龙刀，很显然他曾经闯入过那里。闯入过永恒的森林最后全身而退，这样的人绝对是巅峰高手。大魔是辰南所知道唯一一个平安无恙进出永恒的森林的前辈高手。

辰南道："前辈的修为似乎比以前更加让人无法揣测了。"大魔闻言点了点头，脸上露出一丝喜悦之色，道："因为我的师父又在我梦中出现了，他还活着，他给我指明了一个新的修炼方向。"汗，瀑布汗！大魔这样的变态还有师父，远处的紫金神龙惊得差点从云端坠落下去。辰南也吃惊不已，不过他看到大魔不想多说，也不好细问。最后，辰南向大魔道别，在十几万人的仰望中，脚踏神龙向着远空飞去。

今日，辰南所作所为被信鸽传遍了天元大陆的每一个角落，这真是一场大地震，撼动了整片修炼界，也震撼了整个人间所有国土，人间许多重大的变化都将从今日开始。辰南这个胆大狂妄，敢弑杀仙人的青年强者，注定将成为举世焦点，成为所有人谈论与关注的对象。

数百里之遥，对于神龙来说胜似闲庭信步，混天道眨眼即至，前方仙山遥遥在望。大雪封山，这片山脉白茫茫一片，不过辰南却在这里有了一丝不好的预感，似乎前方有什么大妖魔在等待着他。混天道难道还有什么极其厉害的高手不成？他心中有些疑惑不解。就在这个时候，混天道所处的那片仙山之上，爆发出滚滚魔气，群山的上空乌云笼罩，一个巨大的魔王幻象映射在黑云中。龙宝宝叫道："偶米头发！神说，太不可思议了！"紫金神龙也惊道："嗷呜，混天老魔王？这怎么可能！"

混天道所在的这片山脉，非常适合修炼魔道邪功，这里对于参修魔功的人来说，称得上一个魔气氤氲的宝地，即便是在大雪封山的情况下，也能够让人感觉到淡淡的魔气在流动。不过，眼下实在太夸张了，乌云遮天蔽日，天地间飘舞的雪花都变成了墨色，大片大片的乌云压在这片魔脉之上，所有的山峰都快和魔云相连了。在那天空中翻滚的魔气中，一个巨大的幻象冷冷地矗立在那里，辰南一眼便看出是天界的混天老魔王。

白衣淫贼南宫吟感觉到了一股莫大的威压，令他颇为惶恐，颤声道:"辰兄,空中那个巨大的魔像是谁啊?似乎对我们充满了敌意,我看事情有些不妙啊!我感觉被一个超级大妖怪盯住了。"

"龙妈在上,我真的没眼花,居然真的是混天老王八蛋!小子,风紧扯乎,我们赶紧逃吧!""神说,事情真的不妙啊!"两条龙有些心虚了。辰南道:"哼,他即便真的是混天魔王又如何?在天界我又不是没有和他交手过,怎么说我也有和神王一战的实力啊。再者,我才不相信,他真是混天。混天魔王被我在星空月殿中射爆了身体,夺舍后占据他人的身体,根本不是这个样子。你们不用担心,即便眼前这个家伙修为高深,但也绝对没有真正的混天可怕!"现在,南宫吟是真的相信辰南进入过天界了,不然他斩杀神仙的事情根本无法解释,不过虽然知道辰南修为高深莫测,但他却难以开心起来,心中不断哀叹:天啊,我怎么和这样一个凶星搅和在一起了,呜呜。

辰南左手裂空剑,右手大龙刀,冲天而起,这是他首次将这两样神兵合用,可以看出他对眼前这个大敌的重视。"少要装神弄鬼,速速露出你的本体,免得死得难堪!"辰南大声喝道。已经回到人间,再也不用担心被数位神王联合剿杀,如今面对一个不可能是混天的家伙,辰南焉能客气,现在的他在人间即便面对一个真正的神王也无所畏惧。

"混天!"巨大的魔像仅仅吐出这两个字,直震得附近的几座山峰都颤动了两下,隆隆的声音传出去数十里。"靠,你个死人头吼什么吼,装什么装?混天那老王八蛋早就被我们在天界分尸了,你居然还得意扬扬地冒充他,真是不嫌丢脸,要是龙大爷我一定会说,我乃神皇是也!"紫金神龙的嘴巴,不仅招女人愤恨,同样让强敌厌恶,巨大的魔像一阵颤动,一只巨大的手掌当空印了下来。巨大的手掌能有数丈大小,像小山一般压了下来。魔气汹涌澎湃,宛如汪洋一般,倾泻而下,浩浩荡荡,直震得下方的山峰都摇动了起来。

"俺靠,龙大爷我不跟你一般见识,老龙我不屑和你过招,我闪闪闪。"脸皮堪比城墙厚的紫金神龙逃之夭夭,眨眼的工夫就飞出去了数里。龙宝宝将射日箭丢给了辰南,嗖的一声也跑了。辰南身化一道长虹,冲天而起,左手裂空剑,右手大龙刀,猛力地向着空中的巨手劈砍而去,两把瑰宝级的神兵所激发出的剑气与刀芒,直冲数十丈高,将滚滚魔气生生震散了，而后与那空中的巨手相撞在一起，发出阵阵金属交击般的铿锵之音。

这是人间界所允许的极限力量的交锋，再进一步就会招来天罚干预，辰南与那巨魔在空中生猛地硬撞，直打得魔气浩荡，群山震颤，飞雪狂舞，昏天暗地。魔气终于被震散了，高空中的巨魔露出了自己高大的身躯，如同一座巨山一般，他发出声声吼啸，直震得八方云动，更是引起了雪山中发生大雪崩，声势惊天动地。

辰南见不动用七阶力量根本无法伤到这尊巨魔，毫不犹豫地开始提升力量，他不惜引来天罚，也要灭掉眼前这个和混天魔王同样面貌的巨魔。高空之上顿时劈落下来一大片巨大雷光，轰隆隆之声不绝于耳，一片炽烈的电网铺天盖地而下。与此同时，辰南将射日箭搭在了后羿弓之上，准备放神箭射杀巨魔。不过就在这时，巨魔愤怒地吼啸了一声，而后竟然凭空消失了，只余下漫天的滚滚魔气，慢慢消散。

辰南大怒，这个家伙居然躲避了，天罚降落下来，全部攻向了他自己，逼得辰南将神弓化成参天巨树，横扫神雷，同时用大龙刀不断劈出一道道璀璨神芒对抗天罚。最后，逃出炽烈雷光电网的辰南杀气腾腾，冲向远处的一座高峰，那座山峰之上是成片的殿宇楼台，很显然那里是混天道的根基所在。来到山巅之上，辰南一刀扫平了一座用乱石堆砌而成的小阵，而后大步上前，将混天道山门前一座足有万钧重的巨大石碑一刀劈碎，随后龙刀横斩，将一大片围墙横扫至崩碎。

烟尘弥漫，辰南大吼道："混天一脉听着，我辰南灭派来了，都给我出来。还有那个畏首畏尾的魔头，你如果真是混天就给我滚出来，不要像个没胆的狗熊一样窝着！"方才辰南与巨魔的交战，早已惊动了混天道上下，听闻到喊声立时拥出上千人，所有人都如临大敌。他们早已接到飞鸽传书，知道辰南不久前，在几百里之外灭杀了两个仙人，而方才更是亲眼看到他大显神威大战幻魔，现在所有人心中都有些惶恐。

辰南大步向前逼去，令一群混天道的弟子不断后退，最后辰南大步迈进了一座高大的魔殿中，混天道的人也跟着拥了进来。随后，几个看起来异常衰老的老人，似乎有着六阶以上的修为，同时步入大殿。

大殿之内金碧辉煌，供奉着不少历代祖师雕像，辰南一脚将混天道祖的雕像踹下神坛，他毫不客气地坐在正中央的宝座之上，俯视着混天道众人。如此嚣张的姿态让下面许多忠心的弟子震怒不已，但是几位修为深厚的长老硬是压下了所有人的骚动，生怕他们冒犯辰南引来杀身之祸。

"辰南你为何要大闹我混天派？"一位长老走出人群，质问辰南，不过话语却不够硬气，似乎怕辰南动怒。现在辰南真是如同一个魔王一般，他倒像是此地的主人，端坐宝座之上，掌控所有人命运。"不是大闹混天派，是要灭掉混天派！"辰南冷冷地道。"大胆！辰南你算什么东西，竟敢踹翻混天祖师雕像，端坐在我派宝座之上！"一个年轻弟子大步而出，用剑点指着辰南。

"哼，混天一脉的弟子还是有些血性啊！不过这不是我饶恕你们这一派的理由。不过今日我对事不对人，因为你们天界的祖师，想要杀死我，我只能反抗，灭掉他在人间创下的根基。今日你们所有混天道的弟子，可以免受一死。但是，混天道必须解散，而后你们各奔东西，我不加追杀，我只想毁掉混天道的这片魔山。"

"你、你这狂徒，拿命来！"几个年轻的弟子各持刀剑向上冲来，年老的混天道弟子也是面露震怒之色，不过却没敢上前攻击。辰南冷喝道："我欣赏有血性的弟子，我不杀你们。"说罢，他猛力地一甩袖子，磅礴的大力浩荡而出，所有冲上来的弟子全部被轰飞了出去，虽然没有闹出人命，但是这些人都再也爬不起来了。"不服气的尽管上来！"唯有实力才是嚣张的本钱，眼下混天道大殿内鸦雀无声，虽然还有些人想冲上去，但都极力克制住了。肉体凡胎，怎么可能对抗得了这个连仙人都能灭杀的魔王呢？

"告诉我，刚才和我交战的那个巨魔到底是什么来历，如果不说实话我一步杀十人！"绝对的嚣张，辰南透发出无尽的煞气，整座大殿一片冰冷，没有人会怀疑他，这个家伙绝对敢让混天道浮尸遍野，血流成河。一个长老排众而出，为了避免血染混天道，他不得不讲出实话："那是我派的守护幻魔，相传是道祖当年留下的，传说天界的道祖如果不惜耗损元气，以大法力探寻，能够与幻魔沟通。"

"哈哈，我明白了，原来真的是混天那个老王八蛋，他在天界不惜耗费大法力操控着一个傀儡人，想用他和我作战。可惜啊，他白白耗费元气，只能眼睁睁地看着我毁灭混天道。哈哈，混天魔王当初你不是在天界率领弟子，追到我上天无路入地无门，想将我赶尽杀绝吗？现在我灭你人间的根基来了！今日我要让你眼睁睁地看着，却没有丝毫办法！"

天界，闭目打坐的混天魔王"噗"的一声喷出一口鲜血，怒道："辰南小儿，我恨不得生食你肉！"混天魔王急怒攻心，不过他还是极力调整情绪，慢慢沉静了下来，继续操控人间界的傀儡幻魔。

人间界混天道魔山之上，一声愤怒的魔啸响彻天地，辰南所在的大殿魔气浩荡，传说中的幻魔大步而入，现在他的容貌和天界未被毁身前的混天魔王一般无二。辰南大笑着，对着幻魔道："混天魔王你这个老乌龟，你现在不是通过一个傀儡人在天界注视着这里的一切吗？我现在要让你好好看看我如何毁你人间根基！""辰南小儿，我和你势不两立！"幻魔面色狰狞，咬牙切齿，现在他完全被天界的混天魔王控制着，等同于魔王的一个化身重临人间。

"哈哈！"辰南大笑，一掌向上拍出，将整座大殿的顶棚轰飞了。而后他冲天而起，来到混天派的广场之上，四面是成片的建筑群，令这片巨大的广场处于一种封闭状态。广场正中央是一个高达十几丈的巨大雕像，完全是用金刚岩雕刻而成，虽然镌刻满了岁月的风霜，不过还是能够辨认出正是混天道祖。这尊巨大的雕像矗立在这里也不知道几千年了，乃是混天道的精神象征！辰南飞到雕像近前，手持裂空剑狠狠地斩在了巨像的左肩之上，轰隆隆一阵巨响，巨大的左臂被斩落，甩落在花岗岩的地面之上，顿时四分五裂。所有跟随到这里的混天道弟子面色无不惨变。

辰南哈哈大笑道："混天魔王你看到了吗？我早晚要斩掉你的左臂膀，然后我再斩掉你的右臂。"璀璨神光闪烁，炽烈的剑芒砍下巨像的右臂。接下来辰南连连挥剑，剑芒如虹，将混天魔王的雕像头颅劈为两半，随后雕像的胸膛被破开，而后又被腰斩，最后被无数道剑气绞得粉碎。这绝对是赤裸裸的羞辱，幻魔大叫一声想要冲上去，不过紧接着却喷出了一口鲜血。

辰南笑道："哈哈，混天魔王你在天界喷血了吗？气大伤身啊，你还是早点亲自下来与我决战吧，不然你操控一个傀儡人，不但无法对我造成威胁，还白白耗费你的元气，得不偿失啊！"天界，混天魔王面色铁青，他通过幻魔如同亲身感受，人间界所发生的一切，仿佛都是他所经历的。眼睁睁地看着辰南在他的徒子徒孙面前羞辱他，而他却无能为力，他怒道："该死的，我一定要遣下精英高手，追杀他至死！"

人间界混天道，紫金神龙与龙宝宝忙得不亦乐乎，将混天道内所有混天道祖的木质雕像都聚集到了一起，而后堆在广场之上，点起了一股熊熊大火。"嗷呜，天气这么寒冷，大家快来烤火啊！""烤鸡翅膀我的最爱！"贪吃龙宝宝神通广大，溜进厨房弄来一串串鸡翅，在炭火上开始烧烤起来。

"什么，这片石塔是混天魔王选址建的？拆掉！""那片悬崖是当年混天魔王的闭关所在？轰成渣！""这个碗是混天魔王用过的，你确信？摔碎！"辰南从混天道中找出几个贪生怕死之辈，让他们引领着，将混天魔王在该派内的"遗迹"，全部轰成了渣。

这一天，天界混天道，不时传出混天魔王的吼啸，据派内知情弟子透露，老魔王在这一日连续喷出七八口鲜血，损耗了大量元气，仿似大病了一场。混天老魔王被如此羞辱，他通过傀儡幻魔看得一清二楚，他发誓要灭杀辰南。一日后，一则震撼性的消息传遍了东土修炼界，传承万载的混天道被人将整座魔山轰碎，这一派的弟子被逼发誓永不再聚混天道，而后被驱散。除却守山傀儡幻魔被杀之外，没有一名弟子被杀。始作俑者便是辰南，魔王之名被修炼界众多人士理所当然地扣在了他的头上。

这件事同样惊动了各个玄界，他们惊愕于辰南的胆大包天。混天老魔王升入天界，重点在天界发展，即便人间混天道没有超级高手守护，但在东土始终未被人赶尽杀绝，一直传承到现在，因为人们不会忘记该派有一名祖师在天界。辰南之举动可谓胆大包天，这完全是在向天界的老魔王赤裸裸地叫板！不久，这件事被天界各方势力获悉，顿时让各方哗然。随后，辰南与大魔放回的那名仙人将辰南的话语完完整整传到了天界，这下惹得天界几方势力震怒不已。

同时，天界许多人也异常吃惊，辰南跳下魔主之墓竟然真的没有死，而且向天界的仇敌们公开约战，邀请几个神王下界决战。这实在太出乎人意料了，同时辰南也太疯狂了！天界与辰南有怨的几个神王，恨得牙根都痒痒，人间的根基对于他们来说算不得什么，但如果真的如辰南所说那样，将要一一铲除，他们将会和混天魔王一般大失颜面，成为天界一时笑谈。要问人间界当今谁的风头最劲，那毫无疑问是辰南，传言被上古神龙封入十八层地狱，可是几个月后突然现身东土，在十几万人的面前弑杀仙人，而后更是将一个威震修炼界万年之久的邪道圣地夷为平地，其所作所为实在是天大的手笔，想不引人注目都难！

这些日子以来，梦可儿过得很不好，一是为澹台圣地内封印的恶魔而忧虑，二是为她自己的身体而担忧。清丽无双、艳冠天下的梦仙子，近几个月来清减了少许。梦可儿静静地坐在花圃中，看着外面的白雪世界，感受着圣地内的温暖气息，她没有一丝惬意的感觉。她很快便收回了心神，开始打坐修炼，不过现在的修炼不同于往日，她在运转玄功，准备炼化体内的一个小生命，确切地说是一个被怀疑是否存在的小生命。

这一年来，每每想起在西土和辰南做了几日夫妻，梦可儿都有一股抓狂的感觉，恨不得立刻挥剑斩下辰南的头颅，她觉得这是作为澹台圣地圣洁传人的莫大侮辱，也许只有用辰南的鲜血才能够洗净污点。一年多来，她时不时便有想吐的感觉，而且居然喜欢上了酸梅等吃食。这让她惊恐得想自杀，对于素来以冰清玉洁著称于世的澹台圣地仙子来说，她无法接受这个事实。

不过，三个月，五个月，九个月，直至一年多过去了，她的身体还没有发胖的迹象，多少让她有些安心，暗怪自己实在太过敏感了。只是，就在一个月前，她忽然敏锐地觉察到体内似乎多了一股生命波动，这令梦可儿惊得浑身都在出冷汗。这实在太不可思议了，怎么可能有怀孕一年多而不生的人呢？而且即便她感应到了一丝微弱的生命波动，她依然没有发胖的迹象，身材依然如过去那般完美。但是，微弱的生命波动在提醒着她，事情似乎真的朝着最坏的方向发展了。

此后，梦可儿每日都运转玄功，想要炼化这个小生命，不过让她气恼和害怕的是，那丝微弱的生命波动尽管还很弱小，但是却非常顽强，不但没有被她炼化，反而渐渐强大起来。梦可儿彷徨犹豫又不安，每天心中都在激烈挣扎，出于母性的慈爱，她非常不忍心消灭这个小生命，但出于圣地仙子的身份，她不可能让这个小生命出世，她心中矛盾到了极点。

凭着直觉，她知道这个小生命如果能够来到这个世上，必然是一代人杰，如果好好调教，说不定能够成为一位旷古绝今的强者。不然，哪能凭着那一点点微弱的生命波动，在她深厚的元气炼化下不被消灭，反而越来越强大呢？如果小生命出世，肯定不一般。同时，近日来，梦可儿听到了关于辰南的太多惊世骇俗的消息，这让她又是气恼，又是疑惑，不想得到对方的消息，但是关于他的重大事件实在太多了，近来所有的焦点事件都是他创下的。

晚间，辰南与南宫吟，还有两条龙来到了澹台圣地的入口处，一方巨大的青石，上刻两个古朴的大字：澹台。白衣淫贼南宫吟果然对这里的地形有所了解，在辰南的要求下哭丧着脸朝着传说中封印大魔王的凶地走去。澹台圣地的最深处格外阴森，远远望去点点淡红色的血光若隐若现，同时丝丝带状物的魔气在缭绕。

南宫吟低声道："那个地方就是传说中的恶魔封印之地。"辰南点了点头，道："看来封印果然松动了，居然已经开始有魔气溢出。"他们并没有接近封印之地，而是站在一座矮山上向下俯视着。封印之地处在一片石林中，那点点的血光正是石林透发而出的，说不出的阴森可怕。龙宝宝在辰南肩头，伸出一只金黄色小爪子指着石林道："无论是石林还是地表，怎么都闪烁着血色光亮呢？"

南宫吟沉声道："相传当初有不少仙神出手，但盖世魔王法力无边，也不知道击杀了多少仙神，血流成河，尸骨堆积如山，那里既是一座战场，也是堆积战死的仙神尸体的地方，红色的血光据说是仙神的鲜血浸染所造成的，永不褪色。而后盖世魔王也被封印在了此地。"说到最后，南宫吟不忘问一句："辰疯子你还要放出这个大恶魔吗？"

辰南道："放，当然要放！如果让这等盖世人杰，永远封印在地下，当真是可悲可叹，如此了得的人物，怎能不让他纵横于天地间呢？！"南宫吟骂道："你这个疯子，我跟你没共同语言，我如果能够打得过你，我现在就将你封印，让你跟他去做伴！"就在这个时候，封印之地突然一阵摇动，一个巨大的魔影在石林中显现而出，虽然是一个虚无的影子，但是却透发出一股异常可怕的气息。

"千重劫，百世难，亘古匆匆，弹指间！不死躯，不灭魂，震古烁今，无人敌……"这悠悠魔音，仿佛自太古洪荒传来的不灭魔咒一般，不断在澹台古圣地内回荡，"待到逆乱阴阳时，以我魔血染青天！"

龙宝宝叫道："神说，太可怕了！"澹台圣地的人已经不是第一次听到这样若有若无的魔啸，但是辰南他们还是头一次见识到，当真震惊无比。铿锵如刀般坚韧有力的魔音在澹台古圣地内回荡着，让人感觉毛骨悚然。

"他龙、龙祖宗的，实在太可怕了！龙大爷我感觉大事不妙，我、我不想玩了！"紫金神龙话语颤抖，表情非常难看，道，"这个家伙来头可能大得了不得！似乎超出了我们的想象。辰南混账小子，这个人我们不应该招惹啊！这个人让我心虚，让我恐惧，让我没有一丝信心面对！龙大爷我想逃走！"说到最后，紫金神龙真想立刻就此远遁。"神说，这个魔王不是我们所能够左右的，我们无法利用他对付天界中人，我们还是快逃走吧。"龙宝宝一双大眼也使劲地眨动，建议立刻逃走。

白衣淫贼南宫吟看到两条龙如此表态，急忙道："你们现在知道他可怕了吧，现在知道也不晚，我们赶紧退走。"辰南不动声色，只是静静地望着那片石林。那里，血色光华闪烁，带状魔雾缭绕，一个高达十丈的巨大魔影在那里张牙舞爪，仰头望天。虽然看不真切，但正是这种模糊的可怕影迹，更加让人心生恐惧，血色石林在魔影与魔气的映衬下，显得格外阴森可怕。

这个时候澹台圣地内一片静悄悄，一片死寂，所有弟子都知道魔王这个时候最不安稳，没有人愿意来这片阴森之地走动。过了好久之后，血色石林内的巨大的魔影才慢慢归于虚无，一切都像没有发生一般，澹台圣地内阴森的气息渐渐消逝，圣洁祥和的气息慢慢弥散开来。两条龙与南宫吟同时长出了一口气，异口同声道："好可怕啊！"辰南慢慢将目光自封魔之地收回，转身面向他们，道："我决定了……""是不是放弃了，马上逃走？"南宫吟迫不及待地问道。"龙大爷我早准备好了，现在我们就风扯紧呼吧！"

辰南面上那凝重的神色渐渐消失，逐渐露出笑意，道："我决定了，我们留下来，一定要想方设法将那魔王放出来，助他早日破碎虚空进入天界！""神说，这个世界太疯狂了，仙子都认魔鬼当干娘了！"龙宝宝惊愕地望着辰南。"辰兄你疯了？方才你不是已经感觉到他的点点气息了吗，那绝不是你我所能够招惹的存在！"南宫吟一脸不理解的神色。"正因为他强，我才要竭尽所能助他脱困而出，不然哪能对付得了天界中那群人呢？"辰南神色坚决。

南宫吟看到显然无法劝说，道："你这个疯子，这件事你再好好考虑一下。现在我们先离开这里吧，我实在不愿意待在这个地方了。"两人两龙沿着原路回返。说也奇怪，澹台古圣地午夜魔啸过后，竟然不再阴沉沉，无月光无星辉的天空现在竟然灿烂了起来，朦胧的月华渐渐透过了云朵，照射了下来，点点星光也洒落而下。

这片花香阵阵，浓郁芬芳的仙地，此刻仿佛笼罩上了一层淡淡的薄烟，袅袅娜娜的仙气飘荡在每一个角落，圣洁的气息充斥在每一寸空间。紫金神龙道："还魂了，这圣地似乎也有灵，大恶魔退去，圣地灵气溢出。"就在这个时候，若有若无的歌声从不远处传来，声音很轻柔，似乎有一个美丽的女子在对月歌唱。白衣淫贼南宫吟顿时两眼放光，似乎忘记了方才的恐惧，道："哎呀呀，真是一副好嗓音，真是柔美动听到了极点，想来定然是一个绝世美人，如果不能够亲眼去看看，当真会遗憾终生！"

辰南彻底无语，方才这个家伙还一脸悲愤，声称坚决要尽快离开此地呢，现在却生出花心，当真不愧为情欲道走出的淫贼！紫金神龙也是双眼放光，道："小淫贼，真是好见地啊，不愧为我辈风流人物，龙大爷也正有此想法，嗷呜，当真是英雄所见略同啊！"反正也是无事，辰南与龙宝宝跟随着前方两个无良的家伙，向着歌声处走去。

穿过几重花树隔离开的花草地带，他们慢慢走到一片白雾腾腾的花园中，那里芳香扑鼻，同时水汽很重，雾气缭绕。竟然是一片温泉池，温热的泉水也不知道是从哪里引来的，被巧妙地引入这片花园中，各个泉池间被丛丛花树所隔开，景色秀美，当真是一处妙地。透过重重花树，可以看到一个如美人鱼般的曼妙身影，在一方泉池中若隐若现，雪白的肌肤，柔顺的长发，在雾气的映衬下，令这个女子显得美到极点。

紫金神龙擦了一把口水，道："真是个超级大美女，真是有些让龙冲动啊！"白衣淫贼南宫吟也是双眼放光，不住地品评道："龙兄说得不错啊，肌若凝脂，腰若细柳，那个混蛋龙你快给我闭上眼睛！"当南宫吟看到该女的面容时，立刻身形一震，急得朝着紫金神龙喝道："那是我未来的老婆，你这死龙快给我闭眼，不许你看！""喊，你说是你老婆就是你老婆？我还说那是我老婆呢！唔，这个女子长得真是太美丽了，龙大爷我动心了。"紫金神龙一双紫目贼光四射。

南宫吟急道："我靠，死龙你还在偷看，再看的话我南宫吟跟你拼命！""俺靠，我说小淫贼你太霸道了吧？这美女是我们大家一同看到的，怎么就成你老婆了呢？我还说她是我老婆呢！还有，不要说得那么难听，我是光明正大地看，不是偷看，你看她眉若柳叶，眼若秋波，樱桃小嘴一点点。"

南宫吟真要吐血了，咬牙切齿道："那就是我说的王琳，我未来的老婆！今天我亏大了！我老婆走光了，让你这色龙，还有你、你都看到了！"南宫吟气得指着紫金神龙，以及大眼瞪得溜圆的龙宝宝，还有最后面的辰南，道，"你们都立刻给我转过身去，不然我跟你们急！""我什么也没看到。"辰南后退。"嗷呜，龙大爷我也什么都没有看到！"紫金神龙恋恋不舍，一步三回头。"你这死龙，我要和你决斗！"南宫吟怒目而视。

紫金神龙嘘声道："喊，真是小气！"南宫吟道："色龙你说什么呢？！""本龙想说，爱美之心人皆有之，不要把本龙想得那么坏，我是以最为纯洁的目光在欣赏那美丽的身躯，我心怀坦荡荡。本龙的思想可没有你想象的那么肮脏龌龊，龙大爷我是纯洁的，我是清白的。"边说着，紫金神龙一边直勾勾地向后瞄。"你这个死龙我真想剁了你！"南宫吟满脸黑线。最后，紫金神龙被辰南一脚踹飞，老龙才恋恋不舍地收回目光。

南宫吟从痞子龙那里收回注意力，刚转过头来，脑门上又起了黑线，他恶狠狠地对着龙宝宝道："你这小不点也赶紧给我闭眼！"龙宝宝在空中摇摇晃晃地飘浮着，冲着南宫吟调皮地眨了眨眼。好在两条龙让辰南用擒龙手给卷走了，南宫吟气哼哼地长出了一口气，不过就在这个时候，一声低喝自王琳处传来："谁，给我出来，竟敢胆大包天来此偷窥！"

说时迟那时快，王琳冲出温泉池，快速将池边的衣衫缠裹在身上，手持一口寒光闪闪的神剑，如凌波仙子般自远处飞纵而来。嗖嗖嗖，三声破空响音，辰南与两头龙眨眼不见，只剩下南宫吟呆站场中。"竟然又是你这淫贼，上次我饶你性命，你居然又来了。"王琳又羞又怒。南宫吟辩解道："琳妹你误会了，我不是有意窥视。一日不见如隔三秋，我许久未见到你了，对你日思夜念，最后不远千里赶来，想与你见上一面，只是不巧发生了这样的误会。这次，绝对和上次不一样。"

"淫贼拿命来吧。""不要……"南宫吟转身逃走，王琳紧追不舍。两人消失后，一人两龙出现在原地。紫金神龙道："我们要不要去帮那小淫贼，他别真让那个女人给杀了。"辰南笑了笑，道："放心，这个女人方才未带杀气，他们之间的事情我们外人管不了。""哦，神说我们又有眼福了！"龙宝宝扑闪着大眼睛，示意辰南向着不远处的温泉池观看。

只见月光下，一道绝美的身影，袅袅娜娜，翩然而来，如九天玄女一般，在花丛中轻轻飞舞而过，又似那广寒宫降下的仙子，不沾染一点尘世气息，轻舞于花树中，最后停身于一方云雾缥缈的泉池旁。紫金神龙一双龙眼瞪得滚圆，惊道："是她！""神说，是小梦梦！"小龙调皮地冲着辰南眨动着大眼。梦可儿刚刚行功完毕，虽然知道机会渺茫，但她依然每日都坚持尝试炼化体内的小生命，方才微微出了一些汗水，便来到此地想要浸泡温泉洗身。

白色长袍轻轻褪去，在月色下闪现着动人的光泽，如云秀发也飘散了开来。辰南"砰"一脚将紫金神龙踢进了花丛，而后坐在了它的身上，与此同时，又一把将龙宝宝卷入怀中，蒙上了它的双眼，道："非礼勿视！"龙宝宝叫道："神说，我抗议！为什么你自己不蒙上眼睛？！"

满空的乌云尽散，柔和的月光洒落而下，如大片大片洁白的羽毛飘舞进花树丛中。皎洁的月色下，澹台圣地像是披上了一层淡淡的轻纱，让这片古圣地显得更加圣洁。在这清香阵阵、花树拥簇的泉池旁雾气缭绕，如梦似幻，美如仙境。梦可儿丰姿绝世，美得如同精灵一般，她走入温泉中，解开束拢长发的丝带，任柔顺光亮的乌发自然披散而下，沾染着点点水珠，令她显得更加清丽出尘，似那不食人间烟火的仙子一般。

尽管泉池中那个女子乃是艳冠天下的圣女，但是辰南却无心观看，他在慢慢后退，想要就此离开此地，因为他与梦可儿间的恩怨情仇实在有些复杂，他现在不知道如何解决。两条龙也被他一手拖着一条，渐渐远离那片花树丛。不过，紫金神龙实在不是一个安分守己的家伙，似乎非常明白辰南的处境，痞子龙不怀好意地仰天嚎叫了一声，声音虽然被压得很低，但却足够梦可儿听到了。

"嗷呜！"辰南被吓了一大跳，随即恍然，气得真想一脚踹飞这个家伙。修为到了梦可儿这般天地，方圆数十丈内任何的风吹草动，都难以瞒过她的耳目，尤其是痞子龙这独特的嚎叫，最是让她熟悉不过。老痞子当初不止一次对她污言秽语，让这位澹台圣地的仙子每每想起来，都恨得咬牙切齿，在这夜深人静的月色下突闻到老龙嚎叫，当真是让她又惊又怒。

梦可儿擒龙手轻挥，将岸上的衣衫全部卷进了泉池中，快速套在身上，而后腾空而起跃出水面，身上雾气腾腾，被水打湿的衣裙在刹那间被她用内力烘干。"辰南我知道你来了，你如果还是个人物就给我出来！"梦可儿低低喝道，似乎不想让人知道此间发生的事情。辰南本已腾飞出去百丈远，刚要腾空而起，闻言他又突然站住了，自语道："我为什么要避开她呢，即便澹台璇站在我面前，也不能让我倒退一步！"

紫金神龙是一个唯恐天下不乱的家伙，闻言急忙附声道："就是啊，我们为什么要退呢？"龙宝宝一副人小鬼大的样子，摊开了两只金黄色的小爪子，摇了摇头道："神说，感情的事，外人不好参与。"辰南转过身躯，大步向回走去，穿过丛丛花树，望着那熟悉的绝美身影，他开口道："好久不见。"两条龙比辰南"健谈"多了，龙宝宝首先热情打招呼道："梦仙子我们好久不见了，神说，一日不见如隔三秋，算来我们已经有数百年未曾谋面。"

"是啊，梦小娘那个、那个、那个皮，嘿嘿嘿嘿……"紫金神龙干笑着，适时改口道："梦美女好久不见，真没想到你越发地美貌动人了，什么沉鱼落雁之姿，闭月羞花之貌，倾城倾国之色，都难以描述出梦仙子美貌之一二啊，即便天上那轮明月在你面前都要黯然失色……"老痞子极其肉麻而又夸张地赞美着。两条龙是彻底看出来了，辰南与梦可儿之间的关系极其复杂，现在最好不要轻易得罪。

龙宝宝以前虽然曾经得罪过梦可儿，但远远不及紫金神龙，梦可儿再次见到老龙，如玉般的额头立刻爬上一条立纹，看样子她在极力克制，如果不是有所顾忌，恐怕此刻已经挥剑斩向老痞子了。梦可儿咬牙切齿地别过头，面向辰南，慢慢走了过来，发丝上还有点点水珠，令她看起来如同一朵娇嫩的花朵一般。"辰南，方才你为什么要逃走？"梦可儿的语音很寒冷。"我想来就来，我想走就走，天大地大，谁能束缚我？"辰南毫不客气地回应道。梦可儿喝道："你、你这无耻之徒，方才、方才是不是在偷窥我？"辰南感觉到了梦可儿的强烈敌意，他自然也非常不满，一脸揶揄之色，道："还用得着偷窥吗？"

梦可儿有一股吐血的冲动，看到对方脸上的那种神色，以及说话的语气，她自然联想到了在西方的荒唐婚姻。虽然是短暂的一段婚姻，不过十日左右而已，但是这却是无法改变的屈辱事实。"铿锵！"梦可儿将长剑拔了出来，指着辰南，羞愤咬牙道："我要和你决战！"辰南笑道："可惜，你不是我的对手，即便我站在这里不动，你也杀不死我。"听到如此话语，梦可儿更加气愤，往日从容镇静的气质再难保持，娇躯在微微颤抖。

不过，梦可儿毕竟不是常人，她虽然羞愤，但还是在最短的时间内冷静了下来。"辰南，让你的两条龙离开这里，我想单独和你谈谈。"梦可儿话语很平静，又恢复成了往日古井无波的样子，圣洁中带着凛然不可侵犯的气息。"好！"辰南转头面对两条龙，道："你们两个先回去。"两条龙其实也不想"蹚浑水"，闻言嗖嗖两声消失在夜空中。

花草芬芳的泉池旁很安静，梦可儿极力调节着自己的情绪，她内心在争斗，不知道如何对辰南开口，她道："辰南我想杀死你！"听得出，这绝非气话，实乃梦可儿的心声，也许唯有杀死辰南方可洗去她的耻辱。"我不止一次听你这样说了，但我现在还好好地活着。很显然，除非发生奇迹，不然这辈子你都只能空想。"辰南说话也很不客气。梦可儿虽然有一股抓狂的冲动，但也无可奈何，满腔气愤之情，最后也只能化成一声重重的冷哼。

两人相对无言。梦可儿心中剧烈挣扎，过了很久之后，她才无比气愤地道："辰南你这个恶魔，我恨死你了！你让我该如何面对祖师！"梦可儿最近惶恐迷茫，她不知道怎样才能够解决掉那个小生命，如今面对辰南她很想怒斥，但是自尊自傲让她无法开口。辰南平静地看着她，道："已经发生的事情，我们无法改变，但是将要发生的事情，我们或许能够改变它的轨迹，我和你之间的纷争，我想能否到此为止呢？"

闻听此话，梦可儿飘逸出尘的气质荡然无存了，她激动地咒骂道："你这个混账，你这个禽兽，我想杀死你，我要杀死你的孩子！"最后的"孩子"两字很模糊，几乎不可闻，但还是被辰南捕捉到了，他感觉无比诧异，有些惊异地望着梦可儿，随之仿佛恍然大悟一般，失声惊叫道："你有了我的孩子？"辰南彻底呆住了，而后结结巴巴地道，"在西方已经过去一年多了，这样说来他已经降生了，是男孩还是女孩？他在哪里？"

梦可儿又羞又气，这难堪的秘密还是头一次暴露在人面前，虽然辰南所猜测的不是事实真相，但也不远矣，让她恨不得找个地缝钻下去。"你这该杀一万遍的恶魔给我闭嘴！我现在不想见你，一辈子都不愿意再见到你！"梦可儿咬牙切齿，想杀辰南却没有那个本领，最后羞气得恨恨地跺了跺脚，如飞而去。望着那道绝美的身影，在花树中如临尘的翩翩仙子般飞舞而去，辰南彻底傻掉了。

"我和她居然有孩子了？！澹台圣地的仙子居然为我生了一个孩

子!"辰南低低自语着，他的神经有些发木。如果这则消息传出去，必将天下哗然，不知道有多少人会伤心流泪，不知道有多少人会哭喊着找辰南拼命，天下间最为圣洁的仙子竟然成为人母，这是无法想象的！辰南脚步虚浮地走出濇台圣地，受天下无数人尊敬的仙子有了他的孩子，让他有些飘飘然，同时也有些郁闷迷茫，此刻他的心情格外复杂，实在难以言表。

圣地之外北风呼啸，寒雪飘飘，冷冽的空气顿时让他醒转了过来，他恢复常态，大步向着栖居的冰洞方向走去。不过，就在这个时候，他忽然发觉远空中有一团烈焰在跳动，在远空很醒目，在那周围所有的风雪都为之消融。辰南神情一震，他腾空而起，向着远空那团烈焰飞去。随着距离越来越近，辰南大吃一惊，因为他发现了一只传说中的麒麟当空而立！所有熊熊烈火都在围绕着它跳动，火光竟然是它发出的！辰南靠近的同时，那团神火蓦然暴涨。

一座雪峰的上空，涌动起一股滔天大火，方圆千百丈内雾气腾腾，所有飘落而下的风雪都化成云雾，那炽烈的火焰直冲霄汉，天地间仿佛矗立着一根巨大的火柱，璀璨神光有些刺目。一个身长足有十数丈的巨大麒麟昂然立于虚空中，那股睥睨天下的气势，让辰南也不禁心折。他感受到了一股莫大的压力，一股让人恐惧的浩瀚波动正如怒海狂涛一般扩散开来。

神武的麒麟兽，麋身、牛尾、马蹄、鱼鳞皮，硕大的头颅上生有一只金光灿灿的神角。它就这样静静地悬浮于空，周身被烈火包围，整片天空都被烧红了，神圣不可侵犯的气息浩浩荡荡传播开来，直冲霄汉的炽烈光芒异常璀璨，看得出，那股滔天神火是气化的神焰，远非常人所能够想象，这是绝对的强者！即便强如现在的辰南，脸色也不禁变了又变，现在的他不敬天、不拜地，敢上天杀仙，但看到眼前这个高深莫测的麒麟后，他心中也不禁腾腾跳动，因为他实在没有一丝把握战胜对方。

辰南慢慢冷静下来，非常平静地问道："前辈在等我吗？""是！"仅仅简单的一个字，声音铿锵有力。辰南问道："您是？"麒麟道："天元大陆中部地带十万大山中的病麒麟！"辰南暗暗倒吸了一口凉气，对于眼前这个传说的神兽，他还是有所耳闻的。

　　先前他刚刚出世不久，十万大山中也同时传闻有麒麟出世，那个时候他不知天高地厚，还曾幻想要将这头神兽收为坐骑。但是，随着他修为日渐强深，他接触的人也越来越多，对于传说中的麒麟神兽也了解越来越多。最后，他得出一个结论，这头麒麟神兽无论来历还是修为都深不可测，无论何人都不能探查到它的真实底细。传说这头麒麟神兽乃是自天界逃下来的，也有人说它是一个隐修在世间的妖族盖世强者，还有人说它乃是一个重伤的老麒麟，独自静静躲在深山养伤，甚至曾经有人怀疑过，这头麒麟有可能是参加过上古大战而幸存下来的妖族不世高手！

　　辰南感觉到了一股莫大的压力，他想探查老麒麟的真正实力，但却只感觉到一股磅礴如海、凝重如山般的能量波动，前面那头巨兽的真实修为根本无法揣度。保守估计这老麒麟也不会弱于神王，人间果然隐修着难以想象的超级高手啊！辰南心中暗暗感叹。不过他马上调整了自己的心绪，朝这位传说中的神兽施了一礼，道："前辈找我有事吗？"

　　炽烈神火所笼罩的麒麟神兽平静地道："如果我没有猜错，你来到这澹台古圣地，定然是想放出那传说中被神王联手封印的盖世大魔王吧？"这头老麒麟竟然洞悉了他心中的秘密，辰南大吃一惊，道："前辈您这是从何谈起呢？为什么要这样说呢？"老麒麟道："不要隐瞒我，你最近在天界的所作所为，已经开始在人间各玄界之间流传。为了报复天界几位神王，你必然要想方设法对付他们，很不巧他们真的有一个软肋——被封印的魔王！"

　　"既然前辈已经知道其中因果，我也就不再隐瞒。不错，我就是想放出这个澹台古圣地中的盖世大魔王，我要送给天界几位神王一个超级大礼包！"既然已经被老麒麟洞悉，辰南没有什么好隐瞒的，说出了心中的想法。老麒麟神色非常严厉，道："不行！眼下还不能放出这个魔王，不然会引起天大的动乱。""为什么？"辰南很不解，同时心中微怒。老麒麟神色非常凝重，沉声道："澹台圣地当中被封印的魔王，远非你想象的那般简单，对于许多人来说他是一个噩梦，如果将他放出，不仅天界要大乱一场，人间界也定然难以安宁，必然会被他搅闹上一场。"辰南有些不解。

老麒麟接着道："当年的事情，不是你们这些后辈能够确切了解的。封印魔王之时，仙神的尸骨堆积成山，神灵的血水染红了半边天，牺牲了无数的修者才将他最终封印。真正的主力……嘿嘿，不光天界许多强者参与了此事，人间也有高手卷入了这个血腥的旋涡中。你如果为了报复，而将他放出来，不仅天界遭殃，人间界也要跟着动荡。"辰南一阵失神，传说中的魔王似乎强得有些可怕，有些超出了他的想象。如果真的将他放出，可能会酿成一场大动乱！

麒麟神兽道："此魔若出，即便是传说中幸存下来的上古不世高手出世，也恐怕难以将他压制！"辰南心中开始盘算起来，这样一个堪称逆天级的魔王，实在是一把双刃剑啊！麒麟神兽叹气道："一场动乱是免不了的，因为有些人早已着手布置了。"辰南有些不解，问道："前辈这是何意？"麒麟神兽沉声道："睁开你的心灵之眼，看一看这澹台古圣地吧。有人以通天的大法力，遮蔽了这里的气息，布下了一座虚幻神阵，彻底掩盖了某些真相。"

辰南知道他所说的心灵之眼，乃是类似于天眼般的神通，不过他现在还不知道如何开天眼。老麒麟额头正中透发出一道神光，直指他心间，就在刹那间，辰南忽然感觉四面八方，上上下下，全方位的景物全部浮现在他的心中，而且距离之遥远超乎他的想象。这竟然是天眼通！在老麒麟的帮助下，他开了天眼，他闭上双目，但却"望"到了极远之地的景物，他可以全方位"观看"！天眼之神通远非止于此，不过目前他还不能够精熟地掌握。

这个时候，辰南忽然发现，一层朦朦胧胧，若有若无的雾气，笼罩在整片澹台古圣地上空，即便此时睁开了天眼，也只能隐约间看到，更不要说在此之前了，他疑惑道："那是……"老麒麟沉声道："看到了吧，有人以莫大的法力做了手脚，瞒过了天上人间众多高手，让人们以为古圣地中的恶魔还在被牢牢地封印着呢，殊不知封印已经松动了啊！这个人法力通天，非常可怕！我如果不是为了找你，想详细了解天界情况，恐怕还不知道此地发生了大变故呢！"

这绝对是一个惊世消息，足以震惊天界与人间，竟然有人以大法力锁住了澹台古圣地的一些真相！如果传出去，必然会引起轩然大波。此刻，辰南也有些头大了，道："魔王的封印之所以松动，恐怕也会与那个人有关！"麒麟神兽点了点头，又摇了摇头，道："他在等待合适的时机啊，我就怕那神秘人借你之手，放出那个盖世大魔王！"辰南抱着双臂，沉吟了一会儿，道："天界那几个该死的神王，就已经让我心烦了。我可不想卷入魔王以及他身后那个人的阴谋中。"

　　麒麟神兽道："你知道局势复杂与危急就好，现在千万不要轻举妄动，万万不可动用你手中的几件瑰宝破封印。我现在就去联系一些老家伙，准备应对这场动乱。至于天界中人，你就不要刻意提醒他们了，该知道的时候，凡是参与过此事的人自然会急着全力出手。"辰南心中暗笑，这个老东西也不是个好兽，到了这个时候居然还在防备天界中人呢。老麒麟一声长啸，周身上下烈火滔天，直冲霄汉的光芒越来越盛，最后化作一道神光，如流星一般快速消失在远空。

　　在接下来的几天里，南宫吟一直没有出现，他已经消失数天了。这几天，辰南都在澹台古圣地外围的雪脉中转悠，有时也进入古圣地探查，希望能够发现些与大魔王有关的线索。数日来，辰南渐渐发觉，澹台古圣地外来了一些修者，这些人都在极力隐藏自己的踪迹，不过依然被他感知到了。他意外地发觉，这些人竟然都是能够御空飞行的高手，毫无疑问是各个玄界的修者。

　　辰南自语道："麒麟老兽真的把消息送出去了，恐怕一些老古董已经开始调兵遣将了。"他知道这些人都在准备迎接未来的一场大动乱，似乎他们明白魔王出世不可避免，只不过是时间早晚的问题而已。这些日子以来，天界中人似乎收敛了不少，最近无人下界寻找转世仙神，不过辰南知道一场大风暴正在酝酿，天界中的几个神王绝不会和他善罢甘休，再次出手，恐怕就是一场大血战！

　　如此，又过了几日，辰南与两条龙在远处的雪峰眺望澹台圣地时，突然看到一片虚空破碎了，一个连接仙凡两界的通道出现在虚空，在仙霞映射中，十几位仙神出现在澹台圣地上空。紫金神龙嗷叫道："嗷鸣，天界中人又派人送死来了，小子又有你忙的了。"辰南定定地望着澹台圣地，自语道："竟然是天界澹台派的人，澹台璇竟然不惜耗费大法力，将门人送到人间界，她现在还不知道封印的魔王将脱困的事情，到底所为何事呢，不会与我有关吧？"

在阵阵霞光中，十几位仙人缓慢降落而下，彩云朵朵，浮现在澹台圣地的上空，让这里显得更加缥缈瑰丽。澹台圣地内，仙乐齐鸣，在长老的带领下，众多澹台子弟跪拜在地，许多人激动得热泪盈眶。天界已经百余年未曾降下仙人来到澹台圣地了，而这百年来古圣地也没有一个人成功飞仙而去，仙凡隔断已经整整百年了！古圣地内一片欢赞之声，所有澹台子弟都虔诚地跪拜在地，发自真心地盛赞着，来迎接十几位天界仙人降世！

十几位仙人有男有女，但个个都丰姿绝世，男的潇洒飘逸，女的清丽出尘，皆带着不食人间烟火的气息，一看就是那出离滚滚红尘的世外金仙。在这半日间，澹台古圣地外围的雪山中，又来了不少修者，尽管所有人都在极力掩藏自己的行踪，但依然被辰南察觉到了一些人物。而且，在这些人当中，辰南甚至隐约间看到了几道熟悉的身影。"不会吧，西方的修者也赶来了？"辰南站在一座雪峰之巅，任由雪花飘落在他的身上，眺望着前方连绵不绝的白茫茫的雪脉。

一人两龙暂时并没有发现神魔猿与三头黄金神龙的踪迹，不过接下来的事情顿时让他们忘记了这些，辰南不得不出手了！此刻，澹台古圣地中天雷阵阵，虚空破碎，方才降下来的十几位仙人，竟然有人要立刻回返天界。很显然，他们得知了古圣地此刻的真实情况，已经知晓封印的大魔王不久将脱困而出。如此大事件足以让这十几人慌乱了，他们必须要在第一时间将这则消息传上天界，禀报给澹台璇。

不过，辰南绝不允许他们这样做，虽然还未决定是否帮助盖世魔王脱困，但他也不想让天界的神王们早做准备。他展开神王翼，如惊天长虹一般，直冲而起，在空中留下一道长长的尾光，向着澹台圣地飞去。此刻，澹台圣地内众多弟子在长老的带领下，正紧张地望着高空，生怕出现一点差错。对于许多人来说，皆无比激动，亲眼见证了己派的仙人下凡，又将亲眼看着他们破碎虚空而去，实在是一场幸事。

"轰轰轰——"天雷阵阵，一道道巨大的闪电自高空劈落而下，虚空慢慢破碎了，一个连接天界与人间的空间通道出现在虚空中。十几名仙人共同帮助一名仙子，想让她顺利进入空间通道去天界报信。就在这万众瞩目，所有澹台弟子虔诚跪拜之时，一道神光破空而来，一名青年男子手持大龙刀，如神似魔一般狂劈而至。

　　血色刀芒长足有数十丈，瞬间劈碎了空间通道，同时引来了又一重天罚，狂乱的闪电漫天劈舞，将虚空都撕碎了，一道道巨大的金蛇充斥在高空。"辰南是你？你要干什么？！"显然，十几位仙人都已经认出了辰南，毕竟在天界时辰南血杀四方，给他们留下的印象太深刻了。

　　"哈哈，不干什么，你们远道而来，想请你们多留一些时日。现在，我想请这位仙子妹妹去聊聊天。"说话间，辰南打开了内天地，将那名想要飞升回天界的仙子遮笼了进去，而后快速闭合了内天地。边说话，辰南边用大龙刀抗衡天罚。十几名仙人气得脸色骤变，他们深深知道这个煞星的可怕，如果没有神王级修为，恐怕根本无法与之争锋。

　　地面上那些虔诚跪拜在地的弟子，一个个皆吃惊得睁大了双眼，天界下凡的仙师竟然在他们面前，被一个人间界传闻多多的青年强者掳走了，这实在让他们感觉有些无言。所有澹台派弟子目瞪口呆，震惊地望着高空中那个对抗天罚的狂妄男子，这让他们有些无法接受！毕竟那是他们的前辈仙人啊，己派中的仙辈高手居然被人当作妹妹，要拉去聊天，这……实在太疯狂了，任谁也无法接受！

　　"嗷呜！"一声震天长嚎，紫金神龙赶到了，不怀好意地笑道，"还有哪位仙子妹妹想去聊天，辰小子不健谈，老龙我陪你们聊聊，谁愿意跟我去啊？我们一起聊聊龙生理想，谈谈龙生抱负，这是多么有意义的事情啊！"十几名仙人气得咬牙切齿，恨不得立刻扒了紫金神龙的龙皮，不过却没有人敢轻举妄动。毕竟当初王志在天界孟浪地率人围攻过辰南，如果这个时候给他一个小小的动手借口，他极有可能会展开血腥报复。

　　"龙生真是无趣啊，念天地之悠悠，独怆然而涕下，这世间竟然没有一个仙子妹妹愿意成为我的知己，悲哀啊悲哀！"紫金神龙又开始胡言乱语起来，气得对面的几位仙子恨不得将它按倒在地，狠狠地暴打一顿。人间澹台派的弟子都有一股吐血的冲动，这一人一龙实在太嚣张了，天界下凡的这些仙子怎么说也都是百岁开外的人了，两个狂徒居然真当作妹妹调侃了，所有人都对他们怒目而视。人群中也包括梦可儿，她实在没有想到，这两个家伙居然敢跑来搅局，真可谓胆大包天。同时，暗暗吃惊于辰南修为之可怕。虽然这些日子以来，早已听闻了关于辰南的种种传说，但她还是忍不住吃惊，很显然天界下凡的这些仙师有些惧怕辰南，不想与他起冲突。

"我们回见，我去找仙子妹妹聊聊天！"辰南轻笑道，随后展开神王翼破空而去。紫金神龙见辰南飞走，长嚎道："龙生真是无趣啊，仙子妹妹们太伤我心了，啥也不说了，老龙闪人。"一人一龙走了，但是澹台圣地却沸腾了，眼睁睁地看着天界来人被辰南掳走，而且被他毫不客气地调侃了一顿，但却没有人能够阻止，实在是一件让人窝火的事情。无论是对于天界来人，还是对于人间澹台圣地的人来说，今天所发生的一切绝对是一件丢脸至极的事情。

辰南现在的内天地随着他修为的提高，比之以前要坚固得太多了，一名初临仙人境界的仙子，是无论如何也攻不破的，况且辰南有几件瑰宝在手，很容易就能够在内天地当中将之镇压。当然，辰南也仅仅是简单地和那位杨姓仙子说了几句话。倒是紫金神龙不断地和对方谈龙生理想，气得那位仙子脸色铁青，咬牙切齿。而龙宝宝也赶来凑热闹，在旁边开口"神说"，闭嘴"大德大威"，让仙子直欲抓狂。

接连两日，又有两位仙子想要偷偷返回天界，不过很不幸同样被辰南请来，交给紫金神龙谈龙生理想去了。后来，仙人们想远遁离开澹台圣地，去其他地方破碎空间返回天界。但是，所有人都被有神王翼在身的辰南截了回来，他就驻守在圣地之外，隐约间竟将这圣地封锁了。十九日过去了，澹台圣地外的大雪山中，隐伏的修炼者越来越多，众多高手都赶到了此地，局势异常紧张。

此时此刻，梦可儿异常烦恼，天界一位下凡的男性仙师，不断找她谈话，言谈话语间对她的关怀可谓无微不至，更是将澹台璇在天界开创出的许多玄功绝学倾囊相授。但是，梦可儿却异常苦恼，她怎么看不出这位上师的意思呢，但是人间的澹台派与天界大不一样，不能飞升入天界的所有弟子不得嫁娶，所有人都必须保持冰清玉洁之身。她很反感这位仙师，明知道人间澹台圣地的规矩，居然还如此来撩拨她，实在让她气恨不已，同时感觉这位仙师很无耻，表里不一，一点也没有身为前辈的样子。

其实，这位天界澹台弟子之所以如此，完全是因为他掌握了一些所谓的"隐秘消息"。天界澹台派重要弟子都知道，澹台璇曾经多次提起一个人间名为梦可儿的女子，这次派遣十几位仙人下界，更是对他们多次交代，人间如果有什么变故发生，一定要保护好梦可儿。这些话让这些弟子对梦可儿之猜想就更多了。暗中追求梦可儿的这位仙人，就是想投机一把，如果现在和梦可儿确立一些亲密的关系，那么以后一旦梦可儿被澹台璇提升为上位者，那么他必然也将跟着受惠。只不过，所有这些，凡间的梦可儿是不可能知晓的。

这些日子以来，辰南静坐雪峰之上，一边探寻着雪脉中的修者，一边修炼玄功，这个世界唯有实力才是硬道理，他从来没有放松过自己的修炼。就在这时，两条龙大呼小叫，自不同的方向向这里飞来。紫金神龙嚎叫道："嗷呜，他龙爷爷的，小子大事不好了。"小龙也大叫道："辰南，大事件！"

两条龙快速冲到了近前，紫金神龙抢先说道："昆仑的那帮妖怪也派人来了，方才有一个小妖替我的老朋友泥人给我带来消息，天界几位神王正在集结大军，这几日恐怕会有神族大军下界捉拿你！"辰南很冷静，道："终于出手了，我早已等候他们多时了，哼！这一次我要让所有人有来无回！"见辰南并不惊慌，胸有成竹的样子，紫金神龙也安稳了下来，道："他龙奶奶的，还有一件事，方才我好像看到六头神魔猿与三头黄金神龙奇拉昂斯了，这两个混账家伙竟然也敢跑来凑热闹，我们去砍了他们！"

辰南道："要不了多久，会有更多的高手赶到此地，澹台圣地必然会汇聚天界与人间的多路高手，这里将有一场盛会！那两个家伙在哪里，我们也该找他们收点利息了。不过，这一次别又把老暴君坤德招惹来。""放心吧，现在还没有看到他小女儿的身影，那个死老龙应该没来。"紫金神龙说这话的时候，多少有些心虚。等紫金神龙他们二人说完话，龙宝宝才不慌不忙地道："辰南告诉你一个好消息，有人想打可儿妹妹的主意。"

辰南大吃一惊，用力敲了它一记，道："这算什么好消息，到底怎么回事？"小龙不满地嘟囔道："她不是总想杀你吗，有人打她的主意，让她烦恼还不算好消息？你去了就知道了。"龙宝宝说完，嗖的一声朝着一座雪峰飞去。现在不可能去寻找六头神魔猿与三头黄金神龙的麻烦了。辰南跟随着小龙，想看看到底是何方神圣在打梦可儿的主意。紫金神龙也在后相随。

飞上那座雪峰，远远看到下方半山腰处有两条人影，一个白衣飘飘，清丽出尘，似那不食人间烟火的仙子一般，正是倾城倾国、美冠天下的梦可儿。而另一人也是一身白衣，周围仙雾缭绕，倒也有几分飘逸出尘的气质，正是天界澹台一脉下凡的一位仙人。辰南来得正是时候，那名仙师的言语已经让梦可儿有些无法忍受了，而仙师却还在纠缠不放。梦可儿几次想飞走，奈何那位仙师却紧紧相随，不让她离去。

"喂，那个谁谁，你在干吗？真是够无耻的。"辰南的声音突兀地响起，他展开神王翼快速冲到了近前。"你、辰南！"仙师被撞破好事，又惊又气，同时有些害怕，唯恐眼前这个煞星突施杀手。辰南道："对，就是我。你这人怎么为老不尊啊，居然调戏自己的后辈弟子，实在很无聊，也很无耻！我真是为澹台璇感到脸红，如果她知道这件事，恐怕会立刻毙掉你。"

仙师被辰南一通挤对，倍感屈辱，他在梦可儿面前实在感觉丢脸到了极点，最后急怒攻心之下，气得大声喝道："辰南你真是欺人太甚，你不知道天界大军正在集结吗？如果没有意外，定然会在这几日下界追杀你！到时候即便人间地域广阔，但也将无你容身之地，现在你居然还如此狂妄地四处树敌！"辰南道："你？还不配当我的敌人，因为你还没有那个资格。今天我之所以管这件事，是另有原因。"

此刻，梦可儿脸色非常不好看地立在一旁。辰南看了看她，对那名仙人道："知道她是谁吗？虽然她不是我老婆，但是她却是我孩子他妈，打我孩子他妈的主意，就是跟我孩子过不去，跟我孩子过不去，就是跟我过不去！"闻听此话，那名仙人呆呆发愣，彻底傻掉了，神情呆滞之下，差点滚落下雪山去。

旁边的两条龙也险些栽落下云头，两个家伙满脸不可思议的神色。"神说，太疯狂了，孩子都有了？！""嗷呜，本龙真是高瞻远瞩，预言竟然成真了，嗷呜……"梦可儿气得脸色煞白，在这一刻她真的有一股吐血的冲动，恨不得一口将辰南吃掉，而后找个地洞直接钻下去。

"我不相信！这绝不可能！"澹台派的那位仙师，两眼空洞无神，喃喃自语着。辰南的话对他的打击实在太大了，心仪的女子居然早已为人母，漫说他这等心高气傲之辈，就是木头人也得着火，是个男人都无法忍受。"你这狂妄之徒，少要胡说八道，这绝对不可能！你不知道吗，可儿是我派澹台仙尊选中的弟子，早晚有一天她会被接入天界，成为澹台一派的上位者，怎么可能会发生你所说的事情呢？"仙师歇斯底里，状若疯狂，他无法接受眼前的事实。

"喊，可儿的名字是你叫的吗？少要肉麻！"辰南毫不留情地打击道。同时转过身去，他面对梦可儿，有些尴尬地笑了笑，道："梦仙子，把咱们的孩子带来给他看看。"闻听此话小龙浑身颤抖，在空中摇摇晃晃地翻着跟头，一双金黄色的小爪子使劲捂着嘴巴，避免自己笑出来。紫金神龙的长嚎只发出半句，就从空中栽落了下来，老油条实在受不了辰南的话语了，躺在雪地上不断抽搐。

"嗷呜，小子你行，你实在太猛了！"这孟浪的话语，险些让梦可儿晕过去，如玉般的脸颊在刹那间变得通红，她气得语音颤抖，羞怒道："辰南你、我……"梦可儿说不出话来了，最后扑通一声摔倒在雪地上，彻底昏迷了过去。那位仙师则脸色铁青，右手拳头不断捶自己的胸口，口中大叫着："这不是真的，这是假的！"最后，他竟然跑到半山腰处，以头撞石壁。

"这是怎么了？"辰南急忙跑过去将梦可儿扶了起来，一边掐人中穴，一边向她体内输送进一道元气。梦可儿悠悠醒转，待到看清辰南扶着她时，气得张嘴就吐出一口鲜血，猛力挣脱了他，喝道："你这混蛋，放开我！""好好好，我放开你。不过我还是想问，咱们的孩子呢？"辰南不知死活地问道。

"铿锵！"梦可儿快速将宝剑拔了出来，浑身颤抖着，用剑指着辰南，气得脸色发白道："我、你、你给我闭嘴，你再提此事，不是你死，就是我亡！""哎，梦仙子你千万不要动怒啊！"辰南后退了两步，有些不解，有些焦急地问道，"咱们的孩子到底在哪呢？他不光是你的孩子，也是我的孩子呀。是男孩还是女孩？像你还是像我啊？"龙宝宝在空中连着翻了十八个跟头，最后一头扎了下来，摔进半山腰的积雪中。紫金神龙浑身抽搐，满地打滚。仙师痛苦不堪，用头猛力击撞半山腰处的一座石壁。

"我杀了你！"梦可儿早已失去了往日的从容镇静之色，圣洁的仙子此刻满脸通红，怒火汹涌，杀气腾腾，手中长剑化作一道银芒，围绕着辰南横劈竖斩。剑气惊空，飞雪漫漫，在这半山腰之上，不同的人不同的心境，可谓天地之差。"当"的一声金属颤音，辰南以指弹开梦可儿手中的长剑，而后一把攥住了她持剑的手，略显焦急，但却非常认真地问道："我们的孩子到底在哪里啊？你、你不会真的杀了吧？"

"噗！"闻听此话，梦可儿忍不住又吐了一口鲜血，她咬牙切齿道："辰南，你如果再敢胡言乱语，我真的杀死他，呸！"说到最后，梦可儿忍不住呸了一口，羞怒地暗怪自己口不择言，她气到了极点道，"不许你在我面前再提这件事，不然我让你后悔一辈子！"辰南不自觉地放开了梦可儿的手臂，道："可是澹台圣地规矩甚多，你一个人带孩子方便吗？不如交给我抚养吧。"

梦可儿算是明白了，有理讲不清，再这样待下去，她非被气死不可。她再也不说一句话，驾起道家至宝玉莲台腾空而起，快速逃离而去。"砰砰砰！"不远处，仙师还在以头撞石壁，突然发现梦可儿飞走了，他也停了下来，而后狂吼一声向着辰南扑来。对这个失去冷静头脑，变得疯狂的家伙，辰南着实费了一番手脚才将他按住，毫不客气地以大法力抹去了他一段记忆，而后一脚将他踹下了雪山。

两条龙浑身是雪，停止翻滚，抽搐着从地上爬了起来。"你们这两个家伙还笑？再笑的话我点你们笑穴，定住你们的身形，让你们在这座雪峰笑一辈子。""嗷呜，笑死龙了，哈哈哈……"两个家伙再也不掩饰，放开喉咙大笑起来。笑罢，紫金神龙问道："小子你为什么放走那个仙师？直接干掉不更省事，或者关进内天地，老人家闲时找他去谈谈龙生理想。"辰南揉了揉太阳穴，道："最近这几天不能让他乱说什么，但我辰家有后也不是见不得人的事情，以后总得让人知道啊。过段时间如果他恢复记忆，借他之口给些老朋友传达传达消息。"

紫金神龙道："嗷呜，你不会是想抹杀澹台派的面子吧？"龙宝宝也道："神说，那是澹台圣地的圣女耶，是澹台璇钦点的人，你不会是想抹杀澹台璇的面子吧？"辰南道："唉，我倒是没想那么多，只是听人说梦可儿也不简单，到时候看看澹台璇的反应再说吧。孩子他妈，对不住了！""喊！"两头龙同时嘘声。

龙宝宝问道："神说，我们现在去干吗？最近几天好像无事可做啊。"辰南想了想，道："虽然现在还不能有大动作，但有些事情可以处理了。现在我们去砍人，六头神魔猿还有三头黄金神龙那两个王八蛋不是来了吗？找他们去算账，大卸八块！"

一人两龙开始在这片连绵不绝的雪脉中搜寻，不过才少半刻钟龙宝宝就最先发现了情况："辰南大事不好了，又有人打你孩子妈的主意了！"辰南闻听此话，狠狠地对着小东西的脑门敲了一记，而后快速朝着前方冲去。天眼被开，他目力所及比小龙还看得远，可以清晰地看到梦可儿被两个大仇人围困在空中，似乎在被盘问着什么。

紫金神龙道："嗷呜，他龙奶奶的，真是太巧了，正要找这两个多头多脑的畸形儿，没想到送上门来了。"隔着很远，辰南就将半截大龙刀握在了手中，在空中化作一道璀璨神芒，快速冲到了近前，道："六头神魔猿，三头黄金龙，别来无恙啊，我正想找你们好好谈谈呢。"辰南的声音格外寒冷，杀气在场内弥漫。

梦可儿此刻非常不好受，被两个绝顶高手困在空中，她感觉心中异常压抑。三头黄金神龙长有十丈，整个龙躯处在灿灿金光中，在龙族中算不得庞大，但其透发的威势却如山似岳，让人有一股仰望的冲动，他如神魔一般，让人内心充满了恐惧，感觉在他面前渺小如蝼蚁。六头神魔猿高达三丈，颈项上生长着两个正常的巨大头颅，挤在一起，显得分外狰狞恐怖，而左右肩膀上还各有两个小两号的头颅。不过这四颗小头颅口鼻齐具，眼中同样透射着森森寒光，并不是呆板的死物。他浑身上下黑色皮毛透发着森森阴气，给人一股异常沉重的压迫感，比三头黄金神龙还要可怕。

"辰南，是你？"见到辰南，三头黄金神龙明显一愣，这些日子以来关于辰南的种种传说，早已传遍了人间各个玄界。辰南大闹天界的事情，自然传到了奇拉昂斯的耳中，本来他还不相信，认为那是谣传。当初被他追杀得无路可逃的人类六阶青年强者，怎么可能会在这么短的时间内逃出十八层地狱，并在天界搅闹起一场血雨腥风呢？但是，此刻见到辰南之后他相信了，因为他在辰南身上感觉到了一股危险的气息。六头神魔猿六对眼睛同时爆发出森森寒光，他也感觉到了辰南今非昔比了，意识到对方已经成了劲敌。

辰南手持大龙刀，挡在梦可儿的身前，面对两大西土高手，向梦可儿问道："梦仙子他们在逼迫你吗？"梦可儿虽然万分痛恨辰南，但是两个西土高手方才凶神恶相，还远不如辰南看起来亲近，答道："他们、他们向我询问圣地中被封印的恶魔的讯息。""神说，我要惩罚你们！"龙宝宝似模似样，用力攥紧了一对小拳头。"嗷呜，你们两个王八蛋，新账旧账一起算，龙大爷早想踩死你们了。"

"吼……"有几人敢咒骂这两大西土高手，三头黄金龙与六头神魔猿同时大吼，直震得下面的雪峰剧烈摇动，最后发出隆隆大响，竟然引发了大雪崩。两大西土高手恶狠狠地向着小龙与紫金神龙扑去。不过，一道数十丈长的璀璨刀芒，生生切断了他们前进的道路，如惊天长虹般的一刀狂劈而至，令二人大吃一惊，生生止住了身形，快速飞退。

辰南展开神王翼，举刀横劈竖斩，一刀接着一刀，炽烈的刀芒直冲霄汉，伴随隆隆雷鸣，天罚降临，在一道道雷光中，一道近百丈长的巨大的血色刀芒，将两大西土高手生猛地劈飞了。辰南竟然不惜引起天罚，动用了人间允许的极限力量，来狂斩两大西土高手。在一道道惊雷声中，辰南手中大龙刀横劈竖斩，一道道冲天的刀气，纵横激荡，将下方的几座雪峰之巅都给扫平了。两大西土高手被打得立时乱了手脚，接连几记重击，将他们轰得在空中不断翻飞，鲜血自嘴角溢了出来。梦可儿暗暗吃惊不已，无论如何也没有想到辰南强到了这等境界，居然将名震西土数千年的两大高手逼迫到如此境地。

辰南之所以如此不计后果，不惜引来天罚，主要是以前两人将他追杀得异常狼狈，如今修为大进当然要狠狠地一报前仇。当然还有一个主要原因，以他现在的修为，已经能够察觉到两大西土高手的真正修为境界了。他发觉两人竟然异常强悍，远远超越天界的一般仙人，实力直逼澹台璇的大弟子王志，离神王之境已经不远矣，不愧为名震西土的高手。三头黄金龙与六头神魔猿暴怒，被曾经的手下败将打得在空中口溢鲜血，不断翻滚，实在让他们感觉颜面尽失。两人怒吼着，也开始不计后果地动用超越人间所允许的极限力量。

高空之上，一个乱发飞扬的青年男子手持大龙刀，在千万道光芒烁烁的雷电中，与两个庞然大物激烈厮杀。高山摇动，乱雪飘飞。空中，电光闪闪，天雷滚滚，劲气澎湃，元气浩荡。三人在天罚下拼杀，辰南手中大龙刀所激发出的炽烈刀芒，斩破虚空，将两大高手压在了下风，将两人劈得口中不断吐鲜血，在空中不断翻滚。

就在这时，一声轻啸自远空传来，一道银影如闪电般飞至。紫金神龙扭头就想逃走。"我终于找到你了，你如果敢逃走，我死给你看。"紫金神龙嚎道："嗷呜，佳丝丽你怎么来了？"前方，一条大约十丈长的银龙停在空中，银色的鳞甲闪烁着淡淡圣洁的光辉，大而美丽的龙眼中充满了愤怒之色。正是与紫金神龙有着情感纠葛的银龙佳丝丽，上古神龙坤德的小女儿。

"当我从我父亲口中得知，你们平安脱困于十八层地狱，不知道有多高兴。后来听说你们在天界搅闹起一片血雨腥风，又是多么担心，最终得知你们顺利返回人间，我喜极而泣。没想到见到你，你却想逃走，真是太伤我的心了。"银龙佳丝丽一双大眼噙满了泪水，道，"你知道今天是什么日子吗？我费尽千辛万苦，终于在今日找到你了。"

"今天是什么日子？"紫金神龙心中直犯嘀咕。佳丝丽道："五千年前的今天，也是一个雪花纷飞的冬季，那时我们在十万大山中相逢，你这混账的家伙口花花……"痞子龙的一张老脸顿时红了，急忙打断了佳丝丽的话语，道："记得这么清楚干吗？"佳丝丽道："我能记不清楚吗？我等你等了几千年了，可是你这个混蛋！每年的这一天都是我心中的节日，你这该死的混账却……"老痞子尴尬无比，一张老脸红得发紫。

不过，银龙佳丝丽接下来的话语，更是让紫金神龙想找个地缝钻下去。佳丝丽道："有些话我早就想说了，你到底喜欢过我没有？不要总是逃避。我不想每年都在这个特殊的日子黯然心伤，我不想让它成为我伤痛的情人节。"老痞子快速飞了过去，急声道："小声点，我们有话好说，老龙我几千年的面皮今日都丢尽了。"

　　"我的神啊！"龙宝宝在旁边起哄唱道，"噢噢噢，没有情人的情人节，多少会有落寞的感觉，为那爱过的人不了解，想念还留在心里面。"紫金神龙对龙宝宝又气又恨，但只能先稳住银龙佳丝丽，免得她更加让他尴尬。龙宝宝这小东西，实在是一个鬼头，打趣完两条龙，又对着梦可儿与激战的辰南唱了起来："想必爱过的心已发现，要我打开回忆的结……一个人流连花好月圆，是否明年有我未知的情缘……"

　　梦可儿恨得牙根都痒痒，辰南手中长刀却是大开大合，炽烈刀光席卷天空，他长笑道："今天我送给泥鳅一份大礼，眼前这两个家伙……"刚说到这里，高空之上，天雷之响更甚，虚空突然破碎了，自高空之上浩浩荡荡涌下一股磅礴无匹的力量，一个巨大的空间通道出现在虚空。

　　"杀啊……"喊杀震天，天界神族大军突现！几位神王提前对他动手了。辰南不惧，反而大笑，道："哈哈，来得好，我早已磨刀霍霍了。泥鳅今天是你的好日子，我送你一份大礼，这次定然要收集一些元婴果，帮你恢复元气！"同时，他转过头来，面对梦可儿，道："不让我见孩子也无妨，但是我要让他见到他老爹的样子。今日我斩神灭仙的场景，将化作精神烙印直入你心中，孩子早晚有一天会看到的。我杀！"

　　辰南右手大龙刀，左手裂空剑，向着自空间通道不断拥出的仙神冲了过去。无数仙神，喊杀震天，冲向辰南。辰南乱发飞扬，周身上下血气元气汹涌澎湃，空中血光崩现，炽烈的刀芒与剑气，瞬间劈碎了一具又一具的仙神身体。龙宝宝小声嘟囔道："我的神啊，这样的精神烙印，辰南想要自己的孩子将来成为乱天动地的大魔王或者小魔女吗？"梦可儿心神剧震，辰南所说非虚，一段精神烙印直指她的心间。与此同时，她感觉体内一股生命波动越来越剧烈。

雪空中喊杀震天，天界讨伐辰南的大军不断自巨大的空间通道中冲出，源源不断地向辰南杀去，漫天的刀光剑影，炽烈的剑气在纵横激射，无数的仙神将辰南团团包围。此时此刻，辰南血染长袍，浓密的黑发已经变成血发，浑身上下鲜血淋淋，除了双眼之外，每一寸肌肤都变成了血红色。这些都是仙神的血水，是在生死厮杀过程中迸溅上的，仙神已经倒下了一大排，高空之上头颅翻滚，残尸斜飞，辰南大开杀戒，在这讨伐大军中纵横冲杀，真如虎入羊群一般，如入无人之境。

　　"天界的神王难道是想借我之手来杀死你们吗？刚刚能够御空而行而已，还没有进入仙神境界，就被打发下来了，难道以为这样凑数就可以杀死我吗？真是笑话！"辰南口中虽然这样说，但手中却毫不留情，大龙刀举世无双，璀璨刀芒劈断了不知多少仙兵利刃，更是斩断近百具敌人的尸体。

　　"噗！"血光崩现，辰南一刀将偷袭他的一名敌人斜肩斩为两段，他冷哼道："你是混天道的人，混天那老王八蛋发兵了，我记住了！"裂空剑光芒万丈，辰南一剑将一名从侧面冲杀上来的修者的头颅劈下一半，血还未来得及喷出，脑浆先飞洒了半空，星星点点的白色糊状物，迸溅到一些仙神的身上，顿时让这些人惊惧得浑身颤抖。"你是破灭道的人，我记住了！"可怕的场景，如恶魔般的敌人，令所有冲在最前方的人都不禁连连倒吸凉气，所有人心中都生出阵阵恐惧之意，许多人的身躯都在微微颤抖，想要就此逃走，永生永世不再面对这个恶魔。

　　大龙刀与裂空剑齐齐挥舞，一名冲上来的强者瞬间被破开了胸腹，五脏六腑全部流了出来，这是异常血腥的场面，让天界大军都感觉心中升腾起阵阵寒气，脊背都在发凉。"你是绝情道的人！"辰南疯狂屠戮，早已动用了人间所允许的极限力量，天雷不断轰击而下，不过却没有对他造成多大伤害。因为最先冲出来的数百位修者团团将他包围，所有天雷均匀劈落而下，这么多的人共同承担。

　　当然，还有一个更重要的原因，连接天界与人间那个巨大的空间通道一直没有闭合，就在众人的头顶上方，那里天罚神光更加璀璨，不时涌动出无比耀眼的光芒，将辰南引动而来的天罚的力量冲击得七零八落。破碎虚空进入天界，会引来天罚，但力量远远比不上自天界破碎虚空，进入人间界时所引来的天罚神光。炽烈无比的光芒在巨大的空间通道内，狂暴地肆虐着，可以想象在空间通道的另一端，正有几个神王级高手在竭尽全力护佑着几派弟子，在对抗着威力莫测的天罚。

远处的梦可儿看得神驰目眩，着实震惊无比，她知道辰南很强，但是怎么也没有想到真的强到了可以屠戮仙神的境界。这些都是天界下凡的人啊，虽然其中有部分是六阶修者，但依然有不少仙人之境的强者啊，然而辰南竟然能够在人群中杀进杀出，竟然真的可以屠灭仙神！今日所见给她的震撼实在是太大了，她下意识地后退出去几十丈远，那冷血残酷的场面让她感觉有些惊心。她体内似乎有一股生命波动越来越强烈，这让梦可儿气恼不已，心情复杂至极。

在血战中，西土的两大高手三头黄金龙与六头神魔猿，一直在旁虎视眈眈，最后终于忍不住冲了上去。方才，他们已经吃了一些小亏，现在见天界来人讨伐辰南，他们当然不会放过这样的机会。直到此刻，天界来人还没有出现一个超级高手，再次冲入战场的西土两大高手，比之这些天界修者对辰南的威胁还要大。不过，辰南却毫不畏惧，反而杀出一条血路，向着两大高手逼近而去。

银龙佳丝丽有些担忧地对紫金神龙道："你还不过去帮忙？"紫金神龙摇了摇头，道："这个小子不用我帮忙，再说即便帮忙，也是要你混账老爹那个级数的人才最有用啊！实在不行，把你那死鬼老爹的化身放出来，哎哟，干啥掐我！""我掐死你！"银龙佳丝丽气恼道，"不许你这样咒骂我父亲。"紫金神龙骂道："为什么不许？那混账老王八蛋最不是东西，哎哟，别掐！"紫金神龙吃痛道，"那死老头子太混账了，上次居然把我们封印进十八层地狱，要对我们斩尽杀绝，真不是个东西，哎哟，停！"紫金神龙确实够浑，将可能会成为岳丈的老暴君一顿痛骂。

佳丝丽道："我掐死你，我父亲既然能把你们封印进去，他当然也能够把你们放出来。我猜想他并不是真的想灭杀你们，不然早就直接动手了。"紫金神龙笑道："那混蛋总是看我不顺眼，不过老龙我气死他，他最疼爱的小女儿就是喜欢我，哈哈哈……"佳丝丽气道："你这混蛋，如果再胡言乱语，我真的生气了！"

见银龙佳丝丽真的气恼了，紫金神龙便不再咒骂，小声问道："这次澹台圣地将出世一个盖世大魔王，佳丝丽你父亲是什么态度，死老头子会来吗？"佳丝丽道："我猜想他可能要来。"紫金神龙有些头痛地道："这下麻烦大了，连号称暴君的老混蛋都感兴趣，这说明澹台圣地封印的怪物实力不可想象啊，真的要大乱了！"

战场上已经惨烈无比，似乎天界的神王有所顾忌，怕派遣的人马通过空间通道时，遭遇天罚毁灭，开始时遣派下来的这些人真的不是很强，辰南如入无人之境一般，大龙刀与裂空剑痛饮仙神鲜血，短短的一刻钟仙神已经死伤无数，尸体不断自高空摔落，血雾将整片天空都染红了。而此刻，空间通道内的天罚神光更加猛烈了，一时间隔断了天界与人间的联系。

辰南不顾在场数百位天界修者的攻杀，依仗玄武甲护体，追着三头黄金龙与六头神魔猿不断劈杀。炽烈的刀芒与耀眼的剑气还有那不断劈落而下的天雷，让两大西土高手狼狈不堪，身上已经出现多处伤口，他们暗骂辰南疯子，同时有些后悔卷入到这场血杀中来。

"天上龙肉，地上驴肉。驴肉我吃过了，但龙肉我还没吃过呢。奇拉昂斯你不是号称西方龙族中的不败天才吗，我想你的龙肉一定与众不同，今天我非要斩下一大块尝尝鲜不可。"辰南浑身是血，但却大笑着，听得三头黄金龙毛骨悚然。辰南转过头来对远处的梦可儿喊道："不要走远，给我那孩儿捎回去一块龙肉。"梦可儿被气得险些栽落下云头，她无言以对，最后只能恨恨地对着虚空用力劈了几剑。

辰南真的动了杀机，将力量提升到了极限，因为他要尽快将西土的两大高手战败，而后实施一个大胆而又疯狂的想法。当然，为此辰南也付出了一定的代价，天罚之雷不断，毕竟他不可能全部躲避过去，他被轰击得口中溢出了丝丝鲜血。刀芒如虹，剑气直冲霄汉，狂猛的能量波动引得四方云动，高空之上朵朵乌云都被生生劈散了，下方的十几座大山跟着剧烈摇动，在这茫茫雪界中如同发生了大地震一般。一道长达数十丈，如同匹练般的炽烈神光，狠狠劈在三头黄金龙的一只巨大的龙爪之上，血泉狂喷，奇拉昂斯一只巨大的前爪臂与身体分开，坠落下高空，血雨漫天飞洒。

"嗷吼——"凄厉的惨叫自奇拉昂斯口中发出，巨大的黄金龙躯在空中不断翻腾，大片的血雨染红了天空，看得数百位天界修者惊心动魄，心中都在冒凉气。辰南血发乱舞，满身都是神血与龙血，他如长虹一般俯冲而下，单手接住了那只两丈多长的爪臂，高高擎在空中，他大笑道："奇拉昂斯多谢了，你如此之慷慨，真是让我没齿难忘，一会儿终于可以尝到龙肉的滋味了。"三头黄金龙闻听此言差点气死，一边悲吼着，一边恶狠狠地瞪着辰南。

辰南笑道："奇拉昂斯你瞪我做甚，难道觉得一条龙臂太少，准备送我龙肝与龙心？"虽然三头黄金龙已经发狂得近乎崩溃了，但闻听此话还是激灵灵打了个冷战。辰南冲着远空的梦可儿喊道："这是给我孩子的补品，等下还有大礼！"说着，他猛力将龙臂掷了出去，透发着灿灿黄金神光的龙爪快速破空而去，立在了梦可儿下方那座雪山的巅峰上。

辰南真的如同一个冷血魔王一般，转过头来对着六头神魔猿冷笑了起来，惊得六头神魔猿浑身都在冒凉气。六头神魔猿惊道："你想怎么样？"辰南狞笑道："我听说猴脑可是大补啊，你长了六颗脑袋，不介意摘下一颗送入厨房，给我尝尝鲜吧？""嗷吼——"六头神魔猿气得发狂，仰天暴吼。

辰南道："哼，既然不给，那我就自己动手丰衣足食。不要怪我，这一切都是你们自找的，谁叫你们想灭杀我的，对于敌人我只能以最惨烈的手段偿还！"剑气变幻风云起，裂空剑斩破虚空，炽烈的剑芒长达百丈，引得八方风云动，血花飞溅，一颗硕大的头颅被斩落而下。神魔猿发出凄厉的吼啸，直震得空中的雪花逆空而上，六头去一，还剩五颗。

辰南用大龙刀托住磨盘大小的头颅，有些厌恶地道："实在太血腥了，这颗头颅真能拿去厨房做菜吗？我怎么想吐啊。唉，神龙的爪臂，我还可以把它想象成金黄的鸡大腿，但是这猴头我无法将之幻想啊。不管了，先收下吧。"绝世大恶魔啊！这是现场所有天界修者的心声，看着两大西土高手如此凄惨的样子，他们心惊肉跳。

辰南将那颗巨大的头颅掷向了不远处的雪山之巅，随后冷冷地扫视着两大西土高手，就要大开杀戒。不过就在这个时候，紫金神龙突然秘密向他传声道："千万不要杀那个六头神魔猿，你忘了他背后那头古猿了吗，那可是连上古神龙坤德都不买账的主啊！"辰南想了想，没有再施杀手，也没有对付围困他的仙神。此刻，他收起了大龙刀与后羿弓，场内一时静了下来。

天地间唯有那巨大的空间通道内神光闪烁，天界的几大神王正在竭尽全力对抗天罚，这一次他们准备派遣真正的高手。绝情魔王的三弟子，混天魔王的五弟子以及投靠青禅古魔的佛子怀海，这三人分别打开了自己的内天地，将本门高手收了进去，在几个神王的护佑下进入巨大的空间通道。这注定将是一场噩梦！

此刻的辰南，已经举起了后羿神弓，将自己的鲜血涂抹在了箭羽之上，弓弦拉如满月，璀璨的神光与恐怖的死气同时浩浩荡荡，漫天都浮现出众多神魔的尸体残像，若隐若无的哀号听得人头皮发麻。高空之上，大片大片的云朵压向地面，天地间阴沉沉，后羿弓所造成的天地异象，令在场的这些天界修者又惊又怕。

"杀！"辰南一声大喝，松开了弓弦，一道璀璨的血色神光，后面追随着无尽的神魔幻象，发出阵阵骇人的可怕啸声，带着长达百余丈的尾光，狂猛地冲进了空间通道。在神箭射入的一刹那，辰南看到了空间通道内只有怀海三人，他大叹可惜，原本想用这威力绝伦的一箭，触发空间通道内更加剧烈的天罚，让天界大军损失惨重，但目标却仅仅三人。不过，惊喜给了辰南，噩梦给了天界大军。

"轰！"一声剧烈的大爆炸在空中狂暴响起，整片天空都崩碎了，剧烈的能量波动狂涌而出，将围困辰南的几百位天界修者皆冲击得口吐鲜血翻飞了出去。辰南快速展开神王翼，瞬间飞出去数百丈远，巨大的能量波动汹涌澎湃而下，将下方七八座大山都震得崩塌了。辰南那一箭彻底引爆了天罚力量的最大反噬，高空之上是一片无比刺眼的光芒，空间通道大崩碎。怀海三人当场被那无可匹敌的天罚力量撕碎了，即便有天界几个神王护佑都无法保住性命，更为可怕的是他们的内天地随着他们的死去跟着崩碎，里面所有高手完全淹没在滔天的能量骇浪中。

残碎的仙神尸体到处迸溅，断臂、碎腿纷纷扬扬坠落而下，猩红的血水染红了高天！大雪山中，最近来了不少修者，所有人都被惊动了，吃惊地望着这片天空，简直不敢相信自己的眼睛！此刻，天界的几位神王眼睛都红了，仰天狂啸，绝情魔王与混天魔王更是气得大口吐血。

辰南自语道："死战绝杀就是如此残酷，不是你死就是我亡！"远空的龙宝宝一双大眼瞪得溜圆，看了看辰南，道："很黄，很暴力！"而后，又看了看有些侥幸未死的仙神，道："很傻，很天真！"闻听小龙的话语，重伤但却未死的仙神都快哭了。紫金神龙从震惊中醒了过来，接着龙宝宝的话道："很好，很强大！"这总结似的话语，令幸存的天界修者恨得咬牙切齿，但却无丝毫办法。

远山各个雪峰之上，有众多的人间修者在观望，他们有些不敢相信眼前的景象，尽管其中绝大多数都是玄界修者，早已听闻过辰南的一些讯息，但是此刻还是被镇住了。高空之上仙神陨落，残碎的尸体让这片天空格外刺目，血色雾气缭绕在天际，久久不散。此刻，高空之上那个巨大的空间通道早已消失了，重伤未死的仙神在空中哀号着，向着下面的雪峰坠去。

天界几路神王暴跳如雷，他们无比心痛本门弟子的死亡。"废物，都是废物！"混天魔王大叫着，恨不得生食辰南之肉，不久前辰南刚刚灭掉他人间的根基，今日又再次重创他门下弟子，这个打击实在不小。绝情魔王脸色也铁青无比，愤怒地吼道："一帮贪生怕死的家伙，我怎么也没有想到这帮混蛋，居然无法为我们争取到一点点时间！"他在咒骂第一批下界的天界修者，恼恨他们没有拖住辰南，让天界几路神王损失惨重。

不过，几路神王也深深自责不已，他们实在太过急于求成了。如果换个下界地点，将所有高手先平安护送下界，再一起剿杀辰南，那绝不会是眼前这种情况。而且，在他们的计划中，几大神王合力，会护住一位神王下界的！这次，只因最先护送下去、用来试探空间通道中天罚力量强弱的那批人，实在太过无能了，竟然没有有效阻挡住辰南片刻的时间。

绝情魔王与混天魔王的心都在滴血，死了两个亲传弟子不说，还损失一干派中精英高手。青禅古魔的脸色也不好看，佛门也损失惨重。几个魔王身后的其他亲传弟子暗暗庆幸不已，他们将是第三批、第四批下界的高手，如果方才轮到他们，想一想那时的景象，就让他们心中都在冒凉气！

天界的大事件瞒不过人间，人间玄界的大事件也瞒不过天界。不过辰南并非出自人间玄界，直至他搅闹天界之后，才被天界中人所知，才被关注。现在天界的绝情道、混天道、破灭道、无忧仙尊一脉、青禅古魔一脉、尸皇一脉，皆恨不得吃其肉喝其血，现在有的神王都想不惜犯险下界，捉拿辰南了。这一次几路神王惨淡收兵，但是他们绝不会就此收手，下一次将是更加猛烈的捕杀。

这次的战果对于辰南来说可谓辉煌无比，不过他却并无欣喜之情，他知道神王下界之日，才是真正的生死考验之时。况且，他最担心的天界辰家还一直没有任何动作，这个可怕的家族当中也许有一个神皇或者魔帝级的老怪物也说不定，这个神秘的天界家族像一把明晃晃的屠刀悬在他头上，让他心中一直难安。不过，辰南对于生生死死见得太多了，心中并不害怕。

辰南大喝道："泥鳅，我说过要送你一重大礼，现在来兑现。"后羿弓化成参天神树，当空而立，透发出千万道灿灿神光，青碧翠绿的枝叶轻轻摇曳，哗啦啦啦作响，宝光闪烁，整片天空一片碧翠。严寒的雪空多了几许春意，多了一股强大的生之气息。方才空间通道大崩碎，里面的仙神全部粉身碎骨而亡，而身在外面的这些最先下界的天界修者也损失惨重，现在幸存者不过百余人而已，早已失去了战力。

定地神树像死神的镰刀一般，慢慢向他们遮笼而去，绿色的神光在他们眼中是如此阴森可怕。紫金神龙吓得一缩脖子，大叫道："打住，辰南快停下来！"辰南有些不解，将定地神树定在了空中。紫金神龙拉着银龙佳丝丽疾飞而至，对辰南小声道："你疯了，你看看四处的山巅，众多的玄界修者都在注视着这里。你如果敢这样大规模地剥夺修炼者的元婴，恐怕天上地下再没有你容身之地，这是修炼者的大忌啊！偶尔'碰巧'得到一个元婴，大家都会睁一只眼闭一只眼，但是如果你敢如此疯狂，所有人都会讨伐你！"

辰南仔细想了想，叹道："今日我似乎着魔了……"这个时候，三头黄金龙与六头神魔猿如躲避魔鬼一般，逃之夭夭，狼狈地向西土逃窜而去。一声长啸自远空传来，一个伟岸的高大身影化作一道神光，一闪而至。"偶滴神啊，东土刽子手来了。"小龙惊道。紫金神龙也缩了缩脖子，对辰南道："你不要自责心中着魔了，看看这位的手段你就知道自己是多么仁慈了。"辰南惊道："大魔？！"

来人正是东土守护者兼执法者大魔！他披头散发，眼中神光暴射，整个人如山岳一般沉稳与凝重。大魔没有丝毫废话，只是大喝了一声："天界私自下凡侵入人间者，死！五、阴、魔、狱！"最后四个字，一字一顿，五个漆黑无光的巨洞，出现在高空之上，如墨般黑漆漆的巨洞宛如魔窟，仿佛连通着地狱，阴森可怕，向着存活下来的天界修者笼罩而去，仅眨眼的工夫这些失去战斗力的人就被吞噬了大半。"这才是真正的狠碴子啊，杀这么多人眼睛都不眨一下。"紫金神龙唯恐天下不乱，对银龙佳丝丽道："你老爹不是号称无敌吗，如果真感觉没有对手，可以找这个家伙来练练手。""去死！"佳丝丽狠狠掐了他一记。

大魔之凶横果然近乎变态，片刻间便将所有幸存的天界修者都灭杀了。他缓缓朝辰南飞来，道："你不愿意担当东土执法者，但却在做着相同的事情，让人钦佩。"辰南无语。大魔向他抱了抱拳，随后破空而去。来得突然，去得更快。

两个时辰之后，这片天空静悄悄，血雾已经渐渐散去了，唯有一片残碎的尸块洒落在雪山中，不过随着雪花的飘落，要不了多久这里便又会变成一片纯净的白雪世界。梦可儿飞走了，观战的众人散去了，紫金神龙也被佳丝丽揪着耳朵带走了。龙宝宝陪着辰南在雪地中待了一段时间，最后小东西被冻得直哆嗦，溜进温暖如春的澹台圣地去了，毫无疑问几间厨房将惨遭肆虐。

许久许久之后，辰南自高空飘落而下，站在一座雪峰之巅，长刀向天，大声喊道："人生真是无奈啊！我不杀人就被人杀，谁愿意整天冷血屠戮，活在刀光剑影血雨腥风中？！好，你们不是想杀我吗？自今日起，我将与你们拼杀到底，要杀就杀个痛快，心中将再无顾忌，我要血染青天！"雪峰之巅上的积雪被辰南震飞了，峰顶燃起了熊熊大火，辰南用大龙刀割裂开三头黄金龙的龙臂，插在裂空剑上开始烧烤。

不久之后，龙肉的香气弥漫在整座山顶，辰南自内天地当中，取出几坛烈酒，拍开泥封开始狂饮。酒水顺着他嘴角流进了血衣中，他浑身上下都湿淋淋的，半个时辰之后山顶已经堆放了十几个空酒坛。辰南拄剑而立，寒风吹过，血淋淋的长袍跟着猎猎作响，被血水黏成一绺一绺的血发，也跟着狂乱舞动起来。此刻，他浑身上下都涌动着一股煞气。最后辰南腾空而起，向着澹台圣地冲去，眼中充满了骇人的光芒。

临近澹台圣地十几里时，一头巨大的麒麟神兽腾空而起，周身上下烈火滔天，仿佛能够将这片冰雪世界都融化。麒麟神兽道："辰南，你难道决定要动手助那魔王破开封印？！"辰南决绝地道："不错！我没有选择了，你是否想对我出手呢？"麒麟神兽盯着辰南久久未语，过了好长时间才道："三日！只需三日！便随你用手中的几件瑰宝破开封印。"辰南疑惑道："为什么是三日？"麒麟神兽道："当年人间界参与此事的人，都已经不知道去向，我没有寻觅到他们。再有三日，各个玄界的防护准备就全部到位了。魔王出世是早晚的事，没有人能够阻挡，三日后随你折腾！不过，你自己也要做好末日来临的准备！"

"好，就定为三日！"辰南大声道，"不过，这三日间万不可让这则消息传上天界！"病麒麟道："你放心吧！你不见这澹台圣地之外来了不少玄界修者吗，凡是天界下来的人，这几日没有人能够再次回返天界！"病麒麟远去了。辰南一阵失神，他怎么会不明白眼下的形势呢？人间各个玄界都如临大敌，宛如灭世战将降临一般，这个大魔王真的不知道强到了何等境界。而他为了对抗天界追杀，要动手放出盖世魔君，他自己能够活下来吗？

对于他来说，也许真的要末日来临了。在这不知明日命运如何的时刻，辰南忽然特别想念自己万年前的亲人，想念父母，想念那时的朋友。这一世他在不断地厮杀与征战，那久违的亲情友情离他格外遥远，现在他分外怀念。"难道我的生命真的快走到尽头了，今日为何如此地想念过去的亲人呢？"辰南不相信命运，更不相信魔王出世之日就是他的末日。"亲人，我在这个世上的确还有亲人，我去见见他！"辰南腾空而起，继续向着澹台圣地飞去，不过这一次不再是杀气腾腾，他收敛了自己的气息，潜入了古圣地内。

强大的神识敏锐地扫过了澹台圣地的每一寸土地，但是辰南却没有丝毫发现，他根本没有找到一个幼儿，最小的孩童都已经五岁了，那是澹台派新收的弟子。辰南双眼顿时透发出两道煞芒，不过最终他又平静了下来。他没有召唤两条神龙，自己独自腾空而起，向着遥远的东方飞去。

他决定在这三天内，走访一些值得回忆的地方。澹台圣地就在东大陆的楚国，辰南在飞经楚国帝都上空时，心中一动，快速降落，直直朝着那片气势雄伟恢宏的建筑物飞去，那里正是楚国的皇宫。在那重重深宫中，辰南感觉到了一股强者的气息，他嘴角露出一丝笑意，狂猛地透发出了自己的元气波动，向着那片宫殿涌动而去。

皇宫深处，楚国皇帝玄祖老妖怪顿时神情一震，如火烧屁股一般跳了起来，看不出一丝老态龙钟的样子，他惊疑不定地注视着窗外。"老人家不请我进屋喝杯水吗？"辰南如同鬼魅一般凭空幻化在床前。"啊，辰南！"老妖怪惊得一屁股坐在了龙椅之上。辰南皮笑肉不笑地道："是我，没想到老人家还记得我啊。"辰南的出现着实惊吓住了老妖怪，令他战战兢兢，手足无措。

老妖怪道："辰南，以往我们之间虽然有些误会，不过我可是从来没谋害过你啊。"老妖怪异常心虚。辰南道："以往的事情就不要提了，我今次来仅仅是想看看老朋友。""那就好，那就好。"老妖怪如蒙大赦一般，不住地擦冷汗，随后他像是突然想起了什么，道，"走，我带你去见一个人！"

辰南不明所以，跟着老妖怪飞出楚国帝都，来到了城外的一片庄园中，那里成片的寒梅在绽放，花香自苦寒来，傲迎风雪，在这冰天雪地中，格外地娇艳。一个白衣胜雪的绝色丽人站立在旁，一个粉雕玉琢，如同瓷娃娃般的小女孩，正蹦蹦跳跳地在梅树间跑来跑去，样子看起来分外天真活泼可爱。"晨曦……"辰南失声惊呼。

小晨曦蹦蹦跳跳，如一个活泼的小天使一般，蓦然听到辰南的声音，快速转过头来，一双如黑宝石一般明亮的大眼，闪动着吃惊的光泽，而后转为惊喜，欢呼一声，如欢快的小鹿儿一般，向辰南跑来。"哥哥！"她一跃七八丈，白色衣裙随风飘舞，一头秀发也随风拂动，如一个翩翩小仙子在飞舞一般。

辰南万分惊喜，原本他就是想去昆仑碰碰运气，看能否进入那百花谷，见上雨馨与晨曦一面，不想在这里居然碰到了小晨曦，这个如天使般的孩童是他在这个世上最重要的牵挂。他一直将小晨曦当成亲生女儿一般看待，在澹台圣地没有见到自己的骨肉，现在蓦然重逢晨曦，辰南的喜悦之情可想而知。不过，当辰南将要伸出双手去接小晨曦时，忽然又止住了自己的动作，看着自己满身血污、浑身上下鲜血淋淋的样子，他伸不出手了，现在的他如同刚从地狱走出的恶魔一般。难怪老妖怪方才见到他时惊吓过度，任谁看到他都要心生寒意。

不过小晨曦却没有丝毫顾忌，脸上挂着甜甜的笑容，向辰南扑来。"晨曦等我一下。"辰南腾空而起，快速破空而去。"哥哥，你回来。"小晨曦万分焦急与委屈地看着那渐渐消失在远空的身影。不过，仅仅片刻间，辰南不知道在哪里洗尽了血污，又快速地飞回。小晨曦喜极而泣，激动地叫着："哥哥，我终于再次见到你了！"

辰南收敛神王翼，急落而下，无比高兴地道："哥哥也很高兴。"他一把将晨曦举过头顶，在原地连连旋转了三圈，一扫之前如修罗魔王般的气质，就像一个邻家的大男孩一般，一脸阳光灿烂之色。"哥哥，晨曦真的很想念你，我每天都在盼望与你相见，今天晨曦真是太高兴了！"小晨曦一脸天真娇憨之色，让人分外怜惜，一双大眼扑闪扑闪，长长的睫毛挂着几滴晶莹的泪珠，一双如玉的小手臂使劲地抱着辰南的脖子，生怕一转眼他就消失不见。

辰南心中涌起阵阵暖意，盖世魔王将出世，对于他来说也许将是末世三日，能够感受到这份亲情的眷恋，对于他来说是最大的恩赐，他轻声道："晨曦，告诉哥哥你怎么来到了这里？""我想念哥哥，所以就偷偷跑出来找哥哥了。"小晨曦声音有些低，似乎害怕辰南责怪她。

辰南问道："你不是和雨馨姐姐走进古仙遗地百花谷了吗？难道你们出关了，她人在哪里？"晨曦道："没有，雨馨姐姐还没有出关。里面有好多好多漂亮的大宫殿，像天宫一般美丽，还有大片大片的花海，许多可爱的小动物，那里的天格外地蓝，那里的水格外地清。雨馨姐姐走进一间玉室之后闭关时，晨曦一个人在外面无聊，不小心迷路了，后来不知道怎么回事，就突然出现在了妖怪伯伯们的昆仑玄界中。我央求虎王小玉，是它把我送出来的。"

辰南很震惊，晨曦所说的话包含了很多重要的信息，古仙遗地似乎另成一片天地，那里远非他当初所见过的那般简单，雨馨在那里到底有着怎样的际遇呢？他关切地道："晨曦你怎么能偷偷跑出来呢？这样太危险了。"晨曦道："我想念哥哥……"一句话顿时让辰南无言，同时感觉心中一阵惭愧。他认为雨馨和晨曦不可能这么快从百花谷中走出，所以一直没有去昆仑玄界找她们，没有想到小晨曦已经提前出来。

从一开始到现在，辰南的目光一直聚焦在小晨曦的身上，现在他才看清不远处那个风华绝代的白衣丽人竟然是楚国大公主楚月，而在不远处的亭子中一头神骏的虎王正在对他龇牙咧嘴，正是小公主的坐骑小玉。楚月微微向辰南点了点头，见到如今的辰南，她方才脸色变了又变，直到现在才恢复平静。先前种种，令她不可能对辰南泰然处之。

辰南抱着晨曦走到楚月近前，道："公主殿下好久不见，玉体安好？"楚月本就天生丽质，容貌绝佳，自幼修习澹台派秘法，令她带着一股淡淡出尘的气质，再加上其公主身份，自然流露出威仪，真可谓一个风华绝代的佳人。她闻听辰南此话，不由自主向后退了几步。

辰南笑道："哈哈，大公主也有害怕的时候吗？唔，我一直很记挂你啊。我时常在想，何时在楚国皇宫开一个篝火大会呢？那片片宫殿，座座亭台，如果一起点燃，再架烤上一头巨龙，想来定然分外刺激。""你、你真是一个恶魔！"楚月心中一颤，她丝毫不会怀疑辰南的话语。

晨曦乖巧地道："哥哥，楚姐姐很好的，小玉飞到皇宫，赖着不走，在那里喝酒吃肉，这两天楚姐姐一直在陪着我玩。"辰南轻轻拍了拍小晨曦的背，而后对楚月笑道："开个玩笑而已，不要当真。我今天还有重要的事情，改天一定要去楚国皇宫走上一遭，到时候可能还要请公主多多破费。"楚月听得有些心惊，她可不会想象辰南只是单纯的做客那般简单。

辰南笑道："色虎每次见到我，都张牙舞爪，不怕我扒了你的皮做鞋垫吗？""大恶人，我早晚会打败你的！"虎王小玉在昆仑几位老妖的帮助下，已经能够化形和口吐人言。闻听它说话还带着奶声奶气的味道，辰南大感有趣，擒龙手一挥，将偌大的虎躯席卷了过来，而后以大法力强行将它拘禁到了小猫般大小，他伸出一只大手，狠狠地在它的虎脸上又捏又揉。虎王小玉道："谋杀啊，大恶人放开我，我和你势不两立！"

辰南大笑，带着小晨曦，冲天而起，快速消失在天际。晨曦疑惑道："哥哥我们要去哪里？"辰南本来是想去昆仑的，但现在已经没有必要了，一时间他也不知道去哪里。"哥哥你的家乡在哪里？你从来没有带我去过。"小晨曦娇憨地说道。

辰南心中一颤，天地之大，何处是我家？再世为人，哪里还算是他的家乡？他道："哥哥带你去一个特殊的地方，不过你不要害怕啊。""不怕，只要跟在哥哥的身旁，无论去哪里，晨曦都不害怕。"小晨曦一张小脸红彤彤，眼中闪烁着欢欣快乐的神采。

虽然晨曦体质特殊，不会为寒流冻伤，但辰南还是急忙涌动出金色的元气，将晨曦包裹在里面，将所有寒流都推拒在外。

"那好，我们去的那个地方，是哥哥命运的转折点，是一个极其特殊的所在，哥哥不知道未来的道路会怎样，现在有些迷茫，想去那里看一看。"辰南展开神王翼，带着小晨曦划过长空，如一颗流星一般，向着楚国西境快速飞去。莽莽群山在他们身下飞快倒退，大地上无数的城镇瞬间化为虚影。

半个时辰之后，辰南蓦然感觉到了一股浩瀚如海的力量在前方汹涌澎湃，整片天空都在摇动。辰南叹道："过去修为过低，还未察觉，现在看来，这里果真有着莫大的隐秘啊！""哥哥，这是什么地方？"小晨曦扑闪着大眼，好奇地打量着下方。

在皑皑白雪覆盖的大地之上，前方有一块地域，那里一片葱绿，这滔天的能量波动正是那片葱绿之地涌动上来的。辰南道："这里是强者的沉睡之地。"寒风呼啸，辰南带着小晨曦飞落而下，为了避免发生意外，他不愿再动用力量与那浩瀚如海般的能量波动相冲。

一个小镇坐落在前方，所有的房屋都覆盖着白雪，袅袅炊烟正在升腾而起，许多孩童在街道上跑来跑去，他们在打雪仗、堆雪人，一个个小脸通红，但却玩得格外快乐，让小镇看起来有一种独特的乡村温馨。

小晨曦看得有些心动，辰南对她道："去和他们一起玩吧。"晨曦羞怯道："我，他们又不认识我。"这个时候，那群孩童中有几个年纪稍微大一些、能有十三四岁的少年，看到辰南，他们忽然惊叫道："辰大哥是你吗？"辰南笑道："哈哈，你们这几个小鬼头居然还记得我。"少年道："当然，辰大哥当初可是每天都给邻居送些猎物的，我们几家多蒙辰大哥照顾了。"

小晨曦很快融入了那群孩子的游戏中，辰南则轻轻敲开了一家猎户的房门，在这里他又见到了那对善良的母子。当初，他从神墓中走出，举世无亲，一个人茫茫然，不知前路在何方，在飘泼大雨中昏倒在这个小镇上，正是这对母子收留了他。从神墓中复活而出，这里是辰南全新人生的起点，如今他终于有机会回来了。善良的母子二人见到辰南非常高兴，老大娘早就把他当成了半个儿子，热络地招待他，各种野味皆被端上了饭桌。

当辰南将小晨曦唤来时，老大娘更是笑得合不拢口，连夸小晨曦漂亮可爱。在老大娘的家中，辰南与小晨曦饱饱地吃了一顿美味，当然小晨曦只吃冰冻水果。而后他领着晨曦来到小镇西侧，沿着一条被大雪覆盖的蜿蜒小路向前走去，那是通往神墓的道路。

辰南惊异地发觉，如果他不御空飞行，根本感受不到那股磅礴如汪洋的力量。但是，一旦他试图飞行，都将有一股难以揣测的力量禁锢住他的身形。他吃惊不已，前方那神秘莫测的神魔陵园隐藏了太多的秘密，怪不得历经万年都依然长存于世。一个时辰之后，辰南带着小晨曦徒步而行，来到了这熟悉而又陌生的目的地。青碧翠绿的景物映入他们的眼帘，在这里一点也感觉不到冬季的寒冷。一片片高大的雪枫树郁郁葱葱，随着微风在轻轻摇曳，雪枫花瓣洁白无瑕，如雪花一般在空中漫漫飘洒。

"好漂亮啊，不过也好凄凉。"小晨曦仰着头，望着辰南，道，"哥哥，我感觉在这漂亮的花树中，有许多人在哭泣，但是我什么也看不到。"辰南点了点头，道："传说，那洁白无瑕的雪枫花，是神灵的眼泪，在述说着那曾经的悲伤，在讲述着那古老不为人知的秘辛，没有人能够听懂他们的心声，但却能够感受到他们的心绪。"小晨曦点了点头。

辰南领着她向里面走去，一路上鲜花芬芳，绿草铺地，不过看似繁花似锦，美若圣境般的墓园中，却总是笼罩着淡淡忧伤的气氛，让步入这里的人的心境也跟着有些凄然。穿过重重雪枫林，一座座高大的神魔墓碑终于出现在他们的眼前，那里并不阴森恐怖，反而荡漾着祥和圣洁的气息。现在，正是白日，远古神灵那不灭的强大神念幻化成的各种神祇，竟然在墓地中清晰可见，甚至能看到西方天使起舞，能听到东方仙子歌唱，整片陵园处在一种神圣的氛围之内。"哥哥这是……"小晨曦不自觉地攥紧了辰南的手。辰南安慰道："晨曦不要怕，这里没有人会伤害你。"

成片成片的高大墓碑矗立在陵园之内，这里是远古众多强大的神灵的安息之地！辰南领着小晨曦穿过一片片墓群，最后来到一块地势开阔的地方，仔细辨认了一番，那里似乎空着一座坟墓的空间。他神情有些激动，蹲下身来，用手轻轻抚摸着那片干硬的土地。这个时候，一个佝偻的身影，仿佛凭空幻化出一般，出现在神魔陵园的外围。那是一个满脸皮肤褶皱，身形单薄如竹竿般的老人，他颤颤巍巍地站在那里，凝视着辰南的背影。

辰南用手摸着那冰冷的地面，神情有些恍惚，这是多么不可思议的事情啊！一个人死去万年之久，竟然从这片墓群中复活，从这方泥土之下爬出！悠悠万载，恍若一梦，沧海桑田，人世浮沉，一梦醒来千古成空！昨日种种，却一一浮现在眼前，辰南声音有些嘶哑，对小晨曦道："知道吗？哥哥曾经在这里沉睡了万载，这个世上最不可思议的事情发生在了哥哥的身上。"

辰南从没有将小晨曦当小孩子看，因为她虽然经历的事情不多，但心智远较一般孩童成熟，是一个异常聪慧的小天使。小晨曦似懂非懂地问道："啊，这怎么可能，哥哥怎么会在这里沉睡了万载呢？"辰南坐在这方曾经深埋过他的土地上，开始对着小晨曦讲述万年前的种种，将心中所有的秘密都一一说了出来。许久许久之后，看到晨曦的小脸上满是震惊之色，他怜惜地摸了摸她的头，道："晨曦不是一般的孩子，所以哥哥忍不住将这些都告诉了你，现在你知道这个地方对于哥哥的意义了吧。"晨曦点头道："我知道了……"

抬眼望去，陵园内成片成片的高大神魔墓碑，显得格外庄严神圣，没有丝毫恐怖的韵味。那一道道淡淡的神灵虚影，在陵园内不断闪现，远古神魔那不灭的强大神念，历经万载依然如此执着，不过那也仅仅是残存的怨念罢了，早已没有什么完整的精神思感。远处，高大的雪枫树葱郁翠绿，随风轻轻摇动，洒落下漫天的洁白花瓣，让这闻名大陆的神魔陵园显得更加凄美神圣。

辰南蓦然转头，忽然发现陵园的外围，那里站立着一个异常苍老的老人，雪白的须发，褶皱的皮肤，摇摇欲倒的枯瘦身体，似乎一阵风吹来，他都会被卷飞。不过就在刹那间，辰南心中升腾起一股奇异的感应，那老人看似无比衰弱，但是他却产生了一股异常荒谬绝伦的错觉。古朴沧桑的气息，铺天盖地一般席卷整片空间，在辰南眼中那老人仿佛石化了，老人仿佛是一尊亘古就存在的石像。又像一座自古就矗立在这里的古老巨碑！上顶天下抵地，巍然不可撼动！

辰南用力甩了甩头，可怕的幻觉全部消失了，那里依然只有一个颤颤巍巍的老人，方才的远古巨碑石像早已烟消云散，这里依然是那笼罩着淡淡神圣气息的神魔陵园。辰南站起身来，拉着小晨曦的手，向着雪枫树前的老人走去。小晨曦好奇地打量着老人，一双黑宝石般的大眼，满是惊异之色。"见过前辈。"辰南对着老人深深施了一礼。小晨曦也很有礼貌地施礼道："老爷爷好！"

"呵呵，好。"老人慈祥地笑着，声音很苍老，他看着辰南，道，"年轻人我们又见面了，你和以前大不相同了。"辰南道："人总是会变的，多谢老人家当初的衣食住之恩。""这样的小事何足挂齿啊。"老人善意地笑着，不过满脸的皱纹根根跳动，样子看起来有些怪异。他冲着小晨曦招了招手，道："好可爱的孩子，今年几岁了？""五岁了。"小晨曦一点也不害怕，快乐地答道。

"真是一个活泼可爱的小仙子啊。"说话间，老人慢慢向前移动了两步，用如树皮般褶皱的右手摸了摸小晨曦的头，道，"孩子，我真诚地祝福你，愿你永世不被邪魔侵扰，这样可爱的小仙子，应该永远快快乐乐，所有邪恶的气息遇你都将避退。"小晨曦快乐而娇憨地谢道："谢谢老爷爷的祝福！"这个过程中，辰南始终密切关注着老人的手掌，心中万分紧张，现在的他早已非昔日刚爬出神墓的茫然少年，此刻他不可能再将这个守墓人看成一个风烛残年的老人，虽然在对方身上感觉不到丝毫修炼者的气息，但是本能的直觉告诉他这个老人绝非常人！

还好，老人仅仅慈爱地抚摸了一下晨曦的头，并没有任何让他心惊胆战的事情发生。可是，在老人收回手的刹那，辰南蓦然感觉到有什么变化发生在了小晨曦身上，他顿时惊出一身冷汗，不过睁开天目，仔细打量小晨曦，却什么也没有发觉到。老人似乎没觉察出什么，摇晃着佝偻的身体，向雪枫林中走去，道："年轻人你不应该来神魔陵园啊！"辰南心中惊骇，早已猜测到这个老人不是常人，现在更加肯定了！

"请前辈指点我！"辰南急忙跟进了雪枫林中。老人轻轻咳嗽了一声，一头神异的九色鹿出现在林内，高大雄健的鹿身布满了奇异的花纹，闪烁着各色夺目的光彩。"好漂亮的鹿儿。"小晨曦欢呼道。九色神鹿慢慢走到晨曦近前，忽然跪了下来，示意小晨曦坐到它的背上去，晨曦欢呼了一声，坐在了九色神鹿的背上，神鹿腾空而起，载着小晨曦跑进雪枫林深处。

守墓老人目送着九色鹿远去，道："有些事情不能让小孩子见到啊。"说罢，他掉转过身躯，面向着神魔陵园，整个人的气质在刹那间发生了改变，原本慈祥的神态渐渐收敛了，他对着辰南，道："随着你的到来，这神魔陵园都发生了变故。"随着他话音落毕，原本祥和神圣的陵园内，突然传出阵阵刺耳的尖啸，原本那一排排一片片巍然矗立的高大神魔墓碑，在这一刻皆突然剧烈晃动了起来，整片墓地猛烈摇动。

紧接着尖啸之音越来越密集，越来越凄厉，越来越惨厉，神魔陵园内响起一片如鬼哭狼嚎般的啸声，陵园内的土地开始裂开一道道巨大的裂缝，一只只残破的神魔手臂自地下伸了出来。随后，那声声凄厉的吼啸声音越来越大，最后竟然如同海啸一般，撼天动地！可怕的神吼、魔啸之音，仿佛要贯通天地，直达三界六道。

"轰隆隆！"成排的神魔墓碑在倒下，每一座坟墓都在剧烈颤动，关在地狱的恶鬼仿佛要冲出牢笼一般，大地在隆隆作响，在不断地震颤，所有死去的神魔，所有埋在地下的魂魄，似乎即将冲出，整片神魔陵园喧嚣震天！生死气息，神魔之气，无穷无尽，浩浩荡荡，快速冲腾而起，扩散到了这片天地的每一个角落。

神魔墓群中无尽的手爪在舞动，有的血肉模糊，有的白骨森森，宛如层层波浪在动荡，但却没有一具神魔的尸体冲出，看得出每一具神魔尸体都在挣扎，仿佛有一股巨大到难以想象的力量在禁锢着他们，使他们难以逃离各自的坟墓。

"这是怎么了？！"辰南震惊地看着神魔陵园中的乱象。"随着你的到来，这片陵园沸腾了。"守墓老人淡淡地道。"为什么会这样？！"辰南虽然在西方神魔陵园看到过这种恐怖的景象，但是那是因为拜将台的缘故，而这一次因为什么呢？难道真的如守墓老人所说的那样，是因为他？

"嗷吼嗷吼——"两声沉闷的咆哮过后，两块巨大的神魔墓碑被一股磅礴的力量撞击得冲天而起，那两座坟墓猛力摇动，砰的一声炸裂了开来。一个满头金发、高大威猛的西方男子，仰天怒吼，自坟墓中立身而起，胸部以上的身躯金光灿灿，不过胸腹之下的身躯却是一副骷髅骨。另一座坟墓中站立起的是一个东方人，如墨的黑发似乎还保持着活力的光泽，只是一张脸血肉模糊，胸腹间被洞穿了十八个可怖的血洞，浑身上下魔气缭绕，整个人透发着一股冲天的煞气！辰南吃惊无比，在西方之时曾有拜将台和镇魔石镇住了那些动乱的神魔尸体，现在有什么可以镇住沸腾的神魔陵园呢？难道这一切都是他引动的，他现在必须要快速退走吗？

"金发男子是当年西方的一个战神，不知道是第几代，名为凯撒。黑发男子是东方当年的一个魔头，名为傲苍天。这两人不是这块墓地最强的，但却是最能闹腾的。"守墓老人说得很轻松，似乎正在讲述一个无关紧要的故事一般。辰南对于他这种态度，暗暗惊骇不已，这可都是万年前的强者啊，这个老人居然漠然视之，居然用这种口气说话。"他们经常动乱？"辰南感觉自己的口舌有些发干。"也不是，每隔千年左右，或者遇上一些非常触因，就闹腾一次吧。唉，搅闹得这里不得安宁，实在让人烦不胜烦啊！"老人长叹着。

辰南使劲咽了一口唾沫，问道："那您是怎样做的呢，怎么才能让他们安静下来？""埋！"老人仅仅一个字，声音铿锵而有力，一点也不像一个老态龙钟之辈。而且这一个"埋"字，仿佛有着莫大的魔力，让人信服真有其事。因为，在老人"埋"字一出口，整片陵园恢复了短暂的平静。"嗷吼——"不过刹那平静之后，神魔陵园中再次沸腾，声声巨大的吼啸之音撼动天地，所有的坟墓都已经龟裂，陵园内巨大的裂缝纵横交错。这个时候，那个西方战神凯撒与东方魔头傲苍天已经出了坟墓。

"埋！"老人一声大喝，一脚迈入了神魔陵园中，原本摇动的大地立刻平稳了下来，一道道巨大的裂缝也在刹那间愈合。老人再次迈了一步，所有伸在坟墓外的残破手臂或骨爪全都被一股无可揣度的力量震回坟墓中。与此同时，凯撒与傲苍天也如醉酒一般，身形剧烈摇晃了几下，而后"扑通扑通"两声栽倒在尘埃中，摔进墓穴。一阵龙卷风呼啸而过，尘沙漫天，不过却没有让附近的植被沾染上分毫，漫天的沙土全部落在各个墓穴上，凯撒与傲苍天两个神魔的墓碑也从天而落，插回了原位，所有坟墓复归原样。辰南看得目瞪口呆！

守墓老人用力在神魔陵园内跺了一脚，一层朦胧的光辉快速笼罩了所有坟墓，最后消失在墓碑之上。

"呵呵。"守墓老人淡淡笑着道，"这些神魔早已灭亡，不过是剩下的一丝怨念在作乱而已，复活早已无望，也没有几丝神力了，镇压他们远没有你想象的那般不可思议，其实是很简单的一件事情。"辰南张口结舌，说不出话来了。很简单？这要看相对于谁来说啊！"前辈，你是不是知道，我是从这片陵园复活，走出去的？"辰南惊疑不定，最终下定决心说出了心中的疑问。这个老人实在太高深莫测了，他一定要问清楚，即便再被对方活埋进坟墓，他也在所不辞。

老人道："是啊，那天我在雪枫林中亲眼看到你自那座无名小坟中爬出，着实惊异无比啊！不知道这是何人的大手笔。"辰南感觉口干舌燥，有些头皮发麻地问道："当时你怎么没重新埋了我？""埋？呵呵……"老人笑了起来，道，"你魂魄重聚，灵识复归，虽然体内死气太多了，但毕竟生气还是稍稍比死气多一些，已经算是一个活人。我只埋死人，很少杀生。"辰南汗颜，感觉方才自己问问题的样子，有些傻乎乎地可爱。随后，他又一脸凝重之色，恭敬地向着老人深深施了一礼，道："前辈之大神通，简直让人无法想象！我想请教您，这片神魔陵园是您修建的吗？"

守墓老人目视神魔陵园摇了摇头，道："不是我。我也不知道这神魔陵园是何人所建。""您也不知道？"辰南感觉事情越来越复杂难明了。老人道："不知道啊。我一个糟老头子，哪有那么好的心情给死人修建陵园啊，就是要建也只为我自己建，管那些惹人厌的神魔干吗？"辰南使劲咽下一口唾液，道："那您是从何时开始常驻这里的？"

"大概有几千年了吧，到底是六千年还是七千年有些记不清了。唉，年纪大了，记性不太好用了。老而不死，想死也死不掉，真是让人痛苦啊！"守墓老人感叹着。辰南则擦了一把冷汗，这个老古董还真是跟寿星老一个性情——嫌命长。辰南又问道："那您为什么要待在这个地方呢？"老人悠哉地道："无聊啊，你看看这里环境多么优雅，四季如春，鲜花芬芳，绿草铺地，真可谓花香鸟语的祥和世界，我就喜欢这样冬暖夏凉的地方。而且，白天可以在这里看天使起舞，听东方仙子歌唱，看武神舞剑，这是多么惬意的事情啊！"

瀑布汗！真是变态恒久远，越活越变态！"仅仅是因为这些？"辰南绝不相信他的说辞。老人道："唉，其实我是想看看到底是何人修建了这座陵园，奈何在这里等了几千年也没有发现什么，闲时敲打敲打这些怨念不灭的神魔，倒也是一种打发时间的消遣。没有办法啊，老而不死，其实我很想长眠地下，这个世间，没有什么值得我眷恋。我曾经想自杀，将自己活埋在神魔陵园近千年，奈何就是死不了，最后还是被这些不安分的神魔吵醒了过来。"闻听这些话，辰南不自觉又擦了一把冷汗，只能感叹没有最变态，只有更变态！

辰南问道："前辈，我向您请教，您能否揣度出，我为什么会被埋在这里，您应该看出我前生可不是神魔之流啊！""我也很奇怪啊，你为什么会被埋在这里呢？我在这里守了几千年，一直觉得你就是一个死人，直到你复活后才注意到，一个奇迹悄然发生了。不过，你想那么多干吗？反正你活了，得到了莫大的好处。"老人漫不经心地说着，似乎是一件非常微不足道的事情。

辰南疑惑道："除了复活之外，我还得到什么好处了呢？"老人神秘地道："难道这还不够吗？魂飞魄散的人能够灵识重聚，已经算是莫大的机缘了。当然，好处可不仅仅是这一点点。你复活后，从这片陵园走出后，我曾经推演了一天一夜，得出安葬你的地点实在是这个神魔陵园的一处宝穴啊。以前我草率地认为那里是绝阴之穴，是最为不祥的地方，不过重新推演后才发现有人颠倒乾坤，逆乱阴阳，用瞒天过海之法，掩盖了真实情况，你的坟墓实乃此处第一宝穴啊！知道这些神魔尸体为何因你的到来而暴乱吗？因为你一个人得到了他们应该得到的好处啊。绝阴升阳，死之极尽便是生，难得啊，难得！"

辰南道："前辈难道您真的不能指点我一二吗？我想您肯定知道其中的隐秘。"老人淡淡地看了看他，道："怎么说呢，建造神魔陵园的人始终不出现，不知道他是不是已经陨落了。如果是这样，你平白无故得到了一件重宝啊，你身体内有两个光球，我想你自己应该清楚吧。这乃是神魔陵园孕育出的精粹啊。不过，如果修建神魔陵园的人出现，我看你有被人开膛破肚的危险，天宝已成，至于你，嘿嘿……"

辰南听得毛骨悚然，因为在这一刻老人的声音显得有些阴森恐怖，而那双原本混浊的双眼也变得寒气森森，整个人变得锋芒毕露。"放心吧，我这把老骨头，对这世间早已厌倦，对你体内的天宝并没有什么想法。"守墓老人又恢复成了老态龙钟的样子。过了片刻辰南又问道："前辈法力通天，必然经历过万年前那场不为人知的大劫，众多神魔齐灭，但您却仍然安然无恙。想必您一定知道，在那遥远的过去发生了什么吧？"

守墓老人很自然地摇了摇头，道："不知啊。我只看到无数强者陨落，但真的不知道发生了什么。当看到一具具神魔的尸体坠落在我身前时，我当时当真是欣喜万分，以为终于可以解脱了。但没有想到，那股毁天灭地般的力量将我吞没之后，我依然安然无恙地活了下来。一道道巨大光束对我轰杀不断，我被打进地壳数千丈之下的岩浆中，又被轰入大洋之下的极限冰层，最后又被轰飞进天界，我看到高山在崩塌，我看到大地在崩碎，我看到海洋在干涸，一座座神山如纸糊的一般，瞬间灰飞烟灭。但，我就是死不了，真是让人失望透顶！"

听老人的话语，他似乎真的很希望自己死去，他接着道："最后，我被七八道贯通天地的神光又打回了人间，手忙脚乱中我似乎把一个怪物的脚扭碎了。唉，有些遗憾，我没看清那个怪物长什么样子。唉，失望啊，失望！我以为能被杀死呢，想就此解脱，真是无趣，居然好好地活了下来。失望透顶！"

瀑布汗！辰南满脑门子黑线，这个老家伙真是变态到无以复加的地步了，他可以肯定这个老家伙绝对是自娱自乐地调侃，真实情况恐怕仅能用惨烈到极点来形容了。万年前看来真的是发生了逆乱乾坤的特大天灾！但是，这个老古董一副漫不经心的样子，似乎不愿意述说出来。

"人生真是无趣啊！"守墓老人如是感慨。看得辰南真想暴扁他一顿，这个老古董还真能装，不用想也知道老古董在万年前定然和人打了个天崩地裂，经历了险死还生的旷世大决战，那肯定是一场难以言表的天地大动乱，但是这个老古董却一副轻描淡写的样子，实在是气人！

辰南道："我知道前辈看淡了人世浮沉，世间一切都已难入您心怀，但是您就不能多少给我一些指点吗？""我就是一个糟老头子而已，其实远没有你想象的那般厉害，有些人肯定能够杀死我，但是他们不来杀我，我也只能无趣地活下去。实在没什么可指点你的，不过你从神墓中复活而出，希望不要又因神墓而终。你走吧，最好不要轻易来神墓。我也要离开神墓了。"说到最后，守墓老人又开始重复让辰南感觉抓狂的话语："人生真是无趣啊，想死都不行，失望啊！"说话间，老人几个闪灭，消失在了雪枫林的深处。

辰南目瞪口呆，好不容易见到一个近乎变态的老古董，他居然又要消失了。他急忙展开神王翼，快速冲进了雪枫林深处，猛烈的劲风摇落一地雪枫花，他却连老人的背影都未看到。"哥哥！"小晨曦蹦蹦跳跳地跑了过来，道，"哥哥，那头九色鹿消失不见了。咦，那位老爷爷呢？"

辰南道："老爷爷走了，我们也走吧。"从雪枫林出来，辰南远远地看到了那几间熟悉的茅屋，那是守墓老人的居住之所。他心中一动，领着小晨曦走了过去，推开房门，里面很空旷，只有简单的桌椅与床铺，其他什么也没有。不过，辰南在桌面上发现了一行字，那是用指力划刻而成的：神墓逆乱阴阳！

"走吧。"辰南拉着小晨曦走出了茅屋，远离那里后抱着她腾空而起。小晨曦问道："哥哥，我们现在去哪里？"辰南道："哥哥把你送回昆仑，哥哥将要去做一件大事！""哥哥又要离开我了吗？我想跟哥哥在一起。"小晨曦的话语有些低落。辰南解释道："晨曦，哥哥要去做的事情很危险，不能将你带在身边。一个盖世大魔王要出世了，我怕到时不能照应到你。"

辰南带着晨曦一路东飞，已经远离神魔陵园千里之遥。就在这个时候，他忽然感觉有些不对劲，发现对面有数十条人影快速飞来。他立刻止住了身形，静静打量这些人。"天使？"辰南双眼瞳孔一阵收缩，这毕竟是天界的神灵，他不得不警惕。十几个天使容貌俊美，金色的长发，洁白的羽翼，如雪的长袍，让他们看起来高贵而又圣洁。

真正让辰南注意的是，他们每一个人都有三对羽翼，都是高阶的天使。这可以说是一队实力不容小觑的组合，但是西方的天使向来不敢轻易进入东方，今日为何一下子来了这么多呢？这让辰南有些不解。这些天使看到辰南他们能够御空而行，多少有些吃惊，不过他们当中有些人依然高傲地喊道："前方的低等生物速速闪开，不要阻挡高贵的神灵！"

辰南被气乐了，笑道："所谓的高贵神灵，不会都是一些不通人情世故的愣头青吧，说话不要这么愣好不好？今天我就站在这里不躲开，你们能奈我何？！""小小的六阶修者也敢螳臂当车？哼！"居中的那名天使冷冷喝道，"杀了他们！"旁边一名天使闻听命令，快若闪电一般向前冲来，眼中是毫不掩饰的轻蔑之色。

辰南可不想让小晨曦看到血腥的画面，在天使冲到的刹那，他把晨曦送进了内天地，而后一道绚烂的刀芒直冲云霄，大龙刀力劈而下。"噗"，血花迸溅，人头滚落，天使的死尸坠落而下，漫天的血雨在纷洒。"上当了，不是六阶修者，是七阶的武者！你已经有了破碎虚空的能力，为何还驻留在人间。"居中的那名天使眼睛都在喷火。如果不是刚才那名高阶天使太过轻敌，绝不可能让辰南像切大萝卜一般，一下就斩下头颅。

辰南冷笑道："你管得太多了！"一股冷冽的杀气自辰南身上爆发开来，瞬间遮笼了这片天空。十几名天使大吃一惊，所有人的目光都集中在他手中的断刀，与背后那对突兀显现而出的神王翼之上。天使惊异道："你不会是那个大闹天界，反到人间的辰南吧？""答对了！"辰南的声音很冰冷。

十几名天使立时感觉大事不妙，今日竟然冲撞了传说中血战天界的煞星！这些天使相互看了一眼，决定分散逃走，他们都没有想到和解。因为，在天界辰南已经被传为一个无恶不作的魔王，根本是无道理可讲。"不许逃走，你们是知道的，我有神王翼在身，谁敢先动，我就先追杀谁，定然让他形神俱灭！"森森话语响在这些天使的耳中，如同来自地狱的夺命之音一般，十几人真的没有一人敢先动。

"哈哈！"辰南放声大笑，这些天使羞愧得无地自容。经过一番盘问，辰南得知他们奉魔神命追随刚刚复活的两位血天使，通过魔神祭台来躲避天罚而下界击杀圣战天使。血天使是西方天界战力第一的天使。"什么，那两个混账血天使在哪里？"辰南一阵焦急。天使回答道："就在百里外的一片山脉中。"辰南又问道："你们为何慌张地想逃回西土？"天使道："因为我们在那里，除了遇到圣战天使外，还遇到了一个东土的神王，我们并不占上风，只能……"辰南不想再细问了，他感觉时间非常紧迫，身化一道长虹，如一颗划空而过的流星一般，快速消失在天际的尽头。十几名天使近乎虚脱了，出了一身冷汗，而后再也不敢停留，快速向着西方飞去。

辰南划破长空，百里之遥瞬间而至，在前方那片连绵不绝的山脉中，此刻隆隆巨响不断，可以看到那里血光冲天，片刻间数座巨峰已经轰然崩塌，可以想象那里的大战有多么激烈！辰南左手裂空剑，右手大龙刀，快速冲进了那乱石穿空，杀气冲天的大战之地。大山中两名血天使纵横于天地间，他们血发血眸血袍，周身上下一片血红，就连背后那一对羽翼也是可怕的猩红色，似乎随时会滴出鲜血。

两个堪比主神的西方天界强者，此刻正在围绕着一个黑发黑眸，身材魁伟的高大男子，激战不休。那名东方男子独战两名血天使，竟然渐渐露出了压倒性的优势，五个巨大的魔窟浮现在他的周围，不断吞噬掉两名血天使比拟主神般的狂猛攻击术法，同时高大男子双手不断打出一道道撕裂空间的掌力。高山在三大强者的交锋下，不断轰塌，大山内尘沙弥漫，杀气冲天！

辰南大吃一惊，大战两名血天使的人，竟然是大魔！随后，他发现不远处的一座山峰之上，一个风华绝代，金发黑眸的绝色女子，亭亭玉立地站在那里，随着山风的吹动，白色衣衫随风舞动，她仿佛随时会乘风而去。辰南大吃一惊，他在那名女子的身上感应到了纳兰若水的气息，不过却多了一种非常陌生的感觉。如果那名女子真是纳兰若水，她的容貌可谓变化太大了，现在完美的脸颊一点也找不到原来的影子，唯有那如秋水般的眸子还一如往昔。"转世圣战天使，她圣化了！"辰南喃喃自语道。

第五章

邪魔乱世

虽然辰南早已知道纳兰若水为转世圣战天使，但没有想到变化这么大，纳兰若水竟然真的圣化了，容貌和以前完全不一样，雪白的肌肤如凝脂美玉一般闪烁着动人的光泽，比以前更加漂亮，近乎完美。原本乌黑亮丽的秀发，现在已经变成了如太阳一般耀眼的金色，若不是那如秋水般的眸子，还保留着一分从前的恬淡，还透露着丝丝熟悉的韵味，辰南几乎认不出她了。不过，纳兰若水原本漆黑的眸子，在偶尔转动间也会流露出淡淡金光，那璀璨神芒凌厉无比，望之心神剧震。

辰南一阵吃惊，圣化还未完成，当她彻底圣化完毕，她还是原来的纳兰若水吗？无论是从容貌看，还是从渐渐转变的气质看，她都更像一个全新的人！难道她真的将要彻底化身成西方天界战力无匹的圣战天使吗？

此时此刻，大魔与两位血天使的大战进入了白热化。血天使傲视西方天界，他们属于魔神一方，是强大的神族之一，与天界主神平起平坐，但数量异常稀少，这一神族全盛时期也不超过十人。万年来大战爆发不断，血天使近乎灭族，近几年数位强大的魔神，费尽心机才在魔神祭台复活两个死去千年之久的血天使，短短的两年间两位血天使战力快速恢复至神王之境。与魔神一系对立的智慧女神等皆心中震动，开始密谋复活与血天使世代为死敌的圣战天使一族。

圣战天使与血天使并称于西方天界，号称近乎超越主神的强势神族，战力无可匹敌。不过他们所属阵营不同，世代皆为死敌。智慧女神等主神并没有在天界找到任何一具圣战天使的尸体，不过却在主神祭台意外感应到当年陨落在东土的一位强大的圣战天使转世复活了。传说，这种靠自身灵力逆转阴阳复活的人，比之诸多主神联手在祭台召唤魂魄而复活的圣战天使更加强大！

智慧女神等人得知这个消息后，心中之喜可想而知，虽然仅仅是一名圣战天使，但却有可能抵得上两名血天使联手之力。他们几次用巨型法阵召唤圣战天使进入天界，但都因种种原因而失败了。西方魔神一系，得知这个消息后，两名血天使立即下界，想要在人间击杀还没有完全觉醒的圣战天使，永久地除去大患！但是，他们实在不够幸运，刚刚寻觅到圣战天使，就遇到了突然赶至的煞星，大魔杀得他们心惊胆战。

五阴魔狱五个巨大的魔窟能够吞噬一切力量，他们震惊天界的战力，不能占到丝毫上风。所有的术法攻击，全部都被吞噬，唯有二人联手施展"血漫天地"，让能够弑杀神魔的死亡血光照耀天地间，方可抵住那五个巨大的魔窟！天地间血茫茫一片，所过之处高山崩塌，虚空破碎，更不要说大山间的各种生物，触之便骨碎肉烂，化为血水融入血光中。不过漫天的死亡之光却无法湮灭五个巨大的魔窟，那五个黑森森的洞穴，宛如连接着冥界，不断吞噬血光！同时将降下的天罚雷光也全部吸收！

两名血天使毕竟刚刚复活两年而已，他们远远没有达到当年的巅峰状态，现在不过神王初级境界。随着大魔一声撼动天地的狂吼："五狱合一！"高空之上，五个巨大的魔窟快速冲向一起，五大魔窟合并在一起，形成一个方圆百丈大小的巨大黑洞，透发着刺骨的森冷气息，如汪洋中的巨大海眼一般，疯狂旋转起来，不断吞噬天地间的血光。

两名血天使并非不知道进退，他们知道想要战胜这个东土少见的强者，以他们现在的修为来说根本不可能，二人冲天而起，想要逃向西方。不过，大魔决意灭杀他们，巨大的魔狱当空笼罩而下，将两名血天使快速吞噬。"啊……"高空之上响起凄厉的号叫，血雨狂洒，两名血天使周身被魔狱吞噬得皮开肉绽，到处都是深可见骨的恐怖伤口，全身筋脉与骨骼近乎破碎。

舍得，舍得，有舍才能得，在这一刻他们相互看了一眼，做出了壮士断腕的决定。两道血色光影从他们的身体内飘出，快速逃离出巨大的魔狱，如两道光影一般向着西方逃去。"哪里逃？！"大魔狂吼一声，乱发飞扬，眼中透发出无尽的杀意，漫天都是冷入骨髓的杀气。

巨大的魔狱像丢垃圾一般舍弃了两个血天使的残躯，连连破碎虚空，瞬间笼罩在两道血魂的上方，而后疯狂地将他们吞噬了进去。"啊……"凄厉的惨叫响遍天际。西方天界，几个魔神站在魔神祭台旁边，双目喷火地盯着一个巨大的水晶球，大魔灭杀两名血天使的过程清晰地映入他们的眼中。

"砰！"水晶球炸碎了，暗黑魔神狂暴地嘶吼道："那个该死的家伙是谁？！我要下界亲手杀了他！"冥神略微思索了片刻，随后露出吃惊的神色，道："似乎像极了数千年前那个杀死了转世双子血皇的东土守护者！"

东土人间，大魔的五阴魔狱渐渐变淡，高空中凄厉的惨叫之声消失了，两名堪比神王的血天使魂飞魄散！然而就在这时，大魔突然痛苦地抱住了头，用力撕扯着自己的长发，仰天狂怒地喊道："啊，你们还没有死？！"他状若疯狂，一对铁拳用力捶打自己的头颅，面目无比狰狞，而后狂啸着朝着下方一座巨山撞去。"砰！"乱石迸射。大魔将一座山巅都撞塌了。高大的身影在山峰之上不断翻滚，发出阵阵骇人的嘶吼，他似乎在忍受着极大的痛苦。

辰南惊异地发觉，大魔的双眼竟然不断在黑色与血红之间转变，神情极其狰狞恐怖，他在大山中横冲直撞，连连打碎了三座山峰。待到最后，大魔发出一声如野兽般的咆哮，直震得这片山脉都跟着连连颤动，他昂然立于一座断山之上，两只眼睛闪烁着不同的光彩。他的右眼神光湛湛，一片清明；左眼血红发亮，凶残狠戾，皆射出一丈多长的实质化锋芒。而头上的发丝也同样分为两色，右边乌黑如墨，左边鲜红欲滴。

辰南暗暗担心：大魔又陷入了疯狂之境，难道他体内的妖道魂魄还没有完全炼化吗？"哈哈！"刺耳的疯狂大笑响遍群山，大魔口中发出阴森森的声音，道，"我们血族双皇终于又重见天日了！"紧接着大魔口中又发出了愤怒的咆哮声："你们两个为什么还没有死？我早已炼化了你们的魂魄！"另一道声音狰狞笑道："血天使哪有那么容易死去，只要有血液滋养，我们的魂魄永远不会真正消散，我们始终游离在你的血液中！今日，我们的后代洒下的鲜血，迸溅在了你的身上，彻底激活了我们的灵魂，让我们再次重见天日！"

纳兰若水一直在远空，没有接近。而辰南始终跟在大魔不远处，现在听到这些话，大吃一惊。大魔的体内竟然有三个魂魄，他们在共用一个身体！随着三个魂魄愤怒的咆哮与争吵，辰南得知了一宗埋藏了数千年的秘密。数千年前，大魔所斩杀的妖道弟兄，竟然是在东方陨落的双子血皇转世真身！

双子血皇乃是西方天界血天使一族当中最可怕的两名强者，他们为孪生兄弟，实力之强横，主神都要避退，号称无限接近于帝皇之境的神！不过，却在数千年前的一场东西方大动乱中，被围杀于东土人间界。但是，他们实力之强横无法想象，不过百年光阴，便重聚魂魄，转生于东土。他们一边残害万千生灵，继续修习血族大法，一边研习东土道术，提升修为。只是，他们残害过多生灵，引得天怒人怨，结下无数仇敌，不断被隐修在人间的绝顶高手联合围剿。

当他们实在无法在人间待下去时，决定破碎虚空进入天界，不过实在不够幸运，号称东土守护者的大魔杀至，将两个远未恢复至巅峰之境的血族强者击毙。不过，大魔也被双子血皇中的一位偷袭致死。只是，三人都是实力超绝之辈，一丝灵识始终不灭，共存于大魔的体内，数千年纠缠不断，最后终于都再次复苏。

双子血皇喊道："大魔，从你灵魂来看，你虽然是非常人，但如果不是那个不断给你托梦的老杂毛压制了我们的灵力，上次被炼化的将是你！"大魔叫道："你们两个无恶不作的血妖，少要为自己脸上贴金，我师父不过是将我唤醒而已，从未给我输送过灵力来镇压你们。""嘿嘿！"双子血皇阴冷地笑着，道，"那好，今天我们就炼化你，让你知道完全觉醒的我们，到底比你高出多少个等阶！"

"嗷吼——"也不知道是大魔还是双子血皇发出的咆哮，声震九霄，那个高大的身躯又开始在山脉中横冲直撞起来。显然，三个魂魄开始在大魔体内，激烈厮杀了起来，这种拼斗当真是在搏命，比之正常的打斗还要凶险百倍。只是仅仅片刻，打斗便停息了。

魁伟的身躯站在一座山巅，双子血皇残酷、冰冷的声音在大山内不断回荡："险些误了大事，资质绝佳的血天使之躯，等待着我们去入主，错过时间岂不是暴殄天物。大魔，今日先饶你一命，不过他日你会死得更惨，血族灵魂配上血族之躯，我们定然会在最短的时间恢复到巅峰状态，你静等死亡吧！不过，今日真要感谢你赠送给我们的大礼，嘿嘿。"

阴冷而残酷的笑声不断回荡在群山间。两道血光自大魔体内飘出，煞气直冲霄汉，比之方才的那两名血天使的魂魄强大许多，他们如两道虹光一般向着崩塌的一座大山冲去。而大魔似乎精神有些恍惚，还未恢复清明。辰南大叫了一声不好，展开神王翼，风驰电掣，快速跟进。

当他飞过纳兰若水所站立的山峰之时，那个绝美的金发女子依然静静地站在那里，如泥塑木雕般一动不动，任那山风吹得她身上的白裙猎猎作响。辰南惊诧地看了她一眼，不过现在不是交谈的时候，他手持大龙刀与裂空剑，与那两道血光同步冲到了断山近前。

两名血天使的尸体，仰躺在乱石间，浑身上下鲜血淋漓，一道道可怖的伤口深可见骨，那是被五阴魔狱生生撕裂的，各自的血翼更是几乎被连根拔起，几道骇人的伤口布满在腹背处。这只是表面的伤痕，其内部的伤势更加严重，五阴魔狱内的恐怖力量，几乎将他们的五脏六腑都搅碎了。不过，对于双子血皇来说，这算不得什么，只要还有鲜血滋养他们就不会死去。这是他们的后辈子孙，身体与他们的灵魂将能够更好地契合，修复残破的身体，恢复到前世的巅峰境界，指日可待。

两道血光闪现，双子血皇的灵魂，分别钻进了两具尸体之内。在双子血皇喜悦地感受新身体时，辰南同步到位，两只大脚用力踩在了他们头颅之上，直欲将他们踩爆。双子血皇睁开双眼的刹那，气得头顶直冒白烟，险些背过气去，两只大脚就那样肆无忌惮地踩在他们的脸上，双皇何曾受到过这样的侮辱啊！与此同时，双子血皇感觉胸腹间阵阵剧痛，疼痛让他们险些昏死过去。踩在他们脸上的家伙，正用一刀一剑狠狠地在他们身躯上狂剁，这简直是令人发指的虐杀啊，即便强如他们，在灵魂与这两具肉体合在一起后，也忍受不了这种剧痛。

"啊，气煞我也，小辈你要气死我了！"双子血皇气得一佛出世，二佛升天，简直要咬碎了满口钢牙，居然被一个人类青年大模大样地用一双大脚狂踩脸颊，同时对方正在用两把绝世凶兵在他们刚得到的身体上"忙碌"着，原本就残破的身躯现在几乎快被肢解了！

大龙刀与裂空剑将双子血皇斩得血肉模糊，不过两大强者毕竟是非常人，尽管元气大伤，离巅峰境界相差甚远，但是掌控身体的一刹那，他们立即涌动出一股滔天的血芒，竭尽全力抗击两件绝世神兵的劈砍。辰南发现竟然砍不动了，眼看就要将两个血皇腰斩，但现在功亏一篑。插在双子血皇身体内的大龙刀与裂空剑，像被钢钳狠狠地叼住了一般，再也难以撼动分毫。他一声大喝，生猛地抡动双臂将两位血皇挑了起来，而后猛力地抡着他们，在空中击撞在一起。

"砰！"对于双子血皇来说，今日所发生的一切绝对是莫大的耻辱。这个时候，他们的灵魂终于完全和身体契合了，两声厉啸响彻天地间，二人身化两道血光，各自向下拍出了一掌，摆脱了神兵的束缚，腾空而起，冲向了虚空。两股浩瀚如海般的力量，向着辰南铺天盖地般挤压而来，断山轰然崩塌，大地也在崩碎，辰南被生生击入了地下，无数万钧巨石将他埋在了下面。不过有玄武甲护身，他并未遭到太大的伤害，一声清啸自乱石堆下传出，大龙刀与裂空剑杀气直冲霄汉，他快速向着两位血皇冲去。

此刻，血天使当中的两位皇者鼻子都气歪了，他们的上半身与下半身不过一层皮肉还相连着，几乎已经被腰斩了。好在血族生命力最为强悍，他们不惜耗费元气，以莫大的神通强行接续骨肉筋脉，让将要断裂的两截身体好不容易粘连在一起。不过要想彻底修复好两具血天使的身体还需要耗费大量的元气与时间。他们发出两声令人头皮发麻的啸音，而后恶狠狠地扑向辰南，不杀辰南他们心中无法咽下这憋屈的郁闷之气。

血漫天地，无尽的血光遮笼在这片山脉中，天地间一片血茫茫，这血光比之方才的两名血天使强盛太多了！方圆数十里的大山内，所有的生物都被剥夺了生命，即便深埋地下冬眠的蛇鼠之类，也在第一时间骨烂形销，化为血水融入血光。天雷轰降而下，不过血光之威撼天动地，将所有天雷都吞没了，天罚根本无可奈何！逆天强势，破坏了天地法则！血光中一具具恶灵在哀号，无数的骨爪在舞动，那是过去被双子血皇击杀的万千生灵，他们的魂魄烙印始终被禁锢在血皇的灵魂深处。鬼哭狼嚎，凄厉的惨叫之声，像一把锋利无比的魔剑，直指辰南心海。好在他的神识修为够深，没有被这魔音侵扰。

辰南面露异常凝重之色，他收起了大龙刀与裂空剑，将后羿弓控在了手中。几件瑰宝，只有这一件融入了他的身体，和他将要彻底契合，现在唯有这件神兵威力最大。玄武甲也闪烁着金属特有的光泽，阵阵璀璨青光将辰南笼罩在里面，抵御着号称能够吞噬神魔的血光。辰南展开神王翼，不断开弓射箭，一道道如虹的箭芒在两个血天使周围不断炸裂，他还不想动用染血的神箭，在等待大魔过来帮忙，不然以他的实力来说根本无法独战两大神王高手。

就在这个时候，立在绝巅之上的纳兰若水，仿似从深度睡眠中醒转过来了一般，双眼射出两道灿灿金光，一股磅礴圣洁的气息浩浩荡荡蔓延了开来，瞬间将她周围的血光冲散了。一个如天籁般的声音回响在大山中，冷冽无比，带着淡淡杀气："传说中的双子血皇，你们是我圣战一族的宿敌，今日定要斩杀你们。"

金色光华涌动，圣战天使纳兰若水化作一道金芒冲了过来，一把长达数十丈的炽烈神剑出现在她的手中，狠狠向着一名血皇力劈而去。"嘿嘿！"那名血皇阴冷地笑着，"你们祖上最强大的圣战天使都被我们灭杀了，你们这一族几乎被我们灭族，你不过是一名小小的后辈而已，想送死就来吧！"虽然这样说，但血皇却丝毫不敢大意，毕竟元气大伤，同时这个转世的圣战天使涌动出的力量多少让他有些不安，他感觉到了敌人的强大。

"若水……"辰南轻轻呼唤了一声。纳兰若水轻轻向他点了点头，不过却什么也没有说，辰南感觉这个女子熟悉而又陌生，不知道她完全圣化后会变成什么样子。与此同时，大山内一声直上九霄的吼啸传来，笼罩在天地间的血光似乎都被冲淡了一些。大魔恢复了清明，高大的身躯，荡着阵阵魔气，快速冲了过来。

"哈哈！"双子血皇并不惊慌，反而放声大笑了起来，"不要说你们三人，就是来再多的人围攻，我们也无所畏惧。今日我们的血皇魂魄已经完全苏醒，虽然在力量强度上还有欠缺，但是觉醒的血皇拥有这个世上让所有神魔羡慕的血脉，足以让我们晋升至不死境界。你们杀不死我们，我们却能够重创你们，我看你们如何收场！"

大魔没有任何废话，直接五狱合一，一个巨大魔窟笼罩在高空，向着两名血皇吞噬而去。不过漫天的血光撑住了那黑森森的洞窟，令它无法再进一步靠近。纳兰若水真正再现了圣战天使的辉煌，周身上下金色元气汹涌澎湃，如一道金光一般与一名血皇大战在一起。大魔也冲向了另一名血皇，两对厮杀得异常惨烈。

辰南知道是时候动手了，封在内天地当中的射日箭被他取出，而后他咬破中指，血箭被搭在后羿神弓之上，他要让狂妄不可一世的血皇明白，这个世上有一类人的血脉比他们的不死血脉还要霸道！他首先将染血的射日神箭对准了与纳兰若水激战的血皇，不过最终他又掉转了方向，毕竟大魔异常强悍，如果现在将他的对手重创，那么他极有可能会立刻灭掉对手。

一声凄厉的啸音划破了长空，一道长达百丈的血芒逆空而上，浩荡起的元气波动如汪洋在翻涌一般。双子血皇布下的漫天血光，竟然被这更加炽烈的血芒撕裂了，撼天动地的一箭仿佛逆乱时空而来，快得让人难以把握！同时阵阵凄厉的吼啸跟在神箭之后，无数的神魔骸骨浩浩荡荡跟随在血箭之后，宛如地狱的魔神大军君临大地一般，所有神魔皆狂吼着，万千神魔齐咆哮，声势骇人至极！高空下的一座座大山，在这股如汪洋般的元气剧烈波动下，一座接着一座轰然爆碎，乱石穿空，激起漫天的尘沙。

"噗！"血光迸溅，射日箭狠狠地插入血皇的胸膛，他满脸不相信的神色，随后爆发出一声凄厉的惨叫。大魔双眼中煞气暴射，五阴魔狱当空笼罩而下，五狱合一，一个巨大的魔窟生生将血皇吞噬到了洞口。不过，血皇仍然满脸不相信的神色，暴怒道："竟然比我们的血脉还要霸道，这是属于哪一族的血脉？"在他愤怒而不甘的凄厉吼啸声中，他的半截身子炸裂开来，胸腹以上还保持完好，胸腹以下的残破躯体，瞬间就被魔窟吞噬了进去。射日箭回返辰南手中。血皇运气实在太差，本就元气大伤，又遭后羿神弓射杀，被更为霸道的鲜血噬身，此刻他的魂魄被重创！

大魔一声狂吼，巨大的魔窟彻底将那重伤的血皇吞噬了进去。"大魔你杀不死我，即便被你封印进这魔窟又如何？我早晚会破印而出！"血皇不甘心地咆哮着，但随着魔狱关闭，他的声音彻底消失了。只剩下一名血皇，辰南已经没有必要再浪费鲜血了，他冲天而起，快速来到了那个近乎发狂，想要营救自己兄弟的血皇近前。

"若水接剑！"裂空剑被传到了纳兰若水的手中，辰南则持大龙刀，刀剑相映，激发出冲天的神芒，二人联手杀向血皇。纳兰若水主防，不断破碎那道道如水波般涌动而来的血光。辰南主攻，大龙刀斩破虚空，炽烈的光芒在空中交织成一片光网，将不可一世的血皇笼罩在里面。攻守兼备，二人配合甚是默契。与此同时，大魔也杀了过来。

"你们等着，等我恢复至巅峰境界，我要杀光你们所有人！"血皇并不是不知道进退，他独木难支，如果再耽搁下去，他不担心被彻底灭杀，但难保不会被封印。"轰"一声巨响，漫天血光炽烈无比，耀得人睁不开双眼，血皇化作一道血影，直直向地面冲去，血光一闪没入了地下。辰南想要追击，但被大魔阻止了。大魔道："不要追了，这是血天使一族极其耗费元气的逃命大法，他已经血遁千里之外去了。"

大山内恢复了平静，断山碎岭，一派末日浩劫般的景象。大魔首先打破平静，道："虽然将一个血皇封印在了魔狱内，但却是一件让人头痛的事情，他与血天使的躯体契合后，果真无法彻底炼化。"

"留着他早晚是大患，除非有神皇魔帝般的力量，才能真正让他魂飞魄散。"辰南说到这里，停顿了片刻，道，"你如果想灭杀他，三日后将他送到澹台圣地，我将有大用！""我知道你要干什么！"大魔双目中神光暴现，道，"我不会阻止你，因为那个魔君出世是早晚的事情，没有人能够阻止，三日后我会前去的，血皇会被当作开启绝杀大阵的祭礼！"说罢，大魔腾空而去。两人几句话已经决定了血皇的命运。

"若水……"辰南轻唤纳兰若水的名字。眼前的丽人风姿绝世，已然没有往昔半点影迹，金色的长发随风拂动，雪白的肌肤如凝脂美玉，一双黑色的眸子隐约间也闪烁出阵阵金色光华，婀娜的身躯背后是一对玉质化的羽翼。纳兰若水轻轻地道："不要多说什么，让我们心中都保留一份美好的回忆吧。"辰南一阵无言。

天地间一下子静了下来，此时此景，有着一丝淡淡忧伤的气息。"也许下次相见，我们就是仇敌。"纳兰若水有些苦涩地道。辰南惊道："这不可能，我们怎么可能会成为仇敌呢？！"纳兰若水道："没有什么不可能，我已经不是原来的我，我是——圣战天使！我将为西方天界而战！在即将动乱的天地中，没有人能够把握自己的命运，也许下次相见，我们就成了生死对立的仇人。希望到时候你不要因心软而被我错杀。我已经不是原来的我，我是西方天界战力无匹的圣战天使！"

"你虽然已经是圣战天使，但你还依然是纳兰若水！"辰南乱发飞扬，长刀向天，大声吼道，"你凭什么要将自己的命运交给别人？！天界的那帮主神算得了什么？如果给我足够的时间，早晚有一天我能够一刀一个，将他们劈了！"纳兰若水有些感伤地道："许多事情，都将成为我心中最美好的回忆，我将永远记在心间，永不忘怀。"纳兰若水轻展一对圣洁的羽翼，向着远空飞去，白色衣裙随风舞动，如同一幅最美丽的画卷嵌在空中。"三日后，我也会去澹台圣地，到时候我会帮你的。"她带着淡淡伤感的话语远远传来。辰南大声喊道："我也会帮你的，我会砍下天界那帮主神的头颅。"

半日后，辰南出现在昆仑玄界内，这里飞瀑流泉，花树成片，小桥流水，亭台楼阁，美得如同圣境一般。"咦，臭败类你怎么来了？"一年多未见，美丽出尘，如精灵、似仙子般的小公主楚钰，更加漂亮了，真有一股颠倒众生的魅力。"咚！"辰南毫不客气，对着她的额头就敲了一记。

"哎哟！"小公主手抚额头，痛得眼泪差点流出来，气愤地叫道，"臭败类还敢冒犯我，我和你没完，你知道我是谁吗？我现在是昆仑妖族的大统领，小妖们给我出来，将这个胆大包天的混蛋给我抓住。"呼啦一声，一群大小妖怪快速冲了过来将辰南团团包围，不过待到看清是谁后，所有妖怪又都连连后退。"小麻烦姐姐……"晨曦被辰南从内天地当中抱了出来。小公主道："小晨曦快来我这里，远离那个坏蛋。"

经过他们这一番吵闹，昆仑的老妖怪们被惊动了，端木第一个冲来，先是和蔼地对着小晨曦笑了笑，而后一把揪住了辰南的衣领，近乎咆哮般地吼道："混账小子你把小凤凰丢在哪里了，你是不是不顾她的安危，将她扔在天界了？"紧接着魔蛙、罗森、泥人相继赶到，望向辰南的眼光都不善。

"打住！我可是一点都没有亏待那个小家伙，我在天界给她找了个名师，知道是谁吗？那可是名震天界的一方神王啊，而且是个禽王，号称金翅大鹏神王，正好适合小凤凰！"说这些话的时候，辰南为小凤凰默哀，遇上那样一个变态师父，小家伙现在恐怕还在地心岩浆中挣扎呢，或者每天都要吐血飞行个几十万里。

"是吗？我听说过他。"端木松开了手，慢慢恢复了往昔的从容姿态，接着道："不过小凤凰身在天界，终究是让人有些担心，在她未回来前，我们几个老妖一致决定，晨曦将暂代昆仑玄界未来的妖主之位。"说到底，几个老妖怪还是没有放弃打小晨曦的主意。旁边，古灵精怪的小公主愤愤叫道："你们几个坏老头不是说我是转世妖尊吗，不是让我当昆仑妖主吗，怎么现在还在找别人？"端木讪讪地笑了笑道："你是大妖主，晨曦是二妖主，小凤凰是三妖主。"辰南口中的茶水差点喷出去，惊愕地望着小公主。

三日时间匆匆而过，辰南一直守在百花谷外，最终唯有留下一声长长的叹息。他将晨曦托付给大妖魔端木，将要告别昆仑，前往澹台圣地。他腾空而起，对着端木道："我现在就要去放魔出世，你们昆仑玄界做好准备吧，免得惨遭冲击！"端木道："等一等，罗森、泥人将与你一起去，盖世魔王出世，必然引得天下所有绝顶高手观望，昆仑也不能不给面子啊！"小公主笑道："还有我这个妖族的大统领，嘻嘻。"八方风雨，将汇聚澹台圣地！

在小晨曦依依不舍的眼神注视下，辰南腾空而起，离开了昆仑玄界。大妖魔罗森、泥人在后跟随，另外无法无天的小公主也悄悄驾驭一只大鸟尾随。对此，昆仑玄界内的老妖们睁一只眼闭一只眼，似乎很愿意这个麻烦人物离开一段时间。当然她的速度不可能追得上前方的三人，她只能气恼地独自上路。

穿云破雾，辰南、罗森、泥人三人瞬息百里，不长的时间已经连续飞过两个小国的上空。对于这两名妖魔的修为，辰南还是很惊讶的，这两人似乎已经达到了神王初级，又似乎和澹台璇的弟子王志一线，处在准神王境界，不好让人一下子看透。

大妖魔罗森化身无数，千年前曾经和魔蛙一起大闹过西土，搅起一片血雨腥风，而数百年前更是一时心血来潮，在东土建立过一个不大不小的人类帝国，当了百年不死的太上皇才诈死退隐。泥人看似文质彬彬，但绝对是一个狠角色，曾经在一夜间血屠八百里，抬手间让几个小玄界的仇家灰飞烟灭。有这两大强者跟随，再加上大魔与纳兰若水，辰南感觉后援已经很强大了。

万里之遥，对于能够御空飞行的强者来说，胜似闲庭信步，两大妖魔虽然不如身具神王翼的辰南神速，但其全力飞行的速度也是异常惊人的。一座座高山飞快远退，一座座人类城镇化成虚影，辰南他们在这一日的中午，终于赶到了八方风雨汇聚的澹台圣地。

方一距离这里百里之遥，就已经能够感觉到这里不寻常的气息，众多的玄界高手从大陆各地汇聚到这里，充斥着各种各样的强者气息。而澹台圣地中封印的盖世大魔王，这两天的咆哮之音更加剧烈了，不光只在午夜出现，即便是朗朗白日，也时常让澹台圣地中的弟子感觉到阵阵森然恐怖的气息。封印的魔君似乎知道，他脱困之日不远了，似乎也已经发觉了外面不寻常的气氛。

三声长啸自远空浩荡而来，辰南、罗森、泥人出现在连绵不绝的雪峰上空，前方那片青碧翠绿、佳木葱茏的古圣地已经映入眼帘。感受到了三人外放的强大气息，大雪山内众多玄界高手纷纷飞上了半空，这些人差不多都已经见识过辰南的画像，也早已听闻人间的极道高手透露，他将在今日大破澹台圣地绝杀大阵，将那盖世魔君放出来。众多玄界高手的元气波动同时汹涌澎湃，汇聚在一起后真如汪洋大海一般，强大而又恐怖，不可揣测！

"嗷呜——"一声龙啸自远空响起，紫金神龙与佳丝丽，如两道电光一般快速冲来。辰南笑道："泥鳅鬼哭狼嚎什么！""嗷呜，小子今日我给你拉来一个大援。"紫金神龙得意非凡地道，"如果想放那个大魔王出来，人手不够的话，坤德那老混账会出一份力的，哎哟。"痞子龙被佳丝丽狠狠地掐了一记，他撇了撇嘴又道，"那老混蛋虽然没有露面，但是佳丝丽已经感应到了他的气息，这次他倒是没有难为我，佳丝丽已经和那老混账联系过，他答应到时可以分出一个化身帮忙。"这的确是一个强援啊！

远空一道金光闪现，龙宝宝自澹台圣地中溜了出来，满嘴流油，一只金黄色的小爪子拎着一个比它自己还要大的酒坛子，醉醺醺地飞了过来，一路上摇摇晃晃。"辰、辰南，我给你带酒喝来了，这可是三百年的绝世陈酿啊，好喝、好喝极了！"龙宝宝奶声奶气，断断续续地说着，好不容易才飞到辰南的近前。

"咚！"辰南毫不客气地在小家伙的头上敲了一记，道："你这小酒鬼，真是越来越不像话了！"小龙委屈地用一只金黄色的小爪子摸了摸头，醉醺醺地嘟囔道："你真不理解我，我忍辱负重、卧薪尝胆，藏在他们的厨房。"辰南笑道："藏在那里干吗，取得什么伟大功绩了，估计是把人家的厨房祸害个够呛吧？"

小龙醉醺醺地傻笑，好半天才醒悟过来，说话也不再结结巴巴了，道："不是！我、我打探到了一则重要的消息，我在澹台圣地中听到那个封印的恶魔在午夜时吼啸，称自己是辰家之人！""什么？！"辰南心神为之一颤，这对于他来说，可是一则震撼性的消息啊！"到底怎么回事，说得详细一些！"他急促地催问道。小龙不好意思地用小爪子挠了挠头，道："我、我喝得太多了，在那个时候，醉倒了。"

晕！辰南气得真想再敲它几下，这古灵精怪的小家伙居然在关键时刻犯迷糊。就连大妖魔罗森与泥人都感觉有些可惜，毕竟那个盖世魔王实在太神秘了。"他不是六大邪道的共祖吗，怎么会姓辰呢？"辰南感觉自己的心脏怦怦跳得很剧烈。远空一只巨大的麒麟，涌动着滔天神火快速冲来。罗森与泥人前飞，非常恭敬地道："多谢前辈前几日的提醒，我昆仑玄界已经做好准备。"

病麒麟道："提前做好准备就好，不然谁知道那个疯子出来之后会不会血杀天下啊，毕竟能治他的人几乎都找不到了。"远空的众多玄界修者中似乎有部分人知道这病麒麟的来历，对他很是尊敬。病麒麟面对辰南道："年轻人你好自为之，今日我只在这里见证魔君出世，不会出手干预。暗中应该会有不少数千年未出世的老古董在观看。不过，人间玄界有不少人与天界中人有深仇大恨，这些人是极希望盖世魔君出世的，或许他们能够助你一臂之力。"辰南点头，向着澹台圣地飞去，紫金神龙与醉醺醺的龙宝宝跟在他的身旁，罗森、泥人也在后跟了下去。

这个时候，一个须发皆白的老人，率领十几人自远空飞了过来，对辰南大声喊道："辰小兄弟，我们崂山玄界的人马，愿与你同进退。"同时，另一方也飞来十几个人，为首一名老者道："我们清虚玄界也要与辰小兄弟同进退。""还有我们紫苑玄界，今日要助辰小兄弟，将那魔君放出来，让他去祸乱天界，为我们死去的祖师报仇！"一个老婆婆率领十几名中年女子飞来。"还有我们九宫玄界！""还有我们……"

从四面八方，飞来一队队人马，将辰南团团包围，这些玄界都与天界有着不共戴天之仇。辰南暗暗吃惊，人间不是没有高手啊，只不过他们太低调了，平日不理凡俗，都在隐修。眨眼间，他身边便聚满了众多玄界高手，而远空影影绰绰观望的人更多。辰南豪迈地道："你们都知道我是天界数位神王的共敌，既然你们和我目的相同，我就不多说什么废话了，现在就让我们一起去送给天界一个大礼吧！"

云朵翻滚，天际无数人影，或驾彩云，或驭魔云，黑压压一大片，向着澹台圣地笼罩而去。而观战的玄界高手就更多了，密密麻麻的人影都显露了踪迹，团团将澹台圣地包围了。澹台派如临大敌，这么多能够御空飞行的高手来犯，这是万年来从没有过的事情，因为任谁都要给天界澹台璇几分面子。天界下来的几位仙师也顿时脸色骤变，他们虽然具有仙人之体，但和玄界高手对上，也不一定有什么优势，再者这么多的人，光看就已经让他们心惊了！

所有澹台弟子都仰望着空中的玄界大军，但都不知如何是好。这几日他们已经明白出没在古圣地附近的这些玄界高手到底想干什么。现在他们根本无力阻止！梦可儿也在人群中，她仰头望着天空。最前方那个率领众多高手，如神魔般杀气腾腾的男子，令她心中一颤，想说什么，但却什么也没有说出口。辰南是玄界大军的领军人，梦可儿只能眼睁睁看着，他将破开祖师澹台璇布下的封印。

如乌云般压落下的玄界大军，浩浩荡荡向着封印有绝世大魔王的石林落去。这片传说中仙神的血液所染红的土地透发着阵阵阴森可怕的气息，一股若有若无的煞气在地下汹涌！辰南大声道："传说，为封印当年的魔君，这里仙神的尸骨堆积成山，血水都染红了高天。最后被众多高手，布下绝杀大阵，将魔王封印在地窟中。今日，我们要破开绝杀大阵，首先要献上血之祭礼，你们可准备好了？"

"早已准备好了！"各个玄界的领军人，纷纷打开自己的内天地，无数的狮虎豹狼象等野生动物，被斩杀于空中，大片的血雨飞洒而下。这是异常残酷的画面，数不清的野兽尸体在澹台圣地内堆积如山，石林中血流成河，鲜艳的血流翻起阵阵波浪。

"光有野兽的鲜血怎么行，祭礼实在太轻，我来送上仙神之血！"一个苍老的声音在远空响起，如闷雷一般久久激荡。

辰南身旁的小龙，露出一副迷糊的神态，道："我怎么看着这个老头，有些眼熟啊。"清虚玄界的领军人道："那是开创神风学院的幕后人物！"紫苑玄界的老婆婆有些吃惊地道："真的是他，不是说他早就消失了吗？我还以为他早已过世了呢，没想到他还好好地活着……"随后许多玄界高手都认出了这个快速飞来的老人，议论纷纷。

神风学院乃是当年大陆数位人类高手共同开创的，不过玄界中人却知道，在这些人的身后有一个强势人物在支持，是他给予了绝对的武力与财资作为开创学院的保障。而这个人来历非常不一般，乃是当年人间神风玄界的一名超级高手！神风玄界当年那绝对是人间赫赫有名的一个超级大玄界，可谓高手如云，顶峰高手无数，在人间不过有限的几个超级大势力能够与他们比肩。不过，这一玄界却在数千年前的一场天地大乱中，一夜间灰飞烟灭！仅有三五人逃了出来。

刘远便是幸存的超级高手之一，他此后虽然一直很低调，但是不少玄界高手都知道，他处处与天界作对。他曾经亲手灭掉天界两位神王在人间的根基，至此不用多说，所有人都知道，神风玄界的灭亡，肯定是与天界之人有关。后来传言，天界一位神王将降临尘世想要诛杀刘远，不过人间的一位高手在那巨大的空间通道外将那位神王逼回了天界，救了刘远一条命。此后，刘远便沉寂了下来，不再招惹天界中人，只是暗中偷偷创建了神风学院。辰南从这些玄界高手的议论中，大概得知了这些消息，这当真天成的盟友啊，刘远跟他有许多相似的特质。

刘远快速冲来，豪迈笑道："我来得还不算晚，特意奉献上一份大礼！"说罢，他打开了自己的内天地，数百桶一人多高的大瓷坛飘浮在空中，突然爆裂，鲜红发亮的血水自高空洒落而下，全部浇在石林中。整片封印之地突然红得发亮，下方的野兽鲜血被所谓的"神血"浇淋后沸腾了起来，而整片石林也像烧红的铁块一般，透发出通红的光彩，所有巨大的石柱、岩壁都闪烁着骇人的血芒。

"神奇啊，难道真是神血？！难道真的需要仙神的血液祭礼才可以吗？""刘远是哪里弄来的这么多仙神血液呢？他这么多年都在干什么？难道他猎杀了无数仙神？"在场的众多玄界高手都感觉有些不可思议。远空密切关注这里的无数高手也同样吃惊无比。

刘远走到辰南近前，低声道："多谢啊，虽然无法复制你的血脉，但是我们经过种种试验，制造炼化的血液已经能够媲美一般仙神的血液，这真的是一个奇迹啊！我真的不知道如何感谢你。"辰南目瞪口呆，想起了当初神风学院副院长向他讨要"神血"的事情，竟然真的成功了！而这一切，在背后竟然有这样一个强势人物在支持！

从种种线索来看，辰南推测出神风学院多半只是刘远摆在明面上的一个幌子，他真正要做的事情就是收罗各种人才，进行各种古怪的试验，想批量造就高手，神血实验必然是他们的一个重要研究！到了现在辰南还能说什么，只是笑了笑道："其实，以你现在这样的修为，完全可以斩杀真正的仙神，用于实验研究。"刘远摇了摇头，道："一般仙神的血液根本没有什么用处，唯有最为高等的血液才能对我们有大用，你的血脉极其罕见，当时我们都没有想到能够取得今天的成就。"

这个时候，封魔之地血芒冲天，混合这无尽的煞气，直上云霄！整片澹台圣地早已不复往昔的神圣祥和，现在这里森然恐怖，充斥着无尽的阴森气息。石林内血水在沸腾，整片封魔之地在剧烈地抖动，一声声若有若无的沉闷魔啸在深层地下不断传出，声势骇人至极！

不过许多人都在皱眉，纷纷道："似乎祭礼还不够啊！""绝杀大阵还没有显露出来！""到底需要多少生灵的鲜血啊？"辰南也皱了皱眉头，在他的想象中，被困在大魔那五阴魔狱中的血皇，已经是上好的祭礼了。众多同仇敌忾的玄界高手送来这么多的血祭生灵，再加上神风学院送来的大礼，出乎了他的意料，他以为这样足够了。但没有想到似乎还远不够，传说中的血杀大阵还没有显现出来，那就更不要说破阵了！

刘远大声喊道："无妨，我还有一半礼物没有送出呢！"他的内天地再次被打开，近百名貌似囚徒般的人浮现在半空中。这些人似乎经历过异常残酷的刑罚，周身上下满是伤痕，皮开肉绽，萎靡不振。"这乃是两千年来我捉到的仙神，他们想暗中击毙我，但都被我俘虏了，幸好留着他们的性命，今日终于派上了大用场。"刘远的话语森寒无比。为了复仇，他近乎魔化了。

场面是血腥残酷的，近百位仙神被残忍地劈碎了身体，头颅飞滚，残肢飞射，大片的血雾弥漫开来，随着仙神的残尸坠入下方石林中那近乎沸腾的血液中，整片澹台圣地都猛烈摇动了起来，煞气充斥天地间，整片天空都不再明媚，天地间所有景物都笼罩上了淡淡的血色！"嗷吼——"恐怖的巨大的咆哮之音，清晰地传上了地表。在这一刻，整个人间所有顶峰高手，都听到了这沉闷的魔音，功参造化之人在这一刻都明白，将要发生大事件了！

"还不够！"辰南大喝道，"每个人都割破自己的手腕献血！"在这关键时刻，没有人退缩，没有人犹豫，所有人都伸开一只手，割开手腕血脉，让那鲜血不断流淌进下方封魔的石林。"轰隆隆！"一阵阵惊天动地的大响，宛如天雷一般突然爆发了开来，石林内血光冲天，腥味扑鼻，血水不断翻涌，大地在剧烈摇动，仿佛要翻滚过来一般。

辰南急忙大喝："快退，所有人都退后！"不过，有近百人都未来得及自石林上方退出就被一股滔天的血光淹没了，连惨叫都未来得及发出一声，就全部灰飞烟灭。石林彻底崩碎了，大地也早已完全龟裂，所有的血水都渗透进地下。随后一座恐怖的血色炼狱伴随着隆隆天雷之响，自封魔之地浮现而出，从地下升腾了上来，取代了原来的石林！

血光蔽日，那是一片阴惨惨的血色修罗世界，一座座高大的魔像巍然而立，不过全部都沾染着猩红的血水，连绵成片的恶魔城堡，形状和恶魔的头颅异常接近，矗立在这片阴森的炼狱中，无尽的骸骨在飘浮，七八座巨大的枯骨山高耸而立，滚滚而流的血河在雕像、城堡、骨山下呼啸而过。一具具仙神的身体，挂在骨山上，吊在恶魔城堡前，死前遭受极刑的种种惨烈状态，还依然保持着。这是一个独立的血色炼狱，自成一片空间！

"天啊，这就是当年封印恶魔之时死去的万千生灵啊！""当年的仙神尸骨都在这里！""当真、当真是血流成河，尸骨堆积如山啊！"所有人都难以掩饰心中的惊骇之情，不少人已经颤抖了起来。血色炼狱震撼了现场所有玄界高手，即便是在远空遥遥关注这里的人，也都忍不住脸色骤变。

辰南大喝道："大魔你来了吗？绝杀大阵已经浮现，将那血皇祭天吧！"一个高大魁伟的身影如闪电一般飞至，大喝道："五阴魔狱！"身躯残破的血皇自那巨大黑洞中被抛了出来，辰南大喝道："所有人都后退，远离血色炼狱！"在场众多玄界高手闻言，急忙快速向后飞退，这恐怖的炼狱实在太可怕了，这就是绝杀大阵啊，真正的杀机还未显现呢！

远处，澹台圣地内所有弟子无不神色惨变，今日发生之事对于他们来说太可怕了。祖师联合无数高手封印的恶魔竟然真的要出世了！尤其是天界下来的几位澹台弟子，更是惶恐到了极点，这等大事，他们竟然不能及时上报天界，当真是罪无可赦，该斩杀一千遍啊！他们将成为澹台派的千古罪人！梦可儿神色非常不好看，今日种种事件对她的冲击实在太大了。

辰南当空而立，大喝道："裂空剑诛皇祭天！"一道炽烈的神芒自辰南处爆发而出，宛如匹练般的耀眼神剑冲上高空，向着那萎靡不振、近乎半废的血皇飞去。"噗！"血光崩现，神剑贯穿进血皇残破的身体，王者鲜血洒落而下，血皇发出一声凄厉的惨叫，他似乎知道即将要发生什么，"不、不能这样！"即便强如血皇，乃是不死之身，但是如果被当作祭天之礼，在绝杀大阵面前也万难活命！

裂空剑钉着血皇直直冲向血色炼狱中，百丈长的剑芒带着血皇狠狠插入了血色炼狱中一座巨大的恶魔城堡中。"轰！"天崩地裂的一声巨响，那座城堡爆裂了开来，与此同时，血色炼狱大地开始崩碎，一道水桶粗细的巨大铁链自地下冲了出来，疯狂舞动起来，将血色炼狱中的所有城堡与骨山都扫平了。"嗷吼！"那巨大的魔啸之音响彻天地间。"轰！"又是一声震天巨响，又一道水桶粗细的铁链自地下冲出了地表，天翻地覆一般，整座血色炼狱内所有枯骨都飘浮起来，狂乱舞动。

"天啊，那应该是捆缚魔王的神锁！""那真的是锁困魔君的铁链啊！"伴随着人们惊恐的声音，一道贯通天地的炽烈血光自地下直冲霄汉，远远望去仿佛有一根巨大的血柱捅破了高天！"嗷吼！"魔啸之音撼天动地，当场便有数百位玄界高手，被震得昏死了过去！

血色炼狱，一个真实存在的修罗世界，原本深埋地下，现在浮现出地表，震撼了所有人！直冲云霄的血光自修罗炼狱内爆发而出，捅破了高天。声声巨大的魔啸，震耳欲聋，远山都在跟着摇动。两根水桶粗细的可怖铁链在血色炼狱内疯狂地舞动，那一座座巨大的恶魔城堡以及七八座高大的枯骨山，被抽击得轰然崩塌，白骨到处飞射，而地面的血水也在沸腾！

"退后，再退后！"辰南焦急地吼着。冲天血光不断向四处蔓延，将近三百余名玄界高手如冰雪遭遇烈阳暴晒一般，瞬间化为血水，融入那片血色修罗世界。这是异常恐怖的场面，堂堂玄界高手，无法抵挡深埋地下的万年煞气！数千人快速后退，在这个过程中，早先被魔音震得昏迷过去的修者也永远无法醒来了，被冲天血煞腐蚀，这些人眨眼间化成了森森白骨，成为万千枯骨中的一员。

两条巨大的铁链横扫千军，几乎扫平了血色炼狱内所有骨山与城堡。就在这时，数十道神光冲天而起，直没云端，璀璨的神光破开了血雾，照亮了大地。同时，无数道剑芒在血色炼狱内如狂暴的龙卷风一般，不停穿梭，撕裂一切障碍物！绝杀大阵开启了！被封印的魔王刚刚一有异动，能够斩神灭仙的大阵已经彻底运转了起来。辰南与数千修者冷冷地看着这一切，魔君出世已经不能阻挡了，因为捆缚他的神锁已经被挣开了一半，巨大的锁链已经先行破出了地窟！

绝杀大阵这时发动，似乎有些晚了。裂空剑冲天而起，飞回了辰南的手中，现在他要先观望，以便决定下一步的行动。血煞被七七四十九道直抵天际的神光生生压制了下去。仔细看去，那四十九道巨大的光柱竟然是炽烈无比的绝杀剑芒，此刻血色炼狱内所有飞舞的芒刃，都是这巨大的光柱爆发出去的。

自地窟深处冲出的那两根巨大的铁链狂暴地舞动着，将所有芒刃全部搅碎了，而后向着那四十九道巨大光柱砸去。"当当当！"澹台圣地内，发出阵阵刺耳的金属交击声响，两根水桶粗细的铁索，与那直冲天际的巨大剑芒不断撞击。"嗷吼——"一声刺耳的咆哮，血色炼狱崩碎了，无尽的骸骨与血雾，狂猛地冲了出来，将远处围观的不少玄界高手冲击得口吐鲜血，如大海中的小舟一般飞了出去。各个玄界的领军人焦急地命令本派弟子后退。

"嗷吼——"魔气滔天！自地下汹涌澎湃出一股如汪洋般的黑色魔气，瞬间就笼罩了整片澹台圣地，一幅末日来临般的景象！所有澹台弟子皆惊恐地冲出这片古圣地，昔日师祖都不能对付的大魔王，今日破困而出，恐怕第一件事就是毁灭这座圣地。没有人阻拦他们，无论是辰南等人，还是远空观战的那些人，皆静静地注视着如乌云压顶般的封印之地。

"嗷吼——"一声巨大的咆哮之后，发生了一阵天崩地裂的巨响，封魔之地发生了狂猛的能量大爆炸。那七七四十九道冲天的神剑同时倾斜而下，璀璨的神光同时汇聚到魔窟出口处。"嗷吼，我出来了，我终于出来了！"饱含着冲天恨意的魔啸，在整片天空不断激荡着，"一万年啊，一万年，我终于等到重见天日这一天了！"魔音森然恐怖，滚滚魔气猛烈浩荡，霍霍神剑之光，不停劈扫封印之地！

魔云终于消失了，四十九道冲天的神光由原来的直冲霄汉改为齐指魔窟，炽烈的神光如十日耀空，不断横扫！正中央是一口广阔的黑洞，森然恐怖无比，两只巨大的手掌带着沉重的铁链枷锁正在魔窟外疯狂地挥舞着！那确实是人类的手掌，不过未免太过巨大了，足有小簸箕般大小，巨大的铁链枷锁将那双手密密麻麻地缠绕。

"一万年过去了，绝杀大阵已经残破得不成样子了，还想困住我吗？千重劫难，我都已经熬过来了，难道还会在乎这四十九道诛魔剑吗，给我开啊！""轰！"血光暴现，一股排山倒海般的力量爆发而出，一道道裂缝自封魔之地快速蔓延开去，大地发出一阵"咔咔"的巨响，巨大的裂缝一直向四面八方蜿蜒出去十几里！

"嗷吼——"一条高大的魔影终于冲出了魔窟，昂然立于地表之上。他当真是一个魔王，高足有三丈，两条水桶粗细的铁链缠绕在他的躯体之上，如残破的铁甲衣一般，挡住了他的要害。浑身上下的肌肉如虬龙一般突起着，强健而有力，闪烁着古铜色光芒，简直如同钢铁浇铸而成的魔躯一般，给人一股狂霸的力感！一头火红的头发鲜红如血，狂乱地披散在他的胸前与背后。而那双眼睛如野兽一般，闪烁着森然恐怖与邪恶的血芒！

"哈哈，一万年了，我终于出世了，所有人都给我等着吧，血的代价终要血来还！"在此过程中，铿锵之声不绝于耳。四十九道璀璨神芒，不断轰劈这个绝世大恶魔。然而，所有璀璨神光都被魔君用那两条铁锁链挡了回去，号称绝杀大阵中无坚不摧的四十九道诛魔神剑竟然无法削断那捆缚魔王的锁链。远处的辰南神情有些恍惚，他终于看到了魔王的本体，魔王竟然与他有几分相似的特质，同时感觉体内的血液在躁动，与那魔王有一股血肉相连般的感觉，似乎那是他的一位亲人。

远空中，一头巨大的银龙当空而立，冷冷地注视着澹台圣地。它长足有六十丈，雄壮的龙躯似钢铁凝练而成！如银色山岭般的脊梁上，生有数十根巨大的骨刺，每根骨刺都长有数丈，像一杆杆锋利的长矛一般冲天而立，保护着它的大后方。巨大的龙翼铺天盖地，轻轻扇动之下，天地间顿时狂风大作，粗大锋利的龙爪幽光森森，摄人心魄。这正是西方近乎无敌存在的老暴君坤德。在它的旁边是一只同样巨大无比的麒麟神兽。两大强者都默不言声，冷冷地关注着澹台圣地中的魔王。在他们不远处的两座雪峰间，一头异常恐怖的巨大魔猿，静静地站在那里，它竟然与两座雪山齐高！周身上下黑森森的皮毛，与那皑皑白雪形成了鲜明的对比！而在另一侧的一座雪峰之上，两个须发皆白的东土老人，也正在凝视着澹台圣地，他们轻声交谈与感叹着："绝杀大阵已经破损了，根本无法阻拦他。""断裂的瑰宝困天索虽然捆缚了他万年之久，但是现在却成了他最为可怕的武器！"

澹台圣地中，那如钢铁浇铸而成的盖世魔君突然大吼道："这里可有辰家之人，我感觉到了你的气息，快快出来！"辰南心中剧震，他排众而出，当空而立。魔君一边抗衡着诛魔剑光，一边狂笑道："哈哈，方才我在魔窟内就已经觉察到有人在用辰家的裂空剑血祭上天。小子，我是你祖宗，将你身上的瑰宝全部放出来，助我彻底粉碎这绝杀大阵！"

"放屁，我是你爷爷！"辰南听到他说这种话，本能地回应道，这种亏他向来不吃，不过紧接着他又愣住了。祖宗？这血脉相连的感觉，自称姓辰，难道是真的不成？辰南一阵发呆。盖世大魔王血发乱舞，疯狂地舞动着困天索，扫荡开一道道璀璨剑光，狰狞地对着辰南厉笑道："小崽子胆子还真是不小啊！竟敢与祖宗对抗，真是活得不耐烦了！"

"你到底是谁？"辰南喝问道。"小崽子还真是嚣张啊！"如钢铁浇铸般的恶魔冷森森地道，"你既然是辰家中人，想必应该听说过我的来历吧，我本为传说中的辰家'第八人'！"辰南惊道："什么？你是辰家传说中的'第八人'？你怎么还活着，你最终的下场不应该是粉身碎骨而亡吗？"恶魔怒道："因为我不小心失去了那个资格，不得不将体内的神兵之魂抽离出去。该死的，那帮混蛋，居然抛弃了我！"

辰南道："原来并不是真正的'第八人'！"魔王怒吼道："本来是我！我要让他们明白，谁才是辰家的真正人杰，我脱离辰家，整合太古传承下来的六大邪道，我要证明我才是最强的。但是，该死的！那帮混蛋，居然将我踢出了辰家，把我封印，还帮着外人落井下石！"他残忍地笑着，"小崽子这是你自己送上门来的，嘿嘿。"阴冷的笑声令众多玄界高手都感觉有些毛骨悚然。

辰南终于明了对方的身份，他并不惊惧，反而大笑了起来，道："六道共祖，我还是叫你邪祖好了。哈哈，辰家第八人真的有那么大的吸引力吗？需要赔上自己的性命，去复活一个虚无缥缈的存在，真的值得吗？""嘿嘿！"邪祖阴森森地笑着，道，"我自己如果不愿死去，我会永远做那至强的第八人！"

辰南笑道："我知道辰家为什么将你驱逐出去了，原来你心术不正。你不要动怒，其实我们不是对立的，我们完全可以合作！因为我已经反出了辰家！"邪祖狂笑道："真是痛快啊，哈哈，辰家第九人辰战反出了辰家，第十人也反了出来，那帮混蛋的眼长到猪头上去了，哈哈，果真有眼无珠啊！"

辰南道："我们是否可以合作呢？""合作？我凭什么与你这小崽子合作，今日我灭杀了你，将神兵之魂植入体内，我还需要你干什么？嘿嘿。"邪祖阴冷地笑着。辰南冷笑道："你这老不死的，真是个白眼狼啊，我为你费了很大一番功夫，没想到你居然恩将仇报！"邪祖森然道："哼，在这乱世中想要活得好一些就是比谁都要狠，你不够狠，早晚被人灭掉！"

辰南叹气道："好吧，我将几件神兵都给你！"说罢，裂空剑化成一道长虹，直穿血色炼狱中，轰的一声没入了正东方，紧接着大龙刀发出一声龙吟，化成一条巨大的残龙，翻滚着狂冲进血色炼狱，轰的一声插入正西方。邪祖一边对抗着四十九道神光，一边惊怒道："你居然知道这种秘法！"

"哼，本来想用几件瑰宝助你脱困的，现在不得不用它们加固绝杀大阵来灭杀你了！"说罢，辰南体内冲出一棵参天神树，爆发着万丈绿光，轰的一声落在血色炼狱正北方。犹豫片刻，辰南没有将玄武甲脱下，他打开了内天地，将古盾石敢当的两块碎片移了出来，两座神山光芒璀璨，在轰隆隆大响声中，坐落在血色炼狱正南方。

四件瑰宝光耀天地，阵内七七四十九道神光顿时变得炽烈如虹，一道道神芒将邪祖劈得狂乱嘶吼了起来："小崽子，我要将你碎尸万段！"辰南没有言声，只是在绝杀大阵之外，冷冷地看着他。远处的众多玄界高手无比惊愕，在这瞬间发生的事情出乎了他们意料，众人哗然。远空，上古老暴君坤德、病麒麟以及堪比雪山高的巨猿，还有几位神秘的高手，皆面无表情，冷冷地注视着澹台圣地。

就在这个时候，一个异常苍老的声音，自天际传了下来："人生真是无趣啊，想死都不容易，邪祖小崽子求你杀死我吧。"一个身躯佝偻，骨瘦如柴的老人，自空中降落而下。邪祖看到老人降临，脸色变了又变，咬牙切齿道："你这个老不死的，居然还活着！"老人道："活着实在没意思，人生真是无趣啊，我来求你杀死我。"邪祖一边费力地抗衡着越来越强盛的绝杀神光，一边咒骂着："老不死的变态！"

忽然，西方狂风怒号，阴风激荡，远空一个神圣与邪恶气息同时浩荡的器物，荡着滔天的血光快速冲来，竟然是一座巨大无比的石台，如一朵乌云一般压落在邪祖头顶正上空。"该死的，居然是永恒森林的拜将台。"邪祖脸色非常不好看。突然，一股滔天的魔气如翻滚的骇浪一般将西面整片天空都染黑了，一股磅礴的魔气浩浩荡荡地倾泻而下。

一个高达十丈的巨大石碑，透发着岁月留下的沧桑气息，撼天动地，快速飞来。这块石碑的上面，大片鲜红的血水，缓慢地流淌着，格外地刺目。"镇魔石！"邪祖的脸色难看到了极点。"呵呵，太有意思了！"如天籁般优美动听的声音清晰地响在每一个人的耳畔，一位白衣神女脚踏一根晶莹剔透的玉如意，从高空降落而下。

与此同时，遥远的西土，十八层地狱一阵剧烈摇动，教皇无奈地发出一声叹息。第十二层地狱，西土图腾大吼了一声："终于收回来了，该去见见一些老朋友了！"在这一刻，第十二层地狱生生被抽离了出来，西土图腾快速向着东方天际飞去。片刻后，一个若有若无的声音回响在十八层地狱："由魔而死，由魔而生……"一截枯指自十八层地狱浩荡起滚滚魔气冲天而起，一股让人战栗的威压笼罩在这片天地！枯指在魔气的包裹下，向着遥远的东方飞去。

一声凄厉的长嚎响彻西方天际，来自第十二层地狱的西土图腾，瞬息万里，破碎虚空，来到了澹台圣地的上空，那惨烈的啸音仿佛能够穿金碎铁一般，让人耳鼓欲碎。他浑身上下透发着万丈血光，昂然立于虚空中，睥睨八方，长啸不断。西土图腾瑞德拉奥披头散发，血红色的长发无比妖异，赤裸的上半身布满了魔纹，下半身不是双腿而是一条巨蛇的尾巴，长足有两三丈。最为奇特的是他那布满魔纹的额头正中央，居然多生出一只竖眼，不过闭合着，那是号称能够毁灭世间万物的图腾圣眼！

西土图腾瑞德拉奥号称西土大陆传说中最为古老神祇之一，是蒙昧时代人类最大部落的图腾神明！乃是西土神话传说中法力通天，无法揣度深浅的强大神祇，是早于现今天界神灵的存在。现场所有玄界高手几乎没有人认识他，唯有能够感应到那强烈到极点的恐怖波动，几乎所有人都不敢正视他！

远空老暴君坤德动容，长叹道："不可思议啊，从远古走来的活生生的图腾神祇！我曾经关注第十二层地狱多年了，几次探究都未果，没有想到里面竟然真的沉睡着个人物！"那堪与雪峰齐高的黑色巨猿双眼暴射出两道奇光，冷言自语道："传言竟然是真的，他还没有死去，这下西土将不宁了，天上地下都将难安了！"

"哈哈！"被困在绝杀大阵中的邪祖披头散发，仰天大笑道，"没有想到我出困之日，竟然引来这么多只在传说中出现的大人物，实在让辰某人感觉脸上增光啊！"邪祖笑声未断，遥远的西方天界，魔云浩荡，天地元气澎湃，仿佛银河落九天一般，一股浩瀚到无法想象的可怕魔气波动，滚滚激荡而来。

在重重魔气包裹中，一个指骨自西方天际快速冲来，给人一股异常邪异的感觉。猛一看它是如此普通，不过是普通的一小截断指而已，不知道经历了多少年代，上面满是裂纹，甚至已经有了溶洞，近乎风化碎裂了。但是，这样一小截指骨，远在高空之上，但却清晰地映入每一人的眼帘，让所有人都不能够忽视它的存在，似乎它才是这个天地间最为光彩夺目的存在。没有人敢等闲视之，这绝对是一个可怕的邪物！随着指骨的临近，一股让人战栗的威压笼罩在澹台圣地上空！

几位不速之客突然而至，让整片澹台圣地忽然静了下来，在这一刻所有人都能清晰地听到自己的心跳。所有玄界高手没有任何言语，皆快速退向了远空，这些人物年岁最小的也活了千八百年，其中数千岁的人不在少数，最是懂得趋吉避凶。所有人都已经感觉到，眼前的这些人物，恐怕都是他们需要仰望的至强存在！即便不能猜测到具体来历，但绝对都应是传说中的古老神祇级人物！

"哈哈！"守墓老人站在虚空中，最先打破沉默，他大笑着，佝偻的身躯颤颤巍巍，让人怀疑会不会在笑声中折断身体，他道，"美人如花隔云端，上有青冥之高天，下有渌水之波澜。天长路远魂飞苦，梦魂不到关山难。一万多年了，真是想不到啊，还能再次重见昔年的神女！我曾经多少次魂牵梦绕，神魂下九幽、上青冥，都没能发觉到你半点影迹，以为你早已湮灭在那远古一战中。唉，窈窕神女，君子好逑，见到你后，我觉得这方天地又充满了光彩，我不想死了。"守墓老人这番话，听得不远处的辰南差点栽落下云头。龙宝宝小声地嘟囔道："神说，真是老没羞！"紫金神龙则摇头长叹道："我辈人物古来有之啊！"

神女白衣胜雪，站在晶莹剔透的玉如意之上，静静凝立于虚空，淡淡地笑了笑，道："你这糟老头子还真是高深莫测，似乎没有受到任何损伤，着实出乎了我的意料。不过你少拿我来打趣，不然有你的苦头吃！"守墓老人大笑："哈哈，今日出来走动，恰逢遇到这里血光冲天。受他启发，我特意透发出战意，邀请故人前来聚聚。那边绷着脸，浑身煞气的大长虫，谁欠你什么了吗？我倒是记得你当年还欠我一顿蛇羹呢，谁知你凭空消失了这么多年。"

西土图腾瑞德拉奥煞气冲天，额头正中央那道图腾圣眼连连颤动，最后唰的一声睁开了，号称能够毁灭世间万物的一道金色圣光在刹那爆发而出，直指守墓老人！守墓老人道："大长虫你这是干吗，有气也不能对我撒啊，我又没陷害过你，想必想让你吃了大亏的应该是你们西土巨无耻的老古董。"守墓老人似乎对那道圣光很是顾忌，在说这些话的过程中空中幻化出几道残影，快速躲避了数道圣光。

远处，关注这里的玄界修者中发出几声惨叫，那炽烈的图腾圣光所过之处，十几名修者瞬间灰飞烟灭，连残破尸骸都未曾留下，唯有尸尘飘洒而下。同时，远处一座雪山在被图腾圣光照射到后，在刹那间崩塌，可以想象那圣光有多么霸道！

不过，显然西土图腾并不想真正动手，几道神光扫射出去后，他闭上了号称能够毁灭世间万物的图腾圣眼。他冷冷地道："死老鬼，我今日来东土，乃是感应到了你们的气息，一是想来见见故人，二是想问问你们，当年到底是谁对我做了手脚，害我沉睡不醒！"

"呵呵！"神女忍不住笑了起来，当真如春花绽放一般灿烂，道，"真是一条贪睡的大蛇，被人动了手脚，过了这么久才出来找人报仇，啊哈哈……"见西土图腾恼羞成怒，守墓老人打圆场道："大长虫你真是睡糊涂了，你看看自西土来的那三位，它们与你同处西土，想必……"说到这里，守墓老人不再说话了，只是盯着虚空中分三方而立的器物。

拜将台方圆百丈大小，神圣气息与恐怖魔气交相辉映，给人一股无比磅礴的压迫感。镇魔石高达十丈，透发着阴森可怕的气息，尤其是那上面沾染的点点血迹，让它显得邪异无比！指骨最为神秘，虽然不过短短的一小截，但是却让任何人都不得不格外关注，仿佛它才是这天地中的主角！

西土图腾朝着三件玄秘的器物望去，声音很寒冷，道："那指骨并非真正意义上的指骨，那是一个人的精魂！本来我想将那片地狱全部收归进我的内天地，但是它却在十八层地狱屡屡坏我好事！我真不知道它是何来历！至于那拜将台与镇魔石，我虽然听闻地狱外的人说起过，但是却不知道是哪两个死鬼的东西。"

守墓老人大笑："哈哈，你都说了，它们是死鬼的东西，而它们又在你们西土，你还想找谁报仇？"西土图腾道："你是说害我的人已经死了？"守墓老人道："应该是吧。"西土图腾寒声道："哼，恐怕没有死透，三件器物凝聚了他们的残魂，今日我打碎它们！"守墓老人微微笑道："我来帮你。"接着他又对神女笑道："你也来助他一臂之力吧，对于拜将台与镇魔石，我想你与我一般，心中多少有数，唯有那截指骨让人无从揣测，今日我们打出它的精魂，看看到底是何方神圣！""呵呵，今日着实有趣，那就痛快地大战一番吧！"神女似乎感觉这是一件非常有趣的事情。

镇魔石与拜将台岿然不动，各自停驻一方，但是那截指骨却已经涌动起滔天魔气，冷森森的神识波动清晰地激荡在每一个人的心中："由魔而死，由魔而生！"指骨轻轻一搅动，一片虚空瞬间崩碎了，快速向着守墓老人吞噬而去。"好厉害啊！"守墓老人在原地留下一道残影，快速离开了那片破碎的天地，他出现在另一片虚空，大喝道，"湮灭！"这惊雷一般的声音炸响在高空，指骨周围的虚空，仿佛汪洋中出现的一个巨大的旋涡一般，一个巨大的黑洞旋转着将指骨吞没了进去！

"魔身永生！"黑洞中发出铿锵有力的四字，这神识波动真如口舌发出的清晰话语一般，传到了所有人的耳中。"轰！"巨大的黑洞崩碎了，指骨依然是那样地普通，但却吸引了所有人的目光，莫大的威压笼罩着这方天地！在此过程中，高天之上，天罚之雷不断劈落而下，但是让人惊异的事情发生了，所有天罚雷光在接近这片天空的刹那，皆莫名其妙地消失了。

天地法则无效！守墓老人与指骨间，方才虽然仅仅是简单的两记拼杀，但那已经近乎是自创天地法则！无视大天地法则！远空无数修炼者鸦雀无声，所有人皆目不转睛地关注着澹台圣地。老暴君坤德、病麒麟、巨猿等人面无表情，不过他们似乎比其他人更加关注那片战场。

"厉害！"守墓老人对着西土图腾与神女道，"你们先盯住它，我今日除了把你们这些人都引来碰碰面外，还要收拾一下下方的小崽子！"邪祖知道守墓老人在说他，冷笑道："任你这老变态修为逆天也杀不死我！不然万年前我就不会被封印而是被人杀了！"远空中，辰南心中一动，裂空剑、大龙刀、后羿神树、石敢当全部冲天而起，化作四道神光冲出了那片血色炼狱，快速飞回他的内天地。

四件传说中的瑰宝冲出绝杀大阵，邪祖立刻发出一声震荡天地的巨大咆哮，如钢铁浇铸般的高大魔躯爆发出阵阵可怕的光芒，手中困天索生猛地舞动了起来。"嗷吼——"冲天的煞气，直上云霄，血光蔽日，澹台圣地血茫茫一片，原本四季如春的古圣地，瞬间一片死寂，所有有生命的植物动物，瞬间被抽离了生命之能，衰败而死。好在，无论澹台圣地的人，还是那些玄界高手，都早已撤离了这里。

"嗷吼——"邪祖仰天咆哮，仿佛要掀翻这片天地一般，远处雪山崩塌数座，近处大地彻底崩碎，更有无数条巨大的裂缝一直蔓延出去十几里。巨大的咆哮声传百里，惊得四方云动，澹台圣地上空的几片云彩直接被冲散了，面对如此强势的邪祖，高空中神女、西土图腾、守墓老人也不得不暂时避退，躲避过那直冲霄汉的血芒。

神女面露惊讶之色，道："好强，长江后浪推前浪啊！"守墓老人道："这个小崽子心黑手辣，当年太古六道最为强大的六个高手在火并之际，被他渔翁得利。他将那六个重伤的身不能动的强者，全部活生生吞噬到了自己的体内，彻底将他们炼化。他的境界虽然还比不上你我，但是躯体比之不灭体还要强悍上很多！已经少有敌手。"

"轰！"血色炼狱彻底崩碎，邪祖冲天而起，脱困而出。邪祖挑衅地看着守墓老人，口中冷冷喝道："千重劫，百世难，亘古匆匆，弹指间。不死躯，不灭魂，震古烁今，无人敌……"然而就在这个时候，旁边的镇魔石上的点点猩红的血迹突然爆发出冲天的邪异血光，宛若来自九幽地狱般的声音自血光中透发而出，神识波动接着邪祖的话语，回响在空中："待到阴阳逆乱时，以我魔血染青天！"邪祖愕然道："是太古六大邪道中哪位祖师？"

守墓老人感觉一阵头大，用力捶了下自己头，忍不住脏话都骂出来了，气道："该死的，镇魔石中的死鬼，是太古最强大的邪人，是太古六邪之一！"守墓老人似乎有些气急败坏，对着神女与西土图腾喊道："将他轰成渣啊，不要对付指骨了！"他们似乎曾经就是盟友，现在闻听此话，神女与西土图腾皆向着镇魔石冲去，神女脚踏玉如意轻喝道："高天厚土，皆遵我令，阴阳两极！灭！"

高天近乎崩碎了，一片青碧的光芒压落了下来，大地如潮水般涌动而起，土黄色光芒逆空而上，天地两极之气同时向镇魔石绞杀而去！这绝对是恐怖的绝杀，神女出口灭杀之言，等于天地法则！镇魔石被两道至强至大的光芒包裹住，在里面不断冲击，最后竟然崩碎虚空，发出阵阵吼啸之音冲了出来。

西土图腾大喝道："世间万物，过眼成空，毁灭！"图腾之眼猛然睁开，一道炽烈的圣光瞬间照亮了大地，更是直接轰向了镇魔石！"躯不死，魂不灭，独孤九转！"镇魔石传出阵阵剧烈的神识波动，沾染在上面的点点血迹，不知道为何突然如瀑布般爆发而出，九个巨大的血洞快速旋转着，从里面不断涌动出腥红的鲜血，漫天都是血水，高天都被染红了，号称能够毁灭世间万物的图腾圣光，在遇到无尽的血光后，慢慢消失在血色中。

镇魔石中发出一声咆哮，大吼道："血染青天！"汪洋般的血水滚滚翻涌着，如海啸一般扑向神女与西土图腾。而另一边，守墓老人早已和邪祖战在了一起，他道："小崽子我欠你祖上人情，不过你却曾经杀过我的后代，你如果永世被封印不出来也就罢了，但是今日你出来了……"守墓老人撕裂开一片虚空，直接将邪祖轰了进去，不过超越不灭之体的魔躯，却难以被无情的天地法则轰杀，他又崩碎虚空杀了回来。邪祖道："老不死的变态，你是无论如何也杀不死我的！"

"轰！"守墓老人处打出一道巨大的掌印，宛如一座巨山般大小，狠狠地将邪祖轰进了地下，方圆千百丈碎裂的大地彻底沉陷，地面出现一个巨大的、深不见底的五指巨洞！另一边，久久未动的拜将台与那截指骨不知道为何突然猛烈地大战在一起，撼天动地，打碎片片虚空。

随后，战场扩大，混战蔓延开来，这些人剧烈地混战在一起。高天破碎，巨山崩坍，大地沉陷。一场旷世大战激烈爆发！辰南凝视着那片天地，冷冷自语道："打吧，最好打个天崩地裂水倒流！"

"啊——"西土图腾大吼着，沉闷的声音直上云霄，声传数百里，惊得远处的雪山中，发生了剧烈的大雪崩，隆隆巨响不断。额头的那第三只眼睁开后就从未闭合，图腾圣光扫视八方，已经连续轰碎了数座雪峰，但一时半刻却无法奈何那滚滚血水。

高天之上，到处都是血水，整片天空血红一片，惊涛骇浪般的血水，如汪洋一般在高空中翻滚着，镇魔石在那浩瀚的血浪中沉沉浮浮，宛如幽灵一般。滔天的血光中，九座巨大、阴森的血色旋涡，仿佛能够吞噬人的灵魂一般，透发出一股异常邪异的波动，不仅猛烈地吞噬着西土图腾的身躯，同时似乎要攫取他的神识，将他彻底吞没进九个巨大的血洞中。

神女脚踏玉如意不断施法，高天厚土凝聚而成的天地阴阳两气交织在一起，猛烈地在血空中撕扯着，想要击溃那无尽的血浪。黏稠的血浪不断自那九个巨大的血洞中滚滚涌动而出，所占据的空间越来越广阔了，而且渐渐包围了西土图腾与神女。

西土图腾冷笑连连，吼道："我就不相信，难道九个血洞后面，还当真连着一个血色世界不成？"说罢，他仰天吼啸了一声，身躯在刹那间暴涨，上半身快速化成十五丈高的巨人，突起的肌肉强健有力，更为可怕的是身上的魔纹更多更密集了，脸上、额头上也到处都是魔纹，仿佛可怖的文身一般吓人。而下半身那原本三丈长的蛇尾，此刻暴涨到百丈长，粗大的蛇躯扭动着，让人心惊胆战，他冲天而起，向着那血色怒浪轰击而去。

　　一双巨大的拳头轰散了重重血浪，直奔血浪深处的镇魔石，不过三个巨大的血洞旋转而来，如三头巨兽的血盆大口一般，狠狠地撕咬向他。西土图腾大吼一声，双掌爆发出阵阵绚烂的光芒，生猛地将两个血洞挡住了，同时图腾圣眼爆发出一道璀璨夺目的光芒，轰退另一个巨大的血洞。不过森然恐怖的血洞不仅仅只有这三个，还有六个宛如连接幽冥地狱的血洞，在滔天的血浪中快速旋转而来，在刹那间围住了西土图腾，浩瀚无边的力量撕扯、扭曲着他的身体，与此同时，镇魔石从空而降，狠狠地劈砸向西土图腾的躯体。

　　"等的就是你！"西土图腾大吼道，百丈长的巨尾力劈而上，死死缠绕在十丈高的镇魔石上，任那九个血洞将他那巨大伟硕的身体撕扯得近乎变形。镇魔石被西土图腾的巨尾翻卷到近前，图腾圣眼中不断射出圣光，狂轰镇魔石。只是，镇魔石上的鲜血实在太过妖异了，透发出可怕的血色雾气，将一道道圣光全部湮灭。似乎无法伤害到它，而九个巨大的血洞却已经快将西土图腾的身体撕碎了。

　　"噗！"百丈蛇身终于被九个巨大的血洞搅碎了，无边的血浪冲涌而来，瞬间将西土图腾瑞德拉奥的残碎的身体淹没，镇魔石冲天而起。不过就在刹那间，无边血海突然沸腾了起来，原本被淹没的西土图腾的残碎身体，全部冲天而起，快速聚合在了一起，再次构成一个完整的神祇！像他们这等人物早已超越不灭之体的境界，需要极其特殊的方法才能够彻底灭杀，斩碎身体还不能够威胁到他们的生命。

　　西土图腾瑞德拉奥百丈蛇身快速劈碎虚空，"唰"的一声又缠绕上了巨大的镇魔石，不顾九个血洞的吞噬，他的图腾圣眼金光暴涨之后，突然紫光大盛，一道刺眼的紫色圣光爆发而出，凶猛地轰击在镇魔石上。

"轰！"血光崩现，石碑上沾染的点点血迹，到处激射，而高空上连绵不绝的血海则翻腾起滔天巨浪。紫色圣光照耀在巨大的石碑之上，终于令这面魔碑剧烈颤动了起来，不过它却没有崩碎，反而疯狂地将九个巨大阴森的血洞召唤而来，吞噬西土图腾。这个时候，神女手持玉如意飞身而至，在刹那间玉如意放大千百倍，眨眼间足有十丈长短。而后神女猛力挥动，透发着阵阵神圣气息的玉如意，狠狠地撞击在镇魔石上。

西土图腾瑞德拉奥适时松开蛇身，反击九大血色魔洞的吞噬，同时不时用图腾圣眼照射镇魔石。神女一边施展禁法，让天地阴阳两气隔离镇魔石与无边的血浪，一边不断用玉如意轰击镇魔石。阴森可怕的镇魔石被轰落下高空，漫天的血水跟着它落下地面，神女与瑞德拉奥联手狂攻不断，直接将镇魔石轰入了地下。

另一边，拜将台凝重如山，巨大而磅礴，给人一股异常沉重的压抑感。此时它正在和那段小小的指骨缠斗在一起，两者的比例看起来是如此不协调，但是真个碰撞起来，巨大的拜将台并不占优势，有时竟然被那截指骨直接撞飞。指骨仿佛有定天之力，稳定在高空中像是生了根一般！"亿万生灵为兵，百万神魔为将！"拜将台上这两行刻字，幻化出两道灿灿神芒，交叉飞出，映照在高空之上，透发着莫大的威压，令远方的观战者都心惊胆战，这绝杀神芒快速笼罩在指骨上空。只是能够镇压西方神魔陵园众多神魔的拜将台，面对一小截枯骨似乎失去了往昔的天威。璀璨的两道绝杀之光轰向指骨，虽然那高天都崩碎了，但是指骨依然岿然不动，定在虚空中！指骨不动如山，动如天崩地裂，在轻轻摇动的刹那，爆发出一股席卷天地的可怕魔气，无尽的暗黑光芒彻底笼罩了天空，黑压压一大片，将高空中的无尽血雾都淹没了。

"砰！"拜将台竟然被指骨一下子轰下了高空，凶猛地朝着守墓老人撞去。此刻守墓老人正攥着邪祖身上的困天索，将他抡到东、砸到西，破碎片片空间。而邪祖也同样不甘示弱，高达三丈、如钢铁浇铸般的魔躯，爆发出六道邪异的光芒，照射到守墓老人的身上，六道若有若无的虚影疯狂地撕扯老人，似乎要将他分尸。而这个时候，拜将台正好被指骨撞飞而下，看到前方有人挡住去路，轰的一声劈落下两道神光，朝着两大高手轰去。

守墓老人大怒，生猛地抡动起困天索，将邪祖甩了出去，将那可怕的两道神光瞬间轰碎。邪祖不愧是近乎无敌的强者，高大的魔躯并未受到丝毫损伤，在破碎神光之后又撞在了拜将台之上，举起铁拳猛力地轰击在上面。指骨冲击而下，打破一片虚空，将邪祖与拜将台同时困了进去，而后猛烈摇动，那片虚无暗黑的空间开始湮灭！

邪祖的身躯快速融化了一半，残破的躯体血肉模糊，不过伴随着一声直破云霄的咆哮，他拖着半截血淋淋的身体快速冲了出来。离开那片空间，邪祖的躯体噼噼啪啪一阵爆响，血肉模糊的下半截身体快速生长出了骨肉，魔躯在片刻间复归原样，这就是可怕的、无法毁灭的至强魔体！与此同时，拜将台也冲了出来，这一次它透发出阴森邪异的光芒，黑漆漆的台体明灭不定，在其上面隐约间浮现出一道淡淡的人影，虽然看不太清晰，但却让人能够感觉到那昂然立于天地间，唯我独尊的气概！

虚影出现后，拜将台宛如通灵的上古巨兽，变得越来越森然恐怖，它所在的空间仿佛能够吞噬周围的光芒一般，最后形成了一股浩瀚到无以揣度的巨大引力，将高空之上那截断指生生地拉扯了过来。虽然随着越来越近，断指移动的速度越来越慢，但是绝对距离却在不断变小。就连守墓老人与邪祖都被那股邪异的力量生生吸附了过去。

"湮灭！"守墓老人一声大喝，片片虚空破碎，巨大的空间裂缝一直蔓延到远空，三座雪山在刹那间崩碎，更有数十人因贪恋精彩的大战而太过靠近，被崩碎的空间大裂缝在瞬间绞杀得血肉崩碎，死于非命。

拜将台周围的空间不断湮灭，这是能够毁灭空间的法则，让守墓老人顺利摆脱那巨大的引力，脱离了混战。而邪祖就没那么幸运了，被生生吸附到拜将台上，在一瞬间无数影影绰绰的虚影浮现而出，全部扑向了邪祖。这不是单纯的肉体攻击，这是来自灵魂的袭杀！

影影绰绰的虚影能够透过邪祖的肉体直接吞噬他的灵魂。这一次邪祖当真有些慌乱起来，吼啸连连。最后，他咬破舌尖连续吐出三大口鲜血，喷洒在困天索上，巨大的铁链在刹那间化成了两段巨大的蟒蛇残体。蟒蛇没有头尾之分，似乎原本完好的躯体两端各有一个蛇头，现早已从中间断开，除却断伤处，其他部位完好无损，两头巨蛇从水桶粗细快速化成房屋粗细，身躯在刹那间暴涨，周身上下发出阵阵青碧之火，抵退了许多虚影，而后卷着邪祖冲离了拜将台。在此过程中，拜将台正中央那昂然而立，具有睥睨天下唯我独尊气概的虚影，一动也未动，凝视着那半截指骨。

指骨与拜将台附近那股邪异的力量，形成了短暂的平衡，定在了虚空中。不过片刻后，指骨突然加速前行，不再抵挡巨大的引力，主动出击。它爆发出阵阵恐怖魔气，笼罩向巨大的高台，而它自己则直接冲撞向高台上那道淡淡的虚影！

"嗷吼！""嗷吼！"两声巨大的咆哮之声，上动九天，下荡九幽，将远空观战的许多玄界高手震得直直摔落下高空，许多人被魔音贯脑，当场昏死过去，更有少数人直接被音波灭杀了！众多观战者大骇，纷纷后退！

指骨与虚影冲撞在一起，远远望去似乎有两道人影在纠缠一般，他们狂猛地剧战着，不过空间仅限于百丈拜将台之上！两道虚影快得让人根本无法看清，只能感觉到那里仿佛有两片汪洋在汹涌轰撞！这个时候，守墓老人、邪祖、神女、西土图腾瑞德拉奥以及那血染长空的镇魔石，激烈地混战在了一起。当然，三对二，邪祖处境更加不妙，虽然是不死之体，但口鼻间已经溢出丝丝血迹，神色也委顿不堪。而镇魔石更是遭受到了神女三人的疯狂攻击。

高天崩碎，大地沉陷，巨山崩塌，旷世大战，千古不遇！最后，拜将台上两道虚影在纠缠恶战之时，也随着拜将台的晃动而卷入了另一边的战场，至此大战就更加惨烈了！就在这个时候，守墓老人突然大喝道："借大龙刀一用！"远空，辰南感觉手中一轻，半截龙刀脱手而去，快速冲进了混乱而激烈的战场，在刹那间，那里刀芒冲天，直上云霄！

片刻后，西土图腾瑞德拉奥也大喝道："借裂空剑一用！"辰南手中又一轻，裂空剑破碎虚空而去，冲进了惨烈的大战之地，顿时剑气纵横激荡，横扫八方！仅仅片刻后，辰南看到神女手持玉如意也望向了这边，这次他比较痛快，直接将后羿弓召唤了出来，已经被强借去了两件瑰宝，这次干脆主动一些，先送过去吧。不过，事情出乎了他的意料，神女同样喝道："借人一用！"辰南整个人被迫飞起，朝着大战之地冲去，他的感觉实在是……

一股巨大的力量卷着辰南，朝着大战之地飞去，他身后的两条龙一阵惊呼，不过显然没有任何办法营救他。辰南真是无语了。守墓老人与西土图腾强行借用大龙刀与裂空剑也就罢了，这位不止打过一次交道的神女实在太有个性了，居然将他整个人借过去。

现在那里的大战异常激烈，几位强者不得不考虑惨烈大战后将造成的后果，皆有意识地以各自的法则画地为界，将战区限制在澹台圣地这片天地，不让战场继续扩大化。高大的拜将台上，两道血影还在疯狂纠缠着，其他几位高手对于大战旋涡中的拜将台根本不去理会，兀自争斗不断。

高台之上二人虽然是虚影，但是实力之强劲，让人无法想象，一道道幽冥空间不断被撕开，从里面冲出阵阵罡雷，高空之上形成一股巨大的能量风暴。至于镇魔石，此刻已经彻底被压制了下去，神女、西土图腾、守墓老人这三大高手实力强劲，放眼天地间，几乎没有人能够抵住这样凌厉的攻击。邪祖同样被压着打，西土图腾手持裂空剑劈出一道道刺眼的神芒，而守墓老人手中的大龙刀更是刀刀碎虚空。

辰南已经被神女强行"借"到了近前，正身处于这激烈大战的旋涡中。神女笑道："呵呵，你的身体不错，还算潜力巨大，同时有玄武甲护身，应该能够发挥出我的部分能力。我的身体早已破碎，现在修出的这个肉体，还太过柔嫩，不好在这样大战中过分动用力量，不然很容易受损。所以，借你身体一用！"这真是一个让人无语的要求，不过辰南还未表态，神女便化作一道神光冲入了他的身体。就在刹那间，辰南的眼神凌厉起来，仿似有一团熊熊燃烧的神火在跳动，双目顿时射出两道光剑。

"铿锵！"光剑劈在镇魔石上，顿时火花崩现。在这一刻，辰南以这种奇异的方式参与到了强者大战中，他的思感还在，能够清晰地看到、听到外在的一切变化，不过身体却已不属于他支配。他看到自己举手投足间直将那高天崩碎，将那镇魔石打入血海深处，将那漫天的血水搅得狂乱汹涌。

高天之上血水漫空，九个巨大的血色旋涡在疯狂转动着，镇魔石被压制得只能躲在它们的后面以躲避三大强者的攻击。三大高手的气势越来越强盛，即便邪异、高深莫测如镇魔石，也将有粉碎之厄！大龙刀与裂空剑在守墓老人和西土图腾手里所发挥出的威力远远不是辰南所能够达到的。

在漫天的血光中，大龙刀化作半条残龙，咆哮不断，龙身缠绕在守墓老人的右手上，龙头与利爪疯狂地攻战邪祖手中那对巨蛇，强猛的至尊龙气压制得大蛇似乎异常不安，失去了开始时的灵动。同时，咆哮不断的残龙也一次次撕咬镇魔石，让镇魔石连连避退。裂空剑在西土图腾手中，同样显现出了本体，这还是辰南头一次见到裂空剑的真身。竟然是传说中的穿天兽，形似穿山甲，不过比穿山甲多了一条如剑般的独角。这头巨大的穿天兽，尾端末梢缠绕在西土图腾的右手中，前半截庞大的躯体足有百丈，疯狂地在空中舞动着，打碎片片空间，更是搅动得漫天的血水都在沸腾。

辰南在神女的控制下，在空中留下一道道残影，身躯宛如那不断幻灭的光芒一般，手中瑰宝玉如意轰飞镇魔石的刹那，他又凭空幻化在邪祖头顶上空，双脚踏破虚空，狠狠踹在了邪祖的头颅上。那如钢铁般坚硬的头颅在刹那间塌下，被踹得一片凹洼，直让邪祖惨叫连连，倒飞出去数百丈远。

战到最后，即便镇魔石不被轰碎，也将被封印，而邪祖更是不敌了，三大高手早已占据了绝对上风。然而就在这时，拜将台上的两条虚影突然分别仰天咆哮，快速分了开来，似乎势均力敌，未分胜负。那截指骨冲天而起，离开了拜将台，一道淡淡的虚影没入指骨内。而拜将台上的虚影则驾驭着拜将台连连后退，最后看到镇魔石处境堪危，它立刻冲了过来。

当然，拜将台并不是帮助镇魔石，而是与守墓老人等人一起向它轰击，大片大片炽烈的神光爆发而出，将整片血海蒸腾起无边无际的血雾。当然这是大混战，拜将台免不得和西土图腾等人发生激烈碰撞。裂空剑与大龙刀齐齐轰向拜将台。在这个过程中辰南身不由己，一度冲上拜将台，与上面的虚影生猛地强捍了两记，最后更是弯开后羿弓，连连射出三道光箭，将拜将台冲击得一阵剧烈摇动。

好在神女没有让神箭染血，不然辰南在经历过这样激烈的大战后，再失血过多，定然会大病一场。就在这个时候，这片天地一阵剧烈摇动，指骨破碎空间冲来，辰南等人以为它定然要攻击拜将台时，它却出人意料地轰杀向镇魔石！指骨之强大，战场众人有目共睹。在这一刻指骨煞气冲天，淡淡的虚影再次从骨内浮现而出，瞬间扑在了镇魔石上，随着一声巨大的魔啸之音，他的双手竟然将那巨大的石碑险些搅碎，隐约间发出了几声"咔嚓咔嚓"之音。

镇魔石竟然成了公敌，几方人竟然全部在攻击它。最后这些强者似乎形成了默契，不再混战，就是邪祖也不再被守墓老人压制，所有人都集中力量轰杀巨大的石碑。九个阴森恐怖的血洞已经不能阻挡众人的攻击，镇魔石在血海中无处藏身，只能生猛地与这些强者硬撼。但是，面对绝不弱于它的几大强者，它如何能够抵挡联合攻击？最后，在冲天的剑气，炽烈的刀芒，与狂猛的掌力共同作用下，指骨发出了最后定天一击！

"轰！"高达十丈的巨大石碑轰然粉碎，镇魔石竟然被轰爆了！这一切，辰南看得清清楚楚，其中也有他的功劳，他万万没有想到这能够镇压十八层地狱的邪异之物，居然这样被毁去了。漫天的血水狂乱汹涌起来，九个巨大的血色旋涡疯狂旋转，血红的天空阵阵惊涛血浪，快速被九个巨大的血洞不断吞噬。最后，血色天空恢复明净，九个巨大的血洞竟然吞没了所有的血水。指骨旁那道淡淡的虚影仰天咆哮，带动着指骨在九个血洞附近狂猛地吼啸，最后森然的血洞消失了，化成九滴鲜艳的近乎邪异的血水。

漫天血水化成九滴！场景极其不可思议，神女等人感觉有些吃惊，远处的观战者就更是震惊。虚影消失在指骨中，九滴血水快速凝聚而来，在守墓老人他们想阻止时，九滴血水融入了满是孔洞的指骨中。刹那间，血光照耀天地，天地间到处都是血芒。不过，仅仅片刻间，血红色的光芒就全部消失了，如羊脂白玉般的一截指骨重现天地间！再不像往昔那般是孔洞，充满裂纹，现在已经化为完好的一小截指骨。

所有人都万分不解，怎么也没有想到会是这种结果，九滴真魔之血，竟然融入指骨中，让近乎破碎的指骨焕发出无限生机！拜将台上那道虚影，发出了一声微不可闻的叹息声，而后驾驭着拜将台冲天而起，消失在西方天际。指骨微微晃动，而后浩荡起狂霸的煞气，破碎虚空，瞬息万里，向着西土飞去。

西土图腾想要阻止，但是被守墓老人一把拉住了，道："不要追，指骨太神秘了，在没有彻底了解前，万不可轻举妄动了。"随后，他又喃喃自语道，"难道不是太古六邪，难道我猜错了？"

激烈的大混战结束了，守墓老人立刻将目光瞄向了不远处的邪祖，眼中的寒芒让邪祖一阵发怵，他纵是本领通天，又怎么抵得住现场三个同一阵营的高手呢。想逃走？那是不可能的，整片空间被三个高手禁锢了，邪祖无路可逃！三股浩瀚如海般的力量全部压向邪祖，没有强敌在旁虎视眈眈，三大高手倾尽了全力，没有任何保留，仅仅片刻间就将邪祖封印了，让他定在虚空中，一动也不能动！

守墓老人略微思索了片刻道："今日不好亲自动手杀你，免得无颜对你祖上，不过要削去你足以祸乱天地的力量。至于你的命运，就看辰家如何处置了，如果不让我满意，我绝不会再留任何情面。"听闻能够免去一死，邪祖心中一松，不过在片刻间，守墓老人的一句话，让他又变了颜色。

"今日连场大战，耗费功力过巨，借两成神力一用！"枯瘦的手掌搭在了邪祖的气海之上，神力源源不断涌动而出。邪祖钢牙都快咬碎了，守墓老人虽然不杀他，但是这等赤裸裸地吞噬他功力的行为，比之灭掉他半条命还要让他心痛！这可是历经无尽岁月苦修来的神力啊！居然被人以无上大法力生生抽去两成，对于一个强者来说最大的痛苦莫过于此！一刻钟后，守墓老人收手了。

只是，西土图腾那如噩梦般的声音又在邪祖耳旁响起："今日损耗过巨，借神力两成！"邪祖愤怒得直欲仰天长啸，但是现在被封印了身体，只能眼睁睁地看着对方抽去他的神力！神力即是他的生命元气，再次被抽离两成后，邪祖已经委顿不堪，苍老了很多。

神女自辰南的体内幻化而出，她虽然白衣飘飘，圣洁美丽，但笑嘻嘻的样子却像个美丽的恶魔："你不能厚此薄彼吧？借两成神力一用！"邪祖气得要疯了，六成神力就这样失去了，这需要苦修多少年才能恢复啊？！源源不断的神力自邪祖体内涌动进神女体内。六成神力消失后，邪祖血发发白，脸上皱纹堆积，已经成了老人。

神女并没有就此离去，打量着邪祖道："你似乎很不满意啊，有什么话要对我说吗？"说话间，她让邪祖恢复了说话的能力。"我想吃了你们的血肉，你们才是真正的魔鬼！"邪祖怒发冲冠，凄厉地吼啸着。"真是让我害怕啊，对不起，再借神力两成！"神女笑盈盈地伸出了玉手。"你这个女人是魔鬼，我被打落神皇境界了，你还不罢手？！"邪祖双眼血红，疯狂地咆哮着。

神女笑道："如果不是需要给某人一些面子，我想将你的神力全部借用。你怕什么？不就是损失了八成神力吗？休养个几千年就恢复了。或者幸运如先前那般，吞噬一两个神皇，再或者吞噬十几个接近神皇境界的人，不就又无敌天下了？"邪祖心中在滴血，遇到这样一个法力无边的恶魔强盗，说什么也无用。最后神女满意收手，道："没办法啊，远古一战，元气大伤，我肉体尽毁，所需神力甚大。为此，连没有达到神王境界的神龙都好心地相助于我，你就更不应该吝啬了。"邪祖要疯了。而远处的紫金神龙也郁闷得想吐血。说罢，神女轻灵地走到一旁。

辰南走到近前，用手轻抚邪祖身上的锁链，道："请问，这真的是传说中的困天索？"

邪祖："我……"

天界澹台圣地，一代天骄仙子澹台璇，蓦然睁开了双眼，惊道："怎么会这样？！"与此同时，天界其他各处，数位强者同时变色，天界各地发出了不同的怒声。"该死的！是谁做了手脚？居然蒙蔽了天界！""可恨啊，恶魔终于出世了！""气煞人也，居然骗过了所有人，如果不是现在大战之下，毁去了那片迷雾，还不知道要被隐瞒多久呢。""所有弟子，都做好大战的准备！"

人间界，澹台圣地。邪祖郁闷得身体都快炸裂了，今日所受之气这辈子他都无法释怀，被人生生抽离去了八成神力，现在他一再扬言要灭杀的后辈小子也要来扫荡他的家当。

辰南运转玄功，金色的元气汹涌澎湃开来，周身上下金光万道，瑞彩千条，如同一尊战神般站立在邪祖面前。"铿锵！"几声金属之音，清晰地响彻天地间，远空所有人都感觉自己的心脏猛地用力揪紧了一下，皆惊骇无比。几件神秘的金色神兵，围绕在他的周围，上上下下，沉沉浮浮，那是光质化的武器，那是神兵之魂！

"嗷吼——"一声沉闷的咆哮，大龙刀破空而来，铿锵一声和辰南身边的一把长刀重合在一起，一时间光华璀璨。"吼！"一声震天的吼啸，裂空剑破碎虚空，电闪般飞至，铿锵一声与辰南身边的一把长剑重合，悬浮在虚空，光耀天地。"哗啦啦！"青碧翠绿的定地神树，自辰南体内浮现而出，摇动出万千道绿色神芒，而后凭空幻化成一把黝黑的宝弓，唰的一声与辰南身边的神弓之影重合，灿灿光芒洒满天地。紧接着玄武甲光芒冲天，泛起灿碧神异的霞光，不过有所动作的是辰南身边的宝甲之魂，神兵之魂飞入辰南身上的神甲之内，发出一声悠悠颤音。最后，神秘古盾的两块残片也飞了出来，依附在辰南的左臂处，与那兵魂相融在一起。

邪祖道："小崽子你得到的瑰宝还真不少啊，不过唯有后羿弓与裂空剑被修复了，其他都还处于四分五裂中。""老头子再仔细看看！"辰南说话间，一条淡淡的虚影出现在他的身后，正是那神秘的魔影。此刻，他的右手将大龙刀持在了手中，而左手紧紧地握着一件人形兵器，上面条条铁索紧紧地捆缚着一个一米多长的人形物，显得无比地神秘。只是，由于太过模糊不清，根本无法让人看透，看分明。

邪祖双眼射出两道寒光，瞳孔一阵收缩。辰南道："老头子你是辰家的人，想必应该明白我现在这种状态，也许只有你这样的辰家老古董才能够解答我心中的疑问。如果我没有猜错，那铁索虚影就是所谓的困天索之魂吧。不过那困天索魂似乎有七八个分叉，它的本体不会是七头连体大蛇吧？而你身上的神索定然是残缺的。不过这不重要，请你告诉我那被捆缚的人形神兵到底是何物？"

"不知道！"邪祖斩钉截铁地回应道。辰南神色有些凝重，道："困天索，好霸道的名字，不会是那……"邪祖没有言声。辰南也没有再追问，只是默默无声地解开了邪祖身上的铁索，缠绕在了自己的身上。"小子你……"虽然邪祖早就有心理准备，不过还是被气得差点吐血，双眼瞪得都快突出来了。

达到神皇境界的邪祖，其实天上地下近乎无敌，奈何今番出世实在不幸，遇到了号称能够改天换地，逆乱阴阳的几位变态高手。这些人无惧天地法则，早已能够自创天地大法，身立之所，自成天地，法则唯我而定！邪祖如果和这些人当中的一人争斗，或许还勉强能够支撑，但是三大高手同时出手，如果还能够逃出被封印的命运，可以称得上逆天了！

"呵呵……"神女轻笑了起来。守墓老人也走了过来，道："小子你可要当心啊，将这么多瑰宝收在身边，是福是祸很难说啊。"辰南愕然。守墓老人道："你真正了解你身边的那些神兵的来历吗？真正知道底细的人都是敬而远之的。当然，你们辰家例外，不过我觉得早晚会引火烧身！"辰南更是不解，道："请前辈明言！"

守墓老人指了指旁边的西土图腾，道："看到这条大长虫了吗？他乃是西土的图腾神祇之一，这天地间没有几人能够灭杀他！再看看你身边的大龙刀，知道它的本体是什么吗？是天龙皇！是东土的图腾神祇之一！还需要我多说什么吗？"辰南冷汗冒出来了，自己擎着的几件瑰宝难不成都是西土图腾与守墓老人这一级别的存在？看看裂空剑，再看看后羿弓，最后又摸了摸身上的玄武甲，他感觉有万钧大山压在了身上，太不可思议了。

神女道："还记得我对你说过的话吗？天地为局，众生为棋。有些人虽然黯淡退场，但是他们如果不死，还是会回来的。"辰南感觉有些站不住了！几件神兵的本体，他都曾经亲眼看到过了，那绝对都是有生命的存在，而自己体内却有他们的一缕残魂！辰南头大无比。

"你好自为之吧。"神女划开一片空间，出现在远空紫金神龙近前，惊得老痞子险些摔落下云头。他看着眼前丰姿绝世的神女，结结巴巴地道："他他他龙妈妈的，龙龙龙大爷我倒了八辈子血霉了，你你你你又来了，我我我我想哭啊！"

"呵呵！"神女轻笑了起来，道，"曾经说过找到大龙刀还你龙元，虽然我只见到了大龙的半截残躯，但是也算你勉强完成了任务，知道它还没有湮灭在历史中就好。"说到这里，神女突然大喝道，"还你龙元！"一股浩瀚如海般的力量劈头盖顶地直贯紫金神龙头部，远远望去，一道灿灿长虹自神女手中不断灌入紫金神龙体内。

"嗷呜，龙龙龙龙大爷幸福死了！龙妈在上，你终于显灵了！"紫金神龙兴奋地狂吼着，几十丈的龙躯快速暴涨，变成了一个庞然大物，直至光芒消失，紫金神龙已经暴涨到了二百丈长，如一条山脉在空中舞动。天罚降临，狂轰紫金神龙，不过在神女几次挥手之下，天罚神光渐渐消失了。

"嗷呜，哈哈哈，龙大爷我超越巅峰状态了，哈哈哈……"紫金神龙狂笑着，如万年老妖刚刚出世一般，激动地大叫着，"哈哈哈，龙大爷当年也是快接近神王境界的强者，结果从零开始，现在龙元复归，竟然突破了桎梏，达到了神王境界。嗷呜，哈哈哈，幸福死龙了，太让龙兴奋了。坤德、坤德老混蛋你在哪里？龙大爷兴奋得想胖揍你！"辰南也跟着大喜，没有想到紫金神龙竟然一举破入神王之境，不过想一想这也是必然。老痞子和泥人是好友，和三头黄金神龙是对头，老痞子能够和他们打交道，定然也是与他们同一级数的人，而那两人都离神王之境一线之隔，老痞子龙元复归，突破至神王境界，也不算意外。

直至银龙佳丝丽飞来，狠狠地掐了他一把，紫金神龙才停止了大呼小叫，同时他注意到了远空上古暴君坤德正在眼冒寒光地瞄着他，老痞子不知道为何激灵灵打了个冷战。神女轻轻一笑，破碎空间，刹那间消失得无影无踪。西土图腾也腾空而起，消失在西方天际。

守墓老人围绕着邪祖转了两圈，道："怎么处置你呢，直接送给辰家？"辰南闻听此言，上前道："前辈，他的封印何时能够解开？"守墓老人道："还有半刻钟。""哈哈！"辰南大笑了起来，道，"我来帮您解决问题吧，其实非常简单啊。"守墓老人狐疑地望着他，道："你有什么好主意？""哈哈……您在一旁看着就行了，交给我吧。"辰南提起邪祖，嘿嘿笑了起来。他突然发力，一拳轰碎了虚空，而后狠狠地一脚踹在了邪祖的屁股上，伴随着阵阵天罚之雷的降落，邪祖被辰南一脚踹进了通往天界的空间通道。

"小崽子！该死的！我、我早晚会杀了你的！"邪祖气得咆哮道。被一个后生晚辈一脚蹬在屁股上，踹进天界，实在太没面子了，气得他暴怒！辰南嘿嘿傻笑，这下天界热闹了，想灭杀他的几位神王恐怕再也无力对付他了吧。邪祖虽然被抽离了八成神力，被打入了神王之境，但是他曾经毕竟达到了神皇领域，一般的神王绝不是他的对手。他就像一个干涸的水库，如果在天界不择手段地杀人，吸取他们的神力，还是有可能慢慢强大起来的，不一定会被人联合剿杀。不过，这些都不是辰南所担心的了，还是让天界的人去折腾吧。

当看到守墓老人面色不善地盯着他，辰南停止了傻笑，有些尴尬地道："前辈您走好，我不送了。""砰！"辰南被守墓老人一个无影脚蹬在屁股上，快速飞上了半空。"死老头子你太狠了！"辰南在空中龇牙咧嘴。不过，当他回头下望时，守墓老人早已踪影皆无。

几大高手都已离去。留给澹台圣地的是支离破碎！现在的澹台圣地，断壁残垣都已找不到，在方才的那场旷世大战中，一片瓦砾都没有剩下，全部化为尘沙。四季如春的古圣地，化成了一片死地，大地崩碎，植被尽毁，动物更是早已化成枯骨。一片枯寂！

这个时候，一声咆哮在远方的雪峰处响起，一个能与雪峰比高的巨大魔猿，大步而来。"轰轰轰！"大地在剧烈地颤抖着，仿佛发生了大地震一般。魔猿浑身上下的毛发黑森森，异常恐怖，每一脚落下，大地都裂开巨大的缝隙，狂乱地震动几下。

不要说澹台弟子，就是悬浮在空中的众多玄界高手，都感觉一阵眼晕。许多人都猜测出了她的身份，在西土连暴君坤德都不敢轻易招惹的恐怖存在——上古黑魔猿！传说，她万年前就曾经打上了天界，在西方天界也是横着走的人物，不知道为何最后又回到人间。辰南感觉事情有些不妙，他不久前可是劈下了六头神魔猿的一个头颅啊，这个老魔猿此刻走来，多半是冲着他！

这片圣地一片沉静，唯有那轰轰的脚步声撼动众人的心弦。然而就在这个时候，高天突然崩碎了，一个巨大的空间通道，出现在澹台圣地上空。所有人都仰头观望，那巨大的空间通道内，一个风华绝代、白衣胜雪的女子，周身涌动着璀璨的神光，正在对抗天罚。一个天界高手，竟然凭借一己之力想打破传说，只身逆向进入人间！要知道这可是一般神王皆万万不敢尝试的危险行动啊！辰南暗呼坏了，澹台璇居然要下界！

天界有句俗话：上天容易，下凡难。人间界的高手，修为达到七阶境界以上，如果实力足够高深，破碎虚空进入天界时，即便有危险，但还是有很大的生存希望的。但是想从天界进入人间，无论你是普通仙人还是实力高深莫测的神王，在空间通道内都同样危险无比。天罚神光毁灭一切，无论是神王还是普通仙人，在面对天罚神光时，所要对抗的毁灭性力量都是以本身力量的整数倍来叠加的！澹台璇竟然出现在天界通道中，这让辰南一阵头大，澹台圣地被彻底毁去了，如果真要算账，首先肯定要从他身上开始。

那白衣飘舞、仙姿绝世的女子，即便在面对那恐怖的毁灭之光时，依然是那样地从容与镇静，整个人透发着一股灵气，使人望之便可坚信这是一个集天地之灵秀的女子，是上天的宠儿。澹台璇虽然被困在空间通道内，但是灵力幻化而成的七把彩剑，比之那天罚劈落下的毁灭之光也差不了多少，在与天罚的对抗中并没有落下风，七把彩剑灵动如精灵，飘忽不定，有效地斩断了轰击向她的道道毁灭之光！同时她的身体透发着七彩神芒，整个人在灿灿光华的映衬下，更加飘逸出尘。

地面的澹台弟子，发出一片震天的欢呼声，他们每天都会虔诚地跪拜祖师神像，因此所有弟子都已经认出，空间通道内那清丽出尘、不沾染点滴尘世气息的仙子，正是他们的祖师澹台璇。辰南越来越惊异，澹台璇实在高深莫测，按现在这种情形，她似乎真的能够顺利下界！他不禁想起一则传言，千年前澹台璇就曾经下凡过。而在楚国西部的一座小城，确实有她下凡时的一尊雕像！

不过仅仅片刻间，辰南注意到澹台璇透发出的彩光，似乎异常眼熟。他蓦然想起，那道道霞光仿似那星空月殿中，所有星辰齐耀时的光彩。很显然，澹台璇已经掌控了那片空间的奇异力量，故此可以从容对抗天罚！"轰轰轰！"大地剧烈地摇动，一道道大裂缝蔓延过来，巨大的裂缝能有一米多宽，许多挤在一起的澹台弟子来不及躲闪，竟然惨叫着坠落进大地缝隙中，众多澹台弟子急忙飞速后退。辰南也飞上了高空，这个时候他的注意力自澹台璇那里收了回来，不得不面对越来越近的上古黑魔猿。

黑魔猿那似两汪血潭般的巨眼射出两道邪异的血光，她冷冷地扫视这边。澹台弟子跑远了，众多玄界高手也不禁后退。这个堪与山高的庞然大物，万年前纵横西方天界，后又打遍西土无敌手，任谁被她这样凶狠地注视，都会心中冒寒气。辰南也想退走，但是魔猿冷冽凶狠的气息笼罩了他。辰南大叹倒霉，这个与老暴君坤德齐名的存在真的是冲着他来的。他不再躲避，想要看看魔猿到底想怎样。澹台弟子退到了遥远的雪山地带，众多玄界高手也退向了远空，支离破碎的澹台圣地唯有辰南以及两条龙停驻空中。

"神啊，她是吃什么长大的？"小龙用力眨巴着一双大眼，无限钦佩地看了看越来越近的魔猿，又伸开金黄色小爪子摸了摸自己滚圆的小肚皮，小声地嘟囔道，"唉，没办法，无论吃多少，永远都是这么苗条，秀气！"辰南毫不客气地道："胖得都像小皮球了，还以为自己苗条呢。"接着他对紫金神龙道："准备战斗。该死的，这魔猿对我生出了杀意啊，我就不相信我们两个堪比神王的强者，还搞不定她！"紫金神龙嚎道："龙大爷更是不相信，终于晋升入神王领域，正好拿她来试试身手，嗷呜。"

"轰轰轰！"魔猿的脚步声如落在人们心间一般，每一步都让远方的高手心脏跟着跳动一下。"你就是辰南？"森寒的话语如巨钟敲响在耳畔一般，震得辰南与两条龙耳鼓嗡嗡作响，身躯一阵摇动。这魔猿实在太变态了，声音堪比天雷，连远空许多高手都赶忙捂住了耳朵。高大的身影，黑森森的毛发，血盆似的巨口，白森森的利齿，坍陷的鼻梁，凹陷的血眼，这一切都让魔猿看起来分外狰狞恐怖。

辰南应道："不错，我就是。"魔猿森然地露齿笑道："敢打伤我的孩子，你很让我生气，我要撕碎你！"魔猿的话语很生硬，就像是一尊上古凶兽！"哼！"辰南冷哼。既然对方已经做出决定，那就唯有一战了，没有什么好解释的。不过，现在他心中多少有些不安，面对这尊凶兽，他竟然摸不清对方的深浅！

"嗷吼！"正在这个时候，一声龙啸在远方响起，一头蓝龙载着一个人类高手，快速逼近而来。辰南眼中光芒闪动，他已经看出这是一个七阶神龙骑士，过去他久跟龙骑士打交道，杀了一头又一头的西方龙，不过却还从未斩杀过神龙骑士。

神龙骑士道："参见魔猿陛下，我乃西土暗黑圣皇座下护教神龙骑士，想向陛下提出一个请求。陛下斩杀这一人两龙时，可否给那小龙一个完尸？我暗黑圣殿将对陛下感激不尽！"闻听此话，小龙的一双大眼立时瞪得溜圆，用力攥紧了一双金黄色的小拳头，咬牙切齿道："神说，可恶！"辰南则心中一动，小龙那辉煌的过去到底在西土留下了怎样的传说呢？它曾经留给光明教会一支射日圣箭。而现在暗黑教会的人似乎也敏锐地觉察到了什么，想要得到小龙完好的尸身。

不过，魔猿的反应出乎了所有人的意料，那巨大的魔爪如一座小山一般拍了下去，喝道："多事！我的事哪用得着你们来管！"血雨纷飞，如山般巨大的魔爪，一掌就拍死了龙骑士，瞬间让他化成了肉泥。同时一把将那五丈长的神龙抓到了手里，痛得那头蓝龙惨叫连连，不断剧烈挣扎哀鸣。

堪与山高的魔猿双手扯住了五丈神龙身，发出一声沉闷的咆哮，两只魔爪用力猛地一撕扯，"噗"的一声轻响，蓝色血雨狂喷，这头西方神龙竟然被魔猿生生扯断了！这个场面实在太恐怖了，远古黑魔猿撕扯着蓝龙的尸体，向着那巨大的血口送去。可怕的"嘎嘣咔嚓"骨碎声响以及迸溅的血水，不要说身躯瑟瑟发抖的澹台弟子了，就是观战的玄界高手都感觉毛骨悚然，一个七阶神龙骑士就这样被轻易拍死，而他的坐骑也被生生撕碎，成为口中餐，这实在太血腥惨烈了！

蓝色的血雨到处迸溅，有些则顺着魔猿的嘴角流淌了下来，沾染在她那黑森森的毛发上，让她看起来更加恐怖。用力撕咬了几口碎裂的龙尸，而后魔猿将两截断尸掷向了远空，飞落进大雪山深处。上古黑魔猿实在太残暴了！看得远空所有人头皮发麻，脊背冒凉气。紫金神龙下意识地缩了缩脖子，而后将自己近二百丈长的龙躯快速缩小成一丈长，它可不想被那头老魔猿抓住当面条拉，万一给她扯住，保不准就会被撕断。

"辰南，你砍了我儿子的一个头颅，我也要撕下你一个头颅，你做好准备吧，嘿嘿。"魔猿的笑声格外阴森刺耳。对于这个血腥残暴的魔猿，辰南没什么可说的，大龙刀与裂空剑浮现在他的手中。紫金神龙比辰南更加心急，仰天一声长啸，荡起阵阵紫金霞光就冲了过去，如一道紫电一般撕裂了虚空。

"砰！"一个小山般大小的拳头，狠狠地砸在了紫金神龙的身上，速度快得不可想象！仿佛凭空幻化出来的一般，紫金神龙痛叫着翻滚着飞了出去。辰南大吃一惊，展开神王翼，在原地留下一道残影，出现在魔猿的背后，只是刚举起大龙刀与裂空剑，猛然发觉那高如山岳般的魔影，正在森然地对着他狞笑。

天地极速！辰南再展神王翼，凭空幻化在魔猿的左侧，然而等待他的仍然是古猿的正面魔身！这魔猿未免太过灵活了吧？这么庞大的躯体，动作却是如此地迅捷！辰南不信邪，逆空而上，飞上了高天，但是等待他的却是一座巨山般的魔影，上古黑魔猿凭空幻化在他面前，正凝立虚空中对着他森然地笑着。他知道大事不妙！这个魔猿绝不是他能够对付的，即便加上神王境界的紫金神龙，也根本不是对手！

号称极速的神王翼，竟然都无法快过魔猿！那么庞大的躯体，神力盖世，再加上恐怖的速度，以及那尚未展露的通天法力，魔猿当真是西土最为可怕的人物！这绝对是近乎神皇境界的强者，或者她也许已经跨入神皇之境！辰南将肩头的龙宝宝快速收进内天地，而后对着从地面雪堆中爬出来的紫金神龙喊道："泥鳅我们分头走！"

"他龙爷爷的，不走！老猿猴，龙大爷又来了！"紫金神龙化身成一个中年男子，这一次不是龙头，而是一个剑眉虎目的伟岸男子，虽然老家伙痞气十足，但却很有卖相，他一身紫袍，手持紫金双节棍，狂吼着向魔猿冲了过去。但是魔猿的实力超乎想象，她在辰南的面前留下一道残影，而后凭空幻化在紫金神龙的近前。远处的观战者看得心惊胆战，这样一个实力高深莫测的巨大魔猿，竟然是如此神速，实在太可怕了！

魔猿再次向着紫金神龙挥动魔爪，不过老痞子早有准备，撕裂开一片空间，在另一个方向出来，巨大的紫金棒子狠狠向魔猿的肘部砸去。"当！"刺耳的金属颤音响彻天地间，紫金神龙被震飞，而魔猿却不过颤动了一下而已，并没有受到任何伤害。老痞子刚晋升入神王境界，就被这样严重打击信心，异常不甘，想再次冲上去。

辰南大喝道："泥鳅不要蛮干！"无法劝动紫金神龙，辰南只好飞到了它的身旁。魔猿冷笑着并未阻止。辰南冷冷地盯着魔猿，对紫金神龙道："不得不承认，我们对付不了她，保守估计，这头魔猿的修为已经临近神皇境界，与天界的雨馨难分伯仲。还记得在星空月殿中看到的景象吗？这种境界的人，周身附近自成天地，一切法则由他们而定。她速度之所以快过我的神王翼，就是基于此。与她近战，我们只有死路一条。"

紫金神龙气道："他龙祖宗的，气死龙了，这头暴猿实在强得变态，让龙恼恨。"辰南道："现在唯有想办法突破她的法则与禁制，只有在她的无形天地之外，我们才有一丝希望杀死她！"辰南想动用染血神箭强行突破，不过就在这时，在一道灿灿神光中，一个浑身上下金光万道的圣洁天使破碎虚空而至。

长长的衣裙随风飘舞，金色的长发如烈火一般在燃烧跳动，雪白的肌肤如凝脂美玉一般温润，清丽绝俗的容颜倾城倾国，最为奇特的是她的一双眸子也绽放着灿灿金光，正是圣战天使纳兰若水，她已经近乎完全圣化！"圣战天元斩——破！"圣战天使一族的顶级绝学圣战天元斩，适时出手！一道巨大的金色光刃，崩碎了一大片空间，在短暂的刹那，魔猿的无形天地，仿佛被染成了金色。

与此同时，披头散发、身材魁伟的大魔，破碎虚空而来，招牌话语出口："五、阴、魔、狱！"同一时刻，高天之上，一代天骄仙子澹台璇击退了天罚神光，冲破天地大禁锢，自天界降临人间！白衣飘飘，绝代仙姿，让观望的许多人皆自惭形秽。澹台仙子翩然飞舞而下，在空中划出一道炫目的光彩，轻喝道："逆乱时空！"

三大高手来袭，这等威势当真让天地失色！圣战天使号称西方天界最强大的战族，他们是为战生、为斗活的，是天生的战斗神祇。圣战天元斩长达百余丈，璀璨金光崩碎片片空间，直入魔猿的无形天地。与此同时，大魔的五阴魔狱幻化出的五个巨大的魔窟，不断地吞噬魔猿周围的奇异空间，虚空不断崩碎。澹台仙子如九天玄女一般降临凡尘，随着"逆乱时空"四字出口，整片空间竟然扭曲了起来，变得模糊不清，时空仿佛被人生生改变了原来的状态。

"嗷吼——"高大如山岳般的魔猿仰天发出一声震荡天地的巨大咆哮之声，远空近百名玄界高手被魔音震得坠落下云头。魔猿浑身上下的黑色毛发根根倒立，样子看起来分外狰狞恐怖，震碎了三大高手的强势攻击劲气，不过她周围的无形天地被改变了，不再为她所掌控。

辰南与紫金神龙飞天而起，冲出了那片奇异的空间。到了现在，辰南不再怀疑，人间绝不比天界弱，万丈红尘中，同样有高手！冲上高空，辰南弯弓搭箭，对着魔猿松动了后羿弓的弓弦，一道金芒破碎虚空，刹那间冲到了魔猿的胸前，不过就在刹那间被一只巨大的黑爪拍碎了，点点金光散落在空中。

圣战天使纳兰若水浑身金光璀璨冲天，她如一道金色闪电一般飞至魔猿百丈处，不过却不敢再多靠近半丈，狠狠劈下一道圣战天元斩，而后冲天而起。"轰轰轰！"百余丈长的金色芒刃，招来阵阵天罚之雷，一起轰向巨大的远古魔猿。只是，天雷轰下根本无效，被魔猿无视！至于那道巨大的金色光刃，被魔猿张口喷出一道巨大的闪电直接轰散。可怕的西土魔猿，实力让人无法揣度！

大魔不惧反喜，狂吼着打出一道排山倒海般的掌力，冲击向远古魔猿，同时五阴魔狱笼罩向那巨大的魔身。魔猿丝毫不惧，冷冷站在那里，连双脚都未移动，只是张开了两只巨大的魔爪，在空中猛力地撕扯了几把。高空之上响起阵阵暴雷，五个巨大的魔窟，竟然被她生生抓碎了，空间崩裂！这实在太过变态了！远处的观战者只能这样感叹。

大魔似乎有些顾忌，在距离魔猿数十丈时，也不再前进，他打出的排山倒海般的掌力在空中幻化而成一道巨大的血色掌影，向着魔猿轰印而去。这只巨大的血掌堪与魔猿的巨爪比肩，同样有如小山般大小。黑魔猿森然地笑着，露出一嘴白森森的牙齿，一爪向前拍去，猛烈的天地元气大动荡，四方的云朵都被震散了，而后重新卷起漫天的魔云！

一声巨响，以魔猿为中心扩散出一道道惊涛骇浪般的刚猛元气波动，血色巨掌当场被拍散，大魔被轰击得翻飞出去百丈远，才在空中定住身形。

恐怖的魔猿似乎对自己有着极大的信心，依然没有挪动身形，转头望向了澹台璇，狰狞地笑着。澹台仙子轻轻一笑，如春花绽放般灿烂，道："猿夫人，数千年未见，一向可好？"魔猿道："很好，你也不错啊。居然能够撼动我的天法地则，让我看看你这小妹妹长进了多少。"许多观战者都感觉身上起了一层鸡皮疙瘩，这样一个庞大的上古凶兽居然和一个绝色天骄称为姐妹，实在让人感觉怪异。

澹台璇道："呵呵，小妹自然不是姐姐的对手，就不献丑了。""嘿嘿！"魔猿森然笑着，"可是，我很想见识一下你的星空神力。"巨大的魔猿腾空而起，矗立在高空中，面对着澹台璇，在地面上投下一大片恐怖的阴影。这个时候，圣战天使纳兰若水对辰南轻喝道："走！""去哪里？"辰南问道。纳兰若水道："去见一个人，也许只有他能够制止这头古猿的暴行！"辰南道："这样逃走不好。"毕竟方才澹台璇也出手相助，他不想在这种情况下逃走。

大魔面色不善地冲着澹台璇冷笑着，自语道："这也是一个不错的对手，不过要错开今日。"他转过头来，对着纳兰若水道："我去引魔猿，你们尽管在前带路吧。""好！"纳兰若水率先朝着西方飞去。辰南不再多说什么，与紫金神龙紧随其后。

大魔真的很生猛，直接撕裂开空间，利用崩碎的空间大裂缝绞杀向空中的魔猿。魔猿一声咆哮，愤怒地转过头来，朝着大魔杀去。大魔冷笑，并不恋战，快速朝着西方天际追去。魔猿不再纠缠澹台璇，在后紧追不舍，如山岳般的魔躯迅如流星。纳兰若水等人快如闪电，不过片刻间便冲进了东西方大陆交界带的十万大山中。众多玄界高手见几人突然飞走，一阵愕然，而后许多人一路跟了过去。一帮玄界高手根据空中留下的元气波动，不紧不慢地尾随着，人们都想看看魔猿的修为到底有多么恐怖。

在众人离去的刹那，一代天骄仙子澹台璇降落在支离破碎的澹台圣地。"祖师、祖师……"澹台弟子跪倒了一大片。澹台璇道："都起来。"清丽出尘的澹台璇，虽然面色恬淡，但却透发着一股无形的威严，令众多澹台弟子生出无限敬仰之情。她问道："可儿在哪里？"见没有人应答，澹台璇微微蹙眉，道："梦可儿到底在哪里？"

见澹台璇并未过问圣地被毁之事，而最先问起梦可儿，澹台圣地中的几位长老，急忙命令人寻找，感觉事情有些蹊跷。圣地中所有弟子皆认识梦可儿，毕竟她乃是第一传人，然而此刻梦可儿凭空消失了，竟然不知去向。澹台璇略微露出一丝焦急之色，道："你们可知道她消失多长时间了？""就在祖师对抗天罚时，我似乎还看到过梦师姐。"一个十五六岁的小姑娘回答道。澹台璇感觉事情有些不寻常，翩然飞上高空，盘腿坐于虚空中，闭上了双目。

在众多澹台弟子吃惊的目光中，澹台璇周身上下霞光万道，瑞彩千条，一条条淡淡的虚影自澹台璇的身体内飘出，眨眼间数十道影迹冲向了八方。众多澹台弟子目瞪口呆，有些年轻弟子吃惊地道："祖师她难道能够一身化千万，这不会是真的吧？"派内一名长老摇了摇头，最后叹了一口气，道："所有弟子，分头去找人！""不用了。"片刻后，澹台璇睁开了双目，一道道虚影回归了她的体内，道："有人故意劫走了可儿，你们找不到。"

众人惊道："这，祖师怎么办？"澹台璇道："这件事你们不用管了，我自己会去寻找。眼下，澹台圣地虽然被毁，但万幸所有弟子都还在。你们可在这片雪山中，重开一山，再建一座圣地！""是！"所有澹台弟子齐声应道，神情说不出地兴奋，传说中的祖师已经下界，他们心中底气十足。只是，几位长老知道，澹台璇似乎并不怎么在意澹台圣地被毁的事情，她似乎更关心梦可儿。最后，澹台璇交代了一番，腾空而起，向着西方天际飞去。

穿云破雾，纳兰若水领着辰南他们极速飞行，在路过一片莽莽群山时，她突然降落了下去。无数的枯骨堆积在一座山谷内，枯骨之上堆积满了瓦砾与巨石，这是一片废墟之地。"这不是十万大山中的古神殿吗？"辰南大惊。

紫金神龙更是熟悉不过，当年它就是被镇压在这里数千年，不见天日。再次来到这里，它直欲抓狂，气愤地吼道："不要让我见到那个古神，再见到他，扒了他的皮，抽了他的筋！"蓦然间，紫金神龙哑火了，它张口结舌地瞪着眼。只见那山谷外走来一个颤颤巍巍，如骷髅般皮包骨的老人。

"去你个仙人板板！"紫金神龙突然跳了起来。它如一阵狂风般冲了过去，瞬间就揪住了骷髅人的衣领，狂笑道："哇哈哈，你这个老不死的，也有落到我手里的这一天，哈哈哈，龙大爷我玩不死你！老样，瞧我怎么收拾你！"圣战天使纳兰若水喝道："放开他！"

紫金神龙愕然，道："为什么？我恨不得生吃了这个死老头子！你和他什么关系？"纳兰若水道："他是我圣战天使一族当年的第一高手！眼下唯有前辈能够制止猿夫人的暴行。"紫金神龙气道："我没看出来啊，你这老混蛋还是个鸟人，还是西方号称战力第一的圣战一族？当年你是怎么收拾龙大爷的？再来啊！"紫金神龙连损带骂，简直恨透了眼前的古神。

骷髅老人苦笑着，对辰南点了点头，道："年轻人好久不见啊。"辰南道："是啊，的确好久不见。当初的那个神仆，真的就是所谓的古神。""呵呵！"老人苦涩地笑了笑，道，"情非得已。眼下你帮我和这条龙王解开所有的怨仇吧，我告诉你一条重要的消息。"辰南疑惑道："什么消息？"老人道："你父亲辰战的去向。"

图书在版编目（CIP）数据

神墓 5：精修典藏版 / 辰东著 . -- 北京：作家出版社
2021.11（2022.8 重印）

（网络文学名作典藏丛书）

ISBN 978 - 7 - 5212 - 1544 - 1

Ⅰ . ①神… Ⅱ . ①辰… Ⅲ . ①长篇小说 – 中国 – 当代
Ⅳ . ①I247.5

中国版本图书馆 CIP 数据核字（2021）第 196583 号

神墓 5：精修典藏版

总 策 划：何 弘 张亚丽
主　 编：肖惊鸿
作　 者：辰 东
责任编辑：袁艺方 王 烨
装帧设计：天行云翼·宋晓亮
出版发行：作家出版社有限公司
社　 址：北京农展馆南里 10 号　　 邮 编：100125
电话传真：86 - 10 - 65067186（发行中心及邮购部）
　　　　　86 - 10 - 65004079（总编室）
E - mail: zuojia@zuojia.net.cn
http://www.zuojiachubanshe.com
印　 刷：唐山嘉德印刷有限公司
成品尺寸：152×230
字　 数：330 千
印　 张：24.75
版　 次：2021 年 11 月第 1 版
印　 次：2022 年 8 月第 3 次印刷
ISBN 978 - 7 - 5212 - 1544 - 1
定　 价：42.00 元